真珠王の娘

藤本ひとみ

目次

講談社

カバーモデル　大島璃乃
写真　江森康之
撮影協力　郡司ますみ
アートディレクション　高橋彩基
装幀　西村弘美

真珠王の娘

花車

1

「女王陛下の政府代表として、合衆国海空軍の激闘と偉大なる勝利に賞賛を送らせていただきます。また女王陛下の巡洋艦隊がこの素晴らしい勝利に貢献できた事を非常に光栄に、心より喜ばしく思っております。

一九四四年十月二十七日　首相チャーチルより大統領ルーズベルト閣下へ」

差し出されたタイプ用紙に目を通し、チャーチルは頷《うなず》いてそれを返した。書記官は踵《きびす》を返し、部屋を出ていく。電信室に向かうその足音を聞きながらチャーチルはキューバの葉巻を撫《な》で回《まわ》し、国民の間で圧倒的な支持を得ている彼特有のビクトリーサインを出した。

「優柔不断なシャーロキアンも、やる時はやるものだ」

大机を囲んでいた幕僚の一人が、驚きの声をもらす。

「ルーズベルト大統領は、シャーロック・ホームズのファンだったんですか。知りませんでした」

チャーチルは眉《まゆ》を上げながら葉巻に火をつけた。

「机の上にペーパーバックが積み上がっていた。全巻だ」

三年前、チャーチルは単身、アメリカに乗り込んだ。それまで受けていた武器供与以上の協力、すなわち参戦をうながすための電撃訪問だった。会談を行う約束を取り付け、それが八月、カナダに停泊していた戦艦の中で実現したが、ルーズベルトは開戦の口実を欲しがっていた。十二月、日本が真珠湾《パールハーバー》を奇襲し、まさに渡りに船となったのだった。

「彼はやはり車椅子《くるまいす》だったよ。愛人は二人だ」

笑いが広がる。チャーチルは満面の笑みを浮かべ、椅子の背にもたれるようにして背後の壁を振り返ると、貼《は》られている太平洋の地図を見上げた。

「レイテ島に、勝利の旗を」

参謀が立ち上がり、地図の中央にある小島に小さなユニオンジャックを貼り付ける。

「九月にケベックで話し合った時には、ラングーン作戦を進める合意ができていたが、ドイツの崩壊が予定より先送りになりそうで、やむなく延期だ。もっとも日本軍は、我が第十四軍のようにメパクリンやＤＤＴを持っておらず、マラリアやツツガムシで何百人もの犠牲を出しているそうだ。こっちがナチスと戦っている間に、極東の勝利はツツガムシ軍にさらわれるかも知れない」

笑いを誘いながら葉巻をふかす。煙が立ち上り、低い天井を補強しているむき出しの鋼材の間に広がった。地下に作られた戦時内閣閣議室は湿気《しけ》っぽく、薄暗い。

ドイツ空軍の爆撃を避けるためにキング・チャールズ通りのこの場所に政府と参謀本部を移し、すでに五年が過ぎていた。移転を決めた時には、セント・ジェームズ公園を見下ろせる絶景の場所だというので皆が意気込んだものの、地下とわかっては笑うしかなかった。

蟻《あり》の穴のように掘られた通路の両側にはベッドのある個室や食堂も作られており、この一、二年、太陽を見た事がないという者も多い。殺風景で狭い仕事場兼生活空間には、疲労と倦怠《けんたい》がはびこり始めていた。

「ツツガムシでもいい。早く我々をこのモグラ状態から解放してほしいものだ」

チャーチルは、モロッコ革を張った書類入れに手を伸ばす。尾錠を跳ね上げ、その内ポケットから赤いオリジナルボックスを取り出した。蓋《ふた》を開けると中から光がこぼれる。

「何ですか」

隣に座っていた参謀に聞かれ、それを空中にかざした。天井から下がっている煤《すす》のついた電球の下に、透明な輝きが広がる。

「きれいだろう」

女性用の胸飾りだった。ダイヤモンドで花を象《かたど》り、中央に艶《あで》やかで大きな真珠を三粒、その周りに小粒の真珠を数十粒、さらに芥子粒《けしつぶ》のように小さな真珠を多数敷きつめてある。ほの暗い電球の下でも燦然《さんぜん》ときらめき立ち、コンクリートの壁にかこまれた閣議室のあちらこちらに華やかな光を投げかけた。万華鏡のようなそれを追いかけた幕僚たちの視線は、やがてチャーチルの手元に落ち着く。

「一九三七年のパリ万博に出された宝飾品だ。ハナグルマと命名されている」

「購入なさったんですか」

「いや、アスパラガスから預かった」

アスパラガスというのは、フランスの国防次官ド・ゴールの綽名《あだな》だった。一九四〇年、ナチスに占領されたパリを単身離れ、チャーチルの保護を求めてロンドンに飛んできた。それ以降四年の間、このイギリス国内からフランスのレジスタンスを指揮していたのだった。

今年六月、連合軍のノルマンディー上陸作戦が成功するやいなや、帰国にはまだ早いと止めるチャーチルを振り切り、来た時と同様の性急さで帰っていった。祖国フランスへの愛が足に翼をつけたらしい。

「精巧な作りですね、素晴らしく美しい。どこの工房の作ですか」

チャーチルは赤い箱の蓋を閉め、裏返した。トカゲ革の裏面下部には楕円《だえん》形のプレートが埋め込まれ、IMPERIALと刻まれている。

「日本の帝國真珠《ていこくしんじゅ》だ。補修もそこでしかできないらしい。ピンが若干刺さりにくくなったのを苦にした細君がパリ支店に持ち込もうとしたら、もう閉鎖されていたとか。ロンドンはまだ営業中だと言ったら、先日、ド・ゴール家の家令が持ってきたんだ」

ドアを叩《たた》く音がし、続いて声が響く。

「ミスター・ハヤカワをお連れしました」

幕僚たちは、いっせいにドアの方を振り向いた。廊下の暗がりから早川《はやかわ》の姿が現れ、革靴の足音が近づいてきてチャーチルの前に立ち止まる。

「お呼びと聞いて駆け付けました」

見れば、精悍《せいかん》な体は旅行用コートに包まれていた。

「日本に帰るのか。ヨーロッパの旗艦店で最後の牙城《がじょう》とも言える帝國真珠ロンドン支店も、ついに閉鎖という訳かな」

早川は人なつっこい笑みを浮かべる。長身だが童顔で、チャーチルからはボーイと呼ばれていた。

「在庫も底をつき、製造再開の見通しも立ちませんので、いったん閉める運びとなりました。店にはまだ社員が残りますが、私は今日シベリア経由で帰ります」

チャーチルは葉巻を歯でくわえ、両手を羽ばたくように動かす。

「越冬に日本を目指す白鳥の背にでも乗るのかね」

幕僚たちの間に、さざ波のような笑いが起こった。

「それなら日本まで直行ですから便利ですが、あいにく鉄道です。民間機はもう飛んでいないようですから。本日お呼びいただいたご用については残る者に言付けていきますので、お話しいただければ幸いです」

立ち上るパイプの煙の中で、チャーチルは目を細める。

「死にたいのか」

からかい半分、警告半分だった。

「君の祖国は、あと一年ももたないよ。だから四年前の五月、重光《しげみつ》駐英大使を通じて警告したんだ。この戦いに参戦しないようにと。だが君の国はそれを無視した。その後も私は開戦を避ける努力をしてきたが、一九四二年二月、日本はシンガポールを攻撃し、我が軍に勝利した。あれは我が国の植民地支配を揺さぶり、我が帝国の威信を揺るがす大事件だった。それで私もあきらめたんだ。未来のない所に帰ってどうする」

早川は笑みを広げる。

「我が国では、誰もそうは思っておりません」

失笑がもれた。チャーチルは、葉巻を持った手を壁の地図に向ける。

「その希望的観測を支えているのは、不可侵《ふかしん》条約か」

葉巻の先は、上部ギリギリに一部が見えているソビエト連邦をとらえていた。同盟国ドイツ、イタリアが次々と侵攻され、敗色を強めていく中にあって、北に控《ひか》えるソ連との条約は日本の命綱ともいえるものになっている。

「来年早々にヤルタで三者会談を予定している。参加国は我が国と合衆国、そして君らの最後の期待がかかっているあの国だ」

交戦中の敵国民、早川に向かって機密情報を口にするのは、かわいさゆえではない。イギリス政府やその閣僚、および幕僚によって利益を得ている御用商人が、大事な顧客の転覆を図るはずはないとの計算だった。

帝國真珠は、スパイ以上にイギリスの情報に通じていると噂《うわさ》されており、政府内には苦言を呈《てい》するものもいたが、チャーチルは気にしていない。

ヨーロッパの政治家には御用商人が付きもので、かのナポレオン政権における宝石商ショーメ同様、フランスのブルボン家にも、オーストリアやスペインのハプスブルク家にも、ロシアのロマノフ家にも、イタリアのメジチ家にさえも影のように寄り添う御用商人がいた。商品を納め、軽い冗談などを交《か》わすうちに、過酷な政界を泳ぐ政治家の打ち明け話を聞くようになり、その心に入り込んで安らぎを与える存在になっていく。そうなればこそ商売の存続が保証されるのであり、情報を外部にもらすような事は決してしなかった。

「かの国は、我らと密約を交わし、日本を裏切るだろう」

チャーチルは唇《くちびる》の端《はし》に葉巻をくわえ、興味深そうな笑みを含んで早川の様子をうかがう。

「来年の今頃には、君の国はもう存在しないね」

早川は、いたずらっ子のようなその目に冴《さ》え冴《ざ》えとした光をまたたかせた。

「私は商人ですから、政治や戦争の事はわかりかねます。けれども自分の国が危ういとなれば、是が非でも戻らねばなりません。弊社《へいしゃ》、帝國真珠を守るためです」

室内に嘆息が満ちる。サムライ精神というつぶやきも起こった。

「会社が大事かね。自分の命よりもか。労使は宿命的に対立する存在のはずだが」

早川の眼差《まなざし》に確信がこもる。

「世界に先駆けて産業革命を実現し、資本主義の祖となったイギリスの方々にはおわかりいただけないかと思いますが、弊社において社長藤堂高清《とうどうたかきよ》は、社員を守り、導く父親なのです。子供である我ら社員は全員、親の幸福と家の発展を願い、それなくして自分の幸せはないと考えています。私も同様です。帝國真珠の繁栄、それが私の望みのすべてです」

チャーチルは顔を天井に向け、煙を吐《は》き出《だ》した。

「ド・ゴールの望みは、祖国の繁栄だったよ。君は、彼と同じくらいの大バカ者だ。ド・ゴールは、政治家でありながらラテンの血が騒ぐのを制しきれない。君は、まだ若いのに前近代的で合理性に欠ける」

突き放すように言いながら、その薄い唇に皮肉な笑みを浮かべる。

「もっとも私にも、非合理な望みはあるよ。国の興隆でも、国営企業の躍進でもない。実は、ノーベル平和賞がほしいんだ。まぁそれはそれでバカげていると言えない事もないがね」

爆笑が広がった。冗談とも本気ともつかない顔でチャーチルは、机上の赤い箱に手を伸ばす。

「東京の本所深川《ほんじょふかがわ》というのは、どんな所だ」

早川は戸惑ったような表情を見せた。

「川が多く、木材置き場などもある下町ですが」

その目の前に、赤い箱を差し出す。

「神戸《こうべ》の帝國真珠本店か、あるいは深川の洲崎《すさき》弁天近くに住むミスター水野《みずの》に届けてほしい」

2

「水野さん」

　呼ばれて、冬美《ふゆみ》は顔を向ける。工場での作業が終了し、チャーチル、ルーズベルトと書かれた二体の藁《わら》人形に呪《のろ》いの釘《くぎ》を打ち込む班長の脇《わき》を通り抜け、食卓についた時だった。テーブルを挟んで斜め向こうに座っていた隣の班の東子《とうこ》が、こちらを見ている。返事をしようとした瞬間、工場の手動サイレンがうなるように鳴り出した。

　食堂の長椅子に腰かけていた同級生が、いっせいに竹の箸《はし》を止める。ジャガ芋や雑穀米を頬張《ほおば》ったまま、あるいは碗《わん》の底に顔が映るほど薄い醬油《しょうゆ》汁を吞《の》みかけたまま、息をこらした。

　冬美は、サイレンの長さを測る。火の気のない食堂に静けさが広がり、茶碗から立ち上っていた湯気が急にまっすぐになった。柱時計の音が高く響く。

　音が四秒を越えると、引き結ばれていた唇が次々とゆるんだ。あちらこちらでこぼれる白い歯が裸電球の光を反射し、あたりが明るくなっていく。サイレンはまだ続いており、警報解除の知らせもなかったがささやきが交わされ、箸が再び動き始めた。

「やっぱり、ね」

　息が白く見えるほどあたりは冷えている。冬美の隣で京子《きょうこ》がつぶやいた。

「十一月に入ってから警戒警報が多くなったけど、大抵すぐ解除だから慣れっこになっちゃった。まだ一度も空襲警報までいった事がないんだもの」

　頷きながら、大きな芋の塊《かたまり》と雑穀の間でかろうじてつぶされずにいる米粒を箸の先で摘まむ。

前歯でかみしめると、とろりとした甘い流れになり口の中に広がった。ゆっくりと何度もかんでいれば、たくさん食べているような気分になれる。

「きっとアメリカだって考えてるわよ、焼夷弾《しょういだん》も只《ただ》じゃない、こんな田舎《いなか》に落としてもしかたないって」

テーブルの向こうで話を聞いていた東子が、メガネの位置を直しながら鼻で笑った。

「よく言うわ、何にも知らないくせに」

京子は眦《まなじり》を決する。それを見て東子はこちらに身を乗り出した。

「浜松《はままつ》は空襲を受けやすい場所なんだって工場の人が言ってたわよ。軍の飛行場や、中島《なかじま》飛行機とかの軍需工場があるし、鉄道省工機部もある、教導飛行師団も駐屯してるし、位置的に東京と名古屋《なごや》の間にあるから、どちらかを空襲したついでにやられる可能性が高いってね。アメリカは最近、B29っていう新しい爆撃機を飛ばしてて、三日前には東京に爆弾を落としたみたいだし」

京子は、負けてたまるかというような顔付きになった。

「それがなによ。日本にはゼロ戦があるじゃない」

東子は居丈高《いたけだか》な笑みを浮かべる。引く気配は全くなかった。

「ゼロ戦なんて、もう古いわ。私たちが十歳の頃から飛んでるじゃないの。B29は最新式よ。初めて日本を襲ったのは、たった五ヵ月前なんだから」

「あら、アメリカの方が日本より強いとでも言いたいのかしら」

二人の言い争いは勢いを増していく。憩いのひと時である食事の時間は、けたたましいものになりつつあった。ここに勤労奉仕に来る前だったら、冬美は二人を止めていただろう。穏《おだ》やかな食事時間を取り戻さねばならない、それこそが正しい行動だと確信して。

だが今は、言いたい放題のそのやり取りを楽しんでいる。冬美が正しさを死守しなければならない理由は、もうなくなったのだった。ここに出発する前夜、母からそう言われた。

冬美の母は、会津《あいづ》藩最後の筆頭家老となった梶原平馬《かじわらへいま》の傍系だった。

会津藩は徳川幕府に忠誠をつくし、幕末にはその命令に服するため苦しい経済状況をおして上洛《じょうらく》、天皇の守護についてきた。それにもかかわらず新政府を名乗る薩長《さっちょう》藩によって朝敵の汚名を着せられ、徳川家にも見放されて少年たちまで兵士として戦い、多くの犠牲を出したあげくに会津の地を取り上げられて東北の果て、恐山《おそれざん》の麓《ふもと》に追いやられたのだった。

「あなたの上に立ち、命令するすべての組織や人間に気を付けなさい。それは権力というものです。政府もそう、町内会もそう、学校もそう、教師もそうです。その言うなりになってはなりません。なぜならどんな権力も、あなたの人生に責任をもってはくれないからです。会津藩をごらんなさい。上からの命令にそのまま従う事を武士の本分とし、美徳としていたために瓦解《がかい》したのです。どんな力にも従う必要はありません。従わなければならないのは唯一、正義のみです。特にあなたは猪突《ちょとつ》猛進の傾向がありますから、言動に移す前によく考え、どんな時も正しい道を選びなさい」

尋常小学校に入学した日、母の訓示を受けて以来、ずっとその通りにしてきた。それがここに出発するに当たってようやく解除されたのだった。自由を嚙《か》みしめている。

「無関係のあなたは黙ってなさいよ。私は水野さんと話そうとしてたんだから」

そう言い放って東子はこちらを向いた。

「うちの班長から頼まれてたの、今日の夜勤、代わってくれる人を捜しておいてって。当番の加《か》藤《とう》さんが風邪ひいちゃって勤められないんだけど、うちの班には代われそうな人がいないのよ。

水野さんなら引き受けてくれるんじゃないかと思って」

頷こうとしている冬美の隣で、京子が声を張り上げる。

「ちょっと、水野さんが真面目《まじめ》だからって甘く見て、押し付けようとしてるでしょ。班をまたいでの交代なんて、ダメに決まってるでしょうが。それに、どうせ仮病よ。あなたの班の子たちは、あなたも含めて皆、性格悪いからね」

出入り口の戸がきしみながら開き、引率の教員が顔を出す。室内を見回す目には厳しい光があった。

「皆さん、何を落ち着いてるんですか。警戒警報、発令ですよ。班長はすぐ防火用水を点検して電灯におおいを。副班長は待避所の確認を」

長椅子の両端に座っていた各班長と副班長があわてて立ち上がり、セーラー服の衿《えり》をひるがえして出入り口に向かう。教員は、自分の脇を通り過ぎていく二人をにらみすえた。

「たるんでますよ。それでも第二高女の生徒ですか。戦地の兵隊さんの事を考えてごらんなさい。お国は戦っているんですよ。銃後は、私たちが守らなければならないんです。気を引きしめなさい」

緊急学徒勤労動員方策要綱が閣議で決定されたのは、マキン島・タワラ島で日本軍が玉砕してから一ヵ月半が経《た》った昭和十九年一月だった。八月には学童疎開が始まり、同月、女子挺身《ていしん》隊勤労令が公布される。それにより東京第二高等女学校の生徒二百余名も、この火崎《ひざき》織機工場にやってきたのだった。

工員に交じり、毎日二交代制でパラシュートの布を織る。八時間を超えて立ち通しの作業をしなければならず、粗末《そまつ》な食事、いつ発令されるかわからない警戒警報に緊張を強《し》いられる生活の中で疲れ、注意力が落ちて、動作は日々緩慢になっていた。来たばかりの頃は横になるのもいやだった敷布《しきふ》のない湿った布団も、今ではまるで気にならない。

「寒いよねえ」

京子が両脚を戦慄《わなな》かせながら手をこすり、背筋を丸めた。

「うちに帰りたいなあ」

瞬間、東子が声を上げる。

「先生、一班の坂井《さかい》京子さんがうちに帰りたいって言いました」

教員がこちらを振り返った。

「坂井さん、起立。気を付けっ」

板敷きの床をきしませ、足早に近寄ってきて手を振り上げる。

「一人の気のゆるみが全体を危険にさらすんです。歯を食いしばりなさい」

冬美は目をつぶった。教員の手が高い音を立てる。

「二度と言ってはなりません。他《ほか》の皆さんも、いいですね。第二高女としての誇りを忘れてはなりませんよ」

教員の足音は出入り口に向かい、東子のせせら笑いが聞こえた。

「いい気味。実家から送ってもらった飴《あめ》を一人でこっそりなめてるような人には当然の罰ね」

「ちょっと、いい加減な事言わないでよ。どんな証拠があるのよ」

「皆が噂してるわ、あなたの布団から甘い匂《にお》いがするって」

目を開けると、片方の頬を赤くした京子がテーブル越しに東子の二ノ腕をつかんでいるところだった。

「何すんのよ」

毎日、何かにつけて争いが起こる。昨日も、他班の真理子《まりこ》が泣いて教員に訴えていた。シラミがわいていると言って皆がいじめると。

班長が呼ばれ、班の全員でシラミを取ってやるように言い付けられたが、誰もがおよび腰だった。このままにしておけないと考えた冬美が駆除役をかって出て、工場作業の合間にシラミ潰《つぶ》しに精を出し、退治したのだった。

「それに夜中にコッソリ男の写真をながめてるんですってね。いやらしい」

「何言ってんのよ。あなたなんか男に相手にされずに、行かず後家まっしぐらよ。お気の毒ねぇ」

京子は自由奔放、東子は規則重視で、二人とも周囲にそれを強制していた。得意教科も京子は古典、東子は数学と正反対で、学校にいる頃から張り合うような雰囲気があったが、ここに来てそれが激しくなっている。

終日、一緒に行動していて顔を合わせる機会が多いせいもあり、作業成果を競わせられている影響もあるのだろう。一日にパラシュートの布をどれだけ織る事ができるか。個人間でも班の間でも、割り当てられた責任作業量より多く織ろうと競争になっていた。

京子も東子も、それが自分の価値を証明するただ一つの方法であるかのような必死さで取り組んでいる。もちろん教員からも、もっと言われ、どこまでやっても、どれほど無理を重ねても、さらにもっともっと、と追い立てられた。貪婪《どんらん》なその要求に、冬美は幻滅し、切りのないこの競争から身を引こうと決めている。自分の責任だけをきちんと果たし、それ以上はもう関《かか》わるまいとの心構えでいた。

「あなたは、非国民よ」

「じゃ、あなたは売国奴ね」

声は次第に大きくなり、出入り口で立て付けの悪い戸と格闘していた教員が振り返る。油気《あぶらけ》がなく乱れた髪と、やせて突き出した頬骨は猛禽《もうきん》類に似ていた。

「静かになさい。あなたたちは挺身隊なんですよ」

出征兵士さながらの壮行会で送られた日が思い出される。母から秘密を打ち明けられたのは、その前夜だった。

3

「弊社のオリジナルボックスですね」

早川はなつかしそうな表情でチャーチルの差し出した箱を受け取り、眺《なが》め回した。

「この手の箱は、一九〇〇年代前半まで作っていました。御メダイに彫られているロゴは、一九三〇年初めから四〇年頃まで使っていたものです。内部には防水と耐火の加工をした鋼《はがね》が使用されていて、火中でも十二時間は中の物を保護する事ができます」

さすがに詳しい。数年前、新担当者としてここに挨拶《あいさつ》に来た時には、まるで若造だった。歳《とし》を聞けば、チャーチルの末の子供より年少で、帝國真珠はイギリス首相を軽く見ているのではないかと思ったものだ。

しかし話をしてみると、オックスフォードやケンブリッジに比肩する帝国大学を出ており、絵画や文学、哲学にも造詣《ぞうけい》が深く、作曲もし、わけてもピアノ演奏を聞かせた後で左手だけのその楽譜を作らせると完璧《かんぺき》にやってのけて、周囲の驚嘆を誘った。

鋭敏でありながら素直で性格の良さを感じさせる一方、挑戦的で逃げを嫌うきかん気な一面もあり、いったん言い出したら後に引かない頑固さもあって、すっかり気に入った。

射撃もできるというので狩猟のグループに入れ、パーティや内覧会などに連れ回すうちに、いつの間にか皆を魅了し、真珠湾を奇襲して宣戦布告を突き付けてきたとんでもない国の輩《やから》というハンディをものともせず、しっかりとした人間関係を築き上げた。そこから様々な知識を吸収、驚くほど成長していったのだった。

郊外のマナーハウスに招待した折には、気が荒くて人を寄せ付けない馬を短期間で乗りこなし、猫や犬の扱いも手際よくて、使用人の間で圧倒的な人気を集めた。

妻の眼鏡《めがね》にも適《かな》い、女性たちの集まるアフタヌーン茶会や内輪の音楽会によく誘われるようになる。本人は初め苦手そうにしていたが、女性との会話や接触によって次第に磨《みが》かれ、洗練された優美さが身に備わった。

英国紳士が作り上げられていく過程を見ているような気分だった。自分自身が猫背であり、グッドルッキングからはほど遠いだけに、容姿や能力に恵まれ、機会を得てすくすくと理想に近づいていく若い早川がまぶしかった。

彼に足りないのは、今や身分と資産だけかと思われたが、それらを手に入れるのは難しい事ではない。爵位を持つ女性と結婚すればいいだけだった。彼に魅せられている貴婦人や、爵位後継者である令嬢は少なくない。先日も、早川の胸の内を探ってほしいと頼まれ、イギリスで結婚して身を落ち着ける気があるかどうかを尋《たず》ねたばかりだった。

「いいえ、日本に帰ります」

あまりにもはっきりとした返事だったので、嫡男で家を継がねばならないのかと思ったが、継がなければならない家はないという事だった。では日本に意中の女性でもいるのか。笑ってはぐらかされたが、目に浮かんだ強い光から察して、どうもそうらしい。若い男にしては落ち着きすぎているのは、そのせいだろう。

帝國真珠から引き抜いて秘書か家令になさいませ、という妻の勧めに心を動かされた事もあった。だが、いかにも時期が悪い。帝國真珠という看板を背負った青年だからこそ、戦時内閣室や首相の公私邸への出入りが容認されていた。帝國真珠を退社しチャーチルの家に入ったとなれば、ハチの巣をつついたような騒ぎが起こるだろう。

「この箱、開けてもよろしいですか」

チャーチルが頷くと、早川は手慣れた様子で蓋を持ち上げ、中を確かめた。

「ああハナグルマでしたか。パリ万博でヨーロッパを虜《とりこ》にしたと絶賛された逸品《いっぴん》です。すぐ買い手がついたとか。久しぶりに見ました。ピン先が鈍《にぶ》っていますね」

仕事がらか眼はいいらしい。それで射撃の腕も群を抜いていたのだろう。

「何か硬い物にでも突き刺したのでしょう。端のケシ珠《だま》も一部が欠けていますから、落としたのかも知れない」

箱を裏返し、会社名の刻印された楕円形のプレートをつまんではずすと、その下に穿《うが》たれた空間から保証書を取り出す。

「製作者名は水野真司《しんじ》となっていますね。手書きで自分の住所を書き添えてあるのは、販売後も色々なご相談に応じるつもりだったからでしょう。これほど精巧なものになると、どんな細工師にも扱えるという訳ではありませんからね。私も真司さんとは面識があります。これを製作している最中に不慮の事故で亡くなって、後を継いだ奥さんが完成させたようです。手書き部分も奥さんの字でしょう」

　チャーチルは片手を差し出し、保証書を受け取って手書き部分を確認する。

「細君が関わったのなら、なぜ彼女の名前がないんだね」

　早川は何かを含んだような微笑を広げ、目を伏せた。古代日本の仏像やギリシア彫像に時折見かけるアルカイックスマイルで、なんとも神秘的だった。

「日本女性は、自分が表立つのを好みません。教養のある女性ほど、その傾向が強い。夫を立てて、後ろに控える事を美徳とするのです。たとえ夫が死んでも同様ですね」

　幕僚たちが驚きの声を上げる。はるか遠い東洋の国の風習は、対戦国である事を忘れさせるほどロマンティックだった。

「ではお預かりし、修復いたします。戦時下ですから返却時期のお約束はできかねますが、必ず完全な形でお戻しいたしますのでご安心ください」

　早川は手持ちのアタッシュケースに箱をしまい、預かり証を出して署名すると、チャーチルの前に置く。

「閣下にお引き回しいただいたこの駐在期間は、私にとって楽しく、思い出深いものでした。またお会いできる日が来るように心から願っています」

　果たして会えるのだろうか。閣議室の隣は電信室で、ホワイトハウスにつながっている。ルーズベルトは一九四二年からマンハッタン計画を主導しており、今年九月の会談において、それが完成したら日本に使う意向を示していた。核エネルギーを使った新型爆弾で、準備は着々と進んでいる。そもそもシベリア鉄道自体、日本のパスポートでまだチケットが購入できるのだろうか。

「それでは失礼させていただきます」

頷いて見送り、ドアが閉まってから情報局を担当する幕僚に視線を投げる。

「口の堅い諜報員《ちょうほう》はいるかね」

髭《ひげ》に隠れた唇が、わずかにゆるんだ。

「閣下、それは、泳げる海兵はいるかとお聞きになるのと同様かと存じます」

苦笑しながら便箋《びんせん》を取り上げ、ペンを走らせる。

「ハヤカワが私の保護下にある事を示す証明書の発行手続きを取る。腕っぷしのいいヤツにそれを持たせて、彼が大陸を離れるまで見守るよう命令してくれ。何しろド・ゴールから預かった貴重品を持っている。万が一の事でもあったら、今度はフランスから爆撃機が飛んできそうだ」

笑いのこもった声が耳に届いた。

「機体にはアスパラガス模様が入っているでしょうね。大陸を離れるまでよろしいですか」

その後は、神の領域になるだろう。

「それでいい」

ただ無事を祈るしかない。

4

「いよいよ明日は、出発ですね」

母がそう切り出したのは、夕方だった。

「今年に入って我が国の旗色は悪く、占領していた各島からは頻繁に玉砕の噂が聞こえてくるようになりました。六月には本土が空襲されたとか。いつどうなるかわからないこのご時世に家を離れるあなたに、話しておきたい事があります。仏壇の前にいらっしゃい」

後ろに付いていくと、母は仏壇に背中を向けて正座した。訝《いぶか》りながら冬美は、母の前に畏《かしこ》まる。仏壇を拝む事もせず、背を向ける母の気持ちがわからなかった。

「あなたは親の言う事をよく聞く素直な子でした。その反面、思い込みが激しく猪突猛進する事があり、このままでは他人に誑《たぶら》かされ、言いなりに動かされてしまうのではないかと心配なほどで、私が目を光らせていなければと肩に力を入れてきました。けれども家を離れるとあっては、もうそれもできません。言っておきたい事はたくさんありますが、最も肝に銘じておいてほしいのは、あなたはどんな困難をも乗り越える力を持っているという事です」

困難という言葉の固さが、金平糖《コンペイトウ》の角のようにそこかしこにぶつかりながら胸の中を転がっていく。

「なぜならあなたは、そういう血を受けているからです」

口調は真剣になり、母の顔色は、北向きの光しか入らない四畳半の薄暗がりの中でもはっきりと見て取れるほど青ざめてきていた。

「これからお話しするのは、あなたの父親についてです」

冬美は、遺影に視線を上げる。自分が生まれた年に死んだという父真司については、どんな思い出もなく、印象は非常に薄かった。

「父親の名前は真司、私の家に養子にくる以前の苗字《みょうじ》は椿井《つばい》。京都木津川《きづがわ》の出身で、実家は江戸時代の旗本。あなたが生まれる前に富岡八幡宮《とみおかはちまんぐう》の深川八幡祭でケンカに巻き込まれ、平久川《へいきゅうがわ》に落ちて死亡したと、これまでは話してきました。けれどもここで初めて正直に申します。ここにある位牌《いはい》や遺影は、確かに私の夫真司ですが、あなたの実の父親ではありません」

世界が一気にひっくり返るような気がした。自分には母親しかいないが、素性をたどれば江戸時代までさかのぼる事のできる両親の元に生まれたのだとばかり思ってきた。

「あなたの本当の父親の名前は」

息が詰まる。その先を聞きたい気持ちと、恐ろしくて聞きたくない気持ちが胸で入り混じった。自分の本当の父親とは、一体どんな人物なのか。きちんとした人間であったなら、母も隠す必要などなかっただろう。もしかして自分は、忌《い》まわしい出生や経歴を持っているのかも知れない。

「ごめんください」

玄関の引き戸が開く音と共に、女性の声がした。

「隣組の青木《あおき》です。お忙しい時間にすみません。大日本婦人会地域代表がご挨拶に回ってこられました。ちょっと出てきていただけますか」

母はしかたなさそうに立ち上がり、玄関に向かう。冬美はしばし座り込んでいたが、響いてくる声が次第に険を含んでくるのを感じ、腰を上げた。玄関の次ノ間まで行き、障子《しょうじ》の間からそっと様子をうかがう。

近所の女性たちの中央に、これまで見た事のない中年の婦人が立っていた。やせぎすで、きつく結い上げて後頭部で丸めている髪には、ひと筋のほつれもない。手に大きな南京袋《なんきんぶくろ》を持ち、その口を広げて母の方に差し出していた。

「ここに宝飾品類を入れるのがお嫌なら、公定価格で大政翼賛会支部に売り渡してくださってもいいんですよ」

嫌とは言わせないと言わんばかりの口調に、母は困惑した表情になっている。

「そう申されましても、ある物はすべて供出いたしましたし」

婦人は、わずかに笑みを浮かべた。

「それなら家の中を見せてもらいましょう。あなたが忘れている物があるかも知れませんから」

今にも上がりこんでこようとする婦人と、それを阻止しようとする母の間で揉《も》み合《あ》いが起こる。障子の後ろで冬美は身を硬くした。

母の部屋にある総桐《そうぎり》のタンスの上置きには、絹糸に通した真珠の通糸連が二十本以上もしまわれている。母が独身時から貯金の代わりに買い溜《た》めてきたもので、持ち運びがしやすいように絹糸の両端をリリアンでくくり、束《たば》にしてあった。日頃は袱紗《ふくさ》で包んだ上から細い麻縄で十文字に縛り、大日本婦人会と書いた肩かけ袋に入れてある。

空襲で火災が発生した際には紛失や強奪を避けるために、母か冬美が胴体に巻き付ける手はずになっていた。

母がそのやり方を教えてくれた事がある。服を脱ぎ、一糸まとわぬ姿になった母が、琥珀《こはく》色に輝く真珠の鎖を素肌に巻きつけていく様子は、真《ま》っ直《す》ぐ見ていられないほどまぶしく、美しかった。

「まあ、お止めくださいませ。本当に何もないんですよ。隣組回報が回った先週、代行店に全部持っていきましたから」

揉み合いを制した母の声は、落ち着いていて静かだった。嘘《うそ》をついていながら少しの動揺も見せないどころか毅然《きぜん》としている。その様子は見事なほどだった。

欲や不道徳に突き動かされて私財を隠そうとしているのなら、これほどの落ち着きは保《たも》てないだろう。凜《りん》としたその心を支えているのは、権力の言うなりにはならないという信念なのだ。そこには血の涙を流した会津藩の先祖の怨念《おんねん》が籠《こ》もっている。

「どうして急に家の中まで調べようとなさるのか、わかりませんわ。この私が、何か悪い事でもしたのでしょうか」

母の顔には笑みすら浮かんでいた。

「パーマネントもかけていませんし、お化粧もせず、こうして割烹着《かっぽう》にモンペで皆さんと同じ格好をしていますのに」

婦人は自分の後ろに従っている隣組の女性たちを振り返り、意味ありげな目配せを交わし合ってから再び母に向き直る。

「あなたは、真珠王の作業所で働いているっていうじゃありませんか」

真珠王、それは養殖真珠によって莫大《ばくだい》な富を築き、株式会社帝國真珠を立ち上げた藤堂高清の呼称だった。研究者が開発した養殖技術を採用し、世界で初めて球形の真珠を作り上げて輸出、業界第一位の業績を誇っている。

「亡くなったご主人も帝國真珠で働いていたとか。その作業所ではとんでもなく高い賃金が出る上に、月に一回は鰻丼《うなどん》を食べさせてくれ、しかも盆暮れには特別手当として真珠を山のように積み上げて、つかみ放題にさせてくれるそうじゃありませんか。そんな所に夫婦そろって勤めていたのなら、しこたま貯《た》め込んでいる事でしょう。結婚したら仕事などやめるのが普通なのに、しぶとく稼ぎまくっているって聞きましたよ」

まるで悪い事でもしているかのような言い方で、母がかわいそうだった。確かに同級生の母親で働いている女性はいない。皆、家庭の切り盛りをしているのだった。だが皆と違っているのは悪い事なのだろうか。

「タンスの中に隠している宝飾品が数あるんじゃないですか」

瞬間、母が笑い出す。体の奥底からわき上がってくるその笑いに籠もったいくつもの思いが、夕焼けのように母を照らし、いつもとは違う顔を作り出していた。恐ろしいほどの蔑《さげす》みと冷たさに満ちていながら、憐《あわ》れむようなやさしさも漂っている。

「あら、ごめんなさい」

そう言いながら真顔になった。

「あまりにも突拍子のないお話だったものですから、ついおかしくなってしまって。おっしゃるような事は、決してございません。亡き主人や私が帝國真珠の東京作業所で働いているのは事実ですが、それ以外はすべて根も葉もない空事《そらごと》です」

明治三十二年、宝飾品店として開業した帝國真珠は、国内最大手の真珠養殖会社だったが、日中戦争が始まり国家総動員法が出された昭和十三年頃から、嫌がらせを受けるようになっていた。外国との取引によって利益を得ている事が、国粋主義者から反感をかったのだった。社長の藤堂高清あてに抜き身の日本刀が送られてきたり、国敵は切腹しろとの手紙が届いたという話も聞いている。

そんな中で昭和十五年四月に真珠養殖許可規則が定められ、養殖場の縮小を迫られた。さらに七月の奢侈《しゃし》品等製造販売制限規則で養殖事業自体を禁止されたのだった。そのため藤堂は、在庫品を売りさばくと同時に本店や国内支店を閉め、神戸に引きこもった。業界では、さすがの帝國真珠ももう倒産だと言われているらしい。

東京支店の関係者に挨拶に来た翌日、藤堂は定宿にしていた帝国《ていこく》ホテルを出て東京駅から電車に乗った。母は作業所の同僚たちと見送りに行き、冬美も誘われて同行したのだった。

「高清さん、お気の毒に。真珠に生涯を捧《ささ》げて生きてこられたというのに、さぞお力落としでしょう」

「それでも私たちには、以前と同様に賃金を払ってくださるとか。会社だって大変なのに」

「これから一体どうなるのでしょう」

「でも高清さんの事ですから、きっとなんとかなさるに違いありませんよ」

「ええ、これまでだって大波小波、すべて乗り切ってこられた方ですからね」

泰明《たいめい》小学校や三越《みつこし》デパートの前には、白い割烹着姿の女性たちが並び立ち、通りかかる人々に供出を呼びかけていた。東京駅の構内にも、引っ詰め髪の中年女性の声が響く。長い杖《つえ》を突いた藤堂は、その前を確固とした足取りで通り過ぎた。伸びた背中は年齢を感じさせず、太い杖の音は、新しい扉でもノックしているかのようだった。その後ろ姿に向かって、皆が自然に両手を合わせる。冬美も、高清と帝國真珠の今後に幸あれと祈った。

「とにかく出せる物はすべて出し、お国に捧げました。うちにはもう何もございません。こうして押し問答をしていても、時間の無駄かと存じます。どうぞお引き取りください」

切り捨てるように言った母に、婦人はいまいましげな眼差を投げたが、これ以上どうしようもないと判断したらしく、挨拶もそこそこに引き上げていった。

母は下駄《げた》を突っかけて玄関の三和土《たたき》に降り、戸締まりを始める。冬美は急いで仏壇の前に戻り、母がやってくるのを待った。

「明日は出発ですから、今夜はご馳走《ちそう》ですよ」

何事もなかったかのように平然と襖《ふすま》を開けて入ってくる。国という大きな権力に逆《さか》らい、蹴《け》り飛ばしながらそれを誇りもせず淡々としていた。その強さに舌を巻きながら尋ねてみる。

「お話が聞こえていましたけれど、タンスの上置きにある真珠、あれは隠していてよかったのですか」

打ち返すような返事が聞こえてきた。

「もちろんです。あれは朝鮮人参《ちょうせんにんじん》ですよ」

あっけに取られていると、母は笑みを浮かべる。

「幕末の会津藩の窮状を救ったのは、栽培していた朝鮮人参がもたらした現金でした。あの真珠も同じ。自分の人生は自分で切り開いていかねばなりません。あれがあなたや私の命を支えてくれるのです」

着物の裾《すそ》をさばいて膝《ひざ》を突き、先ほどと同じように仏壇に背を向けた。

「では続きを。あなたの本当の父親の事ですが、あなたは先日、その人に会っています。お名前は藤堂高清。神戸に生まれ、世界に飛躍した真珠王、それがあなたの父親です」

東京駅で見送った藤堂の姿が、あの時とは別の彩《いろど》りを帯びて立ち上がってくる。だが胸に根付かず、見た事もない父真司と同様の軽さで漂うばかりだった。

「あなたは、真珠王の血を引く娘なのです。この先、どんな時もそれを忘れずにいなさい。真珠王と呼ばれるようになるまでには、筆舌に尽くしがたい苦労があったそうですが、高清さんは何もかもを乗り越えてこられました。あなたはその血を引いている。あらゆる困難を打ち破る力を持っているはずです。どんなひどい状況に投げ込まれても、どんな悪辣《あくらつ》な人間に打ちのめされても、決して屈服せず何度でも立ち上がりなさい。それが真珠王の娘に相応《ふさわ》しい生き方です」

母はそれ以上を語らず、冬美も言葉を見つけられずに、話はそこで途切れた。普段と同じような夕べが始まり、夜へと続いていく。

「明日は早いのですから、もう休みましょう」

いつも通り母の隣に布団を敷き、横になったものの、様々な思いが脳裏を行き来してほとんど眠る事ができなかった。

仏壇の肖像画でしか見た事のない父の真司は、昔から夢の中の人のようで、実際に目の前を歩いていった藤堂の方がずっと身近に感じられる。だがその姿を父親としてとらえようとすると、やはり遠のいていき、ぼんやりとしてしまうのだった。これまで生活の中にいなかった父親という存在を、いきなり心に取り込もうとするのはひどく難しかった。

藤堂は、真珠の養殖に試行錯誤していた時期に妻に死に別れ、以降は単身で過ごしてきたと聞いている。母も夫に死なれていた。

母が選んだ道が正しくないはずはないと思いたかったが、二人は結婚しておらず、冬美も子供として認められていない。そこから疚《やま》しさがにじみ出てくるような気がした。自分は真面《まとも》でない生まれ方をしたのではないか、誰からも歓迎されなかったのではないか。

あれこれと心を惑わせながら明け方を迎えた。

台所の桶《おけ》に汲《く》んだ水で顔を洗い、仏壇の隣に置かれた鏡台の前に座る。小引き出しを開けると、鬢付《びんつ》け油の香りが流れ出た。

高祖母が使っていた会津塗の鏡台で、代々、長女が受け継いできたと聞いている。繊細な蒔絵《まきえ》が施してあり、それを描く筆は、産まれたばかりのネズミを真綿で包んで二年ほど育て、その首筋の毛から作るという。会津ならではの伝統工芸だったが、長年の使用で蒔絵はかすれてきており、精緻《せいち》を極めているために補修できないのが母の悩みだった。

べっ甲の櫛《くし》を出し、髪をとかそうとしていると、母が近寄ってきて背後に立った。

「梳《す》いてあげましょう」

立て膝になり、冬美の手から櫛を取る。先端を後頭部に当て、いくつかの房に分けていった。

快《こころよ》い圧迫感が頭頂から後頭部へと線を描く。

「あなたは、産まれた時からよく笑う子でした。あどけない笑顔が、どんなに私を励《はげ》ましてくれた事か」

分けられた髪は、ひと房ずつていねいに梳《くしけず》られた。母は櫛を通しては指に巻きつけ、一瞬力を入れてからそれを放す。房にまとまっていた髪がすらりと背中に広がっていった。

ふと思う。母も、こうしてこの鏡台の前に座り、後ろに膝をついた祖母から髪を梳いてもらったのかも知れない。その祖母も曾祖母《そうそぼ》に、曾祖母も高祖母に髪をゆだねたのだろう。連なって時間をさかのぼっていくいくつもの顔と姿が、鏡の中に見えてくる。それは自分へとつながる確かな血の流れだった。

「あなたは、どんな時も私の希望でした。あなたがいる限り、何があっても生きていける、いつもそう思っていました」

最後に母は、全体に櫛を入れる。髪の間に新しい空気が止めどなく流れこみ、夜通しの考え事で硬くなっていた心をほぐした。自分は母に慈《いつく》しまれ、愛を持って育てられたのだ。それ以上何を望む事があるだろう。母がいてくれればそれだけで充分だと思えた。

「四、五年前までは、戦争がこれほど身に迫ってくるとは考えてもみませんでした。あなたも心して生きなさい。真珠王の娘に相応しく、何度でも立ち上がって何事も克服していくのです」

その言葉が頭から踵《かかと》に向かって一筋の光のように走り抜ける。それが固まって一本の芯《しん》になった。

「真珠王の血を引くあなたには、必ずできます」

これまで家からも母からも離れて暮らした事がなく、今日からの集団生活もたいそう不安だった。だが自分が真珠王の娘だと考えると、何にも打ち克てそうな気がしてくる。今までの自分自身でさえも越えていけそうだった。

「小学校入学以来、正義に従うようにと教えてきましたが、出自を明らかにした今、ここでそれを解きます。これからあなたは、自分の判断にのみ従えばよろしい」

長く続いてきた正義の支配に終止符が打たれたのだった。冬美はその檻《おり》から解放された。これからは正しさというメガネを通さなくてもいい。すべてに対して自分の思ったように反応し、ふるまっていいのだ。長く付けていた仮面が溶けていき、その下から幼《おさな》い頃の自分が現れてくる。素の自分、ありのままの自分と再び出会えたように感じた。

「あなたが受けた血に相応しい生き方をなさい」

母の微笑は、いつになく満足げに見えた。

*

「第二高女の諸子が、お国のために身を挺《てい》して働いてくれる事と信じています」

顔を見せた太陽が力を増しながら、挺身隊として各地に出発する四百人余の女学生の列を照らす。演台には校長や市長、大政翼賛会事務局推進員らが次々と上った。長い話をしては交代する。内容は同じようなものだったが、誰もが自分の口から力をこめてそれを言わなければ気がすまないらしかった。

冬美は、最前列から三列目の中央部にいた。いささか飽きて、自分の前に立つ級友のうなじで揺れる和毛《にこげ》を見たり、校庭の端にある鉄棒のあたりから立ち昇り始める陽炎《かげろう》に見とれたりしていた。

やがて最後の来賓の挨拶になり、割烹着の肩から斜めに白襷《たすき》をかけた大日本婦人会地域代表が演台に上った。

「皆様にまず申し上げたいのは、戦地に赴かれた兵隊さん同様、決死の覚悟でご出発くださいという事です」

女生徒たちを眺め回したその視線が、ふっと冬美の上に止まる。目が合ってようやく、昨日、隣組の婦人たちと一緒に家にやってきた婦人とわかった。

「必勝の信念を持って戦い抜く兵隊さんたちのためにも、銃後の私どもは死力をつくさねばなりません。これを壮行の言葉といたします。以上」

深々と頭を下げ、演台を下りる。昨日と同様、髪をきちりと後頭部でまとめていた。糊で貼りつけたかのように後れ毛一本出ていない。おそらく朝起きてから夜寝る直前まで、大日本防空協会が出した「時局防空必携」の通りに生活する事のできる女性なのだろう。

子供はいるのだろうか。もしいるとしたら、その子は母親を尊敬しているに違いない。冬美も母を尊敬していたが、その子の尊敬との間には大きな隔《へだ》たりがあるように思えた。先日回ってきた回覧板に躍っていた文字が脳裏をよぎる。

「我が身を飾るより勝利を飾ろう。ダイヤモンドは航空機や電波兵器の生産に、白金は電気式爆管に必要である。個人で持っているより国家に捧げ、米英撃滅の役に立てるべきである。隣組は総動員で、これらの持ち主を説得せよ」

それらを供出した人々の名前も載っており、中には親の形見を出した女性もいた。誰もが国のために自分の持ち物を提供し、犠牲を忍び、他人にもそれを強制している。人々は皆そういう形で、政府が始めたこの戦争に参加しているのだった。それでいいのだろうか。会津藩が瓦解したように、この国も崩壊へと向かっていくのではないか。そんな気がしてならなかった。

5

「ねえ、水野さん」

食器を片づけ、食堂から出ようとしていると、廊下で待っていた京子が歩み寄ってきて腕をつかんだ。

「『開かずの間』の話、聞いた事あるわよね」

それは、工場に行く途中の廊下の曲がり角にある一室だった。いつも戸に鍵《かぎ》がかかっており、ひっそりとしている。だが夜中にその前を通りかかると、中から光が漏れていたり、物音が聞こえてくるというのだった。

「昨日の夜勤の時、孝子《たかこ》ちゃんがおなかが痛くなって、時間より早くに『開かずの間』の前を通りかかったら、戸がちょっと開いてたんだって。でものぞいてる余裕がなかったって言うのよ。私、気になってたまらないの。今夜、一緒に見に行きましょうよ。また開いてるかも知れない。班の皆に言ったら、行くって。班長はうるさいから声かけてないけどね。水野さんも行こうよ」

京子は、皆の前で頰を打たれるという屈辱を味わったばかりだった。泣きぬれ、打ち沈んでいてもおかしくないというのに、めげる事もなく新しい冒険を企《たくら》んでいる。そのたくましさや懲《こ》りないところに妙に感心し、一緒に行ってみる気になった。

規則を破るのも、皆と同じ行動を取るのも初めてで、たいそう心が浮き立つ。幼い頃、富岡八幡神社の境内《けいだい》に初めて一人で出かけた夜を思い出した。未知の世界に踏み込む喜びが胸で躍っている。

「夜勤の人たちが作業場に入った後で出かけるつもり。そしたら廊下には誰もいなくなるし、もし警戒警報が出ていても、それまでには解除になるに決まってるもの。見張りを立てておいて、皆で寝床から抜けるのよ。何で黙ってるの」

京子は力をこめて腕を引き寄せ、顔をのぞきこんできた。

「実を言うと、水野さんには話さない方がいいんじゃないかって人もいたのよ。真面目だから行かないに決まっているし、先生に告げ口するかも知れないって」

これまで教員に、何かを言い付けた事はない。だが正義にのみ従っていた自分を顧みれば、そう思われていても当然かも知れなかった。

「今こうして話してるのは、私の独断」

うるんだような黒目勝ちの目で、こちらの顔色をうかがう。

「もし一緒に行動しないんなら、私の信頼を裏切った事になるからね」

力のある眼差《まなざし》の底には不安がひそんでいた。冬美の態度によっては、皆から批難を浴びるからだろう。奔放な印象のある京子だが、自分の評判を気にかけているところは普通の女学生と変わりがなかった。

「誘ってくれてありがとう。一緒に行きます」

冬美の答えに、京子は一瞬、あっけに取られたような顔になる。

「あっさり同意するなんて思ってなかったわ」

目に浮かんでいた鋭い光が溶けるように消えていった。

「そういえば、夕飯の時のケンカも止めなかったよね。いつもなら絶対、仲裁始める良い子なのに。もしかしてここに来て、性格変わったとか」

観察眼は鋭いらしい。きっと頭がよく回転も速いのだろう。

「新しい自分になれればいいな、って思ってるとこなの」

まだ驚きの残っている京子の顔が明るくなっていく。

「へぇ、東子みたいな堅物だとばっか思ってた。石部金吉《いしべきんきち》で、まじめのマジさん」

冬美自身も、自分は東子に近いと思っていた。正義に照らしてみれば、京子よりも東子の言動の方が理解しやすく納得できる。

「その堅物を、どうして誘ってくれたの」

笑いながら聞くと、京子も笑みを浮かべた。

「気分、かな。変わった事に手を出してみたかったの。毎日つまんないんだもの。食べる物はちょっぴりだし、朝は早いし、男にも会えないしさ」

先ほど東子と言い争っていた時、その話が出ていたと思い出していると、急に言われた。

「水野さんって、男、いるの」

聞かれただけで頬が熱くなりそうだった。力の入った首を、夢中で横に振る。

「あ、そ。私なんかもう三人目よ」

スラリと言われ、異世界の人間と話しているような気分になった。

「ここに来る前は、妊娠してんじゃないかと思って心配だったのよね」

マジマジとその顔を見つめてしまいそうになり、あわてて目を伏せる。脳裏に、真珠を巻きつけた母の裸体が浮かび上がった。ここでなぜ母を思い出すのか自分でもよくわからない。きっと混乱しているのだろう。

「違ってたからよかったけどさ」

返す言葉に窮し、黙り込む。京子の意外そうな声がした。

「あら知らなかったの、私んちが二本松《にほんまつ》だって事」

都内北西部にある有名な遊郭地帯だった。黒塀で囲まれ、出入り口の脇に松の木が二本植わっている事からそう呼ばれているらしい。近くに母の知り合いが住んでいて、そこを訪ねる際、何度か前を通りかかった事があった。

「まぁ知らないか。水野さんって、うといからな」

赤い大門の近くに天満宮の小さな社《やしろ》が建ち、その向こうに呉服屋や小間物屋、紅粉屋《べにや》、櫛屋などが華やかに軒を連ねている。奥には大きな構えの家々が建ち並び、時折は、着飾った人々が歩いているのが見えた。

だが足を踏み入れた事は一度もない。その門前に差しかかると母は不快そうに顔を背け、冬美の手をしっかりと握って足を急がせるのだった。

「うちの親、置屋やってんのよ」

母が眉を顰《ひそ》めるからには、よい環境とは言えないのだろう。そういう場所に生まれながら、こうして女学校に通い、勉強し、他の生徒たちと変わらない毎日を過ごしている京子の強さに驚嘆する。多くを経験してきたのだろうと思うと、尊敬する気持ちにすらなった。

「ああいうとこにいると、どうしたってマセるのよね。周りの子も大抵そうだし。しくじって、学校の長期休みの時に子供堕ろすとか、親の借金がかさんで身売りを迫られるんで男とトンズラしたとか、よく聞く話よ」

目が開かれる思いだった。自分が当たり前だと思って過ごしてきた日常や常識は、自分の周りだけに通じるものなのだと初めてわかる。

「京子さんって、学校では絶対に教えてくれない事を色々知っていて、すごいわね。あなたに比べたら、私なんてほんの子供みたいで、恥ずかしいわ」

京子はマジマジとこちらを見つめた。

「それ、本気で言ってんの。こういう話すると、皆、たいてい白い目で見るんだけどね。そんな事初めて言われたわ。水野さんって、おっかしな人ね。まぁ一人っ子だって話だから、変わってるのかも。うちの学年であなただけよ、一人っ子って。すっごく甘やかされてて我がままなんじゃないかって思ってたけど、そんなでもないわね」

笑いながら歩き出す京子と肩を並べ、底冷えのする暗い廊下を歩く。壁に貼られていた出征兵士からのお礼の葉書がすきま風に揺れ、かすれた音を立てた。

「慰問袋ニ、タイソウ励マサレテオリマス。インクガ染ミルノデ鉛筆デ失礼シマス。私ハ」

京子がそれを指で弾《はじ》く。

「戦争なんて早く終わればいいのに。毎日そう思ってるんだけど、でもここに来ていい事もあったから、一概に否定もできないかなぁ」

意外だった。ここでどんないい事があったというのだろう。

「ね、そのいい事って何か、教えて上げようか」

声が次第に艶《つや》を含む。

「この工場の後ろの敷地《しきち》に社長の屋敷《やしき》があって、そこの息子は駐在武官補佐官なんですって。イギリス行ってたんだけど、開戦で大使館が閉鎖になって帰ってきてるって噂よ。知らなかったでしょ」

裏手に経営者の家がある事さえ知らなかった。たいていの噂は、冬美の耳を通らずに広まっていく。

「そういう話って、皆、いったいどこから聞いてくるの」

京子はさもおかしそうに頬をゆるめた。

「水野さんって、とろいって訳じゃないけど、ボウッとしてるとこあるわよね」

原因はわかっている。母から正義に従いなさいと言われていたせいで、聞いた事は注意深く吟味しなければならなかったし、正しい言動を模索する必要もあった。それらに時間がかかり、とっさの反応ができないのだった。だが今までのように慎重に構えなくてもよくなった今、もうボンヤリとは言われないだろう。それどころか逆に、母も言っていたように、猪突猛進の気味に気を付けなければならない。

「名前だって変わってるし。誰にでも付いてる〈子〉が付いてないでしょう」

名前については、真珠に因《ちな》んだと聞かされていた。真珠が採れるのは、極寒の十二月から一月。身を刺すような浜辺の空気の中で開けられた貝から美しい光がこぼれ出る時、誰の顔にも花が開くような笑みが浮かぶ。その光景を、母は美しい冬ととらえたのだった。そこに〈子〉を付けるのは蛇足だったのだろうし、より多くの人がつける名前にならおうなどとは考えもしなかったに違いない。

「で、その息子だけどね、ハリウッドの俳優みたいに格好いいって皆が言ってたのよ。一度見たいと思って、作業が休みの日に工場の裏手をうろついてたら」

そこでいったん言葉を切り、宝物の箱でも開けるかのようにゆっくりと先を続けた。

「出会ったわ。門から馬で出てきたのよ」

目の縁が、ほんのりと紅色に染まっていく。

「帽子を、こう目深《まぶか》にかぶっててね、凛とした目で、顎《あご》の線がきれいで。もちろん軍服よ。腰に短剣差してて、手には白い革の手袋をしてたわ」

そんな青年の姿を冬美も思い描く。溜《た》め息《いき》が出た。

「もう胸がキューンとするくらい、いい男だった。何よりよかったのは色っぽかった事。男の色気よ。どことなく危ない雰囲気を漂わせてるの。野性的で、直感が鋭い感じの男。横浜《よこはま》あたりのカウンターバーの高い椅子に斜めに腰かけて、ジッポーのライターで細い葉巻に火を付けてるって感じよ」

横浜のカウンターバーはもちろん、ジッポーのライターも葉巻も見た事がなかった。それらを事もなげに語る京子が大人に思え、憧《あこが》れる。

「ああ抱かれたいって思っちゃった」

露骨な言葉に頬を赤らめながら、男の色気とはどんなものなのだろうと考えた。危ない雰囲気というのは、具体的にどういう感じなのか、それが抱かれたいという気持ちとどう結びつくのだろう。興味津々で耳を傾けていた。

「私、男は三人知ってるけど、皆、遊びだからね。心底、気持ちを持ってかれたのは、これが初めて。つまり初恋って事になるのかしら」

藤村《とうそん》の「初恋」の詩句を思い浮かべる。暗記した言葉を口の中でなぞり、再び溜め息をついた。それは夢の中で見る夢のように淡く、はかなかった。

「で、調べたの。苗字は工場名と同じ火崎、名前は剣介《けんすけ》。鹿児島県の火崎岬っていうあたりの地主で船主。明治になってから東京に移ってきた一族だって」

鹿児島は薩摩藩《さつまはん》で、会津藩にとっては怨敵《おんてき》に当たる。母は達観しているところがあるから何も言わないだろうが、親族は鹿児島県と聞いただけで不快になるに違いなかった。幕末の怨嗟《えんさ》は、いまだに消えていない。

「本業は貿易と金融業で、剣介の父親が社長だけど、すっごく評判が悪いわ。高い利息でお金を貸して、それを払えないと土地や会社を取り上げるんですって。この工場もその一つみたいよ。ヤクザに資金を提供してるって噂もあるの。でもそれってすごいわよね」

感心したような口調だったが、何がどうすごいのかよくわからない。冬美としては眉をひそめたくなるような話だった。

「あの男、私、絶対モノにするわ。で、結婚するのよ。見ててごらんなさい。火崎金融の社長夫人になってみせるから」

大胆な宣言に舌を巻く。いかにも京子らしかった。

「水野さん、男はいないって言ってたけど、初恋の君くらいはいるんでしょ」

早川薫《かおる》の笑顔を思い浮かべる。帝國真珠の役員の一人、早川寅之助《とらのすけ》の息子だった。冬美より十歳ほど年上で、真珠を見たさに作業場にいる母を訪ねると、時々顔を合わせる。いたずらな少年のように冗談を言い、皆を笑わせながら優しい気遣《きづか》いを欠かさない帝大生だった。忘れられない思い出もある。

＊

風邪をひき、高熱に苦しめられてうつらうつらしながら母の言葉を思い出していた。

「薫さんの眼差は涼やかでしょう。ピアノ教師をしてらした実のお母様のお父様、薫さんのお祖父様に当たられる方はブルガリア人で青い目をしてらしたんですって。薫さんも虹彩が青味を帯びた青墨色なのよ。それで涼しげな感じがするの。今度お会いしたらさりげなく見てごらんなさい」

玄関で戸の開く音がした。仕事を休めないと言い置いて出かけて行った母が、早めに戻ってきたのかと思っていると、やがて部屋の襖が開いた。

「声をかけましたが、返事がないので上がらせてもらいました」

大きな影が入ってくる。下から見上げているせいで、いっそう大きく見えた。身をかがめ、枕元《まくらもと》に何かを置くと、どっかと胡坐《あぐら》をかく。

「気分は、どうですか」

薫だった。考えてもみなかった事態に、熱も一気に吹き飛ぶ思いだった。思わず身を起こす。大きな手に抱きとめられた。

「いけない、いけない、寝ていなさい」

そっと横たえ、布団をかけ直してくれたが、そのせいで今度は体中が沸騰しそうなほど鼓動が高くなってくる。めまいがした。

「水野さんから事情を聞いた父が、ちょうどその場にいた僕に、見舞いに行けと言うので、やってきました。ああ、これは」

微笑《ほほえ》みながら、先ほど畳に置いた小さな陶器を差し出す。

「今、うちの庭で咲き誇っている花です。慰みになればと思って、鉢に植えてきました」

胸に染《し》みるような青紫の花だった。繊細な花びらの先が震えるように揺れている。

「病気見舞いに鉢物は縁起が悪いという事は知ってるんですが、切り花にするより根が付いている方が生き生きしているし、あまりにもきれいだからこのまま見せたくて。気に入ってもらえましたか」

頷いたものの、何という名前なのかわからず言葉を継げなかった。ただ花を見つめる。

「矢車菊です。花弁の並び方が矢車に似ているでしょう」

矢車というのは、五月幟《さつきのぼり》の端につける飾り車の事だった。矢を放射状に並べたような形で、風を受けると、カラカラと軽い音を立てて回る。

これまで特別に注意を払って見た事はなかったが、これからはそういう訳にはいかないだろう。五月の光を反射する矢車を見るたびに、この笑顔を思い起こすに決まっている。

「矢車といえば、帝國真珠では昔、矢車菊を象った宝飾品を作って、ハナグルマという名でパリ万博に出した事があるんですよ。一九三七年の事です。知っていましたか」

首を横に振る。

「精巧で美しい造形が評判になり、買い手がついたそうですから、今頃はフランスのどこかで名家の貴婦人を飾っているでしょう」

鉢植えの矢車菊に目をやりながら、その宝飾品を想像した。首飾りか、それとも胸飾りか。花びらのように真珠が配置されているのだろうか、あるいはまとまって花芯を作っているのか。いく粒もの真珠の光が重なり、七色の光彩を放っている様子を思い浮かべると、心が和やかになっていくような気がした。

真珠は、冬美にとってどこか懐《なつ》かしさを感じさせるものだった。この世に生まれる前の魂が漂っているという天上の荘厳さや神聖さを思わせる輝きを持ちながら、見る者を威圧する事もなく、包み込むようにひたすら優しい。初めて見た瞬間から心を惹《ひ》かれ、今も同じ気持ちでいる。

「ハナグルマを手がけたのは、水野さんのお父さんです。亡くなられてからはお母さんが引き継いで完成させました」

初めて聞く話だった。母は自分の仕事について口にした事がない。

「僕もでき上がりを見せてもらいましたが、素晴らしく美しかった。修復も水野さんにしかできないようですよ」

自分の知らない母が立ち現れてくるのを感じ、うれしく思いながら耳を傾ける。

「その腕を買われて、今日も作業場に出てもらっているようです。新しい製品の製造は禁止されていますが、修復の依頼がありますからね。病気のあなたには申し訳ないと父が言っていました。水野さんのお父さんも名工だったとか。お二人の血を引いているあなたも、そうかも知れませんね。学校を出たら帝國真珠に勤めなさいと言われてるんじゃありませんか」

母との間で、そんな話が出た事はなかった。

「僕などは、小さな頃から父にそう言われて育ちました。今のところは、それも悪くないと思っています。帝國真珠は雰囲気のいい会社だし、扱う真珠は大珠にしても小珠にしてもそれぞれに美しい。ダイヤモンドなどは真珠より数段きらめきますが、人間の気持ちを安らげるという点では真珠に勝るものはありません。社長の高清さんは、世界中の女性を真珠で飾ってみせると豪語したとの事ですが、女性の肌を美しく見せるのも真珠だけが持つ特別な力です。魔力と言ってもいい」

素肌に真珠の鎖を巻きつけた母の姿を思い出す。気が遠くなりそうなほどまばゆかった。

「はい、私もそう思います」

薫は、ふっと表情を和らげる。姿勢を崩し、両手を畳について体を支えながら天井を仰いだ。

「よかった。全然、口をきいてくれないので、嫌われているのかと思いましたよ。僕がしゃべり過ぎるから」

そんなふうに受け取られていたとは思いもせず、いささかあせる。

「いいえ、いいえ、楽しく聞かせていただいていました」

本気にしてもらえるかどうか、心配しながら薫の表情をうかがった。疑っている様子はない。内心、胸をなで下ろした。

「僕の父は、いつも人材の確保に苦心しています。帝國真珠の細工師であったお父さんや、今も勤めてくれているお母さんの娘であるあなたに入社していただければ、きっと喜ぶでしょう。その時までには」

言葉を止め、涼しげな目に笑みを含む。

「戦争も終わり、日米通商条約も結び直されて、帝國真珠は再び世界に進出しているはずです」

瞳《ひとみ》にまたたく凜とした光が、胸の底まで射《さ》し込《こ》んできてしっかりと焼き付いた。

＊

「あら恋してる顔じゃないの。隠してもダメよ」

冬美はあわてて目を伏せる。よく使われる恋という言葉で、薫とのかすかなつながりを表すのは恥ずかしかった。もっと特別で神聖な言葉がほしい。

「まだ自分でもよくわからないから」

開戦直前の昭和十六年十一月末、薫は帝國真珠に就職し、間もなく海外支店に旅立った。今はボンベイを初めとしてサンフランシスコ、シカゴ、ニューヨークと支店の閉鎖が相次ぎ、その後、パリ支店も台湾支店も看板を下ろしている。薫の最終赴任地だったというロンドン支店は、どうなっているのだろう。

「まぁ初恋は、淡いのが相場だけどね」

京子は笑って冬美の肩を抱く。

「でも我らは帝国乙女だから、国防も恋も頑張ればいいのよ」

6

「やっぱり今夜も開いてるって。さ、起きてちょうだい」

京子に言われ、寝床から起き上がる。あたりの布団は、もう蛻《もぬけ》の殻だった。班長の良子《よしこ》だけが死んだように眠っている。こっそりと板戸を開け、廊下に出ると、隙間風《すきまかぜ》の中で数人が背中を丸め、両手をこすり合わせていた。遮光具のかかった電灯の下に、楕円形の光が溜まっている。

「行くわよ」

京子が先に立ち、皆が後ろに続いた。

「警報、解除になったの」

すぐ前にいた留子《とめこ》が後ろを振り向く。冬美は、わからないと答えた。制服のまま寝床に入ったとたんに眠りこんでしまい、先ほど京子に揺すり起こされるまで気付かなかった。

「たぶん解除よね。いつもそうだし」

そう言いながら留子は、後ろに下がってきて冬美と肩を並べた。うっすらと産毛《うぶげ》の伸びた口元をとがらせてささやく。

「水野さんも断れなかったの」

廊下に立ちこめていた闇《やみ》が一瞬、よどんだ。

「京子さん、強引ですものね。でも逆らうと恐《こわ》いし」

京子の話では、皆が行くと言っているという事だったが、その全員が冬美のように胸を躍らせている訳ではないようだった。

「眠くてたまんないわ。お腹《なか》もすいてるし。『開かずの間』なんて、どうでもいいのに」

冬美は、自分の前を歩いていく行列をながめる。心細そうな背中と縮かんでいる脚。誰もが、様々な重みに耐えていた。

廊下の端まで来ると、先頭にいた京子が板戸を開け、庭を横切る渡り廊下に出た。皆が次々に踏み出す。敷いてあるスノコがカタカタと音を立てた。

「しっ」

京子が振り返り、唇の前に人差し指を立てる。

「聞こえるじゃないの。裸足《はだし》になるのよ、スノコからも下りて」

皆があわてて足袋《たび》を脱ぎ、庭に足を下ろした。土の湿った冷たさが、足の裏から背中に染み上がってくる。留子がつぶやいた。

「もうやんなっちゃう」

雲の間から出た半月が冴《さ》えた光を斜めに投げ下ろす。スノコの上に折り畳まれたような影を落としながら歩き、渡り廊下から再び建物に入った。曲がり角まで来ると、そこに孝子《たかこ》が待っていて、黙って戸を指差す。中からわずかに光がもれていた。

皆がそれを見ようとして代わる代わる歩み寄り、隙間からこぼれる光の帯を顔に映して息を呑む。冬美も恐いもの見たさで胸がときめいた。

京子がそっと戸に手をかけ、音がしないように少しずつ開けていく。光の幅がしだいに広くなった。

「大丈夫、誰もいないみたい」

入っていく京子の後ろに、全員が続く。

「最後の人、閉めて」

中は八畳ほどの板の間の部屋で、窓はなく、低い天井の数ヵ所からナショナルの防空電球が下がっていた。その下に、作業場と同様の織機が何台か置かれている。引き戸に近い所にある織機の上の電球がつけっ放しになっており、その明かりが外にもれてきていたのだった。

「まぁ何よ、これ」

京子が落胆したような声を上げた。

「作業場と同じじゃないの。これが『開かずの間』の正体だったなんて、ガッカリもいいとこだわ」

機械の端で何かが閃《ひらめ》く。指を伸ばしてつかんでみると、ごく短い繊維だった。光沢があり細くしなやかで、日頃扱っているパラシュート用のナイロンとはまったく違っている。おそらく絹だろう。

工場でパラシュート以外を織っているという話は聞いた事がなかった。しかも絹は今、奢侈品等製造販売制限規則で取り扱いが厳しくなっている。それがなぜ、ここにあるのか。

答えを求めながら、部屋のそこかしこに視線をめぐらせた。壁のように見えている突き当たりが、天井に届くほど高い衝立《ついたて》であると気づく。

その向こうを見に行こうとした時、足元を風が吹き抜けた。

「班長抜きで、どこに行くのかと思ったら」

振り向けば、開いた出入り口の戸から東子が顔を出していた。

『『開かずの間』の探検だったのね。班長に報告しといてあげるわ」

たじろぐ皆をかき分けて京子が前に出ていく。

「後を付けてきたのね。このイヌっ」

「私がイヌなら、夜中にごそごそしてるあなたは、ゴキブリね」

にらみ合う二人に背を向け、冬美は衝立を回り込む。瞬間、目を射られた。

そこには漆塗りの衣桁《いこう》が置かれており、白いレース地がかけられていた。細やかな模様が織り出された半透明の絹レースで、まるで雪崩《なだ》れ落ちてくる光の滝のようだった。圧倒されて声も出ない。

放たれるきらめきが目から胸に流れこみ、心を照らす。その明るさの中から喜びがわき出し、身体《からだ》に広がっていった。自分が芯から光り出すような気持ちになりながら呆然《ぼうぜん》と見入る。

心を和らげるその色も、子守歌のように流れ出してくるその輝きも、真珠によく似ていた。里で蚕《かいこ》が絹糸を、海でアコヤ貝が真珠を作る。自分自身を吐き出すようにして生み出す絹糸も真珠も、生きる力の結晶だった。その光にこもった活力が見る者の心に生気を与え、励まし、安らげる。

衝立の向こうで、言い争いはいっそう熱を帯びていた。冬美は声を上げる。

「皆さん、ちょっといらしてください。これを見て」

足音が次々と回り込んできた。上ずったつぶやきがもれる。

「まぁぁ」

皆が吸い寄せられるようにレース地に近寄ってきて、衣桁を取り囲んだ。

「なんてきれいなの」

京子も東子も争う言葉を失い、惚《ほう》けたように見入っている。

「こんな豪華な布、今まで見た事ないわ」

「そうね、死んじゃいそうにきれい」

先ほどまで口をとがらせていた留子も頬を紅潮させていた。胸の不満は光に包みこまれ、溶かされてしまったのだろう。はしゃいだ声が上がる。

「ちょっとだけ、触ってもいいかしら」

「いけないわ、汚れるもの。見るだけでいいじゃないの」

「そうよ。見られるだけで充分よ」

「あんまりきれいだから、なんか涙が出てきちゃった」

「お祖母《ばあ》ちゃんやお母さんや妹にも見せてあげたい」

微笑みが浮かぶ顔を見回しながら、冬美は美しさの力を確信する。食べ物が体を養うように、美は心を養い、豊かにするのだ。

ふと東子と目が合った。東子は我に返ったように笑みを引っ込める。

「これ、贅沢禁止令で製造禁止になってる絹織物《きぬおりもの》だわ。こんなのを作ってる事がわかったら、監獄行きだわよ。私、先生に言ってくる」

出て行こうとしたその肩を、京子がつかんだ。

「やめなさいよ。密告なんて汚いわよ」

振り払おうとした東子の手先が、衣桁から下がっていたレース地の端に引っかかる。荒れた指先にレースが巻きつき、衣桁が傾いた。

あわてて支えようとしたものの間に合わず、傾きを大きくした衣桁からレースが雪崩れ落ちてくる。誰かが悲鳴を上げた。

京子も東子も、落ちてきたレースを受け止めようとしてその輝きを頭からかぶり、重みに耐えかねて転倒する。まるで光の海で溺《おぼ》れているかのようだった。誰かが笑い出す。

「戦争前に見た外国映画で、転んだ花嫁さんが出てたけど、こんな感じだったわ」

京子の目にも東子の目にも、練り色の繊細なきらめきが映っていた。冬美は歩み寄る。この美しい力を借りれば、なんでもできるような気がした。

「じゃ今夜は、花嫁さんが二人ね」

京子と東子の襟元にレースを掻《か》き寄《よ》せ、服のように整える。

「二人とも素敵よ」

京子と東子は一瞬、お互いを見つめ、あわてて目をそらせた。意地を張る子供のような素振りに、冬美は笑いながら皆を見回す。

「私たち、いつかこんな花嫁さんになりましょうね。戦争が終わったら、きっとなれるわ。こんなドレスを着て、素敵な人に嫁《とつ》ぐのよ」

美しさが夢に翼を与え、皆が陶然として希望をふくらませた。甘やかな溜め息があたりに満ちる。

東子の声が響いたのは、間もなくだった。

「私、やっぱり黙っていられない」

いささか苦しげな口調で、そそくさと立ち上がる。

「夜中の行動は規則違反よ。絹織物の製造もね。両方とも先生に知らせないと」

皆が血相を変えた。

「私、誘われただけだから」

「私も。ほんとは来たくなんかなかったわ」

先ほどまで一つだった心は、すっかり散り散りになりつつあった。

「京子さんがいけないのよ」

「何言ってんのよ。皆だって知りたがってたじゃないの」

責任の擦《なす》り合《あ》いが始まる。このままでは班は分裂してしまうだろう。話が教員に持ち込まれ、処分が下れば亀裂《きれつ》はいっそう大きくなり、それは日々の生活に影を落とすに決まっていた。

誰もどこにも逃げていけない。何があっても、ここで一緒に暮らさなければならないのだ。事を荒立てず、手早く穏便に収めてしまうのが最善に思えた。

「東子さん」

出て行こうとしている東子の前に回り込む。

「私たちは確かに規則違反をしました。でも、その私たちの中には、あなたも含まれているのよ。だって今、ここに一緒にいるんですもの」

東子は思ってもみなかったらしく、猛然と口を開いた。

「私は、ついてきただけで」

まだ全部を言い終わらないうちに、強引に言葉を押しかぶせる。

「それを言うなら、ここにいる皆さんのほとんどが、ついてきただけです」

同意する声に取り囲まれ、東子は言葉に窮した。京子が笑い出す。

「人を呪わば穴二つって、あなたの事ね。いい気味よ」

東子が反論しようとする気配を感じ、冬美はやんわりと京子をにらんだ。

「京子さん、お静かに」

その隙《すき》に東子が勢いづくのを抑えるため、すぐさま東子の方に視線を向ける。

「あなたも、私たちと同罪です。ここは黙っていた方がいいのではありませんか。それがお互いのためだと思います」

東子は不快そうに頬をゆがめた。

「水野冬美さんは頭がいいって先生が言ってたわ。普段は黙っているけれど、聞けばきちんと意見を言えるって。皆は、ボンヤリしてるって噂してるけど、でも私は思ってたのよ、実はそう見せかけているだけなんじゃないかって。やっぱり策士だったのね」

ここで自分の評判を云々《うんぬん》していても話はまとまらない。無視しておくよりなかった。

「では何もなかったという事で、いいですね。皆さん、静かに部屋に戻りましょう」

張りつめていた空気が一気にゆるむ。皆が足早に出入り口に向かった。東子はくやしげに、京子は感嘆したように首を横に振りながら出ていく。

最後に残り、レース地を持ち上げて衣桁に戻した。じっと見つめ、まぶしいほどのその美しさを目に焼き付ける。低い笑い声が耳を打った。

「なかなかやるものだ」

見回しても人の姿はない。戸惑っていると天井の片隅《かたすみ》が開き、そこから二本の脚がぶら下がってきた。直後、風と共に誰かが飛び降りてくる。床に片手片膝《かたひざ》を突いて着地し、ゆっくりと立ち上がってこちらを見た。

「ガキでも女は侮《あなど》りがたい」

剽悍《ひょうかん》な感じを漂わせた大柄《おおがら》な青年だった。軍服を着ており、切れ上がった目には鋭く暗い光がある。

「これじゃ、うかつに結婚できんな」

冗談なのだろうが、初対面の相手に向かって失礼すぎると思った。

「突然に現れて、くだらない話をするあなたは、どなたですか」

青年は身を正し、芝居がかったお辞儀をした。

「これは失礼、名乗りが遅れました。火崎剣介と申します」

京子のひと目惚《めぼ》れの相手だった。改めてながめ回せば、確かにハリウッド俳優の雰囲気がある。

「ところで陰謀家の姫は、人に名を尋ねる時には自分から先に名乗るのが礼儀だという事を、ご存じないのですか」

実に小バカにした物言いで、ますます腹が立った。

「天井裏に隠れて女の話を盗み聞きするような輩に、礼儀を説かれるとは思いませんでした」

相手は年上で、しかも男性だというのに、少しの遠慮もなくズケズケとものを言っている自分に驚く。それこそ礼儀に外れていると思ったが、勢いがついていて止められなかった。

「あたかもこちらに非があるかのような言い方は、やめていただきたいものです」

火崎は笑い出す。

「気が強いな。結構だ」

薄い唇の片側だけを上げるその笑みから、不敵な気配が漂い出た。

「だが俺は目的があってここにいたんだ。しかもここは俺の家の一部だ。そこにいきなりおまえたちが現れたという図だが、さて、非があるのはどっちだ」

言葉はぞんざいになってきていた。理屈としては筋が通っているが、言い負かされるのがくやしくて、ついむきになる。

「天井裏で目的だなんて、苦しい言い訳ですね」

皮肉のつもりだったが、火崎は真面目にとらえたらしく、眉根《まゆね》を寄せた。

「見た通り、ここでは絹レースを作っている。中国やマカオで高く売れるんだ」

密輸だった。悪びれる様子もなく、当たり前の事でも話しているかのような言い振りで、その太々《ふてぶて》しさに二の句が継げない。

火崎一族は鹿児島の出と聞いた。江戸時代、薩摩藩は密貿易で巨額の利益を上げている。その蓄財で討幕の際には、大量の銃器を買い付ける事ができたのだった。ご禁制をきっちり守って倒された会津藩からすれば苦々しい限りだが、今に至ってなお同じ手法で私腹を肥やしている子孫がいるとは思わなかった。

「とんでもない悪党ね。先祖伝来かしら」

嫌味を言っただけでは気持ちが収まらず、蔑みを込めてにらみつける。だが火崎は意に介すふうもなく、表情も変えなかった。まるで巨象の周りを飛び回るヤブカさながらで、くやしさより空《むな》しさが大きくなる。

「もちろん作業後は電気を消し、部屋に鍵をかけていた。ところが毎晩それを開け、部屋の電気を付けるヤツがいるんだ。その現場を押さえるために、天井裏で見張っていた。犯人をしっかり目撃し、立ち去ろうとしていたところに、おまえたちの乱入って訳さ。わかってもらえたか」

興味をそそられ、思わず話に踏み込んだ。

「誰だったんですか」

火崎は、まいったというような顔付きになる。

「同じ敷地内に住んでいる母の弟の忠則《ただのり》だ。あいつ、叩き出してやる」

その人物なら、以前に見かけた事があった。背の低い中年男性で、工場の従業員たちから忠則さんと呼ばれていた。

「ここでレースを製造しているとわかれば、俺の父親はしょっ引かれる。共同経営者になっている俺もだ。弟はまだ未成年だし、工場は叔父の手に渡るだろう。ところが叔父は気が小さくて、密告するだけの勇気がない。鍵を開け、電気を付けておまえたちの注意を引いたのは、女学生らが現場を見れば、しゃべりまくって噂が立ち、町内役員から憲兵の耳に入るに違いないと考えての事だ。おまえたちは利用されたのさ」

くやしさがぶり返してくる。女学生は軽佻《けいちょう》浮薄にしゃべり散らすと思われている事が腹立たしかった。

「利用なんてされるものですか。聞いていておわかりでしょうが、私たちは何もしゃべりませんよ」

火崎は口角を下げる。

「まぁしゃべったら墓穴を掘るからな。俺とおまえたちの利害が一致して幸いだった。お互い、よかったよな」

無難《ぶなん》にまとめられ、確かにその通りだと思いながらも憤《いきどお》りのやり場に困った。

「なんだ、文句でもあるのか」

自分の気持ちを言葉にしようとしていて、ふと思い出す。京子によれば、火崎は駐在武官補佐官でイギリスに行っていたという事だった。もしかして帝國真珠のロンドン支店がどうなっているのか知っているかも知れない。

「あなたはイギリス帰りだとか。帝國真珠ロンドン支店をご存じですか」

火崎は、意味深長な感じのする笑みを浮かべた。

「知らないでもないが、それがなんだ」

薫に通じる道を見つけたと感じ、胸が弾んだ。

「まだ営業しているんでしょうか。そこに早川という男性がいるはずなんですが、ご面識がおありですか」

火崎の顔に浮かんでいた笑みに、皮肉な色が入り混じる。

「帝國真珠は、俺がいた頃はまだ店を開けていた。だが今はわからんな。それより早川を知っているのか。どういう関係だ」

踏み込むように見すえられ、あわててお茶を濁《にご》した。

「母の知り合いです」

火崎は、からかうような表情になる。

「惚れていると、顔に書いてあるぞ」

とっさに両手で頰を押さえた。掌《てのひら》に火照《ほて》りが伝わってくる。

「やめておけ。あいつは食えんとの評判だ。直接会った事はないが、特高に監視されていたのは知っている」

特高というのは、特別高等警察の事だった。政治犯や危険思想を持つ人間を監視する役目と聞いている。だが薫がその対象になっているとは思わなかった。いつからそんな事になったのだろう。帝國真珠は宝飾品の会社、薫はその社員ではなかったのか。

戸惑いながら火崎の顔色をうかがう。でたらめか、あるいはからかっているのかも知れない。そもそもロンドンに特高がいるのだろうか。

「特高って、外国にもいるのですか」

バカげた質問だったらしく、火崎は鼻であしらった。

「内務省警保局保安課の海外駐在員だ。早川はイギリス首相チャーチルに食い込み、政府の情報を握っていた。それを聞き出そうとして特高が引っぱったんだ。だが顧客情報はもらせないと突っ張ねたらしい。それで反日的と見なされて監視対象になった。呼びつけて吐《は》かせようとした事もあったようだが、拷問のプロが三日間かかりっきりになっても成果を上げられなかったって話だ」

初めて耳にする薫の姿だった。

「その時、確か片目を潰《つぶ》されたはずだ」

凜とした眼差が脳裏でまたたく。あの目の片方が失われてしまったなどとは信じがたかった。そんなむごい事があっていいのだろうか。

「深刻な顔だな」

火崎は興味にかられた様子だった。

「どこまでの仲なんだ」

下卑《げび》た突っ込みを避けようとして首を横に振り、話を火崎本人に向ける。

「私の事はいいです。それよりあなたは、なぜイギリスから日本にお帰りになったんですか」

火崎は親指を立て、自分の首に横線を引いた。

「罷免《ひめん》だ。クビとも言う」

いまいましげな表情はケンカに負けた子供のようだった。つい冷やかしたくなる。

「ロンドンで、薩摩藩お得意の詐術でも巡らせたんですか」

火崎はきれいな線を描いた頬を歪《ゆが》めた。奥二重の下のつり上がった目には荒々しいといってもいいほど鋭利な光があるが、顔の輪郭《りんかく》は優しく、顎などは小さく繊細で、どちらかといえば女性的だった。

「なんで、ここで薩摩藩なんだ」

説明してもしかたがないと思い、横を向いて無視をする。

「ま、勘所は悪くないな。軍関係者とのポーカーでイカサマをしたのがバレたんだ。営倉にぶち込まれるところを、金と女で切り抜けた」

あっけらかんと口にしているが、博徒で、しかもイカサマ師とはとんでもない悪党だった。

「清純な女学生にはきつい話だったかな。だが大それたイカサマをやった訳じゃないぜ。ボトムディールの指技を身に付けたんで使ってみたくてたまらなかっただけだ。無邪気なもんだろ」

平然とうそぶく。その図々《ずうずう》しさに言葉を失っていると、廊下の向こうであわただしい足音が起こり、近づいてきた。

「空襲警報、発令」

叫びと共に部屋の前を駆け抜け、工場の方に向かっていく。

「各自、待避せよ。空襲警報、発令」

サイレンがけたたましく夜の空気を震わせ始めた。四秒で止《や》み、八秒を置いて再び鳴り始める。これまでにない事で急に鼓動が速くなった。

「各自、待避せよ、待避せよ」

工場の敷地と隣接する松林の端には、班ごとに入れるように塹壕《ざんごう》がいくつも掘ってある。有事の際は、そこに駆けこむ事になっていた。すぐ向かった方がいいのだろうか。

「来そうだな」

火崎は天井を仰いだまま、動く気配がない。どうするつもりなのだろう。

「かなり近い」

どこからか、いくつもの音が近づいてきていた。地鳴りのような響きを伴っており、聞いているとどうしようもなく不安になってくる。天井も壁も板戸も震え出し、音を立てて揺れ動いた。

「真上だ」

火崎が腕を伸ばし、冬美の頭を胸の中に抱《かか》えこむ。そのまま押し入れに飛び込み、床板に突っ伏した。

「息を止めろ」

爆発音と共に、熱風が一気にあたりを吹き抜ける。火柱が部屋を横切って走り、乱れて空中に散っていた髪の先がじりじりとこげた。凄《すさ》まじい音を立てて屋根や梁《はり》が次々と落下し、千切《ちぎ》れ飛ぶ木の欠片《かけら》や舞い上がるホコリが目を刺す。突き刺さった焼夷弾が強い臭《にお》いのする油をまき散らし、火を噴《ふ》き上《あ》げた。

夢中で火崎にしがみつく。軍服越しに感じられるそのわずかな暖かさだけが、自分を救ってくれるもののように思えた。壁の崩れ落ちる音が響き渡る。

「爆弾投下のあげくE48集束焼夷弾か。こういう落とし方は通常しないはずだが、どっかに爆撃に行った帰りで、あまったブツを捨てていったって事か」

あたりに立ち込めた闇が白く濁るほどホコリが立っていた。火崎が身を起こす。体の上に降り積もっていた瓦礫《がれき》がバラバラと散らばり、床板の上ではね返った。

「おい大丈夫か」

しだいに目がなれ、斜交《はすか》いになっている柱、破れて落ちかけている天井が見えてくる。その間から夜の空がのぞいていた。

「これで終わりか、それとも後続の編隊がくるのか」

むせ返りながら起き上がる。傾《かし》いだ柱の向こうに火の手が広がり、赤い舌のように闇をあぶっていた。日頃の消火訓練が頭をよぎり、急に背筋が伸びる。

「ともかく逃げるぞ」

手をつかまれ、思わず振り払った。

「逃げるより先に火事を消しに行かないと」

火崎はバカバカしいと言わんばかりの顔付きになり、力なく首を横に振る。

「焼け死にたいのか。待避所は何のためにある」

罷免されたとはいえ元軍人だった男から、そんな初歩的な質問をされるとは思わなかった。

「待避所は、敵機をやり過ごすためです。敵機が去ったら、すぐ飛び出して消火活動をすべきです」

鋭い光をみなぎらせていた火崎の眼差が、ふっと曇る。そこから涙のように哀《あわ》れみがにじみ出た。

「確かに『時局防空必携』にはそう書いてあるが、あんなものは絵空事だ。バケツリレーで焼夷弾が消せるか。火が消える前に命が消えるぞ。国のプロパガンダを信じ込まされているとは痛ましい」

いきなり哀れまれ、驚きを通り越して笑い出しそうになる。自分の気概と心意気を見せてやりたかった。

「私は、国家権力に従うつもりはありません」

火崎は、ヒュッと尻上《しりあ》がりの口笛を吹く。

「ほう難しい言葉を知ってるじゃないか。しかも勇ましい」

冗談半分に言いながら、暗い目に真剣さをまたたかせた。

「忠告しておこう。権力には従え。長いものには巻かれておくんだ」

不埒《ふらち》な男だった。母が聞いたらどれほど憤慨するだろう。

「それが生きる術《すべ》ってやつだ。そうでないと」

一瞬、言葉を切り、威圧感のある笑みを広げる。

「片目をなくす事になる」

その瞬間、わかった気がした。薫は正しかったのだ。不当な弾圧を受け、それに屈しなかったのに違いない。片目は、その代償なのだ。

「隻眼《せきがん》も、男なら役に立つ。徴兵を逃れられるからな。だが女じゃ、嫁《とつ》ぎ遅れるのがオチだぜ」

利害しか考えていないその低俗さ、下劣さに吐き気がした。

「私が消火活動をするのは」

薫の片目がこちらを見つめ、励ましてくれているように思える。

「『時局防空必携』の規則を守るためではありません。被害が大きくなるのを防ぎたいからです。これで失礼します」

駆け出そうとすると、二ノ腕をつかまれ、引き戻された。

「ここで死んだら犬死にだぞ。この戦いはもうすぐ終わる。日本は負けるんだ。新しい時代が始まる」

胸に爆撃を受けたような気持ちになる。国が大声で命令を発し続け、戦地も銃後も、つまり日本中のすべての人間が一丸となっているというのに、負けるなどという事があり得るのだろうか。

「そんな事聞いていません。大本営発表では、勝てると言っています」

腕をつかんでいる火崎の手に力がこもった。

「報道管制が敷かれていて本当のところが伝わらないんだ。今年になって日本軍はサイパン、テニヤン、グアムで玉砕した。十月にはレイテ沖でも大敗している。新型爆撃機B29の目標は、首都東京の大規模な爆撃だ。そのためにマリアナ諸島に基地を構えたんだ」

知っている事もあったが知らない事もあり、どう反論していいのかわからない。法の目をくぐり、禁令の絹織物を生産しているような人間の息子だから、ろくな事を言わないと考えるしかなかった。

「国を守り、最後の一人となっても戦います。そう命じられているからではありません。国を守るのは、国民として当たり前の事だからです」

力をこめて言い放つと、火崎は大きな息をついた。手を焼いているように見える。

「そうか。最後の一人になっても戦うのか。それでその後はどうするんだ。おまえ一人じゃ子供も作れんぞ。そしておまえが死んだら国民はいなくなる。ただ土地が残るだけだ。土地に魂を与えているのは住人だ。住んでいる人間が国家を作っているんだ。国民なくして国家なしだろう。最後の一人がいなくなったら国も滅びる。誰もいなくなった土地に、連合国が上陸してくるぜ」

どんな爆弾より恐ろしい言葉だった。萎《な》えていきそうな喉《のど》に力をこめ、声を絞り出す。

「もう行きます。火を消さないと」

火崎の手を振《ふ》り解《ほど》き、背を向けて不安定な瓦礫の上を我武者羅《がむしゃら》に歩いた。なんとか建物の外に出る。闇の中に昇った月が、穴だらけになった地面を照らしていた。

火はあたり一帯に広がり、立ち込める熱で頬が熱かったが、炎の丈《たけ》は高い所でもまだ胸を超えていない。どうにか消せそうだと思いながら、消火用のバケツがおいてある中庭に走ろうとし、戸惑った。

方向がわからない。あれほど何度も訓練をしてきたというのに、今この場所からどちらに向かえば中庭に行きつけるのか見当がつかなかった。

いったい自分はどうしてしまったのだろう。何を混乱しているのか。立ち尽くして考えていて、やがて合点《がてん》がいった。それまでそびえていた工場全体がすべて潰れ、真っ平らになってしまっているのだった。それで目印がなく、どちらを目指せばいいのかわからない。

皆はどこにいるのだろう。見回しても、消火をしている者など一人もいなかった。まだ待避所から出てこないのかも知れない。目を上げ、白い月光に照らされている松林を見つける。待避所は、その端だった。

そこまで行ってみれば誰かに会えるだろう。松林を目指して歩き始める。あちらこちらから上がる火の手で、四方は昼間さながらに明るかった。

やがて蜂《はち》の羽音のような低い唸《うな》りが聞こえてくる。月の中に一点の影が浮かび上がり、見る見る大きくなった。

次第にばらけていくそれは、魚の群れを思わせた。羽音は轟音《ごうおん》に替わり、空気を揺るがせ始める。戦闘機の編隊とわかったのは、松林近くまで行った時だった。

東京か、浜松の航空隊基地から飛び立ってきたゼロ戦だろうか。陽が沈む方向に向かっていく。おそらくアメリカ軍を迎え撃とうというのだろう。しっかり防衛してほしいと願い、両手を合わせて祈った。

編隊は、真っ直ぐこちらに向かってくる。数えきれないほどの機数が頼もしかった。やがて一機一機がはっきりわかるほど大きくなり、頭上に差しかかる。その時初めて機体に描かれている印が目に入った。日ノ丸ではない。丸に白抜きの一つ星だった。

心臓が縮み上がる思いであたりを見回す。身を隠す場所はどこにもなかった。ただしゃがみ込み、凄まじい風と共に自分の頭のすぐ上を次々と通り過ぎていくアメリカの編隊を見ているしかない。

隊列の最後を飛んできた戦闘機が突然、高く舞い上がり、空中で機体をひるがえして翼を上下にすると、一気に高度を下げてきた。息を詰めている間に松ノ木の間を通り過ぎる。

爆音に破壊音が重なった。枝が千切れ飛び、葉が吹き飛んでくる。通り過ぎていく戦闘機の窓からゴーグルをかけた操縦士が身を乗り出し、こちらを振り返った。

直後、何かが放り投げられる。一直線に落下してくるそれは爆弾に違いなかった。思わず身を縮め、目をつぶりながら、もうすっかり死んだ気分で母に先立つ不孝を詫《わ》びる。

今に爆発する、もうすぐ木《こ》っ端《ぱ》微塵《みじん》になると思いながら時間が過ぎた。笑いまじりの声が飛んでくる。

「おまえ、何やってるんだ」

目を開けば、いつの間にか火崎が隣に来て、しゃがみこんでいた。

「爆弾を投げられたので」

火崎は片手に握っていた塊を空中に放り投げ、再び手の中に収めた。

「爆弾というのは、この事か」

差し出されたそれは土で汚れているものの、銀紙に包まれ、赤いリボンを付けた少女を印刷した青い帯がかかっていた。書かれている横文字は読めなかったが、どう見ても爆発しそうもない。

「これはチョコレートだ。アメ公からプレゼントだぜ」

意味がわからなかった。日本を破滅させるために爆撃を続けるアメリカ軍が、なんのためにチョコレートを投げ落とすのか。毒でも入っているのだろうか。

「さっきの編隊の後続部隊だ。方向からして東京か横浜あたりを爆撃しての帰りだろう。やっぱり余った爆弾をここに落としていったんだ。宙返りする余裕があったようだから、作戦がうまくいって機嫌がよかったんだろう。ま、ありがたくいただいとけよ、ほら」

甘く、ほろ苦い香りが鼻を突く。ここに来てから菓子類を口にした事が一度もなかった。飛び付きたいほど食べたかったが、敵が投げ落としたものを拾い食いなどできるだろうか。

「どうした。ああ心配なのか。じゃ俺が毒味をしてやろう」

火崎はチョコレートを折り、その欠片《かけら》を無造作に口に放り込む。

「ん、悪くない。さ」

突き出されたそれをにらんでいると、火崎は片手を伸ばし、冬美の顎をつまんだ。

「ほしいんだろ。素直に食べろよ」

開いた冬美の唇の間にチョコレートを押し込む。とっさに頬に力を入れ、吹き飛ばした。故意にねらった訳ではなかったのだが、飛び出したチョコレートが火崎の額を直撃する。

「きっさま」

いきなり胸元をつかみ寄せられた。

「男の面《おもて》に泥を塗ったな」

噛《か》み付《つ》かんばかりの剣幕だった。あまりの激憤ぶりに驚き、笑えてくる。このくらいの事で激怒するとは、まるできかん気な子供のようだった。

「落ち着いてください、泥ではなくチョコレートです。敵国人が投げた物を躊躇《ためら》いもせず口に入れるくせに、男だの面だのとこだわるのは、片寄りというものではありませんか」

火崎はしかたなさそうな息を吐き、冬美をつかんでいた手を放した。

「権力には従わず、敵の下され物は口にせぬか。先ほどのように策をめぐらしたかと思えば、妙に潔癖だ。面白いヤツだな。俺はそういう女も結構好きだ。おまえがこの戦乱の世をどう生きていくのか見てみたい」

真っ直ぐにこちらを見すえる眼差には、どこか求道的なところがあった。それが不敵さや不埒さと入り混じり、不思議な光を放っている。

「まだ名前を聞いてなかったな。俺が名乗ったのだから、おまえも言ったらどうだ。俺の家を知っているのだから、おまえの家も教えておけ」

もっともな理屈で、ここで名乗らなかったら疚《やま》しい事でもあるのかと思われそうだった。

「水野冬美、住まっているのは東京の深川、洲崎弁天近くです。もう行ってもいいですか。皆と合流して早く火を消したいので」

爆撃を受けた直後から同じ言葉を繰り返している冬美に、火崎はうんざりしたらしかった。放り出すように両手を上げる。

「どうせ止めても止まらないんだろ。行け。気を付けろよ」

待避所を目指し、足を急がせた。土は熱を帯び、地面には大きな窪《くぼ》みがいくつもできている。松林の向こうに立ち並ぶ家々は屋根から火を噴き、燃え盛っていた。消す人の姿もなく、闇を背景にして炎上する様子は回り灯籠《とうろう》のように見える。

あたりにはこげた臭いが充満していた。風が吹くたびに野焼きでもしているかのような熱気が吹き付けてくる。夏の盛りの田畑を思わせる暑さだった。

火崎は、アメリカ軍が東京か横浜を爆撃した帰りだろうと言っていたが、母は大丈夫だったろうか。日本が負けるというのは本当なのか。取り留めもなく考えながら、漂う草熱《くさいき》れの中を歩く。

松林の端まで行くと、鉄製の板が投げ出されていた。よく見れば、壕《ごう》の出入り口をふさぐ扉だった。吹き飛んだらしく、角が地面に突き刺さっている。表一面にゼリー状の油がこびり付き、焼《や》け焦《こ》げていた。

これがなければ、壕はただの横穴でしかない。不吉な思いがきざし、たちまち大きくなっていく。自分を励ましながら壕に近寄った。

穴の出入り口からおずおずとのぞきこむ。ムッとするような空気が立ち上ってきていた。階段の一番下に引率教員が立ち、壁に手をかけて見開いた目でこちらを仰いでいる。

「ああ先生、皆は」

そう言いながら、教員の顔が人形のように固まっている事に気が付いた。全身も、案山子《かかし》さながら強張《こわば》っている。悲鳴を上げそうになる口を、あわてて押さえた。爆撃を受けたにしては、どこにも損傷がない。生きていた時と全く変わりがなく、ただ頰が濃いピンク色になっているだけだった。

教員のそばまで行こうと階段を降り始め、途中で足を止める。下段に行くほど空気が熱くなり、まるで沸騰した湯が溜まっているかのようだった。ここまで来る間も地面が放つ熱を感じていたが、それよりいっそう温度が高い。これでは真面《まとも》に呼吸もできないだろう。それが死因かも知れなかった。

一つの班は、一つの待避所に入る事になっている。では、ここに避難していた皆がこの状態なのか。もう誰も生きていないのだろうか。つい先ほどまであれほど活気にあふれ、生き生きとした目でレース地を見ていたというのに、その全員がもうこの世にいないなどとは信じられない事だった。

うつろさが胸に芽吹く。そこから墨の流れのような触手が伸び広がってきて、たちまち体を占領した。自分が一気に空洞になっていく気がする。軽くなりすぎた体で立っていられず、その場にしゃがみ込んだ。

力が抜け出て行くのをなんとか防ごうとして両腕で両足を抱《かか》え、胎児のように丸くなる。心臓から流れ出る血の音が聞こえた。この血は真珠王の血なのだと考えてみる。母が言っていた、あなたは克服する力を持っていると。

一秒一秒過ぎていく時間が目に見えるほど、あたりは静まり返っていた。見回しても動くものは何もない。一人きりだった。

自分しかいない。自分でなんとかするよりない。そんな気になりながら立ち上がる。大丈夫、私にはできる、真珠王の娘なのだから。とにかく下に降り、中がどうなっているのかを確認しよう。まだ生きている誰かがいるなら救わなければ。

熱湯のような空気の中を一段一段下り、立ち尽くしている教員の脇をくぐって底に降り立つ。黒々とした横穴が見えた。振り返り、教員がモンペに付けている懐中電灯を見つけてその結び目を解く。

手にしたそれで横穴を照らした。光の輪の中に最初に浮かんだのは、京子の顔だった。隣に留子や孝子も、班が違うはずの東子もいる。全員が地面に腰を下ろしたまま、力なくもたれ合っていた。

大声で名前を呼びながら近寄り、肩をつかむ。瞬間、京子がカッと目を開けた。直後に力を失い、ふうっと瞼《まぶた》が下りる。反射的な動きのように見え、葬式で死体が起き上がったと聞いた事を思い出した。息を呑んで見つめていると、そこかしこに纏《まと》わりつく熱気を振り払うかのようにかすかに首を横に振る。死線を彷徨《さまよ》っているのかも知れなかった。

この世に引き戻したい。必ず引き戻す。強くそう念じながら、散りかけている花のようなその頬を両手で包んだ。

「しっかりして。すぐ外に運びます」

くり返し訓練した方法通りに手首をつかみ、脇ノ下に肩を入れて背負い上げる。重さに脚をふらつかせながら階段を上った。教員のそばを通り抜けようとすると、その体が傾き、下方へとずり落ちていったが止める余裕もない。

地上まで運び、樹《き》の下の草叢《くさむら》を見つけて横たえた。水をやりたかったが、井戸は見えない。捜しに行こうか、いや全員を運び出すのが先だろう。

「京子さん、ちょっと辛抱してて。皆を助けてくるからね」

再び待避所に入っていこうとした時、薄くなりつつある闇の中に数人の人影が現れ、大八車と共にこちらに向かってきた。

「第二高女の生徒さんけ」

カーキ色の制服を着ている。地元の警防団だろう。後方には、法被《はっぴ》姿で鳶口《とびぐち》をもった男たちの姿もあった。助かったと思いながら、声をかけてきた初老の男性に懇願《こんがん》する。

「壕の中に同級生がいるんです」

男性は承知している様子だった。

「任しといてや。火崎の若旦那《わかだんな》から頼まれてきたんだで、それなりの働きをせんとなぁ」

後ろに従っている男性たちを振り返り、大八車に乗っていた樽《たる》を指す。

「壕に入るに。水をかぶんな」

男たちは樽に桶を突っ込み、水を汲《く》み上《あ》げると次々にかぶって壕に走り下りていった。冬美は空いた桶を借りて水を掬《すく》い、京子の口に運ぶ。

「ちょっとそこ、退いてくれんかな」

後ろから声をかけられ、見れば大きな救急袋を下げた白衣の女性が跪《ひざまず》くところだった。

「まだ若いに、こんな目に遭ってかわいそうに」

京子に目を走らせ、溜め息をつきながら手早く治療を始める。

「ほい、あんた、手を貸しとくんな。これを水に浸して巻き付けるんだに」

あわてて手伝った。運び出されてきた同級生が次々とあたりに横たえられていく。まるで野天の野戦病院のようだった。

「ああ、こっちの子はもう手当はいらん。死んどる」

留子だった。唇のそばの産毛が風に揺れている。ほんの数時間前まで自由にしゃべっていた人間の魂が、今はもう消え去り、残っているのは軀《からだ》だけなのだった。

胸に憤りが溜まっていく。恨みとも哀《かな》しみともつかない激しい波が生まれ、高く頭をもたげて全身を引きずり込んだ。息ができず、身をよじって声を吐き出す。

「私たち何もしてないのに、なんで、どうしてこんな事」

女性が、いらだたしげな視線をこちらに向けた。

「これが空襲っちゅうもんだでな」

頭では充分わかっていながら、今までどこか他人事《ひとごと》だった戦争の凶暴な姿を、初めてはっきりと見た気がした。

「一文の得にもならん御託並べとらんと、ほれ、桶に水でも汲んできとくんな」

7

京子も他の生徒たちも一命を取り留め、死者は留子と引率教員の二名だけで収まった。焼け残った寺で簡単な葬儀が営まれる。やってきた親族が遺骨を引き取っていった。霧のような冷たい雨が降りしきる中、肩をすぼめて帰っていく母親の後ろ姿が目に痛かった。死んだのがもし自分だったら、母も同様の思いをしたのだろう。これ以上、空襲がないように祈る。

一週間もすると、全壊した工場の跡地に仮設の建物が建ち、皆の体調も回復して元通りの日々が始まった。焼けこげた織機を補修しながらの作業中には、笑い声も上がるようになる。

だが冬美は、それまで留子の座っていた席が空いているのを見るたびに、同じような空白が自分の心にも漂っているのを感じずにいられなかった。取り立てて留子と親しかった訳ではないが、止めようもなく心が沈む。

「水野さん、なんて顔してるのよ」

京子は、何事もなかったかのように陽気に過ごしていた。なぜ留子の死について考え込まずにいられるのか、不思議に思いながら自分の喪失感を口にする。京子はしかたなさそうな吐息をついた。

「まぁ気持ちはわからないでもないけど、でももう取り返しのつかない事じゃないのよ。考えたってしかたないわ。留ちゃんは死んだけど、私や孝子さんや良子さんは生き残ったのよ。それを喜んでよ。全員が死んでしまう事だってありえたんだもの。私たちが生きていてよかったって思ってくれないかな」

京子の明るさの理由がわかったと思った。物事のいい部分だけに目を向けているのだった。それ以外を切り捨てられるのは、心がたくましいからだろう。

「留ちゃんの事を思い出したら、お寺に行って本堂で手を合わせればいいのよ。私たちにできるのは、それくらいなものなんだもの。そういう時以外は、生きている自分の毎日を大事にしようよ」

全くの正論で、頷くしかなかった。以前に京子が戦争の終結を望みながら、ここに来ていい事もあったと言っていたのを思い出す。

電気に＋と−があり、光が当たればその裏は必ず陰《かげ》になっているように、この世のあらゆる事には確かに両面がある。その楽しい所、幸せな所だけを見つめて生きる事はできるのだろうか。

戦争によって自分の身に起こった事を考え、そこから明るい要素だけを取り出してみる。母から離れてここに来て、正義の支配を脱する事ができた。京子と友だちになり、こうして話して様々な考え方を聞けるようにもなった。

それらはかけがえのない貴重なもので、戦争という非常時の中で輝石のように輝いている。どんな状況においても、何かしらの光は射《さ》している事を証明しているかのようだった。

その光の方に自分の意識を向けていけば、そこまで自分を引っぱっていき、その中に立っていれば、きっと励まされる。どんな時でも快活な、晴れやかな気持ちでいられるに違いない。それこそが何をも乗り越えて生きる心構えであるように思えた。

「空襲を経験して、皆、利口になったし、大人になったよ。今までみたいにモメなくなったしさ」

それは、東子が変わった事が主な原因だった。京子の話によれば、逃げ遅れた東子が自分の班の待避所に行った時には、既に扉が閉められていて開けてもらえなかったらしい。他の待避所の扉を叩いたものの、どこからも拒《こば》まれ、見かねた京子が独断で扉を開けたという事だった。

「あいつの事は好きじゃないけど、死んじまえとまでは思ってなかったもの。先生は開けるなって言ったけど、まだ爆弾は落ちてきてなかったから、ちょっとくらい大丈夫だろうと思って」

その班の待避所に班員以外が入れば、規則違反になる。これまでの信条を自ら踏みにじらざるをえなくなった東子は、色々と考える所があったのだろう。以前とは別人に見えるほどおとなしくなり、京子に異を唱える事もなくなった。

恩義を感じているというよりは、信奉してきたものが崩壊し、挫折《ざせつ》感を噛みしめているようで、ひっそりとしたその様子を目にすると同情せざるを得なかった。

もし自分が正義を奉じたままでここに来ていたら、様々な所でそれが踏みにじられている現実に我慢できなかっただろうし、そんな中で少しずつ心の歯車を狂わせてしまったかも知れない。

ひょっとして母には、それがわかっていたのだろうか。だから正義という物差しを取り上げ、代わりに真珠王の娘という芯を与えた。そんなふうに思えなくもなかった。

「いざ爆弾が落ちたら、待避所の扉なんかすっ飛んじゃってさ。それで先生が様子を見に行こうとしたんだけど、外の温度がすごかったみたいで、一瞬で蒸《む》し焼《や》きだよ。熱波にやられたんだって看護婦さんが言ってた」

立ち尽くしていた教員の顔がよみがえる。一生忘れられそうもなかった。

「それよりこのところ陸軍測量部隊の車がよく通るって話よ。水野さんは見た事ないの」

頷きながら今朝方も地震があったと思い出す。大きなものではなく、寝床にいたせいで感じた程度だったが頻発していた。それで調査に来ていたのかも知れない。

「私もまだ見てないのよね。カッコいい将校さんとかがいたら、会ってみたいんだけどな」

話が冗談で終わったそのあくる朝方、凄まじい揺れに襲われた。

「皆さん避難です、避難なさい」

叫びたてる教員の頭上からベニヤ板が降ってくる。筋交いの入っていなかった土壁は、たちまち倒れてきた。

「仮設にも、いいとこがあるわね」

押し入れから引き出した布団をかぶりながら京子がこちらを見た。

「落ちても倒れても、建材が軽いからひどいケガをせずにすむもの」

揺れが収まってから、二人であたりを見に行く。道路は崩れており、橋も落ちていた。線路では貨物列車が横倒しになっている。

「潮が引いとるけぇ、今に津波が来るぞ」

国民服を着た中年男性が腕章を付けた腕を振り回し、警告して歩いていた。

「山だ、すぐ山に逃げるに」

京子と二人で裏山に向かう。つま先上がりの細い道を、山頂に近い所まで夢中で駆け上がった。見下ろせば、はるか彼方《かなた》まで潮が引き、海底が見渡せる。今まで見た事のない景色に息を呑みながら、宗教の時間にならったモーゼの出エジプトの時には、おそらくこんなふうだったのだろうと思った。

「見て」

遠くに広がる海で白い幕のような波が立ち上がり、猛然と押し寄せてくる。たちまち近くまでやってきて堤防を壊し、市内に流れこんできた。街を走り下る濁流は、いつか牧場で見た馬の群れさながらに熱《いき》り立《た》っている。

「地震と空襲って、どっちがましかしら」

自分たちがこれからどうなるのか見当もつかず、地震さながらの不安に揺さぶられながらマヌケな話をしているより他に何もできなかった。

「地震は、津波も火事も起こすけど、空襲なら水害がないでしょ。その分、少しはいいんじゃないかな」

「でも空襲っていったら海からの艦砲射撃も入るでしょ。引っ切り無しに砲弾が降り注ぐんですってよ。だったら時間が限られてる地震の方がいい気がするけど」

昇ってくる太陽を二人で見つめる。胸で力を増すばかりの暗がりを蹴散《けち》らしてくれる光がほしかった。鼻から耳、口、そして皮膚、体中の穴という穴のすべてで光を吸い取り、自分の内に明るさを溜め込もうとする。

「今の津波で五回目よ。だんだん小さくなってきてるし、たぶんもう大丈夫よ。工場の方までは水が行ってないみたいだから、戻ってみましょうか」

二人で山を下りる。道路に亀裂がなく、いつもの風景が広がっている事に胸をなで下ろしながら工場に帰り着いた。被害の状況を知ろうとラジオを点《つ》ける。ところが夕食が始まる頃になっても、地震のニュースは流れなかった。

「きっと規制がかかってるのよ。戦意喪失につながるから」

翌日から日々、流された家屋の瓦礫撤去に駆り出される。ラジオでは、頻繁に空襲の被害が報道されるようになっていた。東京への爆撃も多く、本所と日本橋《にほんばし》にも焼夷弾が落とされた。

母が心配だったが、葉書を出すくらいしか連絡手段がない。それも届くかどうかわからなかった。その後も何度か地震に襲われ、B29の爆撃も受けて、誰もが無言のうちに戦況の悪さを感じ取っていた。

「ラジオでは全然言ってないけど、十三日の地震の震源は三州だったみたいよ。随分たくさんの人が死んだって」

「きっと空襲の被害も、私たちが知ってる以上に多いわよね」

噂話が耳に触れるたびに、火崎の言葉が胸をよぎる。

「日本は負けるんだ」

あんな男の言う事をまともに受け取るのはバカげている。そうは思うものの不安が消せなかった。

8

「今日は、特別授業です」

引率教員からそう言われたのは、三月の中旬に入った頃だった。

「朝食後、作業場に行かず、その場に留まっていてください」

異例の事で、皆が顔を見合わせる。

「何でしょうね」

「さぁ想像もつかないわ」

ざわめきながら食事を終え、片づけて自分の席に戻っていると、食後すぐに姿を消していた各班長が一列に並んで入ってきた。腕には段ボール箱を抱えている。表情は一様に硬かった。一番後ろについてきた教員が引き戸を閉める。

「では、それを皆さんに配ってください。注意して扱うように」

班長は段ボール箱を床に置き、蓋を開けた。中から楕円形の塊を出し、皆の前に置いていく。鉄でできており、掌に収まるほどの大きさだったが重量感があった。表面には立体的な格子状の模様がついている。上部からは待ち針のような細い金具が突き出していた。冬美の目の前にも、一つが置かれる。

「今、お配りしたのは、手榴弾《しゅりゅうだん》です」

誰もが固唾《かたず》を呑み、目の前に置かれた鉄の塊を見つめた。

「自決のためのものです。ここは海も近く、いつ敵兵が上陸してくるかわかりません。もし自分の身を守れないような事態になった時は、それをお使いなさい。使い方は」

教員は手榴弾を持ち上げ、突き出ている金具を指差す。

「このピンを抜くだけです。抜いたら、しゃがんで胸の中に抱《かか》え込《こ》みなさい。頭は両膝《りょうひざ》の間に入れ、体は丸める。五秒で爆発します。それで恐怖や苦しみから解放され、第二高女の誉《ほま》れとなれるのです。いつもそばに置いておくように。よろしいですね」

教員の言葉は、現実について全く触れていなかった。学校が生徒に死ねと命じている事、この鉄の塊が爆発すればその破片が体中に突き刺さり、血まみれになってこの世から立ち去らねばならない事、母にも会えず家にも帰れないままここで朽ち果てねばならない事、そういった大切なすべてが抜け落ちているか、あるいは隠されていた。聞こえの良《い》い、美しい言葉で全《すべ》てがおおわれているのだった。火崎の声が胸で勢いを強める。

「ここで死んだら犬死にだぞ。この戦いはもうすぐ終わる。日本は負けるんだ。新しい時代が始まる」

命令に従う事を美徳としていたために瓦解した会津藩の悲劇を思い出しながら、立ち上がった。

「先生」

自分はここを乗り越えていく、同級生も無駄には死なせない、そう心に思い定めて口を開いた。

「先生は、私たちに死ねとおっしゃっていますが、それは違うのではないですか」

室内にざわめきが広がり、気色《けしき》ばんだ教員がこちらを向く。

「軍人さんや兵隊さんがそう言うのならわかります。でも先生は教師ではないですか。教師というのは、私たちに生き方を教える職業のはずです。それが死に方を教えるなんて、間違っていると思います」

血相を変えて駆け寄ってきた教員が、片手を振り上げる。それを下からにらみ上げた。

「先生は間違っています」

手が振り下ろされる。反射的に首をすくめ、目をつぶった。しかし音は響かず、痛みも走らない。

「水野さんの言う通りです」

わずかに目を開ければ、後ろから近付いた京子が教員の手首をつかんでいた。

「先生は、はき違えていらっしゃいます」

教員は、力をこめて京子を振り払う。

「教師を誹謗《ひぼう》する気ですか。許しませんよ。あなた方は死ぬのが恐いだけですよ。それで身勝手な理屈を並べ立てて逃げようとしているんです。意気地なし、臆病者《おくびょうもの》、腰抜け。それでも第二高女の生徒ですか。恥を知りなさい」

いまいましげに叫び立てる教員の前に、東子が歩み出た。

「先生の言葉はうつろです。血がかよっていない。なぜなら国や校長先生からの受け売りだからです」

真っ直ぐ教員を見つめる目は、その瞳を突き通して脳裏の奥底までえぐっているかのようだった。

「私は去年、空襲を経験しました。生き延びるのに必死でした。自分が固く守ってきたものを捨てても、生きたいと思ったんです」

それが東子の胸中だったのだと初めてわかった。その時、冬美は火崎にかばわれていた。だが東子は一人で爆撃の中をさまよい、苦しい選択をし、自分の力で生き抜いたのだ。頭が下がる思いだった。

「生き延びた後は自責の念に取りつかれ、あの時死んでいた方がましだったと考える毎日でした。でもようやく、自分は生きていてよかったんだと思えるようになったんです。その私に、先生は死ねとおっしゃるのですか。一体何度、死と向き合えばいいのです。私は、死ぬために生まれてきたんじゃない。先生は、生きようとする私をなぜ支えてくれないんですか。どうして国の言いなりになって、私たちに死を勧めるのですか。答えてください」

教員はたじろぎ、逃げるように顔を背けて室内に視線を配った。

「皆さん、罰当《ばちあ》たりな声に耳を傾けてはなりません」

威信にかけてもここは引けないと思ったらしく、背筋をしっかりと立て直す。

「こんな無分別で不心得な事を言い出すなんて、この三人はアカです。アカに染まっていますよ」

アカというのは、共産党員の事だった。

「三人とも、今すぐここから出てお行きなさい。この屋根の下で暮らせるのは、第二高女に相応しい生徒だけです。教師に逆らうような輩《やから》を置いておく訳にはいきません。引率主任の教頭先生には、これから申し上げにいき、許可をいただいてきます。三人ともさっさと荷物をまとめるように。他の方々は部屋に引き上げてよろしい」

身をひるがえし、出入り口の戸を叩きつけるように閉めて姿を消した。冬美は、空になってい
た段ボール箱を床から持ち上げる。

「皆さん、自分のお部屋に行く前に、お手元の手榴弾をここに入れてください。これがなければ死なずにすみます。もし怒られたら、水野さんに無理矢理取り上げられたと言えばいいだけです。さぁ早く」

誰もが戸惑いを見せながら、それでも自分の手榴弾を段ボール箱の底の方にそっと置き、足早に出て行った。箱の中には、たちまち手榴弾の山ができる。

「これ、どこかに埋めてしまった方がいいかしらね。とにかく使えないようにしておかないと」

東子があきれたように首を横に振った。

「水野さん、よくそんな事言ってる余裕があるわね。私たち、ここから出て行けと言われたのよ。今夜、寝るところもないのよ」

手榴弾の処理しか考えていなかった頭に、現実が流れ込んでくる。

「食べ物もないし、お金も工場からもらったちょっとばかりのお給料だけだし、これからどうするの。家に帰る事もできないじゃないの。野垂れ死にだわ。一瞬で死ねる分、手榴弾の方がましなくらいよ」

無力感を噛みしめながら段ボール箱の中を見つめていると、京子がからかうような声を上げた。

「勉強しか知らない人は、これだから困るわ。この手榴弾を闇市《やみいち》に持っていって、売ればいいだけじゃないの」

思いもかけない発想に不意を突かれる。その顔がマヌケに見えたらしく京子は爆発するように笑い出した。

「これを売ってお金に換えれば、それで汽車の切符が買えるわ。食べ物もね。そうすれば家に帰れるのよ」

自決の道具として配られた手榴弾が未来を切り開いてくれるのだった。その逆転ぶりが痛快で、思わず顔をほころばせた。正義からは相当外れるが、この難局を乗り越える唯一の方法だと思えた。

「京子さん、素晴らしいわ」

どんな物事からも明るさを見つけ出すこの天才に学び、そのひらめきを身に付けたかった。

「私、あなたを尊敬します」

東子が、じれったそうな溜め息をついた。

「きっと私たち、手榴弾を盗んで逃げたって言われるわよ。泥棒扱いだわ。京子さんは自分の名前を汚すのが恐くないの」

京子は鼻で笑う。

「何を今さら」

繊細さや多感さを微塵《みじん》も感じさせない横顔だった。冬美が家の近くの長屋でよく見かけた、いささか草臥《くたび》れた三十女さながらの貫禄《かんろく》がある。

「遅かりし由良之助《ゆらのすけ》ね。名前なんか、先生に逆らった時点でもう汚れてるじゃないの。なんて言われたって構やぁしないわ。もうここには戻らないんだし。それより」

言いよどみながら笑みを消し、眉根を寄せた。

「女学生が闇市で商売なんかしていたら甘く見られるに決まってるから、そっちの方がよっぽど心配よ。安く買い叩かれるかも知れないし、因縁《いんねん》を付けられて巻き上げられるとか、だまし取られる事だってあるわ。どうすればいいかしら」

冬美が答えられずにいると、東子は何でもないと言いたげに軽く眉を上げた。

「そんな事、簡単よ、仲買人を立てればいいの。私の家は商売してるけど、生産者から直接買う事なんて全然ないわ。仲買人が持ってくるのよ」

「ああ、そりゃあ」

京子の口調は渋《しぶ》い。

「いい考えだとは思うけどね、手榴弾の仲買なんて、一体誰がやってくれるのよ。ひと目で配給物の横流しだってわかる代物《しろもの》だし、まともな人間なら絶対、手を出さないわ」

冬美はようやく自分の出番がきたと感じた。身を乗り出し、二人を見回す。

「私、まともじゃない男を知っているの」

密輸をしている火崎なら、販売網を持っているはずだった。きっと引き受けてくれるだろう。暗くなるのを待って行動に移せばいい。

9

「今の説明で、状況は大方わかったけどね」

京子は前かがみになり、胸の前にあるリヤカーの引き手に体重を乗せた。頬まで力を入れて押し始める。両脇《りょうわき》に冬美と東子がついて手伝った。手榴弾の入った段ボール箱は重い。先ほどリヤカーに移した時の苦労も、並大抵ではなかった。

「火崎剣介は、私のものよ。手を出したら激怒するからね」

そんな気は更々ない、趣味が違うと言いたいところだったが、東子の耳が気になり、頷くだけにしておいた。

「あそこが火崎家」

京子は顎を上げ、闇の中に聳《そび》えるように建つ洋館を指す。

「そっちに玄関に通じる小道があるわ。前にこの辺をうろついてた時に見つけたのよ。まさかこんな用事で使う事になるとは思ってなかったけどね」

倒壊した工場のすぐ裏手にありながら、何の損傷も受けていないのは造りが頑丈だからだろう。高い生け垣をめぐらせた敷地内は静まり返っており、明かりはついていなかった。

「もう寝てしまってるのかしら」

心細く思いながら、段ボール箱の脇で揺れている風呂敷《ふろしき》包みに目をやる。下着や着替えなど全財産が入っていた。もし火崎《なか》がいなかったり、起きてこなかったりすれば、今夜は野天で過ごさねばならない。三月も半《なか》ばに向かおうとしている時期だが、空気はまだ冷たかった。

「寝てたら、叩き起こすまでよ」

威勢よくリヤカーの引き手を跨《また》いだ京子を先頭に、三人で門扉の前に立つ。東子が手を伸ばし、門柱についている呼び鈴の紐《ひも》を握り締めた。

「いくわよ」

深く頷き、まるで自分が紐を引くかのように両手に力をこめる。耳を澄ませていると、洋館の中に響く鈴の音がかすかに聞こえた。やがて無愛想《ぶあいそう》な声が流れ出る。

「当家は、すでに休んでおります。ご用の件は、日時をお改めください」

冬美は紐に飛びつき、振り鳴らした。

「火崎剣介さんに、水野冬美が訪ねてきていると申し上げてください」

火崎は、冬美の今後を見てみたいと言っていた。会いに来たとわかれば、きっと出てくる。

「ご相談があるんです。そうお伝えください」

固唾《かたず》を呑んで待つ。

「若旦那様は、先ほどお休みになられました。後日、出直してください」

声は途切れ、その後は呼び鈴の紐が千切れそうなほど振っても、どんな返事もなかった。

「あーあ切られた。どうすんのよ」

放り出すような東子のつぶやきを聞きながら途方に暮れる。頭の中では、唯《ただ》一つの金科玉条が鳴り響いていた、何とかしよう、私にはできる、ここを乗り切る方法を見つけ出せる。

「火崎剣介に直訴したらどうかしら」

京子が自信ありげな笑みを浮かべた。

「私が丸め込んでみせるわ。男なんか簡単なものよ」

そのあたりは京子に任せるにしても、問題はそれ以前だった。高い生け垣に目を向ける。乗り越えられるだろうか。

「家の周りを歩けば、生け垣が途切れてる所があると思うわ。もしなければ切り戸か枝折り戸《しおりど》を見つけるのよ。そこをこじ開ければいいんじゃない。三人の力ならできるわよ」

うまくいくような気がしてきた。侵入する決意を固める。

「スカートが引っかかると困るから、ゴム飛びする時みたいにしましょうよ」

東子がスカートをからげ、下着のゴムの間に押し込み始める。冬美もスカートをめくり上げた。瞬間、闇の中で光がまたたき、生け垣の上からのぞいている二階のいくつもの窓に明かりが灯《とも》る。庭の外灯にも次々と灯が入り、レンガ造りの壁を照らし出した。玄関の向こうがたちまち騒がしくなる。

「何かしら」

門扉が音を立てて開き、脇に入る小道の方から黒い馬が引き出されてきた。三、四人が寄り集まり、鞍《くら》を乗せたり水を飲ませたり馬銜《くつわ》を噛ませたりと、あわただしく動き回っている。

「準備できたか」

煌々《こうこう》と照らされた玄関先に、革のカバンを持った火崎が姿を見せた。長い脚の椅子が持ち出されてくる。火崎は腰を下ろし、拍車の付いた革の長靴に足を通すと、使用人が尾錠を閉めるのを待ち、立ち上がって大きな歩幅で外に出てきた。

「駅で汽車に乗り換える。その旨、駅長に連絡を」

差し出されたカバンを使用人が押し頂き、馬の腹帯の中に押し込んだ。

「馬は、駅で棄《す》てる。誰か連れ帰ってくれ」

早口で言い放ち、手綱《たづな》を握って馬に飛び乗る。

「じゃ行ってくる」

鞭《むち》を受け取り、馬の首を叩くと脚で軽く合図をし、門扉から外に出てきた。その前に、飛び出す。

「水野です。お出かけになる前に、お願いです。学校に配給された手榴弾を持ってきています。買ってください」

火崎は、信じられないというような視線を投げ下ろす。

「おまえ、清純な女学生じゃなかったのか」

言葉に詰まり、やっとの事で答えた。

「横流しで儲《もう》けようと思っている訳じゃありません。先生に逆らったんで追い出されたんです」

火崎は肩を揺すって笑い出す。

「そりゃあ災難だったな。気の毒に」

同情している様子は、少しもなかった。

「だから俺が忠告しただろ、権力には逆らうな、長い物には巻かれておけって。ところで脚が丸出しの理由を教えてくれ」

淫《みだ》らな笑みを向けられ、あせってスカートを下ろす。やはり不届きな男だと思いながらにらみ上げた。火崎は笑いを大きくする。

「おい、その目は何だ。俺が悪い訳じゃないぜ」

言い返そうとしていると、東子が肘《ひじ》で突いた。

「くだらない事言ってないで、さっさと話を進めなさいよ」

あわてて憤慨《ふんがい》と反感を抑え込み、再び交渉にかかる。

「お金はいりません。ほしいのは、汽車の切符と家に着くまでの食料なんです」

破廉恥《はれんち》な男に向かってこい願っている自分をみじめに感じながら、とにかく成果をもぎ取ろうと必死に言葉を重ねた。

「それだけでいいんです。手榴弾を買ってもらえないでしょうか」

火崎は声を収めたものの、なおからかうような微笑を漂わせている。どれほど愚弄《ぐろう》されようとここで引き下がる訳にはいかなかった。だが一体どこまで耐えられるのだろう。防災訓練で体験した時の火のついた導火線を思い出す。ジリジリと短くなりながら火薬に近づいていた。

「これに懲りたら、今後は慎《つつし》むんだな」

火崎は玄関の前に立ち並んだ使用人たちを振り返る。

「お嬢様方がお持ちになった手榴弾をお預かり申し上げろ。ご要望をお伺いした上で、四頭馬車でも仕立ててご自宅までお送りするんだ」

京子が顔を輝かせ、東子と手を取り合う。躍り上がらんばかりの歓喜ぶりで、冬美も肩の荷が下りる思いだった。

「手配には火崎の名前を使え」

そこまで言い、何かを思いついたらしく言葉を呑む。

「水野、おまえの住まいは深川だったな。他の二人も、第二高女なら家は東京だろう。どこだ」

京子が神楽坂《かぐらざか》、東子が新宿《しんじゅく》と答える。火崎は、あえぐような息をもらした。

「神楽坂や新宿は、今日のところは大丈夫だ。だが深川はまずい。さっき知らせが入った、十日の未明、東京が焼夷弾による大規模な爆撃を受けたそうだ。都内東側の下町一帯が壊滅状態で、見渡す限りの焼け野ヶ原という事だ」

頭から血が引いていく。母はどうしただろう。無事だろうか。

「俺は、日本橋の生家の様子を見に行くところだ。水野、おまえも心配だろう。一緒に来るか」

思わず頷く。馬上から伸びた手に引き上げられ、火崎の体の前にすえられた。

「伏せて鞍につかまってろ」

後方で、京子の悲鳴のような声が上がる。

「私も、下町に母の実家があるんです」

火崎は唇の端に皮肉な笑みを含んだ。

「悪いが、三人は無理だな」

京子が馬の脇に走り寄ってくる。

「水野さん、私と代わって、今生のお願い」

火崎は構わず手綱を振り下ろした。馬が走り出し、京子の姿が視界から消える。振り返ると、風にあおられて髪を逆立《さかだ》てた京子が、闇の中からこちらを見すえていた。

再会

1

「ヤルタは、いかがでしたか」

妻から聞かれ、チャーチルはモルタルをこねていた手を止めた。かんでいた葉巻を口の端から端へと移動させながらレンガの山に視線を向ける。

「マルタ同様、風景は最高だった」

ヤルタはクリミヤ半島の南部、黒海に臨むリゾート地で、チャーチルはそこに行く直前まで地中海のマルタ島にいた。マルタでアメリカのルーズベルトと会談、その後、ヤルタでソ連のスターリンも含めた三者会談を行ったのだった。二月のロンドンから飛び立ったチャーチルには、マルタもヤルタも天国の感があった。

それでも近郊グリニッジに手に入れた十七世紀の典型ともいえるマナーハウスで、庭にレンガを積んで壁を作る作業に勝るものはない。最も落ち着ける時間だった。思い出の多いチャートウェルや首相公式別荘のチェカーズで過ごすのと同様の優雅な時の流れを満喫できる。

「何枚かスケッチを描いてきたよ。時間があれば絵にできるんだが」

ロシア皇帝の離宮で行われた三者会談では、間もなく終結を迎えるだろうこの戦争後の体制について、八日間にわたって話し合いが行われた。

ポーランド問題を中心として議題は多々あったが、チャーチルやルーズベルトはソ連の参戦を求めており、そこに付け込んだスターリンが要求を募《つの》らせていた。

秘密情報部MI2からは、スターリンの最初の妻は若くして病死、二度目の妻は拳銃《けんじゅう》自殺、長男も自殺、次男とは没交渉、愛人は多数という好ましからざる個人情報が上がってきていたが、スターリン本人に会った時の最初の印象は悪いものではなかった。

小柄な体を質素な服に包んだ男で、顔には痘痕《あばた》があったが、声は静かで落ち着きを感じさせた。テーブル中央に置かれていた見事なサモワールについて丁寧に説明したり、アメリカ映画が好きで趣味は園芸と話す様子は素朴で、好感が持てた。

だがソ連参戦の条件として、ドイツ東部、朝鮮半島北部、樺太《からふと》と四つの島を含む千島列島全域、満州国の鉄道や港湾などの権益、さらに日本の占有にまで及ぶ膨大な要求を突き付けてきた時には、チャーチルもルーズベルトも啞然《あぜん》とするしかなかった。

ヨーロッパやアメリカがとっくの昔に卒業した領土拡大という野蛮な情熱にいまだに身をこがしている。それはソ連が後進国だからだろう。過去においてはドイツと協定を結び、ポーランドを分割して自国に組み入れているし、バルト三国を併合した事もあった。それだけではまだ足りないと言わんばかりの今回の要求の底には、ソ連という国の宿命的な悲願がひそんでいるかに思われた。

広い国土を保有しているものの、その半分近くが北緯六十度以北にある。南方の土地や凍《こお》らない港を喉から手が出るほど欲しているのだ。

二つの目に孤独な光を浮かべ、領土の拡大を主張するスターリンは偏執的ですらあり、その背後にイヴァン四世以来のロシア皇帝たちが抱いてきたであろう渇仰《かつごう》、おそらく未来永劫《えいごう》に続くに違いないこの国の執念を見ずにいられなかった。

今後ヨーロッパもアメリカも、この共産国の激しい欲求に引きずり回される羽目になるのではないか。そんな危惧《きぐ》を抱いたのはチャーチルばかりではなかったらしく、ルーズベルトなどは引き連れてきた官僚に囲まれていながら身震いが収まらない様子だった。自由を求めたメイフラワー号の子孫にとって、独裁者というのは相性が悪すぎる相手なのだろう。

「会談の結果、日本はどうなりましたの」

チャーチルは妻を振り返る。最近歳が感じられるようになったその頬の上で、午後の陽射《ひざ》しがきらめいていた。

「心配なのか。親日派だったとは知らなかったな」

妻は気取った笑みを浮かべる。

「親日派というより親ハヤカワ派よ、あなたと同じ」

チャーチルは微笑を返し、葉巻を噛み直してレンガに向き直った。

「彼なら、無事に大陸を離れた。そこまでは確認して、アスパラガスに報告したよ。後は神に祈るばかりだと伝えたら、楽観的な返事があった。帝國真珠《ていこくしんじゅ》の手に渡ったのなら神の手に渡ったと同じです、あの会社以上にハナグルマを守ってくれる所はない、無事に修復が終わって戻ってくるのと、この戦争が終わるのとどちらが早いか、賭《か》けてみませんか、だと。アスパラガスは、ハヤカワを知らない。頭にあるのはハナグルマの事だけだ」

妻は声を上げて笑った。

「その賭け、私も乗るわ。二つは、おそらく同時よ。百ポンド」

チャーチルはモルタルを鏝《こて》の先で掬《すく》い取《と》り、レンガの上に伸ばす。願いを込めて賭けた。

「じゃ私は戦争の終結が先、百ポンドだ」

アメリカは、日本攻略に余念がない。木造家屋の多い日本の爆撃には焼夷弾が効果的とみると、その開発に先駆けていたイギリスに陸軍航空軍の司令官を派遣してきた。イギリス軍が使用していた焼夷弾と、ロンドンで回収されたナチスの不発焼夷弾の譲渡を頼み込み、それを持ち帰って自国製の焼夷弾の開発に取りかかったのだった。二年前にはいく種もの実験に成功、現在は大量生産に移っている。

その他《ほか》にもホスゲンなどの毒ガスや有毒化学物質、細菌などを搭載した爆弾も準備中で、極めつけは核エネルギーを使った新型爆弾だった。イギリスの技術も利用している。それらをどんな順番で使うかは今後の状況次第だろう。

「きっと私の勝ちよ」

妻は庭の隅《すみ》に咲いているタンポポに手を伸ばし、折り取って綿毛を吹く。パラシュートを付けたかのような姿で飛び立っていくタネを見ながらチャーチルは、日本の上空に投下される様々な種類の焼夷弾を思い描いた。

「最近のロンドンは空襲もほとんどなくて、静かでいいわ。今年こそイースターをお祝いしたいから。タンズィケーキを焼きたいのよ。ロースト・ラムと揚げリンゴも作って昔ながらのパーティをしたいわ。あなたには、ペイス・エッグをお願いできるかしら。かぶせるレースや刺繡《ししゅう》の飾りは、娘たちに頼むから」

ただ一つハッキリしているのは、日本が早期に降伏すれば、それらは使われずにすむという事だった。

「楽しいイースターにしたいわ」

その日までにこの戦いの決着がつく事を祈りながらモルタルを伸ばす。そうでなければ日本各地は、地獄の相を呈するだろう。ハヤカワがハナグルマと共に無事に日本に帰り着いていたとしても、決して安全ではなかった。

2

「B29は爆弾を落とした後、低空飛行で機関銃掃射をしてくる。逃れる方法は」

夜の中で馬を走らせながら、火崎《ひざき》は非常時の心構えを話した。

「真っ直ぐB29に突進し、その腹の下にもぐり込む事だ。背を向けて逃げたら最後、追い回されて穴だらけにされる」

いざその場に臨んだら、そんな勇気を持てるかどうかを危ぶみながら頷いた。とにかくどんな事も乗り越えていくのだ、いかねばならない。

「この間のような爆撃で熱風に襲われても、川には入るな。焼夷弾から飛び散った油が川に浮かんでいるから、炎が川面《かわも》を走る。窒息死するのがオチだ」

駅に乗りつけると、駅舎の前に駅長が出迎えていた。

「お館《やかた》から連絡がありまして、汽車を停《と》めてお待ち申しておりました。これを逃すと、次はいつ来るかわかりませんので。こちらです、どうぞ」

カンテラを手にして先に立ち、ホームに向かう。

「昨年二月に閣議決定された決戦非常措置要綱により一等車は使えなくなりましたので、車掌用の短い車両を連結させておきました。東京行きですが、あっちこっちで空襲があり線路が寸断されていて、どこまで行けるかは不明です」

汽車の脇を足早に歩いていく駅長の後ろに続いた。窓から見える車内は、立錐《りっすい》の余地もないほど混み合っている。窓に押し付けられた母親が、顔が赤くなるほど力を入れて胸元に囲い込んだ子供をかばっていた。

「どうぞ、ここからお乗りください。馬は、お館に戻しておきます。ああ、これは当座の腹ごしらえにと、うちのヤツに作らせた握り飯です。お荷物になりますがお持ちください。お気を付けて」

風呂敷包みを受け取り、開けてもらった扉から汽車に乗り込む。車両の中は、冬美《ふゆみ》が知っている普通の列車の三分の一ほどの広さで、向き合った二人がけの座席と一人がけの椅子と机が置かれており、それだけでいっぱいだった。火崎が大きな息をつき、身を投げ出すように腰を下ろす。

「行けるところまで行って、後は歩くしかないな。サッサと座れ」

隣の車両に続いている扉を見つめる。あの向こうには息もできないほど押し込まれている人々がいるのだった。それを今見てきたばかりだというのに、自分だけゆったりと座っている気にはなれない。どうにも落ち着かない気分だった。

連結部を開けてこちらに移動してもらえば、あの混雑も少しは和らぐのではないか。ここから東京までは、さほど遠くない。自分は子供連れでも老人でもないのだから、立ったままでも大丈夫だと思えた。

「ここ、開けていいですか」

扉の取っ手をつかみながら聞くと、火崎は唖然とした顔付きになり、半ば腰を浮かせた。

「おまえ、圧死したいのか」

構わず開けようとしたとたん、後ろから飛びつかれる。

「それなら、おまえ一人であっちに移れ。俺を巻き込むな」

そんな事をすれば、向こうの鮨詰《すしづ》め状態が一人分増すだけだと思ったが、火崎は引く気配がなかった。この男の頭に思いやりという言葉はないのか。そう思いながら一計を巡らす。扉を大きく開け、閉めようとする火崎の邪魔をしていれば、人々があっという間に雪崩れ込んでくるだろう。そうなれば火崎もあきらめざるを得ないはずだった。

「わかりました。一人で行きます」

その手を振り切り、取っ手を動かす。扉が動きかけ、火崎の溜め息が耳に流れこんできた。

「俺は、実はクリスチャンなんだ」

振り向くと、しかたなさそうに口角を下げている。

「慈悲と施しは得意技だ。よし開けろよ」

思いがけなく賛同を得て、うれしくなりながら扉を開け放った。向こうにいた人々の顔に驚きが走るのと、人波が一気に押し寄せてくるのが同時だった。

押されるように反対側の扉まで飛ばされ、そこに押し付けられる。饐《す》えたような体臭や、脂じみた汗の臭いが鼻を突き、誰かが放屁《ほうひ》したらしく硫黄《いおう》臭も漂った。たまらず顔を背ける。すぐそばの床にしゃがみ込んでいた火崎が、それ見た事かと言わんばかりの顔をした。

「やめといた方がよかっただろ」

このまま東京まで行くのは、確かに耐えがたいと思いはしたが、意地もあり、笑顔を作る。

「押《お》し競饅頭《くらまんじゅう》みたいで面白いわ」

臭いぐらいで死にはしない。ガタガタ騒がず我慢していればいいのだ。乗り越えてみせると自分に言い聞かせた。

「おまえの気が知れん」

窓の外を闇色の景色が流れていく。汽車はいく度となく停まり、更に人々が乗り込んできた。押し合いながら誰も口を開かず、車内には鬱蒼《うっそう》とした沈黙が満ちている。それを呼吸しながら汽車の揺れに身を任せていると、次第に眠くなってきた。海底に沈んでいる落ち葉のように揺られる人々をぼんやりと見つめる。

眠りは最強だ、眠ってしまえば何も感じない。母の事が気がかりだったが、すべては東京に着いてからだと思い定め、目を閉じた。

裸体に真珠を巻きつけている母の夢を見る。思わず上げた自分の声で目を覚ますと、窓の外は明るくなっており、火崎に抱きかかえられていた。

「体が崩れ落ちても眠りこけているとは、面の皮が厚いか、心臓に毛でも生《は》えているか、どっちかだな」

嫌味を言われながら、その腕の中から身を起こす。窓の外に海が見えた。笑いを含んだ声が響く。

「おまえも結構、女だな」

一瞬、意味を計りかね、火崎の顔に浮かんだ卑猥《ひわい》な笑いを見てようやく察した。それまで何気なく使っていた「女」という言葉が急にふくらみを持ち、淫靡《いんび》な色に染まっていく。

張り倒してやりたかったが、車内には人が詰め込まれており、手を振り上げる空間もない。その腿《もも》を思い切り踏みつけて立ち上がるのがやっとだった。

「この汽車は新橋《しんばし》までしか行かないそうだ」

痛そうに顔をゆがめながら火崎も立ち上がる。

「俺はそこから歩く。おまえはどうする」

道を知らなかったが、尋ねながら行けば何とかなるだろうと思えた。

「送ってやろうか」

気づかわしげな眼差で顔をのぞき込まれ、意外な優しさに気付く。だが先ほどの下品なひと言を思い出すと、素直に受ける気になれなかった。一緒に行動などしていたら、何が起こるかわからない。

「結構です。鉄面皮で心臓に毛ですから、一人で大丈夫です。ここまでありがとうございました」

火崎は噴《ふ》き出《だ》した。肩を揺すって笑い、声を収めてからも目が合うたびに新たな笑みを含む。バカにされているようで不愉快極まりなかった。

「新橋、新橋、終点」

人の群れに呑《の》まれ、吐き出されるように車両から外に出る。朝の光が降り注ぐ駅前には、穏やかな街並みが広がっていた。このあたりは空襲の被害に遭わなかったらしい。自分の家もそうであるように願いながら広場の向こうに立つ案内板まで歩み寄った。

洲崎弁天を目印に自宅までの道筋と方向を確認しようとしていると、後ろから火崎の声が飛んでくる。

「下町はメチャクチャだって話だ。地図なんぞは役に立たんだろう。線路に沿って歩いていった方が確実だ。ここから深川なら、とにかく東を目指せばいいんだ。行こう」

二ノ腕をつかまれ、振り払う。線路の脇の道を一人で歩き出すと、後ろから火崎が付いてきた。足を速めれば、火崎の脚も速くなる。鬱陶《うっとう》しく思いながら振り返った。

「私に付いてこないでください」

火崎は、思ってもみないというような顔付きになった。

「方向が同じなんだ」

深川と日本橋の位置関係は、確か深川が東、その西が日本橋で、こちらから行けば先に日本橋に着くはずだと思ったが、確信が持てなかった。こいつの事はもう気にするまいと心に決め、真っ直ぐ前を向いてひたすら歩く。

途中で都電の赤い車両が路面線路をきしませて動いているのが見え、気持ちが明るくなった。いつも利用している錦糸堀《きんしぼり》車庫から出ている路線が運行していれば、最寄り駅まで乗っていける。力がわいたが、それ一度きりで、以降は一両も見かけなくなってしまった。

街の様子が変わったのは、左手に皇居の森が見え始めるあたりからで、こげたような臭いが強くなり、そこかしこに半ば焼け落ちた建物が点在するようになった。損壊をまぬがれているビルも、外壁全体が黒くすすけている。道端《みちばた》には壊れたリヤカーや、タイヤの溶けた自転車が寄せ集められていた。その脇に黒いマネキンのような遺体が積み上げられている。

進んでいくと、さらに被害の大きな場所に差しかかった。人の気配は全くない。あちらこちらに遺体がそのまま放置されており、道の脇に設置された防火用水の中では、七、八歳の女の子が、三歳くらいの子を抱きしめたまま一つの塊のように溶け合っていた。どんなに熱かっただろう、どれほど助けてほしかっただろうと思うと、心がひび割れていくような気がした。

なぜこんな目に遭わねばならないのだろう。憤慨のあまり涙をこぼしながら歩いた。自分の家や母がどうなっているのか心配でたまらない。

途中から憲兵の姿が目立つようになった。焼け跡の調査でもしているのかと思いながら歩いていくと、列を作って走ってきた自動車が次々と前方に停まる。中ほどに位置していた深いアズキ色の車のドアが開かれ、軍服制帽の男性が姿を見せた。小柄で丸い眼鏡をかけていたが、胸には勲章を付け、手には指揮棒、足には革の長靴を履いている。

どこからか人々が駆け寄ってきて、その男性の前で腰を折り、地面に膝を突いて頭をこすりつけた。

「申し訳ございません。私どもの力が足りないばかりに、お国にこれほどの損害を出してしまいました」

あっけに取られていると、大きな手に肩をつかまれる。耳のそばで火崎の声がした。

「今上《きんじょう》天皇だ」

思わず息を詰める。新聞や映画のニュースで姿を見た事はあったが、実際に会うのは初めてだった。

学校行事の四大節の祝典では、天皇の真影が飾られる。それを直視したら目が潰れると言われており、誰もが視線を伏せていた。

一度だけ、そっと目を上げた事があったが、特別何も起こらず、聞かせられていた話に疑問を持ったものだ。天皇は人間ではなく神、もしくはそれに近い存在で、いざとなれば神風を吹かせるから戦争には必ず勝つという話は、本当なのだろうか。

目の前を歩いていく天皇は、どこからどう見ても人間だった。肩章を付けた服の下には、なで肩が収まっているように感じられる。朴訥《ぼくとつ》で優しい雰囲気があり、神風どころかそよ風すら吹かせられそうになかった。

「空襲の被害の視察だろう」

車から降りてきた軍人たちに取り囲まれ、富岡八幡宮の方に向かっていく。土下座していた人々は、その後ろ姿に向かって両手を擦り合わせた。

「誠に申し訳ない事でございます」

「それにもかかわらずこうしてお運びいただいて、恐悦至極に存じます」

火崎が腹立たしげな憫笑《びんしょう》を浮かべる。

「戦争を始めると決めたのは、あいつなんだぜ。それに巻き込まれて被害を受けているこっちが謝るって、理屈に合わねぇな」

天皇を、あいつ呼ばわりする人間に初めて出会った。畏敬《いけい》していないのだろう。江戸時代、薩摩藩は天皇から一番遠い藩だった。その土壌に育《はぐく》まれた気質なのか、それとも火崎の個性なのか。浜松で火崎は、権力に従え、と言っていたはずだった。天皇は最大の権力ではないか。

「権力には従い、長いものには巻かれておくんじゃなかったんですか」

火崎は、考えるまでもないというように軽く眉を上げる。

「うわべだけ取りつくろっとけって事さ」

要領のいい男なのだろう。二心《ふたごころ》が感じられ、信頼できなかった。

「悪党」

軽蔑《けいべつ》を込めた声に、すかさず皮肉な答えが返ってくる。

「魅力的だろ」

何を言っても平然としていた。開いた口が塞がらない思いで、すぐそばに親しげな様子で立っている火崎に釘を刺す。

「もう一度言っておきます。付いてこないでください」

歩き出すと、その先にはさほど被害を受けなかった地域が広がっており、建物がそのまま残っていて片付けに追われている防衛団の老人や、傷痍軍人《しょういぐんじん》たちの姿が見えた。自分の家や母も被災を免《まぬが》れているかも知れないと思えてくる。洲崎弁天への行き方を聞き、無事であるように祈りながら歩いた。

左前方に見慣れた天神の森を見つける。あの方向に行けば間違いないと確信し、脚に力が入った。勢いよく道の角を曲がる。

とたんに立ちすくみそうになった。見渡す限り真っ平らで、まるで炭俵《すみだわら》でもぶちまけたように黒々としている。高いビルも神社も学校も、何一つなかった。どこに自分の家があるのかすらわからない。ただ下枝を失った天神の森の樹が二〜三本、ツクシのように立っているばかりだった。

頭の芯を突き動かされ、落ち着かない気分で自分に言い聞かせる。この先もずっとこの状況が続いているとは限らない。少し歩けば被害の少ない場所に出るかも知れない。

かすかなうめきが聞こえる。見れば道端に、全身が焼けただれた犬が横たわっていた。傷口からのぞくアバラ骨が震えるように動き、辛《かろ》うじて息をしている。母がかわいがっていた隣家のポチと同じ柴犬《しばけん》だった。そばに寄り、しゃがみ込んでなでてやろうとする。間もなく震えが収まり、こちらを見つめたまま動かなくなった。

立ち上がりながらつぶやく。ここを乗り越えていく、私にはできる、必ず乗り越えられる。

そのまま立ち尽くしていて、やがて新しい目印を見つけてその方向に進めばよいのだと気が付いた。家の近くにあった大きなものを思い出す。交番、それに平久川と太鼓橋だった。その方向に歩こうとし、突然声をかけられる。

「ねぇ、見て見て」

いつの間にか後ろに若い女性が来ていた。子供を背負っている。

「ほら空が、こんなにきれいよ。白い光、赤い光が降ってきて、まるでスターマインを打ち上げた時みたい。こんなにきれいな夜は、私、今まで見た事がないわ。あなたもでしょう」

こちらをのぞき込んでくる顔は、火傷《やけど》と黒い油にまみれており目は焦点が定まっていない。背中の子供は、細い首をグラグラさせており、半ばずり落ちそうになっているのに動く気配もなかった。二つの目を大きく見開いている。

足が濡《ぬ》れていくのを感じ、見下ろせば、近くの道路の裂け目から水が噴き出していた。水道管が壊れているらしい。自分で飲んでみて味に異常がない事を確かめてから、両手ですくい、女性の方に差し出した。他にしてやれる事がない。

女性は冬美の掌に顔を突っ込むようにして飲み、湧《わ》き出す水の脇にしゃがみこむと、背中から子供を下ろした。

「お腹減ったでしょ。お水があるのよ。飲ませてあげるからね」

哀れで胸が詰まる。

「ちょっと、あんた、何見てんのよ。これは、この子の水だからやらないからね。物ほしげにしてないで、あっちに行きなさいよ」

何も言えず、自分の無力さを嚙みしめて歩き出す。道に転がっている遺体を目に映しながら、この人たちは皆、誰かの子供であり、誰かの親だったり、誰かの友達であったはずだと思う。こんなふうに死に、こんなふうに放置されていていいはずがない。

先ほど出会った天皇の顔や、火崎の言葉が思い出された。喉の奥からやりきれなさがこみ上げ、怒気が胸に満ちていく。だが自分が何に対して怒っているのかよくわからなかった。

次第に、運命に試されているような気持ちになってくる。こんな中でも自分は、明るさを見つけ出せるのだろうか。あれこれと心をめぐらせ、なんとか結論をひねり出す。自分の非力さに気付けたのはきっと進歩だろう。

視界の端に交番が映る。屋根は落ち、残った壁にこげた警棒が引っかかっていた。人の姿はない。その向こうに川が見えた。いつも通っていた太鼓橋も残っている。短い上り坂の上にあるそれを渡れば、家はすぐだった。

走り寄り、橋に踏み出しながらその向こうに目をやる。たくさんの屋根の間からのぞいているはずの紫黒色の屋根瓦《がわら》と、金の縁取りをした鬼瓦《おにがわら》を捜そうとして、できなかった。川の向こうには一軒の家もない。あたり一面に広がっているのは、こげ付いた鍋《なべ》の底のような光景だった。黒い積み木が散らばっているようにも見える。所々でガラスの破片がキラキラ光っていた。

ついこの間まで自分が暮らしていた家が、今はもう影も形もないという事がどうにも呑み込めなかった。橋を渡り、家とおぼしきあたりを歩き回る。しばらくそうしていて、やがてぼんやりとわかってきた。目をつぶっていても行きつけるはずだった懐かしい家、母と一緒に住み、話したり笑ったりして毎日を過ごしてきた家、自分が育った思い出深いそこにたどり着く事は、もう永久にできなくなってしまったのだと。

川を見下ろせば、いくつもの遺体が流れの淀《よど》んだ水面に丸太のように浮かんでいる。その中に母がいるかも知れないと思い、目を凝《こ》らしたが見分けられなかった。

遺体を乗せたリヤカーが、焼けて曲がった輪をきしませながら通り過ぎていく。呼び止めて聞いてみると、富岡八幡宮も洲崎弁天も焼け落ちてしまったので、集めた遺体を学校の校庭に持ち込んで焼却するという。その後を追いながら積み荷の遺体に目を走らせた。母は見つからない。

ひょっとして生きていて、どこかに避難しているのだろうか。そうであってほしいと願いながら、道の傍《かたわ》らに立てられている板戸に目を留《と》める。高田馬場の親戚に身を寄せるとの伝言と苗字名前が書かれていた。離れ離れになってしまった家族か親戚にあてたのだろう。母も何か残しているかも知れないと思いつく。捜してみよう。

身をひるがえすと、後ろにいた人間の姿が目に飛び込んできた。火崎だった。身を隠す物陰《ものかげ》もなく、しかたなさそうにそのまま立っている。ずっと付いてきたのだろうか。憤然としてその脇を通り過ぎた。

「ここは日本橋じゃありませんよ。私に構っていないで、さっさとご自宅の様子を見に行ったらどうですか」

無視しよう、いないと思おうと自分に言い含め、道路からの距離を目で測る。家のあった場所を推定し、敷地内と思われるあたりにざっと視線を走らせたが、一見してわかるような物は見当たらなかった。瓦礫の下になっているのかも知れない。

しゃがみ込んで地面に目をはわせていて、半ば地中に埋もれた板切れを見つける。煤を払い、陽にかざして見て、母の部屋にあった総桐のタンスの底板だと見当をつけた。大事な物はすべてこのタンスの上置きにしまってあったのだ。もしかして母は空襲の前に伝言を書き、このタンスに入れていたかも知れない。

下板のあったあたりに散らばる木材の破片や壊れたガラスを退けていく。やがてこげた箱が出てきた。冬美が家にいた時には目にした事のない物だった。表面には、金文字で帝國真珠と書かれている。母が仕事場から持ち帰り、家で作業をしていたのだろうか。

改めて箱を見回し、こげていない部分がある事に気付く。片側全面に赤い革地が残っており、その反対側には小さな楕円形状に赤さが点在していた。じっと見詰めていて、それが指の跡だとわかる。

そこに自分の指を重ねてみた。箱を握り締めるような形になる。母はこれを握っていたのだ。その反対側はおそらく胸に押し付けていたのだろう。

指の跡がこげていないのは、そこにかぶさっていた母の指がこげていたからだ。それほど大事に守っていた箱を残し、母だけがどこかに行ってしまう事などありうるだろうか。もしどこかに行ったとしたら、それはこの世ではない世界に決まっていた。

口を大きく開けて呼吸を繰り返す。いや母は火中で箱を抱き締めたまま気を失い、誰かに助けられて病院に運ばれたのかも知れない。その手から箱が落ち、ここにあるのだ。そうであってほしいと願う。

「どうした、大丈夫か」

火崎の声が聞こえたが、うるさいと思うばかりで答える気になれなかった。手の中にある箱をそっと開いてみる。圧倒的な輝きがほとばしり出た。太古から封印されていた光源の扉でも開け放ったかのようで、高くなっていく陽射しの反射や乱反射も加わり、燦然ときらめく。一体何が入っているのかわからないほどだった。

「お、すげぇな」

歩み寄ってきた火崎が箱をさらい取る。

「相当な値打ち物だ」

光がまともに目を射なくなり、ようやく全貌《ぜんぼう》がわかった。真珠を中心にしていくつかの宝石をはめ込んだ宝飾品だった。心を吸い取られてしまいそうに美しく繊細な光を放っている。

「俺に任せろよ。うまく売りさばいてやる」

あわてて奪い返した。

「私のものじゃありません。たぶん母が会社から預かってきたんです」

火崎は気にかけるふうもない。

「誰のものだろうと構わないじゃないか。持ち主から行方を聞かれたら、空襲でなくしたって言っておけばいい。こういう儲け話に事欠かないのが戦争のいいところさ」

まるで山賊さながらに邪悪で、不道徳だった。悪党というしかなく、不愉快で耳を洗いたくなる。

「山分けといこうぜ。さ、渡せ」

大きな手を伸ばされ、急いで箱を体の後ろにかばった。

「絶対に渡しません。そもそも何だって私についてくるんですか」

火崎は、拍子《ひょうし》抜《ぬ》けしたような顔になる。

「おまえ、わからないのか。こんなヤバい状況で、女一人を歩かせられないだろ」

女と言われて、先ほど汽車の中で聞いた火崎の言葉を思い出した。あんな下卑た事を言う品性下劣な男が、親切な心遣いをするはずはない。

「だまされませんよ。目的は別にあるのでしょう。さっき確かこう言っていましたよね。おまえも結構」

下品すぎて、その先を口にできない。言い淀んでいると、火崎はふっと笑いを広げた。

「期待してるんなら、お応《こた》えしてもいいぜ。幸い、人目もないようだし」

腹立たしさと恥ずかしさで頬が熱くなる。

「下郎《げろう》」

叫んだ瞬間、手首をつかみ上げられた。

「俺は気が短い方だ。今の言葉を謝れ。それともここでやってほしいのか」

強引に引きずり寄せられ、目を上げれば火崎の顔がすぐそばだった。瞳の中に猛《たけ》るような光がある。凄まじい熱に満ちた目で、彼自身までそれに呑まれ、突き動かされているかに見えた。

荒々しさの奥には、どこかしら甘やかなものがひそみ、抗《あらが》いがたい力を放っている。その眼差に取り込まれそうになった。負けまいとして目をつぶり、必死に踏みとどまる。京子《きょうこ》の言葉が思い出された。これが男の色気なのだろうか。

「さぁ、どっちにするんだ」

謝るのはくやしすぎたが、力で押されればかなうはずもない。ここは交渉で切り抜けるしかなさそうだった。相手は悪党なのだ。真っ当なやり方でなくても構いはしない。策を巡らせながら目を開けた。

「わかりました。取りあえず手を」

冬美の声に、背後から放たれた言葉が重なる。

「手を放せ」

振り向くと、中折れ帽をかぶりコートを着た男性が近寄ってきていた。陽射しを背中に受け、顔に影が落ちている。

「火崎剣介《けんすけ》だな」

いきなり名前を呼ばれた火崎は気色ばみ、踵《きびす》を返して向き直った。

「誰だ」

すぐ近くまできた男性の頭上から光が降り注ぎ、顔が照らされてようやく全貌が見える。その端正な顔立ちに見覚えがあった。

「狡猾《こうかつ》と噂の貿易商人で、戦前に金融業界に進出した火崎次郎《じろう》、その三人の息子たちの誰より父親似と言われ、後継者と目されている次男剣介。祖父泰介《たいすけ》がキリスト教女学院の創設に資金を提供し、自宅に英国人が出入りしていた事から英語に堪能《たんのう》。金と縁故で政府要人に接触、イギリス駐在武官補佐官の職を手に入れたが、ヤンチャが過ぎて罷免された」

早川薫《はやかわかおる》だった。

「大使館内での評判は悪くない。度胸がよく血の気の多いところが当時の大使だった吉田茂《よしだしげる》に気に入られ、かわいがられていた。軽口が多く、おしゃべり剣介との異名がある。女好きで、いささか無節操」

歩み寄った火崎が手を伸ばし、中折れ帽を払い飛ばす。風の中に髪が舞い上がり、ケロイド状の傷で塞《ふさ》がれた片目があらわになった。冬美は胸を突かれ、唇を引き結ぶ。火崎から聞いてはいたが、片目だけとなったその相貌《そうぼう》は、なんとも痛ましかった。

「その隻眼、きさま、帝國真珠の早川か。ロンドン支店には写真付きの大使館員リストがあったという訳だな」

薫は微笑を広げる。吹き渡る風のような爽《さわ》やかさは、昔と少しも変わっていなかった。

「仰せの通りだ。君の派手な言動についても、よく耳にしていたよ。こんな出会い方をするとは思ってもみなかったが」

火崎から目をそらし、こちらを向く。

「お久しぶりです、冬美さん」

しっかりと視線が合い、わずかに微笑まれて、心臓が喉までせり上がってきた。こうして真っ直ぐに向かい合うのは二度目だと思い出す。最初の時、薫はまだ二つの涼しげな目を持っていた。

「お元気でしたか」

答えようとするものの気持ちが急《せ》き、声がかすれる。言葉にならず頷く事しかできなかった。以前よりひと回り大柄になったような薫を、ただ見つめる。

「ご無事で何よりです。東京下町あたりが大規模な空襲に遭ったと聞き、あわてて神戸から出てきました。お母さんは、どちらに」

はっきりと答えられたらどんなにいいだろう。そう思いながら声を絞り出す。

「わかりません。私も浜松にいて、今ここに着いたばかりで」

力をこめて握っていた箱を差し出した。

「ここで、これを拾いました。御社の名前が書いてありますが」

受け取った薫は箱を眺め回し、胸のつかえを下ろすような大きな息をつく。

「僕がロンドンから持ち帰ったハナグルマです」

開けた蓋の下から輝きがこぼれ出した。そのきらびやかさと薫から聞いていたハナグルマの話が重なり合う。あの時以降、あれこれと想像してはいたが、実際に目にしてみると、思い描いたどれをも超える秀麗さだった。胸を打たれ、ただただ見つめ入る。これが母の仕事なのだと思うと、尊敬せずにいられなかった。

「ちょうどロンドン支店から引き揚げようとしていた時、戦時内閣を組織していたチャーチル閣下に呼ばれ、修復のために神戸の帝國真珠本店か、あるいは深川の水野《みずの》さん宅に届けてほしいと頼まれたのです」

自分の立っている地面が、いきなり反転するような気がした。浜松の工場では、一日の作業が終わるとチャーチルやルーズベルトの藁人形に呪いの釘を打ち込むのが班長の役目だった。その鬼畜チャーチルの口から水野の名前が出ていたとは。胸の中で敵と味方が入り混じり、混沌《こんとん》とした模様を描く。戸惑いながら口を開いた。

「チャーチルと言うのは、敵国の首相ですよね」

薫は笑い飛ばす。

「帝國真珠に国境はなく、敵味方もありません。なぜなら帝國真珠は平和の使者で、幸せを運ぶ会社だからです」

日本にありながら日本を超える存在である事を示唆《しさ》するようなその言い方が、無限に広がる世界を感じさせた。それを内に秘める帝國真珠という会社に、心を動かされる。

「すべての国境、あらゆる戦争を超えてどこへでも真珠を売りに行き、真摯《しんし》に顧客の信頼に応える。それが帝國真珠の倫理です。僕も含めて社員たちは全員そのつもりでいる。あなたのお母さんもそうでしょう」

薫の言葉からは新しい価値観が香り立っていた。新鮮な風のように心を洗い、通り過ぎていく。

「失礼、話がそれましたね。修復は、水野さんが担当する事になっていました。すべての宝飾品は作業所の耐水耐火金庫に入れておくのですが、何か事情があったのでしょう。それにしても見つかって幸いでした。顧客からの預かり物です。万が一の事があったら、帝國真珠の名前に傷がつく」

それで母は、必死に箱を守ろうとしたのだろう。薫が顧客情報をもらすまいとして片目を犠牲にしたように、母もまた自分の両手を帝國真珠に捧げたのだ。

身をなげうってまで責任を果たそうとする精神は、なんと純粋なのだろう。それこそが尽くすという事なのだ。その気高さに心を震わせながら、母の行方が知れない今、自分の前にハナグルマが現れたのは、母が託そうとしているからではないか、自分はこれを守らねばならないのではないか、そんな気になった。

「神戸を出る前に東京作業所と連絡を取ったのですが、半壊状態で混乱はしているものの人的被害はないとの事でした。ただ水野さんだけが所在不明だというので、自宅に回って確認せねばと考えてここまで来たところです」

大事な宝飾品より母の安否を優先してくれた優しさに頭が下がる。

「次の空襲に備えて、これは作業所の金庫に保管します。ところで冬美さんは、これからどうされるんですか」

ここに留まり、母を捜したかった。だが浜松を出る際に、備蓄品の手榴弾を持ち出している。夢中だったが、こうして無事に東京に着いた今となれば、このまま知らぬふりをしている訳にもいかなかった。

火崎が預かると言っていた事を思い出し、後始末の方法を相談しようと振り返る。

「私たちが運んだ手榴弾ですが」

そこまでしか言えなかった。火崎の姿がない。あちらこちらに視線を向けるものの、もうどこにも見えなかった。

「火崎剣介なら、立ち去りましたよ。見切りをつけるのが早い男らしい」

火崎がいなくては手榴弾の行方がわからない。しつこく後をついてきていながら、肝心な時に雲隠れとは、つくづく訳のわからない男だった。

「お知り合いだったんですか。先ほど見かけた折には、剣呑《けんのん》な雰囲気でしたが」

突っ込んで聞きたげな様子を見せつつ、薫は口を閉ざす。誤解されるのが嫌で急いで答えた。

「挺身隊で行った浜松の工場の経営者です。日本橋の様子を見に行くと言うので、一緒に列車に乗りました。さっきはちょっとした行き違いから言い争いになっていただけです」

納得してもらえたかどうか自信が持てず、これ以上聞かれないように話を変える。

「私、母を捜さないと」

薫は大きく頷いた。

「この近くの病院に行ってみたらどうでしょう。僕も一緒に捜しますよ」

二人で病院に向かう。以前から場所は知っていたのだが、焼けただれた街には目印がなく、様相がすっかり変わってしまっていてなかなかたどり着けなかった。着けば着いたで、玄関の外から中までケガ人であふれており、足の踏み場もない。

「分かれて捜しましょう。終わったら、ここに戻ってきてください」

廊下で診察を待つ人々の顔をのぞき込み、カーテンで仕切った医務室や病室、霊安室、敷地を接している小学校の体育館にまで足を延ばす。だが母の姿はどこにもなかった。

会えなくてもガッカリする事はないと自分に言い聞かせる。ここで絶望的な結果を知るより、何もわからない方がずっといい。どこかで元気にしているかも知れなかった。

「いましたか」

先ほど別れた場所に戻り、既に来ていた薫に聞かれて首を横に振る。

「僕の方も見つけられませんでした。収容者の名簿がありませんかと聞いて、怒鳴《どな》られましたよ。名簿なんか作ってる暇があるか、それどころじゃないって。確かに迂闊《うかつ》でした。それにしても困りましたね。他に病院がありますか」

富岡八幡宮の近くまで行けばあるが、自宅で負傷した母がそこまで運ばれていくだろうか。

「病院ではなく、誰か知り合いの家に身を寄せているかも知れません。私、ここに残って見つかるまで捜します」

薫が苦笑した。

「お気持ちはわかりますが、この焼け跡では、食べる事も寝る事もできませんよ」

その時になって初めて、自分が今日の食事にも困る事に気がついた。一体どうするつもりだったのだろうと自分でもおかしくなる。

「早川さんのおっしゃる通りです」

ここで浮浪者になるのだろうか。これからは路上をさまよい、物乞《ものご》いをして生きていくのか。かつて見かけた物乞いの姿を思い出し、彼らがいかに蔑まれ、卑しまれ、哀れまれていたかを考えると、それを自分の身に受けなければならないのがやるせなく、悲しかった。

だが物乞いは犯罪ではない。泥棒や当たり屋になるよりは、はるかにましだと思えた。それが必要ならやるしかない、恐れるものか。

空襲で焼け出された人間はたくさんいるだろう。その皆が物乞いになれば、それが普通の暮しになるに違いなく、特別な目で見られる事もないはずだった。

家を失った人々がどうやって生きていくのかをよく見ていよう。色々なやり方を覚えて、その中から自分に合った方法を選び出すのだ。きっとやっていける。ここを乗り越えてみせる。

「僕と一緒に、作業所に行きましょう」

薫の大きな両手が肩に乗った。

「作業員の中にお母さんの事情を知っている人間がいるかも知れませんし、作業所の倉庫には備蓄がありますしばらくは暮らせるでしょう」

作業員のための食料や生活用品なのだろう。それを部外者の自分が使わせてもらうのは気が引けた。一人でもいい、なんとかやっていける。

「遠慮はいりません。高清翁《たかきよおう》はいつも言っています。作業員やそれを支える家族がいてこそ帝國真珠は存続していける、従業員は真珠以上に大切にされなければならないと。冬美さんは、水野さんの娘さんでしょう。帝國真珠にとっては大切な人の一人です」

体がふわっと柔らかくなっていく。滞っていた血が勢いよく流れ始め、浜松を出て以来ずっと続いていた緊張を溶かしていった。

「いったん作業所に落ち着き、それから情報を集めてお母さんを捜しましょう。きっと皆、協力してくれますよ」

肩をつかんでいた薫の手が下がり、両手を包む。

「冷たいですね。ここまでさぞ大変だったでしょう。でも、もう大丈夫ですよ。あなたは一人じゃない。僕らは帝國真珠という苗字を頂く家族なんです」

昔と少しも変わらない凜とした目で見つめられ、もう二度とたどり着けないと思っていた懐かしい家に迎え入れられたような気がした。

「さ、行きましょう」

肩を並べ、作業所への道をたどる。冬美の視線の高さにあるのは薫の首元で、顔を見るには振り仰がねばならなかったが、隣にその体の気配を感じるだけで心強く、うれしかった。耳を澄ませ、薫の呼吸を聞き取ろうとする。革靴が踏む規則正しい砂の音ばかりが耳朶《じだ》に触れた。

「ロンドンからの帰りは長い旅でした。まずパリに渡り、そこからモスクワへ。戦前なら欧亜国際連絡列車がベルリンと敦賀《つるが》、東京を十六日間で結んでいたんですが、開戦後はイルクーツク経由で中国の満州里、ハルビン、奉天、平壌《ピョンヤン》、釜山《プサン》から関釜《かんぷ》連絡船で下関《しものせき》に入るか、ウラジオストック経由で敦賀に入るかどちらかしかなくなった。路程が短い前者を選びましたが、途中、停められる事も多く、危険な目にも遭いました。無事に帰ってこられたのは、半ば奇跡です。ご興味があるようでしたら、後日、落ち着いた折にでもお話ししましょう」

道端には、直撃を受けたとおぼしき倒壊した家々が続いている。その周りも延焼していたが、少し歩けば損壊のない一軒家や長屋も見えた。公園では、火災をまぬがれた樹々が柵《さく》を越えて枝を伸ばしている。

「ああ、ごらんなさい」

薫が足を止めた。

「桜だ。もう花を付けている」

見れば、樹々の上の方の日当たりの良い枝で、薄紅の花が何輪か風にそよいでいた。まだ若緑色のしっかりとした萼《がく》に支えられた花びらが、なよやかに震えている。そのあたりだけが照明でも当たっているかのように華やいでいた。

「今年は早いですね」

半焼けになった街にも、春はやってきている。今に夏も来るだろう。秋も冬も来て、そしてまた春になり桜が咲く。変わる事なくめぐる季節の底に、壮大な円を描いて元に戻ってくる時間が流れているのを感じた。その息吹を呼吸していれば、自分も永遠の円環に加われそうな気がする。励まされながら大きな呼吸を繰り返した。薄い花びらから降り注ぐ鴇色《ときいろ》の香りが体を染めていく。

「深呼吸ですか。桜を吸い込みかねない勢いですね」

がさつだと思われたらしい。恥じ入っていると、薫はクスクス笑った。

「元気が出たようでよかった」

大きな歩幅で歩き出すその後を、あわてて追いかける。

「驚いたでしょう」

突然の言葉の意味がわからない。薫の顔を見上げると、真っ直ぐ前を向いたままだった。

「僕の片目ですよ。事情を聞かないんですか」

火崎から聞いているとも言えず、黙り込む。

「ちょっとヘマをやらかしたものですからね」

冗談めいた言い方が、いかにも薫らしかった。

「それでも片方だけで幸いでした。両方やられていたら、もう帝國真珠で働けなかった。それに」

ひと息をつき、声に笑みを含む。

「久しぶりに会ったあなたを見る事もできなかった」

なんだか恥ずかしくなり、足元に視線を落とす。

「しばらく会わない間に、実に娘さんらしくなりましたね。とてもきれいになった」

足が止まりそうなほど驚いた。薫の目にそんなふうに映っていたとは思わず、どんな顔をしていればいいのか、どう答えればいいのかまるでわからない。逃げるように視線をさまよわせながら、胸に広がる喜びをこっそり抱きしめた。

「ロンドンで、自分の将来を思い描く機会がありました。実は、帰国したらあなたを訪ねようと思っていた」

今度こそどうにも足を動かせなくなり、棒立ちになる。少し先で薫も足を止め、こちらを振り返った。

「この戦争が終わったら」

そこまで言って息をつく。

「いや、先に水野さんに話す事にします。今のは忘れてください」

置き去りにされた幼児のような気分になった。

「ずるい」

笑い声が上がる。耳の中で谺《こだま》が軽やかな尾を引いた。

宿命

1

「あなたがレンガ職人でなくてよかったわ」

モルタルを練っているチャーチルの後ろのテーブルで、妻が午後の紅茶を入れている。濃いアッサムの香りがテラスから流れ出て、チャーチルの小さな体を取り巻いていた。

「一体いつになったら完成するのか、まるでわからないんですもの。きっとどこも雇ってくれないわよ」

チャーチルは口角を上げ、葉巻の口を噛みしめる。

「その代わり、仕事は丁寧だぞ。私の積んだレンガなら、おそらく空爆にも耐える。日本まで行って、ハヤカワの防空壕の出入り口に積んでやりたいくらいだ」

焼きのいい磁器が透明な音を立て、妻の声に憂鬱《ゆううつ》が入り混じった。

「今頃どうしているのかしらね。私、彼の事を思うたびに考えるの。あの人は幸せになれないんじゃないかって」

手を止め、振り返る。妻はテーブルにクリーマーを置きながら考え深げな眼差を空中に投げていた。

「身分と財産がないという点を除けば、大人の男として完璧に仕上がっているでしょう。まだ若いのに頭脳、容姿、精神、どれを取っても非の打ちどころがないし、隻眼でさえも魅力的ですもの。私の母方の領地のあるキルマーノックには、恵まれ過ぎた人間は幸せになれないって言い伝えがあるのよ。神が嫉妬《しっと》して、その人間が一番欲しがるものを与えないんですって。だから幸せになれない。ハヤカワは神の嫉妬を誘うに相応しい男のように思えるわ」

葉巻を手に移し、深刻な表情になっている妻に笑みを送る。

「では私とあなたが結婚できたのは、お互い非の打ちどころが多すぎたために一番ほしいものを手に入れられたって事かな」

テラスに通じる廊下で電話が鳴り出す。妻が笑いながら奥に入っていった。しばらくして声が上がる。

「あなた、ガビンズ少将からよ」

ガビンズは、ベーカー街遊撃隊と呼ばれる特殊作戦執行部を率いたチャーチルの親友ハンブロの後任だった。昨年、同部に所属していた息子に戦死され、妻とも離婚、一時期はふさいでいたが、最近は持ち直し、ヨーロッパを舞台に展開する各種作戦に取り組んでいる。

「やぁ少将。いい知らせしか聞きたくない私の期待にそってくれるのかな」

かすかな笑いが聞こえた。

「お任せください。フラメンコ作戦の成功をお伝えします」

思わず受話器を握り締める。

「現在、貨物列車はスペイン国境を越え、ブドゥースに向かっているそうです」

決して信心深くはないチャーチルでも、神に賛美を捧げたくなるほどの朗報だった。

「この鉄路と並行する134号線をフランス共和国臨時政府陸軍が警護していますが、スペイン軍の追撃の気配は見られないそうです。ポーに着くのも時間の問題とか」

一九三九年、ナチスドイツがいきなりポーランドに侵攻してこの戦いが始まった時、スペインフランコ政権は、それに乗じて自国の領土を広げようと目論《もくろ》み、ドイツに接近した。その欲求があまりに露骨すぎてヒトラーから敬遠されると、表向きは中立の立場を取ったが、イギリス特殊作戦執行部は、二国が裏でつながっていると踏んでいた。

海軍を頼みとするイギリスにとって、要衝ジブラルタル海峡を押さえるスペインは、どうしても味方につけておきたい国であり、コウモリさながらのその態度に頭を痛めていたところ、フランスの国境に面したスペインの駅カンフランで、ドイツとスペインが交易を行っているとの情報が入ってきたのだった。

戦車や砲弾製造に欠かせないタングステンがスペインからドイツに、その支払いの金塊がドイツからスペインに送られているという内容で、ベーカー街遊撃隊が即、現地に飛び、カンフラン駅の貨物通過記録を調べたところ、この一年半でドイツからスペインに送られた金塊は約八七トン、それに見合う量のタングステンがスペインからドイツに送られている事を確認した。二国の仲介をしたのは、フランス中部に打ち立てられていたナチス傀儡《かいらい》政権ヴィシー政府だった。

戦略物資の補給路を断ち、ナチスを弱体化しようと考えたチャーチルは、フランス共和国臨時政府を率いるド・ゴールに情報を流した。ド・ゴールは、そのルートを潰すと同時にタングステンも金塊もいただいてしまおうという「フラメンコ作戦」を立てたのだった。

成否の可能性は半々、当然の事ながらスペインの反撃も予想されたが、ド・ゴールは強気だった。昨年八月にパリが解放され、翌月にはヴィシー政府がドイツに逃げ出し、十月に至ってアメリカ、イギリス、ソ連が、フランス共和国臨時政府を正式なフランス政府と認めていた。今年に入り、ドイツ軍がいく重にも守っていたイタリアの防衛線も崩壊が目前となっている。ナチスの終焉《しゅうえん》を感じ取っての強気なのだろう。

フランコも、そろそろナチスと縁を切らなければ共倒れになりかねないと考え、あえて追撃しないのかも知れない。この作戦の成功がナチスの凋落《ちょうらく》に拍車をかける事は間違いなく、その瓦解は時間の問題と言えそうだった。

「今そちらに行く。新しいキューバ葉巻の箱を開けようと思っていたところだ。持っていくよ」

受話器を置き、あわただしく書斎に入って書架から葉巻の木箱を取り出す。廊下から妻がのぞき込んだ。

「あら、どこかにお持ちになるの」

笑みが浮かぶのを抑えられない。

「ロンドンのモグラの穴だ。ついに光が見えたよ」

2

東京作業所の建物は、事前に聞いていた通り、半壊状態だった。屋根は崩れ、その下の壁に亀裂が入って折れ曲がり、一部が地面に突き刺さっている。まるで跪《ひざまず》いた人間のようだった。被害を受けていない部分もあるが、正面から見える所が大きく損壊しているせいで悲惨な感じがする。

敷地内では、男女数人が片付けをしていた。誰もが疲れているようでノロノロとし、池の縁石に座り込んで放心している者もいる。薫《かおる》が近づいていくと、それに気付いた男性が気だるげな視線を投げた。

「物売りだったら、お断りだ。さっさと」

薫の容貌《ようぼう》をとらえた目に喜色が走る。ほとばしる水のような勢いで喉から声があふれ出た。

「おぉ早川《はやかわ》さん」

それを耳にした男性や女性たちが、いっせいに振り向く。薫を認めると、先を争うように駆け寄ってきた。

「本当に来てくださるなんて」

「ありがとうございます。もったいないです」

「こんな時にお会いできるなんて。元気が出ます」

薫がいかに慕《した》われているかが伝わってきて、自分の事のようにうれしかった。

「皆さん、ご無事で何よりです」

取り囲まれた薫は帽子を取り、そばにあったマツの枝先に載せる。脱いだ上着をその下枝にかけると、シャツの袖《そで》をめくり上げた。

「では、手早く片づけてしまいましょう」

男性の一人が力のない笑いを見せる。

「無駄ですよ。どうせまたやられるんです」

薫は腕を伸ばし、その肩を抱いた。

「この戦争は、もうすぐ終わりますよ」

皆が表情を失い、体を固くする。冬美《ふゆみ》もだった。火崎《ひざき》が同じ事を言った時には信じられなかったが、それが薫の口から出てくると、急に信憑性《しんぴょう》を帯びた。

「いつ終わるんです」

従業員たちは、目の前を走り抜ける人魂《ひとだま》でも見たかのような顔で次々と口を開く。

「勝つんですか、負けるんですか」

「もちろん勝つんですよね」

薫はいたずらっぽい笑みを浮かべた。

「勝ち負けは、帝國真珠《ていこくしんじゅ》にとってどうでもいい事です。問題はその後だ。おそらく真珠の養殖や販売が再開できるようになるはずです。日本の真珠を待っている世界の市場に、先頭を切って乗り込むのは帝國真珠でなければなりません」

かつて自宅まで見舞いにやってきた薫を思い出す。あの時も未来を語っていた。今もまた今後について話している。皆の上に灯でも掲げるかのように、希望を高く振りかざしているのだった。

「世界に向かって売り出すには、たくさんの商品が必要です。千も万もの宝飾品がいる。それを作るのは、あなた方ですよ」

煩労《はんろう》の色が濃い顔に、はにかんだ晴れやかさが広がっていく。おそらく薫は、これまでもそうして彼らを鼓舞してきたのだろう。それで皆から頼みにされているのだ。きっと母もその一人だったのに違いない。

「さぁ、世界進出の準備に取りかかりましょう。まずはここの片付けから」

冬美も、そばに立てかけてあった竹ボウキに手を伸ばす。後ろから声がした。

「冬美ちゃんじゃないか」

建物の脇から出てきた初老の男性が、ゆっくりと歩み寄ってくる。

「いやぁ無事だったか。よかったよかった。浜松もひどくやられたと聞いたから、心配しとったよ」

作業所長の上原《うえはら》だった。

「お母さんとは会えたかい」

首を横に振る。薫が上着のポケットから赤革の箱を出した。

「ハナグルマです。被災した水野《みずの》さんのご自宅跡から見つかりました。水野さんが守ってくれたのではないかと思います」

上原は箱を受け取り、蓋を開けて中を確かめる。大事なものが飛び立つのを防ごうとするかのような性急さでそれを閉じ、固く目をつぶった。

「ああ、ありがたい。これで高清翁《たかきよおう》に顔向けができる。首をくくらにゃならんかと覚悟しとったとこだ」

心を吐き出すような溜め息をもらし、目を開けて薫を見た。

「金庫の鍵の調子が悪くて、神田《かんだ》の修理屋を呼んだら、取り替えなくちゃダメだって金庫ごと持っていっちまったんだよ。ところが先月二十五日の空襲でその修理屋がやられてさ。このご時世じゃ新しいのも手に入らないし、会社には金庫がない状態で、夜は無人になるから物騒《ぶっそう》で困ってたら水野さんが、自分が修復中のお品ですから責任を持って保管しますって言ってくれたんだ。肌身離さず持ち回っていたよ」

いかにも母らしい律儀《りちぎ》さだった。薫も同じ事を感じたようで、冬美に向かって頷いてから皆を見回す。

「ご本人は、行方知れずです。どなたか水野さんの消息をご存じありませんか」

期待しながら従業員の答えを待った。だが誰からも返事がない。上原が気の毒そうに口を開いた。

「空襲があったのは、日付が変わって少ししてからだ。水野さんもおそらく寝ていたところを襲われたんだと思うよ」

総桐のタンスの上置きにしまわれていた真珠の鎖を思い出す。降り注ぐ焼夷弾の火の粉の中で母が服を脱ぎ、真珠を素肌に巻き付けている姿を想像した。恐ろしいほど美しかった。

「では何かわかったら、すぐ教えてください。上原さん、ここに金庫がないという事であれば、ハナグルマは本社に預かってもらったらどうでしょう。僕が神戸本社に戻る時に持っていきますよ」

上原は一も二もなく同意し、箱を差し出す。それが薫の手に渡ると、傍目《はため》にもわかるほどはっきりと肩から力を抜いた。

「いやぁ助かった。よろしく頼みます」

薫はしっかりと頷き、箱を開くと冬美の方に向ける。

「冬美さん、最後にもう一度ご覧になりますか」

母が身を擲《なげう》つようにして守った宝飾品だった。家が焼け、母も見つからない今、それだけが自分と母を結び付けるもののように思える。そこに母の魂が宿っているようにすら感じた。

手元に置きたい。これが自分のそばにあったらどれほどうれしく、また心強い事だろう。だがそれは冬美のものではなかった。

せめてそこにこもる母の思いを感じ取り、脳裏に刻み付けようとして一心に見つめ入る。中の真珠の一粒がくすんで見える事に気が付いたのは、間もなくだった。

「すみません、ちょっと見せていただけますか」

手元に引き寄せ、注意深く視線を配る。ごく小さな珠の側面が、わずかに欠けていた。

「母は、この珠を取り替える作業をしていたんですか」

それは多くの真珠が敷き詰められている花びらの輪郭部分だった。取り出して交換、元通りに収めるためには相当な技術が必要になる。それ以上に大変なのは、同じ色艶《いろつや》の珠を捜さねばならないという事だった。

「いやピン先が鈍っているから研ぐか、全体が少し曲がっているからいっそ取り替えるかって話くらいしか聞いてないが」

上原は、怪訝《けげん》そうにハナグルマを見つめる。

「珠を取り替えるって、どっかに傷でもあるのかい。俺には見えないなぁ」

冬美は箱を斜めにし、珠と珠が触れあっている所を指差した。

「ちょっと陰になっていますが、欠けているんです」

上原は、そばにいた女性に天眼鏡を持ってこさせ、それを使ってじっくりと眺めていて、やがて感心したように冬美を見た。

「端から二番目のケシ珠だね」

言葉がわからず返事ができない。困っていると、脇にいた薫が口を開いた。

「ケシ珠というのは、小粒の真珠珠の事です。ケシの種子のように見えるのが名前の由来。他にも色々ありますよ。雫《しずく》珠とか鉢巻珠、達磨《だるま》珠とか。海水産の真珠だけでも、十二種類くらいあるはずです」

真珠がそれほど多様だとは知らなかった。それらを見てみたいと思いながら耳を傾ける。真珠についてもっと知りたかった。

「しっかし、こんな微《かす》かなもんを一見でよく見つけたね。慧眼《けいがん》だなぁ」

しきりに感嘆する上原に、薫が弾んだ声を重ねる。

「ご両親譲りですよ。技術は磨けますが、目はそうはいかない。僕は、冬美さんに帝國真珠への就職を勧めているところです」

上原は顔をほころばせた。

「弊社に来ていただけるのか。そりゃありがたい」

既に決まったかのような話になっていくのを聞きながら、帝國真珠に入ればハナグルマのそばにいられると気が付いた。修復には時間がかかるだろうから、それまでは会社内に置かれるはずで、社員ならいつでも見る事ができるだろう。いや、いっそ自分が修復をすればいいのではないか。

母がこの世に生み出したハナグルマが傷を負って帰ってきたのだ。母が不在ならば、それを元に戻すのは自分の役目であるような気がした。

「私、帝國真珠に就職します」

息が弾むほど声に力がこもる。

「させてください」

母が戻ってきたら、一緒に作業ができるだろう。社内にいれば薫にも会える。ハナグルマと母と薫、それらに囲まれた日々を想像すると、恥ずかしいほど気持ちが浮き立った。

「上原さん」

作業場の壊れた窓から女性が上半身を乗り出して叫ぶ。

「昨日、大阪に空襲があり、大阪財界の重鎮にご挨拶に行っていた高清翁と専務の長沢《ながさわ》さん、役員の斎藤《さいとう》さんが巻き込まれたそうです」

驚きが空気を打ち、大きな波のようにその場を呑み込んだ。

「長沢さんと斎藤さんは既にお亡くなりになり、翁は神戸のご自宅に移送されたそうですが、重篤な状態で、関係者に連絡を取っているとか。早川さんにも至急、戻っていただきたいそうです」

薫は腑《ふ》に落ちない様子だった。

「それは父の早川寅之助《とらのすけ》の事じゃないですか。神戸本社にいるはずですが」

女性は声を張り上げる。

「いいえ、早川薫さんと言っています」

首を傾げる薫の二ノ腕を上原がつかんだ。

「秀吉《ひでよし》も、末期の床に大老たちを呼び集めた。秀吉同様、高清翁にも後継者がいない。会社の今後について言い置いておきたいのだろう。そこに呼ばれるのは、ありがたい事だ。俺は呼ばれてない」

残念そうな口調に、失笑が広がる。

「とにかく駆け付けた方がいい。線路が寸断されているという話だから、行ける所まで行って後は歩け」

薫は、マツの樹にかけてあった帽子と上着に手を伸ばす。

「わかりました。すぐ向かうと伝えてください」

あわただしく出て行こうとするその後ろを追いかけた。

「私も、連れていってください」

この機を逃せば、藤堂《とうどう》にはもう会えないかも知れない。

「そばでお顔を拝見しておきたいんです」

薫は怪訝そうだった。奇妙だと思っているのだろう。

「以前に、ご面識でもあったんですか」

答えられずに目を伏せる。母から話を聞いた翌朝の事が思い出された。

あの時は、母さえいてくれれば充分だと考えていた。だが母の生死も所在もわからない今、この世のどんなつながりからも切り離されようとしている自分を感じ、いたたまれない。藤堂に会い、娘と認められ、しっかりとつなぎ止められたかった。

だがそんな事が叶うのだろうか。血のつながりを証明する手立ては何もなかったし、母の同意なしにそれを口にするのは許されないようにも思えた。

大きく息を吸い込み、揺れる気持ちを抑え込む。ただ会うだけでいい、その顔を自分の胸に刻み込むだけで満足しよう。そう考えながら面会を正当化できる口実を捜した。

「先ほど言った通り帝國真珠で働かせていただきたいと思っています。臥《ふ》せっていらっしゃるのなら、お見舞いしたいんです」

薫は、冷やかすような微笑を浮かべる。

「それだけですか」

内心あせりながら、この場をうまくやり過ごす方法を考えた。どうにも思いつかないまま時間だけが流れていき、やがて薫が素知らぬ顔で視線をそらす。

「ま、そういう事にしておきましょうか」

真偽を突きつめず曖昧《あいまい》にぼかしてよしとする、いかにも大人の術だった。自分もこれからはこういう手を使おうと思いながら薫を見上げる。包み込むような寛容さと余裕をにじませているその横顔は、憎らしいほどきれいだった。

「帝國真珠で働く決心をしてくれたのでしたら、願ってもない事です。上原さんも歓迎の様子でしたし、僕だって以前から勧めていたではありませんか」

先ほど言い出した「この戦争が終わったら」の続きは、この就職の事だったのだろう。母の同意を得て話を詰めるために家まで来ようとしていたのに違いない。

それほど望んでもらえるのはありがたい事だった。母が尽くした帝國真珠に、自分もまた尽くそうという気持ちになる。もし母が無事で再会が叶い、二人で作業台を並べてハナグルマの修復ができたら、どんなにいいだろう。

「では東京駅まで行きましょう。高清翁のご自宅は、神戸の御影町《みかげちょう》です。東海道本線《とうかいどう》で大阪まで、そこから普通電車で住吉《すみよし》まで行き、後はバス。さ、急ぎましょう」

3

東京駅は混《こ》み合《あ》っていた。切符が取れる大阪行きの夜行電車に乗る事にする。発車する時にはすし詰め状態だったが、横浜や小田原《おだわら》を過ぎ、静岡に近づくと、いくつか席が空いた。薫にうながされてそこに座る。

天竜川《てんりゅうがわ》流域には、夜目にもはっきりとわかるほど焼け跡が広がっていた。軍事工場があったのだろう。火崎が言っていたように、東京や名古屋の爆撃で残った爆弾を落とされたのかも知れない。

レールの継ぎ目ごとに、列車は軋《きし》むような音を上げ、車体を揺らしながら浜松の駅に差しかかる。ホームにあふれている人々の中に、思わず京子《きょうこ》や東子《とうこ》の顔を捜した。あの後二人はどうしただろう。無事でいるのか。いつかまた会う事ができるのだろうか。

男の怒鳴り声が上がり、女の悲鳴が続く。何事かと気になったが、窓から見えるのは列車に乗ろうとしている人々の頭と顔ばかりだった。

その何割かを積み残したまま、列車はドアを閉める。こちらに向けられるうらやましげな、あるいは哀しげな眼差に応えられず、目をそむけた。切羽《せっぱ》詰まった用事のある人もいただろう。申し訳なく、落ち着いて座っていられない。薫の声がした。

「眠った方がいいですよ」

つかみ上げた中折れ帽を、冬美の頭に載せる。

「お眠りなさい」

帽子の縁が目のあたりまでかぶさり、視界が閉ざされた。薫の髪の香りが立ち込めるその暗がりを呼吸しながら、ゆっくりと下りてくる眠りの幕に包まれる。

いつの間にか深く寝入り、隣の座席が動いて誰かが立ち上がった時も、それに代わって誰かが腰を下ろす気配がした時も、薫だろうと思いながら眠りの底を漂っていた。

「お早《はよ》う」

声と共に帽子が引き上げられる。あたりはもう明るかった。隣にいるとばかり思っていた薫は脇に立っており、座っていたのは老婆だった。席を譲ったのだろう。

冬美に座る事や眠る事を勧めながら、自分は座りも眠りもせず門番のように立っている。平然として見えるが、疲れていない訳ではないだろう。人に配慮するばかりでは、体が持たないに決まっていた。本人に代わって心を配る人間が必要なのかも知れない。

もし自分でよければ喜んで引き受けると思いながら、それは妻の役目だと気が付き、頬が赤らんだ。薫と一緒の仕事場で働きたいとは思っていたが、自分は妻にまでなりたいのだろうか。

その様子を胸に描いてみる。家の中にも職場にも薫の姿があり、毎日、真珠の輝きと向き合って仕事をし、そばには母も、自分と薫の子供もいる。これ以上望むべくもないほど幸せな光景だった。そんな事を願うのは、破廉恥といってもいいほど大それているように思える。

「ああ、このあたりは随分ひどいな」

眉根を寄せる薫の視線をあわてて追いかけた。列車は名古屋を過ぎようとしており、どこもかしこも見渡す限り焼けただれている。窓を閉めてあるにもかかわらず、こげた臭いがしみ込んできて車内に充満した。バラストが吹き飛び、線路が浮いている場所も多い。

「名古屋は、復興に時間がかかりそうですね。六月になれば梅雨前線の影響を受けやすい地域だし、その後は台風の通り道にもなる。役所が早急に動いて手を打ってくれるといいんですが」

やがて窓の外の視界が開ける。

「あ、海」

声をもらすと、薫が身をかがめ、耳に唇を寄せた。

「あれは琵琶湖《びわこ》です」

周りに聞こえないようにそっと教えてくれたのだが、耳介に触れた息の甘やかさに鼓動が止まる思いだった。自分の無知を恥ずかしく思う余裕もない。

「間もなく京都です。八時過ぎには大阪に着くでしょう。しかしこれだけ色々なところが被災しているというのに、ダイヤ通りに走る日本の国鉄は素晴らしい。ま、いささか職員が威張っているきらいはありますが」

窓からは新緑を芽吹かせた樹々が見える。柔らかな緑に射す光が朝露をきらめかせ、吹き込む春の息吹が車内に漂っていた焼土臭を四散させた。流れ過ぎていく景色は、どこもかしこも明るい。それを目に映していると、何かいい事が起こりそうな気がして気持ちが上向いた。

大阪に着き、普通電車に乗り換えて御影町に向かう。その途中で薫の指先がわずかに震えているのに気が付いた。最初は列車の揺れのせいだろうと思っていたのだが、そうではなかった。顔は蒼白《そうはく》で、目は空中の一点にすえられている。様子を見かねて、声をかけた。

「ご気分がお悪いのですか」

こちらに向けられたのは、不意打ちにでもあったかのような顔だった。ただ一つの目をおおう影の濃さに胸を突かれる。

「ああ、バレましたか」

薫はうっすらとした笑みを広げ、視線を車窓に戻した。

「実は、僕は臆病《おくびょう》なんです」

臆病な人間が、会社のために片目を犠牲にできるだろうか。それは勇気の賜物《たまもの》のはずだ。そうは思ったが、誰から聞いたのかと問われれば火崎の名前を出さなければならない。そんな会話をするような親しい間柄と思われたくなかった。

「気が小さいのかも知れない。自分のそういう面はできるだけ出さないようにしているんですが、今回はどうにも抑えにくい。高清翁に会うのが恐ろしいんです」

なぜそんなふうに感じているのか理由がわからず、返事ができなかった。

「今会えば、高清さんが僕の生涯に決定的な烙印《らくいん》を押すような気がする。人生をねじ曲げられる予感がするんです」

闊達《かったつ》で、すべてをそつなくこなしているかに見える薫でも、そんな漠然とした不安にとらわれ、おびえる事があるとは意外だった。そういう時こそ誰かの助けが必要だろう。これは薫に力を貸せる貴重な機会だと感じ、息も荒くなるほど勇み立つ。

住吉で電車を降りると、改札口で切符を受け取っていたのは女性だった。制帽が大きすぎるらしく額の半ばまで落ちてきている。制服も肩がずれ、袖口《そでぐち》から辛《かろ》うじて手の甲がのぞいていた。鉄道の仕事をしている女性を見るのは初めてで、つい足が止まる。振り返れば、長い箒《ほうき》でホームを掃いているのも女性だった。男性が戦争に取られ、働き手がいないのだろう。

「どうかしましたか」

先に行った薫に声をかけられ、あわてて追いかけた。肩を並べながら、励まそうとして口を開く。

「ご心配なさらなくても、きっと大丈夫です」

薫は足を止め、いく分気色ばんだ眼差をこちらに向けた。

「なぜそんなふうに言えるんですか」

根拠のない、無責任な気休めと受け取ったのだろう。

「自分の人生を不当にゆがめられても、あなたは平気なんですか」

抗議されるとは思ってもみなかったが、憎まれ口をきく子供のようでなんだかおかしかった。用意していた慰めの言葉をひとまず後に回し、なだめにかかる。

「早川さんは優秀なかたと聞いています。作業所でも皆さんから慕われるだけの人望をお持ちだし。どんな事があっても乗り越えていかれると思います」

薫は、ふっといつもの表情に戻る。他人の目にとらえられている自分像の中に、あわてて移行したかに見えた。そんな様子も、いたずら坊主のようで笑い出したくなる。こらえていると、くやしそうな声がした。

「あなただったら、こういう時にはどうするのですか」

どうするのだろう。自分自身に答えを求め、それをできるだけ正確に言葉にした。

「浜松で同級生から教えられて、私は、どんな物事にも両面があると考えるようになりました。たとえ人生が曲がってしまうような局面でも、そこにはそこなりのいい所が必ずあるのではないかと思います。だからそれを見つけ出し、それまでの考え方を捨てて、そこから始まる新しい人生を歩きます。先ほど母を見つけられなかった時も、そう考えていました。消息がわからないのは、遺骸《いがい》と対面する事よりずっといい事だって。生きているかも知れない、そしたらいつかは会えるに違いないって」

薫は口を閉ざし、こちらを見つめたままだった。年長者に向かって、自分の考えを主張しすぎただろうか。身の程も考えない差し出がましい女だと思われたかも知れない。あれこれと気を回し、心配していると、薫の口元がふっとほころんだ。

「あなたに教えられるとは思わなかった」

素晴らしくいいものでも見つけたような、そんな自分に満ち足りているかのような笑顔だった。

「初めて会った時には、あれほど小さな赤ちゃんだったのに」

目からは影が消え、凜とした光が戻ってきている。

「あなたが生まれた日の事は、よく覚えています。色の白い赤ちゃんで、父と僕が祝いに行くと、それまで泣いていたのに僕の顔を見てニッコリ笑ってくれました。まだ歯も生えていない無《む》垢《く》な笑顔に、心を洗われるような気がした。ひと目ボレでした。その時決めたんです、将来この子をお嫁さんにしようと」

当時、薫は十歳前後だろう。いかにも子供らしい無邪気な決意だった。

「その気持ちは、ずっと変わらなかった」

思わず背筋が伸びる。

「今もです。あなたが、僕の人生に伴走してくれたらどんなにうれしいか」

自分の耳を疑いながら立っていた。肩に力が入り、体が固まってしまって動けない。

「あなたの家に伺おうと考えていたのは、結婚のご了解を得るためでした。こんな所で言い出すつもりはなかったのですが、話がこういう流れになったのだから触れないのは不自然でしょう。ずっとあなたを想《おも》っていました。戦争が終わったら求婚すると決めていた。あなたが帝國真珠で働いてくれるなら、二人で会社のために力を尽くしたい。考えておいてください」

突然、激流に引きずり込まれたも同然だった。揺さぶられ、考えるどころか息をつくゆとりさえもない。薫が結婚するのが自分でいいのだろうか。そんな疑問が大きくなると同時に、それまで霞《かすみ》のようにフワフワとしてつかみどころのなかった気持ちが、薫の想いに支えられたような気がした。急にしっかりとした動かしがたいものに変わっていく。そこから喜びが湧き出し、胸を温めた。

「私で、いいんでしょうか」

薫は、混ぜ返すような笑みを広げる。

「冬美さんこそ、僕でいいんですか」

こちらに向けられた目がまぶしかった。急に恥ずかしくなり視線をそらす。ずっと好きでしたと打ち明けようか。言うなら今だ、今この機しかない。喉を押し広げようとしていると、薫の声がした。

「さぁ僕は、全部を話しましたよ。今度はあなたの番だ。本当の事を教えてください」

それまでの甘やかな空気は掻《か》き消え、薫の顔は真剣な表情におおわれている。

「高清翁に会いたい理由は何です」

見すえられ、言わない訳にはいかなくなった。母から、実の父親だと言われていると打ち明ける。薫はしばし言葉を呑んでいたが、やがて遠くに思いをはせるように空を仰いだ。

「あなたが生まれる三年前から高清翁はヨーロッパにいました。帝國真珠が、ヨーロッパ各地で訴訟を起こしていたからです。発端はフランスの宝飾業者卸売り組合が、帝國真珠は模造真珠を本物と偽り、詐欺《さぎ》まがいの商売をしていると不買運動を始めた事でした。高清翁は真っ向から戦う決意を固め、訴訟を起こしたのです。これ自体は一九二四年に勝訴したのですが、その後ヨーロッパの他の国々でも次々と同じような問題が起こり、翁はほぼ三年間、自ら現地で陣頭指揮を執られていました。日本には帰ってこなかったのです。当然、あなたのお母さんとも会っていません」

それは疑う余地もないほど決定的な証拠のように思われた。では自分は真珠王の娘ではないのだ。それまで心の中心にあり、支えとなっていた芯を一気に引き抜かれる思いだった。

「お母さんは、その言葉を証明するような物をあなたに見せましたか。例えば翁でなければ持てないような特別な真珠とか、翁の銘の入った道具とか」

首を横に振りながら、ますます信憑性に欠けていく母の言葉を一字一句思い返す。その底に母の微笑が漂っている事に気が付いた。いつになく満足げだったそれは、完成した自分の仕事でもながめているかのようだった。

「お母さんの真意は、僕にはわかりません」

薫は慎重な口ぶりになる。

「今のところはご本人に尋ねようもないし。高清翁に直接聞いてみましょうか。それが一番早そうだ。ただ会うだけでいい、などと言わず真偽をはっきりさせましょう」

強い口調でうながされ、呑み込まれるように頷いた。

4

「あなたも、僕と同じく人生に烙印を押されるかも知れない立場になりましたね。でもあなた流に言えば、物事には両面があるのでしょう」

冗談半分とわかっていたが、応じる気力がなかった。時間が経つにつれてますます自分は高清の娘ではないように思えてくる。母は一体何を考えていたのか。疑念と不審が脳裏を駆けめぐった。乱れる気持ちを抱え、手入れの行き届いたゴヨウマツが枝を伸ばしている藤堂の屋敷の門をくぐる。

「ああ薫さん、お待ちしておりました」

玄関の寄り付けに立っていた数人の男性の中の一人が目ざとく薫を見つけ、駆け寄ってくるなり背中に手を回して中に誘《いざな》った。

「高清翁が、今か今かと矢の催促で。早くしないと儂《わし》は死んでまう、顔を見るだけでええんだ、すぐ誰かを迎えにやらんかと。さ、さ、早《は》ようお座敷《ざしき》に。これ誰か、寅《とら》はんに連絡を」

連れていかれながら薫は、こちらを振り返った。

「水野さんの娘さんが、高清翁にお会いしたいとの事でしたのでお連れしました。一緒によろしいですか」

男性はチラッと冬美に視線を流しただけで、手を横に振る。

「とにかく先にあんたはんに行ってもらわん事にはどうしようもありまへん。さ、早よう早よう。誰か、その娘さんに対応しとくれ」

なお気がかりそうな顔で立ち止まっている薫に、冬美はあわてて声をかけた。

「私は大丈夫です、行ってください」

笑顔を作って見せると、ようやく安心したらしく歩き出したが、玄関前でまたも足を止める。

「必ず面会できるようにします。安心していなさい」

そばの男性に何やら言い置き、開けられた戸口を入っていった。

「高清翁にご面会をご希望ですか」

寄ってきた男性が、矢立てをはさんだ和紙のつづりを差し出し、もう一方の手で玄関左手のフジ棚を指す。

「ここにご署名を。あの奥に別棟がございますので、皆様、そちらでお待ちいただいて順番にお呼びしています」

矢立てから出した筆を墨壺《すみつぼ》につけ、名前を書いて男性に返してから、飛び石の小道を歩いた。フジ棚のそばまで行き、右手に大きな池が広がっているのを知る。その縁に沿ってフジ棚が作られており、途中から寄り添うようにカエデの並木が始まっていた。

あまりに広く迷いそうだったので、目印になる物を捜しておく事にする。池の中ほどにある小島に鐘楼が立っており、どこからでも見えそうな高さだった。銅の鐘が陽射しをはね返している。

金属類は供出するように言われ、冬美の家でも鍋釜《なべかま》類や仏具を出し、富岡八幡宮からは大きな釣り鐘が運ばれていった。それなのになぜ、ここには鐘があるのだろう。

首を傾げながら進む。石で縁を組んだ井戸があり、築山を背負った別棟が見えてくる。二階建てで間口は三間《けん》ほど、脇に玄関があって開け放された戸の外にまで靴や草履があふれていた。白髪交じりの老人が一人、それらを揃えている。冬美が挨拶をすると、黙ったまま頭を下げ、片手で式台を指した。

隙間を見つけて靴を脱ぎ、入り側に足を踏み入れる。目の前に二階に上る幅広の階段があり、竹をあしらった手すりの模様が美しかった。見惚《みと》れていると、老人の声が飛んでくる。

「そのまま奥へどうぞ。二階には、金融業者や銀行の方々が詰めておりますんで」

薄い唇にかすかな笑みが浮かんでいた。

「こんな時にも金の催促じゃ、翁もオチオチ死んでられませんわな」

冗談めかした言い方に笑いを誘われつつ、急に心配になる。ひょっとして帝國真珠は借財を抱えているのだろうか。老人に聞いてみようかと考えていると、階上で荒々しい足音が起こった。雪崩れ落ちるように階段を駆け下りてくる。

陸軍の軍服を着た青年で、まだ二十歳そこそこだった。三和土《たたき》に飛びおり、あたり一面に広がっている下足を蹴散らすようにして自分の履物を捜している。後を追ってきた年配の男性が、息を切らしながら階段の下に立った。

「光介《こうすけ》、頼む、落ち着いてくれ。話せばわかる」

若い男は、いくつもの下足を踏みつぶしながら苛立《いらだ》たしげに振り返る。

「僕はもう嫌です。危篤の翁にひと目お会いしたいと思って一緒に来ましたが、こんな時にもあなたが考えているのは、今後どうやって帝國真珠で儲けるかという事ばかりだ。これ以上我慢できない。この国が戦争をしているというのに、金儲けの事だけ考えているようなあなたとは、金輪際一緒にいられません。先日話した通り、僕は知覧《ちらん》行きを志願します」

知覧というのは、鹿児島にある知覧陸軍航空基地の事だろう。特別攻撃隊を志願する航空兵が、日本各地から送られてくると聞いていた。

「国のために何一つしようとしないあなたに代わって、僕が国家に一命を捧げます。そうでなければ、身を挺して戦っている多くの人々に申し訳が立たない」

年輩の男は前のめりになり、両手を両膝について体を支えた。すがりつかんばかりの形相でつぶやく。

「そんな事を言わんと、頼む。剣介も今に来るから、な、兄弟でよく話して」

若い男性は鼻で笑った。

「あの人も恥を知るべき人だ。縁故を使って召集令状を握りつぶさせたのを僕が知らないとでも思っているんですか。火崎家の後継者には相応しい息子かも知れませんが、僕にとっては汗顔の至りだ。兄とは認められない」

火崎剣介の弟らしかった。改めて顔を見れば、どこか似ている。浜松の工場裏手にあった大きな館が思い出された。

「あなた方は、そろいもそろって火崎の名前に泥を塗っている。僕の一命でそれを拭《ぬぐ》い、せめてもの贖罪《しょくざい》とするつもりです。教育者だったお祖父《じい》さんや、クリスチャンのお母さんが生きていらしたら、きっとほめてくれるでしょう」

ようやく自分の靴を見つけると、突っかけて飛び出していった。年配の男性は溜め息をつき、身を起こす。仮面でも脱ぐかのように表情を変え、大きなその目に容赦のない光を瞬かせながら階段下にある黒い電話器に歩み寄っていった。

「ああ儂だ。今、光介が藤堂の家から出ていった。捕まえておけ」

太い眉、あたりを睥睨《へいげい》するような眼差、肉厚の唇、ガッチリした顎は、母の親戚が見たならば眉をひそめてこう言ったに違いない。

あれが薩摩《さつま》顔というものだ。我ら大和《やまと》とは種が違っている。おのれの野望のために、江戸の町に火を放つ事も躊躇わなかった人種だ。

火崎の父親が金融業を手がけているという話は、薫から聞いていた。帝國真珠は、その融資を受けているのだろうか。一体どのくらいを借りているのか。

あれこれと気を回しつつ廊下の奥に向かう。途中に襖が開け放されている座敷があり、中に祭事用の長い座卓が並べられていた。年齢の様々な数十人の男女が、三々五々集っている。ここだろうと思いながら踏み込み、隅の方に腰を下ろした。

これだけ人がいては、今日中に会えそうもないと思ったものの、とにかく待っているよりない。もし会えたならどう話し出せばいいのか。様々に模索していると、次第に心細くなってきた。そもそも二人きりで会えるのだろうか。

そばに誰かがいたならば、聞きとがめられ、追い出されるかも知れない。手元には何の証拠もないばかりか、薫の話によれば、高清は冬美が生まれる前の三年間、日本を留守にしており、母とは会っていないというのだ。

時間が過ぎるにつれて不安が募り、心が揺らぐ。逃げ出したいような気持ちに駆られた時、廊下を歩いてきた男性の声が聞こえた。

「水野冬美様、いらっしゃいますか、水野様」

あわてて片手を上げる。男性はわずかに頭を下げた。

「翁がお会いになります。こちらに」

部屋中の視線を浴びながら、その場を後にする。前から待っていた人々を飛び越して自分が呼ばれたのは、薫が手を回してくれたからだろう。ありがたく思いつつも気がとがめ、背筋が縮こまった。

別棟を出て、池に沿った小道を歩く。前を行く男性は、梅林の中にあるゆるやかな屋根を掲げた平屋の前で足を止めた。池面に張り出すように広い縁側を設けてあり、ガラスを中央にはめ込んだ障子が閉まっている。

「あちらが玄関です。どうぞ、お上がりください」

冬美をうながしてから引き返していった。

「ごめんください」

玄関の引き戸を開け、三和土の前で奥に向かって声をかける。

「水野冬美と申します」

中から着物を着た年配女性が姿を見せ、見頃の裾を改めながらその場に畏まって三つ指を突いた。

「わざわざのお運び、ありがとうございます。どうぞお上がりくださいませ」

靴を脱ぎ、式台に足を載せる。女性が身に付けていた香が鼻孔に流れこんできた。気品を感じさせる香りは、未知の世界から漂ってくるもののようで、今そこに身一つで踏み込んで行こうとしている事が急に恐ろしくなった。鼓動が喉を震わせ、緊張を高める。

すがるものを捜していて、先に藤堂に呼ばれた薫がそのそばにいるかも知れないと思い付いた。祈るような気持ちで両手を拳《こぶし》に握り締める。もしいてくれたら、きっと手を貸してくれるだろう。そうであってほしい。

「こちらでございます。どうぞ」

開けられた襖の向こうは、二十畳ほどの座敷だった。突き当たりに床ノ間と違い棚があり、隣に大きな花頭窓が設《しつら》えられている。すべての壁と襖には金箔《きんぱく》が貼られ、鈍く輝くその空間の中央に幅の広い寝台が置かれていた。

脇には点滴台が立ち、十人ほどの白衣の男性が寝台の左右に分かれて座っている。枕元に近い二人は首から聴診器を下げており、その先を布団の中に差し入れていた。他の男性たちは、布団から出ているチューブにつながった手元の器具に見入っている。

少し離れた所には数人の男女が畏まり、時折ささやき合いながら寝台の方を見ていた。中に薫の姿はない。既に退出してしまったのだろう。一人でやり抜くしかないと覚悟を固める。

「どうぞこちらに」

案内してくれた女性が、床ノ間の前にあった椅子を寝台の枕元に動かし、勧めてくれた。その上に身を落ち着け、のぞき込むように藤堂を見下ろす。以前に東京駅で見かけた時の生気はすでになく、土色の顔をして瞼を閉じていた。わずかに開いた唇から乾いた前歯がのぞき、時折医師の一人が水を含ませた綿棒で拭っている。

「お耳は聞こえていらっしゃいます。お伝えしたい事があれば、どうぞ」

冬美は座敷内を見回した。この状況で話し出せば、大騒ぎになるだろう。藤堂の返事を聞く前に摘まみ出されかねない。だがここまで来たのは、本人に直接尋ねるためなのだ。聞かない訳にはいかなかった。なんとかしなければ。

目まぐるしく考えをめぐらしていて、やがて思い付く。藤堂は、母の名前を覚えているだろう。その娘だと名乗れば、もし思い当たるところがあるなら、何らかの意思表示をするはずだ。しかも他人には、こちらの意図を悟られずにすむ。

「私は、水野冬美といいます」

身を乗り出し、藤堂の顔の上にかがみこんでひと言ひと言を区切りながらゆっくりと、だがはっきりと声を出した。

「私の母は、御社の東京作業所に勤めていた水野由貴子《ゆきこ》です」

藤堂の瞼が突然、持ち上がる。のっそりと黒目が動き、こちらに向けられた。

「そうか、娘か」

かすかな声を聞き逃すまいといっそう前かがみになり、顔を近づける。干からびたようなその唇から父親という言葉がもれるかも知れないと期待した。鼓動が高くなってくる。

「由貴子は希代の目利き、真司も腕のいい細工師だった。儂が橋掛けをしたんだ。二人の娘なら、ぜひ帝國真珠で働いてくれ。頼んだぞ」

瞼が閉じられる。唇は開いたままだったが、もう言葉は出てこなかった。母と父への賛辞、二人と自分の関わり、そして冬美への依頼、それだけだった。

死に直面しての言葉に、嘘や糊塗《こと》があるとは思えない。それが事実であり真実であり、すべてなのだ。

かろうじて残っていた芯が消えていく。支えを失い、心も体も溶けた飴のようにぐんにゃりと曲がり始め、止めようもなかった。どうしていいのかわからない。

「血圧低下。80を切りました」

眼下で藤堂の掛け布団が持ち上がり、それがすうっと下がって動かなくなる。二人の医師が聴診器を持っている手を布団の中で動かし、隣の医師たちは、藤堂の左右の手首で脈を確認していた。

「脈、取れません」

「血圧、60を切りました」

「心音、停止」

座敷内に緊張が走る。医師の一人が医療用の小型電灯を片手に膝を乗り出し、藤堂の顔に当てながら瞼をめくり上げた。

「血圧上昇」

「心音、戻りました」

空気が一気にゆるみ、溜め息がもれる。電灯を持っていた医師がカチンと音を立ててスイッチを切った。

「瞳孔《どうこう》の散大は、認められません」

持ち直したらしい。背後で先ほどの女性の声がした。

「あの、そろそろよろしいですか。他の方々もご案内しなければならないので」

あわてて立ち上がり、長居した事を恥ずかしく思いながら座敷を出る。多くの人々が待っている事は知っていたはずなのに、あの場から動こうとしなかった自分が信じられない。動けなかったのだ。夢の中にいるような気分だった。自分が突然、価値のない人間になってしまったように思え、それを受け止めるのが難しかった。考えをまとめられず、周囲に注意を払う余裕もまるでなく、ただ呆然としていた。

歩きながら冷や汗をかいている事に気付く。両手が硬く感じられるほど冷たくなっていた。大きく胸を動かさないと息が吸えない。

恨むように母の言葉を思い出した。どうしてあんな事を言ったのだろう。しかもそう言いながら、この上なく満足そうだった。母の気持ちがわからない。

疑問と戸惑いが、ジリジリと怒りに変わる。勢いを増しながら体中に燃え広がっていくのを抑えられなかった。自分でない自分が生まれ出ようとしているように感じ、恐ろしくなる。

夢中で歩きながら薫を捜した。きっと助言をくれる。それで気持ちを立て直せるに違いない。こんなにも誰かを頼りに思うのは今までにない事だった。

この屋敷内のどこかにいるはずだが、どこに行けばいいのだろう。誰かに聞いてみようとしていると、追いかけるように近づいてきた足音が、背後で立ち止まる。

「冬美さん」

振り返れば、母の仕事場で時折見かけた薫の父親、寅之助だった。高清の側近の一人で、帝國真珠の役員を務めている。

「早川寅之助です」

冬美は急いで向き直り、頭を下げた。

「母がいつもお世話になっています」

改めて向き合ってみると、寅之助はエンドウ豆のような丸い顔をしていた。目鼻立ちに飛び抜けた特徴はなく、際立って人目を引く容貌の薫と血のつながりがあるとは信じられないほどだった。

「あなたに頼みがあります。こちらへ」

チャノキの茂みの奥にある春日燈籠《かすがとうろう》の前まで足を運び、その場でいきなり草履を脱ぎ始める。あっけに取られていると、寅之助は跪き、両手を地面について深々と頭を下げた。

「帝國真珠の将来は、今やあなたの胸三寸にかかっております。是が非でもお力を貸していただきたい。この通り、伏してお願い申し上げます」

5

早川寅之助は、トラ年の生まれではない。その翌年のウ年に生まれたのだが、父親が、男なのにウサギでは情けない、どうせなら十二支の中で一番強そうなトラにしておこうと思い付き、寅之助と名付けたのだった。

父の願い叶わず、子供時代から今に至るまで一貫して、豪胆さや果敢さからは縁遠い。引っ込み思案で臆病なのは、やはりウサギ年生まれのせいだろうか、と自分でも時々思う事があった。せめて卑怯《ひきょう》とだけは言われまいと言動に気を付け、才覚に欠ける分は誠意と努力で補おうと、ひたすら真面目に勤めてきた。

裏表はないが同時に面白みも魅力もなく、凡庸を絵に描いたよう、との揶揄《やゆ》にも納得し、コツコツと働いて人並みの暮らしを送れればそれで充分、それ以上は望むべくもないと思っていた。

それが帝國真珠の役員にまで出世したのは、高清が目を留めてくれたからだった。高清は、寅之助の臆病さを評価した。臆病なだけに慎重で、細部までよく目が届く。その目配りで、蟻の一穴を防ぐ役目を与えられたのだった。

「天下の難事は易《やす》きよりなる、と言われとる。千丈の堤も螻蟻《ろうぎ》の穴を以《もっ》て潰《つい》える。いかに稼いでも、それがモレたり足元が崩れたりしおったら、なんもならん。儂《わし》は冒険が好物でムチャクチャなところがあるよってに、そばに寅之助がおって止めてくれたらちょうどええ。二人で一人前やな。よろしゅう頼むで」

生まれて初めて自分の価値を認められた気がした。しかも二人で一人前とまで言われ、戸惑う反面、目の前に新しい世界が開けていく思いだった。

高清をガッカリさせたくない一念、期待に応える働きをしたい一心で、粉骨砕身の努力をしてきた。

真珠の養殖、加工、国内外への販売という全体の流れに目を配り、少しでもおかしい所を見つけたら素早く綿密な調査をし、情報を集め、精査して報告、高清の判断を仰ぐ。始めは手さぐりだったが、次第に勘所がわかり、部下を使う事にも慣れていった。

高清が乗り気になった事業拡張や投資にも、時には待ったをかける事を躊躇わず、その都度、高清は不満をあらわにした。自分を止めてくれと言った事も忘れて激怒するのだった。

「おまえなぁ、毎度毎度引いて構えとったら、儲けるチャンスを逃すばっかやないか」

だが寅之助は譲らなかった。

その一つは、南洋アラフラ海に拠点を設け、白蝶貝《しろちょうがい》で真珠を養殖、日本に運んで加工、販売しようという新規事業だった。

アラフラ海ではすでに養殖を手掛けている会社が二、三社あるものの、農園を経営しての砂糖生産や船舶事業が本業で、養殖自体は小規模なため参入の余地が大いにあるという話だった。アラフラ海は現在、日本海軍が支配しており、その協力も取り付ける手蔓《てづる》が整っているという。

南洋での真珠養殖は、日本より時間がかからずに大きな珠ができ、しかも経費も安上がりですむ、うまくいけば巨額の利益が上がると高清から聞いた寅之助は、現地まで足を運んだ。

しかしそこでの労働条件は劣悪で、それほどに作業員を酷使して利益を上げる事は躊躇われ、また帝國真珠だけが労働条件を改善するとなると、現地でゴタゴタが起こると予想された。儲けるだけ儲けてサッと引き上げるという事も考えられたが、本腰を入れて取り組む事のできない事業はやるべきではないと判断する。

間もなく待遇改善を求めた現地労働者が会社を襲うという事件が起き、暴動に発展、社長以下が殺害されて、血塗られた真珠というタイトルで大きく報道された。そこに帝國真珠の名前が出なかった事で、会社に傷を付けずにすんだのだった。

もう一つは、ちょうど政府が旗を振っていた満蒙《まんもう》開拓の一環で、現地に新しい製鉄所を建てるから投資をしないかという誘いだった。これも高清が乗り気になったため、寅之助は調査に行った。

満州の様子を見て回ったが、開拓団というのは荒れ地を開拓する訳ではなく、そこに住んでいた中国人から安く耕地を取り上げて日本人を招き入れるという形であり、現地では中国人の不満が鬱積《うっせき》していた。

加えて駐屯中の日本軍は権高く、中国人を差別的に扱っており、しかもすぐ北には不穏な動きをしているソ連がある。ここで製鉄会社を始めるのは、火薬庫の前でマッチを擦《す》るようなものだと感じ、高清を止めた。それから一年と経たず、蜂起《ほうき》した中国軍により製鉄所は押収される事となる。

一方、フランス・オートクチュール&モード連盟が開催するショーに参加を希望している若手デザイナーに費用を援助するという話には、真珠のネックレスやブローチ、バングルを使用する事を条件に二千万円を提供した。このショーが『パリの公式』と呼ばれ、世界中から買い手やマスコミが集まる最大級の商談の場である事を、寅之助は現地でつかんできたのだった。その開催の後では、支出を上回る高額の契約が舞い込んできた。

これらによって高清は、寅之助を役員に昇格させた。会社にも、自分にとってもなくてはならない人材と位置付けたのだった。

その後も寅之助は、それまでのやり方を変えなかった。自分が評価された一点を忘れず、そこを離れて自分の価値はないと思いつつ、陰ひなたなく尽くす毎日だった。

大阪で藤堂が空襲に巻き込まれた日、その知らせは、すぐ神戸本社に入った。寅之助を初めとする役員たちが病院に駆け付ける。出入り口に二人の医師が待機していて、早々に親族を集めた方がいいという事だった。

心配しながら病室に向かう。すでに税理士が到着しており、高清となにやら話していたが寅之助たちの姿を見て軽く会釈し、引き上げていった。

「空襲とは、思いもかけん伏兵やったなぁ」

高清は意識もはっきりしており、冗談を言うゆとりもあった。

「亡くなった妻が、さっきから枕元に立っとるんや。迎えにきよったんやな。その前に、帝國真珠の今後について話しておかにゃあかん。近くに寄ってや」

一も二もなく、全員が枕元に身を寄せる。

「ロンドン支店から、この戦争は長くは続かんという話が聞こえてきとる。戦《いくさ》が終わりゃ、即、浜上げを始められるし、新しい挿核もできるやろ。その体制を今から整えておかにゃならん。これまでとは違う世の中になるのは目に見えとるでな。会社を若返らせ、空気を一新しときたいんや。これまでの同族経営を改め、藤堂家の血筋の役員は全員、退職や。兄弟や姉妹、甥姪《おいめい》たちには、もう了解を取ってあるで」

それで彼らの姿がこの場にないのだった。死を目の前にしていながら大鉈《おおなた》を振るう気になった藤堂に、寅之助は舌を巻く。自分にはとてもできない事だった。

「親族の中で会社の株を持っとるのは、兄の高英《たかひで》だけや。藤堂家は、儂の祖父の代から真珠の養殖や加工を手がけとったんやが、この業界では作るだけじゃあもうからん。そやさかい企画から生産、販売までを一手に扱う帝國真珠を立ち上げたんやが、その際に母から、あんたの兄の高英は藤堂家の総領や、親戚や近隣の衆に顔が立つようにしてやっておくんなと頼まれてな」

総領と呼ばれる長男は、どこの家でも父親に次ぐ地位にある。すべてを相続する人間として特別扱いされ、食事も寝る場所も他の兄弟姉妹とは別に用意されていた。それを守り立てていくのが次男以下の役目なのだった。寅之助にも兄がおり、何かにつけて一目置き、敬意を払ってきた。

「そんで儂と同じ持ち株比率、つまり共同経営にしたんや」

社長を務めている高英の顔を思い浮かべる。先見の明があるとか頭が切れるという訳ではなかったが、自分が総領だという強い自負があり、何につけても一家言あって専横な振る舞いに出る事が多かった。高清ともたびたび対立してきている。

「その兄と、ついさっきまで税理士を交えて話しとったんやが、役職を退き、持ち株は儂に売る、その代わりに退職金を奮発するという事で手打ちができた。もめたんやが、遺言と言ったさかい、断れんかったんやろ。死んだ専務長沢と役員斎藤の株は、親族から儂が買い取る事で税理士が話を進めるさかい、これも問題なかろう。儂が死んだら会長職は廃止や。社長には寅之助の嫡男薫をつける」

驚きの声も上がらず、異を唱える言葉も響かなかった。以前から高清は薫に目をかけており、海外支店を含む様々な現場を経験させている。いずれ後継者にすえるだろうとは、寅之助も含め誰もが思っていたところだった。

「今後の発展については薫の手腕に期待しとるが、問題は当面の借財や。昭和十五年の製造販売制限規則や真珠養殖事業の禁止令以降の四年間、帝國真珠の収入の大方はアコヤガイの殻を使ったカルシュウム剤と、中国向けの薬用ケシ珠や。幸い、戦時下でよう売れとる。薫の縁故で理研の研究室に開発を頼んどいて、ほんにえかった。他にボタン製造もそこその利益が上がっとるが、宝飾品の補修費の方は微々たるもんや。それに比べて養殖場の維持管理や細工師の賃金など支出は大きく、加えて取引先の倒産が三件あった。これで高額の手形が不渡りになってしもうて、これらを賄うために借財の積み重ねや。資材の仕入れ先からは手形の支払期限の短縮を迫られとるし、土地や在庫は債権保全としてすでに押さえられとる。ここにきて新しい借入先を捜したが、受けてくれる所があらへん。近々終戦になるからきっと持ち直すという話も、信憑性を疑われる始末や。応じてくれたのはただ一社、火崎金融のみ」

病室に漂う空気が、一気に苦いものに変わる。火崎金融は東京や大阪に進出が著《いちじる》しい新興の金融業者で、その前身は貿易や不動産を扱う会社だった。高利で金を貸し、返済ができなくなった相手から担保の土地や会社を取り上げるという手口で肥え太っており、ヤクザとつながりを持っているという噂もある。

「火崎は、額に糸目を付けずに融資するとゆうとる。条件は、我が社に、火崎金融の人間を役員として入れる事や」

皆が視線を交わし合った。まるで乗っ取りを宣告されたかのような危機感が広がる。高清は、わずかに笑いをもらした。

「確かに危険がないとはゆわんが、如何《いかん》せん金が必要や。いかに薫が優秀でも、先立つものがなくては動けんやろ。ここは背に腹は代えられんと思うて、こらえてもらいたい。たとえ火崎が乗り込んできても、薫がうまく舵《かじ》を取ればいいだけの事や。役員全員は薫に力添えを頼む。あんじょう頼む」

念じるようにくり返された言葉が、高清の思いの強さを感じさせた。誰もが、ここは受け入れるしかないという気持ちになる。

「よくわかりました。ご心配なさいませんように」

寅之助が口を切り、皆が裏書きでもするかのように頷いた。薫の多難な船出を案じながら、できる限りの加勢をし、守り立てていくしかないと覚悟を固める。

「やれうれしや。会社については、これ以上はなんもない。最後に、心残りなのは珠緒《たまお》の事や」

珠緒というのは藤堂の一人娘だった。生まれながらに障害があり、妻の死に際して三田《さんだ》町にある高清の実家に預けたと言われている。その姿を見た者は、社内でまだ誰もいなかった。

「俗世から離れた所で生活させてきたが、儂が死に、目が届かなくなる事を考えると、誰かと娶《めあわ》せておいた方が安心や。人並みの幸せも味わわせてやりたいしなぁ」

高清の眼差が役員たちをぐるりとなめ回し、最後に寅之助の上で止まる。

「寅、薫を説得してくれや、珠緒をもらってくれるように」

そういう流れになるとは、予想もしていなかった。突然、話の表に引き出され、とっさに返事もできず、息を呑む。

「珠緒には、生前贈与としてかなりの財を持たせてあるでな。女の独り身を案じての事だが、薫が結婚してくれればその心配ものうなる。儂の財産も株も珠緒に渡るさかい、結婚したらそれらを全部、薫に差し出すよう言い含めとくよってに、税理士に相談してそれなりの手続きを取るよう薫に言うてんか。そうすりゃぁ火崎の融資を受けずにすむやろ」

役員たちの目に光が瞬いた。希望に似たそれらの光から凄まじい力が生じ、寅之助にのしかかる。

「寅、おまえには色々と世話になったな。我がままな儂によく仕えてくれてありがたく思っとるで。帝國真珠の商売に気品が備わったのは、おまえのおかげや、おおきにおおきに。これが最期の我がままや思うて、どうか薫からいい返事をもらってくれんか」

高清の切望、ましてや遺言ともなれば断れるはずもなかった。もし断れば、ここにいる役員たちが今後、薫の指揮下で一丸となって働いてくれる保証はない。

「頼むで」

薫の気持ちを聞いていない事が気にならないでもなかったが、婚姻は親が決めて当然のものだし、寅之助も周囲の人間も皆、そういう結婚をしていた。男にとって誰と所帯を持つかは、さほど問題ではない。重要なのは仕事に邁進《まいしん》し、身を立て、名を挙げる事なのだ。

「承りました」

高清はかすかに頬をゆるめる。

「そうか、これで心置きなく死ねる。ああ葬式はいらんで。遺灰は養殖場の海にまいとくれんか。立派な花珠に生まれ変わって見せるよってにな」

真珠王と呼ばれる人間の最期に相応しい言葉だった。皆が喉を詰まらせながら前のめりになる。

「翁、そんな事をおっしゃってはなりません」

「お嬢さんと薫君のご成婚まで、お元気でいてくださらなくては」

高清は、満足げなひと息をついた。

「では医者に担架を用意させてくれ。家に帰る」

思ってもみなかった成り行きで、誰もがただ唖然とした。

「なんや、その顔は。儂は真珠王やで。こんな所で死ねるか。自分の家の畳の上で、真っ当な死に方をせねばあかんのや。さ、早くしとくんな」

＊

神戸にある高清の自宅まで、役員全員で付き添い、準備されていた奥座敷に運び込む。連絡を受けた親戚や会社関係者が次々と姿を見せ始め、翌日には薫もやってきた。

すぐさま高清に面会させる。高清は既に寅之助と話をまとめ、役員たちの耳にも入れた安心感からか、それとも言葉に不自由が生じるようになっていたのか、薫の顔を確認して頷いただけだった。対面が終わると、寅之助が即、別室に連れ込む。

「実は、翁から遺言を二件預かっている。一つは、おまえに帝國真珠を任せたいとの事だ。借財も多いが、何とか舵取《かじと》りをしてほしいとおっしゃった。これから西の池の茶室で役員会だ」

薫に驚いた様子はなかった。無言でかたく口を閉じているその顔から、決意のほどが読み取れた。

「もう一つは、翁の一人娘の珠緒さんを妻に迎えてほしいという事だ。私は承知した」

薫の表情を裂くように動揺が走る。

「見も知らぬ相手と結婚などできません」

そんな子供じみた言葉が薫の口から出るとは思わず、寅之助の方があわてふためいた。二ノ腕をつかみ寄せ、その目の中をのぞき込んで言いきかせる。

「これはただの結婚ではない。今後の会社経営に大きく関わってくる事だ。おまえは帝國真珠に片目を捧げた。生涯、会社に尽くす覚悟があるからだろう。この結婚も同じだと考えておけ」

腕を放すと薫は目を伏せ、しばらく黙っていたが、やがて苦しげな息をついた。

「僕の目は、会社に捧げた訳ではありません。自尊心を守るために犠牲にしたのです。恐怖や痛みに耐えかねて、言うべきでない事を言う人間になりたくなかった。帝國真珠という会社自体は気に入っていますし、翁が僕を後継者に選んでくださったのなら、なおの事、一身に励みたいと思います。が、結婚は別です。翁のお嬢さんを妻に迎える気はありません」

躊躇いも見せずに言い放つ。その様子を見ていて、ピンとくるところがあった。

「もう女がいるのか」

突っ込みながらも、薫が否定してくれる事を祈る。

「どうなんだ」

高清とは既に約束をしていた。ここで事態を複雑にしたくない思いが強い。

「はい、心に決めた相手がいます」

舌打ちしたい気分で奥歯を噛みしめた。夏空にわき出す雲のように胸に苦さが広がっていく。

「お父さんもよく知っている水野さんの娘さん、冬美さんです」

時折、作業所の母を訪ねてきていた冬美は、まだセーラー服の女学生だった。素直でおとなしい少女という印象しかない。いつの間にと思うと同時に、先ほど耳にはさんだ話が腑に落ちた。

薫が、水野冬美と一緒にやってきたというのだった。高清に面会を求めていると聞いて、今際《いまわ》の際の事でもあり、許可するように言っておいたのだが、不審に思っていた。もしかして高清にその話をするつもりだったのだろうか。

「冬美さんからは、まだはっきりとした返事をもらっていませんが」

いく分、気が楽になる。

「彼女と一緒に人生を歩みたいと思っています」

思わず笑いそうになった。そんな理由で結婚相手を選ぶなどとは、これまで聞いた事もない。それではまるで男と女が対等ではないか。女の役目は家内をまとめ、三食を作り、子供を育てる事だ。それ以外は亭主の歩みに従っているのが女の分際というものなのだ。

「僕の方から申し込んだのですから、こちらから取り消す事はできません」

ハッキリと言われて寅之助も声に力が入る。

「断るという選択肢は、ないと思え。翁の遺言も、私がそれを引き受けた事も、役員全員が聞いている。おまえがこの話を受けなければ、帝國真珠の経営を担う事はできんだろう」

脅したつもりだった。だが薫は笑みを浮かべただけだった。

「それなら、それでしかたありません。お父さんの顔をつぶす事になって申し訳ありませんが、僕には冬美さんが必要なのです。彼女がいてくれれば何をも乗り越えていける気がする。たとえ異土の乞食《かたい》に成り下がっても、冬美さんと一緒なら幸せな人生かと思います」

女を頼りに生きようとしているかに聞こえた。あまりに情けなさすぎて、冬美に誑《たぶら》かされているのではないかと思えてくる。男を手玉に取るような娘には見えなかったが、女というものは底が知れない所がある。

「断るという道はないと言っただろう。考え直せ」

薫は、静かに笑みを広げた。

「僕の気持ちは変わりません」

子供の頃から、いったん言い出したら気を変えさせるのは容易ではなかった。ほぼ不可能といってもいい。だが死の床にある高清や、その話を聞いていた役員たちに、そんな事を言えるものではなかった。

「許さんぞ」

早川家は名門でも大家でもなかったが、誰もが勤勉で律儀、公事や義理のために私情をなげうつのを義務として生きてきた。誰にも後ろ指を指された例《ためし》のない潔癖な血筋なのだ。

「親の許可もなく結婚ができるとでも思うのか」

薫は一瞬、口角を下げる。

「英国では、誰もそんな考え方はしません。日本が今の戦争に負けて」

信じがたい言葉だった。思わず目をむく。

「何を言ってるんだ」

薫は言葉を呑み、渋々《しぶしぶ》言い直した。

「今の戦争が終わって西洋の考え方が流れ込んでくれば、お父さんも僕の意見に同意してくれるかと思います。その時期がもう近いというのに、ここで旧習と心中するつもりは僕にはありません」

寅之助は言葉に窮し、投げ捨てるようにうめく。

「明日まで時間をやる。よく考えておけ」

よく考えなければならないのは、自分自身だとわかっていた。何がなんでも薫を、高清の娘と結婚させねばならない。それが帝國真珠のためであり、薫のためでも、自分を見出《みいだ》してくれた高清への恩返しでもあるのだった。

「今日のところは、とにかく役員会だ。さっさと行け。私も片付けをすませてすぐ行く」

言い捨てて歩き出しながら、薫が動かないなら事態を変えられるものはただ一つ、冬美の気持ちだけだと考える。薫は、まだ返事を受け取っていないと言っていた。冬美さえ断ってくれれば、薫もあきらめざるを得ないだろう。

そこに持っていくしかない。方法はいくつもあるだろうが策を弄《ろう》するのは苦手だった。正直にすべてを話し、まず信頼を得よう。そしていい交換条件を出し、誠意をもって説得する。大の男が土下座までして頼めば、まだ十代の娘の気持ちを変えさせる事はさして難しくはないだろうと思えた。

6

「薫は、帝國真珠の社長になる事になりました」

平伏したままで寅之助がそう言い出した時、冬美は驚きもしたし、また笑みがこぼれもした。薫は昔から帝國真珠という会社に愛情を持ち、情熱を傾けている。きっと優れた経営者になるだろう。自分がそれに協力できるなら、そんな幸せな事はなかった。だが寅之助がなぜこんな形で打ち明けているのか理由がわからない。

「同時に、高清翁のお嬢さんである珠緒さんとの婚姻がまとまりました」

いきなり胸を撃ち抜かれた気がした。行く手にわいた暗雲の色濃さに心が震える。頭を下げている寅之助の、髪の薄い後頭部を見つめながら神経を尖《とが》らせ、次の言葉を待った。

「あなたには大変申し訳ない事です」

申し訳ないと言っているのは、誰なのだろう。今、目の前にいる薫の父親か、それとも薫本人か。もし薫だとすれば、それは翁の娘との結婚を承知したという事だった。

「早川薫さんご自身が」

喉に力が入り、声がかすれる。

「そうおっしゃっているのですか」

寅之助は地面に額をすりつけた。

「いえ、薫の意志ではありません」

肩から力が抜ける。何よりつらいのは、薫の気持ちが変わる事であり、それを知らされる事だった。その想いさえ変わらなければ、それを頼りにできる。自分たちは万難を排し、結婚に向かって進んでいけるだろう。

「これは帝國真珠を率いる会長、高清翁のご意志なのです。逆らう事は許されません」

押し付けるように言われて、思わずはね付けた。

「私は、権力には従いません」

寅之助は顔を上げる。自分が何を聞かされたのかわからないような表情で、戸惑っているかに見えた。

「帝國真珠と薫本人のために、あなたには身を引いていただきたいと申し上げているのです」

結婚が本人の意志だけで成立しない事は、冬美にもわかっている。深川の町内には多くの夫婦が住んでいたが、結婚に至った事情は様々だった。好いて好かれた夫婦の数は、それ以外よりはるかに少ない。

「ここであなたが薫と結婚すれば、翁の意志を踏みにじる事になる。役員たちがそれを許しておくとは思えません。薫は帝國真珠にいられなくなるでしょう。片目の上に、職を失ってしまっては生活に困窮する事は明らか、人生が暗転するに決まっています」

そう言われて初めて、それが社会という光を当てた時の薫の姿なのだと知った。隻眼を痛ましく思い、その理由を聞かされて敬意を抱いていたが、それらは社会的に見れば、生活に不利な条件を抱え込み、人生を危うくしたという事なのだった。

突きつけられた現実の過酷さにたじろぐ。薫は帝國真珠にいてこそ輝ける人間なのかも知れなかった。会社を離れては普通に生きていく事さえままならないのだとしたら、そんな思いをさせてまで結婚していいのだろうか。

自分はどんな暮らしでも構わない。薫のそばにいられるなら、それに勝るものは何もなかった。たとえ薫を養う事になったとしても、そうしながら新しい人生を歩いていく覚悟はある。だが薫自身はどうなのだろう。

「あなたが薫を大切に思ってくれているのなら、どうか別れてほしい」

懇願するその声に、薫の声が重なった。顔は似ていなかったが声は似ている。こう言っていた。

「今会えば、高清さんが僕の生涯に決定的な烙印を押すような気がする。人生をねじ曲げられる予感がするんです」

こうも言った。

「あなたも、僕と同じく人生に烙印を押されるかも知れない立場になりましたね」

先ほど冬美は、それを体験したばかりだった。真珠王の娘という母の告白、これからの人生を照らし、その指針となるはずだったそれが一瞬でかき消えてしまったのだった。

自分一人でどうしていいのかわからず、薫の助言を求めようとしていた矢先、その人生にも決定的な刻印が押された事をこうして知らされている。

「男というのは、止まれんものです。突っ走ってしまう。だが後になって後悔するのです。そういう事がないように目配りし、手綱を絞るのは女の役目ですよ。あなたさえ断ってくれれば、すべては丸く収まるのです。結婚するつもりはないとでも、既に相手がいるとでも言って薫をあきらめさせてください」

　ずっと想いを寄せてきた。その口から同じ気持ちを聞かされたばかりだというのに、そんな事が言えるだろうか。そのくらいならいっそ死んでしまった方がましだ。それに今まで曖気《おくび》にも出さなかった事を急に言い出したら、薫は不審の念を抱くに違いない。嫌われるかも知れなかった。

　あれこれと心を迷わせながら、あがいている自分を感じる。この運命からなんとか逃れようと必死になっていた。薫との人生をあきらめたくない。

「身を引くと約束してくれれば、あなたの面倒は一生、我が社でみます。他に何か望みがあるようでしたら、それもききます。藤堂一族が全員、退社する事になった今、お嬢さんは翁の血を引くただ一人の人間、会社をまとめる象徴的な存在なのです。後継者となる薫との結婚が成立すれば、社内の結束は揺るぎないものとなります。真珠産業には規制がかかり続けている。社員の気持ちが一つにまとまらなければ乗り切っていけないのです」

　母の言葉が脳裏をよぎる。真珠王の娘、それは本当に嘘だったのだろうか。先ほどの対面では父親と言ってもらえなかった事ばかりに気を取られていたが、あの衆人環視の中では言うに言えなかったのかも知れない。

　死に直面して嘘や糊塗はあり得ないと思ったが、功なり名を遂げての最期だけに自分の人生を完璧なものに仕上げたいとの思いから、口を閉ざしていたという事もありうる。そもそも冬美自身が、それを問う言葉を発しなかったのだ。

　母の言った事が真実で自分が藤堂の娘だとしたら、そして藤堂がそれを認めてくれたなら、この状況は大きく変わるはずだった。藤堂の血を引くもう一人の娘として、薫との結婚の道も開ける可能性がある。藤堂にもう一度会い、はっきりと問《と》い質《ただ》してみよう。

「私、藤堂さんにお会いしてきます」

寅之助は、キツネにつままれたような表情になった。

「はて、何のために」

説明するのがまだるく、鐘楼を見上げて自分の位置を確認してから歩き出す。

「お返事は、後でいたします」

寅之助が砂利を蹴《け》立《た》てて駆け寄ってき、立ちふさがった。

「待ってください」

その肩先の上からのぞいている鐘楼に、先ほどは姿のなかった二、三人が上っていく。何やら作業をしていたかと思うと、やがて鐘を撞《つ》き始めた。

「ああ、」

寅之助が鐘の音にからみつくような低い声をもらす。

「翁がお亡くなりになった」

空気を揺する深い響きが闇を広げた。心も体もすっぽりと呑み込まれていくような気がする。藤堂はすべてを明かし、証拠立ててくれる唯一人の人間だった。これで冬美が真珠王の娘と名乗る事は、永久にできなくなったのだ。

「翁がいてくださってこその、私の人生だった」

寅之助は目を閉じ、頭《こうべ》を垂れて両手を合わせる。

「今後の事は、どうぞご心配なく。一命にかけても必ず帝國真珠とお嬢さんをお守りいたします」

開きかけた結婚への扉が音を立てて閉まっていく。ただ見ているしかなかった。

「心よりご冥福《めいふく》をお祈りします」

池の端で葦《よし》が風に吹かれている。根元からなぎ払われるように傾く様子は、自分のようだった。真っ直ぐに立っていられず、その場にしゃがみこんでしまいそうになりながら先ほどの寅之助の言葉を一つ一つ顧みる。

自分との結婚によって薫がこうむる不利益は、あまりにも大きすぎるように思えた。それを耐え忍べとは、とても言えない。それらを超えて薫が幸せになれるだけのものを、自分が与えられるとも思えなかった。

「冬美さん」

寅之助は、合わせた手をそのままにこちらに向き直る。

「お願いいたします。帝國真珠のため、薫本人のために、どうか別れてやってください」

焼け落ちた自宅跡で薫と出会ってから、ここに来るまでの間に歩いた道、一緒に見た車窓の風景、交わした会話が次々と頭に浮かんだ。なんと甘やかな時間だったのだろう。それが結婚という形で今後も続くとばかり考え、夢見ていた。

薫に幸せになってほしい。自分が結婚を断念する事でそれが叶うなら、踏み切るだけの勇気を出せるのではないか。

そうも思ったが、自分の想いを押し殺しての決意は、美しすぎて無理があるようにも感じられた。その無理はきっと自分と周囲を傷つけるだろう。実際にそんな立派な行動を取るだけの力が自分にあるかどうか確信が持てなかったし、薫を想う心をどうすればいいのかもわからなかった。

道は二つしかない。結婚するかやめるか。薫はどう思っているのだろう。結婚を申し込まれたのは、神戸に着く前だった。薫が社長となり藤堂の娘と結婚するという新しい事態が生じてからは話をしていない。

その気持ちは以前のままなのか、あるいは藤堂の娘との結婚に傾いているのか。まずそれを本人に聞いてみよう。

「薫さんと話をさせてください。どこにいらっしゃるんですか」

寅之助は、面倒な事になったというように顔をしかめた。

「池にある茶屋で、役員会の最中です。その後、金融業者との打ち合わせが待っています。とてもあなたと話している時間はない」

地面を踏みにじるようにして再び跪き、両手を突く。

「どうか聞き分けていただきたい。あなたから、結婚はできないと薫に伝えてください。この通り、再び伏してお願い申し上げます」

池の方に目を転じれば、そこに浮かぶ小島に、趣向を凝らした大小二軒の茶室が隣り合っていた。

「薫さんと話をします」

あわてて顔を上げた寅之助の制止を振り切り、小島に向かう。池の端にかかっている木の反《そ》り橋《ばし》を渡り、正面の苔《こけ》むした石段を駆け上がった。

「お待ちください、これ、お待ちを」

追いかけてくる寅之助に構わず、茶屋に向かって声を上げる。

「早川さん、いらっしゃいますか」

物音がし、やがて右手の茶屋の戸口を開けて薫が現れた。表情は恐ろしく険《けわ》しい。暗然とした眼差には、いつもの涼やかさの欠片もなかった。別人と言ってもいいほどの陰鬱《いんうつ》さにおおわれている。

昔、東京駅で藤堂を見送った時、誰かが言っていた言葉を思い出した、会社だって大変な時なのにと。さすがの帝國真珠ももう倒産だとの声が耳に入ってきた事もある。

会社は、おそらく火の車なのだ。それを藤堂がなんとか維持し、今、薫が引き継ごうとしているのだろう。寅之助が言っていた通り一丸とならねば、帝國真珠は存続していけないのだ。

そんな大事を目の前にしているというのに、結婚の事ばかりを考えている自分の心は、なんと小さく見すぼらしいのだろう。浅ましくすらある。母が聞いたらどれほど嘆く事か。

薫の力になりたい、ならねばならない。胸が痛くなるほど強くそう思った。今、薫に気持ちを聞けば、おそらく思いやりのある言葉しか返ってこないだろう。だがここで薫が藤堂の娘と結婚すれば、社内を結束させられると寅之助は言っているのだ。自分が身を引く事は、薫のためにできる唯一つの行為なのかも知れないと思えてくる。

肝心なのは薫の考えや意志ではなく、自分の気持ちだ。自分がどう生きたいのか、それが問題なのだ。どうすれば自分は満足がいくのだろう。

想いを貫《つらぬ》き、薫と一緒になれさえすれば、それでいいのか。自分の好きに突っ走るだけで幸せになれるのか。こんな顔をしている薫を引きずるようにして結婚し、帝國真珠から引き離して、その生活に喜びを感じられるのか。

長くは迷わなかった。後悔しない方、価値ある行動だと思える方を取ろうと決める。

母に再会した時、自慢できるような潔癖な生き方をしていたかった。薫と帝國真珠の未来がかかった嘘なら、全力でつき通すだけの価値があるだろう。薫のために何かをする事自体が、自分にとっては幸せであり、満足というものなのだ。

体の底から熱が噴き出し、頭の天辺《てっぺん》まで駆け上っていく。それがしっかりと気持ちを練り固めた。吐く息、吸う息に力がこもっていく。大丈夫だ、踏み切れる、乗り越えていける。

「二人そろって、どうかしたのですか」

こちらを見る薫の目を真っ直ぐに見返す。もう二度とこうして向かい合う事も、見つめる事もないのだろうと思いながら自分を奮い立たせた。

「先ほどおっしゃってくださった結婚のお話ですが、申し訳ありませんが、お受けできません」

薫は一瞬、表情を失う。その隻眼を斜めに流し、寅之助をとらえた。

「何か、言われましたか」

寅之助は、さらりと首を横に振る。

「いや何も。水野さんが、おまえに話があると言うので、お連れしてきただけだ」

父をにらみ黙り込む薫に、冬美は心を込めて頭を下げた。

「帝國真珠のご発展をお祈りしています」

言うべき事は、それで全部だった。踵を返し、急に軽く感じられるようになった体で階段を下りる。素早い足音が聞こえ、薫が追いかけてきた。

「冬美さん」

すぐそばに立ち止まった薫の目には、恨むような光があった。

「僕への遠慮なら無用です。もう一度聞かせてください。今のお返事は、本当にあなたの意志ですか」

向き直り、薫の幸せを願いながら頷く。手を伸ばせば、触れる事さえできそうな距離に立っているというのに、薫と自分の間には帝國真珠という、戦禍にあえぐ会社が立ちふさがってしまったのだった。生きては渡れない三途《さんず》の川《かわ》のような、地獄で燃えるという業火のようなそれが、自分たちを隔てている。

「はい、私の意志です」

少し前まで状況は違っていた。思いがけず空襲に巻き込まれた藤堂の死が、それを呼び込んだのだった。

「そうですか。では、その理由を聞かせてください」

不意を突かれ、眩暈《めまい》がした。あわてて理由を考える。こちらを見すえて微動もしない薫には、気持ちが変わったなどと言っても通じそうもなかった。なぜ、いつからどのように変わったのか、などと細かく追及されるに決まっている。あせりながら言葉を捜していると、寅之助の声が聞こえた。

「すでに言い交わした人がいると、ここに来る間に言っていましたよね」

その助け舟に飛び付く。

「そうです」

薫は、ふっと笑みをもらした。信用している様子は、まるでない。

「それは誰です」

名前を出さなければならなかった。自分と結婚するような年齢の、どんな男性の名前も知らない。そもそも身近に男性自体がいなかった。夢中で記憶を手さぐりし、ようやくもっともらしい名前を思いつく。

「火崎さんです」

薫は真顔になった。焼け跡で冬美が火崎と会っているのを見かけているからだろう。話をそこに結び付ければ信憑性が出るに違いなかった。

「実はあの日、本当は結婚の話でもめていたんです。でも結婚する事自体はもう決まっていますし、私はそのつもりでいます」

きっと納得するだろう。もう会う事もないのだから、この場を切り抜けられればそれでいい。

「お話しするのが遅れてしまってすみませんでした。言いづらかったので」

そう言った直後、隣にあった小さな茶室の障子が開いた。

「俺の名前が聞こえたが」

縁側に突然、火崎剣介が顔を出す。

「結婚とかいう話だったよな」

先ほど父親が、今に剣介もやってくると言っていたが、まさかこんな所にいるとは思わなかった。何もかもを台無しにされそうな気がし、あわてて駆け寄る。

「そういう事にしておいてください」

火崎は、その目に皮肉な笑みを含んだ。

「初対面の時からしたたかな女だとは思っていたが、今度は何を企んでいるんだ」

薫の耳に入るのを恐れながら、押し込むようににらみ付ける。

「問答無用です。とにかくそういう事で」

言い切って背を向けると、笑い交じりの声が聞こえた。

「これは貸しだぜ、覚えとけよ」

悪党に借りを作ってしまった事に身震いする。今後どんな無理難題を持ち出されるか知れたものではなく、頬が引きつる思いだった。

「これはこれは、新社長殿」

火崎は声を大きくしながら縁側から足を下ろし、沓脱台《くつぬぎだい》の上の雪駄《せった》を突っかけて薫の方に進み出る。

「取締役会が終わってお呼びいただくのを、先ほどから父ともども待っていましたよ。俺の女をからかっている暇があるなら、仕事の話を進めてもらえませんかね」

火崎の背後の障子がわずかに動いた。その隙間から苦り切った声が流れ出る。

「剣介、くだらん事に首を突っ込んどらんと、さっさと行ってこい」

先ほど別棟で垣間見《かいまみ》た容赦のない眼差がそこからのぞいているような気がした。

「光介が知覧に発《た》っちまったらどうするんだ。取り返しがつかんぞ」

火崎は舌打ちし、冬美に向かって片手を上げる。

「親父殿《おやじどの》がお怒りだ。またな」

逃げるように素早く石段を駆け下りていった。後ろ姿を見送っていると、薫の声が背中を突く。

「よくわかりました」

振り向けば、硬い顔がこちらを向いていた。

「求婚は撤回し、あなたの事はあきらめます」

石像のように身じろぎもせず、声には抑揚《よくよう》がない。

「しかし帝國真珠には入社してください」

息が詰まりそうになった。薫は、藤堂の娘と結婚するのだ。帝國真珠に勤めていれば、その姿が目に入るに違いなく、様子も聞こえてくるだろう。自分はそれに耐えられるのだろうか。

その苦しさを想像しながら、それでも迷う余地などないはずだと考え直す。それに耐えなければ、母の思いのこもったハナグルマと縁が切れてしまう。修復はもちろん、目にする事もできなくなるのだ。

「多くの社員や臨時雇いの人々が軍に召集されたり徴用されたりしていく。帝國真珠には今、人手が必要なのです。力を貸してください」

自分と薫の間に流れる川、燃え盛る炎を見つめながら考える。薫との結婚は、叶わないものになってしまった。これを受け入れ、新しい人生を歩かねばならない。自分はどう生きたいのだろう、どう生きれば満足できるのか。

心の中を見回していて、結婚が叶わなくても自分の気持ちが変わった訳ではないと気がつく。寄せる想いは微塵も動いていない。結婚しなくても、この川や炎に隔てられたままでもいい、薫に尽くしたかった。

申し出を受け入れ、人手がないという帝國真珠の社員になる事もその一つだろう。そうすればハナグルマともつながっていられる。気力を振り絞って立ち向かえば、耐えられない事などないに決まっていた。

「帝國真珠に入ります。ハナグルマの修復がしたいんです。それを私にさせてください」

薫はわずかな笑みを浮かべた。

「残念ですが、それはお約束できかねます」

突き放されたような気持ちになる。なぜ請け合ってくれないのか理由がわからなかった。

「僕が入社を勧めたのは、帝国真珠には女性の仕事が多いからです。組みは、女性の感性でなければできないと言われているし、店頭での販売員も女性が多い。しかし今あなたが言った修復は、そうではありません。修復は細工師の仕事に属し、そこは男だけの世界なのです。あなたのお母さんは例外だった。社長の権限であなたをそこに配属する事はできます。だが、それではあなたが苦労するでしょう。毎日の事ですから僕もかばい切れない。あなたは一人でやり抜かねばならなくなります」

その眼差が一瞬、厳しくなった。

「それができますか」

突っ込むように見つめられ、いささか腹が立つ。薫は自分が結婚しようとした相手を理解していないのではないかと思えた。

「私は、母から猪突猛進と注意をされた事があります。思い込みが激しいとも言われました」

自分の欠点を並べ立てるのは恥ずかしかったが、真剣であり本気である事をわかってほしかった。

「それらは女としても、人間としても瑕疵《かし》なのでしょうが、いったんやる気になればどんな事にもひるまない力の元となります。あらゆる努力をし、一心に励み、必ずハナグルマの修復をなし遂げてみせます。もちろん何があっても一人でやり抜きます」

渾身の力をこめて言い切る。薫は小気味好さそうな笑みをもらした。

「啖呵《たんか》を切りましたね、いいでしょう」

快活な声の中には、値踏みでもするかのような冷静な響きがこもっていた。

「人間の価値がわかるのは窮地に立った時だ。あなたがどのようにやり抜くのか、見せてもらいます」

力を試されていると感じ、体中が緊張していく。

「すべての修復作業は、宝飾加工を手がけている細工場で行われています。その部署にあなたを配属しますから、先ほどの言葉通り努力と精進で技術を身につけ、ハナグルマの修復を任せられるまでになってください」

頷きながら、何があっても弱音は吐くまいと心に誓う。ハナグルマを見事に仕上げ、薫の目の前に差し出してみせるのだ。

「イギリスにいた時、アガサ・クリスティという女性作家と出会いました」

そう言いながら薫は表情を和らげる。

「自分で車を運転してロンドン支店にやってきて、僕が対応したのです。すべての女性が結婚と子育てだけを期待され家庭に閉じこもっているというのに、彼女はミステリー小説を書いて金を稼ぎ、経済力を持って自由に羽ばたいていた。新しい女性だと感嘆しました。あなたは、その後輩になるのかも知れない。そんな姿を見られるのを楽しみにしています」

それは自分たちの関係を終わりにするための言葉のようにも、別れの餞《はなむけ》別のようにも感じられた。身をひるがえす薫を見送る。階段を上り、体を固くして一部始終を見ていた寅之助のそばを通り過ぎながら言葉を残した。

「水野さんを採用し、細工場に配属してください。ご自宅が被災しているので、女子寮の空きも当たっていただきたい」

その姿が土間の戸の向こうに消える。寅之助は大きな息をつき、階段を下りてきた。顔には陰がある。この先の成り行きを不安に思っているのだろう。

「まぁ今日のところは、結婚をあきらめてくれただけでも幸いだったと思わねばならんのかも知れん」

自分を説得するようにつぶやきながら冬美の前に立った。

「一緒に来てください。会社の者に引き合わせます。確かに我が社は人手不足だ」

視線を避けるように横を向き、歩き出す。結婚話が潰れたというのに、なおここに居すわり入社までしようという冬美が鬱陶しいのだろう。身の細る思いだったが、会社のために真面目に働き、採用してよかったと言ってもらえるようになるしかなかった。

寅之助が流す重い沈黙を受けて歩きながら、ふと思い付く。証拠立てる手立てがないからといって、それが偽りであるという事にはならないと。ただ証明できないだけであって、本当は真実なのかも知れない。

母の言葉をそのまま受け入れ、信じていればいいのではないか。自分は真珠王の娘なのだと思おう。そして母が言ったように、それに相応しい生き方をするのだ。どんな状況にもどんな人間にも屈せず、何度でも立ち上がって何事も乗り越えていく。ただ一人でもやり抜いて、ハナグルマの補修を完成させ、薫に見せるのだ。

結婚式

1

帝國真珠神戸本社《ていこくしんじゅ》は、藤堂《とうどう》の家から歩いて七、八分ほどの距離だった。大通りに面した洋風の建物で、大理石造りらしく、まぶしいほどキラキラと陽射しをはね返している。

一階の店舗は雨戸が閉まっており、寅之助《とらのすけ》に連れられて外階段から二階に上がった。衣類棚を並べた廊下の突き当たりに天井の低い部屋があり、そこが事務室だった。いくつかの机が並んでいたが、在席していたのは一人だけで、しきりに算盤《そろばん》の音を響かせている。

「あかん、今月も赤字や。ああ派手に真っ赤、ほとんど炎上ゆうてもええくらいやなぁ」

寅之助は苦笑し、歩み寄った。

「尾崎《おざき》、電話で話した水野《みずの》夫妻の娘さんだ。人事の宮本君《みやもと》は」

珠の音が止まり、頰のたるんだ年配男性が丸いメガネの上縁越しにこちらを見た。

「宮本は、細君が産気づいたゆうんで家に帰しましたがな。へぇ、その娘っ子がそうでっか」

冬美《ふゆみ》は頭を下げ、挨拶をする。

「東京作業所の水野夫婦ゆうたら、名工で評判やった。こっちの細工師の連中は皆、東京に習いに行けちゅうてハッパをかけられたもんや」

　年の頃は寅之助と同年配で、そのせいか口調に改まった所はなかった。

「水野君は亡くなり、細君の方は空襲で行方不明、東京作業所自体はおシャカ状態や。ほんに先の事はわからへんなぁ」

　寅之助は頷き、尾崎の机の上の帳簿を指差す。

「女子寮の空きを見てくれないか。水野君を入れてやってほしいんだ」

　自分の住まいが性急に決められていくのを、他人事のように聞いていた。東京に帰っても家はなく、身を寄せるあてもない。父の親戚は滋賀《しが》県、母の親戚は北海道根室《ねむろ》と福島県会津、都内小石川《いしかわ》にあったが、どこも食糧が不足している今、訪ねていっても迷惑だろうと思えた。浜松にももう戻れない。流れに身を任せる水草の心境で、黙って尾崎の様子を見つめた。

「確か空きがあったと思うたんやが」

　尾崎は帳簿を手に取り、指先を口に突っ込むと唾液《だえき》を付けてめくり始める。

「あるある。二階の端が空き部屋や。ちょっと難がありよるがな」

　難とはなんだろう。夜中に不吉な現象でも起こるのか。そこに一人で住む事を考えて体を固くしながら、たとえどんな所でも屋根があって雨露をしのげるのなら上等だと自分を慰める。

「どういう難だ」

　聞いてくれた寅之助に感謝しながら耳を澄ませた。

「窓は、どの部屋も南側に一つなんやが、その南側にこの本社ビルが建っとってな、ちょうどその陰になるこの部屋は、朝の内しか陽が入らん。日中は真っ暗。まぁ昼間は会社に来とるさかいに、構へんちゅやぁ構へんやろ。物干し場は別にあるしな」

階段の方から足音が聞こえ、やがてリュックを背負った三人の若い女性が顔を出す。防空頭巾《ずきん》をかぶり、モンペ姿だった。

「尾崎のおっちゃん、買い出し隊の帰還やで」

おどけた口調で敬礼しながら、部屋に入ってくる。

「ああ早川《はやかわ》役員、来はってたんどすか」

「どうせなら息子はんと一緒に来てくれはったらええのに」

「せやせや。役員より薫《かおる》はんに会いたいわ」

尾崎だけでなく、この三人もざっくばらんな口調でしゃべっているところをみると、そういう社風なのかも知れなかった。

「あかん、あかん」

尾崎が、黒い袖カバーを付けた腕を左右に振り動かす。

「名前を気安く呼んじゃあかんで。もう社長様やさかいにな。高清翁《たかきよおう》のお嬢はんと結婚なさるそうやし」

三人は目を見合わせる。

「はれぇ。社長になるとわかっとったら、もっと早ようにモノにしといたにな」

「ほんま残念なこっちゃ」

「あんたら、そりゃ寝言や。藤堂会長のお嬢にゃ勝てへんやろ」

「そないな事あらへんって」

笑いながらリュックを下ろし、コメやイモ、醤油の入った一升瓶《いっしょうびん》を出して机の上に並べながらひとしきりしゃべる。その後、ようやくこちらに目を留めた。

「ところでそばにいてはるのは、誰やの。新規採用者とかか」

寅之助が冬美の背中に腕を伸ばし、三人の方に向き直らせる。

「東京作業所の水野夫妻の娘さんで、冬美さんだ。細工場で働いてもらう事になった。女子寮にも入る。よろしく頼むよ」

冬美が頭を下げると、三人は急いで防空頭巾を取り、乱れた髪を耳の後ろに押し込んだり、なで付けたり、服を払ったりして姿勢を正した。陽に焼けた顔に、いく分硬い笑みを浮かべる。

「うちは八瀬《やせ》房子《ふさこ》どす」

口を切ったのは、三人の端にいた女性だった。肩に筋肉がついていていてたくましい。

「生まれは京都や」

中央に立っていた小太りな娘が肩をすくめる。

「京都いうても洛内《らくない》やあらへんで。丹波《たんば》の田舎や」

房子は看過できなかったらしく、隣に向き直った。

「ほんでも大阪よりは、洛内に近いちゃいますか」

「あんなぁ、なんでも京都中心に考えんといて。大阪も、神戸より都会やさかいな」

一番端の背の高い娘が笑いをもらす。

「神戸は知的な街やん。大阪とはくらべものにならへん」

「そやそや、京都も神戸も上品や。大阪みたいなあざとさはおへん」

二人がかりで反論され、猛然と言い返そうとするところを尾崎が制した。

「ああもう止めとき。おまえらに任せといたらいつまでたっても終わらへん。房子の隣が友子《ともこ》、大阪から来とる。端が和子《かずこ》、この近くの魚崎《うおさき》の生まれや。全員同い年で二十歳」

それぞれ生まれも外見も違い、モンペの上に着ている上衣も様々だったが、なぜかそろって同じ雰囲気だった。二十歳という色に染まっているのかも知れない。

「おっちゃん、苗字も言うてぇな」

「そんなもん、いるかいな。ここで使った例《ためし》、あらへんやろ」

三人は不満げな様子を見せながらも納得したらしく黙り込んだ。かしこまったその沈黙の中で見つめ合っていると、いきなり和子が吹き出す。それに続いて二人が笑い出し、冬美も引き込まれた。尾崎のあきれたような声が上がる。

「いったい何がおかしいんやら。娘ちゅうのは、ほんに四六時中笑っとるな」

世代も性別も隔たっている尾崎には理由が理解できないのだろう。もっとも冬美にしても、なぜ自分が笑っているのかわかっている訳ではない。ただ無性に笑いがこみ上げてくるのだった。

「まぁ箸が転げてもおかしい年頃って事やろか」

電話が鳴り始め、近くにいた寅之助が受話器を取る。何やら話していて、やがてそれを置きながらこちらに目を向けた。

「翁の散骨とお嬢さんの婚儀は、火葬場が空いたら、その日の内に一緒に行うそうだ」

葬式と結婚式が同日という異例さに、皆が戸惑い、顔を見合わせる。

「翁の遺言通り葬儀は行わず直送で、遺灰は婚礼式の最後に養殖場にまく。婚礼式の方は小笠原《おがさわら》流礼式に則《のっと》って行い、三日間にわたるそうだ」

小笠原式は会津藩の公式礼法で、母方の親戚の結婚式は軒並みそうだった。規律正しく優雅に行われる礼式は、子供にとっては退屈だったが、何度か経験するうちに清めの儀式から聖獣の名前、三十六匹の動物や料理、唱える言葉まですっかり覚えてしまった。

だが今度ばかりは退屈とは程遠いに違いない。ついに結婚していく薫を見て、自分はどんな気持ちになるのだろう。

「礼式の巻物を伝授されている免許皆伝者と料理人を至急呼び寄せ、ご指南いただいた上で、皆で準備にかかる。いつでも集まれるように用意しておいてくれ、との事だ」

房子が困惑したような視線を机の上の食材に向けた。

「三日間なんぞどだい無理どすなぁ。そんな長い間食べるだけの量、このご時世じゃそろえられへんよってに」

寅之助がなだめるような笑みを浮かべる。

「まぁそこは、できるようにやっていくしかない。台所は藤堂家の雇い人たちが取り仕切るらしい。うちの連中は矢部《やべ》さんがまとめる事になるだろうから、指示に従ってくれ」

三人は、いっせいに憂鬱そうな溜め息をついた。

「あのオールドミスかぁ」

「ややわぁ、えらい性悪やさかいに」

「目に針があるやん。人を食ってきたような口しとるし」

それらを頭の中で組み立て、矢部という女性を想像してみる。

「まぁ、うまくやっとくれなはれ」

尾崎の口調がいかにも他人事だったので、三人はいっせいに目クジラを立てた。

「おいちゃん、あんなぁ」

尾崎はあわてて話をそらす。

「あ、そやそや、明日にでも湊川《みなとがわ》に行ってな、市場の衆に特配の予定があるかどうか聞いてみたらどや」

房子は尾崎を逃がすまいとして目の端でにらんだままだった。

「そんでも、その礼式ってのがわからへんと何そろえてええのか途方に暮れるわ」

冬美は自分の知識が役に立てればと思いながら口を開く。

「小笠原式でしたら、だいたいはわかりますけど」

全員がマジマジとこちらを見た。意外だったらしい。

「母の実家が小笠原式だったんです。必要な物を書き出しておきましょうか」

尾崎が、これ幸いとばかりに何度も頷き、机の上に並べられた買い出し品を眺め回した。

「ああそうしてんか。ほんじゃ、ここいら辺さっさと片づけてや」

房子はあきらめたらしく尾崎から視線をそらし、事務室の奥に置かれている金庫の扉を開けた。友子や和子がコメや醬油を入れていく。目を見張っていると、友子がそれに気づき、ちょっと笑った。

「女子寮の賄い用なんやけどな、台所に置いとくと盗まれよるねん。で、ここの金庫に入れる事にしたんや。といってもこの金庫、鍵が壊れとる。金庫屋に徴兵がかかって、出征しよったさかいに直せへんねん」

サツマイモを仕舞い込んだ和子が立ち上がりながらこちらを振り向く。

「鍵がかからんでも、むき出しでおいとくよりは、ましやさかいにな」

房子が付け加えた。

「鍵のかかる金庫は、この上の社長室にあるんやけど、イモ持って社長室入ってく訳にゃいかんやろ」

そこで勤務しているだろう薫がどんな顔をするかを考え、笑い出しそうになる。

「じゃ細工場《さいくば》の所長に引き合わせよう」

寅之助が出入り口に足を向けた。

「所長室は店舗の奥だ」

その後ろに従いながら房子たちに目を向ける。

「後で書き出してお届けします。ここに持ってくればいいですか」

三人は、いっせいに首を横に振った。風になびくスイセンの花群のようだった。

「うちらは、ここにはおらへんのや」

「養殖場でセンポ掻《か》きや自毛切りしとるさかいにな」

「あんたも今日から寮に泊まるんやろ。夕飯の時でええよ」

微笑むと、それぞれに白い歯が際立つ。

「わかりました。ではその時に」

言い置いて寅之助を追いかけた。

「戦争前には、あの机の数だけ事務員がいて、人事や経理を担当していたんだが、今では尾崎を含め三人だけだ」

　前を向いたままのつぶやきは、猫背の後ろ姿と相まってどことなく力がなかった。希望を見つけられずにいるような苦しげな響きを帯びている。

「皆、徴兵されて戦地に出ていった。貝掃除も本来なら男の海事作業員がやるんだが、なにしろ男が少ないものだからどうしようもない。といって貝を放っておく事もできん。フジツボやコケムシがついてしまうからな。あの三人は挿核や浜上げの時だけ雇っていた娘たちなんだが、頼み込んで手伝ってもらっているところだ」

励ますつもりで、その背中に声をかけた。

「でも皆さん、朗《ほが》らかで元気がいいから、いてくれるだけで仕事場が明るくなるんじゃないですか」

ふっと足が止まる。そんな事は考えてもみなかったと言いたげな顔が、こちらを振り返った。

「明るいかどうかはわからんが、半端《はんぱ》なく騒がしくなったのは確かだ」

寅之助も先ほどの尾崎同様、世代と性別の違いからくる価値観の壁を越えられないらしい。笑い出したくなるのをこらえながら力づけた。

「それでも来てくれる人がいないより、ずっとましじゃないですか。もし誰も来てくれなかったら貝掃除をする人がいなくて悲惨な状態になる訳でしょう」

そういう状況を想定してみた事がなかったらしく、寅之助は呆然とした様子を見せる。

「そう言われてみれば、そうだが」

現状の利点に目を向けてもらおうとして言葉を重ねた。

「そんな事になったら、早川役員や尾崎さんがご自分たちでやらなければならなくなりますよ」

寅之助は、胸の奥から込み上げてくるものを呑み下すかのように喉を動かした。

「この私が、貝掃除をするのか」

鼓舞するつもりだったのだが、無礼と思われたのかも知れない。気分を害しただろうか。心配しながら気配をうかがっていると、寅之助はまいったというように首を横に振った。

「ここに入社したばかりの頃、現場を知れと言われて三ヵ月ほど貝掃除をやらされた事がある。作業用の小舟に乗ったり、筏《いかだ》の上に立ったりしての作業だ。何度滑《すべ》り落《お》ちたかわからん」

舟や筏から海に転落する寅之助を想像する。頭から真《ま》っ逆《さか》さまか、それとも横っ飛びに突っ込んだのか。いずれにしても滑稽《こっけい》だった。

「泳げない身には、恐怖以外の何ものでもなかった。二度とやりたくない。今だに作業舟や筏を見ると、ゾクッとするくらいだ」

我慢できずに笑い出す。

「だったら、あのお三方を手放せませんね。騒がしいのは我慢なさるしかないかと思います」

寅之助は渋い表情を変えなかったが、現況も悪い事ばかりではないと思い直したらしく、その目には先ほど微塵も感じられなかった活気が灯り始めていた。

「一人前になるまでには、誰でも何度か落ちるらしいが、それにしても私の落ちる頻度は半端じゃなかった。トンマ、マヌケと笑われたものだ。その血を引いているというのに薫など、一度も落ちた事がないというから不思議」

そこまで言い、あわてて言葉を呑む。咳払《せきばら》いをしながら一瞬、こちらの表情をかいま見た。その名前を出した事で冬美がどう思ったか心配になったのだろう。

気にしていないと伝えるために、微笑んでみせる。寅之助は安堵《あんど》したらしく緊張を解いた。

「細工場に行く前に、養殖場を見せようか。屋上から全景が見える」

顔に笑みがにじんでいた。笑い顔を見たのはそれが初めてで、急にうれしくなった。返事に力がこもる。

「はいっ、見せてください」

踵を返し、階段を上っていく寅之助の後ろに続いた。上り詰めた所にガラス扉があり、それを開けて光のあふれる屋外に踏み出していく。黒い影になった後ろ姿を追い、屋上に出た。

とたん、四方八方に広がる緑の海が目に流れ込んでくる。思わず声がもれそうになるほどまばゆかった。手前には丸太を組んで作った四角な筏がいくつも連なっており、その向こうに丸い球が規則正しく並んでいる。潮の匂いのする風が吹いていた。

「四角なのは木枠筏、丸いのはビンで作った浮き玉筏。どちらも貝を入れたカゴを吊《つ》るしてある。一つのカゴに、貝は七十から八十個だ」

さざ波の立つ海を見回しながら、その下で真珠を抱いている貝を思い描く。戦争が終わり、それを引き上げたら、どれほどの数の真珠がこの世に顔を出すだろう。それらがいっせいに輝きを放つ光景に思いをはせ、陶然とした。

「養殖規制が早く解かれるといいですね」

屋上の端に人影が見える。無帽で、髪を風に洗わせながらフェンスに両腕を突き、海をながめていた。

「そしたら私も養殖を教えていただいて、自分の手でしてみたいです」

影がこちらを振り向く。薫だった。端正な顔に光がまといつき、きらめいて美しい。社長として自分が守らねばならないものを見ていたのだろう。どことなく自覚が感じられるような気がするのは、こちらが社長というメガネで見ているからか。

「お父さんでしたか、冬美さんも」

ゆっくりとフェンスから腕を引き、身を起こしてこちらに近づいてくる。どんな顔をしていればいいのかわからず、視線を伏せてあちらこちらに彷徨《さまよ》わせた。コンクリートの床に伸びた影が大きくなってきて、すぐそばに立ち止まる。体の芯で心臓が大きく鳴り響き、背骨を揺すった。

「会社では役員と呼びなさい。私も社長と呼びます」

一線を画そうとする寅之助の声を聞きながら、自分に言い聞かせる。この人はもう今までの薫ではない、社長なのだ。

「水野さんには養殖場を見てもらっていたところです。これから細工場に案内します」

歩き出す寅之助についていこうとすると、後ろで声がした。

「その前に、ちょっとだけ冬美さんと二人にしてもらってもいいですか」

薫がそんな事を言い出すとは思わなかった。動揺しながら寅之助に視線を向け、断ってほしいと目で訴える。二人になって話す事など何もなかった。もう心は決めたのだ。揺さぶられたくない。

「細工場に連れて行ってください」

取りすがるようにせがむと、寅之助は戸惑いを見せた。薫の静かな声が響く。

「ほんの少しの時間で結構ですから。お願いします」

寅之助は冬美に目を向ける。

「一階で待っている。終わったら来てくれ」

ガラス扉に向かって歩き出し、その向こうに姿を消した。薫と二人だけの空間が広がり、満ちる波の音が高くなっていく。立ち込める沈黙を薫が破った。

「僕はまだ結婚していませんよ」

今なら引き返せると言っているように聞こえた。

「もう一度聞きます。あなたの気持ちは変わりませんか」

薫の声が、別の人生の扉を開く。そこでは自分と薫が肩を並べ、微笑んだりはしゃいだりしながら一緒に歩いているのだった。傍らには子供もいる。その子が育っていき、やがて孫が生まれ、自分と薫は穏やかな老いの中で互いを見つめ合っている。今ならそんな一生を送る事もできそうに思えた。それはなんと満ち足りた、幸せな生涯なのだろう。

「なぜ目をそらすんです」

心の震えが大きくなっていき、立っていられないほどに凄まじく揺れ動く。まるで自分の中で、猛る獣が咆哮《ほうこう》しているかのようだった。その叫びが胸を占領し、決意を踏みしだく。雌の獣だった。

「僕を見なさい」

固く目をつぶりながら思う。この状態でひと言でも発してはいけない、何かを決めたり、行動したりするのはもっといけない。あの結論は、あらゆる事を考えた最善、最良のものだったのだ。あれを超えるものはありえない。

「本当に火崎剣介《ひさきけんすけ》と結婚する気ですか」

薫の声に力がこもり、わずかにうるんだ。

「あなたは、それを望んでいるんですか」

あり得たかも知れないもう一つの人生を、力を振り絞って切り落とす。

「求婚は撤回するとおっしゃったはずです。私は帝國真珠に就職しました。社員として、社長であるあなたに尽くします」

素早く頭を下げ、身をひるがえして一階に通じる扉に向かった。背中に視線を感じ、息が苦しくなる。自分が幸せから遠ざかっていくような気がした。あの扉に着かなければいいとも、薫が追いかけてきてくれればいいとも思う。乱れる気持ちが襤褸《らんる》のように体にまといついていた。

扉の前まで来たとたん、それが向こう側から開く。そこに待っていた寅之助が顔を出した。

「細工場に行こう」

声が出せず、頷きながら口元に力をこめる。涙が出そうで、目を伏せた。寅之助は黙って階段を降りていく。足を急がせて暗い廊下を歩き、突き当たりの戸を開けた。

部屋から光がもれ出し、床に斜めの筋を描く。それを見ながらあわてて頭を振り、沈む気持ちを追い払った。その向こうに広がっているに違いない新しい世界に踏み込んでいく決意を固める。これからはここで生きていくしかないのだ。

「所長、東京作業所の水野夫妻の娘さんだ」

中は重厚な感じの部屋だった。天井は張られておらず梁がむき出しだったが、その一本一本に模様が刻まれ彩色されている。壁は金縁を施した長方形の羽目板でおおわれ、天井まである大きな書架が並んでいた。真珠関係の書名の付いた本がたくさん収められている。寄せ木作りの床には細やかな模様が浮き出し、暖炉《だんろ》は陶器の壺《つぼ》や金の振り子時計で飾られ、両開きのカーテンからは房飾りが下がっていた。映画で見た西洋の城を思い出す。

「豪華なお部屋ですね」

両袖机《りょうそで》の向こうに座っていた男性が笑みを浮かべて立ち上がった。

「ルイ十三世様式だそうだよ。建物自体、帝國真珠が最盛期の頃に建てたものだからね。今じゃとてもこうはいかない」

机を回ってこちらに歩いてくる。背が高く痩《や》せていて、丸いメガネをかけていた。どことなく小学校の教頭のような雰囲気がある。

「松本《まつもと》です、よろしく。ご両親とは東京作業所に入社した時に顔を合わせたよ。すぐこっちに転勤になったんで一ヵ月くらいだったけどね」

父母を知っているとわかり、なんとなくうれしく、また心強かった。

「帝國真珠も今は冬の時代だが、その内きっとよくなるはずだと僕は思っている。会社内の常設部署は四つだ。事務部、細工部、海で養殖をする海事部、それに販売する各店舗。この細工場には事務部と、細工部、それに海事部がある。真珠の育成や宝飾品加工、補修をしているんだ。水野君は何をしたいんだね」

飛び付くように答える。

「母が作業中だったハナグルマの修復をしたいんです。母が戻ってくれば二人で一緒に」

所長は面くらった様子だった。

「まぁ気持ちはわかるけどね、そりゃ無理な話だ」

薫から聞いていたものの、恨めしい気分になる。

「修復は細工師の仕事で、その細工師になれるのは男だけなんだ。女性は組み師といって、真珠の選別をしたり組んだりする仕事に携わる事になっている。所属は同じ細工部だけどね」

男だけの世界とは言われたが、それほどキッチリと決まっているとは思わなかった。なぜ母は例外になれたのだろう。

「私の母は、細工をしていましたが」

所長は同意するように頷く。

「ご夫妻だったからね。始めはご主人が奥さんに仕事の手伝いをさせていたんだ。その内に奥さんが腕を上げて、二人で共同作業をするようになった。ご主人が亡くなった後も、会社としては仕事を続けてもらいたがったし、他の細工師たちも受け入れていた。亡くなったご主人と二人で一人というとらえ方だったんだ。初めから奥さんだけだったら、とても受け入れられなかっただろう」

なお納得できない。年も立場も上の男性に食い下がるのは失礼だと思いながら突っ込まずにいられなかった。

「どうして女は受け入れてもらえないんですか」

我の強い娘だと思われたかも知れない。初対面で問題を起こすのは恐ろしかったが、細工師になれないと言われては、あっさり引き下がれなかった。

「さぁどうしてだろう」

意外にも所長は真剣な表情になり、考え込む。

「改めて聞かれると返事に困るね。昔からそうだったとしか言いようがない。細工師は男、組み師は女、海事作業員は漁師か、素もぐり漁の海士《あま》、あるいは遠洋漁業上がりと決まっているんだ」

茫洋《ぼうよう》とした答えに、若干いらだつ。

「そう決まったのは、なぜですか」

所長は困惑した様子で腕を組み、天井を仰いだ。なんとか答えを出そうとしているらしく、沈思黙考の末に口を開く。

「男は元々、自分たちの方が女より優れていると思っているからね。女性は男より脳ミソが少ないとか、人間というのは男の事だ、などといっている輩もいるくらいだし。封建時代から続いてきたそういう社会通念によって、花形である細工師は男の専売特許という事になった、感じかな」

確かに女のくせにとか、女なんかにという言葉はよく耳にする。だが劣《おと》る女性がいれば劣る男性もいるはずで、それは性別のせいではなく、個の問題ではないだろうか。

「特に職人は、一流のものは男にしか作れないという自負を持っている。細工師の工房は聖域なんだ。女人禁制の霊山や神社、鉱山、祭りがあるのを知っているだろう。それに近いね」

そういう話になってしまうと、つかみどころがない。どう反論していいのかわからなかった。

「それに会社としては、男の方がありがたいんだ。うちでは工業学校や工芸学校を卒業した若者を採用して、仕事をしながら腕を磨かせているんだが、女性はすぐに結婚適齢期ってのがくるだろ。退職までが早い。男は一生勤めてくれるからね。あえて女性を採用して技術を身につけさせるだけの利点がないんだよ」

所長の話を反芻《はんすう》し、自分が細工師になれない理由を具体的にしてみる。一つ目は細工師の仕事というものが習慣上男の聖域になっている事、二つ目は学歴が必要である事、三つ目は女性はすぐ結婚して退職するので会社の利益にならない事。一番目は冬美にはどうしようもなく、二番目も当面手が打てなかったが、三番目は何とかなるのではないか。

「退職せず、一生勤めるとお約束すれば、技術を教えていただけるのでしょうか」

所長は耳を疑うとばかりに、こちらに身を乗り出した。

「結婚したら退職せざるを得ないだろう。子供を産むのに勤めながらって訳にはいかないし、育てるにも同様だ。三食を作ったり、掃除洗濯をしたり、亭主の世話はもちろん、ひょっとして亭主の両親の世話をしなければならなくなるかも知れない。それらで手いっぱいだよ。会社に出てくる余裕はない。第一、会社に行っている間、誰が子供たちの面倒を見るんだね」

確かにその通りだった。再びよく考え、ハナグルマの修復ができる方法を選び取る。

「私、結婚しない事にします」

細工師への道が開けるのなら何でもするつもりだったし、しなければならないと思っていた。薫と結婚できなくなった今、生涯を共にしたい相手もいない。

「どうしても細工師になりたいんです」

所長は受け流すような笑みを浮かべた。

「はいはい、取りあえず聞いておくから。ああそれにもう一つ、適性もあるからね。男と女では、手の大きさや力が違うだろ」

自分の机に戻り、後方の棚からひと抱《かか》えもあるような工具箱を取り出した。

「これが細工師の工具だ。水野君の小さな手で、こんなのを扱えるかね」

蓋を開けると、鉄でできた糸のこや金づち、ペンチ、カッターなどが並んでいた。どれも大きく、ガッチリとしている。手を伸ばしてつかみ上げると、たいそう重く、片手ではとても動かせなかった。

「女性は、女性に向いた仕事をしていた方がいい。その方が自分のためだと思うよ。もちろん結婚もした方がいい。でないと一人前に見られないからね」

思い描いた未来が遠のいていく。自分がぶつかっているのは、なんと高く厚い壁なのだろう。呆然とそれを見上げた。

2

夕方から北風が強くなった。案内された女子寮の自分の部屋に入り、天井から下がっている覆《おお》いのかかった電球をひねる。黒い畳べりのついた四畳半が照らし出された。隅の方に、膝の高さほどの小さな長持ちがポツンと置いてある。とり残された子供のようだった。

蓋を上げると、古い匂いが立ち上ってくる。母方の親戚が住む会津を訪ねた折、納戸の中に漂っていた匂いと似ていた。浜松を出た時から持ち回していた風呂敷包みをその中に入れ、事務所でもらった雑紙と借りた鉛筆を蓋の上に置く。その前に跪き、小笠原流の婚礼献立《こんだて》を思い出しながら書き留めた。

確か、炉立ての儀式から始まり、三三九度の婚礼式と進むはずで、献立は上客用本膳《ほんぜん》、二の膳、御肴《さかな》、式三膳、勝手入、御肴見合の順番だった。それぞれの食材は覚えているものも多かったが、はたと迷うような所もあり、行きつ戻りつしながら書き進める。やがて夕食を告げる電鈴が鳴り響いた。

あと少しだけと思って作業を続けたものの、時間をかけてもなお未完成で、やむなく腰を上げる。房子たちに状況を話すつもりで食堂まで足を運んだ。

そこでは寮生十数人が膳を並べており、話に花が咲いていた。房子たちのそばまで行き、事情を説明する。三人は顔を見合わせた。

「水野はんって、東北の人やろな」

「そやそや。えろう真面目やさかいに」

「ま、根を詰めんでええって。たいていにしときや」

「それより一緒に夕飯食べへんか。この細工場の話聞きたいやろ」

「ここはいいとこやで。洗濯物は乾かへんけどな」

作業が中途半端《ちゅうとはんぱ》な状態ではくつろぐ気になれなかった。切りのいい所まで仕上げてから食べにくる約束をし、自室に戻る。再び婚礼献立に取り組み、記憶をたぐり寄せながらなんとか式三膳まで完成させると、急いで食堂に向かった。

その途中、社屋の二階の窓で動いている光を見る。人魂のように思え、つかの間怖気《おぞけ》に取りつかれたが、すぐ泥棒だと思い直した。食料が盗まれると言っていたではないか。

急いで女子寮を出て本社の外階段を上り、そっと中に入る。足音を忍ばせ、壁に手をはわせながら暗い廊下を歩き、事務室の扉を開けた。床にロウソク立てを置いた男が、こちらに背中を向けて金庫からサツマイモを出している。

息を殺して、見入っていると、男はいく本ものイモを合切袋に押し込み、立ち上がってロウソク立てを持ち上げた。こちらを振り向く。思わず声が出た。

「尾崎さん」

揺れるロウソクの明かりに下方からあぶられている肉厚の顔は、寺院の門前に立っている仁王《におう》像に似て凄まじい。

「あなただったんですか」

尾崎は片手にロウソク立てをつかんだまま、一気に歩《ほ》をつめてきて冬美の襟元をつかみ寄せた。

「見んかったことにしといてや」

息がかかるほど顔を近づけてくる。見開いた目を底から光らせている形相は、昼間とは別人のようだった。

「ええな、しゃべったら痛い目見るで」

恐ろしかったが、皆の食料をかすめ取り自分だけ潤おうとする気持ちが許せず、怒りの方が大きかった。それに任せて責め立てようとして、ふと考える。

これが寅之助や社内に知れれば、尾崎はここにいづらくなるだろう。もし辞めるような事にでもなれば、会社の事務は誰が担うのか。人手が足りないといっている今、どんな人間でも会社にとっては大切なはずだった。ここは目をつぶるべきかも知れない。尾崎にはその分、働いてもらうのだ。

「わかりました、誰にも言いません」

尾崎は、詰めていた息を吐き出した。顔から力が抜け、穴の開いた風船のようにしぼみ、たるんでいく。それでようやく昼間の顔に戻った。

「うちはなぁ、家族が多いさかい大変なんや」

いく分腹立たしくなる。誰の家でも、似たり寄ったりだろう。皆が大変な時に自分の事だけ言《い》い募《つの》る人間は公徳心に欠けるし、美しくなかった。

「そのサツマイモは元に戻してください。寮の賄い用と聞いています。皆が食べられなくなってしまうじゃありませんか」

尾崎は金庫の前まで戻り、合切袋からイモを取り出したが、もったいないと言わんばかりにないで回し、放そうとしない。

「なぁ、ちょっとくらいええやろ。一本だけでもええさかいに、目をつぶっといてくれへんか」

手を伸ばし、それを取り上げた瞬間、戸外で警報が鳴り出した。警戒警報か空襲警報かを聞き分けようとしていると、尾崎がサツマイモを奪い返し、猛然と走り出す。あわてて追いかけ、廊下で後ろからベルトをつかんだ。

「イモを返しなさい」

振り切って逃げようとするのを阻止するために両手でベルトを握り、尾崎にとりすがる。

「放せ。放しとくれなはれ」

「イモを放せば、手を放します」

「空襲やで。逃げんとあかん」

何がなんでもサツマイモを取り戻そうとしていた時、突然、窓の外がカッと明るくなった。直後、雷のような破壊音と共に建物が大きく揺れ、壊れたガラスが雨のように降ってくる。尾崎と一緒にその場に倒れ込み、二度、三度と突き動かされていると、廊下に置かれていた書棚が次々とおおいかぶさってきた。目をつぶり、両腕で頭をかばって耐える。

揺れが収まってみると、書棚の下に足首が挟まれており、動けなかった。隣で尾崎がガラスの破片を払って立ち上がる。

「すみません、この書棚をどけてください」

尾崎はしゃがみ込み、いったん書棚に手をかけたが、すぐその頰を強張らせた。

「火だ」

体をねじり、首を回して見れば、階段の方から上がってきた火が廊下に広がり始めていた。床をはってくる煙が目や鼻を刺す。尾崎はサツマイモをかき集め、合切袋に突っ込んだ。

「わては逃げるよってな。おまえとは、ここでおさらばや。恨まんといてぇな。運が悪かったと思っておとなしゅう成仏せいや」

あっさりと他人を見捨てるその精神が信じられない。開いた口がふさがらない思いで尾崎を見つめながら、芥川龍之介《あくたがわりゅうのすけ》の逸話を思い出した。震災時に、寝ていた自分の子どもの脇を通って一人だけ逃げたあげく、それを責められて、人間は誰でもいざとなると自分の事しか考えないものだと、おのれの卑劣さを人類全員の欠陥であるかのように誤魔化したのだった。世に名を遺《のこ》す文豪芥川にしてそうならば、事務員の尾崎にそれ以上を求めても無駄かも知れない。

「ほなな」

ここで逃がしたら焼け死ぬしかなかった。なんとかして呼び戻さなければならない。何を言えばその足を止められるのだろう。目まぐるしく考えを重ねていて、先ほど尾崎が算盤をはじき、赤字を嘆いていた事を思い出す。他人の命を簡単に見放すような人間に信念はないはずだ。加えて、帳簿を付けているのだから会社の金銭の出入りにはくわしいだろう。

「尾崎さん、火崎金融を知ってますよね」

逃げていくその背中に向かって声を振り絞った。

「私は、その火崎剣介の許嫁《いいなずけ》です」

尾崎の動きが止まる。

「私が帝國真珠本社で焼け死んだと知れば、火崎は激怒し、帝國真珠への融資を引き上げるでしょう。でも尾崎さんが助けてくれたとわかれば、お金に糸目を付けずにお礼をすると思いますけど」

尾崎は小走りに引き返してきた。顔を赤々と照らすほど火が迫っているというのに、恐れる様子もない。

「わいが持ち上げてる間に、足を出すんや。ええか。一、二の三でいくよってにな」

ゆっくりと書棚が上がる。隙間ができるのを見澄まして、素早く足を引き抜いた。傷も内出血もなく、押して多少の痛みを感じる程度で収まっている。

「さぁ逃げるで。歩けにゃ、おぶったるさかいに」

過剰な親切さに笑い出したくなった。火崎の名前がこれほどきくとは思わなかったが、ともかくも助かってよかった。

「こっちや」

火に追われるように先へと進み、一階への階段を下りる。木のはぜる音が高く響き、直後、何かが雪崩れ落ちるような震動が空気を揺るがせた。

「なんやろ」

急いで走り下り、外に出る。火に包まれていた女子寮の一角が次々と崩落していくところだった。飛沫《しぶき》のように火花を飛び散らせる炎が、赤い龍さながら寮に巻き付いている。

「あーあ直撃食らっちまったんやな」

吹き付ける熱風に頰をゆがめながら、むき出しになった鉄骨にそって夜空に立ち上がっている炎を見上げた。消火しようという気持ちすら起こらないほど圧倒的な勢いで、気力がそがれ、考えもまとまらず、言葉も出てこない。自分自身が燃やされているような気がした。

「風向きが変わりよったで。こっちにきよる。逃げにゃあかん」

手首をつかまれ、走り出す尾崎に引きずられる。大通りに出ると、あちらこちらから逃げてくる人々でごったがえしていた。赤子を抱く母親もおり、行李《こうり》を担いでいる男性も、親にはぐれたのか泣きじゃくる子供もいた。道の両側には爆風で倒壊した家、被弾して炎上する家々が並ぶ。

人の群れに呑み込まれ、押し流されるように歩きながら、自分はどこに行くつもりなのかと思った。行くところなどないのではないか。会社では今頃、大騒ぎだろう。戻って手伝いをしなければ。寮にいた房子たち三人の安否も心配だった。

「あ、どこ行くねん。これ、わいの金づる、戻らんかい」

尾崎の声を無視し、人の流れに逆らって来た道を引き返す。服どころか、頰の肉まではぎとられそうになりながら人波をかき分け、なんとか本社に戻った。

社屋の方は、一部焼けているものの大破は免れていたが、女子寮は全焼で跡形もない。瓦礫が積み重なった地面はまだ熱く、時折、炎の先が立ち上がり、煙も上がっていた。

中庭に社員が集まっており、寅之助の姿も見える。皆、藤堂の家から駆けつけてきたのだろう。つま先立ちをして目をやれば、池の畔《ほとり》の地面に遺体が並べられていた。全部で六体、中に房子や友子、和子も交じっている。生き残った寮生たちがそばにへたり込み、泣きじゃくっていた。その嗚咽《おえつ》が地面を這い、空気を震わせて暗い幕のように沈痛な雰囲気を広げている。

判別が付かないほど焼けただれているものもあったが、三人の顔に火傷はなかった。眠っているのと変わらず安らかで、思わず目をつぶる。寮を包む炎が赤い龍のように見えていたあの時、三人はそれに巻き付かれ、息の根を止められていたのだ。

つい先程までにぎやかに話していたというのに、今はもうこの世にいないとは、人の命はなんと敢《あ》えないのだろう。一緒に夕食を食べようと誘われた時、それに応じていたら自分もこの列に並んでいたのだ。今、生きているのは偶然にすぎない。そう考えると自分の体全体が重みを失い、陽炎のようにユラユラと揺れ始めるような気がした。

人の一生がこれほどはかなく、突然に終わってしまうものなら、いつ死んでも後悔のないように生きていくしかない。なにがなんでも細工師になり、ハナグルマの修復をするのだ。そのための手かせ足かせになるものは、全部捨てるしかない。他人からどう見られようと構うものか。ハナグルマの修復に全力を注ごう。

荒々しい靴音が、重い空気を突き破る。転がるように階段を駆け下りてきたかと思うと、扉から大きな歩幅で薫が踏み出してきた。

「本社の中には、もう誰もいない」

水をかぶったらしい服は濡れているもののあちらこちらがこげ、頬から首にかけても火ぶくれが目立つ。取り残された社員がいるかも知れないと建物の中を見ていたのだろう。いったん遺体に近寄り、両手を合わせて黙禱《もくとう》してからこちらに歩み寄ってきた。

「女子寮の方は一人、水野君が行方不明」

集まっている社員を見回し、その後方にいた冬美に視線を留める。自分の目を疑うかのように、わずかに首を横に振った。

「どこにもいないと聞いたので、おそらく瓦礫の下かと」

顔を背け、片手の親指と人指し指で目頭をつまむ。

「よかった」

喉に詰まった声から薫の心労があふれ出た。胸を突かれ、息ができない。母も見つからず、真司も、父かも知れない藤堂高清もいない今、誰がこれほど自分を心配してくれるだろう。薫に尽くすつもりでいながら、その心を煩わせるとはとんでもない事だった。

「申し訳ありませんでした」

下げた頭が上げられない。ひたすら反省していると、薫の凛とした声が響いた。

「女子寮で被災した六名の皆さんのご冥福を祈ります。またここにいる九名の皆さん」

むせび泣いていた寮生たちが、おどおどと顔を上げる。誰の表情にも、生き残った自分を責める気持ちがありありとしていた。なぜ仲間を助けなかったのかと問い詰められる事を恐れている様子も見え、痛々しい。

「よく生きていてくれました」

空気を震わせていた嗚咽が、ふっと止まる。

「あなた方の命は、何にも代えがたいものです。生きていてくれた事に、社長として感謝します。ありがとう」

号泣が起こった。薫の言葉で、誰もが自分を許す気持ちになれたのだろう。冬美も喉が熱くなる。薫はきっといい社長になり、その指揮下で帝國真珠はこれまで以上に発展していくに違いなかった。

「若社長はん」

走り込んでくる数人の足音に、しわがれた叫びが重なる。

「筏の点検、終わりましたで」

その場に緊張が広がった。焼夷弾が筏に落ちれば、流れ出る油で貝も真珠も甚大な被害を受ける。新しい養殖ができない今、既存の貝や真珠を失う事は会社の存亡にかかわる大問題だった。皆が固唾を呑み、耳を澄ませる。

「流された筏も、燃えた筏もありゃしまへん。全枠すべて無事で」

安堵の吐息がもれ、明るいどよめきが広がった。皆の顔から顔に微笑みが移っていく。ただ薫だけがその輪から外れていた。

「それは何よりです」

そう答えながらも表情は硬い。

「以前から思っていたのですが、神戸はかなり危険な土地柄だ。今後も空襲が繰り返される可能性があります。もう誰も死なせたくない。本社も筏も即、安全な所に移しましょう」

昔から薫は、いつも遠くを見ていた。風の中の樹のように、流れの中の杭《くい》のように、確固として現状に立ちながら、はるかな未来に思いをはせているのだ。いつどうなるとも知れないこの戦時下で、そのそばにいられる幸せに感謝しながら、役に立ちたいと強く願った。

「我が社の養殖場は四ヵ所、神戸と志摩《しま》、広島、長崎です。どこも湾の奥にあって波の影響を受けず、潮の流れがよくて餌《えさ》が多い。土地には余裕があり社屋を建てるのは可能ですが、筏を移す事を考えれば距離的に近い方がいい。志摩にしましょう。夜が明けたら、すぐ作業にかかります。皆さん、お疲れのところ申し訳ないが、よろしくお願いします。高清翁と役員および寮生たちの葬儀は、火葬場からの連絡があるまで待つ事とし、私の婚儀については明日の筏作業の前に、様式にこだわらず短時間で片づけます。固めの杯《さかずき》だけでいい。すぐ三田の翁の実家に連絡を取り、花嫁をこちらに送るよう頼んでください」

3

「そんでも、こんな片付け仕事のような婚儀で、よろしゅおすのか。花嫁さんが気の毒やおまへんか」

「おまへん。薫さんと結婚できるんやで。しかも社長夫人やんか。うちなら、式なんぞせんでもええくらいや」

「うちもや。ああ花嫁が、けなりぃ」

「うちなんか、えらいけったくそ悪いわ」

婚儀は、藤堂の別邸で行われる事となり、皆が急いで移動する。薫の意向で神職は呼ばず、三三九度を執り行うだけ、神戸本社の全社員に平服で参加するようにとの指示があった。男性たちは会場の設営にかかり、女性たちは台所に入る。

料理を作る必要はなかったが、杯を交わすとなれば簡素にするにしても三幅対の掛け軸や、コメを敷き詰めた島台を初めとする床の間飾り、銚子《ちょうし》、杯、三方などが欠かせない。庭に立ち並ぶ蔵の中からそれらを捜し出して清め、また蓬莱《ほうらい》やセキレイの飾りを色紙で折ったり、広間を掃除したりとたいそう忙しかった。藤堂家の厨房《ちゅうぼう》を預かっている女性たちが中心となり、そこに社員が加わって動き回る。冬美も言い付けられるままに、コマネズミさながらに働いた。

「ちょっとちょっと、来はったで、花嫁」

台所に飛び込んできた女性の声に、皆が一瞬、動きを止める。

「見にいかへんか」

「ちょっとくらい、ええやろ」

こそっと台所を出る。後ろについていくと、庭を取り巻く築地塀《ついじべい》に皆が身を寄せ、向こうをのぞいていた。

「ごたいそうな行列やないか」

「急な話やのに、よく準備できたもんやな」

「常日頃から、備えとったゆう事やろ」

「さすが藤堂翁の実家や」

長持や挟み箱、道具箱を持った人々や、鏡台などの家具を積んだ大八車が列を作って通り過ぎ、裏手の方に回っていく。それらの一つ一つが冬美の心を突き、のしかかり、打ちひしいだ。

婚礼に伴う圧倒的な物量、それこそが真珠王の娘の証《あかし》なのだった。心で娘と信じていればいいと考えていた気持ちが、羽のように軽く吹き飛ばされていく。自分が紛《まが》い物《もの》であり、イカサマにすぎないという思いが強くなる一方だった。

行列の最後尾についていた黒塗りの大型車が門の前で停車する。運転手が開けたドアから白髪交じりの老女が現れ、それに続いて小さな娘が下りてきた。

辛子《からし》色の地に貝桶《かいおけ》の柄を染め付けた付け下げ、草花を細かく刺繡した西陣の袋帯を締めている。老女の方は、黒地に松竹梅を箔押《はくお》しした友禅に、松菱《まつびし》と白梅を織り込んだ帯だった。娘を玄関の方にうながし、脇について歩き出す。

「ほう、あれが花嫁かいな」

「はれまぁ、なんとけったいな」

「おまけにモンペもはかんと着物姿や」

娘は荷物でも背負っているかのように膨《ふく》らんだ背中をしており、ひと足進むたびに体が大きく傾いた。首はほとんど見えず、大きな顔が肩に直接乗っている。寄りそう老女に見守られながら、いかにも不器用そうに慎重に歩いていく様子が、生まれた時からの障害で人目を避けて育てられたとの話を思い出させた。皆が、ふっと顔を見合わせる。

「今夜は初夜や。あの娘、薫さんに抱かれよるんやで」

言葉が一気に胸深くまで刺し込み、引きつるような痛みが体を揺るがせた。その凄まじさに呆然としながら、皆の目に浮かぶ艶《なま》めかしい笑みを、ただ見つめる。

「きちんとできるんかいな」

「どやろ。まぁなんとかなるんちゃうか」

「ああ、うちが代わりたい」

「うちも。薫さんに抱かれてみたいわぁ」

背後で咳払いが響く。色めいていた空気が一瞬で四散し、誰もがいっせいに真顔になった。

「あんたたち、何してはりまんの」

振り向けば、髪を後頭部に結い上げた中年女性が立っている。頬骨が飛び出して見えるほどやせており、研いだように光る目をしていた。真っ赤な口紅を塗った口元には笑みが浮かんでいるが、目は笑っていない。これほど険しい顔立ちの女性に出会った事がなかった。

「早《はよ》ぅ戻っとくれやす。時間に間に合わなんだら、藤堂の家の衆になめられるよってにな。怒られるのはうちやさかい」

あわてて塀から離れ、皆で台所に戻る。

「矢部女史、えろうご機嫌斜めやな」

房子たちの話に出ていた女性らしかった。

「他人が嫁ぐのが妬《ねた》ましいんやろ。自分が嫁に行けんさかいに」

先日聞いたオールドミスという言葉が思い出される。自分もいつか、そう呼ばれるのだろうか。

「三十過ぎでも難しいに、あん人は四十超えとるやろ。ほぼあかんな」

「おまけに今は戦時中や。男日照りやさかいになぁ」

台所の板の間に正座し、婚礼飾りの続きを作りながら胸でうめく声を聞く。恨めしげに、哀しげに、怒りを込めて吠《ほ》え立《た》てているのは冬美がそこで飼っている獣だった。先ほど負った傷に耐えかねている。

「折り終えたら、この三方に載せておくんなはれ」

いつまでうめくのだろう。いつになったらあきらめをつけ、泣くのをやめるのか。

「あんたはん、これをお座敷に持ってっておくれやす。壊さんようにな」

差し出されたのは婚礼用の床飾りの一つ、富貴台だった。紙で作った器に小豆を敷き詰め、数本の蕗《ふき》の茎が差してある。茎は竹で作られ、紙の葉が付いていた。蕗は不帰に通じ、花嫁が実家に帰らないようにとの願いが込められている。

落とさないように気を付けながら広間に運ぶ途中、廊下の端にたたずんでいるあの老女が目に留まった。皆が忙しく行《ゆ》き交《か》う中、ぼんやりと庭を見ている。そのまま通り過ぎたが、広間から戻ってくると、まだ同じ場所で同じようにぽつねんとしていた。他家の中で困っているようにも、どことなく哀しげにも見え、思わず声をかける。

「私で、何かお役に立てますでしょうか」

老女は驚いたようにこちらを見、あわてて笑みを取りつくろった。

「いえ、新婦の支度《したく》が整いましたので、ひと息ついておりました」

再び庭に視線を向け、誰に言うともなくつぶやく。

「あっという間に終わりました。何しろ御髪《おぐし》と御化粧、御着付けだけでしたから。亡くなられた奥様は、この日をそりゃ楽しみにしていらして、白無垢《しろむく》も白紋付きもすべて、お手縫いで仕上げられました。一生に一度の婚礼だからとおっしゃって家具も全部、出入りの職人にあつらえさせまして。それがこんなに急に、しかも三三九度だけのお式になろうとは、ご想像もなさらなかったでしょう。今、奥様にお詫びしていたところです。戦争さえなければ、もっときちんとした事ができましたのに」

戦争さえなければ。それは多くの人々の口に上り、胸にしまい込まれている言葉だった。それに触れれば、染み込んでいるたくさんの慟哭《どうこく》や苦渋がしたたり落ちてくる。冬美も何度思っただろう。戦争さえなければ、母と離れる事もなく、藤堂が死ぬ事もなかったのだ。それは自分が歩めたかも知れない別の人生だった。

「早く終わるといいですね」

冬美の言葉に老女は深く頷き、こちらに目を向ける。

「私は藤堂家の乳母《うば》で、中村《なかむら》ユキと言います」

母と同じ名前だった。初対面にもかかわらず親しみを覚える。

「帝國真珠の社員で水野です。私の母は由貴子《ゆきこ》というんです。子がなければ、中村さんと同じですね」

微笑みかけると、中村の顔にも笑みが浮かんだ。

「私の時代は大抵の女子が二文字で、カタカナが多かったように思います。子という文字は皇室や、華族の方々しかお使いになりませんでしたよ」

初めて知る事だった。時の流れを不思議に思う。

「では、子がついていたり、二文字でなかったりすると、いじめられたんですか」

中村はおかしそうに口元を片手でおおう。

「まぁそういう事も無《な》きにしも非《あら》ずでございましたわね」

廊下を通りすがった年配女性が足を止めた。

「何してはんの」

とがめるような声が飛んでくる。

「もうお座敷に集まるようにって声がかかっとるよ」

急いで台所に戻った。皆がそれぞれに手鏡を出して髪を整えたり、ガラスの入った食器戸棚に姿を映して着衣の乱れを直したりしている。

「ほな、行きまひょか」

集団の一番後ろについて行き、襖を取り払った座敷の出入り口あたりにかしこまった。床の間近くには藤堂家の親族と思われる人々や、寅之助を初めとする早川家の人々、帝國真珠の役員や関係者が並んでいる。

夜が明けかかる頃、新郎新婦が招き入れられた。新郎は白紋付きに袴《はかま》、新婦も白無垢で、乳母が話していた通り、三田の藤堂家から持ち込まれた婚礼衣装とのささやきが伝わってきた。

「では新婦より杯を」

二つの銚子の口を寄せ、混ぜ合わせる形を取ってからまず新婦の杯に酒が注がれる。謡曲玉井《たまのい》が謡われ、鼠尾《そび》、馬尾《まび》、鼠尾と三度の酒が注がれた後、新婦が飲み干し、杯が新郎に回った。

盛装の薫から目が離せない。体にまといつくようにしなやかな綸子《りんず》の着物は光沢があり、浮き出した地模様が美しかった。獣の咆哮がいっそう激しくなっていく。耐えようとして目をつぶっていると耳元で声がした。

「なんて顔だ」

いつのまにか火崎が隣に来て、胡坐をかいている。こちらに向けられている眼差は、からかうようでも挑みかかるようでもあった。

「今夜は、おまえも眠れんだろう。俺が慰めてやるよ」

淫らな笑いを浮かべたその頬を、打ちのめそうとして片手を上げる。振り下ろすより早く、座っていた人々をなぎ倒すようにかき分けて薫が走り寄ってき、火崎を殴り倒した。

女性の悲鳴が上がる中、火崎はのけぞり、仰向けに倒れかかる。一瞬、何が起こったのかわからなかったようで、顔面に飛び散った血を拳で拭いながらあたりを見回した。

「なんだ」

立ち尽くす薫の目は見開かれ、風が吹きすさぶ湖面のような荒々しい光をたたえている。それを見て冬美は初めて気が付いた、薫の中にも獣がいるのだと。雄の獣だった。

「これは失礼した」

火崎を見下ろし、薫はうっすらとした笑みを浮かべる。

「どうも三三九度に酔ったらしい」

火崎はようやく事態を呑み込んだようで、片手を畳に叩きつけた。

「きっさま」

飛び起きるなり、新郎の席に戻ろうとしていた薫の背後からつかみかかる。再び悲鳴が上がり、それまであっけに取られていた周囲があわてて止めに入った。

座り込んだまま冬美は、入り乱れる人々が発する尖り声や、足袋と畳のこすれる音を聞いていた。薫の気性の激しさを初めて目の当《ま》たりにし、急に恐ろしくなる。

自分と薫の獣は呼び合い、呼応しようとするかも知れない。もしお互いを必要とし、なくてはならない存在になってしまったら、その先、自分たちが歩くのは破滅に向かう獣道だった。帝國真珠を背負う薫を、そんな所に引きずり落とす訳にはいかない。だが自分は、自分の獣を抑え込んでいけるのだろうか。

目を上げれば、もみ合う人々の向こうに寅之助が立ち尽くし、こちらを見ていた。蜂《はち》の巣《す》をつついたようなこの喧騒《けんそう》の真実を知っている四人の中の一人だった。

クズ珠

1

「ついに日本の戦艦大和《やまと》を葬ったよ」

ルーズベルトの声は活気に満ち、うれしそうだった。

「あの巨艦が、意外にも二時間しかもたなかった。最後は横転し、大爆発を起こして炎上、沈没だ。昨年、同型の戦艦武蔵《むさし》にわずらわされた我が海軍が必勝作戦を立てたんだ。始めに港と湾、海峡に機雷を投下し、寄港や通航ができなくしておいて戦闘機百八十機、雷撃機百三十一機、爆撃機七十五機を投入して波状攻撃をかけた」

世界最大の規模を誇る戦艦が、群がる飛行戦隊の爆撃で傷ついていく様子は、蟻の群れに取り囲まれた巨象さながらだっただろう。海軍大臣を経験し、船に愛着を持っているチャーチルとしては、いささか同情を禁じ得ない。

「戦艦武蔵に続き大和まで失った日本が、どれほど戦意を削《そ》がれているか、想像するだけで痛快だ」

ルーズベルトの日本人嫌いは、よく知られている。日本との開戦が決まった後、アメリカ大陸に居住する日本人の財産を没収し、強制収容所に囲い込んだと聞いた時には、この男はヒトラーのまねをするつもりなのかと本気で思ったくらいだった。日本に原子爆弾を投下するマンハッタン計画も、着々と進行させている。そんな必要があるのかどうかの議論は、差し置かれていた。

「もっとも大和を護衛する戦闘機が非常に少なかった事も事実だ。日本軍は物資や資材が不足し始めていて、戦闘機の多くは航空特攻作戦に回されているらしい」

苦い報告が胸をよぎる。爆薬を積んだ戦闘機で編隊を組み、次々と戦艦に突っ込むその戦法は、カミカゼ・アタックと呼ばれ、イギリス海軍でも空母や護衛艦が被害を受けていた。多くの死傷者が出ている。

アメリカ軍の損害はさらに大きく、特攻機の集中攻撃により空母や巡洋艦、駆逐艦《くちく》が艦長もろとも大破して沈没したり、戦線離脱を余儀なくされていた。

「何しろあいつらは、片道の燃料しか積んでいないから身軽な上に、突っ込むギリギリまで操縦しているから的を外さない。こっちとしては突入される前に攻撃して撃破、海に落とすか、あるいは連中がまだ飛行場にいる間に、爆撃して飛び立てないようにするか、どっちかだね」

ドイツ軍は優秀だった。だが日本軍は、それを上回る胆力を持っている。自分の乗っている機が爆発する直前まで操縦桿《かん》を握って目標を見定めているなどという精神は、ほとんど正気ではないと言ってもよかった。ヨーロッパ人にはとても望めない荒事といえる。

同じ事ができるとすれば、イスラム教徒ぐらいだろう。そういう観点から見れば日本という国は、天皇を奉じる一種の宗教団体なのかも知れない。

天皇は、イングランド国王より古い歴史を持っている。二つは似て非なるもので、イングランド国王は愛する女のために退位する事もあるが、日本の天皇はそうではない。世界でも突出した存在で、極めて精神的な拘束力を持ちつつ、百二十四代も続いてきていた。

その独自性、それに伴う豊かな日本文化は、イギリスを始めとするヨーロッパのどんな国にも勝っている。ましてや建国百八十年そこそこのアメリカなどには手の届かないものだった。そんな日本が今、ここで滅びていくのを見るのはなんとも残念で、胸が痛む。

だが日本に限らず、滅びていい民族などあるだろうか。それを良しとするのは、独裁者と共産主義者だけだ。両者は似ている。スターリンなどと話していると、彼がどちらなのか判別ができないほどだった。

「どっちにしろ日本の敗戦は時間の問題だ。どうせならグッドルーザーになってほしいとこだね。次の電話は、たぶんナチスの滅亡を伝えるものになるよ」

独断専行で国の内外から顰蹙《ひんしゅく》を買う事の多いルーズベルトの宣言では、チャーチルも苦笑するよりない。

「ナチスの滅亡前にあなた自身が滅亡しないよう、酒を控える事だね」

ルーズベルトは笑い飛ばした。

「あなたより八歳も若いよ。しかも朝からスコッチをやってる酔漢に言われたくないセリフだ。では」

アメリカ軍は四月一日に沖縄本島に上陸した。それ以降、本土への無差別爆撃に拍車をかけている。大都市だけでなく地方都市にまで焼夷弾を落とし、民間人を狙《ねら》っての機関銃掃射を繰り返していた。

引き留めるのを振り切って帰国した早川《はやかわ》は、どうなっただろう。今や日本に住んでいる事自体が炎の中にいるようなものだった。ましてやマンハッタン計画が実行に移されれば、状況は地獄に近くなる。その前にルーズベルトが態度を和らげ、頑として主張している無条件降伏を条件付き講和にまでゆるめる気になってくれるといいのだが。

二月九日に開かれた合同軍事会議において、チャーチルはそれを提案していた。ところがルーズベルトは歯牙《しが》にもかけず却下したのだった。今後も折に触れて同案を持ち出すつもりでいるが、太平洋およびアジアでの戦いはアメリカが主導している。日本の未来は、ルーズベルトの心と神の手にゆだねられているも同然だった。

2

志摩の真珠養殖場は、湾曲した志摩半島が小さな島々を抱える内湾に面していた。神戸の場合は砂浜の向こうだったが、志摩は山のすそ野がそのまま海に入っているかのようなリアス式海岸にあり、樹々の緑が色濃く海に映っている。海底に翠玉《すいぎょく》が敷き詰められていると言われても疑う気になれないほど雅《みや》びやかな趣があった。吹く風は穏やかで、頬に優しい。

二人の役員と六人の寮生の遺骨は各家族が引き取り、藤堂高清《とうどうたかきよ》の遺灰は岸から少し離れた養成漁場と呼ばれる海域にまかれた。薫《かおる》と珠緒《たまお》を初めとする役員や親族、宮司の乗った数艘《そう》の船が出され、社員たちは岸辺で、流れてくる読経《どきょう》を聞きながら黙禱した。いずれ高清の石碑が建てられる予定の場所には、小さな苗木が植えられる。

移転を決めたものの社屋を建てる建材がなく、養殖場のすぐ隣にあった地元企業の建屋を借りて本社とし、焼け跡から集めた材を使って、一階に所長室と細工場、事務室を設け、二階に社長室と会議室、宿直室を造った。

移転は社員総出で行われる。神戸の細工場の事務員や組み師、細工師、海事作業員はもちろん、東京作業所や広島および長崎の養殖場、今は閉鎖になっている各店舗からも応援の社員がやってきた。総勢五百人ほどで、それが一堂に会した様子は賑《にぎ》やかで活気にあふれていた。

「一時期は神戸だけでも千人を数えたもんやった。空襲や軍の召集、徴用、軍事工場への転出、そんなこんなでこんだけしか残っとらん」

しきりに嘆いていたのは高清によく似た男性で、社員からは高英《たかひで》さんと呼ばれていた。高清の兄らしい。

「情けないこっちゃ。高清は、いい時に死におったのぅ」

高清は親しみやすく、どことなく剽軽《ひょうきん》な雰囲気すらあったが、高英は権高い感じを漂わせており、皆が敬意を払いながらも敬遠していた。

「全く嫌な時代や」

全員が二班に振り分けられる。神戸本店で荷物を整理、搬出する班と、志摩の新社屋でその搬入を行う班で、搬出の総指揮は高英、搬入の方は早川が執った。

細工場と事務室の搬出責任者は所長の松本《まつもと》、倉庫の搬出責任者は海事作業部長の後藤《ごとう》と決められ、冬美《ふゆみ》はその下に配属される。指示に従い、海事作業員たちに交じって倉庫内の物を庭に運び出した。

海事作業員は、日頃、筏の上や船で仕事をしている。その様子を見かける事は多かったが一緒に作業をするのは初めてで、醬油の染《し》み込んだ板のようにどこもかしこも陽に焼けた武骨な男たちを間近に見て、最初は緊張した。所長によれば漁師か、素もぐり漁の海士、遠洋漁業上がりという話で、気性も荒いに違いないと思ったのだった。

ところが、重い物を黙って持ってくれるなど優しく、目を見張るほどの力強さが頼もしく、礼を言うとはにかんだように小さく笑う様子が思いの他かわいらしくて、気持ちがほぐれるまでに時間はかからなかった。

倉庫の中には多くの機械や器具、モーター類、薬剤袋が所狭しと積み上げられている。海事作業員によれば、それらは皆、真珠の加工に使うものらしかった。奢侈品等製造販売制限規制の発令により出番を失い、倉庫の暗がりに押し込められている。

それらを使える日が早く来るといいと思いながら、自分の力で動かせる物を運び出していると、大きなブリキのバケツが目に留まった。泥のような物が入っている。庭まで持っていき、陽射しの中で見れば泥ではなく藻やフジツボ、貝の殻だった。たくさんの真珠も交じっている。

「ああ、そのバケツは運ばんでええ。廃棄もんやさかい、中味だけほかっといてくれや」

言葉がわからず戸惑った。声をかけてきた後藤はすぐそれを察したらしく、陽に焼けた顔に苦笑いを浮かべる。

「捨てといてくれって意味や」

中には多くの真珠が入っている。それをなぜ捨ててしまうのだろう。不思議に思っていると、後藤はバケツに片手を突っ込んだ。

「粗悪珠、通称クズ珠ゆうヤツや」

持ち上げた指の間から藻が流れ落ちていき、真珠だけが残る。

「よく見てみぃ」

顔を近づけると、それらの真珠には大なり小なり濃いシミがついていた。まだら模様が入り、ムラになっているものもある。

「採れた時点ではじき出して廃棄するんやが、面倒がって後回しにする事も多いさかい、溜まってもうてな」

話を聞きながら後藤の手の中の真珠を見つめる。確かにこれほどのシミや色ムラがあると、宝飾品には不向きかも知れない。だが新しい養殖を始められない今、これらも会社の資産の一部ではないだろうか。むざむざ捨ててしまうのはもったいない。

「クズ珠も何とかして使おうと、染み抜《しぬ》きや染色を専門にする加工処理の部署もあったんやが、そのやり方を研究しとった連中が軒並み、戦争に取られちまって部署は閉鎖や。もう誰にもできへん」

真珠を染み抜きしたり染めたりするとは、今まで全く知らなかった。だがそういう方法があるのなら、それを再開すればいいのではないか。シミやムラが取れてきれいになれば、このたくさんの真珠が利用できる。会社も助かるに決まっていた。

「捨てるなんてもったいないです。もう一度染み抜きや染色をすればいいのではありませんか」

後藤は首を横に振る。

「せやから、その部署は廃止になったゆうたやろ。会社じゃな、組織がなかったら動けへんのや」

なぜ組織にこだわっているのかわからなかった。

「ないのなら、作ったらどうですか」

後藤は怒気を含む。

「おまえ、誰に向かってもの言っとんのや。ただでさえ人手が足りない時に、新しく部署作って誰がそこで働くねん。それともわいらに、その仕事もせぇゆうんか。人の仕事増やして楽しいんかい。女のくせに、どういう了見や」

声は次第に大きくなった。あたりに響き渡り、周りにいた社員たちが手を止めてこちらを見る。

「もったいない思うなら、人に押し付けんとおのれがやったらどや。くれてやるで、そのクズ珠。どうせ捨てるもんやし、浜上げの数には入っとらんからな。おまえ、やってみぃ」

とんでもない難題を突きつけられた気がした。顔も体もいかつい男性が本気で怒っている様子は恐ろしく、恐怖がつのる。

「え、どうすんのや。できるんかいな」

とてもできないと言い、謝れば後藤は機嫌を直すだろう。だがこれから何かにつけて威張るに決まっているし、これらの真珠は捨てられてしまうのだ。

「ほれ、できへんのやろ。御託並べとらんと、さっさと海にほかってきやがれ」

バケツの取っ手を押し付けられ、その中を見下ろす。シミやムラがあっても真珠に変わりはなく、捨てたくなかった。会社の資産になり得るものでもある。後藤の言う通り、これを引き受けて染み抜きや染色を試してみようか。もしできなかったら、その時に謝ればいい、同じ事だ。

過去にそれらをしていた部署があるなら、社員はいなくても記録が残っているかも知れない。それを捜し出せばどんな方法を取ったのかがわかるはずだ。取りあえず真珠を確保しておこう。そう思いながら、差し出されている取っ手を握りしめた。

「私がもらってもいいんですね。ではいただきます。おっしゃる通り、染み抜きや染色を試してみます」

後藤は、いっそう熱《いき》り立った。激しい怒りがみなぎる二つの目に、血管が浮き上がってくる。

「おお、ド素人の女がよう言うた。おもろいやん。覚えとくさかいにな。できへんかったら、謝るくらいじゃすまへんで」

どうやら自分が思っているより大変な事になってきているようだった。喉が渇いていくのを感じる。この場をどうしようかと思った瞬間、名前を呼ばれた。

「水野《みずの》君、水野君、どうした」

所長が息を切らして駆けつけてくる。

「後藤さんも、何かあったんですか」

後藤は舌打ちし、冬美をにらんでいた目をそのまま所長に向けた。

「松本はん、こいはあんたんとこの組み師やろ。女をのさばらせたらあかへんで」

吐き捨てて倉庫の方に戻っていく。所長は呆然とこちらを見た。

「一体、何があったんだ」

説明しようと、口を開きかけて思い出す。所長室に入った時、壁際に置かれた書架に真珠関係の本が並んでいた事を。あの中にはもしかして染み抜きや染色について書かれたものがあるのではないか。

「所長室にあった真珠関係の本は、そのまま新社屋に移すんですよね。貸してください。廃止されたという加工処理部署の記録があったら、それも見たいんです」

所長は言葉を失っていたが、やがて力なくつぶやいた。

「聞かれた事には答えないし、自分の主張はゴリ押しするし。この間の結婚しない宣言といい、君はほんとに日本人女性か。文献によれば京都鞍馬寺《くらまでら》のご本尊は宇宙から飛来したそうだが、その時に一緒に来たんじゃないのかね。僕にはそうとしか思えん」

3

全部の荷物を運び出し、神戸本店ががらんどうになった夕方、皆で列車に乗り、新しく女子寮になる建物に向かった。新社屋から徒歩二、三分の所に、男子寮と女子寮、それに社長夫妻の住まいとして関西財界人の別荘三軒が借り上げられていた。

どれも火崎《ひざき》金融が担保として管理している不動産で、それらの一番端に建つ四軒目の特別大きな洋館には火崎剣介《けんすけ》が一人で住むという話だった。

「ちょうちょう二階見てや。映画に出てくるみたいな露台があるで」

女子寮となった別荘は二階建てで、噴水や白い影像が置かれた中庭に沿って廊下があり、金色のノブの付いた小部屋が並んでいた。それらの間には円形の広間があり、出入り口の上にサロンと書かれた木札が取り付けられている。

「おっしゃれやなぁ。おまけにえろう広いわ」

初めは誰もが、風呂《ふろ》に入って髪を洗えるだけで充分幸せだと考えていたが、その華麗な建物を見たとたん、そんなささやかな願いは吹き飛んでしまった。より良い部屋を自分のものにしようと牽制《けんせい》するような眼差をかわし合う。

「うち、この部屋がええ。日当たりがバツグンやし、壁の模様がきれいやさかいに」

「わぁ寝台や。窓にはレースが下がっとるし、ますます映画や」

「部屋ん中に便所や手洗い場があるで。臭くならへんのかな」

神戸の女子寮で寮長を務めていた女性が部屋割りをした。

「ちょうど一人一部屋やな。二階は勤続十年以上の人、それ以外は下や」

それぞれが好みの部屋を捜し、多少の小競《こぜ》り合《あ》いをしながら、被災をまぬがれた自分の荷物を運び込む。新人の冬美は、先輩たちが自分の部屋を決めるまで待っていて、残った部屋に入った。

窓は両開きで庭に面しており、部屋の隅には寝台と縦長のタンスがある。洗面台の上の壁には鏡がかかっていた。六畳ほどの広さのその部屋が、この世に唯一つの自分の城なのだった。ここにいられなくなったら、野天をさまよわなければならない。そんな事にならないよう充分気を付けて暮らす覚悟を固めながら、洗面台のそばに旧社屋から持ってきたブリキのバケツを置いた。時間を見つけて藻やフジツボと真珠を分け、きれいに洗おう。

「若社長が奥様に言い付けて、大阪の店から女物の下着と服、化粧石鹸《せっけん》やクリームを調達してくれはったでな、配るによって取りに来てんか。服は古着やが、下着とクリームは新品やで。メンス用品もあるねん」

皆が列を作り、宝物でも受け取るように恭《うやうや》しくそれらを押しいただく。冬美も着た切りスズメ状態で、天気のいい日に洗い、それが乾いたらまた着る覚悟を固めていただけに、気持ちが和らいだ。

「若社長も奥様も、よく気が回りはるわ。その下で働けるうちらは幸せもんやで」

「仕事がのうて出勤日も減っとるに、賃金はそのままもらえとるしなぁ」

藤堂家の入り婿《むこ》となった薫は、藤堂薫と名前を変え、皆から若社長と呼ばれていた。それを耳にするたびに冬美は、薫が確固とした足取りで新しい道を歩み始めているのを感じるのだった。自分たちの間に起こった様々な出来事が過去という名前の箱の中にしまわれていくような気がする。颯爽《さっそう》と社長業を務める薫の前で、胸の獣もなりをひそめていた。

これでよかった、こうでなくてはならないと思いもし、安堵もしたが、寂《さび》しさを覚えもする。時に珠緒の姿を見かけると気持ちが波立ち、小さな体を傾がせて歩いていくその様子を凝視せずにいられなかった。

自分がほしかった二つのもの、真珠王の娘として認知される事、そして薫の妻になる事、それらを共に手にしている珠緒に、胃がこげていくような妬ましさを感じる。生まれながらのその障害にも、優しい目を向けられなかった。

それどころか傷つけてやりたくなる事さえある。薫は、本当は自分と結婚するはずだったのだと言ってやったら、どんな顔をするだろう。

そんな事を考える自分の浅ましさを恥ずかしく思いながら、何度も心に言い聞かせた、これは自ら選んだ道なのだ、黙って全《まっと》うすればいいのだ。

当面、引き取った真珠をクズ珠から立派な珠に昇格させねばならない。それを成し遂げれば、後藤も怒りを収めてくれるだろう。

まずは知識を入れる事だった。所長室を訪ね、蔵書と記録を見せてくれるように頼む。豪華だった神戸の所長室から移ってきた書架は、紙のように薄い壁にそって並べられ、不遇を嘆いていた。

「加工処理部の作業の記録はもちろん残ってるよ。だが真珠の加工処理の技術は部外秘なんだ。最高命令権者つまり社長の許可がなければ持ち出せない」

薫に頼めば、承知してくれるかも知れない。だが何があっても一人でやって見せると言ったのだ、頼りたくなかった。

「わかりました。では、ここにあるご本だけで結構ですので貸していただけますか」

所長は書架の前に歩み寄り、しばし見回していて振り返る。

「漢字は、どの程度読めるのかな。女学校は東京のどこ」

第二高女だと答えると、所長はいささか驚いた様子だった。

「水準が高くて有名な所だ」

母校をほめられ、つい頬がゆるむ。

「そうか第二か。じゃどの本でも大丈夫だろう。好きなのを持っていっていいよ」

どれに何が書いてあるのかわからず、染み抜きと染色について知りたいと伝えて選んでもらった。数冊を渡され、寮に持ち帰る。「養殖真珠概要」「真珠細工技術」「真珠装飾総論」などで、昭和初期の発刊だった。

朝早く起き、また夜遅くまで、三度の食事時間も本をそばに置いて読みふける。くつろいで談笑していた寮生たちが奇異の目を向けたが、構っていられなかった。

読みながら寝てしまう夜も、スズメのさえずりで目を上げると窓の向こうが明るくなっている朝もあり、翌日に出勤しなくてもいい土曜日は徹夜で読み続け、食べる時間さえもったいなくて食事を抜いてしまう事もあった。

4

社屋を移転して間もなく、問題が起こる。矢部《やべ》智子《ともこ》が、ただでさえ険を感じさせるその目にいらだたしげな光を浮かべ、受話器を握りしめて叫び立てたのだった。

「せやから、ゆうとりますやろ。あんたはんがかけとるのは帝國真珠《ていこくしんじゅ》の細工場やて。横山《よこやま》はんとちゃいます。この電話、交換手に戻しとくれんか」

次第に甲高《かんだか》くなっていく声を聞きつけ、松本が所長室から飛び出してくる。

「矢部君、矢部君、それはお隣だ。うちで受けて取り次ぐんだよ」

矢部はあっけに取られたように受話器を下ろし、送話口に手を当てた。

「どういう事でっしゃろ」

所長が言うには、このあたりの家々は電話を引いておらず、引っ越すに当たっては隣組から、会社なら電話を引くだろうから近隣の家々に取り次ぎをしてほしいとの申し入れがあり、承諾したという事だった。地元の古い住人たちが作っている隣組は、圧力団体と言ってもいいほど力を持っているらしく、本社を移転させてきた新参者の帝國真珠としてはうまくやっていかなければならないのだった。

母が、隣組とは常に距離を取っていた事を思い出す。特に、その内部組織である婦人会と折り合いが悪く、皆が同じ意見を持たなければ許されない雰囲気が嫌いだと、よくこぼしていた。婦人会の女性たちはほとんど専業主婦か、嫁に台所を譲った姑《しゅうとめ》で、時間を持て余している。毎日働きに出ていく母との考え方の違いは大きかった。

「ほなら、よそ様の電話をいちいち呼びに行かんとあきまへんの。なんでうちらがそないな事。よういわんわ。うちら遊んでる訳じゃおへん。仕事しとるんやで」

困っている様子の所長を見かね、冬美は腰を上げた。

「あ、私行ってきます。お隣の横山さんを呼んでくればいいんですね」

深川の家にいた時も、電話を引いていたのは数軒先に位置する武田《たけだ》家だけで、町内中が呼び出してもらっていた。電話には設置料金の他に基本料金、加えて通話料が毎月かかるとの事で余裕のある家しか引く事ができないのだった。

夕方などに電話がきたと知らされて走っていくと、武田家の夕食の香りが玄関先まで漂ってきていた。肉料理らしい香ばしい香りがうらやましかった事を思い出す。今になると、母と一緒に食事ができるだけで充分幸せだったのだ。自分は再び、母と食卓を囲めるのだろうか。それはいつの事なのだろう。

用事を終え細工場に戻ると、矢部ににらまれた。

「余計な事しおってからに。うちがえらい性悪に見えるやないか」

後藤の怒りをかった時も恐ろしかったが、仕事場が離れていて顔を合わせる機会がほとんどないため、その後は平穏にすごせていた。だが作業台を接し、技術指導に当たっている矢部の機嫌を損《そこ》ねたとなると、そうはいかない。

「おとなしく引っ込んどき。鬱陶しゅうてかなわんわ」

謝るしかなく、気持ちが沈んだ。

細工師への道が閉ざされているのもつらい。新しい細工場は、旧細工場と同様に、真ん中の通路を隔てて二手に分かれていた。

片側は細工師たちの工房で、神戸から移した作業台の上にはソケットの付いた電気スタンドや加熱用のトーチ、糸のこ、金づちが並べられている。新しい宝飾品を作っても販売できないため、細工師たちは持ち込まれた既製品の補修をしたり、図案を素描したりしていた。

通路の反対側は、矢部をのぞけば若い女性ばかりで、顧客から依頼された真珠工芸品の汚れ落としや手入れ、糸の取り替えを行っており、冬美もその一人だった。

それらの作業台の間には座り手のいない台がいくつか、ひっそりと息をひそめている。徴兵、徴用された細工師や、看護婦として病院船を志願した組み師たちが使っていた台で、帰ってくる日を待ってそのままにしてあるのだった。通路を隔てて男女が分かれ、台上の道具も作業も違っている中で、ただそこだけに同じ静けさが漂っている。

「あかんな、やり直しや」

矢部の厳しい言葉が飛ぶたびに、通路の向こうに広がる細工師たちの方をチラッと見た。あっちに行きたい。立ちはだかる壁を何とか越えて、ハナグルマの修復を手がけたかった。所長の口から名前の出た学校に行き、卒業すれば少しは希望が見えてくるだろうか。

「水野君、調子はどうだい」

時折、所長が声をかけてくれる。電気や道具の微調整をしたり、作業の相談に乗るために細工場内を見回っているのだが、冬美のそばまで来ると必ず立ち止まって様子を聞いてくれた。まるで担任の教員のようで心強い。

「工業学校や工芸学校というのは、どこにあるんですか。女でも学ぶ事ができるんでしょうか」

所長の返事は、それらのうち真珠工芸について学べる学校は名古屋か大阪にしかなく、共学だが今は戦時中のため入学もできないし、授業も行われていないという事だった。肩を落としていると、矢部のきつい声が飛んできた。

「水野はん、手が止まっとるで」

所長は、ほうほうの体《てい》で引き上げていく。冬美もあわてて作業に戻った。

「工業学校や工芸学校って、おまはん、細工師にでもなるおつもりか」

頷けば生意気だと言われそうで、黙り込む。矢部は見下げるような目付きになった。

「ちゃんちゃらおかしいわ。自分の手元の作業も一人前にできへんのに、何浮ついてんのや」

胸を突かれたのは、その言葉の中に真実を感じたからだった。まるで大人の靴をはいたり帽子をかぶったりして早く大きくなりたいと夢見ている子供のようだった。今の自分自身に相応しいものが何かを忘れている。目が覚めた思いで立ち上がり、矢部に向き直った。

「すみませんでした。自分の作業に専念します」

目標ばかり見ているのはやめよう。目の前にあるやらなければならない事を確実にやっていくのだ。割り当てられた仕事をこなせるようにならなければ、その先はない。

「なんや、大っきな声で。口先はええから早《はよ》ぅやらんかい」

与えられているのは、保存袋に入っている真珠を大きさや光沢、傷のありなし、形や色で選別してカルトンと呼ばれる容器に分ける作業だった。貝の中に生まれた輝きを人間が身につける宝飾品として固定し、完成させるためには正確で厳密な仕事が必要で、冬美の作業はその基礎に当たるものだった。

台の上にフェルトを敷き、革の保存袋の口を広げ、傾ける。ほとばしる滝水のように真珠が流れ出て転がりながら、輝く川さながら広がっていく様子は、何度くり返しても目を奪われ、飽きる事がなかった。

乳白色のまろやかな珠は柔らかな光を帯び、その奥に命の神秘を抱えている。ただ一つだけでも心を包み込むように優しく、多くが集まればお互いが反射し合って華やぎ、あたりを圧倒するほどのきらびやかさを放った。控《ひか》え目《め》でありながら華麗で絢爛《けんらん》なその有り様を、母もきっと愛していたのだろうと思えてくる。

夫を亡くした後、男ばかりの細工師たちと肩を並べて作業をしていれば、苦労もあったに違いない。それを続けてこられたのは、きっと真珠が好きだったからだ。冬美も真珠に魅せられている。

「ほれそこや、また違ごうとるで。これじゃ連組みができるようになるんはいつの事やろ。見通しが立たんで、かなわんなぁ」

矢部は大抵、機嫌が悪い。皆が噂をしていたように、自分の運命に不満を抱いているのかも知れなかった。独身者は一人前として扱われない。将来冬美も同じ目で見られるに違いなく、他人事とは思えなかった。

「ボンヤリしとらんと、さっさと進めなはれ」

それぞれの容器に分けた真珠を再びフェルト布の上に戻し、選別作業にかかる。視界の中で輝きを強めていくたくさんの丸みが、自分の周りで渦を巻いているように見えてきた。

「あかんあかん。どこ見て分けとるんや」

矢部は、傷やムラのある珠を集めたカルトンを取り上げ、その中の真珠をいくつかピンセットで挟み取った。

「ええか、これはこっちや。これもこっち」

無傷の珠の入っているカルトンに移していく。

「せやから、これは黄やなくて白や。こっちもそう。よう見て見ぃ」

ピンセットから離れたばかりでまだ震えるように動いているその真珠に顔を近づけてみる。だが、どうしても白とは思えなかった。白に近いが、色分けするとすればやはり黄色なのではないか。他の珠も、矢部の言っているように無傷には見えない。ごく微細な傷や色ムラがあった。

「すみません、この珠は黄色に見えるのですが」

矢部は鼻で笑う。

「どこが黄色や。目ぇ、おかしいんとちゃうか」

そっけなく一喝され、急に自信がなくなってきた。もしかして自分には鑑識眼がないのかも知れない。だとしたら会社の役に立つどころか足を引っ張りかねなかった。ここで働いていていいのだろうか。

「わかったんかいな。え、どやねん」

通路の向こう側にいた若い細工師が音を立てて立ち上がる。外に通じる引き戸の方に歩きながらチラッとこちらに視線を流した。

「うるさくて気が散るわ」

矢部はいまいましそうに冬美をにらむ。

「あんたのせいで、うちが怒られてもうたやないか。狩野《かりの》君に謝っとき」

急いで立ち上がり、外に出ていった狩野を追いかけた。

「あの、すみませんでした」

庭の隅にしゃがみ込み、海を見ている背中に声をかける。

「気を付けますから」

狩野は、振り向きながら立ち上がった。

「あんたが悪いんやないやろ。やたら謝らん方がいいで。相手がつけ上がるさかいにな」

苦笑いを浮かべた顔には、まだあどけなさが残っていた。遠慮なくものが言えるのは、若さのせいかも知れない。

「それに俺は、外に出る口実がほしかっただけやし」

意味がわからず返事に困っていると、表通りを下駄の音が駆けてきて門の前で止まった。閉まっている門扉の上から、髪を乱した一人の女性が顔を出す。背負った子供の頭が肩の上からのぞいていた。ほつれた髪を耳の後ろにかけながら、おどおどした目付きで敷地内をうかがっている。

「ここやここや」

狩野が片手を上げ、それをとらえた女性の顔に笑みが広がった。まるで自分の家の明かりを目にした旅人のようだった。

「あんた、大丈夫やったで。薬もろうて今寝付いたとこや。安心してぇな」

狩野の表情も一気にやわらぐ。

「ほうか。そりゃえかった」

「ほんじゃ、うちは帰るよってにな」

狩野の横にいた冬美に愛想笑いを向け、身をひるがえした。下駄の音を響かせ、背中に当たっている小さな頭をガクガク揺らしながら足早に遠ざかっていく。狩野は息をついて再びしゃがみ込み、照れくさそうな顔を海の方に向けた。

「真ん中ん子が、三晩続けて痙攣《けいれん》おこしよってな。気が気やなかったさかい、医者に診てもらったらすぐ知らせろって言っといたんや。えかった」

まだ若く見えるのに三人の子持ちらしい。幼い子供たちが騒いだり、走り回ったりしているその家を想像して笑みをもらしながら、そこからはるかに遠く隔たっている自分の身に思いをはせた。

世の女性たちは、ほとんどが結婚する。自分はそこに背を向けたが、それで本当によかったのだろうか。母のように夫が後ろ盾になってくれる訳でもなく、細工師への道も見えず、自信も持てずにいるというのに。

薫もやがて子供に恵まれ、珠緒と二人で安らげる家庭を作っていくだろう。それを見て自分はいっそう妬みを募らせ、後悔するのではないか。矢部のように不機嫌な顔で仕事をし、オールドミスと陰口《かげぐち》をたたかれる毎日を送るのではないか。目の前に、暗く光の射さない未来が広がっているような気がした。

「ちょいと」

窓の開く音がし、矢部が顔を出す。

「いつまで謝っとんのや。いい加減にしとき」

狩野が海を見たままで小さく笑った。

「細工師の男衆は皆、言っとるで。水野はんは、珠を見とる時の笑顔がむちゃかわいらしいって。あたりがパッと明るくなるような笑顔やってな」

通路に隔てられている細工師たちの間で、自分が話題に上っているとは思わなかった。

「矢部女史のきつい物言いが我慢できへんで、いろんな娘が辞めてった。もっとかばってやればよかったと思うとるねん。もう誰も辞めさせとうない。頑張ってやりな。努力すりゃ必ず上達するよってにな」

こちらを見もしないが、励ましてくれているのは確かだった。姿勢を正し、額が両膝に着きそうなほど深く一礼する。

「ありがとうございました。励みます」

駆け足で細工場に戻った。自分の知らない所でそれとなく応援されているとわかり、元気が出る。作業台に座り、再び真珠と向き合った。

台上に広げたフェルト布を埋め尽くす光に引き込まれながら、ふと思う。自分はこの光彩に幻惑され、目をくらまされていたのではないか。海上に現れて船頭を誘惑、船を難破させるという伝説のあやかしのような圧倒的なまばゆさに気を取られ、肝心なその奥を見ていなかったのかも知れない。心を鎮めよう。細心の注意を払って輝きの底にひそむ本質を見抜くのだ。

目から射し込み心の底まで照らすような光を放つ真珠を、竹のピンセットで転がしながら細かく目を配る。今度こそ絶対に間違うまいとの気持ちを強くしながら選別を続けた。

「ああ今の、なんで傷物カルトンに入れるねん」

背後から矢部の声が飛ぶ。

「問題ない、いい珠やないか」

ピンセットが伸び、冬美が入れたばかりの珠を摘まみ上げてフェルトの上に転がした。

「よう見てみいや。どこに傷があるねん」

冬美は、もう一度見直してからピンセットの先で珠の脇を指す。

「光沢にムラがあります。ここです」

矢部は膝を折り、目を真珠に近づけた。

「どこやねん。うちには見えへんで。いい加減な事、言わんときや」

まくし立てる声は、しだいに怒気を含む。逆らえば、関係が悪くなる事は明らかだったが、ムラを見逃す訳にはいかない。無傷の真珠の中に交じってこれが市井《しせい》に出ていけば、帝國真珠の信用に関わるだろう。

「ここがムラなんです、光が沈んでいます」

「まだ言うんか。生意気なやっちゃ」

甲高い声に皆の手が止まり、こちらを振り返った。険悪な空気が広がり、通路を歩いてトーチの微調整をしていた所長が足を止める。

「どれ」

ポケットから出したメガネ拭《ふ》きを掌に広げ、その上に真珠を置いて転がしながら拡大鏡で点検した。

「ムラはないようだが」

矢部が勝ち誇った様子で立ち上がり、顎を上げてこちらを見下ろす。

「ほら見ぃ」

あれほど注意深く選別していたというのに、またも見間違えたらしかった。自分自体が根こそぎにされるような気分で目を伏せる。やはり鑑識眼がないのだ。この仕事を続けていくのは無理かも知れない。

そう思った瞬間、所長が手にしていた真珠を傷物のカルトンにそっと入れるのが見えた。思わず声を上げかける。所長は作業台に戻っていく矢部の背中を見送ると、こちらに向かって顔をしかめ、しゃべるなと合図をしてから通路を通り過ぎていった。

キツネにつままれたような気分になる。作業に戻るものの落ち着かなかった。休憩時間までなんとか自分を押し留め、電鈴が響き渡ると即、所長の部屋に足を向けた。

「教えてください、どういう事ですか」

戸が全部開くまで待ちきれず、隙間から性急に踏み込んでいく。所長は座っていた椅子をクルリと回し、こちらに向き直った。

「矢部君は、病気なんだ」

意表を突かれ、二の句がつげない。ただ息を呑み、所長が話を進めるのを待つしかなかった。

「片目が白底翳《しろそこひ》だ」

白底翳は水晶体がにごり、物がはっきりと見えなくなる眼病だった。

「歳のせいだろう。視界に霧がかかったような状態で、形も色も正確にとらえられないようだ。健康な方の目と、長年の勘で仕事をこなしているが、病状が進んでいるらしく、このところは間違う事も多くなった。だが私も含め誰も指摘できない、気の毒でね。長年この仕事に打ち込んできた人だし、会社への貢献度も高い。それにあの人から仕事を取ってしまったら何も残らないだろう。独身だからね」

ようやく訳がわかった。同時に自分に間違いがなかった事もはっきりとし、胸の重みが一時にはじけ散る。自信が戻ってきて心をうるおした。

「本人は隠し通せていると思っていて、強気だが」

病気なら気の毒な話で、そんな矢部を相手に自分の選別の正しさを主張する気にはとてもなれない。これからは慎重に振る舞おうと思った。

「しかし、いつまでもかばい切れるものではないし、仕事に決定的な支障が出たら困るしね」

原因が年齢ならば、自分も年を取れば同じ病気になる可能性がある。組み師の作業は目が全てだった。人生をかけて打ち込んできた仕事を高齢になって失えば、生きる希望をなくすだろう。それを考えると、一心不乱になる事に躊躇いすら覚えた。

「藤堂若社長には、もう話が通っている。近々、社長判断が下るだろう」

それも薫の仕事の一つなのだった。社長というのは、なんと多くの事を考え、対応していかなければならないのだろう。好きな真珠とだけ向き合っていればいい今の仕事は、極楽のようなものだった。不安におびえず、やれるところまで突き進もうと思い直す。もしできなくなったら、その時に考えればいい。

机の上で黒い電話機が鳴り出す。所長が受話器を取り上げ、交換手との短い会話の後、背筋を伸ばした。

「わかりました。お伝えします」

電話を切りながら立ち上がる。

「二階まで行ってくるよ。役員会の最中だが、火崎金融の社長からの伝言じゃ誰も文句は言えんだろう」

火崎次郎《じろう》の大きな目にまたたいていた炯々《けいけい》とした光と、厚い唇が脳裏いっぱいに広がった。

「火崎の社長さんが、うちの社長へ伝言ですか」

出ていきかけていた所長は、かすかに首を横に振る。

「いや息子の剣介さんへの言付けだ。先週うちの社の役員になって、今、役員会に出ている」

火崎が帝國真珠に入ってきていたとは知らなかった。なぜそんな事になったのだろう。焼け跡でハナグルマを見つけ、開口一番うまく売ってやると言い出すような悪党を役員にしてしまって、帝國真珠は大丈夫なのだろうか。これからどうなるのだろう。

不安に波立つ気持ちを抱え、所長が上っていく階段を見上げる。間もなく上から声が降ってきた。

「だから、なんで買い叩かなかったのかって聞いてるんだ」

火崎剣介が激した声を張り上げていた。

「倒産した会社の在庫なら、二束三文で当然だ。それを言い値で買うような甘い仕事をしてるから、帝國真珠は傾くんだ。火崎の手が入った以上こんな商売はさせん」

所長が会議室の戸を開けると、怒声はいっそうはっきりした。

「担当役員は誰だ」

「私です」

身を縮めているかのような声は寅之助《とらのすけ》だろう。

「先方とは、創業以来の古い付き合いで」

押しかぶせるように別の声が響く。

「火崎はん、あんたはんはご存じないやろが、帝國真珠は会社というより一家や。社員は家族、取引先は親戚、そういう社風なんや」

いらだたしげに何かを叩く音がした。

「そんな事を言ってるから傾くんだろーが」

戸が閉まり、何も聞こえなくなる。声量から考えても寅之助たちに分がない事は明らかで、気の毒だった。

同情する以外に何もできない自分の非力さに溜め息をつきながら作業台に戻りかけ、窓の外を通りかかった人影に目を留める。

珠緒だった。片手に箒と塵取《ちりと》り、もう一方の手に柄杓《ひしゃく》を入れた手桶《ておけ》を持って歩いていく。一歩ごとに大きく傾く体をなだめるようにして均衡を取りながら、少しずつ、せっせと前に進んでいった。どこに、何をしに行くのだろう。

細工場から出てみると、海に面して筏を並べた養殖場の半ばあたりで足を止めている。植えられた小さな苗木の前だった。藤堂の石碑が建てられる予定のその場所にしゃがみ込み、両手を合わせて黙禱している。そっと歩み寄り、立木の後ろに身をひそめた。

珠緒は、苗木の周りを清め始める。箒や塵取りの扱いはぎこちなく、細かな作業に至ってはさらに大変そうだった。雑草を抜くにもしゃがんだまま横に移動する事ができず、いちいち立ち上がるのだが、その立ち上がりがまたひと苦労で、たいそう時間がかかる。

真珠王の一人娘であり、しかも今は帝國真珠の社長夫人である。ひと言命じさえすれば、それらを代わってやってくれる人間には事欠かないだろう。奥や台所で働いている女性陣を引き連れ、大行列を作ってやってくる事さえできるはずだった。

それを一人で、不器用そうにこなしている様子は、誰も知らない所で静かに咲いている花のようだった。つつましやかで清々《すがすが》しい。傷つけたいとすら思っていた自分の無慈悲さ、非道さが刺《とげ》のように胸を刺した。

掃除を終えると珠緒は、苗木に水をやり、再びしゃがみこんで手を合わせる。その後、来た時のようにギクシャクと帰っていった。

途中、突然足を止める。体の具合でも悪くなったのかと思っていると、その行く手で雀《すずめ》がいく羽か餌をついばんでいた。それが終わるまでじっと待ち、飛び去ってから再び歩き出そうとする。だが、いったん立ち止まると次の一歩は容易にはいかなかった。

もがくように体をねじり、なんとか均衡を保ちながらようやく歩き出す。そうなる事は、自分でわかっていただろう。わかっていながら、それを選んだのだ。振り返って雀の姿を追う顔には、小さなものへの愛おしみがあふれていた。

背骨を突き動かされる思いで、ねじ曲がったその後ろ姿を見送る。自分より心豊かで美しいと感じずにいられなかった。

薫の力になる事、それが冬美の満足であり、喜びだった。だが珠緒のような女性が妻としてそばについているなら、自分の必要などないように思えてくる。珠緒が薫を包み込み、薫はそれで充足するだろう。

結婚を断って以来、大事に抱えてきたものが両指の間からこぼれ落ちていく。重みを失った心が体から浮き上がり、空中に流れ出ていくような気がした。あちらこちらを当てもなくさ迷い歩いている。ハナグルマの修復を手がける目途も立たず、この先どうやって生きていけばいいのかわからなかった。

5

仕事が終わり、寮に戻って手早く食事をすませると、沈鬱《ちんうつ》な気持ちに引き込まれないようにひたすら読書に集中する。社屋移転の際、倉庫で見つけた図案用のトレーシングペーパーを分けてもらい、一冊読み終わるたびにその要点を書き出して得られた知識が完全に頭に入るように努力した。朝方までかかる事もあり、徹夜もたびたびで作業中に噛み殺すアクビの数が増えていく。

それらの本には、染み抜きや染色とは直接関係のない事もたくさん書かれていた。真珠層の組成やその各層を構成する物質と性質、真珠の色と海水中の成分の関係、加工理論、さらには漁場の分類や等級、色別加工比率、輸出先色別嗜好などが細かな数値を引用しながら説明されているのだった。

今まで知らなかった真珠というものや、その周辺の事情などについて様々な事がわかってくる。知識が増えていくのは楽しかったが、肝心の染み抜きと染色についての具体的な記述は少なかった。

染み抜きは、石鹸を含んだ温水にひたした後、真珠を洗い、ブタ毛のブラシに石鹸を付けて表面をこすり、水洗いしてからアルコールで拭く、とある。

それでもシミが落ちない場合は、珪質《けいしつ》石灰石の粉にオリーブ油を混ぜて硫酸を入れ、それをビロード布でおおったコルクに付けてよくこすり、水洗いする。その際の研磨剤としては酢や希硫酸を用い、その後は酸化錫《すず》磨き液で磨く、と書かれていた。

また真珠内部に染みがある場合は、穴をあけて過酸化水素水の中につけ、水洗いして乾燥させた後、溶融したパラフィンに入れ、仕上げは木クズに食塩を混ぜたものの中で揉《も》む、というやり方が一般的なようだった。

時間についての言及はなく、補足事項には真珠のシミの濃さによって個別対応が必要とも書かれており、一つ一つ試してみるしかなかった。

始めに材料を集めにかかる。石鹸を含む薬品類は、神戸の倉庫に仕舞われていたのを見ており、所長の許可を取って使わせてもらう事にした。コルクとオリーブ油は台所の備蓄に期待し、賄いをしている寺嶋《てらしま》に相談する。

寺嶋は口数が少なく、笑ってもどこか哀しげな感じのする中年女性だった。背中を丸めて調理台と向き合っている事が多く、他人から無理難題を持ち込まれても断れないような線の細さがある。無理強《むりじ》いにならないように気を付けながら頼んでみた。

「コルクなら、量り売りの醬油瓶《びん》の蓋に使っとった古い物があるよって、多少虫が食っとるが、それでどやね。オリーブ油なんちゅうしゃれたもんは、ないで。てんぷら油ならあるけどな」

それらを使う事にし、酢も提供してもらった。

ブタ毛のブラシの代わりに自分の歯ブラシを使い、ビロード布は、素材は違うものの布類ならいいだろうと考えて大事なハンカチを犠牲にする。薬剤を混ぜたり真珠をつけておく際の容れ物《いもの》が必要だったので、庭にある植木鉢の受け皿を集めてきた。

本の記述によれば染色は、まず染み抜きをし、均一にするために漂白した後でなければできず、バーナーやフラスコなどの器具、複数の薬剤を必要とする複雑な作業だった。自分の部屋ではとてもできそうもなく、当面、染み抜きを先行させようと決めて、ただひたすら励む。

しかしいっこうにうまくいかなかった。ひたしたり洗ったりする時間の長さを変えたり、薬剤の濃度を濃くしたり薄くしたりしてみるものの、どのシミも根があるかのように動かない。これでもかというほどこすってもみたが、真珠の表面が荒れ、薄皮がはがれるようにほころび始めても、シミの部分はこびりついたまま微動もしなかった。

やはりオリーブ油やブタ毛のブラシ、ビロード布でないとうまくいかないのだろうか。だが手に入る見込みは全くない。思い切って珪質石灰石の粉と天ぷら油、硫酸を混ぜたものの中に浸してみる。十分、一時間、三時間、半日、一晩と時間を延ばして様子を見た。

「水野はん、またぼうっとしよって。仕事場に何しに来とんのや」

矢部には叱《しか》られ、染み抜きの先行きは見通せず、珠緒の姿を見かけるたびに胸が痛む。もちろん肝心のハナグルマには一歩も近づけていなかった。

自分は壁にぶつかってばかりいる、どこも突破できない、いつまでこのままなのだろう。この先一体どうなるのか。

あせりと不安で、その日は真夜中になっても眠れなかった。床に並べた受け皿の中で薬剤につかっている真珠はシミを浮かべたまま、まるで陰を抱えた月の表面のようだった。何を試みても消えるどころか一層濃くなってくるかに思える。気力が萎え、疲れを感じた。

心を落ち着けようとして寮を出る。夜の道を歩いたものの行く所もなく、なんとなくいつもの道を歩いて細工場まで来た。門の前に立ち、明かりの消えた工場をぼんやりと見つめる。

静まり返った木立の間から、もみ合う音が聞こえてきたのはしばらくしてからだった。耳をすませば、争う気配がする。泥棒が入り、倉庫番とつかみ合いになっているのだろうか。倉庫には顧客から預かった宝飾品や、ロットにした真珠の束の入った金庫がある。もし泥棒なら、倉庫番に加勢しなければ。

鍵のかかった門扉に手をかけ、その上によじ登って敷地内に飛び降りる。足首を痛めないように、学校で教わった通り、両手と両足を使って猫のように着地した。

物音を頼りに進む。石碑建立予定地の苗木のそばまで来ると、その前に花束《はなたば》が置かれているのが見えた。海を渡っていく大きな月が、組み合っている二人の影を煌々と照らしている。

さらに近寄れば、馬乗りになっているのは火崎剣介、その下で顔を上向けているのが弟の光介《こうすけ》だった。数日前、父親から火崎に電話がかかってきていた事を思い出す。

「おまえが脱走したって聞いて、知覧行きを志願するなら、その前に必ずここに寄るはずだと踏んだんだ。藤堂翁にはかわいがられていたし、臨終前に会えなかったらしいからな。読まれたおまえの負けだ。さっさと親父殿の別荘に戻れ。今度は逃げ出そうなんて気を起こさずに、蔵ん中でおとなしくしてろよ」

光介はわずかに首をもたげ、兄に向かって唾棄《だき》する。不意打ちを食った火崎は、拳で頬を拭うなり、その手を光介めがけて振り下ろした。

「きさま、知覧に行くまでもないぜ、今ここでオシャカにしてやる」

あわてて駆け寄り、後ろから火崎の手首に飛び付く。

「止めてください。でないと警察を呼びますよ」

火崎は舌打ちし、こちらを振り仰いだ。

「なんだ、おまえか。神出鬼没だな」

その隙をつき、光介が火崎を突き倒して飛び起きる。軍服の土を払い、襟を整えながら、尻餅《しりもち》をついている兄に冷ややかな視線を投げた。

「これで今生のお別れです。清々《せいせい》しますよ」

火崎は、いまいましそうに光介を見上げる。

「考え直せ。特攻なんか犬死にだぞ。この戦いはもうすぐ終わるんだ」

光介は表情も変えなかった。

「あなたの言う事など、僕が受け入れると思いますか。あなたは、軽蔑すべき父親の言うなりになっているイヌだ」

きつい言葉だったが火崎は怒るふうもない。片手を後頭部に回すと、髪を掻き上げながら言い訳でもするようにつぶやいた。

「俺は、長いものには巻かれる主義なんだ」

以前に同じセリフを口にした時には達観したような雰囲気があったが、今は忸怩《じくじ》たる思いがにじみ出ている。冬美は噴き出した。あの時も、実は空威張りだったのかも知れない。

「おい笑ってないで、助け舟でも出したらどうだ」

火崎を助ける気にはなれないものの、二十歳になるかならないかに見える若さで特攻を志願しようと考えている光介を放ってはおけなかった。

小学校の国語の教科書には、本居宣長《もとおりのりなが》の自画賛〈敷島《しきしま》のやまと心を人問はば朝日ににほふ山桜花〉が載っており、山桜花とは潔く散る大和魂の象徴であると教えられた。特攻隊には、この歌から取った「敷島」「大和」「朝日」「山桜」という部隊があり、隊員は国のために命を捧げる英傑であると習ったのを覚えている。

だが母は、爆弾を積んだ戦闘機で敵戦艦に突っ込むなどというのは、気持ち的には高揚《こうよう》するだろうが、戦法としては策がなさすぎる、と言っていた。国に一命を捧げるといえば美しいが、その実は会津藩同様、権力に利用されているにすぎない、そんな戦法しか立てられないような軍部では戦いはすでに負けたも同然、被害を大きくしないうちに和平交渉に持ち込むべきだと。

その話になるたびに冬美は、会津の白虎隊《びゃっこたい》を思わずにいられなかった。城に迫る新政府軍の進軍を少しでも遅らせるために、十代の少年たちを組織して出陣させた責任は、冬美の先祖、当時の筆頭家老だった梶原平馬《かじわらへいま》にあった。

晩年になり、やるべきでなかった事もあった、とつぶやいたと伝えられているが、それで犠牲になった命が戻る訳でも、本人が苦悩から解放される訳でもない。子孫としては、似たような事が繰り返されるのを黙って見ていられなかった。

「確かおまえ、俺に借りがあるよな」

火崎の言葉で、急に思いつく。ここで光介を止め、借りを返しておけば、いつ何を要求されるかわからない現状から解放されると。うまくやれば、火崎を迎え入れた帝國真珠の今後を安泰なものに変えられる可能性もあった。

「わかりました。今、借りをお返しします」

小声で火崎に告げ、光介に向き直る。

「おっしゃる通り、私も、あなたのお兄様は悪党だと思います」

そばで火崎が目をむいた。不満げに口を開きかけたが相手にせず、話を続ける。

「でも、そのためにあなたが命を犠牲にする必要はないでしょう。そんな事がまかり通ったら、悪党の家族は皆、死ななければならなくなりますよ。特攻を志願するのは、お知り合いやご近所に対して火崎家の面目を立てるためですか」

光介は怒りを含んだ顔でこちらを見た。

「それもあります。日本国民の皆が犠牲を払って国を守ろうとしているのに、父も兄も、あまりにも恥ずかしいやり方で蓄財を重ねてばかりいる。同じ家の人間として耐えられません。二人の分まで自分がお国に奉仕し、命をかけて国難を打開するつもりです」

素直で潔癖な性格らしい。確実に引き留めるには、特攻が無意味である事を明らかにするのが一番かと思えた。

「確かにお兄様は悪党ですが」

火崎がぼやく。

「何度言う気だよ」

にらみつけ、黙らせた。

「でも情報は間違っていません。この戦争がもうすぐ終わるというのは本当の事です。帝國真珠の社長の藤堂さんも、そうおっしゃっていました」

光介の目に驚きが走る。

「藤堂社長って藤堂薫さんですか。帝大から帝國真珠に就職された」

知っているらしかった。

「大学の交流会でお会いし、お話しさせていただいた事があります。素晴らしい方だった。そうですか。彼がそう言っているんですか」

光介の心に変化が兆《きざ》しているのを感じ取り、そこに付け込む。

「今さらあなたが命を犠牲にしても、戦況は変わりません。さぞご無念でしょうが、焼け石に水です。それより火崎家の名誉を回復し、かつ国を守る事につながるいい方法がありますよ」

いぶかしそうにしている光介を説得しようと全力を傾けた。

「それは、あなたが帝國真珠に入社する事です。同じ社内にいれば、お兄様の動きもよく見えますから監視できます。もし不当不法な利益追求に走るようなら、あらゆる手段を使って阻止すればいいのでは。火崎金融が入った帝國真珠が健全な方向に向かっていけば、世間はちゃんと見ていますから、火崎家の悪名の払拭《ふっしょく》につながるはずです」

慎重に光介の表情をうかがう。本当にそうなるのかどうかまるで自信がなかったが、この場は知覧行きを阻止すればいいだけなのだから、とにかく押し切るつもりだった。

「これは、あなたが知覧から飛び立って沖縄付近で自滅するより、火崎家にとっても日本にとってもいい事かと思います。どうですか」

息を詰めて返事を待つ。あたりを照らしていた月がゆっくりと雲間に隠れていく頃、光介が影の落ちた頬を動かした。

「わかりました。これから隊に戻って除隊願を出し、あなたの言うように帝國真珠に入って兄を監視します。あなたも力を貸してください」

冬美が点頭すると、光介は白い歯を見せて笑った。

「それにしても兄の監視なんて、まるで母さんに言われているようだ。死ぬ間際まで、兄を心配していましたからね」

突然、垣間見えた火崎の一面に興味をそそられる。確かクリスチャンと聞いていたが、母親を亡くしているとは知らなかった。

「あの子はたいそう優しい所があって頭も悪くないのだけれど、大胆で無謀で軽はずみで、誰かが目を光らせていないと道を踏み外します、と」

からかうような視線を兄に流し、舌打ちを誘っておいて踵を返す。闇の中に消えていくその後ろ姿を見ながら、まずまずうまく運んだ事に胸をなで下ろし、まだ座り込んだままの火崎に念を押した。

「借りは、返しましたからね」

火崎は口角を下げ、両膝を打って勢いを付けて立ち上がる。

「まぁ怪しげな部分もあったが、光介にはあれで充分だ。あいつは頭が悪いからな、気がつきゃしない」

随分と尊大な言い方だった。

「あなたは、純粋さを頭が悪いと言い換えるのね」

火崎は軽く眉を上げる。

「そうだ。そしておまえは」

そう言いながら親指で自分を指した。

「頭のいいヤツを悪党と言い換える」

勝手な理屈を聞きながら、口の減らないこの男と話していても時間の無駄だと思った。

「除隊の件は俺が手を回しておく。軍にはツテがあるからな。自分が監視されるために力を貸すのは妙な気分だが、ともかくも引き留められて幸いだった。これで親父殿に顔向けできる」

しゃべり散らす火崎に背を向け、寮に戻ろうとして門に向かう。背中に声が届いた。

「おまえ、ここにいて辛《つら》くないのか」

今までの軽さと打って変わった深刻な響きを帯びていた。

「新婚の早川を見てて、辛いんじゃないのか」

足が止まる。つい先ほどまで心に抱えていた空虚さが活気づき、ふくらみ出した。たちまち自分と同じ大きさにまで育っていく。体中が浮き上がるような気がした。

「おまえの家は空襲で焼けてるんだよな。行くとこがなけりゃ俺んちに来てもいいぜ。本宅でも別荘でも仮宅でも腐るほどある。この近くにも一軒借りてるし」

光介から聞かされた母親の言葉通り、確かに優しい。うつろな心が吸い寄せられ、傾いていく。

「なんで、ここで我慢してるんだ。こんな所にいなきゃならない事、ないだろ」

それは薫が望んだからだと言いかけて、その時気が付いた。結婚を断念した際、薫から頼まれた唯一つの事、それが帝國真珠への就職だった。薫が願ったそれを受け入れて、自分はここにいるのだ。

それなら薫のそばに妻がいようといまいと、気にする事はないのではないか。帝國真珠の発展には技術者が必要で、会社のために力を尽くすのは、社長である薫に尽くすも同然だった。

珠緒は、薫を憩わせる事ができるだろう。薫の子供を産み、家庭を作る事もできる。だが技術を持っておらず、会社の役には立たない。自分は真珠加工の技術を身につけ、それを磨こう。脇目《わきめ》も振らず邁進し、ハナグルマの修復はもちろん多くの宝飾品を手がけて帝國真珠に貢献するのだ。

母から与えられた真珠王の娘という芯は、いくつもの現実に打ちのめされ、ないも同然なほど細って心を支え切れずにいた。そこに今、真珠加工という光が差し込んできて見る間に固まっていく。その重みが気持ちを落ち着かせた。真珠王の娘でなくていい、帝國真珠の技術者として染み抜きを手がけ、ハナグルマを完成させ、薫に尽くす事ができれば、それで充分だ。

「お心遣いありがとうございます。おかげで気持ちの整理がつきま」

終わりまで言えずに言葉を呑む。闇の中で光っている火崎の眼差の暗さ、おぼつかなさに胸が痛んだ。

「おまえは、きっと強いんだな。自分を抑えられる人間なんだ」

視線を足元に落とし、溜め息をつく。風に揺れる草のように頼りなげで、今にもこの世から消えていってしまいそうだった。

「俺は、いつも自分に負けている」

こんな顔を見せられるとは思わなかった。常に力にあふれ、あたりを席巻《せっけん》するように激しく強引な男とばかり思っていたのに、生まれたとたんに棄てられた子ネコさながらだった。

「母が死んだ時も悪所に入り浸っていて、死んだと知ったのは葬式の後だった。二度と色里には出入りしないと心に決めたが、三日ともたなかった」

両手で髪を掻き上げ、空を仰ぐ。

「俺は弱い」

悄然《しょうぜん》としている様子があまりにもかわいそうで、笑いを誘ってみた。

「そんな事を言うのは悪党らしくありません」

火崎は笑わなかった。目を上げ、真っ直ぐにこちらを見る。

「俺と結婚するって言ってたろ」

真剣さの中に、すがりつくような響きがこもっていた。

「しようぜ、結婚」

誰からも必要とされずにこの世に生きている事に、悲鳴を上げているような声だった。

「いいだろ」

戸惑いながら、意気消沈している火崎をなだめにかかる。

「結婚の話は、もう忘れてください。借りは返したんですから、それで清算は終わったという事で」

筋は通っているはずだったが、火崎は気にする様子もなく、すぐそばまで歩み寄ってきた。

「じゃ改めて申し込む。俺と結婚してくれ」

駄々をこねられているような気持ちになってくる。

「女にそう言うのは、これで何人目ですか」

火崎は、多少バツの悪そうな顔になった。

「まぁ、おまえだけとは言わん」

あっさり認めるとは思わなかった。なんとでも誤魔化せそうな事なのに、妙に正直なところがあるらしい。

「俺は基本、結婚しない主義なんだ。結婚に利点を感じない。好みの女に出会った時に気軽に遊べなくなるし、子供は好きじゃない、家庭もほしいとは思わん。だがおまえの強さが気に入った。そういう女にそばにいてほしいんだ」

次第にささやくような声になっていく。

「な、いいだろ」

息がかかるほど近くから斜めに顔をのぞき込み、目の中にたぎる熱を注ぎ込まんばかりだった。

「いいよな」

甘やかな香りが鼻に忍び込む。火崎の首筋から流れ出してきていた。香水をつけているらしい。そんな男に会うのは初めてで、急に鼓動が速くなった。

「いいって言えよ」

圧倒され、呑み込まれそうになっている自分がいまいましく、その肩を力任せに押しのける。

「実は私も、結婚しない主義なんです」

打ち返すような大声が上がった。

「早川か。あいつがいいんだな。いきなり招待客に殴りかかるような新郎の、どこにホレてんだ」

猛々《たけだけ》しい眼差で突き刺さんばかりにこちらを見ていたが、ふっと見透かしたような表情になる。

「おまえ、あいつともうやったのか」

露骨な言葉に頬が赤らんだ。恥ずかしすぎて返事もできない。火崎はますます熱《いき》り立った。

「そうなんだな、寝たんだろ」

この下劣さには、とうてい我慢ができないと思った。この際、はっきり言っておこう。

「そういう発想をするあなたを軽蔑します、最低の男ね」

砂を蹴立てるようにして門へと向かう。じれたような声がした。

「俺をフリやがった。あげくに最低だと、くっそ」

本人は真剣なのだろうが、どことなく滑稽で噴き出しそうになる。ろくでもない男だと思いつつも、不思議に憎めなかった。

6

翌朝、部屋の扉を力任せに叩く音で目が覚める。何が起こったのかと飛び起きた。出入り口に走り寄り、戸を開けると、隣り部屋の松井《まつい》が立っている。

「水野はん、あんたなぁ、毎夜毎夜やかましゅうてかなわんわ。水音させたり、何か落としたり転がしたり。何しとるねん。特に昨日は、夜更けに出入りしとったやろ。そのたびに目が覚めてもうて、うち、もう限界や」

腹立たしげに立ち尽くす松井に、申し訳なく思いながら頭を下げた。

「すみませんでした」

だがやめる訳にはいかない。染み抜きに使える時間は、退社後から朝までしかなかった。

「申し訳ないんですが、なんとか我慢していただけませんか」

松井は信じられないというように目を見開く。

「あんたの神経、疑うわ。こんだけ言われとるんに、まだ続けよう思うとるのか」

わかってもらうしかないと考え、扉を大きく開けた。

「どうぞ、中に入ってください」

床に広がるたくさんの受け皿を見て、松井は唖然とする。

「これ、なんやねん」

説明しようとし、皿の中の一枚に目が留まった。そこに入っている数個の真珠のシミがどれも薄くなっている。中にはほとんど消えかけているものもあった。

飛び付くように手に取り、ながめ回す。シミから解放されつつある真珠は、輝きを増している。昨夜は遅く戻ってそのまま寝付き、夜中に様子を見たり、薬液を取り替えたりしなかった。ひと晩を超えて浸しっぱなしにするのは初めてで、それがよかったのかも知れない。喜びが突き上げてきて笑いがもれた。やった、壁を一つ突破した。

机に走り寄り、トレーシングペーパーの綴《つづ》りをめくる。その皿に入れてあった薬剤の種類や濃度、時間を確認した。他の真珠も同じように試してみればうまくいくかも知れない。

「水野はん、いい加減にしとくんなはれ。もうええ、寮長か所長に言うさかいにな」

憤る松井を、喜色満面で振り返った。

「この事は所長もご存じです。薬剤などを提供してくれているんです」

松井は寝起きの顔に水でもかけられたかのような様子を見せる。たちまち後悔の色をあらわにし、しどろもどろになった。

「うちは、そないな事知らんかった。じゃまする気はなかったんやで。所長に言いつけんといて」

脅すつもりではなかったのだが、そうなってしまったようだった。それならこの機を利用しない手はない。ここで味方に付けてしまおうと考え、そばに寄って松井の両手を握りしめた。

「私、真珠の染み抜きをしているんです。今その最中なので、やめる訳にはいきません。でも松井さんが協力してくれれば早く終わります。そうすれば夜は静かにできますから」

松井は安心したらしく頰をゆるめた。

「協力って、何すりゃいいねん」

本の記述に沿ってすでに色々と試し、時間をかけている。それにもかかわらず、なお完全にシミが抜けないのは、薬剤や用具が適正でないからだろうと思えた。希釈するのに正確に測らず、目分量でやっているのも影響しているのだろう。

「ブタ毛のブラシ、オリーブ油、ビロード布、木クズ、それに計量カップを用意してもらえますか」

松井は大きな溜め息をつく。

「うちんちは、鳥羽《とば》の荒物屋や。ブラシや計量カップならたくさんあるで。それに金田《かねだ》はんは大《だい》工《く》の娘やでな。木クズはお手のもんやろ。他の寮生にも聞いてみとくわ」

皆が手を貸してくれるとなれば心強い。なんとなくうまくいきそうな気がした。

＊

その日出勤すると、所長室から次々と細工師たちが出てくるのが見えた。

「ありゃ、俺の手にはおえやぁせんな」

「俺もや。やってはみたいが、とうてい無理や」

「あのケシ珠は相当、難物やで。修復ができるとしたら久保《くぼ》さんくらいやろ」

久保というのは、頭を丸刈りにした四十代初めの細工師だった。いつも難しい顔で作業をしており、冬美が朝のお茶を配っていっても、他の細工師たちと違って挨拶もしない。作業中には喝破するような短い怒声を響かせる事もあり、組み師の女性たちからは、矢部がヒステリーなら久保はオステリーだと言われていた。

「ケシ打ちの久保やしな」

「本人が出てきたら、引き受けよるんとちゃうか」

話しながらそれぞれの作業台に戻っていく。ケシ珠、修復という言葉が気になり、耳をそばだてていると所長室から松本が姿を見せた。

「組み師の女性陣も、よかったら見にいらっしゃい。逸品ハナグルマを金庫から出してきてあるんだ。この機に拝んでおくといいよ」

女性たちはうれしそうに作業台の前から立ち上がる。

「聞いた事はあるんやけど、見るの初めてや」

「うちも。一度見たい思っとったさかいに、楽しみやわ」

冬美もその中に交じり、いそいそと所長室に入った。

「我が社の誇るハナグルマだ。一九三七年に開かれたパリ万博に展示するために東京作業所で作り、現地で売れたんだが、修復が必要で藤堂若社長が預かり、ロンドンから持ち帰った」

母が守った赤革の箱に収まったハナグルマは、相変わらず玲瓏《れいろう》とした光を放っている。誰もが目を奪われ、溜め息をもらした。

「すごっ、光の山や」

「いい花珠を使《つこ》うてあるよってに、半端ない気品やなぁ」

「他の珠との色艶の釣り合いも完璧や。凜としとる」

久しぶりに目にした冬美も、そのあざやかな美しさにまたしても胸を打たれた。目を洗われる思いで見入る。母が自分の身も顧みずに抱きしめていたのも、この流麗さを守らねばならないと必死だったのだろう。

「修復って、どこをやねん」

「わからへん。こんままでええんとちゃいますの」

わずかに欠けている端の方のケシ珠に目をやる。そこだけ光が弱々しく、残念でならなかった。早く修復してほしいと訴えられているような気分になる。しっかりと頷きながら、必ず完璧な姿に戻すと約束した。

「お早うございます」

戸口で低い声が響く。

「今、出てきたら、皆の衆が、所長室に行け行けって、えろううるさいんやが」

事情がつかめない様子の久保が顔を出した。

「なんぞありましたんか」

所長は待ちかねていたらしく、歓迎の両腕を伸ばしながら歩み寄る。

「この修復、君ならできるんじゃないか」

久保の肩を抱き、腕をつかんでハナグルマが置かれている自分の机の前まで連れてきた。

「ピン先の鈍化と湾曲。それにケシ珠の欠損だ。引き受けてもらえるかね」

修復の話は久保に持ちかけられているのだった。胸がざわつく。

「こりゃ難儀そうや」

久保は箱ごとハナグルマを持ち上げ、窓から差し込む光にかざした。

「こない小《ち》っさいケシは、わいも今まで手がけた事があらへん」

断ってほしいと祈りつつ、ヒゲを蓄《たくわ》えた久保の口元を見つめる。

「まぁできんと言ったら名折れやさかい、言わしまへんけどな」

久保が担当するのだろうか。そうなったとしても何も言えない立場がつらく、いらだたしかった。

「そもそも俺の道具じゃあかん。まずそれからとなると、一朝一夕って訳にゃいきまへんで」

所長は大きく頷く。

「時間はかかってもいい。君しかできる者がいないんだ。引き受けてくれ」

久保は、満足げな笑みを浮かべた。

「そいじゃやってみまひょか」

目の前が暗くなっていく。母が守ったハナグルマがさらわれていくというのに、ただ見ているしかない自分の無力さが胸にしみた。修復はもう久保の仕事なのだろうか。自分は関われないのか。

「次の休みにでも、大阪に行って道具を捜してきますさかいに。あるといいがなぁ」

久保が返した箱の蓋を所長が閉じる。放たれていたハナグルマの光が途絶え、部屋の中が暗くなった。

「久保君の準備が整うまで社長室の金庫に入れておくよ」

考えようによっては、まだ時間がある。久保が道具をそろえる前に、自分が技術を身に付ければいいのだ。そう考えて気持ちを鼓舞しようとしたが、砂上に楼閣を築いているかのようで力が入らなかった。

「さ、内覧会は終わりだ。仕事に戻ってくれ」

所長にうながされ、皆と一緒に退出する。まだ朝の準備をしていなかった事を思い出し、急いで給湯室に向かった。

細工場のすべての作業台を清め、お茶を入れる。それが冬美の仕事の一つだった。大きなヤカンに湯を沸かしている間に、全部の作業台を拭き、お湯が沸いたら木綿の布に包んだ茶の葉を入れ、盆に載せたいくつもの湯吞み茶碗に注ぐ。

まず所長室から配り、昼食を取りに寮に戻る前と三時に再び湯を沸かして皆の湯吞みに継ぎ茶をし、作業終了の電鈴が鳴る三十分前にそれらを回収して洗い、ヤカンなども湯を切って棚に収めた。

朝の準備が終わって自分の作業台につく頃、たいてい矢部が姿を見せる。組み師の女性が全員、立ち上がり、朝の挨拶をした。矢部は落ち着いた声で答えながら、その鋭い目を全員に配る。

「今日も気張って仕事しとくれやす」

皆で返事をし、それでようやく作業が始まるのだった。その日は間もなく尾崎《おざき》が意気揚々とした声を張り上げながら入ってきた。

「大本営陸軍部発表、本土決戦の手引き『国民抗戦必携』を手に入れてきたで。町会じゃ、明日から竹槍《たけやり》訓練をやるゆうてるさかい、わいらも参加や。竹槍でB29を突き刺したるわ」

冬美の左隣の作業台で、矢部が手を休めもせずにつぶやく。

「そりゃ短すぎて届かんのと違いますやろか」

冬美が近くから仰ぎ見たB29は、鉄の塊だった。竹槍を持ち出す事自体、正気の沙汰《さた》とは思えない。

「あのな」

気が付くと、すぐ後ろに尾崎が来ていた。耳のそばでささやく。

「あの話、その後、音沙汰《おとさた》ないやん。わいは火崎役員からのお礼を待っててんのやがな、どうなってんねん」

冬美はせっせと真珠を選別しながら答えた。

「火崎さんに話そうと思っていたんですが、よく考えたら、それを話せばあなたが金庫から食料を盗もうとしていた事にも触れざるを得なくなります。きっと火崎さんは言うんじゃないでしょうか、命を助けた功と、食料を盗もうとした罪、その二つは相殺《そうさい》だろうって」

尾崎は、残念そうにうめく。

「そりゃ言うわな。あかんか」

気を落としたようだったが、自分の窃盗行為に対して反省の言葉はなく、悪びれた風も見せなかった。いっこうに応えない様子はどこか火崎に似ている。

「私と火崎さんの婚約については、口外なさらないようにお願いします。噂になれば本人が激怒しますから」

釘を刺すと、尾崎は太った体をブルッと震わせた。

「そんなんハチの巣に手を突っ込むも同然やないか。するかいな。ああ金ヅルが枯れてしまいよった」

ボヤキながら事務室に入っていく。すかさず右隣の作業台に座っていた絹田《きぬた》がこちらに体を傾けた。

「あのオヤジ、言い寄ってたんやろ。誰にでも粉かけよるねん。水野さんはまだ若いし、気ぃ付けた方がいいで」

反対隣にいた矢部から声が飛ぶ。

「そこ、しゃべっとると気ぃ散るで」

絹田は口角を下げ、ちょっと肩をすくめて自分の作業に戻っていった。

「水野はんも、な」

冬美もあわてて姿勢を正し、自分の真珠と向き合う。まず金属のフルイにかけ、大きさで選別してそれぞれのカルトンに入れた。次にカルトンごとに作業台のフェルトの上に広げ、一つ一つピンセットで転がし、光沢やムラ、傷でより分ける。さらに形と色で四種類に分け、それぞれのカルトンに入れた。

毎日、同じ作業をするうちに手際がよくなり、早さも増してくる。細工師たちの作業机に置かれている宝飾品を見る目も変わってきた。これまでは豪華さや輝きに気を取られる事が多かったが、真珠には同じ色や艶、大きさの珠は決してない。それらをどう並べ、どう組み上げて一つの宝飾品に作り上げていくのか、そういう細部に関心を持つようになった。

「お早う」

聞き覚えのある声に振り返ると、出入り口の戸を開けて薫が入ってくるところだった。

「所長、いますか」

足も止めずに所長室に向かっていく。その姿を久しぶりに目にし、心が輝き立つような気がした。体中が内側から明るくなり、たまらなくうれしくなってくる。目に映る薫の姿が棚の向こうに隠れても、しばらくの間は残照を見つめて微笑んでいた。

胸を躍らせながら、窓ガラスに映った自分の顔を見て我に返る。薫にこんな目を向けてはいけない。妻の珠緒に申し訳が立たないし、誰かに見られたら不倫を疑われるだろう。あわてて作業台に向き直る。頰の熱さが尾を引いた。

「染色体に興味のある人がいたら」

薫の声が細工場内に響き渡る。

「どうぞ来てください。アコヤガイの品種改良をするために、以前から理研に染色体の研究を頼んであって、途中経過が出てきています。一緒に聞きましょう」

染色体については理科の時間に習った。人間の神秘が詰まった未知のたんぱく質と教えられ、もっと詳しく知りたいと思っていたところ、開戦で授業が中断してしまったのだった。細工師たちがざわめく。

「理研ちゅうのは、国の理化学研究所の事でんな。お知り合いでもおられるんでっか」

目を上げると、通路に立っていた薫の照れたような笑みが見えた。

「恩師が理研の主任研究員で、帝大の教授を兼ねているんです。かなりの自由裁量を認められているようなので、お願いしてみたら、おもしろいとおっしゃって引き受けてくださいました」

感嘆の吐息が広がり、ささやきがもれる。

「えろうがっせぇ」

「やっぱ帝大出や。考えとる事がちゃうわ」

細工師たちは肘で小突き合うようにして薫の後を追い、所長室に入っていった。それまで手を止めていた女性陣から声が上がる。

「うちらは、社長にお茶をお出しせんと」

作業台に向かっていた女性たちがいっせいに腰を浮かせた。

「ほなら、うちがしますよってに」

「いやぁ、うちや」

次々と響く声を押さえつけるように矢部が音を立てて立ち上がる。

「うちがするさかいにな、皆はんは作業を続けなはれ」

女性たちは無言で椅子に身を沈めた。冬美はそっと所長室に歩み寄る。出入り口付近まで細工師たちでいっぱいで、中に入れなかった。背伸びをすると、それらの頭の向こうに薫の後ろ姿が見える。所長は、本か綴りをめくっているらしく紙の音をさせていた。

「アコヤガイは、雄と雌の両親から十四本ずつ、計二十八本の染色体を受け継いでいる。この十四本同士の染色体を比較してみると、遺伝子の配置はほぼ同じだが、九番目の染色体だけが大きな違いを持っている。この染色体には免疫に関わっている遺伝子が乗っていると思われ、病原菌に対抗するために免疫の遺伝子の範囲を広く保とうとしているのではないかと推察できる」

薫の勢いづいた声が聞こえた。

「じゃそこを究明すれば、病気に強いアコヤガイを作る事ができますね。きれいな真珠は、遺伝子的に近い貝を交配させて作るのがこれまでのやり方でした。だがそうすると病気にかかりやすくなる。この研究を進めれば病気に強く、しかも美しい真珠を作る新品種を生み出せますよ」

バサッと冊子を置く音がした。

「理論上ではそうです。が、その通りにいくかどうか。そもそも遺伝子がデオキシリボ核酸である事自体、学会で受け入れられていませんしね」

思わず口から声がもれる。

「え、遺伝子って、たんぱく質じゃなかったんですか」

声が上ずっていたせいか、それとも突拍子もない質問だったからか、笑い声が起こり、皆がこちらを振り向いた。

「お、女性学者がいるな」

薫がからかい、笑い声はいっそう大きくなる。

「確かに私の若い頃は」

所長の声は穏やかで、話をさえぎった事を咎める様子もなかった。

「遺伝子の本体はたんぱく質だと言われていた。ところがつい昨年になってデオキシリボ核酸という物質である事が明らかになったんだ。さっきも言った通り、学会ではまだ承認されてないがね」

自分の無知を恥じ、身を縮めていると、盆を持った矢部が脇を通り過ぎた。

「ちょっとあんたら、どいてくれへんか」

細工師たちが体をいざらせ、矢部のために道を開ける。そこから所長と薫の姿が見えた。

「学者さん、近くにいらっしゃい。詳しい説明を聞きたいだろ」

薫に誘われ、細工師たちにも手でうながされて、冬美はおずおずと所長の机の前まで進み出る。

「添付されていた手紙によれば」

所長は浮かぬ顔だった。

「人手が足りなくて思うように結果を出せないとの事でした。どうも陸軍が二号研究を急がせているらしく、各研究室の助手が軒並みそっちに引っぱられているとか」

薫の顔にも陰が落ちる。

「例によって海軍と競い合っているのでしょう。海軍の方は京大の物理学研究室を使っています。作戦名は、F研究とか」

細工師たちは顔を見合わせ、首を横に振った。わかっている人間がいないのを見て取り、冬美は思いきって聞いてみる。

「あの、ニ号研究とかF研究というのは何ですか」

薫の顔色からして、いい事ではないだろうと思いながら答えを待った。

「原子爆弾の開発研究だ」

聞いた事のない爆弾名で、所長室内に戸惑いが広がる。冬美も、爆弾は焼夷弾と手榴弾、それに風船爆弾くらいしか知らなかった。

「原子爆弾というのは、遠心分離器を使ってウランを濃縮させて作る大量殺人兵器の事だ。初めは超爆弾と呼ばれていた。今、世界中の物理学者が、この爆弾を開発しようと血眼になっている。どこが先に完成させるか、どこが先に使うか、それで戦争の行方が決まると思われているからだ。それほど大きな影響力を持つ爆弾なんだ」

男性たちが目を輝かせ、はしゃいだ声を上げた。

「日本が、真っ先に完成させるに決まっとるで」

「そんで米英を総なめや」

「おお、やったる。見とれよ鬼畜米英」

勝ち誇った笑い声さえ起こった。背筋がおののく。B29の爆撃で焼かれた浜松の様子、さらにひどかった東京の下町、積み重なっていた死体の山、つい先日爆撃を受けたばかりの女子寮の様子などが次々と思い出された。超爆弾というからには、それらよりひどい被害をもたらすのだろう。体が冷たくなっていくような気がする。

「大量殺人兵器なんて、そんなものを作っては、いけないと思います」

そう言ったとたん、その場の空気が一気に荒立った。怒りを含んだ目がこちらに向けられる。

「そんなきれい事で、戦争ができるとでも思うとるんか」

「できへんできへん。負けちまってもええのか」

「女のくせに、一丁前の口を叩くな」

先日優しい言葉をかけてくれた狩野の顔も見えたが、硬く結んだその口元には怒気が感じられた。

「ここは女が口出すとことちゃう」

「せや、出しゃばらんと黙っとれ」

「雌鶏《めんどり》が時を作ると国が亡《ほろ》びるってな」

飛び交う怒鳴り声に、負けまいとして両手を拳に握り締める。

「自分の国は自分たちで守らねばならないと、私も思います。でもそれは、大量に他国の人間を殺すという事とは別じゃないですか」

誰がなんと言おうと自分の方が正しいと確信していた。だが同時に、たくさんの男性を向こうに回している恐ろしさに体が震える。こんな事になってしまうとは考えてもみなかった。もしかしてここを追い出されるかも知れない。

味方がほしくて薫の方を見ようとし、思い留まる。どんな事も一人でやり抜くと宣言していたし、もし薫が賛同してくれたとしても、その後はどうなるのだ。これだけまとまっている男性たちに対し、社長がただ一人、しかも女を支持したとなったら、仕事場に不協和音が生まれる。迷惑はかけられなかった。

「余計な事を申しました。すみません」

なぜ皆、勝つ事だけしか考えないのだろう。自分たちが勝ちさえすればいいのか。

「失礼します」

口先だけで謝り、所長室から外に出る。瞬間、そこにさらに荒立った空気が漂っているのを感じた。使う者のいない作業台の間の暗がりから湧き出し、あたりに立ちこめているそれは、家族と別れ、命をかけて戦っている細工師や、病院船に乗った組み師の女性たちの渇望、早く祖国に帰りたいとの願いだった。それがどんな凄惨《せいさん》な勝利でも良しとし、逆らおうとする者への怒りをたぎらせて空気を乱しているのだった。

そこまで考え至らなかった自分を恥ずかしく思いながら、作業台に戻る。身近に戦争に出た人間がおらず、その心情に想像が及ばなくて道理だけを言い張っていた。もっと心を配らなければ。そう思っていると、所長室から出てきた矢部が盆を手にしたまま脇に立った。

「水野はん」

とがめられているように感じ、心臓が縮み上がる。もしかして薫を見る自分の目に、知らず知らず想いがにじんでいたのかも知れない。

「はい、何か」

素知らぬふりを取りつくろったが鼓動は速くなるばかりだった。どうしよう。方策を求めて心が右往左往する。

「女は黙っとれなんぞ言われて、くやしゅうなかったんか」

狼狽《うろた》えていた気持ちが突然、動きを止める。自分に燃え移るとばかり思っていた炎が、いきなり遠くに向かって走り出すのを見ているかのようだった。

「あれ聞いた時、うちはイラついて、持っとった盆で連中の横っ面張っ倒してやろうか思うたくらいや」

自分の心で作り上げていた矢部像が、色を変えていく。目の中にある針のような光は相変わらずだったが、それが矢部のすべてという訳ではないようだった。

「男連中は威張りすぎや。女より男の方が優秀だと思うとるらしいが、とんでもあらへん。男と女の違いは体力だけや」

歯に衣着せずに言い切る強さに感嘆する。そんな事を言える女性に今まで会った事がなかった。

「女はおとなしくせぇよ、しゃしゃり出んな、そう言われると昔からむっちゃ腹立つねん。まぁそんで婚期を逃したんやがな」

しかたなさそうな笑みを浮かべる矢部は、これまでになく弱々しく見えた。君臨するかのように気丈な態度も、女に対してだけ取れるものだったのだと初めて知り、細工師たちとの間を隔てる通路を振り返る。そこには矢部さえも越えられない高々とした壁が立ちふさがっているのだった。

「あのぅ」

出入り口の方から幼い声が飛んでくる。

「東京の帝國真珠作業所で働いていた福沢耕平《ふくざわこうへい》の家のものです」

見れば、陽射しを背中に受けた小さな影が立っていた。

「空襲で、こっちに疎開してきてるんですが」

席を立ち、そばまで歩み寄る。まだ十歳前後の男の子で、愛らしい丸い頰をしていた。

「どうかしたの」

少年は、答えようとして唇に力を入れる。

「さっき兵隊さんが家に来て、戦死広報を届けてくれたんですが、父さんが坊《ぼう》ノ岬《みさき》沖海戦で戦死した事が書いてありました。お祖父さんが、すぐ会社に知らせてこいと言うので、僕が来たんです。お祖父さんは足が悪いし、お祖母さんは病気で寝たきりなので」

しゃがみ込み、視線の高さを少年と同じにする。

「かわいそうに。今、社長に伝えますね。ちょっと待っててくれるかしら」

少年は丸刈りの頭を横に振った。

「すぐ帰らないといけないんです。弟にお昼の重湯を作らなくてはなりません」

二つの目に涙はない。感情をどこかに預けてきているかのように無表情だった。

「東京の空襲で母さんも死んだので、長男の僕がしゃんとせんとあかんとお祖父さんに言われています。僕が家を守らないと」

幼少の弟、病気の祖父母、空襲の被害に遭った母、家という重圧、それらの下でこの子は、父の死を嘆く事もできないのだった。

思わず掻き抱く。力を込めれば折れてしまいそうに痩せていた。この世には骨に焼き付くような深い悲しみがあり、この小さな体と魂はそれに耐えているのだった。なんとかしてやりたかったが、ただ抱いている事しかできない。自分の無力さに心が砕けてしまいそうだった。

「君が福沢君の息子か。確か和男《かずお》君だな」

背後で声がし、伸びてきた腕が少年の脇ノ下をさらって空中に持ち上げる。

「なかなかしっかりしているじゃないか、頼もしい」

薫だった。

「私も一緒に君の家に行こう。ご家族に挨拶しないとな」

高く持ち上げて首の後ろに座らせようとすると、少年は体の均衡を失い、あわてて薫の頭にしがみついた。

「おい目をふさぐな。見えないじゃないか。落とすぞ」

おかしそうに笑う少年の声があたりに響く。そのまま二人で門を出ていく様子を見送りながら気が付いた、自分にもしてやれる事があったと。肩車までは無理でも、その体を持ち上げて大空を見せてやる事、哀しみ以外の何かに心を向けさせてやる事。やろうとすればできる事はたくさんあるのだとわかり、気持ちが和らいだ。

それらは真珠のようなものなのだ。抱えている問題を解決してくれる訳ではないが、心の癒《いや》しになる。それで気分が替われば、また歩き出す事ができるだろう。

「福沢はん、亡くなったんかいな」

あわてて薫の後ろ姿から目をそらし、矢部に向き直る。

「いい細工師やったになぁ」

きつい光のまたたく瞳の底に、ぼんやりと漂っている白い膜が見えた。これでは形も色も正確にとらえる事は難しいだろう。長年にわたって身につけ、磨いてきた技術を生かせないのは、さぞかし無念に違いない。独り身では将来への不安も大きいに決まっていた。何か手助けができないだろうか。

「ま、名誉の戦死ってとこやな。兵隊に行かななららん男も大変や。その分も、うちらが気張って仕事せんとあかんで」

作業台に戻っていく。気がかりだったが、本人が話さないのに無理矢理聞き出す事もできなかった。仕事を始めながら自分に言い聞かせる。この世のすべての人間を救う事など自分にはできない。他人に注意を奪われたり、その気持ちを想像するのに時間を使ったりしていないで、自分のすべき事をするのだ。毎日をきちんと生きる事、技術を身につける事、それらに力を注ぎ、もし助けを求められたら精一杯の援助をする、そういう気概を持ち続けていよう。

7

松井から話を聞いた寮生たち四名が、それぞれに準備したものを手に持ち、朝食前に冬美の部屋にやってくる。ブタ毛のブラシと計量カップは松井が言っていたように本人が、木クズは金田が持参し、ビロードは大崎《おおさき》が自分の大事な人形の服の折り代《しろ》を切ってくれた。オリーブ油を用意したのは梅津《うめづ》で、姉が小豆島《しょうどしま》に嫁いでおり、そこではいたる所にオリーブの樹が茂っていてその油を実家にもよく送ってくるとの話だった。

「皆様に感謝します。本当にありがとうございます」

深く下げた頭を上げると、四人は照れた笑みを浮かべていた。そんな顔を見るのは初めてで、一気に距離が縮まったような気分になる。これまでは仕事場で作業台に向き合っているところか、寮の食堂で食べている姿しか目にしていなかった。

「えらいぎょうさんやな」

大崎が、部屋中に置かれている多数の受け皿に目を見張る。

「足の踏み場もないやんか。こんな中でよう暮らしとったな。不自由やなかったんか」

金田も信じられない様子だった。

「クズ珠の漂白なんて考える事自体がもう普通じゃあらへん。変な子や」

梅津が皿に歩み寄る。

「いいやん、おもろそうやで。うちもやりたい。女らしくない言われるさかい、今までよう言わんかったんやが、うち、女学校の時は化学が好きで、いっちゃん得意やったんや」

皆がマジマジと梅津を見つめた。今まで誰も知らなかったらしい。確かに理科系の教科を好む女性は少なかった。

「ここでも溶存酸素や硫化水素の測定なんかをやって真珠の育成をうながす仕事に関わりたい思うてたんやけど、女は組み師しかできん、ゆわれてしかたなくやっとる。けど正直、つまらんなぁ」

今の仕事以外を望んでいるのは冬美だけではないのだった。他にもそう思っている社員がいるかも知れない。性別を理由に部署を決められるのではなく、自分の好きな事や得意な分野を生かせるような仕事につければ、もっと働く意欲がわくだろう。会社としては、その方が得策なのではないか。

「うちもやってみたい。一皿貸してくれへんか」

梅津に続き、皆が次々と声を上げる。

「うちにも。毎日毎日、真珠組むばっかじゃ飽きてしまうがな」

「そやそや、マンネリゆうやっちゃ」

「それに今は仕事自体あんまりあらへんしな」

願ってもない事だった。皆の手を借りられれば作業が進むだろう。既にシミが抜け始めている一皿を別の場所に移し、残りの皿に目を配る。

「これらはもう見守るだけでいい段階ですから、どれでも好きなのをお持ちください。あ、状態の記録だけ毎日お願いします。今後の参考にするので」

慎重に皿を見回していた梅津が、その内の一つを取り上げた。

「この子たちがええわ。溶液に薬剤を追加してもいいやろ。実験してみたいねん」

「うち、こっちの子にする。おまはんら、きれいにしてやるさかいなぁ」

「見てて記録取るだけでいいなら、うちもやるわ」

それぞれが気に入った皿を抱え、楽しそうに持ち帰っていった。一人になり、入手した品々を仕分けして使う準備をする。これで今度こそ完璧な染み抜きができるだろう。意を強くしながら、染み抜きが進んでいる皿を窓辺に移した。

差し込む朝の光を受け、七色にきらめき立っている。もう少しで捨てられ、ゴミになってしまうところだった真珠が、これほど冴えた色艶を持っている事に胸を打たれた。クズ珠と言われ、事実そう見えてはいたが、その内にはこんな輝きが秘められていたのだ。これこそ本来の姿で、まるでアンデルセン童話の「醜《みにく》いアヒルの子」のようだった。

捨てずにすんでよかったと思いつつ、これからも捨てられる真珠が出てくるかも知れないと心配になる。クズ珠と言われるすべての真珠を救い、あるべき姿に戻してやりたい。

所長に話をし、廃止されたというシミ抜きと染色の部署を復活させてもらったらどうだろう。ここに来た四人は興味を持っているようだったし、組み師の仕事は今少ないという事だから、その部署で働く気になるかも知れない。

考えつくとジッとしていられなかった。その皿を持って細工場に駆けつける。まだ早い時間で、所長が来ているかどうかわからなかったが、行って見ると、門の所に姿があった。片手に竹ボウキを持ち、もう一方の手で門扉に取り付けられた新聞受けから新聞を取り出している。ベルトに挟んだ手拭いが腰からぶら下がっていて、学校の小使《こづかい》さんを思い出した。

「どうした水野君、血相変えて」

その顔の前に皿を差し出し、染み抜きの経過を説明する。

「ほう、いささか不十分だが、確かに抜けているね。これがクズ珠だったとは信じられん。もっと信じられんのは、素人の君がここまでやったという事だ」

感心している様子を見て、この機に乗じようと持ちかけた。

「染み抜きと染色の部署を、ぜひもう一度作ってください」

所長は急に渋い顔になる。

「一度廃止されてしまった部署の復活は、新設と同じだ。そう簡単にはいかないんだよ。そもそも予算を付けなきゃならないだろ。我が社は今、苦しい。そんな余裕はないよ」

苦しいからこそのクズ珠の活用ではないだろうか。身を乗り出して説得にかかる。

「これからもクズ珠は出てくると思います。捨ててしまえばそれで終わりですが、使える真珠に変える事ができれば、大きな利益につながるじゃないですか。そのための部署です。予算を付けても見合うのではないでしょうか」

所長は一瞬、心が動いたらしかったが、すぐに自分を戒《いまし》めるような顔付きになった。

「それに人手も足りないんだ。新部署を作っても配置する人間がいない」

梅津が興味を持っている。今の仕事には不満があるようだし、新部署ができればおそらく兼務でもやりたいと言うだろう。最初は一人だけでも、成果を上げれば状況が変わっていくに違いなかった。

「やる気のある組み師を知っています。化学が好きだったそうです。それを生かせる仕事を与えられれば、精を出して励むと思います。会社のためになるのではないでしょうか」

沈黙した所長の前で、受け皿の真珠を揺すって見せる。

「クズ珠の中から、こんなきれいな真珠が生まれてくるんです。真珠は会社の財産のはずです。試してみない手はないと思います」

所長は抗い切れないと思ったらしく、あきらめたように答えた。

「新部署の創設には、役員会の承認が必要だ。役員会には役員しか出られないから、まず担当役員を説得せにゃならない。完璧に染み抜きができる目途がついたら担当役員に話すという事にしよう。どうだい」

大きく頷き、やり抜く決意を固める。まずは今日入手した材料で新しい薬剤を作り、梅津にも相談して試してみよう。うまくいったら他の三人にも配り、全部の真珠の染み抜きを完成させるのだ。

8

寅之助は、会議室への階段を上る。足は重かった。

火崎剣介が帝國真珠に来る直前、役員は社長の薫、社員から立身した近藤《こんどう》と佐野《さの》、寅之助、そして藤堂高清の実兄、高英の五人だった。

役員を務めていた親族は皆、職を退く事を了承していたはずだったが、高清の死後、高英だけが突如、株の譲渡を拒否、社長職は薫に譲ったものの役員として居座ったのだった。日頃から高英に追随している佐野はそれを容認、まじめで一本気の近藤はそれを批判し、役員たちの間に亀裂が生じている。

なぜ高英は突然、態度を変えたのか。寅之助はそこに火崎次郎の影を感じていた。危篤となった高清の元に駆けつけた時、話し込む高英と火崎次郎の姿を見かけたのだった。高英と火崎の間に交流があるとはこれまで聞いた事がない。火崎がいくつかの会社に乗っ取りを仕かけ、経営権を奪取している経緯はよく知られており、親密に話し込んでいる二人の姿になんともいえない不安を覚えた。

その危惧が現実味を帯びたのは、新体制で初めて開かれた役員会での事だった。高英が火崎金融の出資を受け入れるべきだとの発議をした。高清の死後、税理士が必要な手続きを取り、その遺産は帝國真珠の欠損の補塡《ほてん》に使えるようになっている。火崎金融の出資に頼らなくても、なんとか会社を回していける状態だった。

「火崎金融から融資を受けようとお考えになっている理由について、お聞かせください」

議事進行役の薫に聞かれ、高英は、真珠養殖ができない今、会社は現状維持がやっとで、このままでは衰退に傾きかねない、起死回生の鍵は新規事業に打って出る事で、そのためにはより多くの資金が必要だと力説した。

それを聞きながら寅之助は確信したのだ、帝國真珠を牛耳《ぎゅうじ》りたい火崎次郎が、辞職させられる事を不満に思っていた高英をそそのかして居座りを勧めたのだと。

「しかしその融資には、火崎金融の人間を役員に迎え入れるという条件が付いています」

寅之助は警鐘を鳴らした。

「危なすぎませんかね。火崎金融が乗っ取りをかける時に、よく使う手ですよ」

薫が同調する。ところが高英はせせら笑った。

「寅之助、おまえごときが何を言うてんねん。片腹痛いわ。社長も、まだまだ考えがお若いでんなぁ」

高英には、自分は創業者高清の兄で、しかも藤堂家の総領だとの自負がある。それに比べれば寅之助など使用人に過ぎず、社長の薫も若造でしかなかった。胸の内には、高清の死後は自分こそ経営を引き継ぐべき人間だったとの思いがあり、火崎次郎はそこに付け込んだのだろう。

「真珠の商取引には、経験と勘が必要や。素人が乗っ取っても運営できるものじゃおへん。こっちに泣きついてくるのがオチやわ。心配はいらへん」

火崎次郎にどれほど甘い景色を見せられたのかと思うと、溜め息しか出なかった。

「とにかく今、肝心なのは、会社を太らす事やで」

常に高英の意をうかがっている佐野がそれに同調、議場は二つに割れ、決定権は、まだ態度を明らかにしていない近藤が握った。

近藤は寅之助より半年後輩で、最初に配属されたのは販売部だった。物柔らかな言葉で顧客の機嫌を取る販売部員が多い中でただ一人、歯に衣着せぬ物言いをし、最初は不評や反発もかったが、実直で親身な態度が固定客の信頼を勝ち得、営業成績を伸ばして高清の目に留まった。古武士のように頑《がん》とした一面があり、上層部と意見の違いがあっても折れた事がない。

日頃、高英の言動を批判しており、寅之助は近藤が火崎金融の融資に反対するのではないかと考えて半ば安心していた。ところが近藤は、その導入に賛成したのだった。

「うちが本社を置いとった神戸の大手筋連中は、帝國真珠の倒産はもう時間の問題だと笑っとります。ここででかい新規事業を起こし、あいつらを見返してやらん事には、わいは死んでも死に切れまへん」

一本気なだけに、不当に見下されては我慢ができないのだろう。これにより火崎金融の融資を受け入れざるをえなくなり、やってきたのが火崎剣介だった。

初対面ではない。今後の日本のために青少年の育成が大事だと考えていた高清は、全国の私立中学高校や剣道、柔道の道場に多額の寄付を行っており、その返礼にやってきた代表者の中に、永介《えいすけ》、剣介、光介の火崎三兄弟がいたのだった。彼らと話し、才気煥発《かんぱつ》なところを面白がった高清は、盆暮れの自宅での宴会にたびたび三人を招いていた。

中でも剣介は際立っており、歌舞伎《かぶき》役者にしたなら勧進帳の義経《よしつね》役がはまりそうな美少年ながら、その目にはただならぬ光が宿っていていかにも火崎次郎の意志を体現している観があった。

高清なら面白がる余裕もあるだろうが、寅之助にとっては心配の種でしかない。つい先日の定例役員会でも剣介は、従業員の大量解雇という帝國真珠にとっては前代未聞の提議を、平然とした顔で口にしていた。

「真珠の養殖が許可されていない現在、養殖に携わる社員を雇っておくのは賃金の無駄でしょうが。そういう事をやっているから赤字がふくらむ一方なんだ」

それを聞いて寅之助の頭に真っ先に浮かんだのは、昔から一緒に仕事をしてきた社員やその家族の途方に暮れた顔だった。解雇すれば彼らは、路頭に迷う。だがそれを言い出しても、火崎は鼻であしらうに決まっていた。

どうしたものかと考えていると、近藤が猛然と反発した。真珠養殖の技能を身につけるには時間がかかる、それを持っている社員を解雇し、他の養殖会社に抱え込まれてしまっては取り返しがつかない、養殖の仕事は目先の利益だけではははかれないのだと言い張り、勢い余って、経験のない火崎にはわからないに決まっているなどと軽んじるような言葉を放ったため、火崎は激高、激しい言い合いとなった。

高英は腕を組み、見物の態でひと言も発しない。佐野はその顔色をうかがっていた。やがて薫が口を開く。

「会社の赤字は、社員のせいではありません。経営に責任があるのは役員のはず。解雇するなら、まず役員からでしょう。いく人減らしますか」

このひと言で高英が突如として解雇反対に回り、佐野もそれに続いたため火崎の発議は成立しなかった。薫の巧《たく》みな舵取りが功を奏したのだが、そうでなければ危なかっただろう。火崎が送り込まれて以降、帝國真珠役員会は、かき回されっぱなしと言っても過言ではない。

＊

「火崎役員から新しい事業についての提案がありました。役員会にはかりたいので、皆さんに知らせておいてください」

薫にそう言われてから一週間、寅之助はずっと憂鬱だった。

「何を言ってきたんですか」

尋ねてはみたが、薫は皮肉な笑みを浮かべるばかりで話そうとしなかった。

「まぁ聞いてのお楽しみという事で」

役員会での決議が必要とされるような大きな事業計画なのだろうが、辣腕《らつわん》で鳴らし、火崎金融を立ち上げた火崎次郎が送り込んできた息子の発議となれば、甘い内容とは思われない。火崎次郎本人の考えなのかも知れなかった。帝國真珠側の役員たちが一枚岩になっていない事も、寅之助の心配を助長している。

「火崎役員の持ち株比率は、全体の二割二分です」

寅之助の憂慮を見て取ったらしく薫は、なだめるような口調になった。

「特別議決を阻止する事も、ましてや事業計画を可決する事もできないんですから心配ありません。今度はどんな手を打ってくるのか拝見するとしましょう」

火崎が役員に就任するに当たり増資したため、持ち株比率は薫と高英が二割五分ずつ、火崎が二割二分、近藤と佐野がそれぞれ一割、寅之助が八分となっていた。役員会に重大な影響を与えるためには、三割三分四厘以上が必要で、薫の言う通り今のところ危険はない。だが、どうにも不安を消せなかった。

会議室への階段を上りながら、火崎が何を言い出すつもりなのか、それをどうすればうまくかわせるか、そんな事ばかりを考えていた。あらかじめ手を回し、近藤や佐野をこちらに引き込んでおけば安心できるのだが、策を弄するのは得意ではない上に、薫が詳細を話さないのだから動くに動けない。

事前工作を封じたかったのだろう。会議で様々な意見を戦わせる事で、見えなかったものが見えてくると考えている節があった。そういう所は高清に似ている。自分と違う意見を喜び、よく耳を傾けていた。それは確かに重要な事なのだろうが、なんとも心臓に悪い。

「ああ早川役員がおみえになったで」

会議室の戸を開けると、中にはすでに五人が顔をそろえていた。

「これはこれは。遅れまして申し訳ありません」

席の空いていた近藤の隣に座る。近藤も落ち着かない様子だった。

「今日は一体、何を言い出す気でっしゃろな」

首を横に振りながら開会を告げる薫の声を聞く。すぐさま火崎が全員を見回し、凛とした表情で口を切った。

「一九四二年、日本とドイツの間で結ばれた潜水艦の相互派遣作戦に基づき、今年三月下旬、ドイツのキールを出港していたUボート234が、間もなく日本に到着する」

その場の誰もがあっけに取られた。Uボートがドイツの輸送潜水艦である事は万人の知る事実だったが、それが帝國真珠の役員会に持ち出される理由がわからない。興味深そうな笑みを浮かべたのはただ一人、薫だけだった。

「乗っているのはドイツの軍事専門家と日本の軍人。積んでいるのはロケット戦闘機とジェット戦闘機の資材、およびチェコのウラン鉱山から採掘された酸化ウラン五百六十キロだ。これで原子爆弾が作れると海軍が手ぐすね引いて待ち構えている」

話はさらにわからなくなってくる。寅之助は隣にいた近藤と顔を見合わせた。

「日本到着後、支払いは金塊で行われる事になっていた。だが海軍には金がない。そこで火崎金融に話が持ち込まれ、三者の間でこういう結論に至った。金塊の代わりに、欧州で今、高額で取り引きされている真珠で支払うと」

一気に明るみに出た事情に、その場がざわつく。

「この件だけでなく、今、海軍を通じて上海《シャンハイ》の闇市場《やみしじょう》に出せば、日本の真珠はかなりの値がつく。だが高値がいつまで続くかは不透明だ。稼げるうちに稼いでおこうじゃないか。在庫を全部、出してもらいたい」

いかにも火崎金融らしい危ういやり方だった。帝國真珠はこれまで堅実で実直な商売をしてきた堅気の会社なのだと言おうとし、時宜を見ていると、黙っていられなくなったらしい近藤が口を切った。

「海軍との取引に、在庫を全部出すなどという危ないマネは、ようできまへん」

これまでもたびたび火崎を激怒させてきた高姿勢を崩さない。その根には金融業より、宝飾業の方が格上だとの矜持《きょうじ》があるのだった。金融業者は、宝飾業者の手足にすぎないと思っている。

「ましてや闇市場などとは論外もいいとこですわ。うちは、どこかさんと違《ちご》ぉて、真っ当な会社ですよってにな」

火崎は傍目にもわかるほどいら立っていた。今に怒声を飛ばすだろうと思っていると、それに先んじて高英が声を発した。

「おもろい話やな。だが手持ちを全部出してしまっちゃ、次の養殖の目途がつかない現在、心許《こころもと》なかろう。七割程度でどや」

佐野が、いかにも名案と言わんばかりに片手の拳を掌に打ち付ける。

「よろしおすなぁ」

寅之助と同様、佐野も古い社員だった。宇宙に造詣《ぞうけい》が深く、夜空を見るのが好きで一晩中起きているせいか、昼間はどことなくボウッとしている。そんな所が高清に面白がられ、仕事はダメだが星に関しては素晴らしいと妙なほめられ方をしていた。

役員に昇格できたのは、イギリスでの宝飾品展示会の際、ロンドンの夜空の星座を真珠で作り、会場の天井に取り付ける事を発案、根気のいるその作業に一人で取り組んで仕上げた結果、大評判となって展示会での即売や路面店での売り上げが激増、さらに市長の目にも留まり、表彰されるという栄誉を会社にもたらしたからだった。

MRC（Mephisto Readers Club）をご存じですか？

本書をお買い求めいただき、ありがとうございます。

MRCはメフィスト賞を主催する講談社文芸第三出版部が運営する
「謎を愛する本好きのための会員制読書クラブ」です。
読者のみなさまに新たな読書体験をお届けしたいという思いから
「Mephisto Readers Club」は生まれました。
次ページよりMRCの内容についてご紹介しておりますので、
よろしければご覧ください。

読書がお好きなあなたに、素敵な本との出会いがありますように。

MRC 編集部

3. 買う

MRCホームページの「STORE」では、以下の商品販売を行っております。

MRCグッズ

本をたくさん持ち運べるトートバッグや、ミステリーカレンダーなど、
無料会員の方にもお求めいただけるMRCグッズを販売しています。

オリジナルグッズ

綾辻行人さん「十角館マグカップ」や「時計館時計」、
森博嗣さん「欠伸軽便鉄道マグカップ」などを販売いたしました。
今後も作家や作品にちなんだグッズを有料会員限定で販売いたします。

サイン本

著者のサインとMRCスタンプいりのサイン本を、
有料会員限定で販売いたします。

4. 書く ←New！

「NOVEL AI」

映画監督も使っている文章感情分析AI「NOVEL AI」を、
有料会員の方は追加費用なしでご利用いただけます。
自分で書いた小説やプロットの特徴を可視化してみませんか？

1. 読む

会員限定小説誌「Mephisto」

綾辻行人さん、有栖川有栖さん、辻村深月さん、西尾維新さん
ほかの超人気作家、メフィスト賞受賞の新鋭が登場いたします
発売前の作品を特別号としてお届けすることも！

会員限定 HP

MRC HPの「READ」では、「Mephisto」最新号のほか、ここでしか読めない短編小説、評論家や作家による本の紹介などを読むことができます。

LINE

LINE 連携をしていただいた方には、編集部より「READ」の記事や様々なお知らせをお届けいたします。

AI 選書「美読倶楽部」

好きな文体を５回選択するとおすすめの本が表示される、AI による選書サービスです。

2. 参加する

オンラインイベント

作家と読者をつなぐトークイベントを開催しています。

〈これまでに登場した作家、漫画家の方々〉

青崎有吾、阿津川辰海、綾辻行人、有栖川有栖、五十嵐律人、河村拓哉、清原紘、呉勝浩、潮谷験、斜線堂有紀、白井智之、須藤古都離、竹本健治、辻村深月、似鳥鶏、法月綸太郎、方丈貴恵、薬丸岳、米澤穂信（敬称略、五十音順）

MRC大賞

年に一度、会員のみなさまに一番おすすめのミステリーを投票していただきます。

Mephisto
Kodansha
Kodansha
Readers
Club

高英と関わる仕事においては叱責《しっせき》される事も多く、沈んでいた時期もあったが、やがて同調するという技を身につけ、そこに活路を見出した。しだいにそれに磨きがかかり、要領もよくなっていく。傍《はた》から見ていても気の毒になるほどの阿《おもね》りぶりだったが、本人は星を見るために生きているようなところがあり、会社での時間はとにかく無難に過ごせればいいと思ってるようでケロッとしていた。

「早川役員、まだご意見をおっしゃっていないようですが、いかがお考えですか」

ここで寅之助が反対に回れば、賛成三、反対二となる。たとえ薫が反対しても賛成と反対が同数になり、議題は次回に持ち越されるだけだった。どこかでつぶす手立てがないだろうか。

「なんとも判断がつきかねています」

それがあるとすれば、ただ一つ、火崎金融が海軍と癒着しており、剣介が火崎金融の役員を兼務している場合だけだった。個人的な利害関係を持っていると、法律上、それに関する議題の議決に参加できない。参加すれば決議は無効になるのだった。火崎金融と剣介の関係を調べるのは簡単だろう。だが、海軍との関わりについて確かめるのは難しい。

「この協同潜水艦作戦の成功率は、極めて低いですよ」

そう言った薫の表情には、余裕が感じられた。

「今までに五度行われましたが、一度しか成功していません」

高英は虚を突かれたような顔付きになる。

「特に今は、制海権をイギリスに奪われていますし、U234が我が国まで無事に進航できるかどうかは大いに疑問です。しかも我が社は、アコヤガイの染色体研究を理研に委託しています。理研は陸軍からの依頼を受けて原子爆弾を開発している。海軍も京大に委託して同じ開発を行っており、両軍は争い合っています。ここで我が社が海軍の取引に関係すれば、陸軍からあらぬ疑いをかけられるでしょう」

それだけの情報をよく集めたものだと感心する。おそらく大学時代や各国の支店に赴任していた時に培い、そこから派生している人脈だろう。先輩にはかわいがられ、後輩からは慕われ、同期生に信頼され、決して敵を作らず多くの人間と強くつながっていた。誰からも愛されるのは薫の一番の財産に違いない。

「ご存じの通り、軍部というのは理屈や言い訳の通らない世界ですからね。私のように片目を失いたくなければ、海軍との取引は控えた方がよろしいかと思いますが、いかがでしょう」

会議室の空気が静まり返った。それを突いて火崎の勢いのいい声が上がる。

「面白いじゃないか。巨額の利益が見込めるなら、俺の目の一つぐらいくれてやらぁ」

いかにも強欲なひと言だったが、顔には利害を超えた闘志がみなぎっている。欲得ずくというよりは、ただ血の気が多いだけのようにも見えた。意外に単純な性格なのかも知れない。それにしても役員の発言としては不適格だった。

「この件について採決します」

薫が苦笑しながら議事を進める。

「提議に賛成の役員は挙手をお願いいたします」

挙がったのは、火崎の手のみだった。

「では次の議題に移ります」

舌打ちする火崎を横目で見ながら薫は、手元の綴りを広げる。

「現在、我が社が行っているのは宝飾品の修理とアコヤガイから採取したカルシュウム剤の製造、中国への薬用ケシ珠の輸出、アコヤ貝を利用したボタン製作のみです。しかしいつでも養殖や宝飾品製造が再開できるような態勢を維持しているため、これが赤字の原因となっています。そこで利益率の高い新規事業を起こしたい」

たちまち皆の顔が生気を帯びた。室内が明るく感じられるほどの活気が生まれる。不貞腐《ふてくさ》れていた火崎も組んでいた脚を解き、斜に構えていた体を正した。

「戦時下にあって活況を呈しているのは医薬業界です。製薬会社も製造が追いつかないほど売り上げを伸ばしており、我が社でもカルシュウム剤の売れ行きが非常に好調。この傾向はこれからも続き、たとえ終戦になったとしても変わらないでしょう。製薬会社は、薬の研究から製造まで全部を手がけていますが、多様な薬剤を作るためには新薬の研究が欠かせない。これからはそれに主力を注ぎ、製造は専門技術を持つ会社に委託していくと思います。我が社にも真珠養殖やカルシュウム抽出で培った技術がある。これを生かして製薬事業に参入したい。億どころか兆単位の収入が見込めます。ご賛同を頂ければいくつかの製薬会社に声をかけ、共同作業に入りたいと思いますが、いかがですか」

寅之助は感嘆の息をもらす。莫大な収入が見込める事に加え、医療関係の商品ならば帝國真珠の名前に傷をつける事もなく、まさに打ってつけの新規事業だった。

「ええんやないか」

高英は、火崎金融から増資を受ける理由として新規事業を主張していた。ここで反対できるはずもない。

「やってみなはれ」

それを聞いた佐野が即、賛成に回る。近藤も深々と頷き、火崎も興味津々の顔だった。

「面白そうだ。俺が担当役員になろう」

それぞれが思惑を持って集まっているこの役員会をまとめ、全会一致に持ち込んだ薫が誇らしい。いつの間にこれほど成長したのか。感無量で見つめていると、目が合った。

「ところで早川役員だけ、ご意見をおっしゃっていませんが、異論でもおありですか」

親をからかう余裕まである。見事というよりなかった。

9

その日は所長と矢部が出張で、二つの湯呑みだけが棚に残っていた。所長のものは信楽焼《しがらきやき》で、温かな感じがいかにも人柄を思わせる。矢部の湯呑みは花が描かれた青磁だった。絵柄は少し前までサクラ、今はシャクヤクになっている。お茶を入れる冬美も、月に合わせて取り替えられる湯呑みに季節を感じ、楽しませてもらっていた。

そこから推しはかれば、志摩に移ってから寮生活を始めた矢部の部屋もその時期らしい彩りにあふれているのだろう。オールドミスと揶揄され、不満の多い毎日を送っているように思われているが、意外に生活を楽しんでいるのかも知れなかった。それにしてもなぜいつも不機嫌なのだろう。

「今日は所長も矢部女史もおらんで、気楽やわぁ」

「ほんに天国やな」

和やかに一日が過ぎ、湯呑みを集める時間になる。まだ作業をしている細工師や組み師がほとんどで、そこから湯呑みを引き上げる時には、邪魔にならないようにし、残っているお茶があればこぼさないように気を付けた。

特に久保の作業台は鬼門で、近づくとかなり緊張する。組み師の女性たちから鬼瓦と呼ばれている久保は、まるで岩のように微動もせず作業台に向かっていた。冬美は泥棒さながら気配を忍ばせて近づき、その体の脇から手を伸ばして湯呑みを置いたり、回収したりするのだった。そのたびに思った、ハナグルマはもう修復に入ったのだろうかと。


その日も、いつもと同じように湯呑みを置こうとしたのだが、手を伸ばしたとたん、久保の声が上がった。


「あかん、ハジきよった」

作業台の上になめるような視線を走らせていて、やがてこちらを仰ぐ。

「そっちに飛ばへんかったか」

何かが飛んできたのも見ておらず、顔や体のどこかに当たった感じもしなかった。

「いいえ、飛んできませんでした」

久保は腕を伸ばして冬美を後ろに下がらせ、しゃがみ込んで床を見回し始める。一緒に捜そうとして後ろからのぞき込んでいると身を起こし、こちらを振り返った。

「どこにもない。おまはんの服のどっかに飛び込んだんや。捜すから、服こっちに貸せ」

とっさにどうしていいのかわからず、自分の服を見回す。その目の前に片手が突き出された。

「さっさと脱いで服よこせや」

笑いがこみ上げてくるほど無理無体な要求だった。

「こちらには飛ばなかったと言ってるじゃないですか」

久保は気色ばむ。

「それを確かめる、ゆうてんやないか。アチコチ動いて、どっかに落としてもうたら大変やから、今ここで脱げ」

思わず周りを見回した。細工師はもちろん組み師も手を止め、こちらを注視している。

「こんな所で脱げません」

久保はバカにしたような笑いを浮かべた。目には頑強な光がまたたいている。

「自分が正しいと思うとるんなら、証明してみせたらどや。男だったら褌《ふんどし》一丁になるで。それができへんのか。せやから女は半人前だちゅうねん」

深い谷の縁に立たされた気がした。自分が細工師たちの中にいるにもかかわらず、組み師との間をへだてる通路の前にいるように思える。

ここで服を渡さなかったら、これからもずっと半人前扱いをされるだろう。そうなれば細工師たちの仲間に入れる日は、いっそう遠ざかるのではないか。他の細工師の気持ちも同じに違いなかった。目の前の谷は眩暈がするほど深く広い。だが飛びこせば向こう側に行けるのだ。半人前と言われずにすむ。

「わかりました」

力を込めて言いながら、上衣の紐をほどきボタンをはずす。勢いよくそれを脱ぎ、久保に突き付けた。

「どうぞ改めてください」

次にモンペの紐に手をかけ、振り解いて一気に押し下げる。両脚が冷たい空気に包まれるのを感じながら脱皮するように脱ぎ捨て、久保の持っている上衣の上に載せた。

「こちらもどうぞ。早くしてくださいね、寒いので」

久保は唖然とした顔になりながらも、机上に広がっていた宝飾品を作業箱に片づけ、冬美から渡された服を載せた。トーチを点け、布をかざして丁寧に目を通し始める。時々トーチの先を動かし、縫い目の間などに細かく視線を配った。

その様子を見て、次第に不安になってくる。飛んだという物が、もし出てきたらどうしよう。久保の言っている事の方が真実で、自分はそれを見逃したのではないか。久保の一挙一動を見つめていると気が張りつめ、あたりの空気が刻々と濃くなっていくように思われた。

やがて久保が大きな息をつき、背筋を伸ばして顔を上げる。

「どこにもない」

歓声を上げたい気分だった。それ見た事かと言いたい気もしたが、それより先に服を着なければならない。この格好で勝ち誇ってもマヌケにしか見えなかった。

「じゃ返してください」

差し出された服を急いで身につける。張りつめていた雰囲気がゆるみ、皆が自分の仕事に戻っていった。久保はしきりに首を傾げる。

「ほんじゃ、どこに行きよったん。おっかしな事や。消えた訳でもあるまいに」

確かに不思議だった。久保の作業机に近寄り、肩越しにのぞき込んでみる。作業箱に入っていたのは銀色の帯留めで、桜の花を象ってあった。中央のメシべの位置に大きな真珠、その周りのオシベに中粒の真珠を配し、透かし彫りの花びらの縁に沿って小さなダイヤを埋め込んである。洗練されていて流麗、しかもかわいらしい感じがした。美しくありながら同時にかわいらしい宝飾品はあまりない。心を揺さぶられ、気持ちが高ぶってつい声が出た。

「かわいい帯留めですね」

きっと若い女性が使っていたのだろう。冬美はまだ自分の装飾品を一つも持っていない。いつか、こんなかわいい細工をした真珠製品を買いたいと思いながら、もっとよく見ようとして身を乗り出した。

「ほんとにかわいい。地金は銀ですか」

久保は目を細める。自分自身をほめられたかのように満足げだった。これを作ったのは久保なのかも知れない。

「十五金のプラチナ張りや。銀は使っとるうちに黒ぅなる。そんじゃ真珠がかわいそうやで」

真珠をかわいそうだと言う人間に初めて出会った。きっと愛にあふれているのだ。考えてみれば細工師は真珠と向き合い、その魅力を引き出すために長い時間をかける。愛情なくしてできる仕事ではなかった。

「真珠がお好きなんですね」

誰かの声が飛んできた。

「そや、鬼瓦みたいな顔に似合わずな」

細工場内に笑いが満ちる。つられて笑い出しながら帯留めの中央にある大粒の真珠が奇妙な光り方をしているのに気付いた。光沢にわずかなムラがある。宝飾品の真ん中にそういう珠を持ってくる事は、普通ありえなかった。

「ちょっと見せてもらっていいですか」

久保の許可を取り、作業箱の中から持ち上げてみる。中央下部にある支柱から、見えるか見えないかの細い光が放たれており、それが真珠に当たって光沢にムラを作っているのだった。その光の正体を確かめようと、作業台の上に置かれていた虫眼鏡《むしめがね》を取り上げる。拡大すると、支柱の中に小さなダイヤが食い込んでいるのが見えた。

「お捜しになっていたのは、もしかしてこれですか」

その部分がよく見えるように傾けて差し出すと、久保は目を見張った。

「そう、これや。こんなとこにもぐっとったんか」

喜々としてピンセットを取り上げ、掘り起こしにかかる。

「よかった、珠は無キズや。支柱を取り替えればすむ」

勢いよく立ち上がり、こちらに向き直った。生き生きとした光のあふれる二つの目に喜びが躍っている。

「いい目やな。俺には見えへんかった」

冬美にも見えていた訳ではない。ただ光の違いが気になっただけだった。

「これがないと補修できへんかったんや。よそから持ってきたんじゃ色が違ってしまうさかい」

色合わせには冬美も苦労している。気持ちはよくわかった。先ほどの度外れた要求も、必死な思いから出たものだったのだろう。

「お役に立てて幸いです」

お茶を配っている途中だったと思い出し、脇机に置いてあった盆を持ち上げる。すっかり冷めてしまっていた。入れ直すために給湯室に足を向けると、久保の声がした。

「疑ごうて悪かった。さっきの事でおまえが嫁にいけんようになったら、俺も男や、責任は取るで」

血の気が引いていくような気分になる。夢中だったとはいえ、自分がしでかしたのは結婚も危うくなるような大変な事だったのだ。

いったん引いていった血が今度は頭に上りつめてくる。火を噴きそうに頬が熱くなった。これが薫の耳に入ったら、どれほど軽蔑されるだろう。きっと嫌われる。悲しく思いながらつぶやいた。

「いいんです。早く忘れてください」

10

翌朝、起きてみると、新しい処置を施した真珠のシミはほぼ消えていた。昨日の失敗が吹き飛ぶような気分で、四人に報告しようと部屋を訪ねる。もう食堂に行ったらしく誰も不在だった。急いで後を追う。

きっと皆、喜んでくれるだろう。この方法で全部のシミを取り、所長に話を持ち込むのだ。社内に加工処理の部署が復活し、真珠を捨てなくてもよくなる日は近い。

期待に胸を弾ませながら食堂に入っていこうとすると、すでに来ていた寮生たちの声が聞こえてきた。

「ズロース姿やで。胸は丸出しだし。こっちの方が恥ずかし」

「うちやったら、何言われても絶対脱がへん。はしたないやん」

「そういうとこ、ゆるい人なんやないか」

「いや、男衆に見せたかったんとちゃうか」

かしましく揶揄する寮生たちに向かって、きつい声が飛ぶ。

「なんや好き放題言ってはる女たちがいよるで」

「こき下ろすだけなら、誰にもできるわなぁ」

「ほんにお里が知れよるちゅう話や」

真珠の染み抜きに関わっている四人だった。

「なんやて、も一回言うてみ」

「ああ何度でも言うたるわ」

食卓の周りで舌戦が勃発《ぼっぱつ》し、入るに入れない。いったん部屋まで戻り、時間をおいて出直した。この様子だと、細工場でも噂の花が咲いているだろう。恐れながら出勤し、お茶を入れてまず所長室に持っていく。広げた新聞を見回していた所長に言われた。

「昨日は、たいそう勇ましいところを披露したとか」

続いて飛んでくるに違いない皮肉、もしくは叱咤《しった》の言葉に備えて身構えたが、所長の視線は新聞から離れなかった。

「細工師たちが寄って集《たか》って話に夢中だ。あのくらい熱心に仕事もやってくれるといいんだがね」

そのまま読みふけってしまい、言葉が途切れる。急いで退出し、細工師たちにお茶を配った。いつもと同じ挨拶が返ってきたが、こちらに向けられる目の底にはバカにしたような笑いがひそんでいた。

細工師たちの関心は、女が脱いだ、女を脱がせたという所にしかないのだった。女は半人前ではない、男と同様、脱ぐ必要があればそこから逃げるものではないのだという事には、誰も思いをはせていなかった。

久保の態度も、以前よりいっそう無愛想になったように見える。机に湯呑みを置いても視線すら向けなかった。もちろん声もかけてこない。通路を飛び越すつもりだった冬美は、相変わらず通路の手前にいた。

これでは何のために脱いだのかわからない。気落ちしながら、噂が薫に伝わるのも時間の問題だろうと思った。嘲笑《ちょうしょう》されたり、さげすまれたりするのはつらい。

「水野はん、うちがおらんかった昨日、細工師たちの前で服脱いだらしいな」

矢部も、何をか言わんや、という表情だった。

「近頃の若い娘は、ほんまどうなってんのやら」

わかってもらいたくて事情を話す。男は威張りすぎだと言っていた矢部なら、半人前の評価を受けて引き下がれなかった気持ちを理解してくれるのではないか。

「男性がするのと同じ事をしてみせれば、認めてもらえるんじゃないかって思ったんです」

矢部はバカバカしいと言わんばかりの冷めた目付きになる。

「つまり挑発に引っかかった、ゆう事やな」

あれは挑発だったのか。

「久保君には、うちからゆうとく。単純な娘やさかい、口三味線に乗せんといてってな」

自分が手の施しようもない愚か者だったように思えてきた。

「ついでに、も一つや。寮で何やらゴソゴソやっとるらしいな」

染み抜きの事だろう。誰かの口から耳に入ったのに違いない。怒られるのだろうか。身がすくむ思いで矢部の出方を待つ。

「ここんとこ、どうにもボヤァとしとるのは、そのせいかいな。自分の時間に何をしようと構へんが、それで仕事に集中できんじゃあかへんやろ」

確かに言われる通りで言い訳のしようもなかった。謝りながら、やめろと言われなかった事に胸をなで下ろす。それがわかったのか、矢部はいっそう不機嫌な顔になった。

「口先だけで謝らんとき」

意気消沈しながら黙り込む。

「なに不貞腐れとるんや。仕事せい仕事。孔開《あな》けも糸通しもなんとかできるようになってきたさかい、次の段階に進むで。連組みや」

それは組み師の作業の最終段階だった。目の前に突然、緑の平地が開けたような気分になる。

「連組みをやらせてもらえるんですか」

思った以上に喜々とした声が出て、矢部に鼻で笑われた。

「ゲンキンなやっちゃ。できるかどうかわからんが、ほれ、そっちの連台ここに持ってきてんか」

顎で指示され、用具台の上に積み上げられていた連台の一つを自分の作業台に設置する。その手前の真珠溜まりに、矢部がカルトンから真珠を移した。

「こいは練習用や」

連組みは、サイズや色、光沢をそろえた真珠を十六インチの長さに並べる作業だった。連台という溝のある台を使い、六列から十列を同時に並べる。その後、二列ごとに一本の絹糸に通していけば、ネックレスの母体となる通糸連が完成するのだった。これが完璧にできるようになれば、組み師として一人前と認められる。

「きっちり二列分あるよってに組んでみなはれ。終わったら呼んでな」

ピンセットで一粒ずつ取り上げ、転がしながら大きさを見た。ほぼ均一だったが、それでも若干大きめの珠がいくつかある。それらが中央にくるように置き、その両隣に、それらと色や光沢が近い珠を並べた。脇にも、さらにその脇にも隣と似たものを置いていく。そうして全部を並べ終えてから点検し、位置を替えた方がよさそうな珠を交換した。それを繰り返して全体を整えていく。

だが何度やっても気になる一粒があった。わずかに色がくすんでいて、どこに置いても両隣の珠と馴染《なじ》まない。それさえ外してしまえばきちんとまとまるため、組み込むのをやめてみた。

しかし連台の端に一粒分の空白ができる。全体が十六インチより短くなってしまうのだった。おそらくこれではダメだろう。この一粒をどこかに入れねばならないのだ。

様々な置き方を試してみる。二つの真珠に挟まれる位置に置くと両方に影響を与えると考え付き、一番端に持っていった。そこなら片側は留め具になり、その金属色を反映して、くすみは多少なりと隠れる。

問題は隣に置く珠だった。光沢が強いと、くすみが目立つ。おとなしいものを持ってこなければならず、相応の珠を全体の中から選び出した。だがそうすると今度は、それを抜かれた両隣の珠の均衡が崩れる。

やり直しを繰り返しているうちに、作業終了の電鈴が鳴り響いた。作業台についていた女性たちは片付けを始め、挨拶をして帰っていく。やがては冬美一人になったが、ここでやめる気にはなれなかった。なんとか活路を見出そうと苦心惨憺《くしんさんたん》していると、帰り支度を終えた矢部が近づいてきた。

「たった二列やのに、まだできんのかいな。しょうもな。今日はもう終わりや。灯火管制があるよってにな。連台はそのままでええから、早ぅいね」

追い出されるように細工場を出る。またたき始めた星の間を突っ切っていくB29の赤い明かりが見えた。数機が南から北に向かっていく。名古屋か四日市《よっかいち》あたりを爆撃に行くのだろう。一週間に何度も見かけるその光景よりも、中断しなければならなかった作業が心に引っかかっていた。

寮に戻っても自分が空中に浮かんでいるかのようにうつろな気がする。食べた気もせず寝るに寝られず、真夜中に思い切って起き上がった。洗面所につるしてあった手拭いを持って細工場に向かう。

雲間から大きな月が出ており、道は明るかった。矢部がいつも細工場の郵便受けに入れている鍵を取り出し、戸を開ける。自分が使っていた連台を持ち、細工師用の電球の付いた作業台まで移動すると、持ってきた手拭いで電球をおおい、続きを始めた。

何度もやり直し、思いつく限りの並べ方をしてみて、この方法ではもうダメだと結論する。別のやり方を考えなければ仕上がらない。

昼間から試みている組み方は、大きな珠を中央に置き、その周りに他の珠を配するというものだった。間違っていないはずだが、大きいといっても若干であり、他の珠に混ぜても差異はない。それに比べれば、くすんだ珠の方が目立っていた。いっそそれを中心に考えたらどうだろう。

いったん全部を崩し、真珠溜まりに戻してからくすんだ珠をまず中央に置く。全体の中から光沢の弱いものを選び出し、それを弱い順番に二つずつ並べた。一番弱いものをくすんだ珠の両隣に置き、その隣に二番目の弱さの珠を入れ、段々と強いものを組み込んでいく。

一度やってみて見直し、いく粒かを組み替えて再び点検した。全体のまとまりは悪くない。このままいけそうだと判断し、精度を上げるために念を入れて見返したり、距離を置いて見渡したりし、気になった部分を訂正した。納得のいくまで繰り返し、ようやく仕上げる。

すらりと並んで光を放つ真珠の列を見ながら、やり遂げた満足感を噛みしめた。これ以上はもうできない。もしこれでダメなら原因を聞いて学び直そう。

使った道具を元に戻し、そっと細工場を出て鍵を閉める。それを郵便受けに入れ、寮に戻ろうとしていると、水音が聞こえた。水面を叩くような破裂音が続く。

魚が騒いでいるのだろうか。海の方に目を向ければ藤堂の石碑が建つ予定の苗木のそばに、脱いだ着物と三尺帯が置かれていた。一本歯の高下駄《たかげた》も一足転がっている。

泳ぐにはまだ早く、海は冷たいはずだった。身投げかも知れない。確かめようと近寄っていくと、水を破るような音と共に大きな影が海面から上がってきた。

闇を背に立ち上がり、両腕を上げて顔を拭ってそのまま髪を掻き上げる。月光を斜めに受けている濡れた顔は、薫だった。

全身から水滴を滴《したた》らせ、降り注ぐハチミツ色の光を浴びてどこもかしこも輝いている。夜の中に浮かぶその裸体の美しさに息を呑んだ。

男性の裸を見るのは初めてだった。言葉もなく、ただ見惚れる。学校の美術室にあった大理石のダビデ像を思い出した。

濡れた体から霧のように湯気を放ちながら薫は、三尺帯と着物をつかんで片方の肩に投げ上げる。素足に下駄を突っかけ、門に向かっていった。一足ごとに背骨と肩甲骨がくっきりと浮き上がり、月の光を反射して心の底まで射し込んでくる。

胸で獣が吠え立て、せっついた。声をかけろと叫んでいる。追いかけろ、誰も見ていない、今が好機だ、後ろからしがみついてしまえ。

獣でなければ言えない言葉だった。誰も見てない、今ならできる。その甘さが胸を揺さぶった。そそのかされまいとして必死に身構える。

見ている者がいなければ、しなかった事になるのか。この声に従ったら、もう引き返せないに決まっている。その先に続いているのは獣道だ。真珠養殖からも細工師からも遠いその道を、薫を引きずり、自分のした事を背負いながら歩いていくしかなくなるのだ。

咆哮する獣と良心の間を行きつ戻りつする。せつなさが募るばかりで涙が浮かんだ。自分はどうしてこんな獣を心に飼ってしまったのだろう。絞め殺して口をふさいでしまえたら、どんなにいいか。

月に照らされた薫の後ろ姿が門の向こうに消える。高歯の音も次第に遠のいた。胸の咆哮が途絶え、力が抜ける。その場にしゃがみ込みながら、ふと火崎に聞いてみたくなった。自分は臆病なのか、こんな時に火崎ならどう振る舞うのか。聞く前から答えがわかっているような気もして、一人で笑う。

次第に落ち着きが戻ってきて立ち上がり、寮に戻る道をたどった、それにしても薫はなぜ、こんな夜更けに海にもぐっていたのだろう。浜上げをできない今、貝は真珠を抱いたままでいる。その状態を見回っていたにしても、奇妙な時間だった。

11

「見ていただけますか」

自分の作業台の前に座ったまま、隣の矢部に声をかける。

「できたんかいな」

矢部は立ち上がり、冬美の後ろに来ると肩越しに連台をのぞきこんだ。しばし見つめていたが、やがて溜め息と共に背筋を伸ばす。

「東京の所長が言うとった通り、ええ目やな」

ピンセットをつかみ、冬美が手こずっていた一粒を摘《つま》み上《あ》げた。

「これは試し珠ゆうてな、試験の時に使うんや。どこに置くかで技量がわかるよってにな」

半ば唖然としながら昨夜の苦労を思い返す。

「これを真ん中に持ってくるような大胆な連組みをした人間は、これまでにおらへんかった。下手をすると連相がえらいバラける危険があるさかいに。けどこの連組みは格段の仕上がりや。気品がある」

喉の奥から喜びが突き上げてきて顔に広がり、笑みがこぼれた。見れば矢部も笑顔だった。晴れやかとは言いがたかったが、それでも眉間《みけん》の皺《しわ》が伸び、目の中の刺のような光も消えている。矢部のそんな顔を見るのは初めてだった。周りの作業台から声が上がる。

「はれぇ、矢部さんがほめとる。珍しおすなぁ」

「ほんに雨が降るんじゃなかか」

「いんや槍《やり》かも知れまへんで」

ドッと笑いが起こり、矢部が咳払いをした。

「得意になっとらんと、もっと精進せなあかんで。連組みは時間との勝負でもあるさかいに。あんたは、えろう遅かった、遅すぎや。次は確実に早く、を目指しなはれ。それができたら、ロットの仕方を教えるさかいにな」

自分の進歩を自覚し、やる気満々で大きな返事をした。だが前日ほとんど寝ておらず、昼を過ぎると眠気に襲われる。腕をつねりながら、なんとか仕事を続けた。作業終了の電鈴がこれほど待ち遠しかった事はなかった。

今夜はしっかり眠り、明日はきちんと作業をせねばと思いながら片づけ、作業場を出る。

「ちょう待てや」

後から声をかけられ、振り返ると、久保が後を追ってきていた。

「これ、今朝うちの山で取れたタラノメやさかい、よかったら食ってや」

手に持っていた新聞包みを突き出し、赤くなりながらそっぽを向く。少年のようなはにかみ方だった。

「好きかわからへんけど、時期もんやから」

冬美も家にいた頃は、春になると母に連れられて三多摩《さんたま》の方までよく山菜を取りにいった。もうそんな季節になったのだ。

「ありがとうございます」

受け取って顔を寄せると、しんなりとした新聞紙を通してタラノメの香りが鼻に流れ込んだ。

自分の手の中に収まっている小さな春に、笑みがこぼれる。

「貴重なものを申し訳ありません。寮の皆でいただきます」

久保は体中から力を抜き、ようやくこちらに目を向けた。鋭い眼差だったが透き通りそうに澄んでいる。真珠や貴金属と向き合い、渾身《こんしん》の熱を込めてそこに自分の魂を刻み付けようとしている細工師の目だった。

「こないだは悪かったな」

気にしているらしい。自分も考えが足りなかったと思いながら首を横に振った。

「もう忘れてください。覚えていられても、私の方が恥ずかしいです」

久保は見る間に頬を染める。服を脱いだのが久保自身であるかのような赤面ぶりで、何だかおかしかった。

「それではこれで失礼いたします」

寺嶋に渡せば、きっと喜ぶに違いない。春の訪れを告げる食材を見れば、いつも哀しげなその顔も少しは晴れるだろう。

「あ、帰ってきよった」

寮の前に梅津たちがたむろしており、こちらに向かって手招きをする。

「水野はん、えらいこっちゃ」

走り寄ると、肩を抱いて輪の中に迎え入れられた。

「奥様が、あんたはんを訪ねてきとるで」

胸に冷たい刃物を押し付けられたような気分になる。昨夜の薫の姿と、自分が突き動かされそうになった獣の声が珠緒に筒抜けになったかに思われた。

「今、対面室で待っとられるさかい」

逃げ出したかったが、逃げてどこに行けるというのだろう。そんな場所はどこにもない。ここですべてを受け止めるよりないのだ。

「何ぞしはったん」

聞かれて首を横に振る。

「心当たりがないんか」

「まぁ、しゃぁないな。早よ行きや」

やむなく対面室に向かう。手がおののき、持っていた新聞紙の包みが引っ切りなしにガサガサと音を立てた。それを聞いていると、いかにも自分が罪を犯したかのように思えてくる。心に思うだけでも罪だと教えられたのは、確か宗教の時間だった。聖書にはそう書いてあるらしい。

対面室は、玄関を入った所に広がるホールの脇にあった。扉の前で足を止め、声をかける。

「水野です。今、戻りました。お待たせして申し訳ありません」

扉に耳を押し付け、返事を待った。自分の心臓の音以外は何も聞こえない。もう一度声をかけたが、やはり同じだった。扉を開けようかと迷っていると、それがいきなり内側から開く。

「あなたが水野さんですか」

そこに珠緒が立っていた。近くで見ると、顔のどこかしらに高清の面影がある。声の震えが目立たないように少しずつ喉からしぼり出した。

「はい、水野、冬美です」

珠緒は軽く頭を下げる。

「突然、お尋ねしてすみません。ちょっとお話があって。外に出ませんか」

冬美の脇を通り、体を傾けながら歩き出した。人のいない所に行くつもりらしい。一体何を言われるのだろう。次第に膨らんでいく懸念《けねん》で、目がくらみそうだった。夕方近くの陽射しが珠緒の上衣の宝船模様をきらめかせ、そこから浮き上がった船がけたたましく脳裏を走り回る。

「水野さんの事は、乳母の中村《なかむら》から聞きました。婚礼の日に、親切に声をかけてくださったそうですね。中村が三田に帰っていく時に、何かあったら水野さんを頼りなさいと言っておりました」

宝船の帆走が停まる。風向きが変わるのを感じ、縮こまっていた背筋が伸びた。

「何しろ急な結婚でしたので、橋かけも仲人も立っておらず、相談する人もいず、志摩には知り合いもなくて、あなただけが頼りなのです」

不自由そうに動かしていた脚を止めたのは、池の畔まで来た時だった。

「一緒に歩いていただいて、ありがとうございます。他の人と違ってゆっくりとしか歩けないので、ご迷惑だったでしょうね。片方の脚が二寸半ほど短いのです。でもゆっくり歩いていると細かなものを見つけられます。私は色々と見つけて考える事が好きなので、この体は私に合っているように思っています」

眼差の底で透き通った光が瞬く。研ぎ澄まされたその輝きを一瞬、何かの影が横切った。目を引かれていると、溶けるように消えていく。池の波でも映っていたのかも知れなかった。

「この体に生まれたので、今の私になれたのでしょうし」

自分の運命を静かに受容しているような、慎《つつ》ましやかなその姿がまぶしかった。

「ご苦労もおありになったかとお察ししますが」

そう言うと、わずかに笑って目を伏せる。

「私も母も、特別な目を向けられてきました。私は生まれない方がよかったと言われ、母はあんな子を産んだ価値もない女と見られていましたので。私のせいで母が辛い思いをしているのは本当に悲しかったし、母からは、おまえはどんな男の人にも見初められないだろうから結婚はあきらめて一人で生きていくよりないと言われて、そのつもりでいました。そんな私が結婚したと知ったら、母はどれほど驚き、喜んでくれた事でしょう」

色白の頬に、花が開くかのような柔らかな笑みが広がる。

「おまけに夫が、薫さんのような方だなんて」

わずかににじんだ恥じらいの色が、昨夜の薫の姿を思い出させた。美しい体だった。

「あんな方の妻になれるなんて想像もしていませんでした」

胸が奥深くまでジリジリと炙《あぶ》られ、焦《こ》げ付いて干上がっていく。いく筋もの痛みがくり返し走り抜けた。耐えかねて、つい口を滑《すべ》らせる。

「それで私に何のお話でしょうか」

言ってしまってからあせったが、取り消す事はできなかった。胸の痛みに自己嫌悪が重なる。

「ああ私ったら、ついおしゃべりをしてしまって、すみません。実は毎日、する事がなくて退屈しているのです。私も細工場で働きたいのですが、所長さんに頼んでいただけないでしょうか。薫さんにも話したのですが、いつまで経ってもお返事をいただけなくて」

横を向き、ひと言言うのがやっとだった。

「承りました。伝えておきます」

12

逃げるように寮に戻る。待ちかねていた梅津たちがこちらめがけて殺到し、ハチの巣をつついたような騒ぎになった。

「なんやて」

「どないなってん、はよ言いや」

切迫した空気に包み込まれ、高ぶっていた気持ちが逆に落ち着く。自分が新聞包みをしっかり握り締めていた事に気付き、あわてて指をゆるめた。

「何でもありません。細工場で働きたいので所長に頼んでほしいとの事でした」

珠緒の目の奥を一瞬、よぎったものの影を思い出しながら、食い入るようにこちらを見ている寮生たちの好奇心を満たすために言葉を続ける。

「婚礼の日に、乳母の中村さんと話す機会があったのですが、その事が奥様に伝わり、私の名前を知ってらしたみたいです」

期待したような劇的な事は何も起こらなかったとわかり、誰もが失意をあらわにした。

「そんだけなんか」

「いっこもおもろうあらへんなぁ」

後ろから声が飛んでくる。

「なんや騒がしおすなぁ」

細工場から引き揚げてきた矢部が立ち止まっていた。あわてて道を開ける。矢部は、集まっていた寮生たちを一瞥《いちべつ》し、通り過ぎていった。

「えろうご機嫌斜めや」

「いつもやろ。オールドミスのヒステリーやねん」

矢部の足が止まる。動かない背中を見て皆が息を詰めていると、やがてゆっくりとこちらを振り向いた。

「あんたらなぁ、寄るとさわるとうちの悪口ゆうとるが、うちがなんか悪い事でもしたんか」

矢部の顔が母に重なる。町内の婦人たちがやってきた時、母もそう言っていた。あの時は深く考えもせず聞き流していたが、今になってようやくわかった。

母も矢部も、同じ年代の、より多くの女性たちと違っているのだった。母は寡婦、矢部は未婚。女は結婚し、子供を産んで家族に囲まれて暮らすのが当たり前で、それができないのはどこかが欠けているからだと誰もが信じ、見下すのは当然の事だと思っている。

今まで気づかずにいたが、母はそういう白眼視に耐えていたのだった。もっとも母の事だから、逆に相手を軽蔑していたかも知れない。

「うちが何したんや、ゆうてみ。言えんやろが」

気まずい雰囲気が広がり、矢部はいまいましげな吐息を残して玄関を入っていった。梅津たちも不快な眼差をかわし合いながら、三々五々、自分の部屋に引き上げ始める。

矢部を追いかけて慰めたかったが、ヘタな言い方をすれば噛みつかれるのがオチだろう。どういう言葉を使えばいいのかわからず、あきらめるしかなかった。

賄《まかな》いの寺嶋は、台所の脇にある小さな部屋に住み込んでいる。内側の戸で台所とつながっており、便利に行き来していた。まず台所をのぞき、姿がないのを確かめてから小部屋の出入り口に回る。戸の前に立ち、声をかけようとしていると、廊下の方からあわてた足音がした。

「今はあかん」

振り向けば、矢部がこちらにやってくる。奥にある手洗の戸が揺れていた。

「疲れて寝とるさかいに」

そろそろ夕食の支度にかからねばならない時間だろう。体調でも悪いのだろうか。

「昨晩の片付けが終わった後、今朝方までオートバイでランデブーや、火崎役員とな」

驚きが喉を走り下り、胸に溜まって渦を巻く。そういう関係だったとは知らなかった。それなのに結婚しようなどと持ちかけてくるとは許しがたい。引っぱたいてやりたかった。

「何や、その顔。冗談もわからへんのか」

どの部分が冗談だったのだろう。考え込んでいると矢部が苦笑した。

「二人で東舞鶴《ひがしまいづる》までオートバイで往復しただけや」

東舞鶴というのは、日本海に面する港町だった。ここからでは相当な距離がある。

「今朝の賄いに間に合うように帰ってきて、その後、昼の賄いして片づけてから、うちんとこに来て、これから休むよってに何かあったらよろしゅう頼んますゆうて、寝てもうたんや。ま、もうすぐ夕の賄いやさかい起きよると思うけどな」

なぜ舞鶴くんだりまで二人で出かけたのだろう。

「満州の負傷兵を乗せた船がナホトカから舞鶴に着いたゆうてラジオで聞いて、あわてて出てったんや。出征した一人息子がそれに乗って戻ってくるかも知れんゆうてな。寺嶋はんとこは亭主も亡くなっとるし、息子を頼りにしとったんや。ま、気持ちはわかるわ。うちの甥も兵隊に取られとるさかいな」

どこの家にも何かしら戦争の影が落ちている。寺嶋がいつも哀しげな顔をしているのは、息子の安否を気にして心が休まらないのかも知れなかった。

「けどな、かわいそうやが戻ってくるはずあらへん」

矢部は、手に負えないといわんばかりの表情になる。

「寺嶋はんの息子は満州に出征しとって、その後ニューギニアに送られたんや。その輸送船が途中で撃沈されて、海の藻屑《もくず》や。玉砕の知らせが届いたゆう話やった。けど遺骨が戻ってこんで、フィリピン行きの船に乗り遅れたかも知れんとか、負傷して満州に残っているのかも知れんとか、色々考えとるんや」

死んだと思いたくない一心なのだろう。あの哀しげな面持ちの底に、寄せては返す絶望と希望の波を抱えているのだ。

「所長に、三度の賄いはあんじょうしますよって行かせてください、ゆうて頼んだものの、フィリピン近くで沈んだ人間がナホトカから帰ってくる事はありえんって止められてな。所長は論理派やから、母親の感情なんぞ想像できへんのやろ。それで二人が言い争ってるとこに、火崎役員が通りかかって事情を聞いて、俺の単車の後ろに乗る気があるなら連れてってやる、ゆう話になったんや」

そんなところに首を突っ込み、どう考えても理屈の通らない話に協力するような男だとは思わなかった。意外に情にモロく、面倒見がいいのかも知れない。

「寺嶋はんが、うちには銭がないさかいガソリン代は払えしません、ゆうと、火崎役員は、俺は女からは金を取らん主義だってゆわはってな」

その辺はいかにも火崎らしかった。表情まで想像できそうな気がする。

「そんで寺嶋はんは二つ返事、所長も役員がゆうてはるんならって事になって、バイクに二人乗りして出ていったんや。革のジャンパーを着た火崎役員の、まぁ恰好《かっこう》よかった事。見惚れてしもうたわ。若くて体格がいいし、なんとも色気があるねん。ツバメにしたいような男やな」

日頃しかつめらしい顔をしている矢部が、そんなくだけた言葉を口にするとは思わなかった。ついその顔を凝視する。

「ツバメというのは、情人の事ですよね。矢部さんって、そんな事を考える人だったんですか」

矢部は短い笑い声を上げた。

「どういう人や思うてたねん。これでも若い頃は、小町《こまち》と呼ばれた器量よしで浮き名を流したもんやで」

その顔に様々な思いが浮かんでは流れ、沈んでいく。

「ま、若い時は色々あるさかいにな。ところで手に持ってんのは何や」

久保がくれた山菜だと説明し、包みを開いた。差し出すと矢部は鼻を近づける。

「ええ匂いや。春やなぁ」

立ち上る香りが矢部の目の鋭い光にまといつき、和らげていった。細工場でもこんな顔でいてくれたら皆も自分もどんなに気が楽だろう。

「寺嶋さんに渡して、食事の時に皆に出してもらったらどうかなと思って」

矢部は即座に首を横に振る。

「舞鶴往復したんやで。疲れとるさかい、いつもの賄いするだけで手いっぱいや。余計な事させたらかわいそうや思わんのか」

そこまで考えが及ばず、自分の至らなさに潮垂れた。

「それにしても久保君、こないなもん持ってきはるとは、おまはんにホレてんのやな」

あまりにも唐突で乱暴な結論に面くらう。なぜそうなるのか理解できなかった。

「ありえません。だって挨拶もしないんですよ。それなのにそんな事、どうしてわかるんですか」

矢部はまじまじとこちらを見た。

「逆に聞きたいわ、なんでわからへんのか。ボケかましてんのか」

顔を近づけてきて声をひそめる。

「他の細工師たちから、女に裸見せられてイカれちまったって冷やかされるのが嫌で、必死で無愛想を装ってんのや。決まっとるやろ」

そういうものなのだろうか。男性の気持ちがよくわからず、答えに窮していると矢部はおかしそうに笑った。

「この際や、いっそ久保君と結婚したらええんやないか。どやねん」

それこそ藪《やぶ》から棒で、狼狽えるしかない。からかっているのかと思ったが、矢部は次第に真顔になった。

「久保君は、見た目はヘチャやが、どんな細工にもコツコツと取り組んで丁寧に仕上げる根気のいい男や。特にケシ打ちじゃ右に出るもんがない。一緒に生活したらさぞ堅実な暮らしができるやろ。大事なのは平穏に暮らす事や。それが幸せってもんやで。そういう相手にはなかなかめぐり合えへんし、たまに出会えても若い時はその貴重さに気付かへん」

その声が心に染みず、自分の外側を流れ過ぎていくのを感じながら口を開く。

「私、結婚しない事にしてるんです。ここでの仕事に一生を捧げるつもりです」

矢部は溜め息をついた。

「あーあ、何が悲しゅうて、そげな事を」

薫と交わした約束が破談になった時、結婚の代わりに彼と会社への奉仕を選んだ。後悔はしていない。

「まぁ結婚なんぞせぇへんでも手に職がありゃ稼げるし、若い時は一人の方が自由でええゆう事もあるがな、歳が寄って親が亡くなり、自分も病《やまい》なんぞを抱え込んでみぃ、寂しいで。その頃になったら、誰も相手にゃしてくれへんでな」

それはおそらく今の矢部の気持ちなのだろう。こちらを真っ直ぐ見ている顔に、自分は時機を逃したのだと書いてあった。

「今日は親切なんですね」

笑いまじりに冗談を飛ばすと、矢部も平然と答える。

「いつもやろ」

それでつい本音が口を突いた。

「いつも不機嫌です」

言ってしまってからあわてたが、矢部は怒らなかった。

「それはなぁ、組み師連中がぞんざいな仕事しかしよらんせぇや。創意もなく自分なりの工夫もせず、言われたまんまをアホみたいに繰り返しとる。終業時間がくりゃ、どんなに手許《てもと》が混んどっても、ハイさいなら、や。自分を甘やかしとるのが端々《はしばし》に見えよる。それが不快で、うちはいつもイラついとんのや」

連組みをほめてくれた時、目の光が和らいでいた訳がわかったと思った。真剣に、熱意を込めて仕事に取り組むべきだと思っているのだ。矢部自身、そうやって周囲に自分を認めさせてきたのだろう。だから生半可な態度で仕事をする人間に我慢できないのだ。

母もそうだったのかも知れない。夫の死後、女が一人で勤め続けるためには何よりも仕事を優先し、いい結果を出す必要があっただろう。それでハナグルマの制作にいっそうの精魂を込めたかに思えた。

「もっともあの組み師連中にとって、ここでの仕事は腰かけなんや。結婚前の期間をていよくすごすための時間つぶしやさかい、熱も入らんわな」

諦《あきら》めたようにつぶやきながら言葉を呑み、自分が広げた憂鬱の中に沈んでいたが、ふいに顔を輝かせる。

「ええこと思い付いたわ。その山菜な、細工師の福沢君の家に持ってってったらどやろ」

いたいけだった少年の姿と、つぶらな瞳が思い出された。

「まぁ山菜より卵の一つも持ってってった方が喜ばれるんやろがな。そんでも春を感じられる山菜は、心の栄養や。心が奮い立てば、人間は何とか生きてける」

大きく頷き、全身で賛同の気持ちを表した。

13

夕焼けの中を矢部と二人、肩を並べて福沢の家に向かう。

「こんあたりは古い土地やで。神話の時代から人が住んどって、源氏平氏《げんじへいし》の落ち武者も、関ヶ原の落ち武者も、鳥羽伏見《とばふしみ》の落ち武者も流れてきよったちゅう話や」

道の片側には小川が流れ、その向こうに畑が広がり、奥まったところに家々が建っている。大抵は平屋で、茅葺《かやぶ》きか藁葺き、縁側のそばにはカキの樹がいく本も植わって日陰を作っていた。

「灯火管制もないくらいの田舎や。歩いとると戦争なんか忘れてしまうなぁ」

畑には野菜が植わっている。ヒョイヒョイと歩いているニワトリの姿も見え、牛や綿羊の声も聞こえてきた。

「矢部さん、もしかして」

走ってきた子供たちが小川の前にしゃがみ込み、笹《ささ》の葉で船を作って流し始める。

「このあたりの人たちは、私たちより豊かに暮らしているんじゃないですか。畑で野菜は採れるし、庭にカキはあるし、ニワトリも家畜もいるんですから。私たちなんて、いつもひもじいでしょう」

矢部は大きな息をついた。

「自分で食べるもん作っとる百姓が、いざとなりゃ一番強いんや」

それなら寮か細工場の庭で野菜を作ったらどうだろう。イモ類や、ヒエやアワも採れるかも知れない。

「どこかで苗か種を手に入れられますか」

矢部は胡散臭《うさんくさ》そうな目をこちらに向けた。

「またなんかくだらん事考えとるようやな。ほんにあんたはなぁ」

始まった説教に、しゃがれたラッパの音が重なる。道の角からリヤカーを引いた豆腐売りが姿を見せた。ラッパの音が響き渡り、家々からナベやザルを持った女性たちが出てきてリヤカーを取り囲む。誰のモンペにもツギが当たっていた。

「今日はキラズ持ってはんの」

「うち、お揚げさんほしいねん。なんぼ」

豆腐売りは客の求めに応じ、リヤカーに積み込んだ大鍋《おおなべ》や缶の中から品物を出した。小銭を受け取っては自分の胴巻きに放り込む。矢部と二人でその脇を通り過ぎていくと、いくつもの視線が追いかけてきた。見られているのを感じ、緊張で手足がギクシャクする。

「珍しがってるだけや」

矢部が気にするなというように笑った。

「知らん人間がここいらを通る事なんぞ、ほとんどありゃせんのやろ」

見知った人々だけでできている秘境のような村は危なげなく、安心できるのに違いない。だが反面、かなり退屈だろう。自分だったら、うんざりするかも知れなかった。

「誰か、なんとかしてぇな」

悲鳴のような声に背中を打たれ、振り返る。

「おどれぇ、許さへんで」

こちらに向かって走ってくる女を、杖を持った男が追いかけてきていた。女性が下駄の先を地面にめり込ませ、膝をつくとその襟首をつかんで杖を振り上げる。

「おっと、あかんで、お父はん」

豆腐屋が走り寄り、男の手首をつかみ上げた。

「まぁ落ち着きや。どないしたん」

男は荒々しく肩を上下させ、しゃがみ込んでいる女をにらみ下ろす。

「どないもこないも、うちのヤツ、わいに断りもせんとバッサリ髪切りおったんや。女の黒髪やで、元結《もとゆい》んとこからブッツリやで」

女は怒りもあらわに顔を上げた。

「これから夏に向かうゆうに、うっとおしくてかなわんのや。そないゆうなら扇風機の一台も買ってくれたらどや。こんあたりの家にゃ皆あるやん、甲斐性《かいしょう》なしが」

男は再び杖を振り上げ、豆腐屋ともみ合いになる。その間に女性たちが女を助け起こした。

「気持ちはわかるで。そでも旦那《だんな》はんに黙って切るんは、いかんかったんとちゃうか」

「そやで。なんでも聞いてからでないとあかん。なんちゅってもご主人様やないか」

「女が我慢しとらんと、家内は回っていかんもんやで」

足を止めたまま見ていると、先に進んでいた矢部から声が飛んできた。あわてて追いつく。

「女が我慢せんとうちが回っていかん、ゆうんはほんとや。うちの母親は姑とうまくいかんくて、うちに向かって始終悪たれ口叩いてたやん。そんでうちも、お祖母ちゃんをよく思わんくなってな、ある時、お祖母ちゃんが、うちはご飯のおこげが好きや、ゆうたから、それを母に言い付けたんや。変な人やなって。そしたら母が珍しくお祖母ちゃんをかばいよった。それは夫や子供にいいとこを食べさせて、自分はおこげばっかし食べてたよってに自然と好きになったんやって。たぶん自分が同じ思いをしとったさかい、わかったんやろ。食べるもん一つとっても、女は我慢しとるもんや。それで家がうまく収まる」

家族が幸せであるためには、女の我慢が必要なのだろうか。

「でも自分の髪を切るのに、夫の許可がないとできないなんて」

不満に思いながらつぶやくと、矢部は小ばかにしたように眉を上げた。

「女は、男の持ち物の一つだと思っとる輩はいまだに多いねん。特に田舎はそや。食べる事から寝る事まで全部をさせる。只で使える女中なんや」

くやしく思いながら視線を伏せる。矢部が急いで言い添えた。

「久保君はたぶんちゃうで。高等工業学校を出とるさかいにな。学問のある男ほど、ましなもんなんや」

では帝大を出た薫も、女性を女中扱いしない男性なのだろう。珠緒とはいい関係を築いているのに違いない。そう考えると心が穏やかになるような、同時にいっそう波立つような複雑な気分だった。

「ああここや」

平屋の古い家で、壁板は反《そ》り返《かえ》り、ささくれている。縁の下からニワトリが一羽《わ》姿を見せ、隣の家の方に歩いていった。

「ごめんください」

矢部が声をかけ、玄関の板戸を開ける。中は五、六畳の薄暗い土間で、動物の臭いが漂っていた。見れば右手に炊事場や風呂場があり、その隣にヤギがつながれている。正面は上《あ》がり框《がまち》で、障子が閉まっていた。

「帝國真珠の者ですが」

奥からゆっくりとした返事が聞こえ、引きずるような物音が近づいてきて障子が開く。現れたのは老人だった。

「これはこれは。この間は、社長はんにお運びいただき、過分なお心遣いまでいただいて、真《まこと》にもったいない事でございました」

和男の祖父らしい。片脚が不自由なようで障子の縁に両手をかけて体を支えていた。

「膝が悪ぅて座れませんので、立ったままでご無礼いたします」

矢部は素早く首を横に振った。

「とんでもございません。どうぞお楽に」

そう言いながら姿勢を改め、背筋を立てる。

「このたびは、ご令息の名誉の戦死、真におめでとうございました」

戦没者について話す時には、そう言わなければならない。おそらく矢部も、息子を失った祖父も、めでたいなどとは思ってもいないだろう。心を伴わない言葉は軽く、二人の間を漂っている。

「お孫さんも、誉《ほまれ》の子として社頭の対面に招かれる栄誉に浴する事でしょう」

社頭の対面は、ラジオ放送され、新聞にも大きく掲載される国家行事だった。戦死した兵の遺児を全国から集め、陸海の大臣が参加しての立派な式典の後、菊の紋章入りの菓子が配られる事になっている。

「これはほんの少しですが」

矢部に目で催促され、冬美は合切袋から新聞紙に包んだ山菜を出した。

「よろしかったら上がっていただこうと思って持ってまいりました」

矢部の言葉に合わせて差し出し、祖父が手に取れる所まで歩み寄る。

「さようですか。わざわざありがたい事でございます」

差し出された片手は震えていた。痛々しく思いながら新聞包みを渡す。

「おぅ、タラノメや」

匂いが立ち上ったらしく、祖父の顔に明るさが広がった。

「バァさんが寝たきりやさかい、作るもんがおらんくって食らう機会がのうてなぁ」

口調から鹿爪らしさがとれ、矢部が微笑む。

「よろしければ私が台所をお借りして、天ぷらなど作りますが」

祖父はしきりに遠慮した。

「いや、そこまでしてもらっちゃすまんさかい」

喜色満面で、それほど喜ばれては作らない訳にはいかないと思いながら矢部の顔を見る。矢部は先刻承知といわんばかりに頷いた。

「ほな、台所お借りしますよってな。水野はん、山菜持ってきてんか」

祖父から引き取り、矢部の入っていった台所の敷居《しきい》をまたぐ。

「えらいせばいとこで、すんまへんなぁ」

矢部が棚からナベを下ろし、水道の蛇口をひねった時だった。玄関の板戸が荒々しく開く。

「おじん、おるかいな」

入ってきたのは中年の男で、片方の手で和男の耳をつかんでいた。引きずらんばかりに引っ張っている。

「おまはんとこのガキは、とんでもねぇで」

思わず駆け寄り、その手を払いのけて和男を抱き取った。

「子供に乱暴しないでください」

男は太々《ふてぶて》しい笑いを浮かべる。

「こんくらいでこたえるようなガキやあらへん。ここんとこうちのニワトリが卵を産まん産まん思うとったら、なんのこたぁない、こいつが盗んどったんや」

祖父は目をむき、和男を見た。

「ほんまか。お隣はんの卵、盗《と》りおったんか」

和男は首を横に振る。

「知らん」

男は黙っていられなかったらしく、猛々しい声を上げた。

「ほたら、なんでうちの卵が消えとるねん。おまえに決まっとるわ。疎開もんは性悪やさかいにな」

卵は貴重品だった。その味を知っている幼い和男が思わず手に取ってしまったとか、祖父母や弟に食べさせたい一心だったという事もあり得ない訳ではない。

「俺じゃない」

はっきりと言う和男の両肩に手を置き、膝を折って真っ直ぐにその目を見すえた。

「あなたじゃないのね」

和男は頷き、見えなくなるほどきつく唇を引き結ぶ。その目には頑《かたく》なな光がまたたいていた。

これほど言い張っているものを信じてやらなければ、この子は大人に絶望してしまうだろう。

「わかったわ」

事の真偽より和男の気持ちの方が大事だ。そう思いながら立ち上がり、男に向き直る。

「和男君は知らないと言っています。ここは信じてやってください」

男はぽかんと口を開けていたが、やがてなめるように冬美の顔をながめ回した。

「こらぁあきれた。大人より子供を信じるんか。なんちゅうアホな女だ。そなら証拠見せたるでな。来てみい」

先に立って出て行く。その後ろを追いかけた。和男が苦々しい顔でついてくる。

「これが、わいのトリ小屋や」

福沢家の畑と隣り合った土地に、金網で作った小屋が建っていた。中の餌入れには刻んだハコベや砕いた貝ガラが入っていたが、ニワトリは一羽もいない。見れば、数羽が周辺を歩き回っていた。

「朝、餌をやって、産みよった卵を集めてからトリを外に出す。夕方集めて小屋に入れて鍵をかける。毎日この繰り返しや。鍵がかかっとるよって卵を盗むこたぁできへん。けんど子供なら、網の間から手が入るさかい抜き取れるんや」

確かめようとして隙間に手を突っ込んでみる。確かに大人の手では入らなかった。

「この辺におる坊さゆうたら、和男だけやかんな」

なんとか反論の糸口を見つけようと考えながら、目の前を自由に歩き回っているニワトリを見る。卵がないのは産まなかったからかも知れない。

「ニワトリは、毎日、卵を産むと決まっているのですか。産まないって事もあるのでは」

男は、こちらの意図を見透かしたように笑った。

「そりゃ産まん日もありよるが、うちにゃ四羽いるねん。どれかは必ず産む事になっとるでな。

いか。

では朝産まなかったニワトリが小屋から出された後、別の場所で産むという事もあるのではないか。

「この小屋の中で産むと決まっているんですか」

男は、しつこいと言いたげな顔付きになる。

「大抵そうや」

大抵とは、必ずという事ではなかった。あたりに転がっているかも知れない。

「和男君、卵捜そう。きっとどこかにあるはずだから。あなた、あっちを見て」

和男を送り出しておいて、自分はニワトリの後を付いて回る。

「何やってんねん。アホとちゃうか」

うんざりしてきたらしく天を仰ぐ男を無視し、ひたすら卵を捜す。その内に、さっき福沢家の縁の下からニワトリが現れた事を思い出した。

「卵、あった」

和男の声が上がる。

「こっちだよ、お祖父さんち」

駆け付けると、福沢家の脇でしゃがみこみ、縁の下をのぞき込んでいた。

「ほら、あそこ」

指の先の暗がりに、山のように卵が積み上がっている。

「ここで産んでたんだね」

気が軽くなった様子の和男に微笑み、男を振り返った。

「謝ってください」

男は困ったように立ちすくんでいたが、やがて照れ笑いをしながら近寄ってきて和男の頭に手を乗せた。

「いやぁ、よう見つけたなぁ、偉いもんや」

これで謝った事になるのかと疑問だったが、和男はすっかり機嫌を直している。部外者が突っ込んでみてもしかたがないと思い、口を開くのを控えた。

「何してまんの」

家の中から甲高い矢部の声が聞こえてくる。

「やめとくなはれ」

火の付いたような幼児の泣き声も上がった。何かが起こったらしい。あわてて家の出入り口に回った。開けっ放しだった板戸の向こうの炊事場に、尻餅をついている矢部の姿が見える。

「どうしたんですか」

飛び込んでいくと、炊事場の竈《くど》の前に年配の女性が二人立っていた。竈の焚《た》き口から突き出した何かが火を噴いている。

「こういう不浄なもんを祭っとるさかいに、呪われるんや」

上がり框の奥から一人の男がぬっと姿を見せた。手に数柱の位牌を鷲《わし》づかみにしている。その脚に、白髪を乱した老婆がしがみついていた。

「それはご先祖様の位牌や。頼むさかい返しとくんな」

後方には、おろおろした様子の祖父が壁にすがって立っている。

「婆《ばあ》さん、危な。手を放しなはれ。これ婆さん」

男は老婆にも、ますます激しくなっていく幼児の泣き声にも頓着《とんちゃく》しなかった。脚の力で老婆を振り払い、こちらに進んでくる。

「これも、くべてまえ」

女性が受け取り、竈に突っ込んだ。信じられないような光景で、思わず声が上ずる。

「なんなんですか、あなた方は」

三人がいっせいにこちらを向いた。三人ともどこか似ている。顔の造作はまちまちだったが、そろって無表情で、人間ではないかのような雰囲気を漂わせていた。

「なんとかいう新興宗教の支部長と支部員らしいで」

矢部がモンペを払いながら起き上がり、にらみつけるような笑みを浮かべる。

「こん家で悪い事が重なるのは仏教のせいや、わいらの神さんを信じとれば救われるんや、ちゅう話だ」

火は位牌を呑み込んでいく。冬美はあたりを見回し、風呂場の出入り口に重ねられていた桶を持ち出した。水を汲んで竈の火にぶちまけようとする。

「何すんのや。お清めしとるとこやで。邪魔したらあかん」

立ちはだかった女性ともみ合ううちに桶が傾いた。こぼれた水を全身に浴びながら足がすべってその場に転がる。それでも何とかせねばと立ち上がった直後、怒鳴り声がした。

「おんどりゃぁ、何やってけつかる」

さっきの男が入ってきていた。手に猟銃を持っている。

「さっさと出て行きさらせ。おら、出てかんかい。出てかんと」

銃を上げ、狙いを付けた。三人は体を強張らせていたが、やがて男が舌打ちし、そそくさと出入り口に向かう。それを見て女性たちも後を追った。

三人の姿が見えなくなり、ふっと空気がゆるむ。男が銃口を下げた。

「おとなしゅう引き上げてくれてえがった。こん銃はもう古ぅてなぁ、弾が出ぇへんのや」

冷や汗がにじむ。居直られなくて幸いだった。

「ああ燃えてまう。なんとかしとくれな」

這い出してきた老婆の嘆きを聞き、我に返る。あわてて風呂場から水をはった桶を持ってきた。竈脇にある炭つかみを取り上げ、火の中から取り出したものを中に突っ込んでいく。男と話している祖父の声が聞こえてきた。

「三人の内の一人は、下谷《したや》の嫁やったな。あれが他の二人を連れてきおったんやろ」

「ああ下谷じゃ舅が中気、姑はボケちまって、亭主は他所に女を囲っとるっちゅう話やさかいな」

苦しい立場に立たされ、何かにすがらずにいられないのだろう。深川の町内にも、朝から太鼓を打ち鳴らしている家があったと思い出す。とても太刀打ちできない不幸と対峙しなければならなくなった時、人は自分を強くしたいと願って宗教を求めるのかも知れない。

「まぁ嫁も、気の毒っちゃあ気の毒や」

竈の中には木魚やバチ、数珠も入っていた。位牌は脚の部分がこげているものもあったが、全体に大きな損傷はない。全部を洗い、モンペの物入れに入っていた手拭いで拭いて、上がり框に座っている祖父の前に持っていった。

「こりゃおおきに。えらい厄介をかけたなぁ。おい婆さん、安心せぇよ。位牌は助かったでな」

安堵の声が聞こえてきた。和男が幼児の手を握って出てきて男に微笑む。

「おじちゃん、格好よかったぜ。今度、俺に撃ち方教えてくれ」

男は相好《そうごう》を崩した。

「おお教えたるで。もうちっと大きゅうなったらな」

台所から矢部の声が飛んでくる。

「ちょいと、ほけっとしとらんと揚げ物の手伝いでもしたらどやね」

＊

タラノメを天ぷらにして盛り付け、和男に手を振って福沢家を後にする。思いがけず時間を取り、夜になっていた。群青《ぐんじょう》色の空に星がまたたく。

「山菜、あんたも食いたかったんとちゃうか」

矢部に聞かれ、今頃食卓を囲んでいるに違いない祖父母と和男、そして小さな弟の姿を思い浮かべた。皆が笑顔だろう。その気持ちを考えると、自分が食べたのと同じくらい満足だった。

「いいえ少しも。今日ここに連れてきていただいてよかったと思っています。ありがとうございました」

山は次第に暗く沈み、畑の間に点在する家々の明かりがくっきりと浮き上がっていく。あの下ではそれぞれの家族が夕食を食べ、団欒《だんらん》しているのだ。その幸せが、女の我慢の上に成り立っているのだとしたら、それは変えていかなければならないはずだった。

女は必ず誰かの娘であり、誰かの母になるかも知れない人間で、全日本人の中のおよそ半数なのだ。それが幸せでなければ、たとえ戦争が終わったとしても日本は不幸な国でしかないだろう。

「人間が哀しいのは、いつかは死なにゃならんって事やな」

星を仰ぎながら矢部がつぶやく。

「どれほど学問を積んだ偉い人でも、どれほど世の中に必要とされる人でも、逆にどんなアホでも、いずれは死ななきゃならん。その辺は平等や。ようできとるわ」

冬美も天を見上げる。夜の中に広がる空の果てしなさを感じながら歩いていくと、自分の内から魂が抜け出し、星々の間を漂っていくような気分になった。今まで体に閉じ込められていた自分自身を小さく感じながら、羽でも伸ばすかのように飛び回り、風に乗って浮遊する。

「ま、常日頃から怠りなく毎日をすごすしかあらへんな。死ぬ時になって後悔せぇへんように」

頷きながら何事も一生懸命やろうと心に誓う。当面の課題は真珠の染み抜きだった。クズ珠と言われる真珠が美しく生まれ変わっていく様子を想像しながらきらめき渡る星を眺め回す。

「これが全部、真珠だったら、うっとりするほど素晴らしい連組みが作れますね。いくロットできるんでしょうね」

矢部が笑った。

「またしょうもない事を」

突破

1

「今年もアスコット競馬は中止でしょうか」

五月に入ると、芝生も青さを増してくる。まだ高い太陽を仰ぎながら、チャーチルと閣僚たちはセント・ジェームズ公園に置かれた椅子から腰を上げた。食後の安らぎに別れを告げ、目と鼻の先にある大蔵省ビルの地下に造られた戦時内閣室に向かう。

「いつになったら、あそこでスタウトを一杯やれるようになるんでしょうね。国王の馬が疾走するところを見たいのに」

集団の先頭を切っていたチャーチルは、噛んでいた火のついていない葉巻を手に移しながら振り返る。

「なんでそんなものを見たいんだ。馬が走るのはごく普通だ。国王が走るのならおもしろいが」

広がる笑いを背にしてキング・チャールズ通りに踏み込むと、ちょうど出入り口の階段から出てきた幕僚が声を上げた。

「閣下、急ぎのお電話です」

手にしていた葉巻を口に突っ込み、司令官階段を上って玄関をくぐる。今の状況で急ぎの電話がくるとしたら、決定的な勝利か、あるいはその逆の致命的な失敗か、どちらかしかなかった。息を切らしながら、やはりおとなしく妻の勧めに従い減量に取り組むべきかと思う。

先月十一日、イギリス・アメリカ連合軍西部方面軍はエルベ川を渡った。そこからドイツの首都ベルリンまで約百キロ、十八日には行く手をさえぎっていたドイツ軍兵力三十二万を降伏させ、一路ベルリンを目指した。

東部ではソビエト軍がドイツの防衛線を突破、二十三日にはベルリン包囲をほぼ完了させる。二日後、そこにイギリス・アメリカ連合軍が合流した。

総統ヒトラーは、官邸の地下壕にこもり指令を出していたが、戦況の悪化により無線通信が遮断され、伝達手段は電話回線か短波通信しかなくなっていた。連合軍はそれを傍受《ぼうじゅ》、刻々と変わっていくドイツ軍の状況をつぶさに把握しつつ、終焉へのカウントダウンを始める時を待っている。

暗雲たちこめる中、ヒトラーは国家元帥ゲーリングから指揮権委譲を求められ、親衛隊長ヒムラーには独断で連合軍に降伏を申し込まれて激怒、二人に逮捕状を出したり、その麾下《きか》の将校を銃殺したりと混乱を極めていた。二十八日にはソビエト軍がベルリン市内ポツダム広場まで進軍し、総統官邸への攻撃準備に取りかかる。

それから三日が経っていた。何が起こっても不思議ではないと思いながらチャーチルは地下に降り、首相執務室のドアを開ける。

「どうした」

電話の向こうから、息を詰めたような重苦しい声が聞こえてきた。

「ラジオ局ライヒスゼンダーハンブルクは、先ほど通常放送を中止しました。『神々の黄昏《たそがれ》』を流し始めています」

背筋がおののく。誰かが死んだらしかった。

「軍から重大発表が行われるとの放送も繰り返されています」

ドイツラジオでその死が発表されるような大物と言えば、ただ一人きりだった。チャーチルは電話を置き、ラジオに飛び付いて周波数をドイツのライヒスゼンダーハンブルクに合わせる。若干、苦労して電波を拾った時には、ブルックナーの『第七交響曲』が流れていた。

永遠に終わらないようなその曲を聞きながら、部屋の隅に目をやる。雨傘が一本、立てかけられていた。常に傘を持ち歩いていたために雨傘男とあだ名された前首相アーサー・チェンバレンが、この部屋での激論の末、忘れていったものだった。

後を追いかけ、トレードマークをお忘れですよと声をかけると、振り向きもせず、捨ててくれと吐き捨てるほど興奮していた。

戦争継続を主張したチャーチルは、国を守り勝利を手にするまでは何百年でも戦い抜かねばならない、従属的な平和より輝かしい滅亡を選ぶべきと言い張った。だがチェンバレンは、大事なのは被害を最小限に食い止める事だ、戦いを避ける方向を模索すべきと反論し、宥和《ゆうわ》政策を譲ろうとしなかった。

バッキンガム宮殿のバルコニーから手を振る栄誉を与えられたこの前首相を、チャーチルは評価していたが、ヒトラー相手にその政策は手ぬるすぎると確信もしていた。

ドイツ軍が各地で戦果を挙げ、ロンドン市内が空爆され始めると、心が揺れない訳ではなかったが、忘れられたその雨傘を見ては当時の激論を思い出し、初心を取り戻していた。

五年前チェンバレンが死んだ時には、葬儀に参列した後、その雨傘に喪章の黒いリボンを巻き、哀悼の意を表した。部屋の片隅からこちらを見つめ続けている雨傘を、チェンバレン本人のように感じている。

「総統大本営本部の発表をお伝えします」

曲が止まり、アナウンサーの声が流れた。

「ドイツ総統ヒトラー閣下は、昨日十五時三十分、総統官邸にて戦死されました」

ヨーロッパの均衡を踏みにじろうとした元凶は、この世を去ったのだった。昨日と言えば四月三十日、それより十八日前に急死したアメリカ大統領ルーズベルトの後を追うかのような最後だった。二人の享年を数える。どちらも自分より若い。

「後継者には、海軍元帥カール・デーニッツ閣下が指名されており、この後、閣下による布告が発表されます。繰り返します。総統ヒトラー閣下は」

カール・デーニッツは、頭のいい理性派として知られている。ドイツが立たされている戦況を把握すれば、おそらく一週間も経たずに降伏に踏み切るだろう。長かった対ドイツ戦争に、ようやく終止符が打たれるのだった。

部屋の隅でカタンと音がする。目を向ければ、立てかけてあった傘が倒れるところだった。留め具が外れ、巻かれていた傘布をゆっくりと広げながら床に横たわる。チェンバレンが兜《かぶと》を脱いだように思え、ニンマリしながらそばに寄った。

「おめでとう、戦争続行を主張し続けた君の勝利だ」

いささか残念そうにつぶやくバーミンガム訛《なま》りが聞こえてきそうな気がする。丁寧に一礼して答えた。

「あなた同様、私も宮殿のバルコニーで手を振る栄光に浴せそうです。その時は、一緒にいらっしゃいますか」

2

オリーブ油やビロード布の効能なのか、それともブタ毛ブラシや木クズか、書かれている通りに薬剤を計った効果なのか、以前とは比較にならないほど素晴らしい結果が出た。四人が持ち帰った皿の真珠も、ほぼシミが抜けている事を確認する。

「どんどん白くなってったねん。おもろかったわ」

「もっと色々試してみたいなぁ」

それらを集めて一つの受け皿に入れた。所長室に持っていこうとし、この成果をもっと強調すれば確実に新部署の創設につながるのではないかという気になる。どうすればいいのか。

あれこれ考えていて、歴史の時間に習った農民の強訴《ごうそ》を思い起こした。要求を書いた巻紙に、名主が筆頭になり農民たちがそれぞれ名前を書いて、代官に提出したのだった。

四人の部屋を回り、染み抜きと染色専門の部署を作ってほしい旨を書いたトレーシングペーパーを広げてそこに名前を書き込んでくれるように頼む。

「所長に見せて、役会員に上げてもらうんです」

梅津《うめづ》は勢いこんで署名し、大崎《おおさき》も面白そうな顔で名前を書いた。

「うち、組み師と兼務でええで。休日出勤でも構わんし」

「うちも。連組みしとるより刺激的や」

ところが松井《まつい》と金田《かねだ》は二の足を踏む。

「やってみたいけど、そんな事言いよると目ぇつけられるんとちゃうか」

「いやぁ、おっかないわぁ」

無理強いはできなかった。自分も含めて三人の署名があれば、それで良しとしようと決め、きれいに仕上がった真珠と一緒にして所長室に持ち込む。

「見てください」

真珠とトレーシングペーパーを机の上に置いた。所長は以前、染みが抜けかかった真珠を見ている事もあり、それ自体には驚かなかったが、要望書と題した連名の用紙には目をむいた。しばし絶句していて、やがて顔を上げ、マジマジとこちらを見る。

「君の知り合いには、労組関係者でもいるのか」

意味のよくわからない質問だったが、ここで引いてはならないと思い、力を込めて言い張った。

「染み抜きと染色の部署が創設されれば、私も含めそこに名前を書いた組み師は兼務します。休日も出ます」

所長は、考えられないというような顔になる。ここで説得しなければ先はなかった。突破したい一心で言い募る。

「忙しくても休日を返上しても、してみたい、それだけ楽しみな仕事なんです。そういう仕事を社員に提供するのは、いい会社ではないでしょうか。その評判が立てば、きっと人材が集まってきます。帝國真珠《ていこくしんじゅ》は繁栄するでしょう」

所長は辟易《へきえき》したように片手を上げた。

「わかった、もうわかったから。担当役員の寅《とら》さんに話してみるよ」

寅さんというのは、薫《かおる》の父親の事だろう。印象がよくないに違いない自分を思い、それがこの件に影響するかも知れないと考えて不安になった。

「真面目で誠意のある人だから、役員会に上げてほしい案件があると話せば、無下に断る事もないだろう。しかし役員会で承認されなかったら実現しないからね」

寅之助《とらのすけ》の同意を得られたとしても、関門はなお続くのだった。

「どうすれば役員会で承認してもらえるんですか」

所長は、目の前のトレーシングペーパーを指先で叩く。

「これじゃ逆効果だ。高清翁《たかきよ》は労使が争う労働争議がお嫌いだった。会社は一家という考えで、役員たちも皆そう心得ているんだ。こんなものを見せれば態度を硬化させ、そもそも論が始まるのは目に見えている。役員会を動かしたいなら、一つには数字を出す事、二つ目は役員の誰かを抱き込んでこちらの思惑に添うように会を先導してもらう事だ」

自分が何の知識も持たず、ただ闇雲《やみくも》に突破しようとして体当たりをしていたのだとわかり、急に恥ずかしく、また心細くなった。

「何の数字なのかわかりませんが、私にはたぶんできないと思います。役員を抱き込むというのも無理です」

薫には頼れない。火崎《ひさき》だったら聞き入れてくれるかも知れなかったが、頼みたくなかった。

「でもどんな真珠も捨てたくない。会社の資産になり得るものだし、せっかく生まれてきたのに、ただ外見が悪いだけで捨てられるなんてかわいそうです。シミやムラの下にはきれいな肌が隠れているんですから」

すがるように言うしかない自分が情けなく思え、目を伏せる。

「染み抜きや染色で本来の姿に戻せるのなら、会社のためにも、真珠のためにもそうしたいんです」

所長は繰り返した。

「わかったわかった。とにかく寅さんに話しておくから」

なだめているようにも、手を焼いて逃げ腰になっているようにも聞こえた。これ以上話しても、進展はないだろうと思える。

「ところでこの真珠、君がもらったんだろう。ここに置いといてもしかたないから持って帰りなさい」

その瞬間、自分にもまだできる事があると気が付いた。海事作業部長の後藤《ごとう》に、クズ珠を捨てないように頼むのだ。これが一番の早道かも知れない。

「失礼します」

真珠を入れた受け皿をつかむなり、所長室から走り出た。

「あ、水野《みずの》はん、どこ行くねん。もう始業やで」

矢部《やべ》の声を無視して細工場を飛び出し、海事作業員たちが使っている船やテントを見て回る。後藤の姿は、筏の上にあった。木枠に取り付けた根太ナルの間に脚を広げて立ち、海中につるした段カゴを持ち上げている。揺れる筏の上で均衡を取りながらの作業はひどく難しそうだったが、苦もなくこなしていた。

「後藤さん、水野です」

声をかけ、近寄ろうとして筏の端に足をかける。そのとたん、波に打たれた筏がゆらっと動き、滑り落ちそうになった。あわてて身を引く。その様子がマヌケだったらしく、近くにいた海事作業員たちの笑い声が響いた。

「なんや」

後藤が筏の端まで歩いてきて、こちらを見る。

「今、作業中や。忙しいんがわからへんのか」

陽射しがまぶしいのか、それとも不愉快なのか、陽に焼けた頬はゆがんでいた。

「何の用や。早ぅ言わんかい」

怒鳴り声に怖気づきながら、持っていた受け皿を恐る恐る差し出す。

「いただいた真珠の染み抜きをしました。染色はこれからですが、見てください」

後藤は筏から飛び降り、岸辺に立って無言で手を突き出した。皿を渡すと、チラッと見ただけできつい視線をこちらに向ける。

「自分の手柄や思うて、わいに見せつけに来たんか」

機嫌は悪くなる一方だった。ここはもう頼み込むしかないと思い、身を折るようにして頭を下げる。

「クズ珠でもシミを抜けます。これから染色も覚えますから、どうか捨てないでください。お願いします」

砂の上で音がし、目を向けると、受け皿が放り出されるところだった。こぼれた真珠があたりに転がる。

「おまえに頼まれる筋はないわ」

吐き捨てて再び筏に戻っていった。自分の力不足を嚙みしめながらその姿を見送る。後藤が話に応じてくれないとなれば、もう役員会に期待するしかなかった。

しゃがみ込み、砂にまみれた真珠を拾う。ひと粒でも残しておきたくなくて数を数え、再び砂地を捜し回った。

「何しとんねん」

振り返れば、すぐ後ろに矢部が来ていた。

「こないだから一体何の騒ぎなんや。話さんかい」

本来の仕事以外に手を出した事を怒られそうだったが、矢部は厳として立ちふさがり、引きそうにない。気が進まないながらも口を開き、この一件の一部始終を話した。

「まぁつまらん事に首を突っ込みおって」

身をすくめて矢部の言葉を聞き流していて砂の中に埋もれている真珠を見つける。思わず飛び付いた。

「これっ、うちが話してるとこやで。聞いとんのか」

怒りながらも矢部はしかたなさそうな溜め息をつく。

「ま、おまはんは、そういう子やな」

色々な相手を嘆息させている自分が恥ずかしかった。なぜもっとおとなしく、優しく、おっとりとしていられないのだろう。

「役員の近藤《こんどう》君なら、うちと一緒の入社やさかい懇意やで。話してやってもいいがな」

所長が言っていた役員会を動かす二番目の要素だった。思いがけないつながりに、喜々として耳を傾ける。

「あん人は酒飲みで浴びるほど飲むさかい、よう失敗しやる。若い頃は、さんざん面倒見てやったんや。たまには役に立ってくれそうなもんやが」

そう言いながら一瞬、躊躇いを見せた。

「役員会を先導するような芸は、まずできへんやろな。生一本でクソ真面目やさかい。逆に突っ込まれるのがオチや」

それでは役に立たないどころか足を引っ張るだろう。気を落としながら自分を慰める。

「所長が、早川《はやかわ》役員に話してくれるそうですから、うまくいくんじゃないかと思います」

そう考えているしかなかった。だが寅之助は、この件を本当に役員会にかけてくれるのだろうか。もしかけてくれたとしても、承認してもらう事はできるのか。心配が尽きず、連日、所長室に足を運んで様子を聞いた。

「君は、ほんと、押しが強いと言うか、ねちっこいと言うか、まぁ熱血漢だねぇ。あ、熱血女子か」

所長は、もう笑いしか出ない様子だった。いく分疲れているようで、申し訳ないと思いつつも聞かずにいられない。

「早川役員は、引き受けてくれたんですか」

所長は机の上にあった綴りを引き寄せ、指先をなめてページをめくった。

「ん、大丈夫だろう。数字を渡しておいたからね。目新しい数字じゃないが、今でも役員会を動かせそうなものを見つけたんだ」

見つけたという事は、捜してくれていたのだ。逃げ腰で聞き流しているとばかり思っていた。

「これだ」

感謝の気持ちを込めて頭を下げていた冬美《ふゆみ》の前に、所長は開いた綴りを差し出す。

「開戦前の統計だが、浜上げすると貝の半数は死んでいる。また一割は、挿核した素珠がそのまで真珠ができていない、クズ珠が二割弱、その残りがまともな真珠なんだが、これは浜上げ全体量の二割強だ」

真珠がそれほど希少なものだと初めて知った。

「人工採苗といって親貝を畜養し、受精させて培養、沖に出して稚貝を育成し、海を移動させながら育てて、浜上げまでには四年かかる。その結果、全体量の二割強しか真珠が採れない。途中で台風にあったり、赤潮が来たり、地震に襲われたりして全滅する事もある。それが毎年続いたりもするんだ」

なんと採算の悪い仕事なのだろう。職業とし、それで生活を支えていくには厳しすぎるものだった。

「真珠業者なら誰も、採れる真珠の比率をもっと上げたいと思っている。我が社では以前、二割弱のクズ珠に注目した。これが染み抜きや染色でまともな真珠に生まれ変わるとしたら、売れる真珠の量は、浜上げの全体量の四割弱まで跳ね上がる計算だ。それで加工処理部を作ったんだが、徴兵や徴用で技術者がいなくなって廃止された。この現状と数字を役員会でよく説明し、処理部を復活させる事を提案する。技術も人員の確保も目途がついていて、足りないのは予算だけだが、それも少なくてすむ、と話せば役員が心を動かさないはずはない」

光のように希望がまたたく。胸から喜びがほとばしり出て止めようもなかった。

「ありがとうございました。すぐ皆に報告してきます」

退室しようとし、止められる。

「全く君は猪突猛進もいいとこだね。そう言われる事、よくあるだろ」

実の母に言われたとは、さすがに言い出せなかった。

「報告は、役員会で決定された後の方がいい。ヌカ喜びになったらかわいそうじゃないか」

軽率な自分を反省しながら聞いてみた。

「役員会は、いつですか」

所長は二階を仰ぐ。

「今、やってるところだ」

突然、天井が重みを増し、覆いかぶさってくるような気がした。所長室を出て、自分の作業台に戻ったが落ち着かず集中できない。どうかうまくいきますようにと祈った。

矢部が給湯室から現れ、盆に載せた茶器とヤカンを持って二階に上がっていく。それを追いかけ、ヤカンに手を伸ばした。

「お手伝いします」

矢部は警戒の色を浮かべる。

「様子を探りに行くつもりやな」

言い当てられ、何とも返事のしようがなかった。

「まぁ、ええ。ついて来《き》」

許可を得て、後ろに従う。

「うまくいくかどうかは、高英《たかひで》さんの気分しだいや。なにせうるさ型やさかいな。信念はないが、一家言はある」

社屋移転の時に見かけた高英の容貌を思い出しながら、会議室の扉を開けて踏み込んでいく矢部に続いた。

一歩入ったとたん、タバコの臭いが鼻を突く。部屋の空気が不透明に見えるほど煙が充満していた。大きな樫《かし》のテーブルを囲んで座っている六人の中で、高英とその隣の役員が煙突のように紫煙を噴き上げている。高英の前にはタバコ缶と陶器の灰皿が置かれ、吸い殻が枯れ木のように突っ立っていた。

「早川役員の今のご提議について」

薫の声が響く。その顔を久しぶりに目にして鼓動がはね上がった。背後を通りかかれば、上着を着た背中にあの夜の裸の後ろ姿が重なり、頬が熱くなる。耳元で矢部がささやいた。

「何ポウッとしてんねん」

あわてて目を伏せ、矢部と共に部屋の隅に置かれた脇テーブルの前に移動する。

「ご意見を聞かせていただきたい。高英さん、いかがですか」

議事を進行する薫の声に、高英が咳《しわぶ》き、口を切る。

「ええんじゃおまへんか。浜上げの四割がまともな真珠になりゃあ売り上げも格段に上がるさかい」

まさにその話の最中らしかった。聞き耳を立てながらお茶を入れる。

「実験が成功し、人員も確保できとって経費も少なくてすむとなりゃ、こりゃ、やってみん訳にゃいかんわい」

かなり乗り気になっているようだった。幸運すぎて逆に不安になる。

「いい話や。誰が持ち込んだのや」

答えたのは寅之助だった。

「細工場の松本所長からの提案ですが、声を上げたのは組み師たちのようです」

高英は腕を組んだまま椅子の背にもたれかかる。

「なんや、女の考えよった事か」

しばし黙っていて強く首を横に振った。

「あかんな。女から出た話じゃ底は知れとる。とんでもない結末になるのがオチや」

隣に座っていた役員が、大きく頷くのが見えた。

「高英さんのおっしゃる通り、こりゃあきまへんな。却下や」

急転直下の事態に、茶を注ぐ手が震える。火崎の皮肉な声がした。

「発案者が女かどうか。それが決め手になるんですか」

目を向ければ、高英はタバコ缶の蓋を開け、中から細い一本を取り出すところだった。もう一方の手で自分の上着のポケットを探り、銀色のライターをつかみ出す。

「当たり前や。痩せても枯れても帝國真珠やで。女なんぞに動かされてたまるか」

火崎は鼻で笑い、横を向く。すっかり見下し、相手にするのをやめたらしかったが、高英の方は気づかず、音を立ててライターの円筒部分を親指で回転させた。

隣に座っていた役員が拝むように片手を立て、もう一方の手を伸ばす。高英は嫌な顔をしながらも指に挟んでいた紙巻きタバコとライターを渡し、自分はもう一本を取り出した。

「松本所長も、女の言うなりになるとはなんちゅう事や。早川役員も、よくそんなもんを持ち込む気にならはったな。あきれるわ」

寅之助は無言、無表情だった。

「女どもが騒いどるゆうて、いちいち取り上げるほどのもんやあらへんやろ」

先ほどの役員が勢いよく煙を噴き上げる。

「却下や却下」

このまま流されてしまうのだろうか。なんとか認めてもらう事はできないのか。ふと見れば、矢部が持つ急須《きゅうす》の口から流れ出ている茶が不安定に揺れていた。

目には、煮えるような怒りがたぎっている。以前、盆で張っ倒してやろうかと言っていた事が頭をよぎった。ここでそんな立ち回りをされたら、これだから女はと言われ、高英の嫌悪や差別感はいっそう強くなるだろう。

素早く手を伸ばし、矢部の手から急須を取り上げて残りの茶碗に注ぐ。それを配ろうとしていると、一瞬早く矢部が脇から盆を持ち上げ、つかつかとテーブルに歩み寄っていった。

「僕は、なかなかいい考えだと思いますがね」

薫の声を聞きながら、急いで矢部に近寄る。矢部のきつい眼差が放つ不穏な空気に息が乱れた。

「近藤役員はいかがですか」

高英の後ろ脇に立った矢部の後方にひかえ、万が一の事が起こったらすぐ止めようと身構える。矢部は茶托《ちゃたく》を持ち、高英の前にいささか勢いよく茶碗を置こうとした。

その茶托の端が灰皿に引っかかる。茶碗が傾き、茶がはね上がった。

「これは大変な粗相を」

矢部にとっても不意の事だったらしい。片目がよく見えないからだろう。あわてて自分のハンカチを出し、高英の胸元を拭おうとする。瞬間、高英が振り払った。

「すな。そのボロ布からおまえの病が移ったらどないすんねん」

その高英の手が当たり、茶碗は茶を振りまきながら転げ落ちる。誰もが唖然とする中、高英が矢部を指差した。

「この女は、目病みゆう話やねん。なんでも白底翳らしいわ。移ったらたまらんで」

火崎が冗談だろと言わんばかりの笑みを浮かべる。

「底翳は移りませんよ」

矢部は目を伏せ、黙って立っていた。人前で病気を公にされ、侮蔑《ぶべつ》の罵声《ばせい》を浴びてどんなにみじめな気持ちだろう。かわいそうでたまらなかった。こんな横暴を見過ごしにはできない。茶碗を拾い上げ、高英の前に音を立てて置いた。

「こんな所で個人の病気を公言するなんてひどい事だと思います。謝ってください」

高英は見る間に頬に血の気を上らせ、椅子を蹴るようにして突っ立った。

「この阿婆擦《あばず》れ女が、誰に向かってもの言うとるねん。いてこますぞ」

にらまれて、ますます腹が立ってくる。

「さっきから女、女とバカにしていらっしゃいますが、あなたは、その女から生まれたんじゃないんですか。女をバカにするのは、自分の母親をバカにするのと同じだと思います。それに会社は人手が足りないと言いながら、足りない部分に女を入れようとしない男の壁みたいなものを作っている。それは会社のためにならないのではないでしょうか」

火崎が笑い出した。

「噛みつきやがったな。こりゃ面白いや」

高英は怒鳴り声を上げる。

「この醜女《しこめ》、おんどりゃクビにしてやる。クビやクビ。帝國真珠から出て行きさらせ」

そこまで言い出すとは思っていなかった。怒りも一気に冷める思いで息を呑む。

「おら、サッサと出て行かんか。誰か、摘まみ出せや」

寅之助が弾《はじ》かれたように立ち上がり、高英の方に身を乗り出した。

「高英さん、相手はまだ十代の小娘ですから、ここはこらえてやってください」

高英は頑として首を横にふる。

「いんや辛抱かなわん。クビと言ったらクビや」

解雇されたら寮も出て行かねばならない。明日から寝る場所もなかった。それにハナグルマからも薫からも離れてしまう。そんな事はできない。自分はここにいるしかないのだ、ここにいなければならない。ここが自分の生きる場所なのだ。

「水野君、謝りなさい。そうすれば高英さんも勘弁してくれる」

謝るのがいいのだろうか。だがこちらが謝っては、何のために言い出したのかわからない。何か別の方法がないだろうか。

「さ、早く謝るんだ」

方法があるとすれば、ただ一つだった。その危うさを考えると、目の前が暗くなっていくような気がする。だがうまくいくかも知れなかった。やってみる価値はある。もしうまくいかなかったら、その時には倍も謝ればいいのだ。大きく息を吸い込み、覚悟を決めて口を開く。

「わかりました。出て行きます」

高英は、なおもいまいましげだった。

「ああ行きさらせ」

その喉元《のどもと》に、短刀でも突き付けるような気持ちで言い放つ。

「別の真珠会社に就職します。帝國真珠で培った染み抜きの知識と技術を持っていると言えば、どこでも雇ってくれると思いますので」

部屋に驚きが走り、高英がうめくような声を上げた。

「うちの会社の機密を持ち出そうってゆうんかい、この恩知らずのズベ公、裏切り者、人面獣心。皆の衆もゆうたれ、ゆわんかい」

ここでにらみ合っていても、向こうは六人、こちらは一人だった。数では勝てないに決まっている。あせらせるためにも、さっさと退室した方がよさそうだった。

「では、これで失礼します」

未練など微塵もないと見せかけて扉に向かって歩き、外に出る。薫の顔色を見ている余裕もなかった。火崎の笑い声が聞こえてくる。

「勝負あったな。女の勝ちだ」

本当にそうだろうか。ここで負ければ何もかもを失うのだ。そんな大きな賭けをするつもりはなかったのだが、こうなってしまったのだからしかたがない。人生を失う覚悟を固める。

直後、扉が開き、矢部が飛び出してきた。両腕を広げて抱きついてくる。

「おおきに」

泣き出したその背をなでた。素直な矢部は別人のようで、何だかおかしい。

「うちも一緒に辞めるで。今、そう言うてきたさかいにな。次の会社が見つかるまで、芦屋《あしや》のうちの実家に来なはれ。三食付きや、歓迎するで」

そうなった場合は、お世話になるしかなさそうだった。

3

「役員会に乱入し、また何かやらかしたそうだが」

翌日、所長室に呼ばれた時には、解職を告げられるのに違いないと思った。おそらく賭けに負けたのだ。

「君に、お咎めはなし、解職もなし。会社は組織変更して加工処理部を発足させるそうだ」

耳を疑う。

「ほんとですか、本当に加工処理部を作ってもらえるんですか」

所長が頷くのを見て、万歳《ばんざい》を叫びそうになった。

「役員会で反対したのは高英さんと佐野《さの》役員だけで、社長、火崎役員、寅さん、それに近藤役員が発足に賛成して提議が承認されたとの事だ。特に近藤役員は力が入っていたらしい」

矢部が頼んでくれたのだろうか。

「その場には矢部君もいたそうじゃないか。近藤役員は昔、矢部君といい仲だったんだよ」

意外な関係に目が丸くなる。

「結婚までいきそうになったんだが、矢部君はああ見えて旗本の子女でね。母君が近藤役員の家柄を聞き、そないお家のかたでは当家の娘が嫁ぐに相応しゅうありまへん、のひと言で破談になったそうだ」

近藤とは同期としか聞いていなかったし、結婚しなかったのは本人のきつさが災《わざわ》いしたと言われてその通りに受け取っていた。だが矢部も色々な紆余曲折を経てきたのだろう。今度ゆっくり話してみたかった。

「若社長が、今後の事業を養殖から加工、販売へと転換しようと計画している事も追い風になったようだ」

初めて聞く話に耳を疑う。

「帝國真珠は養殖をやめてしまうんですか」

所長は軽く首を横に振った。

「いや撤退ではなく、制限していくだけだろう。高清翁の時代は養殖、加工、国内販売、輸出が四本柱で、中でも養殖に力点を置いてきた。だが真珠の養殖は零細企業や家族経営も含めて数多くの業者が手掛けているし、品質自体にそれほどの差はない。そんな中でうちの強みは、精緻を極めた加工技術と広範囲に広がる販売網なんだ。それを活《い》かそうという事だろう。販売にこそうま味があるというのは宝飾業界の常識だからね」

　社長になると、そういう事まで視野に入れていなければならないのだった。さぞ大変だろう。四方八方に気を配り、心を休ませる間もないのではないか。

「今後、加工部門は我が社の中核になっていくかも知れない。そうなれば水野君が生みの親って事だね」

　突然、光の当たる所に引き出されたような気分で、いく分怖気づく。派手派手しい言葉で飾られるのは苦手だった。

「細工部としては、組み師の何人かを異動させる予定でいる。その分の作業は残った人間がする事になるが、さっき矢部君にその旨話したら、快く引き受けてくれたから、ほっとしてるよ。この件には僕も一枚かんでるからね」

　梅津も大崎も喜ぶだろう。皆が自分のやりたい仕事をできるようになるといい。男女による職種の区別もなくなってほしかった。

「矢部君は、時期を見て目の手術を受けるそうだ」

　所長が柔らかな笑みをこちらに向ける。

「手術の失敗の不安や、術後に度の強いメガネをかけねばならないのが嫌で今まで二の足を踏んでいたらしいが、今回水野君に迷惑をかけて、踏み切る決心がついたって事だ。よかったよ。目さえ元通りになれば矢部君は手練《てだ》れだ。きっといい仕事をしてくれるに違いない。僕からも礼を言う、ありがとう」

まともに感謝され、恥ずかしくてしどろもどろになりながらはっきりしない言葉を返す。

「しかし君は、周りを巻き込んでドンドン変えていくね。まるで台風だ。もっともこう立て続けじゃ、僕の心臓が持たないけどね」

それもほめ言葉の内と思っていいのだろうか。戸惑いながら所長の背後にある書架の一部に空間がある事に気づく。本を借りたままだった。

「私、借りたご本を返さないと。今すぐ取ってきます。寮の部屋にあるので」

急いで出て行こうとすると、背中で食傷したような声がした。

「今でなくていい。明日でいいから明日で」

＊

あくる朝は早く起き、達成感で胸をいっぱいにしながら借りた本を清めた。染色について書いてある一冊だけを手許に残す。梅津と大崎に見せて参考にしてもらおうと思った。染み抜きをした真珠も、染色の実験に使ってもらえるように一緒に渡すつもりでいる。二人の新しい出発を心からうれしく思っていた。

窓辺により両開きのガラス戸を開けば、朝の真新しい空気が流れ込んでくる。山から吹き下ろす風の中には、まだ五月の華やぎが留まっていた。

物音を立てないように部屋を出て、細工場がある海辺まで足を延ばす。頭に理論が入っているせいか、目に映る景色も違ったものに感じられた。山のすそ野が海に埋没しているかのような海岸を見て、以前はただリアス式としか思わなかったが、今ではカリウムを含んだ水が山から流れ下り海を豊潤にして真珠が育つのに適正な環境を保っていると考えられるようになっていた。真珠のためには海をきれいにするだけでは足りない、山を豊かにせねばならないのだ。

ふと自分を思う。海に山が必要なように、美しく豊かな仕事のためにはそれ相応の心が必要なのではないか。今の自分で、それができるのだろうか。

つい先日も、薫が珠緒《たまお》と一緒に車に乗って外出する姿を見かけ、心を乱した。自分の気持ちを落ち着ける事がどうしてもできず、ピンセットを持つ指が震えて何度も真珠を落としたのだった。

以前に珠緒から頼まれていた就職の件は、そのまま所長に伝えたが、若社長が承知していないというのに奥様を雇う事はできないからまずご夫婦で話し合ってもらうように僕から担当役員に伝えておくよ、という返事だった。当面、珠緒が細工場に入ってくる事はないとわかり、胸の重しが取れた気がした。

たぶん自分は、珠緒が妬ましいのだ。渇仰しつつどうしても手に入れられない二つの宝を持っているから。その上、細工場にまでやってこられてはたまらない、正気でいられる自信がない、そう思っているのだった。

何も知らず純朴な気持ちで頼ってくれたというのに、その願いが叶わない事を秘《ひそ》かに喜んでいる。なんと醜いのだろう。こんな卑しい思いで胸をいっぱいにしているというのに、美しい仕事ができるだろうか。

矢部に言われたように、いっそ久保と結婚してしまえば、心も安定するのかも知れない。そう考えながらふと思い出した。

母は、父から細工を教わったのだ。その手伝いをしていて腕を上げ、受け入れられたと言っていた。自分も同じ道を歩めるかも知れない。相手が細工師の誰かなら、それが可能だった。特にハナグルマの修復をしている久保なら、自分も関われるだろう。

薫は珠緒と幸せに暮らしている。自分にできる事は、ハナグルマを修復し、かつ帝國真珠を守り立てていく事だけなのだ。そのために結婚が必要なら、してもいい。

いったんそう思い付くと一人で抱えていられなくなり、飛ぶような勢いで細工場に向かった。当然ながら所長はまだ出社前で、しかたなくあたりを歩いて時間をつぶす。

久保と結婚すれば、矢部も言っていたように、落ち着いた生活が送れるだろう。仕事もし、家庭も持ち、きっと子供もできて和やかな毎日を過ごせるに違いない。

そう思う心の底に、墨流しのように疑念が流れ込み、入り混じる。それは本当に自分の望む人生なのだろうか。皆がよく口にするところの、型通りの幸せというものなのではないか。

首を横に振ってみる。誰しもが望み通りの人生を送れる訳ではない。自分の人生は、すでに烙印を押されてしまったのだ。許された道を歩くしかない。もし久保が承知してくれるなら結婚してしまおうか。

「朝もはよから、どうした」

声がどこから飛んできたのかわからず、あたりを見回す。

「ここだ、ここ」

目を上げれば、山の斜面から突き出ている切り株に火崎が腰かけていた。唇にはさんでいる稲《いな》藁《わら》が言葉の形に動く。

「この間の役員会への殴り込みは、なかなか立派なものだったが、今日は地獄に飛び込もうとしているような顔だぞ」

苦笑しながらそのそばまで小道を上った。

「結婚しようかと思っていたところです」

火崎は両腕を株の後方に突き、体を後ろにそらせる。稲藁が唇の端からピンと立ち上がった。

「ほう誰とだ。俺には断ったくせに他の男とならするのか。俺のどこがそんなに嫌なんだ。いい男だろうに」

自画自賛にたどり着く話の持って行き方は、いかにも火崎らしい。目くじらを立てるのはよそう。こういう男なのだから。

「あなたこそ」

寺嶋《てらしま》との事を聞いてみようかと思ったが、詮索《せんさく》していると勘ぐられたくなくて話を変えた。

「こんなに早くこんな所で何をしているんですか」

火崎は顔を海の方に向ける。京子《きょうこ》がハリウッド俳優と称した横顔に朝の光が当たり、流れるような線を描いた頬を輝かせた。

「ここが一番よく海が見渡せる。鹿児島まで見えるかと思って」

確か先祖が鹿児島の出と聞いている。懐かしいのだろうが、それにしても学校で地理を習わなかったのか。

「ここは英虞湾《あごわん》の中です。鹿児島は見えませんよ」

火崎は口角を下げ、しらっとした視線をこちらに流した。

「男のロマンがわからんのか」

男のロマンとは現実を度外視する事で成り立つんですね、と言いたくなり、あわてて呑み込む。ここで皮肉を言っていても益がない。それよりこの際、ロマンあふれる男の意見を聞いてみよう。

「結婚相手って、何を基準に選べば失敗しないんですか」

火崎は空に目を上げ、そのままそばの地面に腰を移すと、仰向きに横たわった。両腕を頭の下に入れながらつぶやく。

「変わらないものを基準にするんだな。時間が流れると、何もかもが変わっていく。結婚時点で財や名誉を持っていても、落ちぶれたり剝奪《はくだつ》されたりするし、素晴らしい環境や魅力的な顔立ちも変わっていく。恋心も移り変わる。いつまでも変わらないのは、真の愛情だけだ」

意表を突かれ、言葉を失いながら火崎はクリスチャンだったと思い出す。

「自分がその相手を本当に愛せるかどうか、それで決めろよ。それでも失敗はするかも知れんが、後悔はしない」

納得しながら、こんな事を火崎と話している自分を不思議に思った。

「クリスチャンでしたよね。キリスト教を信じているんですか」

火崎は一笑に付す。

「母が敬虔《けいけん》な信者だった。五歳の時、近所の悪ガキ数人とケンカして、向こうを死ぬほどの目にあわせて勝ち誇って家に帰ったら、教会に引きずって行かれて洗礼を受けさせられたんだ」

その時の火崎の顔を想像すると、笑いがこみ上げてきて止まらなかった。

「洗礼の後、何年か経つと堅振《けんしん》って儀式がある。そこで本人の信仰の意志を確認するんだ。俺は絶対、抜けてやるつもりだった。そしたら病床にあった母の容態が悪化して、もう死ぬかも知れないって事になり、約束させられた、生涯クリスチャンでいるって」

光介が言っていた、母親は死ぬまで兄を心配していたと。火崎の将来を懸念し、神という名前の手綱を付けておこうと思いついたのだろう。自分も、もし手に負えない息子を持ってしまったら、そうするかも知れなかった。

「親不孝者ね」

火崎は、風に髪を洗わせながら黙って海を見ていた。やがて思い付いたように口を開く。

「昨日、神戸が空襲を受けたって知ってるか」

首を横に振りつつ浜松の空襲を思い出す。この上なく恐ろしく、またみじめだった。昨夜、自分が深々と眠っていた時、同じ思いを抱えて逃げ惑っていた人々がいたのだ。申し訳ないような気分で下を向く。

「五月十一日の空襲じゃ東部がやられたんだが、今度は広範囲らしい。神戸市はもうないといってもいいほどの惨状だそうだ。こっちに引っ越してなかったら帝國真珠も危なかった。早川のヤツ、いい勘だな」

婚礼の席でいきなり殴り飛ばされ、遺恨を抱いているはずの薫をすんなりほめる。根に持たない性格のようだった。

「ああ、ちょうどいい。言っとこう」

空を仰いだまま、唇の端で稲藁を揺らす。

「俺は、見事に光介《こうすけ》にだまされた。おまえもだぜ」

話が読めず、詳しく聞こうとして隣に腰を下ろした。

「やっぱり鹿児島に行きやがった、知覧だ」

あの時の話を思い出す。説得できたものとばかり思っていた。

「おまえの提案を受け入れたふりをすれば、俺が監視をはずすと思ったんだろ。まんまといっぱい食わされた。あいつが隊に出したのは除隊願じゃなくて、特攻志願書だ。まだハタチ前だってぇのに」

一気に身を起こし、開いた両脚の膝に両肘《りょうひじ》を乗せる。真横から見る火崎の目の底には、自分自身を焙《あぶ》り出《だ》そうとするような繊細な光がまたたいていた。

「たぶんあいつは、死にたかったんだ。親父殿や俺と血のつながりを持って生きるより、特攻に命をかける方が幸せだったんだろ。二十歳までには出征してお国のために死ぬべきと教育されてきた事もあるが、俺たちを徹頭徹尾、嫌ってたせいもある。親父殿が海軍とつながってるのを知っていたから、それに逆らって陸軍を選んだくらいだし」

溜め息をつき、首を垂れる。唇から稲藁が落ち、去年の枯れ葉の上でかすかな音を立てた。

「俺たち、いつからこうなっちまったんだろう。小さな頃は、兄ちゃん兄ちゃんって、いつも俺の後を付いて回って真似《まね》ばっかしてたくせに」

言葉を切り、詰まった喉からかすれた声を出す。

「あいつが爆死したら、俺が殺したも同然だな」

思わず手を伸ばし、その背中に置いた。

「そんな事ありません。あなたのせいじゃないと思います」

火崎はふっと顔を上げ、暗い目をこちらに向ける。

「慰めてくれる気があるなら、言葉より体で頼む」

真顔だった。憤然として立ち上がりながら、こんな男の言う事をまともに聞いていた自分がバカだったと思う。腹立ちに任せて身をひるがえしたとたん、追いかけるように空中に腕を伸ばした火崎に足首をつかまれた。大きな手で鷲づかみにされ、身動きが取れない。蹴り倒してやろうかと思いながら振り返る。

「なぁ俺と結婚しようぜ。面白い人生を送らせてやるよ」

こちらを見上げる眼差は、先ほどと一転、たぎるような熱に満ちていた。

4

面白いという観点から人生を考えた事がこれまで一度もなかった。人生というものは真面目に、一生懸命送るものだとばかり思っていたのだった。今までの自分を引っくり返されるような気分だった。目まぐるしく移り変わる眼差も、心から消えない。確かに火崎なら未知の世界を見せてくれそうだった。

だがそれは同時に、かなりの危険と隣り合わせのように思える。なにしろ悪党なのだ。結婚すれば、おそらく一生振り回されるだろう。何より、あの下卑た物言いは耐えがたい。自分の毎日には、もっと穏やかさが必要な気がした。

やはり久保と結婚し、気持ちを落ち着けて仕事に取り組むのが一番無理がなく、順当だろう。久保でなくても、妻がこの職場で働くのを許してくれる温厚な相手ならそれでいい。今の自分の状況を考えれば、おそらくそういう人生が相応なのだ。

誰かに仲立ちをしてもらおうか。そう考えながら寮に戻ると、もう皆が食堂に入っており、自分が随分と話し込んでいた事に気付いた。今まで男性とこれほど長く話したり、過ぎる時間を忘れたりしていた経験は一度もない。

おしゃべり剣介とあだ名されていると薫が言っていたが、その通りだった。あの下品ささえなかったら、話はさらに続いていただろう。ひょっとして自分は、そこを除けば火崎と気が合うのかも知れない。

食事をすませ、借りた本を入れた合切袋を持って改めて出勤する。途中で珠緒の姿を見かけた。藤堂高清の石碑が立つ予定の樹のそばだったが、前のように掃除をする訳でもなく、ボウッとして海を見ている。どことなく陰を感じさせる面持ちが気になった。就職できない事を嘆いているのだろうか。

ほとんどの夫は、妻が仕事を持つ事に反対すると聞く。だが薫は海外生活が長いし、向こうの夫たちは妻の仕事を容認するという話だった。珠緒は薫から返事がないと言っていたが本当だろうか。相談していないとか、あるいはできないのかも知れない。なぜだろう。それとなく聞いてみようか。

いったんそう思い、あわてて自分を押し留めた。踏み込んだら力を貸さざるを得なくなる。この作業場で毎日、珠緒と顔を合わせたいのか。それは地獄だ。墓穴を掘るのはやめた方がいい。自分を戒めつつ、所長室の扉の前に立った。

「お借りしていたご本を返しにきました。一冊だけもう少し貸しておいてください」

戸が開き、興味深げな微笑を浮かべた所長が顔を出す。

「構わんよ。読了したのなら、ひとつ試験をしてみよう」

いくつか質問され、頭に詰め込んだ知識を総動員して答えた。本から学んだものは、実践から得たものと違ってどことなく薄っぺらく、血肉としてしっかり根付いていない感じがする。早く実際の修復作業をしたかった。

「おぅ素晴らしい。わからない事が出てきたら、これからは水野君に聞こう」

恥ずかしくなり目を伏せながら、所長に相手を探してもらおうと思いつく。

「お願いがあります。私と結婚してもいいという方を探していただけませんか」

久保の名前を出すのはやめておいた。迷惑がかかるかも知れないし、自分としては久保でなくてもいいのだ。

「結婚して落ち着き、本腰を入れてここで仕事をしたいんです」

所長は感嘆したような息をもらす。

「男は年頃になると所帯を持ち、妻に家を任せて仕事に励むのが普通だが、女性から同じ事を言われるとは思わなかった。まぁ今は男が戦地で圧倒的に数が少ない。となるとメダカと同じで、女性も男性化するのかも知れんが」

自分がメダカになったような気分だった。

「この細工場の男でよければ、年齢的に釣り合うのが何人かいるが、最年長は久保君だ。彼を差し置いて他の男に話を振ったらまずいだろう。久保君はケシ打ちの久保と異名がつくほど腕がいい。将来は有望だ。そろそろ身を固めさせたいと思って、いい相手を探してやるつもりでいたんだが、彼でよければ私が橋かけをするよ。どうだろう」

ここで久保の名前が出てくるとは思わなかった。きっと縁があるのだろう。

「よろしくお願いします」

頭を下げながら先ほどの所長の言葉を反芻する。男は家を妻に任せて仕事に励むと言っていた。その妻が悩んでいては、夫も落ち着かないだろう。珠緒の気持ちを明るくする事が薫のためでもあるのなら、やはり手を貸さざるを得なかった。毎日、細工場で珠緒の姿を見るのはつらいが、その時の事はその時になって考え、乗り越える術を見つければいい。

「先日お話しした奥様の就職の件、どうなりましたか」

所長は口を引き結び、解《げ》せないというような顔付きになった。

「奥様にお返事する前に、細工場の担当役員の寅さんの耳に入れておこうと思って、話しに行ったんだよ。そしたらえらく深刻な顔になってね、その話はしばらく部外秘にして、おまえのとこで止めておいてくれと言われた。事情を聞いたら言葉を濁していたから、何か相当まずい事があるんだと思うよ」

一体、何が起こっているのだろう。

「水野君も、これについてはもう触れないようにしてくれ」

それを約束して所長室を出る。今、自分にできるのは、黙っている事だけだと思いながらも気になった。

「ああ水野はん、これ見てみや」

矢部が細工場に届いた朝刊を作業台の上に広げている。

「東京じゃ空襲の焼け跡にバラックが建ち始めとるみたいやで」

写真には、瓦礫の中に並び立つ掘っ建て小屋や、その屋根からつるされて旗のようになびいている洗濯物、群れになってはしゃぐ幼児、国民服の老人やバケツで何かを運んでいるモンペ姿の女性が写っていた。あちらこちらの土地に縄が張りめぐらされ、そばで話し込んでいる人々も見える。空襲直後に歩いた死の臭いに満ちた街と比べ、活気が戻ってきていた。

「皆、頑張っていますね」

微笑むと、矢部はどうしようもないというような顔付きになる。

「なんでそっちやねん。アホか」

そう言われる理由がわからなかった。矢部は指先で新聞をはじく。

「こうなると、もうどこが誰の土地かグチャグチャでわかれへんやろ。登記所も書類もどうせ焼けてありゃせんだろうし。居座ってぶんどるヤツらも出てくるわな。あんたの家は大丈夫かいな。帝國真珠の神戸の土地だって、危ないもんや」

急に不安になった。浜松から東京に戻り、その後こちらに来てもう三ヵ月近くが経とうとしている。土地の問題だけでなく、母が焼け跡に戻ってきて連絡先などを書き残している可能性もあった。あの時見に行かなかった病院に収容されている事も考えられる。一度足を運んだ方がいいかも知れなかった。

急いで所長室に引き返し、その扉の前で声をかける。

「たびたびすみません。東京の家が心配なので様子を見に行きたいんです。数日お休みをいただけませんか」

椅子の音がし、扉が開いて所長が顔を出した。困惑した様子で眉根を寄せている。

「そりゃ無理もないが、一人じゃ危ないだろう。東京作業所には連絡しておくが、そこまで行く間、何があるかわからない。人を付けてやろう」

自分のために誰かに時間を割《さ》いてもらうのは申し訳なかった。大丈夫ですと言おうとしていると、所長が急に愁眉《しゅうび》を開く。

「そうだ、出発前に久保君に話をし、彼が承知すればそれで仮結納《ゆいのう》をすませて、一緒に行ってもらったらどうだね」

引き返せない道への第一歩だった。わずかに怯《ひる》む。本当にそこに踏み込んでいいのだろうか。後悔するのではないか。ためらいながらも、これまで考えてきた事を一つ一つ思い返し、自分を励ました。

これで水野冬美ではない人間になれる。細工師の妻久保冬美として新しい生活を始めよう。そこに根を張り、地に足のついた着実な生き方をする。母が父から指導を受けたように細工の技術を教えてもらい、一緒にハナグルマの修復をするのだ。

「はい、万事お任せします。お手数をおかけしますがよろしくお願いいたします」

5

「我が社の神戸の土地なら、もう火崎役員に頼んでありますよ」

二階の角部屋に設けられた社長室には、午後になると暑いほどの陽射しが差し込む。あふれる光の中で薫は、寅之助と話しながらも手を止める事なく書類に目を通し、決裁の印を押していた。

「不動産の事なら火崎家のお家芸でしょうから、しっかり保全するようにお願いしておきました」

未決箱に入っていた書類の山が、次第に低くなっていく。

「Uボート234の方は、問題がなくなりました。あれは永遠に我が国の港には着船しません。こちらに向かっている最中の先月十五日、西大西洋でアメリカ軍に拿捕《だほ》されたんです。ドイツの無条件降伏を受けての事です。我が社が在庫を渡した後でなくて幸いだった」

一九四〇年、日本はドイツ、イタリアと三国同盟を結び、戦争に突入した。その三年後、イタリアが早々に旗を巻き、今年一九四五年に至ってドイツも降伏して同盟は瓦解、日本は孤立した状態での戦争継続を余儀なくされていた。

ただ一つの望みはソビエトと結んでいる不可侵条約だったが、ソビエトはイギリスやアメリカと極秘会談を行っているらしく、日本が求める和平調停の斡旋《あっせん》にも応じず、条約の行く手は不透明だった。

本土空襲も激しさを増し、誰の目にも日本が追い込まれている事は明らかなものの、軍部はなお沖縄での戦いを続行し、しきりに特攻隊を送り出している。国民の最後の一人まで戦争に捧げる気でいるかのようだった。誰かに軍部を止めてもらいたいと内心思っているのは、寅之助ばかりではない。

「あの会議の際、火崎役員が上海の闇市の話を出したのを覚えていますか」

一瞬こちらに流した視線の鋭さに、父親ながら身がすくむ。鳶《とび》が鷹《たか》を生んだと言われ続けて久しいが、改めてそれを実感させられるような怜悧《れいり》な眼差だった。

「火崎役員は、児玉《こだま》機関と関わりでもあるんでしょうか。年齢から考えて彼本人ではなく、父親の火崎次郎《じろう》の方なのでしょうが」

児玉機関というのは、児玉誉士夫《よしお》なる人物が設立した物資調達の会社で、上海に拠点を置いていた。当初、陸軍参謀本部に所属していた児玉は、そこから罷免されると今度は海軍に接近し、再び物資の調達を手がけるようになったと言われている。

特攻作戦を主張した大西《おおにし》中将と親しく、軍事商人として私腹を肥やし、兵器製造にも関係しているとの噂があった。何度か逮捕もされているが、大西中将の擁護《ようご》により警察の手をすり抜けている。

「児玉機関は、上海やその周りの華中地域でアヘンの流通に関わっていた里見《さとみ》甫《はじめ》とつながっているとの風聞がしきりです」

里見は新聞記者の出で、関東軍の宣伝工作員をしていた。上海を拠点にする日本軍特務機関の命令を受けてアヘンを手がけ、その資金造りに貢献しており、児玉同様この戦争を利用して暗躍している輩の一人だった。

「火崎金融の前身は貿易会社で、今でも船を動かしています。児玉機関や里見、あるいは関東軍の上層部と直接手を組んでアヘンの密貿易に加担し、巨額の利益を上げていたとしても不思議ではない。関わるのは得策とは言えません。戦いが終われば、あちらでの不法行為はすべて表沙汰《おもてざた》になります。その時に帝國真珠の名前がささやかれるようでは困る。役員の方々に、君子危うきに近寄らずと伝えておいてください。火崎役員には僕が話をします」

目を通した文書を既決箱に投げ入れながら次の書類を取り上げる。右腕が伸び切らずわずかに曲がったままなのは、柔道部の全国大会の際に骨折したせいだった。途中で試合を放棄するのを嫌い、腕一本でなんとか相手を倒したが、無理がたたって元通りにはならなかった。

「今日のご用件は、今おっしゃった神戸の土地とUボートの二件だけですか」

さらに一件厄介な問題があり、その他に肝心な本題もあった。気が重くなりながら口を開く。

「あと二件あります。一つは総務経理課の尾崎《おざき》さんの事です。どうも売上金を着服しているようで」

薫は手を止め、こちらに顔を上げた。

「いつからですか」

寅之助は、高清の苦り切った顔を思い浮かべる。滅多《めった》に見せない表情だった。

「藤堂翁の存命中からです。真珠の売買の経理は非常に特殊で複雑、誰にでもできるというものではありません。私などが帳簿を見ても、不正の事実すらわからないくらいです。さすがに藤堂翁にはおわかりになり、尾崎さんに釘を刺したようですが、他に経理をできる者がいないので職務は続行させていました。翁の目が光っている間は尾崎さんもおとなしくしていたのですが、近頃また虫が動き出したらしくて。今回は金庫の現金が動いていたので私の目にも歴然でしたが、それに加えて帳簿の不正が行われていたとしても、本人に聞かないとわかりません」

薫は皮肉な笑みを浮かべながら押印を再開する。

「犯人の自供に頼って事実を確かめる訳ですか。前代未聞だ。銀行に知れれば、対応が甘すぎるとして新規の融資はいっそう望めなくなります。本人に弁済を求め、回収し切れない分は貸付金として計上しておくよりないですね。経理のできる人間も早急に捜した方がいい」

今年に入って徴兵の頻度は上がってきており、市井にいる男の数はますます減っていた。女性なら多いが、たいていが数字を苦手としており、漁業簿記のできる者はほとんどいない。仮に人材が確保できたとしても、教えられるのは尾崎しかおらず、自分に取って代わろうという人間をきちんと指導するかどうか怪しいものだった。

「浮かぬ顔ですね」

自力では処理しかねている事に忸怩たる思いで事情を話す。薫は作業の速度を落とし耳を傾けていたが、やがて肩を若干持ち上げて印を押しながら目だけをこちらに向けた。

「別件ですが、所長から細工場の矢部さんの処遇について検討してほしいとの話が出ていましたね」

矢部は、白底翳で仕事に支障をきたしている。これまでの貢献度や、本人がなおもやる気でいる事を考えれば辞めさせるのは難しく、かといってこのままでは仕事に影響が出かねない、時期を見て手術をする気でいるようだが、それまでの間をどうするか、というのが所長の弁だった。

「手が足りないからという理由で矢部さんを尾崎さんの下に入れ、当面、現在の仕事と兼務してもらうのはどうでしょう。真珠の微妙な光彩より、0から9までしかない数字の方が見分けやすいはず。双方を経験してみれば本人も、どちらが今の自分にとって無理がないかを考えるんじゃないですか。経理に専念する事を選ぶ可能性が高いと思いますよ。ご心配になっている尾崎さんの指導については、問題ないでしょう。矢部さんの方が年上ですし、相当しっかりした女性のようですから尾崎さんの首根をギュッと抑え込んで無理矢理にでも教えさせるでしょう」

　確かに社内で尾崎に対抗できそうなのは、矢部を措《お》いて他になかった。

「わかりました。さっそく矢部女史に話してみます」

　大岡《おおおか》裁きさながらに次から次へと問題を処理していく様子は、見ていて小気味がよい。これが自分の息子なのだと思うと、いささか誇らしかった。

「尾崎さんの取り扱いについては、お任せします」

　軽くなった気分に後押しされ、覚悟を決めて本題に取りかかろうという気になった。

「それでは最後の一件ですが、所長からの報告です。奥様が細工場で働きたいと申し出られており、そのお話によれば、若社長にも相談したもののお返事がないとか」

　薫は押印を続けながら軽く眉を上げた。

「僕は聞いていません。が、彼女がやりたいならやらせてあげればいいでしょう。他の社員と同等に扱ってくれるよう所長に伝えておいてください」

　自分の妻がそれを言い出した理由については、考えが及ばないらしい。このところずっと寅之助は、この微妙な問題をどういう順序で話せば薫の態度を硬化させずにすむかと考えてきた。結論が出ないまま面会の約束を取りつけた今日を迎えてしまい、今なお決めかねている。

「それで終わりですね。では」

　薫は立ち上がり、両手で背広の襟を伸ばしながら壁の時計に目をやった。

「出かける時間ですので」

あわてて机に歩みより、その上に両手をついて身を乗り出す。

「奥様がそういう事を言い出されるのは、あなたに放っておかれていると感じていらっしゃるからです」

薫は話をかわすように軽く笑い、出入り口に向かった。

「役員としては踏み込み過ぎたご意見ですね。父親として気がかりなのですか」

どうやらこちらの言わんとしているところを察知しているらしい。それなら真っ向からいくしかないと腹をくくる。

「先日、三田の藤堂家から乳母の中村《なかむら》さんが訪ねてきました。たいそう気をもんでおられ、こうおっしゃるのです。お嬢様のお話によれば、旦那様は仕事仕事で帰りが遅く、夕飯は先に食べていなさいと言われて、いつもお一人だそうです。やっと帰ってきたと思えば、食事や風呂をすませるとまた外出してしまうとか。悪所に馴染みの女性でもいるのかと思い、後を付けたところ、海で泳いでいたり、山に登って月を見たりなさっているそうです。それもまぁ亭主の好きな赤烏帽子《えぼし》だと思って我慢なさってはと申しましたら、そのお返事が大問題でございました。なんと結婚してからずっと寝室が別で、同衾《どうきん》した事が一度もないとおっしゃるのです。これではお子様は望めません。確かにお嬢様は、女性として満点という訳にはいきません。けれどもそれを承知で結婚なさったはず。一体何をお考えなのかご本人に問い質していただきたい、との事です」

薫は立ち止まり、しばし無言だったが、やがて溜め息交じりに口を開く。

「僕に何をお望みですか。妻と仲良くし、子供をもうけ、平和な家庭を築いて幸せになる事ですか。残念ですが、それにはお応えしかねます。僕は幸せになるつもりはありません」

逆捩《さかね》じを食わされた気分だった。中村ではないが、何を考えているのかと叫びたくなる。

「なぜならその幸せは、冬美さんの犠牲の上に成り立っているからです。彼女から火崎と結婚すると聞かされた時、僕は帝國真珠に勤めてほしいと言いました。色々と理屈は付けましたが、本心は、せめて目の届く所にいてほしい、そばに置きたい、ただそれだけでした。その一心で言ったのです。彼女はそれを受けてくれた。思う所もあったに違いないのに黙って承知してくれたのです。その目の前で、僕がのうのうと人並みの幸せを味わう事などできると思いますか」

薫と冬美を結んでいた糸がギリギリと音を立て、もう戻れないほどにまでねじれていくのが見えた気がした。それをしたのが自分である事を考えると、あせりで体中から汗が噴き出す。

「水野君は水野君で、幸せになるはずだ」

言い訳でもしているかのように声が震えた。

「近く、細工師の久保君と結納する事になっているそうだし」

薫は、あるかなしかの笑みを浮かべる。

「火崎と結婚するという話は、どこに行ったんです」

射るような目で見すえられ、あの時の事を思い出してますますあせりが募った。しどろもどろになっていると、薫は視線をそらす。

「わかっていましたよ、あなたが冬美さんにそう言わせたのだと。まぁあの場は、お互い様でした。僕も見栄《みえ》を張り、あきらめるなどと嘯《うそぶ》きましたからね。今度の結婚話は本当なのですか」

薫の口調が柔らかになっていくのを感じ、ようやく息ができるようになった。ここで再び嘘をつかなくてもすむ事に感謝しながら声に力をこめる。

「本当だ」

所長から、結婚は仕事に打ち込むためらしいと聞いた時には、薫への想いをなんとか捨てようとしているのだろうと思い、気の毒になったが、それをここで打ち明ける訳にもいかない。

「彼女は彼女で幸せを見つけていくつもりなんだろう。おまえもいい加減に見極めをつけて、自分の人生を大事にしたらどうだ」

薫の目に濃い影が浮かび、たちまち広がっていった。それに視界を閉ざされ、意識が自分の内側へと向かっていくのが手に取るようにわかる。窓のない部屋にでも閉じこもっているかのようなこもった声がした。

「自分を幸せの外に置く、それが僕にできるただ一つの愛情の示し方です。だが、そこに冬美さんを引きずり込むつもりはない。彼女が結婚するなら祝福します」

ねじれた想いは、硬い繭《まゆ》のような殻をかぶっている。どうすればそれを切り崩せるのか。途方にくれながら情に訴えてみようと思いついた。

「それじゃ珠緒さんはどうなるんだ。かわいそうじゃないか。閨房《けいぼう》の恨み骨髄という言葉がある。あらぬ火種になりかねないぞ」

薫は扉近くまで歩き、ホールスタンドに手を伸ばす。そこにかかっていた中折れ帽を取り上げ、顔を隠すように斜めにかぶった。

「珠緒には、申し訳ないと思っています。自分がひどいエゴイストである事もわかっている。ですが、僕はこういう男なのです。運命だと思ってもらうしかない。たとえ冬美さんが結婚しても僕の気持ちに変わりはありません。彼女以外は抱かない。では」

軽く頭を下げ、扉を開けて出ていった。二人を結ぶ糸はねじ切れそうになりながら、今なおつながっているのだった。その強靭《きょうじん》さに舌を巻く。もし結婚できたならば、どれほどいい夫婦になっていただろう。

だが事情はそれを許さなかったのだ。若い頃のホレたハレたは誰にでもある。結婚に結びつく事はほとんどないが、皆がそれを普通として受け入れており、寅之助もそうだった。

家族というのは、家長を支えるための組織なのだ。家族の将来は家長が決めて当然だし、男にとって結婚は大した問題ではない。女にとっても、縁があった相手と結婚し添っていくのが当たり前だった。

このままにしておけば皆が不幸になるばかりではない。万が一、薫の気持ちが暴走したら、あるいは冬美の気持ちがそれに呼応したら、不倫もしくは心中という事になりかねなかった。社長と社員の醜聞は、帝國真珠の名前に大きな傷をつけるだろう。

なんとしても断ち切らねばならない。気持ちが冷めないのは、お互いが顔を見られる距離にいるせいだろう。遠ざける事だ。去る者は日々に疎《うと》しという。いくら愛おしくても離れてしまえば次第に想いが薄らぐに違いなかった。薫も心からあきらめがつき、珠緒も幸せになれ、冬美も新しい人生を全うできるだろう。

6

「味は、どやね」

いつもは調理場から出てこない寺嶋が、このところ頻繁に食堂に姿を現す。食卓の間を歩き、食べている様子を見たり、時には声をかけたりもした。

「なんぞ食べたいもんでもあれば、心がけとくさかいに言うといてや」

皆と同様、冬美も笑顔で頷くしかない。調理した本人からの質問では、美味《おい》しいとしか言えないし、食べたい物もない訳ではなかったが食材が手に入らない事はわかっていた。寺嶋の姿が調理場に消えていくのを目で追いながら、皆で顔を見合わせる。

「寺嶋はん、こんとこ、えろう元気や思わへんか」

「ん、明かるぅなりよったなぁ」

「舞鶴から帰ってから急にや。息子はんの事で、なんぞええ話でもあったんかいな」

テーブルの中央にいた矢部が、薄ら笑いを含んだ視線を窓の方に向けた。

「人様の事は放《ほ》っときや。それより見てみぃ、頭の黒いネズミが来よったで」

皆がいっせいに窓の方を見る。その向こうを白髪交じりの頭が通り過ぎた。

「あの天辺《てっぺん》ハゲは、尾崎のオイちゃんや」

「朝もはよから、どこ行かはるんやろ」

「どこって、この先には調理場の裏口しかあらへんで」

矢部が、口の中でパリッと漬物の音をさせた。

「尾崎はんには噂があるんや、食材をくすねとるってな」

神戸で空襲にあった日、尾崎が金庫からサツマイモを取り出していた事を思い出していると、調理場の方で寺嶋の大声が上がった。

「尾崎はん、それ、置いてってもらいまひょ。あんたなぁ、何度やるつもりや。こっちが知らんとでも思うとるんか」

尾崎の尖った声が続く。

「おまえこそ、料理くすねて火崎んとこに運んどるくせに。舞鶴の往復で、あの男とできたんとちゃうか」

あたりに一瞬、沈黙が広がり、直後、空気が竜巻のように渦を巻いた。

「そういう事やったんや」

明らかになった秘め事に誰もが色めき立ち、含みのある視線を交わし合う。尾崎の窃盗を知らされた時とは比べものにならないほどの活気づき方だった。

もし自分が薫と結婚の口約束を交わした事が知れれば、この勢いはそのままこちらに向かってくるのだろう。巻き込まれたら仕事に専念するどころか、ここに勤めていづらくなるかも知れない。身がしまる思いで、注意せねばと自分に言い聞かせた。

「そりゃ元気もよくなるわな。火崎役員は、えろう恰好ええし」

「寺嶋はんは未亡人やさかい、まぁ自由な身やけど、そんでも年が違い過ぎや」

「そやそや、寺嶋はんの方が十五は上やで」

「火崎役員は、年増好みなんかなぁ」

火崎なら年齢など気にしないに決まっていた。女でありさえすればいいと言いかねない。

「いいなぁ、うちも火崎はんとねんごろになりたいわ」

「あん人は激しそうやで。壊れてしまうがな」

「へぇ、何がや」

どっと笑いが広がる。直後、調理場から何かが割れるような音が聞こえてきた。ぶつかる音、転がる音、寺嶋の悲鳴が続く。思わず腰を上げた。調理場には火も油も、包丁や串《くし》もある。どちらかがそれに手を伸ばしたら大変な事になるだろう。社員の不祥事は、帝國真珠の名前にかかわる。

「水野はん、食事中にどこ行くねん」

とがめるような矢部の声に背中をつかれ、振り返った。

「調理場でのケンカは危険です。地獄にあるようなものが全部そろっているんですから、止めないと」

矢部が音を立てて立ち上がる。

「うちが行く。中高年のケンカは、小娘にゃ止められんさかいな。ちゃっちゃと食べとき。皆もや。あと十分で始業やで」

誰もがあわてて食卓に向き直った。冬美も調理場の様子に耳を澄ませながらせっせと箸を動かす。

「寮長、おるか」

出入り口の戸の間から、事務の係員が顔をのぞかせた。食卓の端に座っていた寮長が、急いで走り寄る。何やら短い話をかわし、お辞儀をして係員を送り出すと、身をひるがえして全員を見回した。

「今朝、来月の異動の内示があるんやて」

皆がいっせいに動きを止める。

「対象者は、始業時間より早く細工場にきとくれやす、ゆうてはった。その対象者って」

目に、喜びの光がきらめき立つ。

「なんと、矢部さんやで」

食堂内を喜色が走り抜けた。

「やったな」

「うちら、オールドミスのしばきから解放や」

拍手が起こる。腰を浮かし、万歳の仕草《しぐさ》を繰り返す者もいた。湧き立つようなその歓喜に、低い声が水を差す。

「聞こえとったで」

調理場から姿を現す矢部を見て、誰もが素早く席を立った。何事もなかったかのような顔で食器を配膳口に戻し、そそくさと食堂を後にする。

「全くぅ、しょうもな」

矢部は出入り口をにらんでいたが、やがて唯一人残っていた冬美に向き直る。

「おまはんとも、これっきりやな」

目を伏せ、胸に染み通るような笑みを浮かべた。

「うちと親しゅうしてくれたのは、おまはんだけやった。礼ゆうとくわ。おおきに」

あわてて立ち上がる。

「私こそ、お世話になりました。ご自分の仕事があるのに色々と教えていただき、ありがとうございました。私の仕事を初めて認めてくれたのは矢部さんです。それで私は自信を持つ事ができました。辞めさせられそうになった時も実家に来ていいと言ってくださって、気持ちが落ち着きました。ご恩は忘れません。私、精進して必ず細工師になります。見ていてください」

矢部は溜め息をつく。

「まだその気なんか。まぁ細工師は花形やさかいに憧れるのはわかるけどな、ありゃ男の仕事やで。簡単に見えても、えろう力を使うし根気もいる。修行僧も同然の苦行や。ハンパな気持ちじゃできへん。うちも一時、憧れたが無理やった」

母がしていたのは、そんな大変な作業だったのだ。今はもうない深川の家の、北向きの光の入る机に向かっていた母の背中を思い出す。その後を追いかけていくのだと考えると、母が待っていてくれるような気がした。

「努力します。努力し続ければ、私でもなんとかなると信じています。異動なさっても、どうぞ気にかけてやってください」

矢部は頷き、耳をくすぐるようなかすかな笑い声を立てた。

「ま、気張りや。おまはんは目がいいさかいに、できへん事もないやろ」

＊

食堂から出て部屋に戻り、身支度を終えて細工場に出勤する。門の脇に久保が立っていた。

「お早うさん」

口を切るなり、性急に話し出す。

「俺と所帯を持つ気でおるって、ほんまか」

表情は硬く、怒っているかのようだった。もしかして結婚するのが嫌なのかも知れない。所長は何の問題もなさそうな口ぶりだったが、久保のすべてを知っている訳ではないだろう。何か事情があるのなら、無理強いはできなかった。

「久保さんが、私でよいと言ってくださるなら、結婚したいと思っています」

慎重に答えながら様子を見る。久保は大きな息をついた。

「えかった、おおきに。夢みたいで信じられへんかったんや」

顔の険しさを吹き飛ばすように笑みを浮かべながら、剃《そ》り上げた後頭部を掻いた。

「昨日は、よう寝れんかった。こいで今夜はぐっすりや」

滅多に見せない笑顔がまぶしい。自分はこの久保の妻になり、久保冬美とよばれるようになるのだ。実感はまだ湧かなかったが、その内そういう気分になれるのだろう。

「早々に結納をすませて東京についてくように言われとるよってに、一緒に行くで心配せんでええよ。そんからさっき内示を受けたんや。俺は来月から東京作業所勤務になった。東京は、おまはんの故郷でもあるやろ。ついてきてくれるよな」

とっさに声が出なかった。ここから離れてしまえば薫を見られなくなる。そんな毎日に耐えられるだろうか。結婚もできず、想いをあらわにする事もできない今、その近くにいる事、その姿を見る事だけが喜びだった。

薫は珠緒を伴っている事も多い。二人が連れ立っているのを見れば胸が痛んだが、それでも見られないよりはずっとましなのだと今になって気が付いた。薫のそばにいたい。少しでもその姿を見ていたい。東京に行ってしまえば、そういう機会は失われるのだ。

「どないしたん。嫌なのか」

表情を曇らせる久保を見て、あわてた。結婚はもう決めた事だった。

「突然だったので、ちょっと驚いて」

夫の勤務地についていかない妻がどこにいる。いやそれ以前に、夫以外の男性と離れたくないと思っている妻など破廉恥すぎて話にならない。そんな不道徳な事をしていいはずがなかった。

「もう大丈夫です。どこへでもついてまいります」

高い所から飛び降りた時のように体にしびれが走る。もう引き返せない道の行く手を見晴《みは》るかしながら自分をなだめた。東京の作業所で仕事に励めばいい。名工と言われるような細工師になり、ハナグルマを修復し、帝國真珠に貢献するのだ。そういう形でしか自分は薫に尽くせない。

「えかった」

ほっとしたような様子を見せながら、久保は次第に心細そうな表情になった。

「俺は今まで関西から出た事がない。東京にも、山はあるんか」

本気で疑問に思っているらしい。その様子がおかしくて、つい笑いがもれた。

「山が好きなんですか」

久保は体をねじり、後方に広がっている里山に視線を投げる。

「休みの日は大抵、山や。景色をながめたり、鳥の声を聞いたり、春には山菜を取って、秋にはキノコを採る。花を摘んできて図鑑で調べたりもする」

一人で過ごす事が好きなのだろうか。では結婚してもそういう行動が多いのかも知れない。そう思った冬美の気持ちを察したらしく、久保は急いで付け加えた。

「野球をする事もあるで。俺は左投げの投手や。弟が捕手で、一塁が豆腐屋、二塁が布団屋、三塁が駄菓子屋の倅《せがれ》で、牛乳屋のおいちゃんが監督や。市の大会で準優勝した事もあるんやで」

久保との生活がおぼろげながら見えてきた。休日は二人で山を歩き、野草を摘み、久保は野球をし、自分は料理を作る。出勤したら二人で帝國真珠のために働く。細工師としてすでに評価されている久保から技術を学び、身に付けていくのだ。そういう繰り返しを続けながら子供を生み育て、年月を重ねて年老いていく。

「俺は次男坊やさかい家はないが、まじめに勤めとれば、その内に建てられる。結婚する時には、親が野菜を作れるだけの畑と卵をよく産むニワトリを一羽くれる約束や。東京勤務になったら畑は兄弟に譲るにしても、ニワトリは持ってける。卵はどうやって食うのが好きなんや」

思わず声が出た。

「卵かけご飯です」

食べた事は一度もない。母が、生卵は危ないと言って食べさせてくれなかった。同級生がその美味しさを話すのを聞いて、ずっと憧れていたのだった。

「ほんじゃニワトリが卵を産んだ朝は、いつも卵かけご飯や。知っとるかどうかわからんが、卵かけご飯には、極意ゆうもんがあってな」

そう聞いたとたんに、卵かけご飯が崇高なものに思えてきた。背筋を伸ばし、両手を体の前でそろえて慎んで聞く。

「最も大事なんは、卵と飯の分量や。どっちが多すぎてもあかん。飯椀を傾けた時に、飯の上にうっすらと卵が膜のように浮くがくらいがちょうどええんや」

醬油の量から卵の大きさ、質にまで及ぶ話に耳を傾けながら、それまで外形しかとらえられずにいた毎日が内側からふくらんで実のあるものになっていくのを感じる。卵かけご飯を食べる朝は、今まで育ってきた家の習慣を離れ、二人で真新しい暮らしを作っていく生活にふさわしいように思えた。心が浮き立つ。

「東京にも山はたくさんあります。里山もあるし、御岳山《みたけさん》とか高尾山《たかおさん》とか高い山もあります。一緒に行きましょう」

そう言ってから付け加えた。

「私、細工師になりたいんです。ハナグルマの修復に関わりたい。私の母は父から技術を教わったと聞いています。結婚したら、久保さん、私に教えてください」

久保は笑いながら頷く。

「女の細工師か。仕事場で服を脱ぐヤツと同じくらい珍しいやん」

かなりの皮肉屋だと、その時になってようやくわかった。

「もうハナグルマの修復に取りかかっていますか」

恐る恐る聞くと、久保は首を横に振る。

「まだや。かかれへんのや。ピンの鈍化と湾曲だけなら簡単に直せるがな、欠けとるケシが問題やねん。ケシ珠自体は海事作業部に頼んであるよってに、今に同じ色のが見つかるやろが、道具があかん。大阪でコマい仕事のできるのを捜して、先が一番細いのを買ってきたんやが、それでも歯がたたへん」

技術さえあればできるというものではないらしかった。

「全くの難物や。今の道具でなんとかするしかあらへんが、時間がかかりそうやな。いい道具さえありゃ、もっと力が入るんやが。職人の気分は、道具次第やさかいな。おまえ、ハナグルマが好きなんか」

頷きながら胸にわき上がる疑問の渦を見つめる。ハナグルマを作った時、母はどんな道具を使ったのだろう。そしてそれは今、どこにあるのか。

＊

その日の仕事が終わる頃になっても、東京行きを決断した時に体に走ったしびれは消えなかった。寮に戻りながら、それが心の奥から噴《ふ》き上がってきている事に気付く。そこに住む獣が泣いているのだった。身をよじって泣く声がおののきのように湧いてきて、体を震わせている。薫のそばにいられない人生、意のままにならない星回りが嫌だと駄々をこねていた。

吠《ほ》えたりそのかしたりするだけでなく、獣は泣く事もあるのだった。それはありのままの自分なのかも知れないと思えてくる。腕を回してそっと抱きしめ、なだめるようにトントンと自分自身を叩いた。

大丈夫、乗り越えていける、この運命の中でもきっと幸せは見つけられるし、何より大事なのは薫の会社に貢献する事なのだ。そのためには健康で、とにかく生きていなければならない。失われたものを追いかけるのはやめよう。今の自分に与えられているものの中でやっていくのだ。やってみせる。

寮に帰ると、部屋の扉の下に一枚の葉書が差し込んであった。取り上げて見れば、宛名《あてな》は水野冬美様で、差し出し人は火崎光介とある。鹿児島県知覧の消印が押されていた。裏を返せば、流麗な筆文字が並んでいる。

「沖縄の海に舞い散る桜花
　さらば祖国よ不滅なれ」

辞世の句と思われるその二行の脇に、こう書かれていた。

「今日これから作戦に参加します。あなたをだました事をお許しください、兄の監視をよろしく、お義姉様《ねえさま》え」

南方の空に響き渡る爆音と、朗らかな笑い声を聞いた気がした。

7

「早く東京に行って土地を確かめたいだろうから、仮結納の日は仏滅以外だったら何でもいい事にしよう。うまく大安に当たるといいんだが」

しきりに暦《こよみ》をめくっていた所長が日取りを決めたのは、先週末の事だった。

「仲人も頼まないと。社員の場合は、社長ご夫妻にお願いするのが普通だが、役員でも悪くないよ」

薫が珠緒と一緒に結婚を祝福する事にでもなれば、また獣が身もだえして泣くだろう。

「役員のどなたかにお願いできればと思います」

話が火崎に持ち込まれたら、なんやかんやとうるさそうだったが、まだ単身者である火崎にそんな話がいくはずもない。他の役員なら、寅之助も含めて誰でも構わないと思った。

ところがその週が明け、出勤していくと所長室に呼ばれ、困惑した様子で告げられた。

「仮結納は、中止だ」

訳がわからない。一体何が起こったのかと、ただ所長の顔を見つめ説明を待つ。所長はやり切れないというような溜め息をついた。

「久保君の家に、昨日、赤紙がきたそうだ」

赤紙は陸軍の召集令状だった。その一枚で否応《いやおう》なく軍隊に取られ、戦地に向かわされる。年頃の男性やその家族は皆ビクビクしていた。徴兵の対象から逃れるために、自傷する者もいると聞く。

「一週間以内に、第四師団神戸連隊に出頭せよとの内容だそうだ」

思い描いていた未来図があっさりと崩れ、埋もれて跡形もなくなっていく。戦争に人生を曲げられるのは、これで何度目だろう。

「東京を往復している余裕はないだろう。仮結納だけならできるが、久保君はしないと言っている。すれば、水野君を縛る事になる。戦争が終わって帰ってくるまで待っていてくれとは言えないんだろう。帰ってこられる保証もないし」

こちらを思いやってくれているのだった。感謝しながら久保の今後を心配する。戦況は、満州でも東南アジアでもよくないはずだった。

「しかしケシ打ちの久保君を軍隊に持ってかれるのは痛いなぁ。こうも片《かた》っ端《ぱし》、職人を引き抜かれてしまっては、戦いが終わっても帝國真珠は立て直しがきかんぞ」

嘆くようなつぶやきが脳裏を揺する。そんな事態に陥《おちい》ったら一大事だった。久保が出発する前に、その技術を伝授してもらったらどうだろう。

「私、久保さんから細工の技術を教えてもらう約束をしているんです。出征までには一週間あるんですよね。その間にできるだけ習得します」

所長は気を吞まれたらしく、急に無表情になった。しばし考えこんでいたが、やがて吊《つ》り下《さ》げられた操り人形さながら、ふいっと腰を浮かせる。

「職人は自分の技能を他人にもらさないものだが、こういう状況で、しかも仮結納をするつもりだった水野君になら教えるかも知れない。よし頼んでみよう」

＊

久保の家は、細工場から街道に沿って少し歩いた所にある平屋だった。着いた時には、近隣の住人らしき人々が玄関先に集っていた。

「聞きましたで。久保のご次男はん、この度はおめっとうはんでございます」

「よう気張りなはれ、と伝えとくれやす。華々しい戦果を期待しとりますで」

「当日は、駅に見送りに行くよってにな」

ひとしきりしゃべって引き上げていった。

「帝國真珠の松本《まつもと》ですが」

玄関の薄暗い三和土に踏み込んだ所長が口を切る。

「久保君はいらっしゃいますか」

上《あ》がり端《ばな》にかしこまっていた中年女性が、疲れたような顔にわずかな笑みを浮かべた。

「今、呼んできます」

乱れたほつれ毛を掻き上げながら奥に入っていく。息子を戦争に送り出さねばならないという状況で、笑顔の対応を強いられているのはたいそう気の毒だった。

「水野君、この場は私一人の方がいいかも知れん」

こちらを振り向いた所長が小声でささやく。

「出征する男の胸の内は、怒濤《どとう》さながらだ。やり切れなさと絶望が煮えたぎっている。あなたの姿を見れば心の乱れも一入《ひとしお》だろう。ここはひとまず私に任せてくれ」

そういうものかと思いながら一人で作業場に戻った。所長の成功を祈りながら真珠と向き合い、作業を始める。しだいに集中し、途中で昼休みの電鈴が鳴ったが、うるさいと思うばかりで腰を上げる気になれず、夕方の終業時までそのまま続行した。

「ちょいと、こないぎょうさん連組みばっか作りよって、どないするん。並べる店もありゃせんのに」

矢部にとがめられたが、気にならなかった。

「組むのが遅すぎると言われたので、早く組む練習をしていたんです。すぐバラしますから大丈夫です」

糸を引き抜き、真珠をカルトンに戻す。トタン屋根にアラレが当たるような音と共に、白い輝きがはずんだ。カルトンの中に華やぎが満ちる。乳白色にきらめく様子は、新しい雪がつもった田畑のようだった。

「それにしてもよう飽きんで続けたもんやな。ほんまあきれた娘や」

出入り口の戸が開き、所長が姿を見せる。すぐさまこちらの視線をとらえ、性急に口を開いた。

「久保君が、明日から教えるそうだ」

胸に喜びがきざし、たちまち勢いを得て走り回る。とても座っていられずに立ち上がった。所長が大股《おおまた》で歩み寄ってきて、両手をつかむ。

「こんな機会は滅多にない。帝國真珠のために、どうか頑張ってくれ」

それほど強く手を握られたのは、生まれて初めてだった。そこに所長の思いの強さを感じながらしっかりと頷く。

「細工場で夜通し教えるから、そばに布団を二組敷いておくように言われた。倒れるまで作業して、意識が回復したらまた倒れるまでやるつもりらしい。出征までの一週間ですべてを教えていくと言っていた。自分の最後の時間を帝國真珠に捧げるそうだ。水野君も覚悟して臨んでくれ。私も付き添う」

結婚して教えてもらうはずだった技術を、戦地に行く前の形見分けのように預けられるのだった。真摯に全力を傾け、必ず体得しようと心に誓う。

＊

ケシ珠は色や形が様々で、装飾に使う時にはまずそれらをそろえるところから始めなければならない。そろえたケシ珠で真珠や宝石を取り囲んでいく技法がケシ打ち、あるいはミル打ちと呼ばれるものだった。

久保が得意としているそれを教えてもらえるとばかり思っていたが、当日はいきなり細工場の裏に連れていかれた。

「まずは体作りや。細工をするには指と腕の力がいる。そこに力を入れるためには、肩や肩甲骨に筋肉を付けけん事にゃどもならん。長い時間座って作業するさかいに背骨周りや腰周りにも筋肉がいるし、関節の柔軟性も必要や。朝晩、体を鍛《きた》えんといかん。教えとくから必ず毎日やれ」

腕立て伏せや指立て伏せ、庭石を持ち上げたり、井戸の釣瓶《つるべ》の上げ下ろしを繰り返したり、たっぷり一時間ほどした後に、細工場周りを全速力で走り回る。矢部が男の仕事だと言っていたが、確かにそうかも知れなかった。

「学生時代を思い出すな。駅伝の選手だったんだ。箱根路を走った」

付き添うと言っていた所長も、苦しそうな呼吸を繰り返しながら付いてくる。

「次は、道具や」

自分の作業机に連れて行き、上に乗っていたバーナーや研磨機、万力などを説明すると、引き出しから道具類を出して中味を並べた。様々な種類のヤスリやヤットコ、タガネ、ブラシ、糸ノコ、ノギス、木槌《きづち》などで、どれも使い込まれている。

「全部、俺の手に合わせてある」

見れば、握りを切ってあるものや、逆に接ぎ木してあるもの、布が巻かれているものもあった。両隣で作業している細工師たちの道具に目を走らせても、様々な工夫が凝らされている。

「これら全部くれてやっから、自分に合わせて作り直せ。使い方を教えながら手伝うから、さ、やってみ」

数あるそれらの用途を聞きながら、まず取り上げてつかみ具合を確かめる。切ったり曲げたり折ったり、あぶって叩いたりして自分に合うようにするのに二日を要した。

「道具は、使うたびに研ぐんやで。なまった道具は細工師の恥や。次は基礎やな。やってみせるさかい、ちゃんと覚えるんやで。ええな」

研磨や蠟《ろう》付け、穴開け、伸ばし、打ち込み、切り出し、形成など細かな作業を見せてくれる。ただ見ているだけでは覚えきれないと感じ、所長が持ってきてくれた広告紙の裏に、道具名や使い方を書き留めた。

「そんじゃ今のをやってみ」

最初はまるで歯が立たず、自分でもイライラするほどだったが、三日ほどで曲がりなりにもできるようになる。残されているのは、あと二日だった。その頃になると手にマメができ、それが潰れて何をするにも痛く、体には締め上げられるような筋肉痛が走り、全身が熱を持つほどだった。夕方に作業が終わると、食事も早々に切り上げて所長室に敷かれた布団に倒れ込み、気絶するように眠る。

時間がない事ははっきりしており、休ませてくれとは言えなかった。久保に気を使わせたくなくて、ただれた掌を隠し、自分を叱咤してとにかく励む。

留め方を教わったのは、最終日の前日だった。爪《つめ》留め、糸留め、蠟付けなどいくつかあったが、一番難しかったのは地金や爪が見えないように枠で締め上げるカリブレ留めで、それを使うと真珠が大きく見え、輝きがいっそう冴えるのだった。ハナグルマも随所にそういう留め方をしてある。

「並べておいて、一気に締めるんや」

目の前でやってみせる久保の手際のあざやかさに、溜め息が出る。

「とにかく繰り返して身につけるしかあらへん。明日はケシ珠打ちをやるで」

ケシ珠は、小さなものになると直径が一ミリあるかないかで、ピンセットで摘まむのも容易ではなかった。だがハナグルマの欠けているケシ珠も、カリブレ留めを囲んでケシ打ちされている部分であり、この技法を習得しない訳にはいかない。

それだけを何百回も繰り返した。指先がしびれ力が入らなくなると、関節を伸ばし、筋肉をほぐして作業を続ける。

「珠に傷を付けちゃあかん。ヤットコやヤスリの持ち方、つかむ場所にも気ぃ付けるんや。強く打ちすぎてもあかへん」

均等にケシ珠を打ち込む事は難しかった。しだいに列が曲がっていく。何度やっても曲がった。

「数をこなすしかない、やってるうちにコツがつかめるさかいにな。ああそこ、そこがあかんのや」

最後の夜が明けていく。疲れ切った所長の鼾《いびき》が響き渡る中、朝陽《あさひ》が差し込んで細工場内のあちらこちらできらめいた。

「ほんじゃ俺、そろそろ行くわ。家に近所の衆や親戚が集まって、送ってくれるねん。その前に記念写真も撮らにゃならんし」

この一週間、久保も細工場に泊まり込んでいた。両親や兄弟と名残《なごり》を惜しむ時間もなかったのだ。

「ありがとうございました。教えていただいた事は、くり返しおさらいして必ず身につけ、帝國真珠の役に立てるよう努力します」

深く下げた頭を上げると、久保はかすかに頷いた。

「ようやったな。女なのに偉いもんやった。もっともおまえが脱いだあの時から、普通の女やないとは思うとったがな」

一瞬笑い、呑み込むようにそれを消した。

「おまえの事は、細工師仲間によう頼んどいたさかい、安心せぇ。俺の大事なもの、俺が自慢にできるものは全部おまえにくれてやった。皆には、おまえを俺やと思うてくれと言っといたかんな」

父亡き後、母がその後継者と目されたように、冬美も久保の後を継ぐのだった。

「ハナグルマも、おまえに修復を任せるように所長に頼んどいた」

目が潤《うる》みそうになる。ついにハナグルマにたどり着けるのだった。

「もう心残りはなんもあらへん」

満足感の漂うその顔に、母が重なる。浜松に出発する前の晩、こちらに向かって微笑んだ母にどこか似ていた。

「おまえとの事は、ええ思い出や。忘れへんで」

身をひるがえし、光の射す出入り口に向かっていく。途中で一度振り返った。

「俺との話はなかった事にせい。幸せになってくれや」

乗っ取り

1

「閣下」

ドアの開く音と共に飛んできた鋭い声に眠りを破られ、チャーチルは横になっていたソファから飛び起きる。

「あ、お昼寝中でしたか、失礼しました」

いまいましく思いながらアイマスクをむしり取った。

「君には、七十歳を超えて二つもの戦いに直面している老人への憐れみの気持ちはないのかね」

二つの内の一つは、相変わらず続いている日本との戦争、二つ目は六月半ばから始まった選挙戦だった。日本が降伏するまで現行の内閣を維持するべきだというチャーチルの主張は、労働党に受け入れられず、保守党においても早く解散した方が有利だとの見方が圧倒的だったため、戦時中にもかかわらず庶民院を解散、総選挙に突入していた。

「で」

不貞腐れながら座った椅子を回転させ、ドアから顔を出している幕僚に向き直る。

「ひと時の安らぎをじゃまされた哀れな老人に、何の用だ」

幕僚は唇に浮かべていた笑みを急いで呑み込み、姿勢を正して報告口調になった。

「アメリカ諜報部が、日本の打電を傍受したそうです。沖縄で戦闘中の第三十二軍司令官牛島《うしじま》中将が大本営に向けて送ったもので、内容は永別の辞です」

眠気も吹き飛ぶ思いだった。今月六日には、やはり沖縄で戦闘中だった海軍司令官太田《おおた》少将が決別の電報を打ち、十三日に至って自決している。牛島も、ついに同じ道をたどる事になるのだろう。

「沖縄の陥落は、時間の問題かと思われます。アメリカ軍は来月早々にも、沖縄作戦を終了するとの事です」

机の上に置かれた葉巻の箱を開け、一本を取り出してなでながら、さぞ喜んでいるに違いないアメリカ大統領トルーマンへのねぎらいの言葉を考える。

沖縄で展開されている日本軍の持久作戦により、連合軍は未曽有《みぞう》の被害を出していた。カミカゼ・アタックと呼ばれる特攻機の体当たりや、スーサイド・ボートと畏怖《いふ》されるベニア製の小舟震洋《しんよう》の激突により、イギリス軍も空母フォーミダブルやインディファティガブルなどを破壊され、百機に近い戦闘機を失っている。

アメリカ軍の損害はさらに大きく、最高司令官まで戦死しており、軍事史上最大ではないかと言われていた。たとえ勝っても苦すぎる勝利になるのを恐れ、計画していた九州や関東への上陸作戦は断念せざるを得なくなっている。早々にケリをつけるためと称し、日本に核爆弾を投下する可能性も大きかった。

日本嫌いの前アメリカ大統領ルーズベルトは、核爆弾が完成したら真っ先に日本に使うつもりでいて、それを止めていたのがチャーチルだった。

あまりにも広範囲に影響が及び、かつ後世にわたっても被害者を出し続けるこの兵器は実際には使えない、脅しに使う以外に用途はないというのがチャーチルの考えだった。

元々イギリスが先行して開発していたのだが、ナチスに対抗するためにアメリカとの共同作業に切り替え、一九四三年八月、使用についての取り決めを結んでいた。

その当事者ルーズベルトが急死し、後任には副大統領だったトルーマンが座ったが、これまで外交に関与した事がなく、この戦争についてもほとんどわかっていなかった。猛勉強をしながら、来月ポツダムで予定されている会談に臨む態勢を整えているとの事だったが、核についてどういう態度に出てくるか全く読めない。スターリン率いるソビエトの脅威に気が付いているかどうかも疑問だった。それらを教え、こちら側に引き込まねばならない。

ソビエトは、ナチスが撤退した東ヨーロッパに手を伸ばしており、日本が降伏すれば、千島四島から北海道北部までを自国に併合するつもりでいた。独裁者ヒトラーは退場したが、それに代わって独裁者スターリンが登場するようでは、六年間にわたらんとするこの戦争終結の意味がない。

スターリンを抑えるには、アメリカと歩調を合わせて核で脅すしかなかったが、肝心の核自体がまだ完成しておらず、ポツダムでの会談に間に合うかどうか不明だった。

それにもかかわらずアメリカでは、ルーズベルトの亡霊に急《せ》き立てられるように原爆目標策定委員会が会合を重ねていて、先月には投下する日本の都市の候補を五つにしぼったという。

二ヵ国による核使用協定によれば、お互いの合意なしにこの兵器を使わない事になっており、チャーチルが反対し続ければ日本への投下は不可能だった。だがチャーチルがいつまでイギリスの代表者でいられるか保証の限りではない。

今回の総選挙で敗北すれば、後任の首相は日本への核投下に賛成するかも知れなかった。もし日本が世界で初の原子爆弾の洗礼を受けるとすれば、開票結果の出る七月二十六日以降という事になる。

空中に十字を描き、日本のため、自分のために選挙の勝利を祈った。先日チャーチルはバッキンガム宮殿の周りに詰めかけた群衆に、国王と共にバルコニーから手を振り、熱狂的な歓声を浴びている。そんな自分が対立候補に敗れるとは、とうてい思えなかったが、選挙というものは蓋を開けて見なければわからない。

「閣下、遊説《ゆうぜい》のお時間です」

ドアの外からの秘書官の声に、戦う姿勢を固めながら受話器を持ち上げた。

「先にトルーマン閣下に電話して、沖縄の陥落を絶賛しておく事にするよ。たっぷり自信を与えておけば、日本攻略は原爆を使わなくても可能だと思ってくれるかも知れない」

2

冬美《ふゆみ》は、久保《くぼ》の作業台で作業する事を許された。細工師と組み師を隔てる通路をついに渡ったのだった。それまでうらやましく思いながらただ見やるしかなかった細工師たちの空間に身を置き、感慨もひとしおだった。

同時に、やっと出発点に立ったばかりなのだとの思いを強くする。久保に言われた通り、毎朝毎晩体力作りに励み、井戸の釣瓶の上げ下げも楽に百回以上ができるようになっていた。指先の力も増し、腕に筋肉もついている。

技術を確かなものにするために道具を使う練習をしながら、所長に頼んでハナグルマを金庫から出してもらい、全体の素描をして修復の手順を考えた。

「ハナグルマは、イギリスヴィクトリア朝時代の宝飾品の影響を受けてるみたいだね」

所長が洋書のページを開いて見せてくれる。雰囲気の似ているものがいくつか載っていた。

「これらは主体がダイヤで、その周辺に配したアメジストやルビーなどの色石を引き立てるために真珠を使っている。ハナグルマはそれを逆転させたんだ。ダイヤもサファイヤもエメラルドも真珠の柔らかな華やかさを目立たせるために使われている。発想の転換が素晴らしいよ」

図案を描いたのは父だろう。

「見ているとり眩暈がしてくるくらいすごいね。ヨーロッパ中を魅了したって話も、まんざら誇《こ》張《ちょう》じゃないと思えてくる。もう仕舞ってもいいかい。美しすぎて恐ろしいよ」

自分もいつか、見る人々の心をつかんで離さないような宝飾品を作りたい。夢を広げながら、危険物でも持つようにして社長室の金庫にしまいに行く所長を見送った。

久保が言っていたようにピン先の鈍化と全体の湾曲は、すぐにでも直せる。問題は欠けているケシ珠と細工道具だった。

珠は取り替えるしかないが、同じ大きさで同じ色か、せめて周囲と馴染む色を捜さねばならない。久保は海事作業部にケシ珠を頼んであると言っていた。戻ってきた所長を捕まえて聞いてみる。

「ケシ珠は、海事作業部の管轄なんですか」

所長は窓の外に視線を投げた。目の前に広がる海に、海事作業部の船がいく艘か浮かんでいる。

「今、許可されているのは中国向けの薬用ケシ珠の養殖のみで、海事が扱ってるんだよ」

久保はそれを使おうと考えていたのだろう。既に頼んであるという事だったが、冬美は海事作業部長の後藤《ごとう》の機嫌を損ねている。久保と同じ扱いをしてもらえるとは思えなかった。新しいケシ珠がなければ修復はできない。ここは所長の権限でなんとかしてもらおう。

「ハナグルマの補修にケシ珠が必要なんですが、久保さんは海事作業部に頼んであると言っていました。それを改めて確認しておいてもらえますか」

所長の了解を取る。これに関してはもう、海事作業部がケシ珠を持ってきてくれるのを待つしかなかった。その間にピン先の鈍化と全体の湾曲を直しておく事にする。

もう一つの問題は道具で、ハナグルマに使われているケシ珠は極《ごく》小さく、久保も難渋していた通り、受けついだ細工道具の先を限界まで削ってみても作業ができそうになかった。

母は、どんな道具を使ってこれを作ったのだろう。特別に繊細な先端を持つ器具か。それとも「バカとハサミは使いよう」というくらいだから、同じ道具でもやり方次第でできるのか。とにかく取り組んでみるしかなく、日々、道具と格闘した。

うまく指が動き、思いがけなくきれいに仕上がる日もあり、失敗ばかりの日もあり、それが続く事もあった。くり返して身に付けるしかないと言った久保の言葉を胸で温め、自分を励ましては気を取り直して再び励む。

「やっぱり幅が足りないよなぁ」

先ほどから所長がクジラ差しと曲尺《かねじゃく》を手にして細工場のあちらこちらを計って歩いていた。冬美のそばで立ち止まり嘆くようにつぶやくので気になり、理由を尋ねてみる。

「加工処理部が発足しただろ」

そう言いながら曲尺の先で梅津《うめづ》や大崎《おおさき》を指した。

「その作業台を一つ所に寄せて部署らしく独立させたいんだ。実験もするだろうから給排水の設備が必要だし。となると配管を引いてある給湯室の近くがいいんだが」

現状では、梅津も大崎も今までと同じく組み師たちの中に埋もれていた。

「如何せん余地がない」

細工場内が手狭なのは、事務部に異動した矢部《やべ》や、徴用された組み師の作業台がそのまま残っているのも原因の一つだった。あれを片づければと思いながら細工場内を見回していて、いい事に気が付く。

「所長、無駄に空いている場所があります」

指を上げ、組み師と細工師の間の通路を指した。

「あれをつぶしてしまえばいいのでは」

所長は考えてもみなかったというような顔になる。

「よしそうしよう」

作業台の移動に、皆で手を貸した。かつて何よりもくやしく、また哀しくも思ってきたその通路がつぶされ、ないものになっていくのは胸のすく思いだった。その場所で梅津と大崎が自分たちの選んだ仕事を始めると考えれば余計にうれしい。こういう事が増えていくといいと思った。

＊

外を走り回って体力をつけ、作業台に向かって腕を磨き続けていると、食欲も増し、毎食が楽しみになる。だが食材は配給制で満腹になるまで食べる事はできなかった。

もっと食べたい、このあたりにある食べられるものをすべて食べつくし、向こうに見える山まで食べたいと思いながら、浜松に労働奉仕に行っていた時のようにゆっくりと噛みしめ、満足感を得ようと努力する。寮生たちの声が耳に入ってきたのは、朝食時の事だった。

「昨日、四日市の親戚から、空襲で大変だったって電話があったんよ。うちは大丈夫だったみたいだけど」

「美代《みよ》ちゃんとこも、鹿児島の親類が一昨日やられたって言ってたやん。毎日やね」

急に心配になる。久保が徴兵され、付き添いがいなくなって東京行きの話は頓挫《とんざ》していた。だがこの状況では、いつまた焼夷弾が落ちないとも限らない。再びの焼け野が原になる前に行って、様子を見てきたかった。

その日出勤するとすぐ所長室を訪ね、事情を話して休暇を願い出る。所長は了解しながらも浮かぬ顔で付け加えた。

「誰か、一緒に行ってくれると安心なんだが。出発までに心当たりを捜しておくよ。いなければ私が同行しよう。東京作業所にも顔を出したいし、久しぶりに実家にも寄りたい。檜原村《ひのはらむら》の生まれなんだ」

それで関西弁ではないのだろう。檜原村は東京の西部で、三多摩と総称される地域にあり、冬美も遠足で行った事がある。

「山に囲まれて育ったから海に憧れた。海はどこまでも開けていて閉塞《へいそく》感がない。見ていると気持ちが晴れやかになるだろ。どうせ働くなら、そういう所がいいと思ってさ。真珠もきれいだったし」

海を映しているかのようになごんだ眼差の底から、そんな選択をしていた頃の本人の顔がのぞいていた。様々な人間が、様々な理由で帝國真珠《ていこくしんじゅ》の門をくぐる。共通しているのは真珠が好きな事だけだろう。

「初めは東京作業所にいたんだが、神戸本社から出張でやってきた今のカミさんと結婚して、こっちに異動したんだ。実家は兄が継いでて、どこに行ってもいい身だったからね。大学時代は学校の先生になろうと思っていたんだが、真珠に魅せられた」

所長の話をひとしきり聞き、自分の作業台に戻って真珠と向き合う。人間が一人一人違っているように、真珠も一粒一粒に違いがある。異なる親貝の中で、その体に包まれて育てられるからだった。たった四年で育ての親から離れ、世の中に出てくる。そう考えると、どれほどゆがんだ珠でも、どんなにシミのある珠でも愛おしかった。その光をすべて放てるような、そしていっそう華やかに見えるような装飾を考え、その中に収めてやりたい。

「水野《みずの》はんは、いつもニコニコして真珠を見とりますなぁ。なんでやねん」

隣の作業台の細工師に言われ、初めてそんな自分に気付く。なぜなのか自分でもわからず首を傾げていると、反対側や向かい合いの作業台から笑い声がした。

「なんでもええやないか。おかげさんで細工場が和やかになっとるで」

「そやそや。おなごがおるのは、ええもんや」

「おなごなんぞゆうと怒られるで。おなごじゃのうて久保さんの跡を継ぐ細工師や」

自分を受け入れてくれている細工師たちを見回す。いっそう努力し、久保に教えてもらった細工術を確実なものにしていい仕事ができるようになりたいと思った。

3

寅之助《とらのすけ》は溜め息をつく。

久保を東京作業所に転勤させ、その妻となる冬美を薫《かおる》から遠ざけようという計画が、まさか赤紙に邪魔されるとは思わなかった。二人を引き離すまいとする天の手でも動いたかのように久保は出征し、冬美は未婚のままここに残っている。

冬美だけ東京に異動させようとも考えたが、直属の上司である所長が難色を示した。久保から技術を受け継いだ冬美を東京などに譲る事はできないというのだった。元々こちらの細工場は、東京作業所の向こうを張っているようなところがあり、寅之助もこちらに来たばかりの頃は苦労した覚えがある。

「技術だけではありません。水野君が久保君からどうやって教えてもらったかを細工師たちは皆、見ていた。当初は女などにできるものではないと冷ややかでしたが、今ではすっかり変わってきている。水野君が初めてここに顔を見せた時には笑顔がかわいいと言われていただけで、自分の意見でも口にしようものなら即座に叩かれていました。今はその胆力や努力を皆が認めて、久保君の代わりとして受け入れ始めている。学ぶ意欲があり、皆が一度は泣かされる矢部女史のきつい物言いにもひるまないどころか懐柔してしまいました。私はたいそう期待しています。異動などとんでもない」

ここに来てまだ三ヵ月弱だというのに、所長にそう言わせるほどの存在になりつつあるのは驚くべき事だった。ひょっとして未完の大器であり、薫の妻として相応しい才女だったのではないかと思えてくる。自分は判断を間違ったのだろうか。

自問自答しながら会社の門を入る。まだ出勤前に薫から電話があり、すぐ会社に来てほしい、裏庭にいると言われたのだった。

庭をぐるりと回っていくと、植え込みのそばに立っている薫の背中が見えた。精悍な体を曲げてしゃがみ込み、小石を拾い上げている。

「急ぎの用でしたか」

声をかけると、こちらを振り向いたが、唇の前に人指し指を立てるなり木陰《こかげ》に身をひそめた。訳がわからずその場に立ち尽くす。やがて表の方から足音が聞こえ、角を曲がって冬美が姿を現した。

「あ、早川《はやかわ》役員、お早うございます」

足も止めずに駆け去っていく。後ろ姿を見送っていると、薫が梢《こずえ》をくぐって顔を出した。

「毎朝、励んでいますよ」

手に持っていた小石を空中に投げ上げ、片手でつかみ取る。

「時々、コケるんです。気持ちが先走る質で、体がついていかない。猪突猛進の気質ですね。かわいい猪《いのしし》だ。尖った石は拾っておかないと危なっかしくって」

小さく笑いながら、今はもういない冬美の姿を植え込みの向こうに見ている。こちらの胸が痛くなるような眼差だった。

「急いで来ていただいたのは、この件です」

背広の内ポケットから二通の折り封をつかみ出す。

「ついに火崎次郎《ひさきじろう》が動いたようですよ。まぁ見てください」

不吉な思いにかられながら片方を受け取り、上下の折り返しを開いて中を見た。表に辞表と書かれ、裏には藤堂高英《とうどうたかひで》の名前がある。あっけに取られながら顔を上げると、薫は自分の手元に残っていた折り封を開き、こちらに表を見せた。佐野《さの》の辞表だった。

「二人とも、帝國真珠を辞めるんですか」

薫は口角を下げる。

「そのようですね」

あまりにも突然で理由がわからないのはもちろん、納得もいかない。帝國真珠としても、二人もの役員にいきなり辞められてしまっては屋台骨が揺らぐに違いなかった。

「これが火崎の差し金という事でしょうか」

薫は確信を込めて頷く。

「間違いなくそうですよ。高英さんは権力欲は強いものの、それを満たすための方法を自分で思い付ける人ではありません」

よく見ているものだと思いながら、いらだちに任せて性急に言い募った。

「本人たちから事情を聞いたんでしょう。一体何が起こっているのかさっさと話してください」

薫は苦笑する。目の中心に、動かない硬い光があった。

「辞表を持ってきた時に、話していきましたよ。どうせわかる事だからここで言っておく、自分も佐野も手持ちの株をすでに火崎に売却した、との事です。まぁ帝國真珠の株は、譲渡制限株じゃありませんからね」

喉に、焼け火箸《ひばし》でも突っ込まれたような気がした。二人の株を手に入れたとなれば、火崎の持ち株比率は五割を超える。単独で事業計画の承認ができる状態だった。

「手元に株を集め、持ち株比率を上げて新しい企画を通せるような体制を作ったんでしょう。前回の役員会で承認されなかった上海での真珠取引、あれを敢行するつもりなんですよ。帝國真珠に設立資金を出させて別会社を立て、事業譲渡をして資産の一部を使えるようにしてから高英さんと佐野さんの二人に経営させるという計画でしょう。こちらの役員と別会社の社長を兼務するのは、不正競争防止法などに触れないようにすれば可能ですが、高英さんは一線を画したかったんだと思いますよ」

そこで言葉を切り、物静かな表情を広げながら短い溜め息をついた。

「高清翁《たかきよ》が亡くなった時、高英さんはおそらく自分が帝國真珠を継げるものと思っていたんです。同族経営の会社で、高英さんが最年長、しかも高清翁には後継者となるような男子がいなかったのですから、そう思うのも当然でしょう。けれども翁は時代の先を見すえて変化を選んだ。僕が指名されたと知った高英さんは、すごい目をしていました」

人生を狂わされたと思ったのだろう。絶望し、恨みを抱え込んだ事は想像に難くない。

「そこに付け入った火崎次郎の、抜け目のなさの勝利ですね。当初から株を買い増して実権を握るつもりで息子を名義株主にし、送り込んで様子を見ていた。ところがすんなりと運びそうもないんで、業を煮やして身を乗り出してきたんでしょう。意外に気早ですね」

薫の冷静さが歯がゆく、いっそう気がもめた。

「なんとか阻止しないと。何かいい手は」

あせりで言葉がもつれる。薫は笑いながら目の光を強めた。

「ありますよ、ただ一つだけですが。しかしそれは最終手段だ。今の時点では、それより先にやらなければならない事があります。御大《おんたい》が乗り出したとなれば、これだけでは収まらないに決まっている。僕は最悪の場合を考えています。つまり近藤《こんどう》役員までが火崎に株を売るような事態になる事」

そうなれば、火崎の持ち株比率は六割六分を超える。それは特別決議ができる比率だった。つまり代表取締役社長の薫を解任できる。

「乗っ取りの完成ですよ」

思い通りにさせてたまるかという負けん気が起こり、その後を追いかけるようにそんな事は絶対にありえないとの自信がわいてきた。追い詰められつつある薫の気持ちを楽にしてやろうとして、唇に力を込める。

「近藤は頑固一徹の、明治気質《かたぎ》の男です。高清翁の親族が退職した際、高英さん一人が約束を破って居残った事にも強い憤りをあらわにしていたし、日頃から火崎金融のやり方を見下してもいる。そんな相手に株を売るような事は、まずないでしょう」

薫は首を横に振った。

「まずない、を、ありにするのが火崎次郎です。どんな手段に出るか知れたものではない。早急に近藤役員と話をし、彼を止めておいてください。僕が話すより古い付き合いのあるあなたの方がいいでしょう」

泡《あわ》を食いながら承知する。近藤の元に足を向けながらこの原因を作った高清を恨めしく思った。元々、高英は気位が高かった。自分を超える存在になった弟の高清を面白く思っていなかった事だろう。それを手っ取り早くなだめようとして株の半分を持たせたのが失敗だった。高清が一人で株を抱えていれば、こんな事にはならなかったのだ。

母親から、兄の顔を立てるように頼まれたと聞いている。親が子供の仕事や人生に口を出すのは当たり前で、良かれと思っての事なのだ。だがそれが禍根となったのだった。

ふと自分を顧みる。親として薫に結婚を強いたのではなかったか。冬美の通りすぎた後を見つめていた薫の眼差が色を深め、影を濃くしていく。自分のまいたその種が将来、恐ろしい実を付けるのではないか。そんな気がして足が止まりそうになった。

4

一人で東京に行くのか、それとも所長、あるいは所長が捜した相手と一緒なのか。列車の切符を取る都合があり、早く決まってほしいと思っていたところ、いきなり意外な人物の名前が挙がってきた。所長の話を小耳にはさんだ火崎が名乗り出て、所長も二つ返事で承知したのだった。

「東京作業所に、一度挨拶に行かねばと思っていたところらしい。火崎役員がついていってくれれば、これ以上の事はない。役員の車で行くそうだから、向こうでの足も心配ないし、よかったな、水野君」

すっかり気が軽くなった様子の所長を見れば、断ってすべてを振り出しに戻す事もできなかった。あらかじめ火崎に、はっきりと釘を刺しておくしかない。

「私は、寺嶋《てらしま》さんのようにはいきませんからね」

にらみ付けると、火崎は不思議そうな顔になった。

「何の事だ」

わかっているくせに白々《しらじら》しいと思いながら指を突き付け、ひと言ひと言区切《くぎ》って話す。

「舞鶴の往復で、あなたは寺嶋さんといい仲になったんでしょ。たぶん寺嶋さんがお礼を言おうとした時、あなたは私に言ったみたいな返事をしたんでしょうね。言葉でなく体で頼むって」

火崎は唇の片側を吊《つ》り上《あ》げ、うれしそうな笑みを見せた。

「おまえ、それを期待してるのか。わかった、嫌というほど応えてやろう」

東京に着くまで、ひと言も口をきくまいと心を固める。ところが決意は、当日の朝になるなり早くも崩れた。

「あれ、日本のやないやろ。恰好ええなぁ」

「ちょっと見てみぃ。乗ってはんの火崎役員やで」

今まで見た事もないような外国の車が寮の前に停まっており、それだけでもひと騒ぎだったが、運転席に火崎の姿があるというので手が付けられないほどの過熱状態となる。そこに自分が乗り込んでいかねばならないと考えると、頭が痛かった。だがどうする事もできず、やむなく車内に駆け込むなり、一喝する。

「こんな目立つ事をしないでください」

火崎はなぜ怒られているのかわからなかったらしく、不当だと言いたげにブツブツ言いながら車を出した。

「ポルシェのどこが悪いんだ。ベントレーで来ればよかったのか。あっちの方がデカくて目立つぞ」

火崎との会話は、いつも奇妙にズレ込む。頭の中がどうなっているのか見てみたいと言いたかったが、二人きりの車内で話していれば親しさが増すだろう。それを避けようとして黙り込んだ。

「後ろに積んであるのは、米とハム、それにチーズだ」

チラッと視線を流せば、シートの背もたれの後方に白い袋が山のように積み上げてある。

「東京作業所に渡す。名刺代わりだ」

食料はどこでも不足していた。これだけの量をどうやって調達したのだろう。何しろ悪党だから、どんな事でもやりかねなかった。

「神戸の海軍事務所から持ってきたんだ。作業所の連中はチーズの臭いを嫌がるかも知れんが」

ハムもチーズも食べた事がない。答えずにいると、火崎もそれ以上何も言わずに黙り込んだ。そのまま松阪《まつさか》を通り、桑名《くわな》から名古屋に至る。それでもまだ無言のままだった。さすがに気になり、チラチラとその横顔を見ていると、豊橋《とよはし》近くになって溜め息と共に口を開いた。

「聞きたいんだが、好みでもない女から、ぜひ抱いてほしいと言われて、その希望に添った男をどう思う」

寺嶋の事だろうと思いながらキッパリ答えた。

「大いに軽蔑します」

火崎の言い分が本当なのか、それとも都合のいいようにゆがめているのかわからなかったが、とにかく不謹慎には違いなかった。

「おまえなぁ、男には、据《す》え膳食わぬは男の恥、という金科玉条があるんだぞ。男の義務に近いんだ。すえられたら最後、食わねばならん」

苦しげに片目を細め、同情を求めるようにこちらを見る。なんとなくおかしかったが、ここで笑ったら示しがつかないと考え、ぐっとこらえていた。

「俺はこれまで女とやって後悔した事は一度もない。向こうも喜ぶし、俺も楽しい。だが今回ばかりは、確かにマズかった」

珍しく真剣らしい。えせクリスチャンだと思っていたが、良心がない訳でもないようだった。

大いに悩めばいいと思いながら素知らぬ顔をしていると、火崎はそのまま考え込み、茅ケ崎《ちさき》を過ぎる頃までずっと静かだった。江の島《えしま》が見えてくるあたりで、ようやく重い口を開く。

「そういえば話が耳に入ったぞ。俺とは結婚しないと言い張ったくせに、久保とはする気になったんだってな。なんでだ。久保のどこがよかったんだ」

まじめに答えてもしかたがないと思い、火崎には絶対にマネができないだろうと思われるところを口にした。

「久保さんは結婚するとニワトリを一羽手に入れられるんです。それが卵を産んだ日には、私に卵かけご飯を食べさせると約束してくれました」

火崎がいきなり制動機を踏み込む。座席から飛び出しそうなほど前のめりになった。火崎が怒声を上げる。

「おまえなあ、俺なら毎日百個ぐらいの卵を手に入れて、おまえに食わしてやるぞ」

それを聞いたとたん、あこがれの卵かけご飯がひどくつまらないものに思えてきた。一杯のそれに価値を見出していない人間の口から出る言葉だからだろう。

「数の問題じゃありません」

火崎はいまいましそうにハンドルを叩いた。そこについていた警笛があたりに鳴り響き、道路を通り過ぎていく車から物見高い視線が飛んでくる。

「じゃなんの問題なんだ、俺と結婚しない理由をはっきり言え」

こういう時には、最適な決まり文句があった。

「それは、あなたが悪党だからです」

もう一つの大きな問題は、火崎に生活感がない事だった。一緒に暮らしても、ただ暮らすだけでそこに幸せな家庭を築いていける気がしない。

「そんなのはおまえの思い込みだ。悪党悪党となじっているが、俺のやってる事は合法の範囲だ。くだらん先入観を捨てて俺との結婚を考えろよ。帝國真珠の社長夫人にしてやるぜ」

どうせハッタリだろう。なにしろ悪党なのだ。

「素晴らしすぎて、これっぽっちも信じられません」

皮肉と嫌味を込めたつもりだったが、火崎はなんの反応も見せず、後方を振り返りながらハンドルを操って道路に戻った。

「今にわかるさ」

余裕を感じさせる笑みを浮かべ、加速装置を踏み込んで一気に速度を上げる。

「帝國真珠は、もうすぐ俺のものだ」

＊

東海道を走っていくと、帝國真珠の東京作業所より冬美の家の方が手前だった。

「先に寄ろう」

国道から降り、町に通じている道路を走る。日暮れまでにはまだ時間があった。空襲直後にそこを歩いた事が思い出され、胸が締め付けられるように苦しい。あたりの空気が薄くなっていくように感じた。

「おい真っ青だぞ。大丈夫か」

窓の外に広がる焼け跡には、もう瓦礫は見当たらない。三月に冬美が歩いた時と同じだったのは、焼け残った送電線鉄塔だけで、矢部から見せられた写真のように、トタンの掘っ立て小屋が所狭しと並んでいた。その間に、行方不明の家族や親族に向けた伝言を書いた立て札が立っている。それを肩に背負って歩き回っている兄弟もいた。二人とも破れた服が体から垂れ下がり、靴も下駄もはいていない。

写真で見た時には、元の生活が戻ってきているかのようにも思えたが、実際に目にすると、失われたものの大きさに皆があえいでいた。誰も無言で、あたりには重く冷たい沈黙が満ちている。

路地に入り寺の前を通りかかると、石段に腰かけている子供たちがたくさんいた。脚を抱いて顔を伏せたり、グッタリと横になったりして眠っている。腕に赤い腕章を巻いた憲兵が、サーベルの先で子供たちを払いのけながら巡回していた。

「ここで降ります」

家はすぐ近くだったし、車で乗り付ける気になれない。

「先に作業所に行っててください」

停まった車から降り、家に向かう。道の角を曲がる時には、その先に広がっている光景をあれこれと想像し、不安と恐れで鼓動が速くなった。どうか、ひどい事になっていませんように。目をつぶって道を曲がり、思い切って目を開く。

昔、冬美が住んでいた家跡は、焼け落ちた時のままだった。ただ道路に面して縄が渡されており、そこに木札が下がっている。

「水野家の土地、立ち入り無用、隣組々長」

隣組が守ってくれているとは思わなかった。感謝しながら見つめていると、夕方の陽射しを浴びて光るものがあった。縄を持ち上げて踏み込み、そのあたりを手さぐりする。土にまみれた真珠が一粒転がっていた。

左右に穴が開いている。糸が通っていたのだろう。母がタンスの上置きにしまっていた通糸連の真珠に違いない。

それを拾い上げながら、ここでハナグルマを見つけた事を思い出した。母は身近に置いて守ると同時に補修を続けていたのかも知れない。それなら細工道具もここに置いてあったのではないか。黒く焼け焦げた地面を見回す。道具は鋼《はがね》でできているのだから焼失はあり得ない。埋もれているのだ。

希望に駆り立てられ、一粒の真珠をモンペの隠しに入れると猛然と車に引き返す。火崎はもう作業所に向かってしまっただろうか。角を曲がると、まだそこに停まっている車が見えた。駆け寄って窓ガラスを叩く。

「スコップがほしいんです」

火崎は親指を立て、後方を指した。

「去年スキーに行った時に使ったのが、そのまま放り込んであるはずだ」

戦時下だというのにスキーに行ったのか。自分の目が冷たくなるのを感じながら、後部座席の下からスコップを引きずり出す。それを持ち、走って引き返した。

身をかがめ、あたりを掘り起こす。初めに出てきたのは、折れた竹の物差しだった。裏を返せば毛筆で、尋常第一小学校一年一組水野冬美と書かれている。入学の時に、母が記名してくれたものだった。

そのそばに白い破片がいくつか埋まっていた。白地に青の花模様があり、母が使っていた飯碗《わん》とわかる。他の食器に触れると澄んだきれいな音を響かせるそれは、磁器でできているのだと母が言っていた。

土を払い、つなぎ合わせてみる。縁の一部が欠けているだけで全体が元の形になった。それを使っていた母の笑顔が思い出される。懐かしくて碗を包む掌に力を入れると、音とともに崩れて破片に戻っていった。自分と母の暮らしも、ちょうどこんなふうに壊れてしまったのだった。

物差しと飯碗を地面に置き、さらに掘り起こす。腰が強ばり、固まったように伸びなくなるまで一心に掘り進めたが、もう何も出てこなかった。細工道具はただの鉄製で溶けてしまったか、あるいは誰かが持ち去ったのかも知れない。落胆しながら身を起こし、焼け跡の空間に自分の暮らしていた家を思い浮かべた。

タンスの上置きには重いほど大量の真珠がしまってあり、母はそれが命をつないでくれる朝鮮ニンジンだと言っていた。それらが今、ただ一粒を残してなくなってしまっている。なんとあっけなく、はかないのだろう。

それを思えば、ハナグルマが無事であった事は奇蹟《きせき》に近かった。いやそんな偶発的なものではない。母が自分の両手を犠牲にして守ったのだ。顧客から預かったハナグルマは、死んだ夫の遺志を受け継いで完成させた作品でもあった。自分の命をつなぐはずの大量の真珠よりも大切だったのだろう。母は高潔で、理性の勝った人だったのだ。

「ちょっとあんた、何してんだい」

礫《つぶて》のように女性の声が飛んできた。

「そこに入るんじゃないよ。木札が見えないのかい」

振り返ると、白髪を後頭部にまとめた小さな老女が立っている。どこかで見かけた顔だった。

「すみません、この家の娘です」

老女は余計な事を言ったと思ったらしく、片手で自分の口を押さえる。

「ありゃそうかい、勘弁勘弁。このところ物騒で何があるかわからないから、皆で声かけ合って用心してるとこなんだよ。私ゃ、この先でお湯屋やってる足沢《あしざわ》だよ、松《まつ》の湯《ゆ》」

隣組ではなかったが町内のうちだった。内風呂《うちぶろ》が壊れた時、母に連れられて二、三度行った事がある。番台ででも見かけたのだろう。親しい人に会ったかのような気分になった。

畳敷きの広い脱衣所に満ちていた湯気の匂いが思い出される。母が服を脱ぐと、どこからどこまでも白い肌に皆が見惚れ、ほめそやしたものだった。番台からも声が飛んだ気がする。

「母を捜しているのですが、ご存じありませんか」

老女は眉根を寄せる。顔中のたるんだ皮膚が津波のように動いた。

「このあたりは死傷者が多くてね、一時は川向こうとかにも運ばれていったんだよ。けど、もうかなり落ち着いてきてる。今はたいてい八幡様の救護所に入ってるね。容態のひどい人は隣の病院に移って、もうダメだとなるとまた戻ってくるみたいだよ。ベッドを空けなきゃならないんだと。宮司様が遺体の住所と名前を書いた一覧表をお作りになってるし、わかる事もあると思うよ」

礼を言い、物差しと飯碗の欠片を地面に埋めた。状況が落ち着いたら取りに来るつもりだった。八幡宮に向かう事を火崎に話しておこうと車を降りた場所に足を向ける。

「あ、クソガキ、待てっ」

角の向こうで火崎の声が上がり、目の前を三人の子供が猛然と走り抜けた。先頭に立っているのは体の大きな女子で、その後ろを男子二人がついていく。訳がわからないまま見送っていると、火崎の姿が現れた。

「どうかしたんですか」

火崎はあたりに視線を配り、誰の姿もない事を見て取ると、いまいましそうに服の土を払う。

「今、ガキが三人こっちに来ただろ。俺の財布を盗《と》りやがった」

服に土がついているという事は、その子たちに引き倒されたのだろうか。

「大人なのに、子供にしてやられたんですか」

火崎は頬が震えるほど強く奥歯を噛みしめた。まともに怒っている様子がなんとも滑稽で、笑い出したくなる。

「女のガキが、さも哀れっぽい調子で話しかけてきたんで車から出て、聞いてやってるうちに後ろから硬い物で頭を殴られたんだ。三発だ。眩暈がして膝を突いたら、二人が飛び付いてきて上着の内ポケットから財布を抜いて遁走《とんそう》した」

ハチの群れに襲われたオオカミさながらだったのだろうと思うと、ますますおかしかった。

「笑うな。ありゃ戦災孤児だ。盗みのプロさ」

あんな子供たちまで生きる事に追われているのだった。胸を痛めながら自分も浜松では手榴弾を盗んだと思い出す。あれは確か火崎家に置いてきていた。

「私たちが工場から持ち出した手榴弾、その後どうなっていますか」

火崎は、したたかな感じのする笑みを浮かべる。

「抜かりはねぇよ。宿舎に持っていって、この近くで拾ったと話すように言っておいた」

達者な立ち回りは、やはり悪党ならではだろう。こんな時勢には頼もしい男かも知れなかった。

「ま、金の方は盗られてもさして構わんが、問題は財布に入ってた小切手だ。線引きでも先付けでもない、持参人払いのヤツなんだ。金額だけ書けば、いくらでも金を引き出せる。ガキじゃ銀行に持ってけんから、大人に頼むだろ。そしたら取り上げられた揚げ句に口封じに殺されかねん。といって、こっちが警察に届ける訳にもいかん。即、強制保護で児童施設行きだろうからな。駅で寝起きしてる方がましなくらいの劣悪な環境らしいぜ」

ひどく怒っていながら同時に心配しているところが、いかにも火崎らしかった。母親が言っていた通り、気質は優しいのだろう。

「私、八幡様に行ってきます。母が収容されているかも知れないし、遺体の一覧表もあるって話ですから」

ケガ人の中に母が見つからず、その表を見て名前を捜すのは、つらい作業だろう。そんな事にならないように祈る。

「わかった。俺も行く。乗れ」

5

富岡八幡宮の境内は、幼い頃の遊び場だった。昔を思い出しながら正面参道に続く鳥居をくぐる。人出や、参道脇でサイコロ博打《ばくち》に興じている男たちの様子はその頃とあまり変わらなかったが、屋台は風船やお面、シャボン玉を売る店や辻占《つじうら》だけで、おでん等の食べ物を扱っている店は出てなかった。突き当たりに建っていた本殿はもうなく、小さな仮設本殿の向こうに空が見えている。ポッカリと穴が開いているかのようで、境内はひどく広く感じられた。

参道の植え込みの片側に敷いたゴザの上に、数人の男性が座っている。誰もが色のあせた軍帽をかぶり、汚れた寝間着姿で腕や脚が途中からなかった。その代わりなのか切断部分に、丸めた針金を革のベルトでしばり付けている。中の一人は両手首も足首から先も失っていて、四《よ》つん這《ば》いになり自分の前に置かれた義援金用のナベに視線を落としていた。

体が震えるほど気の毒だったが、一円の金も持っていない。何もしてやれない自分を無力に感じ、つらくてたまらなかった。

「今日はもう上がりなよ」

火崎が声をかけながら自分の服のポケットをあちこち探り、取り出した紙幣や小銭をつかんで皿の中に入れる。

「これだけありゃ、今夜は皆で食えるだろ。明日の事は、また明日考えればいい」

こちらを振り仰いだいくつもの目に、片手を上げて応じ、さっさと参道を歩き出した。追いかけて肩を並べる。自分にできない事をしてくれた火崎に感謝したかったが、それを伝えればまた前のように、言葉より体でと言われるに決まっていた。黙って心にしまい込む。

「日本に送還された負傷兵だ。あいつらの後ろに何万という戦死者や、まだ帰ってこられない負傷者がいる。帰れたからといって食ってけるヤツばかりじゃないのに国は知らん顔だ。いい事は一つもない。それなのになんで皆、素直に戦争に行くんだ。しかたがないとか、逆らってもムダだとか言いながら流されていく自分たち自身が戦争を作り出している事に気が付かないのか。俺は行かんぞ」

憤りのこもったその横顔も心に取り込む。今に自分が火崎でいっぱいになってしまいそうだった。

「どれほどなじられても、たとえ手足をもがれても絶対に行かん。一般庶民が皆で拒否していれば、戦争なんかできんのだ」

光介《こうすけ》の辞世の句を思う。潔く立派な戦死にあこがれた光介には、兄の徴兵逃れがやりきれないほど醜く感じられたのだろう。その行動の底に流れる抵抗の気持ちを知っていたなら、少しは兄を尊敬しただろうか。

「長いものに巻かれない時もあるんですね」

火崎をほめるのは初めてで、自分でも恥ずかしい。ところが火崎は皮肉を言われたと思ったらしく顔をしかめた。

「日和見主義だと言いたい訳か」

否定しようとした瞬間、火崎が足を止める。

「あ、いたっ」

東西の参道が合流する所に建てられた東屋《あずまや》に、十人前後の子供たちが集まっており、そのうちのいく人かがこちらを見て、あわてて立ち上がった。

「クソガキ、逃がすか」

逃走する子供たちを火崎が追いかける。それを見送りながら、長身で筋骨たくましい火崎の中には、その外見からは想像もつかないほどの稚気《ちき》がひそんでいるのかも知れないと思った。喜怒哀楽が激しく、饒舌《じょうぜつ》で、自分でも嘆いていた通り、自制心がなく抑制がきかない。他界したという母親もさぞや心配だっただろう。光介の達者な筆文字が胸をよぎった。兄の監視をよろしく、お義姉様。

義姉の二文字に気持ちを持っていかれそうになり、あわてて首を横に振る。成長不良の男の世話などごめんだと思いながら足早に東屋の前を通り過ぎた。左手にいくつかの末社が並んでおり、その裏手にテントが張られて看護所と書いた立て札が立っている。出入り口に受付の机が置かれ、中年女性が腰かけていた。

「ここに母がお世話になっているかどうか知りたいんですが」

女性は名前と住所を聞き、名簿をめくった。

「そういう名前の方はいらっしゃいませんね。ただ自分の名前を憶《おぼ》えていない人もいますから、中に入ってご覧になってください。途中の赤い線から先は、隣の病院から移されてきた危篤の重患です」

礼を言い、テントの出入り口をくぐる。中央に通路があり、その両側一面に布団が敷かれて老人から子供まで男女の別もなく横たわっていた。枕元に家族がついている傷病者もおり、乳飲み子を抱いた母親もいる。母乳を与えているところだったが、どちらが病人なのかわからないほど二人ともぐったりしていた。

顔から顔へと視線を移し、母がいない事を確かめながら奥に向かう。赤い線の前まできて立ち止まった。この先でもし母を見つけたらどうしよう。どうかそんな事がありませんように。母を捜しに来ているというのに、いない事を願っている自分に苦笑いしながら赤い線を踏み越える。

その向こうに横たわっていたのは数人だけだった。ただ死を待つばかりの人々の間を埋めている空気は、寒天のように固まっている。死がのしかかり、押しつぶして今にもこの世から消し去ろうとしているところだった。その重さに息が詰まりそうになりながら母の顔がない事を確かめ、早々に引き返す。

「ありがとうございました」

受付の女性はこちらの顔を見上げ、やりきれないというような吐息をついた。

「いなかったのね。隣の病院に直接、搬送された方もいますよ。行ってみれば」

再び礼を言い、参道に戻る。通りまで出ようとしていると、鳥居の方でけたたましい笑い声が上がった。見れば若い女性が数人、こちらに歩いてくる。赤いシフォンのワンピースや青い繻子《しゅす》のチャイナ服は、モンペ姿で行き交う人々の中でたいそう目立った。近づいてくるにつれ、濃い化粧をしているのがわかる。強い香水の匂いも鼻を突いた。

普通の女性たちではないと感じ、目をそらそうとした時、その中の一人がこちらの視線をとらえた。

「水野さんじゃないの」

目を戻せば、黒く縁取られた目元の感じや、深紅の口紅が塗られた唇の形に見覚えがある。半信半疑でおずおずと名前を口にすると、その顔に喜色が走った。

「そうよ、京子《きょうこ》よ。わぁ、こんなとこで会えるなんて奇跡ね」

他の女性たちに、先に行くように言ってから近寄ってきて目の前に立つ。

「あれからどうしてたの」

東京作業所から神戸に行き、就職して、今は母を捜しに東京に戻ったところだと話した。

「へぇ水野さんらしいね、まじめのマジさん」

浜松でもそう言われたのだった。懐かしく思いながら微笑む。

「火崎と一緒に東京に向かったんだよね。その後あいつとやったの」

返事に困り、頬を熱くしていると、京子は甲高い笑い声を立てた。

「一回くらいやらせてやんなよ、減るもんじゃなし。あいつ、水野さんにホレてんだよ。だから二人になりたくて、あの時、私を乗せなかったんだ」

火崎と京子の接触はほんの少しだったはずなのに、なぜそんな事が言えるのか不思議だった。

「どうしてわかるの」

京子は、人指し指で自分の頭をつつく。

「勘よ、女の勘。そういえば水野さんって、そういうとこニブかったよね。でもいいなぁ。火崎は私の初恋の人なんだよ。男を見ると、私って、つい征服欲が出てね、気を惹かずにいられないんだけど、火崎には、ただただ憧れてた。一度抱かれたかったたな」

清らかな初恋も、京子の頭の中ではそこに結びつくらしかった。どうしてそういう流れになるのか納得がいかなかったが、この世には自分が理解できない事もあっていいと思えた。十人十色とか各人各様というのは、きっとそういう事なのだ。

「けど水野さんだけを乗せて行ったのを見て、あきらめた。恋は引き際が大事なんだよ。でないとドロ沼になるからさ、身を亡ぼす」

達観した言葉に感心する。男性との付き合いの豊富な京子ならではの蘊蓄《うんちく》だった。

「あの後、私、一人で実家に戻ったのよ。でもどっかに落ちた焼夷弾の延焼とかで、あたり一面が黒こげでね、親や兄弟の行方もわからなかった。行くとこがなくってさ、公園で寝てたら、うちに時々出入りしてたテキ屋のおっちゃんに会って、立ちんぼやらないかって言われて、それもいいかと思ったんだ。神社や駅が一番稼げるから、仲間と一緒にいろんなとこを順繰りに歩いて、今日は水天宮《すいてんぐう》からこっちに来たんだよ。鼻の下の長い野郎を手玉に取るのは面白いし、きれいな服も着れるしね」

自分の華やかな装いに視線を流し、スカートの両端を持って広げながらバレリーナのように誇らしげに胸を張る。

「素敵でしょう」

あちらこちらに縫い込まれた金属の輪や宝石がきらめき、羽を広げたクジャクさながらあでやかだった。

「とてもきれいよ」

美しさは心を和ませ、柔らかくし、生きる力を与えてくれる。浜松の夜、レース地を見た時に皆の顔に広がった火のような喜びが思い出された。

「よく似合ってるわ」

京子は満足げに頷き、わずかに眉根を寄せる。

「まぁ時には、しつこくて嫌な客もいるけど、ちょっとの我慢だもの。おかげで何不自由なく暮らせてるし、全然後悔してないわ」

以前と同じように元気がよく、明るく自由だった。規則も守らず、そんな自分を恥じもせず、はみ出す事を恐れない気力を持っている。話していると周りの景色がぐるりと回転し、浜松に戻っていくようだった。

「あ、東子《とうこ》に会ったよ。新宿で面影橋のヤーさんの事務所に連れてかれたんだけど、そこにいたの。東子は数学ができたでしょ。ミカジメ料の集計や帳簿付けをやってるみたい。あの連中って計算もできないバカが多いからさ」

ヤクザの下で働いていて危険はないのだろうか。

「それ、大丈夫なの」

京子はまたも声を上げて笑った。

「女が一人で生きてくのに、安全な稼ぎ口なんてありっこないって。それより火崎に優しくしてやりなよね。自分に恋してる男なんて、かわいいもんじゃないの」

先ほど考えていた事を、聞いてみる気になる。

「あの人は、男というよりまだ子供なんだと思うんだけど、どう」

京子は、うんざりするというような溜め息をついた。

「それ言うなら、男なんか皆、子供よ。自分勝手で気分屋で、玩具《おもちゃ》を欲しがるみたいに女をほしがってさ。こっちとしちゃ、せいぜいうまく利用するしかないわよ」

教科書に書いてない知識を色々と教えてくれるのは昔からだった。

「じゃ私、稼ぎに行かないと。水野さん、今は帝國真珠の寮にいるのね。その内に私、訪ね」

そこで言葉を呑み、目を瞬かせる。

「あれ、あいつじゃん」

見れば、火崎があたりに視線を配りながら参道をこちらに向かってくるところだった。

「火崎、会いたかったよ」

京子は飛び出していき、両腕を広げて抱きつく。

「おまえ、誰だっけ」

戸惑う火崎の後方から、一人の男が走ってきた。着物の裾を上げて帯に挟み込み、法被をはおって片手を懐《ふところ》に入れている。青ざめ、強張った顔をしていた。

「見つけたぞ、京子」

緊張と怒りを含んだ声が上がり、京子も火崎もそちらに顔を向ける。

「その男は誰だ」

京子は、火崎の胸に頬を寄せた。

「あんたさぁ、つけ回すのやめてくんない。うざったいんだよ」

男は腕に力を入れたらしく、襟元が乱れるほど肩が大きく持ち上がった。

「体売るのは金輪際やめて俺と所帯を持つって約束したじゃないか。テキ屋に借金があるって言うから金だって渡したのに、嘘だったのか」

息を荒くし、口から泡を飛ばす勢いでまくし立てる。京子はまともに取り合う風もなかった。斜に構えて受け流しながら太々しい笑みを見せる。

「借金があったのは本当だよ。おかげで返せた、ありがとね。けど、あんたと一緒になるなんてとんでもない。自分のツラと相談してから言ったらどうだい」

男は噛みつぶすような声をもらした。

「てめぇ」

懐に入れていた腕を素早く出す。短い棒を握っているかに見えたが、そこに巻かれていた手拭いをほどくと、刃先が光った。

「殺してやる」

とっさに火崎が身構え、京子の手をつかんで自分の体の後ろに引き込む。

「下がってろ」

男は全身を震わせ、雄叫《おたけ》びを上げた。

「どけ。一緒におシャカになりたいのか」

つんのめるように突っ込んでくる。火崎は体を沈め、男が近づく直前まで待って刃先をかわした。わずかにかすった頬から血をほとばしらせながら男の足元をすくう。男は前のめりになり、匕首《あいくち》を持った腕が空中を泳いだ。その手首をつかみ、膝に打ち付けて刃物を叩き落とす。地面に転がった匕首に男が飛び付く前に、足を伸ばしてこちらに蹴り飛ばした。

「それ、隠しとけ」

男は立ち上がりざま殴りかかってくる。まだ重心を戻していなかった火崎はよけ切れなかった。拳をまともに顔に受けてよろめき、顎が上がってさらに攻撃されるはめになる。いつの間にか周りに参拝客が集まってきていた。京子がつぶやく。

「うわ、滅多《めった》打《う》ちだぁ」

止めなければと思い、踏み出そうとして肩をつかまれる。

「大丈夫、火崎が勝つよ」

見ているだけでもあちこちが痛くなるほど殴られているというのに、勝てるなどとは到底信じられなかった。

「ああいう顔してケンカしてるヤツが負けるとこを見た事ない。すっごくうれしそうじゃないか」

歓声を上げんばかりに力のみなぎる目をしていた。どんな態勢になっても男を見すえていて、やがて拳の合間をとらえて殴り倒す。すぐさま体を反転させると、地面に片膝をついた男の首の付け根めがけて足の甲を打ち付けた。前に倒し、喜々として飛びかかる。

猛るような光を浮かべたその目を、前にも見た事があった。体の奥から突き上げてくるすさまじい熱に操られている。火崎の中にも獣がいるのだった。

「おいおい、おめぇら、黒駒《くろこま》組のショバでゴロ巻いてんじゃねぇよ」

見物人をかき分けて数人の若い男が姿を見せる。先ほど参道の脇でサイコロを転がしていた男たちだった。両手をポケットに突っ込んだまま、馬乗りになっていた火崎に近寄ると、いきなり後ろから羽交《はが》い絞めにし、引き離して立ち上がらせる。

「ちょっと事務所まで来てもらおうか」

火崎はいまいましげに男の腕を振り払い、その足元に唾棄した。

「俺は忙しい。そっちの男だけ連れてきな」

京子が絶望したかのように目をつぶる。

「ああヤーさんに向かって態度デカすぎ。どーすんのよ」

一難去ってまた一難という感じだった。胃が喉までせり上がってくるような思いで息を呑む。

背の低い男は火崎の胸元をつかみ寄せ、下からなめ上げるように見上げて下卑た笑いを浮かべた。

「も一回言ってみな」

片方の手は拳に握られている。それを目にしていながら火崎は平然とうそぶいた。

「へぇおまえ、耳も悪いのか。気の毒にな」

男の拳に力が入り、その動きを見てとった火崎が体を沈めようとした瞬間、参道の方から声が飛んでくる。

「やめとけ」

身なりのいい中年の男性が、たくましい男二人を従えて歩いてくるところだった。片手に御幣のついた榊《さかき》を持っている。

「おのれらが相手にしてんのは、火崎さんとこの坊ちゃんだ。失礼があっちゃなんねぇぞ」

にらみをきかせ、男たちを下がらせた。

「自分は黒駒組の代貸、捨蔵《すてぞう》を名乗ります。若い衆を許してやっておくんなさい」

火崎は無言で軽く眉を上げた。舎弟たちは、自分で立てない男を両脇から抱え上げ、諂《へつら》うような会釈を火崎に向けながら引き上げていく。それを見送り、中年男も踵を返した。

「祈願に来たんですが、どうも験《げん》が悪そうだ。引き上げます。社長によろしくお伝えください」

丁寧な言葉と裏腹に、ねめつけるような眼差を残す。その後ろ姿を見送りながら火崎がつぶやいた。

「あいつ、人殺しの目をしてやがる」

男の黒い瞳から、何があっても微動もしそうにない魂がのぞき見えていた。五感のどこからも切り離され、体の中に宙づりになっているような目だった。

圧倒的なその力感に気を呑まれながら、ヤクザと付き合いがあると噂の火崎金融から役員を迎えている帝國真珠を不安に思う。もうすぐ俺のものだと言った火崎の言葉が信憑性をおびたような気がした。

「邪魔が入っちまったけど」

火崎は立てた親指で自分を指し、満足げな微笑を見せた。

「今のは、俺の勝ちだよな」

それが一番の関心事らしい。あきれながら火崎の顔色が悪い事に気付く。ひどく殴られていたのだから、顔以外のどこかが傷ついていても不思議はなかった。

「調子でも悪いの」

火崎は片手で胃のあたりを押さえる。

「アバラやった。たぶん二、三本折れてるか、ヒビが入ってるんだ」

そんな状態で普通に話しているのが信じられない。自分だったらとっくに倒れているだろう。折れている部分が肺にでも刺さったら大変な事だった。そばにいた京子が、暗くなった空を仰ぐ。

「水野さん、病院についてってあげて。私、仕事始めなきゃならないから」

いささか残念そうな声だった。火崎が笑いを含んだ目でにらむ。

「金の持ち逃げはマズいぜ。あいつの身柄は黒駒預かりになってるだろうから、誰かを間に立てて清算しときな。間違っても自分で行くなよ。あの男も、黒駒の連中も猛獣みたいなもんだ。扱い方しだいで飛びかかってくる。気を付けな。それから、おまえも早く医者に行けよ」

京子は素早く自分の首に手をやった。

「見たのね」

批難するような目を向けられ、火崎は不当だと言わんばかりに目を見開く。

「抱きついてこられたら、嫌でも見えるだろうが」

京子は二、三歩後退《あとずさ》った。威嚇するような笑みを浮かべ、体を前かがみにして声を絞り出す。

「軽蔑してるんでしょ」

急に広がった険悪な雰囲気に戸惑った。原因がわからず、言葉に迷っていると京子がわめき出す。

「そうだよ、私が間違えたんだ。地味に暮らすのが嫌で、楽で楽しい事だけしていたくて体なんか売ってたから、こんな病気になったんだ」

両手を膝に当てて体重を支え、内臓を吐き出すように叫びたてる。

「私が悪いんだよ。だからバチが当たったんだ。それでもうすぐ死ぬんだ」

死に至るような重い病気にかかっているとは思わなかった。では先ほど後悔していないと言ったのは、そう言わなければ自分を支えられなかったからか。悔《く》いる気持ちに押しつぶされまいとしていたのかも知れない。それをわからず服の華やかさに見惚れ、いつも明るく自由だなどと呑《のん》気《き》に考えていた自分が腹立たしかった。

「自業自得だ」

体中を震わせている京子は、今にもバラバラと崩れていってしまいそうだった。

「自分が悪いんだ、バカだったから死ぬんだ」

その崩壊を止めようとしてそばに寄り、そっと腕の中に抱え込む。首の付け根に桃色のアザのような盛り上がりが見えた。先ほど火崎と話していたのはこの事だろう。何の病気なのかわからなかったが、一人で苦しませたくない。気持ちだけでも寄り添いたかった。

「病気なんて誰でもかかるものでしょ。病気に意味なんかない。何かが悪かったからそうなったなんて事、全然ないと思う。治せばいいだけよ。京子さんは、どんな事にも明るさを見つけ出せる人だったのよね。私、教えられたもの。ね、頑張って治そ」

京子は視線を上げ、まぶしそうにこちらを見た。

「いつも私の事、認めてくれてたよね。皆が、置屋の娘だからって見下してて、私もナメられたくなくて強い態度取ってたけど、水野さんだけは普通に、私自身を見てくれてた。ほんとにあんただけだったよ。今も変わらないんだね」

うっすらと涙をにじませて微笑む。

「死ぬ前に会えてよかった」

すがりついてくる華奢《きゃしゃ》な体を抱きしめていると、火崎の溜め息が聞こえた。

「死ぬ死ぬってわめくな。その程度で死にゃしねぇよ」

京子が怒りのこもった声を飛ばす。

「あんたに何がわかるの。医者から、もう手遅れだって言われてんだよ。高い薬とかいっぱい使ってるのに」

返ってきたのは笑い声だった。

「そりゃ医者に儲けられてんだ。俺、大学は医学専門部だ。卒業したから医師免許もある」

初めて聞く話で、今までの火崎像が吹き飛ぶ思いだった。女好きで下品な火崎の中から、新しい火崎が生まれ出てきたような気がする。胸に抱えていた京子の体で、心臓がドクンと脈打った。

「私、死なないの、ほんとに」

次第に強くなってくる鼓動を感じながら腕をほどく。京子は突然見えた希望を逃がすまいとして火崎に駆け寄っていった。

「しっかり見て。ほら、ここよ」

襟を広げ、首を伸ばして火崎に突き付ける。足取りにしろ強まった語気にしろ、死とはまるで縁がなさそうな勢いだった。

「梅毒の二期だ。間違いない。新宿暗闇坂《くらやみざか》に知り合いの医師がいるから、これから行ってみな。夜だが、俺の名前を出せば診てくれるはずだ。金は持ってるか」

ポケットから紙クズの束を出し、丁寧にシワを伸ばしながらこちらに視線を流す。

「ガキどもには価値がわからなかったらしい。捨てたって言うから、人生初のゴミ箱漁りだ。ようやく見つけ出したが、どことなく臭い」

いまいましげに鼻に皺をよせる様子は、うなり声を上げる番犬のようだった。手早く金額を入れ、破り取って京子に渡す。

「仕事は替えるんだな。症状が落ち着いたら帝國真珠で雇ってやるよ。女の数は多い方がいい」

京子は噴き出しながら火崎の胸を叩いた。

「やっぱ火崎、いい男だね。ホレ直した」

火崎は顔をしかめて痛みに耐えるばかり。声も出ない様子は同情するしかなかった。

「私、仲間に話してくる。皆、心配してくれてるからさ。その後で暗闇坂に行ってみるよ。ありがとね。よくなったら帝國真珠に電話するから。そんじゃね」

大きく手を上げ、闇に沈んでいる境内の方に歩いていった。心の底から溜め息が出る。元気を取り戻してくれてよかった。京子から聞いた東子の仕事も何とかできないものだろうか。京子と一緒に雇ってもらえるといいのだが。

「あのぅ、数学ができて計算に強い子がいるんだけど、今は危ない所で仕事をしてるらしいの。帝國真珠で事務として雇ってくれないかしら。女が多い方がいいでしょ」

火崎は目を丸くする。

「おぅなんて事言うんだ。はしたないと思わんのか」

自分の言葉を棚に上げての言い種《ぐさ》だった。どの口が言っているのかと思いながら白い目を向けると、素知らぬふりで話を変える。

「それじゃ作業所に行こうか」

歩き出そうとして一瞬息をつめ、動きを止めた。相当痛むらしい。

「あなたも私も、病院に用があるでしょ」

腕をつかみ、引っ張って歩き出す。駄々をこねるようなつぶやきが聞こえた。

「医者は忙しい。医薬品も不足しているし、アバラごときで手を煩わせたくない。それに俺は医者が嫌いだ」

立ち止まり、批難を込めてマジマジと見すえる。火崎は逃げるように目をそむけ、それでも言い張るのをやめなかった。

「医者に行くくらいなら死んだ方がましだ。俺はクリスチャンだ。死は恐れんし回避もせん。最後の審判の時が来ればよみがえって天国に入れるから心配もしてない。やめとこうぜ。アバラなんぞ放っときゃくっつく」

勝手な理屈に苦言を呈する。

「悪行を重ねてるから神様が怒って地獄に落とすかもね」

火崎はとんでもないというように平然と答えた。

「すべての悪行を許すのが神だ」

活を入れようとして大声を上げる。

「さぁ行きますよ」

自分が火崎の母親になったような気がした。

6

診察室の前の廊下は、順番を待つ人々で混み合っていた。火崎が逃げ出すのを懸念し、そばで監視する。本人の順番がきて中に呼ばれてから、消毒の臭いの漂う廊下を引き返し、受付に向かった。細々とした明かりで照らされている小さな窓から中をのぞき込む。

「すみません、母を捜しているんです。八幡宮の救護所で、こちらに搬送されたかも知れないと聞いて」

受付の向こうにいた係員が、大学ノートを突き出した。

「入院患者の名簿です。住所氏名が不明な患者や意識が戻らない患者は載っていません」

礼を言い、ノートに目を通す。最後のページまでめくったが、母の名前はなかった。

「あの、ここに名前がなくて、この病院にいる人はどうすればわかりますか」

同じような質問を何度も受けるらしく、慣れた様子の答えが返ってきた。

「西の病棟に行ってください。今日はもう灯を落としているので、明日また来て」

疲れているようだった。頭を下げ、スゴスゴと引き下がる。明日出直すしかなかった。火崎の様子を見に行こうとして廊下を戻る。向こうから若い医師と太った看護婦が急ぎ足でやってきてすれ違った。

「全身火傷の花車《はなぐるま》さんですが」

思わず足を止める。

「持ち直すかに見えていたんですが、ついさっき呼吸が止まったそうです。回診の前に検死願います」

「亡くなったか。本名もわからないままだったな」

「花車としか言わなかったんですから、それがご苗字だったんじゃないですか。私の知り合いには、花見《はなみ》って苗字の人もいますよ」

二人を追いかけ、声をかけた。

「母を捜しているんです。ハナグルマというのは、母が気にしていた飾り物の名前なんですが」

看護婦があわてたようにこちらに手を伸ばし、背中を抱いた。

「じゃあなた、ついてきて。もう亡くなってしまいましたけど、まだ温かいはずよ」

先に立つ医師と看護婦の後ろに従い、西棟に入る。廊下にある電気のスイッチの音が次々と響き、闇の中を光が走った。悪い夢でも見ているような気がする。耳に入ってきた言葉がそのまま空中に流れ出していき、心に染みてこなかった。

何かの間違いだ、きっと生きている。母に聞かなければならない、真珠王の娘という話は真実なのか。もしそうでないなら、なぜそんな事を言ったのか。

「こちらです」

照らし出された室内には、多くのベッドが並べられていた。その間の狭い通路を通って奥に向かう。いくつもの目がこちらを追いかけてきた。

「この方が花車さんです。あなたのお母さんですか」

ベッドに横たわっていたのは、干し上げたスルメのような顔色をした母だった。あちらこちらに火傷の引きつれがあり包帯も巻いていたが、母に間違いない。やっと会えた。床に膝をつき、その耳に口を近づける。

「お母さん、私です、来ました、冬美です」

閉じられていた母の目が一気に開き、こちらを見た。かすかに唇を動かす。声は出なかった。母の言わんとするところを聞き取らなければと夢中で耳を傾ける。だがひと言も発しないうちに再び目を閉じ、その後はもう微動もしなかった。

「反射的な反応です。よくあるんですよ。ご家族の皆さんは、生き返ったと思われるようですがね」

耳元で呼びかけ、肩を揺すってみる。段々と声が大きくなり、手にも力がこもったが、ひと言も返ってこなかった。母は目を閉じたまま揺さぶられ、ただ天井を仰いでいる。

掌を頬に当てた。固く強張っており、あるかなしかの温《ぬく》もりも次第に遠ざかっていく。母の魂は飛び去ってしまい、ここに置かれているのはただ体だけなのだった。

焼けるような後悔が突き上げてくる。なぜもっと早く来なかったのだろう。自分がモタモタしていたせいで、母を一人で死なせてしまった。どんなに寂しく悲しかっただろう。この世を去らねばならない時に、誰もそばにいなかったのだ。寄り添い、手を握りしめて見送ってやるべきだったのに、そうできなかった。ハナグルマを手がけている事も伝えられなかったのだ。もう取り返しがつかない。自分はなんという愚か者なのだろう。

「通常でしたら、検視をして死亡診断書を出し、それを市役所に持っていって火葬許可を取り、その後、火葬場で埋葬許可を申請するようになります」

今まで考えもしなかった様々な事が、耳新しい言葉を伴って一気に押し寄せてくる。母が死んだ直後に、これほどたくさんの事をしなければならないとは思わなかった。

「しかし戦時ですから通常通りにはいきません。いつ空襲があるかわかりませんし、霊柩車《れいきゅうしゃ》はもちろん棺《ひつぎ》もなく、遺体を包む毛布や布も不足している有り様です。合葬、合祀《ごうし》が一般的で、遺体置き場はうちの病院の場合、隣の八幡宮か木場《きば》の材木置き場です。お引き取りになるという事でしたら、それでも構いませんが」

このベッドを空けなければならないのだろう。自分一人で母を動かす事はできそうになかったし、誰かに頼んだとしても持っていく場所がなかった。家は焼けており、志摩まで持ち帰っても寮にはおけないに決まっている。父の墓に入れるのが一番いいのだろうが、空襲で寺がどうなっているのかわからなかった。

「どうしますか」

合葬でお願いします、と言うしかない。

「では廊下でお待ちください」

頭を下げ、廊下に出た。窓から朝の光が射し込んできている。静まり返った空気を斜めに突っ切るその冷ややかな明るさを見ながら、自分はもう母を捜して歩かなくてもいいのだと思った。捜しても捜しても、それは永遠に見つからないものになってしまったのだ。もう取り返しがつかない。目にも肌にも朝陽が染み込んでくる。

「お、捜したぞ」

火崎がこちらに歩いてきていた。いつになく静かな足取りは、アバラが痛むからだろう。

「どうかしたのか」

見知った顔がひどく懐かしく思える。

「母を、一人で死なせてしまったの」

火崎は息を呑み、しばし黙っていたが、やがて困ったように片手で頭をかいた。

「俺よりは、ましだ」

わずかに笑い、同意を求めるような目で顔をのぞき込んでくる。答える気になれず横を向いた。世界中が自分から離れていってしまったような気がする。家の仏壇に収まっていた父真司《しんじ》も、父かも知れない高清も、そして母も皆、この世から立ち去ってしまったのだった。

「もう私、冬美って呼ばれる事はないのね。私を呼び捨てにできる人は、誰もいなくなってしまったんだもの」

火崎の声が聞こえた。

「俺が呼ぶ」

目を向けると、窓から差し込む光に浮かんでいる顔は珍しく真剣だった。

「俺が呼ぶよ。泣いていいぜ、冬美」

とろけるように優しい。

「母が死んだ時は、俺も泣いた。ほら、見てないから泣け」

そっと伸ばされた両腕が体を抱き取る。温かく大きな胸だった。

7

家族から連絡を受けた寅之助が駆け付けた時、近藤本人や、その下に敷かれていたゴザはもちろん畳や障子、唐紙にも血が飛び散り、煮詰めたように濃い臭いが立ち込めていた。何一つ動くもののないその書院内を見つめていると、赤黒い空気が体に流れ込んできて全身を染め上げていくような気がした。

事情は、電話をかけてきた息子から聞いている。板挟みの中で悩み抜いた末の結論がこれなのだ。長男として末弟を見捨てられず、その行動を帝國真珠に詫び、自分の命で責任を取った。いかにも近藤らしかった。誇りにしていた十津川郷士《とつかわごうし》の血が、そうさせたのだろう。

何に臆する事も、譲る事もなく、見事に自分の人生を完成させた近藤に敬服する。その重い決断の前に跪き、両手を合わせて崇敬の念を示した。立派な最期だった。

手を打たねばと思い付いたのは、直後の事のようにも、かなりの時間が経ってからのようにも思える。急がなければならない事は二つだった。一つは隠蔽《いんぺい》、もう一つは火崎が握った株への対処。帝國真珠の名前や薫の立場を守らねばならない。

「奥さん、いらっしゃいますか、奥さん」

声を上げながら廊下を走った。家の奥に向かうと、妻は六畳の茶の間で畳に突っ伏して震えていた。二人の娘が半泣きになりながら抱きつき、息子が三人の背中をなでている。

「すぐ弊社出入りの医者を呼びます。この事は他言無用です。悪いようにはしませんから。よろしいですね」

顔を上げない妻に代わり、息子が力を込めて頷いた。近藤によく似た、頑強な光を宿した目だった。

「もしご親戚やご近所の方々がやってくるようでしたら、病気で会えないと言ってください。私は手配を終えたらまた戻ってきます」

近藤家を飛び出すと、通りを挟んで斜め前にあった公衆電話所に駆け込み、小銭入れからスズ硬貨を捜し出して医者に電話をかける。空襲のせいでつながりにくくなっている回線にいら立ちながら何度かかけ直し、ようやく出た医者の妻に事情を話した。すぐ近藤家に向かってくれるように頼むと、自分は会社に足を向ける。

薫から近藤を止めてくれと言われた時には、すかさず連絡を取った。寅之助の予想通り、火崎に株を売る事など考えてもみないという返事で、すっかり安心していた。

それから数日して近藤の妻から電話があり、今日は出勤できないと言われたのだった。口ごもり方が気になって聞いてみると、昨夜近所にもらい湯に行ったきり戻ってこないという。

湯を立てた家の主人は、普通に帰っていったと話しており、真面目な近藤が外泊するなどとも考えられず、途中で事故にでも遭ったのかと家族や寅之助が手分けして捜したが、見つけられなかった。翌日ようやく消息がわかる。畑の中にあった堆肥《たいひ》小屋で寝ていたのだった。

その時に気付くべきだった。正常な神経なら、あんな所で寝られるはずはないと。本人を問い質したかったが、しばらくそっとしておいてほしいとの妻の意向で、時間を置く事にした。それが裏目に出たのだった。

「早川寅之助です」

社長室の扉に向かって名乗る。薫の声を聞き、急いで中に入った。

「どうかしましたか」

机から顔を上げた薫に歩み寄り、声をひそめて告げる。

「近藤が、持ち株を火崎に譲渡しました」

薫は顳顬《こめかみ》をわずかに動かし、穴のあくほどこちらを見すえた。何も言わなかったが、瞳には責めるような光がある。一番避けたかった事態が現実となり、さすがに平静ではいられないのだろう。寅之助は内心、忸怩たる思いで報告を続けた。

「帝國真珠には死んでお詫びをすると息子に言い残したそうです。その後、自宅の書院にこもって首を掻き切りました」

薫のわずかな吐息が鼓膜を揺する。

「息子の話では、近藤の末弟が事業に手を出し、近藤本人がその借入金の連帯保証人になっていたそうです。融資したのは火崎金融で、不当な多額を貸し付けられていたとか。事業がうまくいかず、期限が迫っても金を返せずにきつい取り立てにあい、金がなければ帝國真珠の株でもよいと持ちかけられて、末弟本人やその家族から泣きつかれたようです。近藤は長男でした。自分の弟を保護する義務があります」

薫は唇を引き結ぶ。奥歯を噛みしめたらしく、頬を微妙に動かしながら無念そうに天井を仰いだ。

「火崎金融はおそらく初めからそのつもりで、近藤さんの弟に近づいたのでしょう。やられましたね」

特別決議ができるだけの株を手にした火崎は、遠からず薫を社長職から追い落とし、そこに自分が収まるだろう。

「ご家族は、相当動揺していましたか」

妻は気の毒なほどだったが、息子は腹をすえている様子だったと話し、当面打てる手はすでに打ち、これから後始末に戻って医師と相談すると告げる。

「病気による急死という事で通そうと思っています」

薫はやむを得ないと言いたげに頷いた。

「ご家族のためにも、その方が無難でしょう。自殺者を出した家の家族は白眼視されますからね。それにしても、なんと凄惨な最期を」

その言葉に引っかかる。進み出て薫の机に両手を突き、身を乗り出した。

「立派な最期と言ってやってください」

どんなにか苦しかっただろう近藤への思いが胸にあふれ、声がかすれる。

「切羽詰まった状況下で男の責任を果たし、自分の生命を犠牲にして決着をつけたんです」

薫はかすかに首を横に振った。

「あなたの世代の方々は、命を軽く考えすぎている。だから特攻などというバカな発想が現実化するんです。あらゆる人間にとって一番大切なのは、生きていく事です。何があっても、たとえ恥をかいても迷惑をかけても、とにかく生きてさえいれば後で償えるし、それが責任を取るという事でしょう。国家を初めとするあらゆる組織は、人間の命を第一に考えて動かなければいけない」

そんな事を言われるとは思わなかった。命の重さはよくわかっている。その重みを捨てるからこそ男の責任が取れるのだ。何がなんでも生にしがみつくような生き方は醜いとしか言えない。そのくらいなら死を選ぶべきだ。

「帝國真珠も、しかりです。近藤さんが事情を話してくれていたら、相談に乗れたでしょう。死ぬ必要はなかった」

早合点《はやがてん》であったかのように言われては、死んだ近藤の立つ瀬がない。

「今の言葉、断乎《だんこ》、看過できない。取り消してください」

全身の力を込めてにらみすえると、薫はわずかに笑った。

「では日を改めて話しましょう。今日はこれから出かけます、会合があるので」

立ち上がり、机の後方に置かれた洋タンスから上着を出して袖を通す。悠然とした態度に、怒りも吹き飛ぶ思いだった。

「社長の椅子から放り出されるというのに、会合などと言っている場合ですか。至急、対処をしないと。火崎の手に、帝國真珠は渡せない」

薫は出入り口へと歩き、ホールスタンドから中折れ帽を選び出す。

「ここまできたらできる事は一つしかありません。前に言った最終手段、具体的には火崎剣介を火崎金融から切り離す事です」

言葉の意味がわからず、あっけに取られる。

「事態を動かしているのは、火崎金融の社長火崎次郎。しかし株を持っているのは、息子の剣介です。近藤さんの株も、持ち株比率を上げるために剣介の元に集めるでしょう。だがこのやり方には、致命的な欠陥がある」

中折れ帽のひさしの下で、薫のただ一つの目がねらいをつけるようにまたたいた。

「それは指示を出している次郎が株の名義人ではないという事です。株主の権利を持っているのは剣介ですから、彼が親の言う通りに動かなくなれば計画は破綻《はたん》する。つまり次郎と剣介の間を裂き、親子を対立させればいいんです」

情にクサビを打ち込むような事を表情も変えずに話す。こんな面もあったのだと今さらながら驚きつつ、兄の圭一郎《けいいちろう》を思い出した。聡明《そうめい》な策略家で、子供の頃、陣取り遊びなどすると冷徹な作戦を立てたものだった。中学卒業の前に校長が訪ねてきて、帝大を受験させてやってほしいと頭を下げたが、父親が、圭一郎は長男であるから先祖伝来の田畑を継いで農業をやらせると譲らなかった。

薫は圭一郎に似たのかも知れない。帝大に合格した薫を連れて報告に行くと、圭一郎は自分の事のように喜んでくれたが、その頃すでに労咳《ろうがい》を患っており、戦争が始まり食糧事情が芳しくなくなった頃、身罷《みまか》った。その魂が今、薫の口を借りて話しているかのようだった。

「剣介を父親から引き離し、こちらに引き込んでしまう事です。調べたところ、彼は医学専門部を出て医師免許を持っている。この間の役員会で提案した製薬会社との共同事業に積極的だったのもそのせいでしょう。あそこを出た学生は、大学院に残るか海軍に入るかの二択しかないはずですが、どちらも拒否してイギリスに飛んでいる。金儲け一徹の父親とは違って幅の広い人間のようで面白味を感じます。こちらに引き込める可能性は充分にある。早急に動きます」

飾り鏡の前で、見えない片目を隠すようにひさしの角度を調節し、出て行きかけて振り返る。

「それでダメなら、もう手はありません。僕が社長を降りるしかないですね」

あっさり言われ、虚を突かれた。社会的地位を手にする事は、男の本懐ではないか。誰もがそのために人生をかけ、突っ走っているのだ。取締役社長という頂点に立ちながら、短期間でそれを手放さねばならない状況に追い詰められて、怒りや未練はないのだろうか。

「帝國真珠を乗っ取られて、くやしくないのか」

薫はわずかに口角を下げた。

「癪《しゃく》にさわるのは事実ですが、僕の力が及ばなかったという事ですよ。大切なのは、僕が社長であり続ける事ではありません。帝國真珠が存続していく事です。社長の役目の一つは、自分がいなくても回っていく組織を作る事だと思っていますから、やめる前に組織改革をしていきます。株も譲渡制限株にし、火崎次期社長の教育もしっかりとしますよ。彼は強烈な闘志と熱を持っている。それを経営に向けられれば僕より社長に適任かも知れません。帝國真珠が安泰なら、僕に思い残すところはありませんよ」

扉の音をさせて出て行った。望んだ結婚もできず、握った権力の甘さに陶酔する間もなく、追い立てられるも同然に退かねばならないとは、あまりにも酷ではないか。

執着する風もなく身を引く覚悟を固めているのは、社長になってからいい思いをした事がないからだろう。高清の遺志の片棒を担いだ寅之助としては、自分が薫の不幸を作ったように感じられてならなかった。

なんとかしてやりたい。帝國真珠を火崎に渡したくないとの思いも強く、薫本人だけに任せて傍観する気にはなれなかった。

要は、火崎さえ代表取締役の解任を発議しなければいいのだ。そうすれば薫は社長のままでいられる。どうすれば抑えておけるのだろう。

今は冬美に同行し、東京の作業所に行っていた。冬美に薫の危機を伝え、それが火崎の態度いかんであると話すのはどうだろう。高清翁が死んだあの日、冬美の口から火崎の名前が出てきたのは、そこそこの関係があったからに違いない。短期間で細工場所長の信頼を勝ち得た冬美なら、うまく動いてくれるのではないか。

薫との仲を裂いておきながら頼み事をするのは面目が立たなかったが、帝國真珠に乗っ取りがかかっているという今、自分のメンツにこだわってはいられない。打てる手はすべて打つしかなかった。

8

菰《こも》をかけられた母の遺体は、丸太のように大八車に積まれ、他の遺体と一緒に火葬場に向かった。後を付いていき、合祀されるのを見届ける。

きちんとした葬儀をする事もできない自分の無力さをかみしめながら、ハナグルマとしか言わなかったという母の気持ちに思いをはせた。

空襲の中で守り通した宝飾品の行方が心配でたまらなかったのだろう。それに心を占領され、他の事は意識に浮かんでこない状態だったのかも知れない。もっと早く会いに行っていれば、ハナグルマは無事だと、仮設本社の金庫に眠っていると言って安心させてやれたはずだった。後悔の気持ちが暗いシミのように脳裏に広がっていき、拭えない。

「じゃ作業所に向かうぞ」

再び火崎の車に乗り込みながら、必ずハナグルマを修復すると心に誓う。ケシ珠はまだ手に入らず、道具の問題もあったが、母が守ったハナグルマに全力を傾けたかった。

「おまえの泣き顔は」

笑いを含んだ声が聞こえる。

「なかなかかわいかった」

火崎に弱みを握られたと気付き、うかつに誘いに乗った事を後悔した。だが今さらどうしようもない。

「もっと見てみたい」

そう頻繁に泣いてたまるかと思いながら、付け込まれないように身構えた。何しろ相手は悪党なのだ。

「滅多にない事で動揺していただけです。別にあなたでなくてもよかったんですから、勝ち誇ったような言い方はやめてください」

火崎はわずかに眉を上げる。

「普段は、まるっきりかわいげがないな」

加速装置を踏み込みながらグチるようにつぶやいた。

「やっかいな女にホレた。俺はいつも女でつまずくんだ」

不貞腐れている様子がおかしくて、つい笑いそうになる。あの時は、優しく受け止めてもらえてうれしかった。礼を言うべきなのだろうが、そんな態度を見せればどこまでも増長するだろう。何を言い出すかわからず、危なすぎた。距離を取っておいた方が無難だ。そう思っている自分は、恩知らずで身勝手なのだろうか。少々気になり、火崎の横顔をうかがう。

「ん、なんだ。愛の告白でもしたいのか」

うぬぼれた言葉が癇《かん》にさわり、もう何も言うまいと心を決める。口を引き結んでひたすら進行方向を見つめるうちに、東京作業所に着いた。火崎は開いていた門扉から車を乗り入れ、庭に停める。

「さて運び込むぞ」

以前にここを尋ねた時は空襲の直後でかなり混乱していたが、今ではすっかり片づけられ、社屋も完全とはいかないまでもどうにか建て直されていた。母が作業をしていた北向きの部屋の屋根も、トタン板で修理されている。

あの下で母はハナグルマを作っていたのだった。ふとその作業机を思う。その中に作業工程や方法、道具についての覚え書きや図面が残っていないだろうか。

急に鼓動が大きくなった。そこから学べるに違いない。母がその秘訣《ひけつ》を教えようとして自分を差し招いているかに思えてきて、気が急き、じっとしていられなかった。

「私、母の作業机を見てきます」

車から米俵《こめだわら》を出そうとしている火崎に声をかけ、社屋の方に歩きかけると所長が姿を見せた。

「これは火崎役員、遠路はるばるお越しいただいて恐縮です」

米俵に目を見張っている所長の前で、火崎はそれを担ぎ上げようとして顔をゆがめ、胸を押さえる。自分のケガを忘れていたらしかった。動かさなければあまり痛くないのか。それともマヌケなのか、どちらだろう。

「土産代わりです。誰かに運ばせてもらえますか」

所長は喜々として社屋を振り返る。

「おーい男衆、手を貸してくれ」

男性社員たちが飛び出してきて、群がる蟻さながら米俵を取り巻き、ハムやチーズと一緒に運んでいった。誰も喜色満面で、屋内からは女性の歓声も上がる。

「何よりのものをありがとうございます。さぞお疲れでしょう。さ、どうぞ中へ。今日はお泊まりいただくつもりで、宿直室を整えてあります。冬美ちゃんもご苦労様。お母さんは見つ」

問いかけた所長の声に重なるほど性急に返事をした。

「今朝方、病院で亡くなりました」

早く母の机を見たい気持ちが募り、答えるのが煩わしい。

「生前のご厚情をありがたく思っています。母の作業机がまだあれば、見せていただきたいんですが」

所長は中途半端な笑みを浮かべる。

「もちろんそのままにしてあるが、それよりお母さんが亡くなったって、一体どこでどうして」

火崎が親指で社屋の方を指した。

「行けよ、俺が説明しとく」

即、母の作業部屋に足を向ける。引き戸を開けると室内には、学校帰りの冬美がよく立ち寄っていた時と同様、いくつかの作業台が置かれており、男たちが仕事をしていた。

「おぉ冬美ちゃんじゃないか。久しぶりだな」

「元気にしてたかい」

頷きながら母の作業台に近寄る。大小の引き出しを次々と開け、中に目を通した。道具や図案綴りなどが整然と仕舞われていて、いかにも几帳面《きちょうめん》な母らしかった。

覚え書きのようなものはない。気を落としながら引き出しの一番奥にあった華やかなキルティングの箱に目を留める。緑色の別珍でできており、桃色のリボンが結ばれていた。

リボンを解き、蓋を開ける。入っていたのは細工に使う道具類だった。ピンセットやペンチ、タガネ、金切りバサミなどで、どれも小さい。特に先端部分は毛髪ほどの細さで、見た瞬間に、これでハナグルマを作ったのだとわかった。間違いない、ついに見つけた。

「ああそれは真司さんが、水野さんの手に合わせて作ったんだよ」

握り手には母の名前が刻まれている。

「女の細工師はほとんどいないから、それ向きの道具がなくて水野さんはいつも苦労してたからね。手に合った道具があれば、もっといい仕事ができるからって真司さんが燕三条《つばめさんじょう》の工具師のとこに通って作り上げたんだ」

繊細な道具にこもる愛情を感じた。使い込まれ、磨かれているのを見れば、母がしっかりとそれを受け止めていた事もわかる。

「結婚してからも、冷やかしたくなるほど仲が良かったからね」

仏壇の写真に収まっていた人物がスルリと抜け出してきて、作業台の脇に立つような気がした。母の作業を見守っている。微笑ましく、心が温かくなるような光景だった。それを見つめていると、自分はこの二人の間に生まれた子供に違いないと、ごく自然に思う事ができた。

真珠王の娘と言われた時にはそれなりに気負いもしたが、その後はいくつもの疑問にとらわれ、気持ちが落ち着かなかった。今、この二人の娘であると考えれば、胸が安らぎ、和やかになっていく。それを受け入れるのに何の抵抗もなかった。

では母は、なぜあんな事を言ったのだろう。もう何度も思い返してきたその時の光景を、また も胸によみがえらせる。

「パリ万博に出して絶賛されたハナグルマも、二人で作ったようなものだからなぁ。バカ高く売れたと聞いた時には、社内で大歓声が上がって棚が揺れるほどだったよ」

「高清翁から振る舞い酒が出たんだよな。賞与も出た」

「あれで水野さんは気持ちが楽になったんじゃないかな。真司さんが突然亡くなってから、残されたハナグルマを仕上げるのに何年もかかって、それこそ必死だったから」

「俺たち皆、心配してたよ。後家さんが一人で生きてくにゃ厳しい世の中だしさ」

母はいつも確固として前を向いているかに見えていた。だが父亡き後、本当は不安だったのかも知れない。町内に独り身の女性は誰もいなかったし、一人っ子もいなかった。どの家庭にも夫婦がそろっていて、たくさんの子供がいて、それが人並みという事だったのだ。

そこから外れた環境で娘をきちんと育てるために、小学校に上がる時には正義に従うように教え、家や自分から離れなければならなくなった時には、心を支えうるだけの強い根拠を与えたのかも知れない。

それに惑わされもしたが、母がそう言ってくれたからこそ自分の力を信じられた。すべてを乗り越えていけると思えたのだった。他の言葉や方法では、あれほど強く魂を支配できなかっただろう。あの時は、確かにあれが必要だったのだ。

朝鮮ニンジンのようなものだ。婦人会の女性たちが家に来た時、母は大量の真珠を持っていながら供出せず、嘘も厭《いと》わなかった。猪突猛進の気のある娘を手放すに当たって、正義という芯では幅が狭すぎ、戦時の世の中に対応していけないと思ったのだろう。それで真珠王の娘に差し替えた。偽りを口にするからこそ、夫の仏壇に背を向けていたのだ。

苦肉の策だったようにも、捨て身でそう言ったようにも思える。母自身もまた猪突猛進の人だったのだろう。そう考えると、自分の血の中に母が生きているような気がした。死んだ母と新たに再会したような気分で微笑む。お母さん、ようやくわかりました、ありがとうございます。

「今は、志摩の細工場にいるんだろ。その道具一式、持っていったらどうだい」

「それがいいよ。冬美ちゃんのものだ。持っていきなよ」

二人が作り上げたハナグルマの修復は、娘である自分の義務のようにも責任のようにも感じられた。父が依頼し、母が使ったこの道具ならきっとハナグルマを完成させられるだろう。

「冬美ちゃん」

出入り口の戸を開けて女性が顔を出した。

「お電話ですよ、本社の寅之助さんから」

細工場の担当役員から何かを言われるような心当たりがなかった。自分に落ち度でもあったのだろうか。

「そこの電話が使えるから、どうぞ」

急に心細くなりながら指差された電話機に近寄り、黒い受話器を取り上げる。寅之助の重い声が耳に流れこんだ。

「水野君、折り入っての頼みだ。帝國真珠は今、乗っ取られようとしている」

過失を叱責されるよりも恐ろしい言葉だった。今にも火口から噴き出そうとしている溶岩を見せられた気分で、息を殺す。

「火崎剣介が株を買い占めているんだ。このままおけば、薫は社長を下ろされかねない」

車の中で見た火崎の不敵な笑みが脳裏をよぎった。

「今、火崎と一緒にいるんだろう。彼が薫の解任を発議しないように抑えてくれないか」

自分がひどく動揺している事に気付き、まず深呼吸する。頭の中を整理しながら、落ち着けと言い聞かせた。できる、大丈夫だ、これまでだって乗り越えてきた、今度もうまくやり抜ける。

「すみません、株の買い占めについて、私はよく知らないのですが」

寅之助の説明を求め、その仕組みを何とか理解した。乗っ取られないためには火崎に株を手放させるか、あるいは乗っ取りを断念させればいいのだ。

「火崎の後ろには、火崎金融の社長、火崎次郎がいる。こいつが曲者《くせもの》なんだ」

高清の家で見た火崎次郎の顔が、黒駒組代貸捨蔵の不動の眼差と重なった。ああいう人間と付き合いを持っている火崎次郎は、相当な曲者なのだろう。光介は、兄が父親の言うなりだと言っていた。剣介も父親と同じ考え方なのか、それとも動かされているだけか。

「薫は、火崎親子の関係を切るつもりでいるらしいが、そう簡単にはいかないだろう。その前に社長解任の動議が出されてしまえば、それで終わりだ」

急がなければならないと思いながら受話器を握り締めた。

「わかりました。できるだけの事はします」

電話を切ろうとし、自分の決意を伝えておこうと思いついて手を止める。

「事情を話してくださった事に感謝します。早川役員は、帝國真珠にいる私をうとましく感じていらっしゃるとばかり思っていました」

息を呑む気配が伝わってくる。

「でも、こうして藤堂社長のために動く機会を与えてくださって、本当にうれしいです。水野を就職させてよかったと言っていただけるようになりたいとずっと思ってきました。全力を尽くしてご依頼にそいます」

胸には、気力がみなぎっていた。血が勢いよく体を駆けめぐり、そこかしこに熱を振りまいていく。薫と帝國真珠を守らねばならない。その一念に突き動かされ、火崎の姿を求めて社屋に走り込んだ。

「火崎役員、お話があります。ちょっとこちらに」

人のいない庭の隅まで引っ張り出す。

「帝國真珠を乗っ取ろうとしているそうですね」

火崎は、今さらその話かと言いたげな顔付きになった。

「随分、反応が遅いな。社長夫人になる決心でもついたのか」

その方向に話を持っていきたくない。どういう流れを作ればいいのかを考えながら、火崎の心境を探ってみようと思いついた。つけ込めるような弱点が見えてくるかも知れない。

「そうではありません。なぜ帝國真珠を乗っ取ろうなどと考え付いたのかを聞きたかったんです」

火崎はおぼつかない様子で二つの目を泳がせた。答えを求めて記憶の中を捜し回っているかのようだった。

「きれいだったから、かな」

乗っ取りをかける人間とは思えないあどけなさに意表を突かれる。いや悪党なのだから、あどけないというより幼稚という方が似合いだろう。昨日、子供を追いかけていった時の様子や、何とか医者を逃れようとしていた事を考え合わせると、あの時に感じた通り、外見とは裏腹に子供っぽい部分を持っているのに違いなかった。

「母の生前、一緒に銀座《ぎんざ》の店に行った事がある。扱っている商品も、会社の華やかさも気に入った。これまで親父殿からいろんな会社に行かされたが、乗り気になったのは今回だけだ。あの店を自分のものにしたかった」

息を切り、肩の力を抜きながら天を仰ぐ。くっきりとした顎の線があらわになり、美しかった。

「あと残っているのは手続きだけ、帝國真珠はもう俺のものだ」

その顔に喜びや満足感はまるでない。けだるさが靄《もや》のようにまといついているばかりだった。

「思い通りに運んだというのに、浮かぬ顔なんですね。どうしてですか」

火崎は小さく笑う。

「実のところ、もう飽き飽きしてるんだ。いつもそうさ。自分のものになると急に冷める。倦《う》むというか、つまらなくなるというか、どうでもいいものに思えてくるんだ。女もそうだ。俺の悪い癖だな」

自嘲するようなつぶやきを耳にし、いく分気の毒になる。目指すものを獲得するために力を注ぎ、手に入れれば達成感も大きいはずなのに、その結果を評価せず大切にもしないのは、挑戦する事こそが本懐だからだろう。そこにだけ情熱をかき立てられるのだ。

だが達成感は、幸せとは違う。こんな虚ろな顔をしているところを見ると、火崎は今まで幸せをかみしめた事がないのかも知れなかった。

「だから逆に」

上を向いたまま目だけを伏せ、視線をこちらに流す。

「なびかん女には、恐ろしいほどハマる」

つややかな眼差の中で、熱っぽさが蠟燭《ろうそく》の穂先のように揺れていた。

「おまえ、一体どんな餌を付ければ俺と結婚する気になるんだ。言ってみろよ。受け入れるかも知れんぞ」

つい本音がもれた。

「株です」

その目の力に惹き込まれたのか、あるいは譲歩するかのような言葉に釣られたのか。どちらにせよ慎重さを欠いたような気がし、内心あせる。だが言い直す訳にもいかなかった。このまま押し通し、承知させるしかない。

「帝國真珠に興味がなくなったのなら、株もいらないでしょう。私に譲ってください」

火崎は信じられないと言わんばかりの顔付きになった。

「事もなげに言いやがったな、恐ろしいヤツだ。株がどういうものか知っているのか」

寅之助から話を聞いて仕組みだけは理解した。だが実感がなく、その重みがよくわかっていなかった。

「しかも唐突に、なんで株なんだ」

そう言った直後に目をむく。

「さてはおまえ、早川に頼まれたな。俺から株をふんだくれって言われたんだろ」

爆発でもするかのように全身から憤怒《ふんぬ》があふれ出た。

「早川と組んで俺をコケにする気か。ああわかった、株はくれてやる。その代わり、早川の目の前でおまえを抱いてやるから覚悟しとけ。いやというほど早川に、ヨガり声を聞かせてやるぞ」

それが火崎の最も得意とするところなのだろう。それを見せつけて圧倒しようというのだ。

「そうすりゃおまえたちのつながりなんか即、破綻だ。ブチ切れて終わりさ」

そういう解決の仕方しか知らないすさんだ世界に住んでいるのだった。その浅さ、軽薄さが透けて見え、恐れが遠のいていく。息を乱すほどの凄まじい怒り方も、どこか喜劇的に感じられた。落ち着きが戻ってきて、頭が働き出す。

なだめるには、どうしたらいいだろう。癇癪《かんしゃく》を起こした子供のようなものなのだから、へたに機嫌を取るより問答無用で叱り飛ばした方がいいのかも知れない。

「そんなに怒らないで、落ち着いてください。勝手な妄想で取り乱すなんて、みっともない。大の男が、恥ずかしくないんですか」

火崎は憤然と開けていた口を閉じた。反論もせず、ただ黙っている。怒りをたたえていた目には、すねたような暗さが広がり始めていた。激情のほとばしりは、もう感じられない。

それを見ながら、この手は今後も使えるかも知れないと思った。取りあえず薫の名誉回復をしておかねば。

「藤堂さんは、そんな浅ましい事を頼むような人ではありません。女を利用する人でもない。あなたと違って悪党じゃありませんから」

火崎は、いまいましげに横を向いた。

「株はやれん。社長夫人にならしてやってもいいが」

怒っている様子がないのを見て取り、言い張ってみる。

「私がなりたいのは社長夫人じゃなくて、社長なんです」

女でありながら社長夫人より社長を選ぶという気持ちを理解できなかったのか、あるいは手が付けられないと思ったのか、火崎はしかたなさそうに首を横に振った。

「女の頼みは原則、断らん主義だが、これだけはダメだ。親父殿が怒る。おまえは親父殿の恐ろしさを知らんのだ。俺の兄永介《えいすけ》は、親父殿の怒りをかってどうしようもなくなり、遂には列車に飛び込んだ。それでも無能な無駄飯食いが消えてよかったとしか言わなかったんだぞ。あれは本気の目だった」

殺伐《さつばつ》とした親子関係に胸を突かれる。長いものには巻かれろという処世術も、その父親の下で身につけたのだろう。そんな環境で育った火崎がまともな人間であるはずもなかった。悪党で当然だと妙に納得する。

「なぜクリスチャンの母が嫁いできたのかずっと不思議だった。光介によれば、祖父が出資した女学院の校長の孫娘で、親父殿を知って衝撃を受け、悔《く》い改《あらた》めさせる事に人生をかけるつもりになったらしい。願い叶わず自分が命運つきちまったんだが」

ゆったりとくつろぐ事も、親の愛情をかみしめる事もできない家庭だったのに違いない。おしゃべり剣介と言われるほど自分について語るのも、理解されたいと思っているせいかも知れなかった。同情する気持ちがふくれ上がり、心を揺さぶる。この状況を変えるには、火崎が父親の影響下から脱する以外にないように思えた。

「いつまでも父親に戦々恐々としていないで独立したらどうですか。そしたら自由に生きていけるでしょう」

火崎は自分を吐き出すような溜め息をつく。横顔に心細そうな影が浮かび上がった。

「できないな。言われるがままに動いてきた時間が長すぎる。今では、親父殿は俺の芯棒だ。それを抜いたら、たぶん崩れる。俺は俺でなくなるんだ」

子供じみた未熟さを残している原因がわかったと思った。父親の強烈な支配下に置かれていて成長できなかったのだ。

父親に一番似ている次男と薫が言っていたが、似ているのではない、呑み込まれているのだ。下劣な欲求に身を任せるのは、そこにだけ自分の自由を感じられるからだろう。

火崎の全身から泥でも落ちるように皮膚がすべり落ちていき、中から火崎次郎の顔が見えてくる。まるで冬虫夏草のように一体になりつつあった。このまま置けば、すっかり父親に征服されてしまうだろう。

寅之助によれば、薫は火崎の親子関係を切ろうとしているとの事だった。だがこれでは切れるはずもない。やがては父そっくりになった火崎が薫を追い落とし、社長として帝國真珠に君臨するのだ。それは薫にとっても火崎自身にとっても地獄絵だろう。

「親父殿の命令通りに動いていてこその俺なんだ」

それでは何のために生まれてきたのかわからないではないか。父親の野望を長らえさせるために、息子の一生が注ぎ込まれるような事があってはならない。誰しも自分だけの人生を生きる自由があるのだ。

同情が憤慨に代わり、胸を焼いていく。自分の芯を失う恐ろしさと喪失感は冬美も味わった。火崎の気持ちはよくわかる。それを耐えるためには、代わりの芯が必要なのだ。

「取り引きしましょう」

手を伸ばし、火崎の胸元をつかんですぐそばからその顔を見上げた。

「私があなたの芯棒になり、あなたを支えます。あなたが父親から離れて羽ばたくのを助け、見守ります。あなたは自由になれるわ。その代わり私に、あなたの持っている株をください」

火崎は恨むような目付きになった。

「そうしたらおまえは、その株を早川に渡すのか」

そうなるのだろうか。寅之助に報告すれば、薫に差し出すように言われるだろう。だが今そこまで考えていてもしかたがなかった。

「あなたが、それを嫌だと言うのなら、渡さないと約束します。それならいいでしょう。それでいいですよね」

のしかからんばかりにして答えを求めると、火崎は気が乗らない様子で口を開いた。

「俺の芯棒になるというのは、俺と結婚するという事か」

結婚ならかつて一度踏み切る覚悟を固めている。相手は違うが、薫ではないという点では誰でも同じだった。会津の怨敵、薩摩の男との結婚になるが、既に先例があり、会津家老山川大蔵の妹さきが明治時代に薩摩の大山巌に嫁いでいる。今さらひるむ理由は何もない。

「あなたがそうしたいのなら、そうします」

何があろうと突き進む気でいた。薫にとっても帝國真珠にとっても、そして火崎自身にとってもこれが最善の道なのだ。

「あなたとしても、興味がなくなった会社を乗っ取ってもつまらないでしょう。それより新しい人生に目を向けた方がいいと思います。それとも株を譲るのが嫌なんですか。あれほど結婚、結婚と迫ったくせに、あなたの中で私の価値は株より下なんですね」

火崎は気色ばみ、何やら言いかけた。だが適当な言葉を思いつかなかったらしく、口では勝てないと言わんばかりに口角を下げる。

「わかった。結婚に加え、株を早川に渡さない、この二つで取引に応じよう」

一瞬、勝利の甘さが胸に満ちた。直後に、先ほど火崎が自分のものにすると急に冷めると言っていたのを思い出す。気が変わる前に手を打っておかねば、せっかくの成果が絵に描いた餅《もち》になりかねなかった。

「では今すぐ株を譲るという書類を作ってください。結婚も、これから届けを出しに行きましょう」

火崎は怪訝そうな表情になる。

「なんでそんなに急ぐんだ。一刻も早く俺に抱かれたくてたまらん訳か。それなら届けを出すまでもないぞ」

結婚したら、この下品さと一生付き合わねばならないのだと考えるといささか気が重かった。徹底的に教育するしかない。

「それに俺は、女遊びはやめんからな。男の甲斐性だ」

駄々っ子のような言い分を聞き流す。

「結構です。いちいちメクジラは立てません。お好きにどうぞ」

薫と帝國真珠、さらに火崎自身をも救うための結婚だった。それを実行できる自分に満足しよう。世間並みの暮らしや幸福を追い求めるのはやめて、自分にしか歩けない道を歩いていくのだ。

「言いたい事はそれで全部ですか」

火崎が頷くのを確認し、自分の要求を口にする。

「私は一人娘です。私が姓を変えたら水野の家が絶えてしまいますから、結婚に際してはあなたが姓を変え、水野になってください」

火崎は、この世で起りえない事が起っているのを見ているような顔になった。

「俺に、婿に入れって言うのか。おまえなぁ、小糠《こぬか》三合あったら入り婿すな、という言葉を知らんのか」

説得しようとして声に力を込める。

「新しい姓の方が過去と決別しやすいはずです。これからは水野剣介として生きればいいじゃないですか」

火崎は閉口したように首を横に振った。

「簡単に言うなよ。そもそも親父殿が承知せんぞ。結婚の話だって、どういう態度に出るかわからんのに、その上、婿入りするなどと言ったら、俺を殺しにくるに決まっている」

話半分としても、なんとも激しい父親だった。何がなんでも火崎を自立させ、自由を味合わせてやらなければ、という気になる。

「あなたの芯棒は私だと言ったでしょう。お父様の意向は放っておいて、私たちで話を決めてしまえばいいんです。さぁ届けを出しに行きましょう」

火崎はぶちまけるような声を上げた。

「ちょっと待て。なんて強引なヤツなんだ」

主導権を握られて混乱しているらしい。

「俺を尻に敷く気か」

先ほどの成功体験を考えれば、下手に出るより上から威圧した方が効果的だろうと思えた。

「不平不満なら、後でまとめて聞きます。とにかく行きましょう」

腕をつかもうとした手を振り払われる。

「そう簡単にはいかん。そもそも結婚には親の同意がいるんだぞ。おまえの方は親がいないから、後見人の了承が必要だ」

ここにきてそんな障害にぶつかるとは思わなかった。言葉を失う。

「婿入りなどと言い出したら、親父殿の同意なぞ、まず取れっこない」

火崎はほとんど不貞腐れていた。打開策の目途が立たないのだろう。冬美にしても、後見人になってくれるような人間に心当たりがなかった。

「確か証人も二人必要なはずだ。どうすんだよ」

その二人は、東京作業所の所長と副所長に頼めばいいだろう。問題は親の同意と後見人だった。ここで時間を食っていて火崎の気が変わってしまったら取り返しがつかない。早く届けを出しに行かなければ。

「あなたの親については、私にはどうする事もできません。今すぐに、あなたがなんとかしてください」

火崎は舌打ちした。

「難しいとこは、俺に押し付けるのか。いい性格だな」

なんと非難されようと甘んじて受ける覚悟でいる。とにかくやってもらうしかないのだ。

「力の見せどころじゃないですか。あなたにどこまでできるか見せてもらいます。私と一緒になりたいのなら、粉骨砕身、努力してください。でないと結婚できませんよ。それでもいいんですか」

火崎はしばしこちらをにらんでいたが、やがてあきらめたような吐息をもらした。

「よし、偽造だ」

事もなげにさらりと言う。

「親の同意書をでっち上げよう」

さすがに悪党、あざやかな面目躍如だった。感心しつつ素早くそれに乗る。

「では私の後見人についても、同じ方法でお願いします。さっさとそれを作って、役場に行きましょう」

火崎の目には、相変わらずくやしそうな光がまたたいていた。言うなりにならざるを得ない状況が屈辱的なのだろう。

「くっそ、今夜は俺の下で泣かせてやるから覚えとけ」

相変わらず臆面《おくめん》もなく下劣な事を。そう思いながら急に不安にとらわれた。それは婚礼の儀式の一部だった。避ける事はできない。だが冬美にはほとんど知識がなく、今さら誰に教えてもらう訳にもいかなかった。自分が暗い海と向き合っているような気分になる。そこから何が出てくるのかわからず、恐ろしかった。

＊

「おい、下からにらみ上げているのはやめろ」

それは想像していたほど恐ろしくも、おぞましくもなかった。むしろどこか奇妙で、面白おかしい感じすらした。

「おい、笑うのも止めるんだ」

しかたがないので目をつぶっていた。火崎の肌はなめらかで熱く、筋肉質の体はたくましかったが、薄明かりの中に浮かぶ裸体は、どうしてもあの夜の薫を思い出させた。そこから気持ちを引き離せない。今こうしている相手が薫だったら。火崎が動くたびに、そう思わずにいられなかった。

「とりあえず、これで初戦は終わりだ」

火崎は身を起こし、枕元の寝間着をつかんで立ち上がる。胸に巻いた包帯はすっかりゆるんでいた。

「ひと風呂浴びてくる」

なんとか無事に終わった事に胸をなで下ろしていると、出入り口の前で、突然振り返った。

「おまえ、今、誰に抱かれてたんだ」

気付かれていたと知り、狼狽える。こちらに向けられた瞳に、焼けこげるような怒りとやるせなさがあった。

「俺は結婚しても、抱いても、おまえを自分のものにできないのか」

破裂するような音を立てて戸が閉まる。建具にぶつかり跳ね返った引き戸の響きが胸をえぐった。

9

どうすればよかったのだろう。火崎を支えたかったし、結婚する覚悟もできていた。だがそれは火崎のものになるという事ではないのだ。奴隷でもあるまいし、人間が他人のものになるなどという事があり得るだろうか。自分は誰のものでもない、自分自身のものだ。

それともいつか誰かのものになりたいと思う時がくるのだろうか。火崎が求めているのは、それなのか。だがそんな事をしたら、自分というものがなくなってしまうではないか。

考えながら翌日の未明、火崎の車で東京を後にした。八幡宮に立ち寄り、母が合祀されている塚《つか》に手を合わせた後、家の焼け跡に埋めた物差しと茶碗を掘り出し、父母の道具箱と一緒に持ち帰る。志摩に着いたのは朝だった。

細工場の前に広がる海が、上りつつある朝日の下でさんざめいている。細やかに波打つ海面には、養殖の筏が連なっていた。その下に眠る貝が、自分の求めるケシ珠を育ててくれているように祈る。

くり返し練習してきたカリブレ留めやケシ珠打ちは、充分こなせるようになっていた。父母の細工道具も手に入り、ハナグルマ補修の準備は整ったといってもいい。

後は同じ色と艶、大きさを持つケシ珠を見つけるだけだった。これから採れる珠に期待している。もしどうしても手に入らない場合は近いものを選び出し、全体を並べ替えて目立たない所に押し込めるか、最悪の場合、染色という手もあった。だが天然の珠を見つけられればそれが最良なのだ。海に向かって手を合わせ、ケシ珠に呼びかける。早く会いたい、私に会いに来てください。

道中、火崎はひと言も口をきかなかった。怒っているようにも、考え込んでいるようにも、自分を閉じているようにも見えた。以前には感じられなかった冷ややかさが火崎の体から流れ出し、車内に満ちていく。

「その内に新居を捜す。それまで俺のとこで暮らせ。充分広いし、女中もいるから不自由はない」

一緒に住む気はあるらしかった。

「新婚旅行は上海に連れて行く。素晴らしくきれいだ。その後アラフラ海からインドに回り、スコットランド、最後はカリブ海だ」

ぶっきらぼうな言い方で、まるで怒られているかのようだった。連れ立って旅に出るつもりのようだが、その間中こんな調子なのだろうか。

「どこも真珠が採れる所だ」

少し心が和む。本で見た世界の真珠を実際に目にできるとは思わなかった。もし火崎がずっと突《つ》っ慳貪《けんどん》な態度を取り続けていたとしても、真珠が見られるなら我慢できる。

「ここだ。降りろ」

帝國真珠が借り上げていたのは関西財界人の別荘で、近くに会社や寮、薫の住まいもあった。火崎の家はそれらのどれより豪奢《ごうしゃ》だと、寮生たちが噂していたのを聞いた事がある。

「二階中央の部屋を使っていいぞ」

玄関ホールにある螺旋《らせん》階段を上っていく火崎の後ろに続いた。

「俺の隣室だ」

錬鉄の手すりに音符やト音記号がちりばめられ、吹き抜けの空間に下がっているシャンデリアの環《わ》には、バレリーナの姿が浮き彫りになっている。

「しゃれた内装だろ」

声には、なだめるような気配が交じっていた。火崎も心が揺れているのかも知れない。

「入れ」

部屋のドアは両開きで、内部は二十畳ほどの広さがあった。長椅子や机、書棚が置かれている。二重のカーテンの外は緑色のバルコニーで、その向こうに海が見渡せた。真珠を養殖する筏が並んでいる。いつでも筏の様子が見られるとわかり、何よりうれしかった。

「この館の名前は、アルモニアだ。フランス語で調和、あるいは」

そう言いながらこちらに刺すような視線を流す。

「和合」

皮肉を言われているような気持ちになりながら目をそらした。

「あなたの芯棒になり、支えるという約束にウソはありません。必ず守ります。でもそれは、あなたのものになるという事とは違うんです。私は私だけのものです」

火崎が何か言うだろうと思い、待っていたが、どんな言葉も返ってこなかった。仲良く一つになる、そんな意味を持つこの洋館に住みながら、自分と火崎は冷たい流れの左右に隔てられているような時間を過ごすのだろうか。

「寮にある荷物を取ってきます」

東京から持ち帰った真珠と茶碗、父母の道具箱を壁際の暖炉の上に置き、寮に向かう。毎日、不機嫌な火崎と顔を突き合わせているくらいなら、いっそ寮住まいに戻ろうか。

「ちょいと寺嶋はん、何してまんのや」

寮に近づくと、開け放たれた玄関からけたたましい声が飛び出してきた。何事かと思いながら足を止めて見れば、三和土に服や小物が放り出されている。薫の配慮で寮生に配られ、冬美がもらったものばかりだった。玄関の上がり端には寺嶋と矢部が立っている。

「水野はんは火崎役員と結婚したそうやさかい、もうここには住まへんやろ。荷物を運び出す手伝いをしてやったとこや」

株の贈与は会社に申し出る必要があり、作業所から電話をかけて細工場の所長に話をした。婚姻届を出すに当たっては、証人になってもらうために東京の所長と副所長に事情を話している。その噂が伝播《でんぱ》し、皆の知る所となったのだろう。

「たいそうな玉《たま》の輿《こし》や。どうやってたらし込んだのか聞きたいもんやな」

息巻く寺嶋の前で、矢部がせせら笑う。

「いい年をしおってヤキモチかいな。みっともないで。舞鶴まで二人乗りで行ったんやから、ちっとは楽しい思いもしたんやろ」

寺嶋は度を失い、忙《せわ》しなくあたりに視線を彷徨わせた。

「なんもせぇへん、なんもあらへんかった」

据え膳食わぬはと言っていた火崎を思い出す。あの相手は寺嶋だとばかり思っていたのだが、違っていたのだろうか。

「さよか。そんじゃ、たらし込めんかった自分の力不足を恨むんやな。その荷物サッサと元に戻しなはれ。本人が見たら、気ぃ悪くしよるさかいにな。今や火崎役員夫人や。その上株主にもなったとかいう話やで。もううちらとは身分が違うんや」

なお立ったままでいる寺嶋の脇を通って梅津と大崎が奥から姿を現し、散乱していた小物や服を集め始める。

「水野はんは、男をたらし込むような人とちゃいます。ちょっと変ったとこもありよるけど、純な人や」

「そんな事に気ぃ回すんは、自分がそうしてるからやおまへんか」

　顔を出しづらくなり、そっと道を引き返した。結婚や株の取得で、周りの目がこんなふうに変わるとは思わなかった。自分自身には何の変化もないというのに、周囲はそう見てくれないらしい。これでは寮にも戻りにくかった。

　火崎ともうまくいかず、寮でも浮いてしまうかも知れないと考えると、石でも呑み込んでしまったような気がした。胸が寒々としてくるのを感じながら、なんとか乗り越えようと両手を握り締め、力を振り絞る。

　株など持っているからいけないのだろう。そもそも株をほしかった訳ではなく、ただ火崎から取り上げたかっただけなのだ。自分にとって大事なもの、したい事は、株とは何の関係もない。所長に報告がてらその事を相談しようと思い、いったん家に戻って父母の道具箱を持ってから足を向ける。

　矢部が寮にいたのだから細工場は昼休みに入っているのだろう。所長も不在かも知れなかったが、取りあえず戸の外から声をかけた。

「おう、お帰り。入っていいよ」

　机に広げた新聞紙の上にアルミの弁当箱を置き、箸でイモ煮をつまみながらこちらを見る。

「結婚したんだって。まさか東京でいきなり入籍するとは思わなかったよ。まぁ君らしいと言えば、らしいがね」

　冬美も、自分の事ながら予想もしない成り行きだった。

「ま、とにかく」

所長は箸をおいて立ち上がり、両手をそろえて深く頭を下げる。

「おめでとう。末永く幸せに」

正面切って祝われ、恥ずかしかった。はにかみながら父母の道具箱を机に載せ、手に入れた事情を話す。

「そうか。そりゃ天の啓示だね。この道具でぜひやってもらおう。きっとうまくいくよ。海事の後藤君が、早くケシ珠を持ってきてくれるといいんだが」

そこまで言った時だった。いきなり戸が開く。

「ケシ珠、上がりよりましたで」

ゴムの長靴をはいた後藤が、片手にバケツを持って踏み込んできた。部屋の中に海の匂いが広がる。まだ雫を滴らせているバケツを所長の脇机の上に置き、初めて気づいたらしく冬美に目を留めた。

「なんや、おまえ、おったんか」

無愛想な物言いが気にならなかったのは、ちょうどの潮時に現れたケシ珠に心を動かされたからだった。父母の道具が呼び寄せたかに思える。

「今日の夜には、中国に向かう船に乗せる約束やさかい、夕方、仲買が計りにくる事になっとります。ほしい珠があったらそれまでに取っといてください。あんまりたくさんやと困るが、十粒くらいなら大丈夫や」

所長が冬美に目を向ける。

「という事だ」

自分がどこかこの世でない所にまで一気に飛ばされた気がした。バケツ一杯のケシ珠の中から十粒を選び出すのに、夕方まででは時間が短すぎる。

「なんや、その顔は。文句でもあるんか」

もし久保がここにいたら、こんな事は決して言わなかっただろうと考えると、くやしさのあまり頭に血が上った。この時間の少なさも、嫌がらせなのではないかと思えてくる。

「気に入らんのなら、やめとくんやな。このまま仲買に渡すさかいに」

ケシ珠がなくては修復ができなかった。それを手に入れるために今日まで待ったのだ。いくら無念でも不本意でも、この機を逃す事はできない。

「わかりました。夕方までにやります」

どんな物事にも両面があるはずだった。これほどたくさんのケシ珠があれば、きっとハナグルマに最適なものが見つかる。数少ないケシ珠の中から選ぶより、ずっといい事だ。そう思おう。

「おお言いやがったな。できるもんならやってみるがええ。もしできたら、おまえを認めてやるで」

勝ち誇ったような後藤から所長に視線を移す。

「時間がもったいないので、すぐ取りかかります」

バケツを持ち上げると、思った以上に重かった。中にはぎっしりとケシ珠が入っている。これだけあれば求めている珠が必ずあるはずだ。そう信じて父母の細工道具と共に作業台に向かう。

まずは大きさで選別していこうと考え、給湯室から金ダライを二つ出してきた。それを並べて置き、片手をバケツに突っ込んでケシ珠をつかみ上げる。掌に広げ、ハナグルマに使えそうな大きさのものを選び出して片方の金ダライにいれ、残りをもう一方に入れた。何度か繰り返していると、声がかかる。

「何してんねん」

矢部が寄ってきていた。

「一ミリくらいのケシ珠を急いで捜しているんです、夕方、仲買人が来るそうなのでその前に」

いまいましく思いながら作業をしていると、いったん離れていった矢部がしばらくして戻ってきて、作業台にカタンと金物を置いた。

「網目一・二ミリのザルや。これでふるえば、それ以下のケシ珠は全部、下に落ちよるで」

舞い降りてきた勝利の神を見るような目で、古ぼけたザルを見る。

「昔、シードパールが流行《はや》った時期があって、そん時に大きさをそろえるのに使ったんや。シードパールってのは重さが〇・〇一六二グラム以下の真珠や。穴開けて馬の尻尾《しっぽ》の毛で縫ったもんや」

長年この世界で生きてきた矢部は、生き字引さながら頼もしかった。

「ありがとうございます。使わせてもらいます」

ザルでふるう。修復に使える寸法のケシ珠だけを迅速にえり分ける事ができた。分量は最初の三分の一ほどに減っている。

次に、形と色で選別した。平たかったり細長かったり楕円だったり、あるいは米粒形だったりするもの、表面が波打っているもの、一部が尻尾のように伸びているもの、茶色やシミのあるものの等を手早く除いていく。最後は色艶を合わせなければならないと考え、壁の時計を見上げながら声を張り上げた。

「所長、ハナグルマを持ってきてもらえますか」

語気が相当荒かったらしく、所長の緊張した返事が響いた。

「はいっ、今すぐに」

ハナグルマが届く前に選別を終える。残っていたのは百粒ほどだった。それをきれいに水洗いし、連組みの際に使う黒いフェルトでふいて、その上に広げる。ハナグルマを隣に置き、欠けているケシ珠の色艶と同じ物を捜した。

見ているうちに目がくらんできて判断がつかなくなる。時々ギュッとつぶり、頭を振っては続けた。微妙な違いで判然としないもの、決断に迷うものは残し、確実に違っているものだけをはじき出していく。

百粒から八十粒、七十粒としぼれてきたところで、所長がやってきた。

「早川役員から電話だよ。藤堂若社長が水野君を呼んでいるらしい。社長室に来てくれと言ってる。結婚祝いをくれるそうだ。ご主人の方はもう社長室に入っているとか」

ケシ珠をにらみながらつぶやいた。

「これが終わったら行きます」

所長が裏返ったような声を上げる。

「社長を待たせるつもりか」

誰であろうと、とにかく待ってもらうよりなかった。

「静かにしてください。集中できません」

七十粒の一つ一つを、ハナグルマのケシ珠と見比べていく。いいと思われる珠でも、ちょっと角度を変えると違って見える事もあり、気をゆるめられなかった。

「もうすぐ夕方やで。終わったんか」

後藤が入ってきた時、残っていたのは五十粒前後だった。矢部の声が飛ぶ。

「部外者は黙っとき。やっとるとこやねん」

所長の、気抜けした声も響いた。

「なにしろ社長もお待ちになってるくらいなんだ」

色と艶、双方がそろって瓜《うり》二つという珠は一つもない。どちらを切り捨て、どちらを活かすか。判断に迷い、あれこれ考えながら半数を色優先、半数を艶優先で、全部を合わせて十粒にしようと決める。その決断が選別の速度を速めた。

十粒を選び出し、顔を上げて外を見る。まだ夕焼けは始まっていなかった。体の底から大きな溜め息が突き上げてくる。

「この十粒を頂きます。残りは、どうぞお引き取りください」

信じられないというような顔をしている後藤の前に、矢部が音を立ててバケツを置く。冬美の作業台に広がっていたケシ珠や金ダライに入っていたものをぶちまけるように次々と落とし込み、後藤に差し出した。

「はよせんと仲買人が来るで」

バケツのツルをつかみ上げて出ていく後藤を見送っていて、このままハナグルマの修復に入ってしまおうと思いつく。目が真珠の光に慣れてきているし、気力も充分だった。父母の細工道具を作業台の向こうに置く。

「修復に入ります」

所長の悄然《しょうぜん》としたつぶやきが聞こえた。

「この上、なお社長を待たせるのか。ああなんたる無礼だ」

選び抜かれ、作業台の上に並んでいる十粒を見つめる。一粒一粒ハナグルマに打ち込んでいき、調和がとれるものを採用しよう。それで収まればいいが、もしどれを打っても輝きに乱れが見えるようなら、全体を組み替えなければならない。そうなると大変な作業だった。

慎重にと自分に言い聞かせながら取りかかる。まず欠けているケシ珠を抜こうとしたが、これがかなりしっかり入っており、強引に力を入れると隣の珠を傷つける恐れがあった。ピンセットで摘まみ、なだめるようにゆるゆると引き抜く。先端から何度もすり抜ける珠を、そのたびに摘まみ直した。

ようやく抜ける。空いた穴に熱したパラフィンを一滴だけ垂らし、半ばまで仮埋めしておいて最初の一粒を打ち込んでみた。一番いいと思われる珠だったが、目を遠ざけて光り具合を見ると、思わしくない。その状態を筆記してから次の珠にかかった。

試していくうちに、どれもいいとは思えなくなってくる。一体自分はこれを仕上げられるのだろうか。不安が募り、助言や助けを求めたくなった。だがハナグルマについて自分以上にわかっている人間は誰もいない。一人でやるしかなく、なんとも切なかった。

細工師だった父や母も、こんな思いをしたのだろうか。そう考えながら父母の道具を使っていると、自分が父になり、ハナグルマに取り組んでいるような気がした。そばで母が見ている。やがて自分がその母になり、そばに幼い自分が立っているのを感じもした。父から母、自分へと行きつ戻りつ作業を進める。

何粒目かで打った珠が、これでもいいように思え、一瞬、緊張がゆるんだ。だがよく見ればしっくりしておらず納得できない。

再び別の珠をつまみ上げ、作業を進めた。ふっと人の気配を感じる。父や母がそばに来ているようにも、遠く離れた戦場にいる久保が、その姿を戦いの場に置いて魂だけを送ってきているようにも思えた。気を取り直し、道具を握る手に力をこめる。

十粒目の珠を打ち、全体を見直した。これが最後の珠だったが、どうしてもいいと思えない。原因がはっきりしないものの、とにかく何かが足りない気がした。だがすでに全部を試したのだ。これ以上どうすればいいのか。

なぜうまくいかないのだろう。そう考えていて思い至った。一番難しい作業、全体の組み換えを避けようとしているからではないか。そこまでせずになんとか収めたいと考えている。妥協しようとしているから、きちんとした仕事ができないのだ。

覚悟を固め、手元に残した十粒の珠を吟味し直す。色艶ともに一番いいと思えるものを取り上げ、その光をハナグルマのどこに置けば最も美しく見えるのかを考えた。当てて見当をつけると、思い切って全部の珠を抜き取りにかかる。フェルトの上でさらにもう一度、納得のいくまで順番を入れ替え、これ以上はないという配列を見つけてから一つ一つを再び打ち込んだ。

終わった直後、周りに漂っていた様々な気配が一気にハナグルマに吸い込まれていくのが見えた。あたりが一瞬、希薄になるような凄まじい勢いだった。ハナグルマは光を放ち始める。まるで新しい生命を得たかのように輝き立ち、独《ひと》り立《だ》ちした喜びを謳《うた》っていた。これこそがハナグルマの本来の姿、父と母が作った形なのだ。ようやくそこに戻す事ができたのだった。

「終わった」

つぶやくと、背後で拍手が起こった。顔を上げれば、いつの間にか組み師や細工師たちが集まってきていた。先ほど人の気配を感じたのは、そのせいだったのかも知れない。

「えかった、ようやった」

「ほんと、頑張りはったな」

「えらいもんや」

皆が応援してくれていたのだと知り、全身の血がわき返るような気がした。自分は一人ではない、周りにこんなにも応援団がいたのだ。ハナグルマはその力を集めて結実したのかも知れなかった。

「終わったのなら、さぁ早く社長室に」

所長にうながされ、自分が薫にハナグルマの修復を宣言していた事を思い出す。ついにやり遂げたのだ、報告せねば。高揚した気分で赤革の箱を開け、拭《ふ》き清《きよ》めたハナグルマを収める。

蓋を閉じて見ると、母が死守したその箱はいかにも傷んでいた。多くの傷の一つひとつに、母の強い思いがにじんでいる。自分の手元に置きたかった。

「所長、ハナグルマを入れる新しい箱を作っていただけますか」

所長は軽く頷く。

「もちろんだ。補修が終わった宝飾品は、新しい箱に入れてお渡しする事になっている。新しい酒は新しい革袋に、だよ。ま、古い箱も一緒にお返しするんだが、処分してくれとおっしゃる客がほとんどだね」

チャーチルは、この箱を手放してくれるだろうか。聞き入れてもらえるよう心を込めて頼もう。

「それより、さ、早く」

先に立つ所長の後ろに続き、社長室への階段を上がった。薫はなんと言うだろう。ほめてくれるだろうか。その顔を想像すると胸が高鳴った。少しは威張ってもいいのかも知れない。うれしくて地に足がつかない。

「松本《まつもと》です」

扉に向かって声をかける所長の後ろで、恥ずかしいほど弾んでいる息を整える。寅之助が顔を出した。

「遅かったな」

所長はチラッとこちらに視線を投げる。

「申し訳ありません。水野君がハナグルマの修復に取りかかっていたんです。ついに完成させたので、持ってまいりました」

部屋の奥から薫の声がした。

「修復が終わったのですか。見せてください」

所長が身を引きながら、中に入るように片手でせっつく。その前を通って部屋に踏み込んだ。大きな窓を背にした両袖机についている薫の姿は、影絵のように見える。脇に置かれている長椅子で、火崎が背もたれに体をあずけ、そっくり返って腕を組んでいた。

「どうぞ、こっちに」

声をかけられ、机の前まで進み出る。その上に赤革の箱を置き、蓋を開けて薫の方に向きを変えた。

「できたばかりです」

涼やかな独眼にハナグルマの輝きが映り、七色にきらめく。

「素晴らしい」

陶然として目を細めながら薫は立ち上がり、机を回って歩み寄ってきた。

「あなたの努力があなたを新しい女性にする、と僕は言いました。その姿を見られるのを楽しみにしていた」

端正な顔から、慈しみがあふれ出る。潮のようにひたひたとこちらに寄せてきて、いつの間にかすっぽり呑み込まれた。

「そんなあなたを今こうして目の前にして、感無量です」

言葉に酔わされ、その眼差に吸い寄せられて力が抜け、その場にへたり込む。あわてて立とうとしたものの、腰が上がらず身を起こせなかった。

「疲れたんでしょう」

薫は笑い、両腕を伸ばす。

「さぁつかまって」

胸で獣が吠えた。抱きついてしまえ、構わないじゃないか、やっと念願を果したんだ、甘えてもいい。もうこんな機会はきっとない。これが最後だ。

今までおとなしくしていたのが嘘のような猛り方だった。その咆哮が心を揺さぶる。退ける事も抑えつける事も、どうしてもできなかった。夢中で手を伸ばす。薫の腕が体にからまった瞬間、低い声が聞こえた。

「触るな」

火崎が立ち上がっていた。

「それは俺のものだ、どけ」

近くまで来るなり、後ろから薫の靴を蹴り飛ばす。

「面倒は俺が見る」

火崎に抱き上げられ、目をつぶった。苦い胃液のような後悔がこみ上げてきて胸を荒らす。自分は何をしようとしていたのだろう。いくらハナグルマを完成させたとはいえ、いい気になりすぎていたのではないか。

「社長、今日のところはこれで失礼する。妻を労《いたわ》ってやらなければ」

笑いをもらして扉に向き直り、冬美の耳朶に唇を付けた。

「今夜は、ひと晩中抱いてやる。覚悟しとけ」

憎悪の響きがこもっていた。

＊

火崎の怒り方がはなはだしかったので何が起こるかわからないと考え、部屋の扉に鍵をかけた。夜中に火崎の声がしたが答えずにいると、入ってこようとして鍵がかかっている事に気づき、扉が壊れるほどの勢いで連打する。その内に何か持ち出してきて叩き始め、扉板がミシミシと音を立てた。しかたなく開けると、片手に握りしめていたマサカリを放り出し、肩で息をしながら踏み込んできた。

「おい勘弁してくれ。俺は夫なんだぞ。妻の部屋に入るのになんでこんなに苦労しなけりゃならないんだ」

怒っている様子はもうなかった。言い方も滑稽で、恐怖心が薄れる。確かにもっともな言い分かも知れないと感じ、多少気の毒にもなった。

「来い」

手首をつかまれ、寝台に引きずっていかれる。やむなく従ったものの、くだらないとしか思えないこんな事になぜそんなにも情熱を持てるのかわからなかった。火崎は服を脱ぐ手を止め、こちらを見る。

「初めに言っておく。下から俺をにらみ上げてるんじゃないぞ」

10

翌朝は、眠りたりない上に体のそこかしこが痛かった。火崎はご機嫌で新聞を広げ、女中の淹れたコーヒーをゆっくりと飲み、卵のゆで時間を秒単位で注文している。それを尻目《しりめ》にさっさと食べ、出勤した。

どこから調達してくるのか火崎家の食糧倉庫には何でも豊富に入っている。それだけは結婚してよかったと思えた。寮の皆にも、もっと食べさせてやりたい。今度、食材を届けよう。

細工場に入り、自分の作業台と向き合う。そこが一番落ち着ける空間だった。あれほど心にかけていたハナグルマは、もう手元にない。子供が成人し独立していくように、完全な形に戻ったハナグルマは冬美の手から離れていったのだった。

おそらく他の宝飾品も同じだろう。完成させる事は、それと別れる事なのだ。心身を注ぎ込み生み出す事が、失う事につながる。そう考えると、細工師というのは寂しい仕事かも知れなかった。

引き出しから父母の細工道具を取り出す。次の仕事に取りかかろう。それが終わったらまた次の仕事にかかる。そうして生きていけばいい。自分の手で稚貝を育て、真珠を作り、図案を描き、思い通りの宝飾品を作ってもみたい。熱と集中を必要とするその作業が好きだった。

「水野君」

所長室から所長が顔をのぞかせる。

「社長室まで来てくれって」

身がすくんだ。昨日は夢中で、ハナグルマの事以外に頭が回らなかった。だが今になってみれば、社長室は外国のように遠い所に思える。一体何を言われるのだろう。

「何のご用でしょうか」

声が震える。所長はわずかに首を傾げた。

「寅さんからだから、たぶん昨日のやり直しだろう。君が疲れてへたり込んでしまったから、火崎役員が家に連れ帰っただろ。結局、祝儀を渡せなかったからね」

自分が火崎と一緒に出て行くところを薫は見ていた。耳に唇を付けていたのも見ただろう。その後の事についても想像がつくに違いない。胸が切られるようにつらかった。

「今日こそお待たせしないように、さ早く行って」

重い脚をなだめて動かし、社長室への階段を上る。体は上がっていくのに、心は地獄に降りていくようだった。

「水野ですが」

扉の前で声をかけると、すかさずそれが開く。

「どうぞ」

開けたのは薫だった。その眼差がすぐそばにあり、思わず見入る。初めてこんなふうに近くで見たのは、薫が見舞いに来てくれた時だった。あれから長い時間が流れたが、その時の面影《おもかげ》は少しのブレもなく今の薫と重なっている。ひそんでいた想いが再びあざやかに立ち上がってきた。

「僕の顔に、何かついていますか」

からかうような笑みも昔のまま、強い光に似て一直線に胸に射し込んでくる。まぶしくて目を伏せた。胸で獣が荒ぶる。

「お入りなさい、どうぞ」

獣の声に足を取られないようにゆっくりと部屋に入った。壁際に寅之助が立っている。座るように言われた長椅子は、昨日火崎がいた場所だった。

「まずは結婚おめでとう」

薫は低いテーブルを挟んだ向かい合いの肘掛け椅子に座る。身を乗り出すように前かがみになり、広げた両脚の上に肘を乗せて指を組んだ。

「予定通りですね」

確かに薫には、火崎と結婚すると言ってあった。あの時はこうなるとは考えてもおらず、正に嘘から出た実《まこと》だった。

「お幸せですか」

バカな事を聞くなと獣が吠え立てる。心変わりをしたとでも思うのか、結婚したのは株を手に入れるためだ、気持ちは変わっていない、そう言ってしまえ。

強く目をつぶり、それを抑え込む。昨日のような真似はしたくなかった。ここで想いをもらせば、幸せな結婚をしている薫に負担をかける。その生活を壊すかも知れない。これまでこらえてきたのだから、これからもこらえていけばいい。大丈夫、耐えられる。こうして向かい合う機会など滅多にないのだ。

「たいそう幸せです」

吠える獣を完全に押さえつけようとし、喉に力を込めた。

「夫を支えていこうと思っています」

薫は椅子をきしませて身をそらせ、寅之助の方を見る。それに応じて寅之助が近寄り、テーブルの上に祝儀袋を置いた。

「藤堂若社長から、お祝いです」

金銀の水引で鶴亀《つるかめ》を編んだ熨斗《のし》がついている。頭を下げ、礼を言った。

「もう一つ、お祝いを言わねばならないですね。筆頭株主になられたとか」

顔を上げると、笑いを含んだ目とぶつかった。

「ぜひ役員にもなっていただきたい。今、帝國真珠には僕も含めて三人の役員しかいません。長《なが》沢《さわ》役員と斎藤《さいとう》役員は空襲で亡くなりましたし、藤堂高英役員と佐野役員は退職し、来月にも火崎金融の船で上海に渡るそうです。近藤役員は逝去されました」

長沢と斎藤の話は聞いていたが、それ以外は知らなかった。半数以上の役員がいなくなってしまったとあっては会社もさぞ大変だろう。

「あなたが役員として経営に参加してくれると助かります」

突然の話に面食らう。経営などこれまで考えた事もなかったし、できるとも思えなかった。

「帝國真珠は、女性を対象として宝飾品を作っています。同じ女性の視点からの企画がほしい。また従業員の福利厚生についても改善していきたい。担当していただけると助かります。男ではどうしても女性社員の希望に目が行き届かないところがありますから」

協力を求められているのなら、力を貸したい。だが役員になれば、薫と会う機会も増えるだろう。昨日のような事にならないという自信がなかった。それに役員の仕事は、細工師としての時間を奪うに違いない。

「あなた自身が帝國真珠でやりたいと思っている事があれば、それも歓迎します。あなたの持ち株をもってすれば、思うように帝國真珠を変えていける。会社に望む事があるのではありませんか」

つい引き込まれ、口を開いた。

「仕事を男女で分けず、誰もが個人の適性によって職種を選び、納得して働けるようになるといいと思っています」

望んでいる事は他にもある。真珠の加工では目を酷使する事が多いのだから、職場で特別な健康診断を受けられるようにしてほしかったし、徴兵された社員の家族が路頭に迷わないように会社として保護してほしかった。

「立派な青写真だ。役員になって、それを実践してください」

目を伏せ、黙り込む。薫は性急に問いかけてきた。

「引き受けない理由は何ですか」

寅之助が、わからないのかと言わんばかりに口を挟む。

「ご主人の了解がないと動けないんですよ。女性は皆そういうものです」

薫は笑い飛ばした。

「それは、これまでの女性でしょう。新しい女性はそんな事は言わない。我が国の人口の半分以上が女性ですし、戦争で男はどんどん減っている。国を担えるように女性を教育しなければ我が国の未来はありません。男が女性の力で引き立ててもらっていた古き良き時代、女性自身もそれを美徳としていた時代は終わるんです」

耳を洗われる思いで聞いていた。寅之助は釈然としない顔をしている。呑み込めないのか、呑み込みたくないのか、どちらだろう。

「で、水野さん、お返事を聞きたいんですが」

あなたへの接近を恐れているとは、まさか言えなかった。突如として獣の叫びが高くなる。もってこいの口実じゃないか、ちょうどいい、引き受けるんだ。

いつまで抑えられるだろう。昨日も危うかった。火崎がいなければどうなっていたかわからない。いくら想いを募らせても結ばれる事は絶対にないのだ。あるのは間違った道に堕《お》ちる可能性だけだった。それならもう火崎との生活に埋もれてしまった方がいい。

「細工師として宝飾品を作っていきたいんです。ようやくその入り口にたどり着いた所なので、このまま進んでいきたいと思っています」

その日々の中に落ち着き、真剣に細工と向き合って生きていきたかった。優れた宝飾品を創《つく》り出《だ》す事で帝國真珠に貢献し、薫の役に立とう。

「では両方やったらどうですか」

目を上げると、薫は唆《そその》かすような笑みを浮かべていた。

「役員でありながら細工師。経営に参加し、現場でも働く。あなたならできますよ」

目の前に見えている景色が突然、広がり、彩り豊かになっていく。そういう道もあるのだと気が付き、その魅力に心を惹かれた。社員たち皆の役に立ちたい気持ちは大きい。

「相変わらず、いい笑顔ですね」

薫のただ一つの目に、懐しむような色がにじんでいた。

「赤ちゃんの時と同じだ」

その微笑みに一目惚れしたとの言葉が思い出され、吸い寄せられそうになる。あわてて横を向いた。

「僕の提案を気に入ってもらえたようですね。顔に出ていますよ」

どう答えたものか困りながら、とにかくこの部屋を出ようと思った。このまま向き合って話していては、押し切られるに決まっている。一人になって頭を冷やし、慎重に考えたかった。

「申し訳ありませんが仕事中ですので、今日はこれで戻らせていただきます」

祝儀袋を手にして立ち上がりながら寅之助を見る。不安げな面持ちだった。息子の結婚生活を脅かしそうな女を役員に迎えたくないのだろう。

「では考えておいてください」

薫の声を背中で聞きながら扉に手をかける。とたん、それが外から開き、風が足元を吹き抜けた。

「お邪魔します」

珠緒《たまお》が杖を突きながら入ってくる。

「大事なお話をしにまいりました」

顔には微笑みが浮かんでいたが、柔らかなものではなかった。目には、月夜に発光するキノコのような光がある。

「家で聞く。先に帰っていなさい」

薫の言葉を、珠緒は首を振ってはね飛ばした。

「いいえ、今ここでお話しします。私は不義をいたしました」

室内の空気が一気に凝固し、直後、激しい渦を巻いて流れ出す。その中心で珠緒は、勝ち誇ったように顔を上げた。

「今、身ごもっております」

流れは激しくなるばかりだった。

「どうしても男に抱かれてみたかったのです」

珠緒は、その奇妙な微笑を薫に向ける。

「だから私から誘いました。好みの男と二人で楽しんで、たいそう満足でした」

夫を傷つけるとわかっている言葉を次々と投げつける様子は、控え目で清楚《せいそ》な感じのしたあの珠緒とは思えなかった。

「この男の胸で死んでもいいと思ったくらいです」

珠緒の中にも獣がいるのだった。その猛りに身を任せている。なぜこんな事になったのだろう。薫と幸せに暮らしているとばかり思っていた。

「悔いは全くありません。これから三田に帰らせていただきます」

杖の音をさせて部屋を出て行く。扉の前で、いきなり視線を冬美に流した。強い眼差の底にこもった憤りに、胸を突かれる。

「奥様」

寅之助が険しい声を上げた。

「それは離婚されるという事ですか」

薫が片手を上げて制する。

「悪いのは僕です。彼女は被害者だ。今日のところはこれまでとしておきましょう。明日にも実家を訪ねてゆっくり話します」

その声を聞きながら珠緒の姿を追って廊下に出た。階段のそばで立ち止まっていた珠緒は、待っていたかのようにこちらに向きを変える。

「教えて差し上げましょうか。私を抱いた男というのは、あなたの夫ですよ」

その時初めて、火崎が言っていた相手が誰であったのかを知った。薫の家庭を壊し、珠緒の獣を目覚めさせたのは火崎なのだ。なんと罪深い事をしたのだろう。

「もっとも私が抱かれたのは、まだご結婚前でしたが」

含み笑いをしながら歩み寄り、瞳をのぞき込んでくる。そこから冬美の苦渋をながめ回そうとでもしているかのようだった。

「自分の夫が自分以外の女と関係していたと知るのは、どんな気分ですか。私はずっと同じ思いをしてきたのですよ」

その憎悪がこちらに向けられている事に、ようやく気が付く。

「あなたが私の夫と通じている事は、ごく最近までわかりませんでした。でもある夜、私の夫に物欲しげな目を注いでいるあなたを見て、察したのです」

あの夜がよみがえってくる。海から上がってきた薫に心を奪われていた。大きな月の出ている晩だった。

「私や乳母の中村に親切そうな顔を向けながら、陰で夫をねらっていたんですね。妻の私がこんな体だから、簡単に誘惑できるとでも思ったんでしょう」

恨みに培われた悪意が、すえたような臭いを放つ。猛然と吹き付けてくるその怒りには、恐ろしいほどの哀しみがない交ぜになっていた。それに巻き込まれ、心を削られながら声を上げる。

「それは誤解です」

珠緒は笑い飛ばした。

「信じると思いますか。仕事がしたいと言ってあなたに近づいたのは、自分や夫の事を話してあなたの反応を見るためでした。よく観察し、あなたが恋情をむき出しにして私の夫を見ていたあの夜と比べてみたかった」

確かにあの夜は、そうだったかも知れない。獣の扇動に突き動かされんばかりになっていた。「私が妻である事の幸せに触れたとたん、あなたは素っ気《そけ》なく話を変えましたね。それで確信したのです」

珠緒の清純さの奥に隠されていた敵意に身震いする。その深々とした隠蔽が、そのまま恨みの激しさのように思えた。あの時、珠緒の目をよぎったのはそれだったのだ。

「そんな目で夫を見る女がそばにいる事に、どれほど気持ちが乱されたか。あんな目で私の夫を見るなんて許さない。それは罪です。そんなあなたや、それに応じたに違いない夫にも消える事のない傷をつけてやりたい。ずっとそう思っていました」

ひと言ひと言が心に突き刺さる。珠緒には、小さなスズメのために立ち止まるだけの優しさがあった。それをこんな行動に踏み切らせ、薫の家庭を壊したのは自分なのだ。

「離婚はしません。夫とあなたの間に生涯、立ちふさがっていたい。それではこれで」

悠然と階段を下りていく。響く杖の音が礫のように胸を打ち、傷を深めた。切れ切れになった心は、破れた布のように体の中を漂っている。

たとえ罪であっても、薫への想いは消せないだろう。取りのぞく事も、切り捨てる事もできない。狼狽えながら火崎の言葉を思い出す。誰かのものになればいいのかも知れない。そうすれば自分が自分のものでなくなる。誰かのものになって自分ごと消してしまおう。

足を急がせて階段を下り、火崎の家に向かった。玄関から飛び込むと、ホールに通じるらせん階段を下りてくる火崎が見えた。旅行用の薄手の外套《がいとう》をはおり、手に革のカバンを下げている。

「お、血相変えて、どうした」

下りてくるまで待てず、性急に口を開いた。

「あなたのものになりたい」

火崎は足を速め、階段を下り切る。冬美の前に身をかがめ、両手で肩をつかんだ。

「落ち着け。そんな事を言うのは全然おまえらしくない。どうした。何を迷ってるのか言ってみろ」

自分は迷っているのだろうか。いやそうではない、心を決めている。

「あなたのものになりたいだけです」

火崎は首を横に振った。

「その言葉には嘘があるな。おまえの事はよくわかってる。時々、目の前しか見えなくなるだろ。で、猛然と突っ走る」

猪突猛進だと言い当てられた気がした。

「なんでわかるの」

火崎は誇らしげな顔付きになる。

「長年の女遊びはダテじゃない」

自慢そうな様子に鼻白《はなじろ》み、苦言でも呈そうかと思いつつ、心に溜まっていた激情がふうっと冷めていくのを感じた。

「それに今まで随分、遠慮のない話をしてきただろ」

確かに火崎とは長い時間を過ごしてきた。怒ったり動転したり軽蔑したり、時には笑ったりしながら素の気持ちを口にしてきたのだった。

「おまえが俺を知っているように、俺もおまえを知っている。そもそもおまえは俺の芯棒のはずじゃないか。揺らいじゃ困る。俺の頼るとこがなくなる」

いつも通りの身勝手な言い分を聞きながら、次第に落ち着きを取り戻した。自分以外の事に気が回るようになる。

「あなたが珠緒さんと関係を持った、という話を聞いたんです。相変わらず破廉恥ね」

火崎は抗議するような声を上げた。

「それは昔の話だ。しかもおまえ、ご自由にどうぞと言ってたじゃないか」

問題はそこではない。

「身ごもったそうですよ」

言葉を失い、空中に視線を泳がせる火崎を見ながら、薫に謝りに行かせねばと考えた。直接の責任は火崎に、間接的な責任は自分にある。生まれる子供にどう対処するのかを決め、薫や珠緒と話し合わないと。

「嘘だろ」

荒い声には憤慨がこもっていた。

「俺には子供はできんぞ。中学の時ヤンチャが過ぎて、親父殿に知り合いの医者に連れて行かれたんだ。おまえの友だちに紹介した暗闇坂のだ。パイプカットした。男の避妊手術だ」

今度は冬美の方が唖然とする。では懐妊は、言葉に重みを付けるためのハッタリか脅しだったのだ。そんな偽りを堂々と口にするのは、火崎のような悪党だけだと思っていた。

「あの奥様が、そんな嘘を言うなんて」

矢部像が色を変えていった事が脳裏をよぎる。あれで、人の一面だけを見てその延長線で全体を判断するものではないとわかったはずなのに、またも同じ間違いをしていた。つつましやかで健気《けなげ》な珠緒も、悪党の火崎も、それが全部ではないのだ。

「おまえ、いくつだよ」

あきれたような顔を向けられ、いささか潮垂れる。

「十六歳です。八月の十五日で、十七」

火崎の手が伸び、なだめるように軽く肩を叩いた。

「俺より八つ下だな。ま、そんなもんか。パイプカットならいつでも元に戻せるから、おまえの要望には応じられるぞ。もしかしておまえ、藤堂珠緒に妬いてるのか。それはうれしい。今夜、俺は一晩中おまえのものだ」

話は、いつもその方向に転がっていく。うんざりしないでもなかったが、なんだかおかしくもあった。それが火崎なのだろうと思いながら床に置かれた革のカバンに目をやる。

「どこかにお出かけになるところだったんじゃないんですか」

火崎は残念そうに眉を上げた。

「ああ今夜は、宇治山田《うじやまだ》泊まりだった。親父殿が伊勢参《いせまい》りに来るらしい。宇治山田に泊まるから話をしようと言われた」

株の譲渡や入り婿の件を問いただすつもりなのだろう。先日それらについて話した際、火崎は殺されると言っていた。相当厳しい話になるのに違いない。

「いつも問答無用の親父殿の口から、話をしようなんて言葉が出るとは思わなかった。伊勢参りもしかりだ。神頼みなどした事のない罰当たりなのに。歳のせいかな」

一瞬考え込んだ様子だったが、すぐ気を変えたらしくいつもの表情に戻る。

「ま、いい。宇治山田までは三十キロだ。今夜中に決着をつけて朝までには帰る。おそらくこれが親父殿との縁の切れ目になるだろう」

そう言いながらこちらを見た。

「おまえがいたから、腹が決まった。礼を言っとこう」

火崎は、父親やこれまで生きてきた環境と決別するのだ。そうなればもう帝國真珠にとって脅威ではない。その手に株を戻してもいいと思えた。帰ってきたら話そう。

「それじゃな」

カバンを持ち上げ、玄関に向かう姿を見送る。火崎のものになってもいい。彼が過去と決別するように、自分もこれまでの日々と袂《たもと》を分かち、火崎と一緒に新しい道を歩こう。

穏やかで真面《まとも》な毎日は送れそうもなかったが、普通とは違った生活も刺激的で面白いかも知れない。世間の人々とは違った自分たちだけの幸せを作っていけばいいのだ。そう思いながら駆け寄って抱きついた。

「気を付けて」

小さな笑いが耳に忍び込む。

「行きたくなくなるな。二階に上がって一戦すませてから出発するとしよう。いいだろ」

11

「ご就寝のご用意も、ご夕食の後片付けもすみましたので、これで下がらせていただきます。お休みなさいませ」

通いの女中に礼を言い、見送って自分の部屋に入った。火崎はとっくに宇治山田に着いているだろう。一体どんな事が起こっているのか想像もできなかったが、無事を祈るしかない。

二重のカーテンで閉ざされた部屋に戻り、枕元の明かりを消してベッドに入る。静かな夜で、すぐに寝入った。目が覚めたのは、奇妙な物音がしたからだった。バルコニーから聞こえてくる。

夜風が庭木の枝を揺すっているのだろうと思ったものの気になり、そっと起き上がった。窓辺によってカーテンを開ける。そこに、月の光に照らされた男の顔があった。

悲鳴を上げながら後ずさる。男は片手に持った火掻き棒で窓を叩き壊し、中に踏み込んできた。頭も眉毛《まゆげ》もそり上げており、蛇に似ている。たいそう大柄なその体の後ろに、もう一人の男がいた。こちらに注ぐ眼差に見覚えがある。富岡八幡宮で出会った黒駒組の捨蔵だった。

「その女に間違いない」

散乱するガラスの破片を踏みながら近づいてくる。冬美の後方に回ると、いきなり羽交い絞めにした。

「早くやれ」

身じろぎもできない。目の前の男は、丸めて持っていた手拭いをクルクルとほどいた。匕首の刃先が現れ、壊れた窓から差し込む月光をはね返す。

「兄ぃ、俺、女をやった事はねぇんだ」

いく分震えていた。

「女は化けて出るとか、祟《たた》るとか言うじゃねぇか。気色悪りぃや。やりたくねぇよ」

頭の後方で、捨蔵の静かな声が響く。

「火崎さんがひどくお怒りだそうだ。組長も、坊ちゃんを誑《たぶら》かした性悪女を始末せんうちは東京に戻るなって息巻いている。やるしかねぇんだよ。でなけりゃ帰れねぇ。火崎さんが坊ちゃんを足止めしている間にカタを付けるんだ」

火崎次郎の狙いは自分だったのだと初めて知った。体が芯まで冷たくなっていく。

「これはおまえの仕事だ。首尾よくやり遂げりゃ昇格だ。舎弟をつけてもらえるぜ」

今頃、宇治山田で父親と会っているだろう火崎の様子を想像した。縁切り話が終わり、帰ってきてこの家の惨状を見たら、どんな顔をするだろう。その時自分は、もうこの世にいないかも知れない。

「ドスを両手で握って腰骨の位置まで下ろせ。狙うのは腎臓《じんぞう》だ。心臓よりやりやすいし、返り血を浴びずにすむ。そのままこっちに突っ込んでくるだけでいいんだ。押さえてやるから、四の五の言ってねーで、さぁ来い」

男は匕首を握り締める。自分を鼓舞するような叫びを上げ、つんのめりながらこちらに向かって走り出した。冬美は目をつぶる。もうすっかり死んだ気になったその時、声が聞こえた。

「窓の方を向いてしゃがめ」

夢中で窓を振り返りながら、自分にからまっている腕を引きずり下ろすように一気にしゃがみ込む。日頃の体力作りがなかったら、できなかっただろう。そこに男が突き当たってき、うめき声が上がった。

「安田、きさま」

腕をつかんでいた手から力が抜け、ほとばしる血が降りかかってくる。その場に這《は》いつくばりながら目を上げれば、男の匕首の先が捨蔵の体に埋もれていた。

「こりゃえらいこっちゃ。兄ぃ、すんません。すぐ抜きます」

捨蔵は男を払いのけた。

「抜いたら出血がひどくなる。刃先は内臓の手前だ。このままでいい。それより誰かいるぞ、捜せ」

逃げ出したかったが脚がなえていて立てない。二人から少しでも離れたくて、ズルズルと後方にいざった。男はカーテンを持ち上げたり、ベッドの下をのぞいたりドアを開けて外に目を配ったりしている。

「どこにもおりやせんが」

床に座り込んだ捨蔵は両足を投げ出し、壁に寄りかかりながら舌打ちした。

「いやどっかにいる。どうも急いだ方がよさそうだ。俺のズボンの仕込みを使え」

男は捨蔵のズボンをめくり上げる。革を巻いた脚に、刃物がくくり付けられていた。

「こりゃ今まで見た事もねぇエモノだ。さすがに兄ぃ、物持ちだぜ」

珍しそうに刃物をなで回す男を、捨蔵は鼻で笑う。

「アラブのハサンナイフだ。心臓をねらう時に使う。柄にある窪みに親指を当てて握るんだ。肋《ろっ》骨《こつ》の間に水平に突っ込め」

男はナイフを手にこちらに向き直った。

「よし、やる気になってきたぞ。これで俺も舎弟を持てるんだな」

すわった目の中に夢見るような光が灯っている。ゆっくりと冬美のすぐそばまで歩いてきた。

「女、俺の出世のために死んでくれや」

冬美は壁に背中をすりつけ、息を吞む。男はしゃがみ込み、片方の手を伸ばして肩をつかむと、刃物を握った腕を後ろに引いた。

「恨まず死ねや」

体が強ばり、目をつぶる事もできない。直後、何かが飛んできて男が握っている匕首を弾き飛ばした。目の前を横切り、床に落ちる匕首の上に靴が片方転がる。

「誰だ、どこにいやがる」

叫ぶ男の脇を、バルコニーから飛び込んできた影が駆け抜けた。

「遅れて悪かったな」

片方の頬だけを吊り上げた微笑が目に映る。

「親父殿の護衛の人数が不自然に多くて、その内にどうも俺を見張っているらしいとわかった。俺の足止めが目的なら標的はおまえだろうと見当を付けて飛び出してきたんだ。宇治山田市内が今朝の空襲で混乱してて時間を食っちまったがな。話し合いも伊勢参りも親父殿が言い出すような事じゃない。最初からどうにも腑に落ちなかったんだ」

いまいましげに言いながら壁際の捨蔵に視線を流す。

「あの袖のふくらみ方は、ニードルだ。やる気を感じさせる武器だな。いったん逃げるか」

わずかに顎を動かし、破れたガラス窓を指した。

「こいつらのねらいはおまえだ。俺が止めとくから逃げろ。全力で走って一番近くの家に駆け込むんだ」

その肩越しに、刃物を拾い上げた男がこちらに向き直るのが見えた。

「てめぇ、俺の出世仕事を邪魔しやがって。くっそ頭来た。てめぇからやってやる」

火崎の背中めがけて突進する男に、捨蔵が絶叫する。

「やめろ、安《やす》、止まれ」

男はそのまま抱きつくように火崎にぶつかった。鈍い音が上がる。

「やった、やってやったぞ」

火崎は前屈《まえかが》みになりながら男を振り返った。

「おまえ、バカだな。心臓の位置も知らんのか。おまえが刺してるのは肝臓だ」

男は火崎の体に片足をかけ、力をこめて刃物を抜くと、再び振りかざす。

「そんじゃ、やり直してやらぁ」

ふらつきながら近寄ってきた捨蔵が、男の後ろからしがみついた。

「やめろ、それは火崎の坊ちゃんだ」

男は電池の切れた人形のように動きを止める。火崎は床に転がりながら男を見上げた。

「おまえ、早く逃げろよ。さっさと神戸にでも飛んで国外に出た方がいいぜ。そっちの兄ぃも同様だ。黒駒の組長も、火崎金融から資金を引き上げられるより、おまえら二人の首を取る方を選ぶだろう」

二人は顔を見合わせる。穴が開きそうなほど見つめ合い、お互いの気持ちを探り合っていて、やがて捨蔵が頷いた。

「引き上げるぞ。手を貸せ」

男は捨蔵の腕をつかみ、自分の肩に回す。二人で出て行くその姿には、入ってきた時の迫力はまるでなく、尾羽打ち枯らした感じが漂っていた。階段を降りる重い足音がし、やがて車の発進音が聞こえる。火崎が大きな息をついた。

「助かった。いくら俺でも手負いじゃおまえを守り切れん。早くあいつらを引き揚げさせようと思ってあおったんだが、内心ヒヤヒヤだった」

脇腹を押さえた指の間から赤黒い血が流れ出る。

「今、医者を呼ぶから」

火崎の手が腕をつかんだ。

「いらん。ここにいてくれ。肝臓だから、すぐには死なん」

火崎は身をかわす事ができたはずだった。だがすぐ後ろには冬美がいた。男として、立ちふさがっているしかなかったのだ。

「一戦するくらいの時間はあるぞ。最後にやるか」

怒りと情けなさがわいてきて胸に満ちる。

「なんでこんな時までそれなの」

火崎はちょっと眉を上げた。

「魅力的だろ」

こちらを見上げるその顔に手を伸ばし、乱れて頰に振りかかる髪をかき分けて胸の中に抱え込む。火崎はあえぐように笑った。

「おぉ積極的じゃないか。もっと前にそうしてほしかったな」

しゃべるたびに流れ出る血の勢いが増す。息も苦しげだった。

「もう話さないで」

迫ってくる死の気配が見えるような気がする。火崎の指が伸び、頰に触れた。今まで気づかなかったが、細くきれいな指先だった。爪を磨き、透明な爪紅を付けている。ふっと思った。この手で何人の女に触ったのだろう。ごく静かにそう考えている自分が不思議だった。

「おまえ、俺が死んだら早川と一緒になるのか」

気になってたまらないようだった。首を横に振る。

「薫さんには、もう奥様がいます」

今度は火崎が首を振った。

「珠緒は俺と寝てる。早川が姦通《かんつう》を訴えれば離婚できるはずだ。だが、あいつはやめとけよ。おまえはしたたかに見えるが、その実クソまじめで、妙に理屈っぽくガムシャラだ。早川は恐ろしくガンコで融通がきかない。そんな二人がまとまっても幸せになれるはずがないだろ。夢は夢のままにしておけ」

死後の心配までしている火崎が、なんだかおかしかった。

「どうしてガンコで融通がきかないなんてわかるの」

火崎は溜め息をつく。

「珠緒を抱いてない。たぶん、おまえに義理立てをしてるんだ。まだ相当好きなんだろ」

脳裏にくっきりと珠緒の顔が浮き上がった。どうしても男に抱かれてみたかったと言っていた。あれはそういう事だったのだ。

獣が歓喜の叫びを上げる。薫がなお寄せてくれている強い想いに陶酔していた。切れる事なく続いている自分たちの固い結びつきを誇り、狂喜して吠え立てている。

ずぶ濡れになったイヌが、一瞬の身震いですべての水滴を払い落とすように、今まで火崎に向けてきた気持ちと意志のすべてが振り飛ばされていく。妻である珠緒に配慮するどころか優越感にひたり、悦に入って今にも薫の所に駆けていこうとしていた。

そんな事をしたら、どれほどの騒ぎになるだろう。今や冬美も結婚しているのだ。美しい宝飾品を売る会社におよそ不釣り合いな醜聞は、帝國真珠のイメージを大きく傷つけるに決まっていた。

「女遊びには、初物に手をつけないという不文律がある。初物は伊勢の悪所や、大阪京都に持っていっても高く売れる。それは父親や長兄の利権なんだ。おまけに初物は男に慣れてない。下手に手を出すと必ずベタボレして、こっちが遊びだとわかると死ぬの生きるのという話になり、あげくに刃物沙汰《ざた》だ。ヤバすぎる。だがまさか二人の関係がそうだとは思わなかった。自分から誘ってくるくらいだから、かなりの手練れと早合点したんだ。やった後でわかった。生涯の不覚だ」

獣は勢いづきすぎている。このままではとても止められそうもなかった。もっと太い鎖でつながなければ、もっと堅牢《けんろう》な檻に追い込まなければ、今に飛び出していき薫の胸にすがりついてしまうだろう。

ここで誓おうと思いつく。火崎に貞節を誓い、もし死んでしまうならそれを死の国にまで持っていってもらうのだ。そうすれば永遠の鎖、永久の檻になる。

「万が一あなたが死んでも、私は誰とも一緒になりません。私はあなたのものです。誓います」

火崎は、唇の片端《かたはし》だけを上げるいつもの笑みを浮かべた。

「そりゃうれしい。俺の葬式には、たくさんの女が押しかけるはずだ。おまえがまたヤケるといけないから、辞世の句を詠《よ》んでおこう。それを葬儀場の出入り口にでも貼っておけ。そうすりゃ女たちもおまえを認める。えっと、生きる間《ま》も死に臨んではなおの事恋女房にホレていた。これでどうだ」

黙って見つめていると、火崎は伸ばしていた指先で冬美の頬をなぞった。

「マジメなおまえに、とんでもなく面白い人生を味わわせてやりたかった。この世の女の誰よりも幸せにするつもりだった」

震えるその手を握り締める。

「あなたからまともな言葉を聞くのは、これで二度目ね。最初は結婚について。名言だったわ。今のあなたも、その時と同じくらい真っ当で殊勝《しゅしょう》よ」

火崎の顔から表情が遠のいていく。どこか遠くの方を見つめるような目付きになってつぶやいた。

「魅力的だろ」

12

「火崎さん、いますか。火崎さん」

庭から声が響き上がってくる。

「さっきガラスの割れる音がしたと使用人たちが話していますが、何かありましたか」

バルコニーに飛び出し、手すりから身を乗り出す。闇の中で薫の隻眼がこちらを仰いでいた。

「医者をお願いします。正体不明の暴漢が忍びこんできて、夫が刺されたんです」

薫は身をひるがえす。

「医者を待っているより、病院に運び込んだ方が早い。社のトラックを取ってきます」

手すりを握りしめてそれを見送った。火崎の本当の人生が始まるのは、これからなのだ。ここで死なせる訳にはいかない。

「今、病院に連れていきますから」

そばに戻ると、火崎は閉じていた目を開け、うっとりとこちらを見上げた。

「この戦争に意義があるとしたら、それは淘汰《とうた》だ。この世を牛耳っていたすべての古いもの、それに支えられていたものが壊れ、消えていく。幕末にたくさんの人間を巻き添えにして武士の価値観が崩壊したように、この敗戦で明治以来の封建性の名残りと、戦争の理念を失う軍人たちが潰《つい》えるんだ。多くの人々を犠牲にしながら日本帝国が倒壊して、ようやく時代が変わる。俺もその犠牲者の一人さ」

火崎の両頬を両手でおおいながら目の中をのぞきこみ、呪文《じゅもん》でもかけるように言い聞かせる。

「あなたは死にません。私と一緒に新しい時代を生きるんです」

火崎は力なく瞼を落とした。

「そいつは最高だ」

階段を駆け上る足音が大きくなってきて薫が姿を見せる。その後ろに戸板を持った使用人たちが続いていた。

「冬美さん、ちょっと退いてください」

後ろに身を引き、火崎を敷布で包む男たちを見守る。止血し、号令をかけて戸板の上に移している最中、薫の厳しい声が飛んだ。

「ここはあなたの来る所ではありませんよ」

見れば、出入り口から珠緒が入ってきていた。そばまでやってきて立ち尽くし、動かない。騒ぎが耳に入り、薫の後を追ってきたのだろう。

「帰りなさい」

表情を硬くしていた珠緒は、鋭い眼差を薫に向ける。

「愛した男の容態が心配なのです。帰れません」

大っぴらな心情の吐露に、皆が唖然とした。その鮮烈さが空気を断ち切り、部屋の中に新しい空間を作り出す。強い意思表示に胸を突かれながら冬美は、先ほどの火崎の言葉を思い出した。下手に手を出すと必ずベタボレすると言っていた。

「やっぱりそうきたか」

火崎は倦《う》んだような顔になり、冬美を見上げる。

「これは俺のせいだ。ホレさせた責任はとる。あいつは連れていくから心配するな」

そう言いながら片頬だけをゆがめて笑った。

「おまえと会えてよかった。なんのかんの言いながらも楽しかったからな。俺の事は忘れていいぞ。おまえらしく生きていけ」

言い捨てて身じろぎし、珠緒の方に顔を向ける。

「そばに来いよ」

杖の音を響かせて珠緒が歩み寄り、戸板の脇に立った。

「俺に抱かれてホレたのか。初めての男がそんなによかったか」

珠緒は迷う様子もなく、はっきりと頷く。

「違う世界を見せてくれたあなたに心を奪われました。自信を与えられ、自分の考えを行動に移す勇気を手に入れたのです。これまでの自分には、もう戻れません」

毅然とした目の奥に、覚悟を固めている魂が見えていた。

「俺が抱いた女はおまえ一人じゃないぜ。それでもいいのか」

再び頷く珠緒に、火崎は笑みを見せる。

「そうか。じゃおまえを特別扱いしてやろう。俺が死んだら、おまえが菩提《ぼだい》を弔《とむら》ってくれ。俺はクリスチャンだから、おまえも洗礼を受けて修道院に入り、俺のために毎日祈るんだ。できるか」

三度目の点頭に、皆が溜め息をもらした。火崎は珠緒から視線をそらし、薫を仰ぐ。

「という事だ。おまえからまたも女を盗って悪いな。もう一回、俺を殴れよ」

挑みかかるような微笑だった。結婚の儀の時の騒動が再び始まるのかと危惧したのは冬美ばかりではなく、室内に緊張感が広がる。やがて薫の落ち着いた声が響いた。

「帝國真珠代表取締役として、君の才気と医学分野の知識に期待している。ぜひ生還して会社運営に力を貸してくれ」

火崎はしばし薫を見つめ返していたが、やがてしかたなさそうに口角を下げた。

「優等生だな。他人に劣等感を植え付ける嫌な男だ。もう二度と会いたくねぇよ」

薫は笑い出し、なだめるように火崎の肩を叩いた。

「当面、傷の治療に専念してくれ。それじゃ行こうか」

薫の先導で戸板に乗せられた火崎が運ばれていく。その後を追い、部屋を出かかると珠緒に声をかけられた。

「二、三分話をしませんか。夜が明けたら私はもう実家に戻りますので」

病院に向かいたかったが、これが最後ならそのくらいの時間は割いてもいいと思った。

「何のお話でしょう」

珠緒は、好奇心に満ちた微笑を浮かべる。

「あなたの夫は、自分の死後の伴侶《はんりょ》に私を選びましたよ。どんなお気持ちですか」

つらそうにしているところを見たかったのだろう。それは誤解だと言いたかったが、せっかくの火崎の思いやりを台無しにしたくなくて話を変えた。

「逆に私が聞きたいです。私の夫からあんな事を言われて、どう思われましたか」

珠緒は顔をそむける。

「あなたの夫に抱かれるまで、私は周囲の言いなりでした。自分は価値のない人間だと思い、自分自身を信じられなかったのです。やっと結婚できる事になったのもつかの間、夫に受け入れてもらえない事を知りました。ほとんど泣きそうになりながら、あなたの夫を誘ったのです。でも実際に抱かれてみたら、生まれ変わったような気分になりました」

悠然とした笑みをたたえ、後ろめたさの欠片もない。使用人たちの前で堂々と、愛した男などと火崎を呼ぶ奔放さに、薫がどれほど社長としての体面を傷つけられたかと思うと許せない気がした。

「彼に抱かれる事がどんなに素晴らしいか、あなたならおわかりでしょう」

火崎とは何度か夜を共にしている。だがそんな気持ちにはならなかったし、心が動く事もなかった。それは通過儀礼であり、妻の義務だったのだ。あまり価値があるものとは思えず、素晴らしいとも感じなかった。

「口を開けろ、声を出せ、こらえるなと彼は私に言いました。私はそれまで口を閉ざし、声を出さず、こらえて生きていたのです。それを否定し、新しい生き方を押し込んできた。色々な事を教え、指図して試させ、私を変えていきました」

聞いているのが耐えがたくなり、口を開いてその言葉をさえぎる。

「私の夫に抱かれた、たったそれだけの事で生まれ変わったなどとおっしゃるなんて、私には理解できません」

珠緒は、のめり込むような目をこちらに向けた。

「今、たったそれだけの事、と言いましたか。たったそれだけの事と。たったそれだけの事」

そのひと言を繰り返していて、やがて急にけたたましく笑い出す。上向いた顎の下で、引きつるように動いている白い喉が見えた。

「ああ、それでようやくわかりました。あなたは知らないのね。味わった事がないんでしょう、歓《よろこ》びを。だから、たったそれだけの事なんて言えるのよ」

あざけりのこもった高い笑い声が飛びかかってきて、含んでいるトゲを勢いよく吹き付ける。

「没頭し、どこまでが自分の体なのかわからなくなるほど夢中になった事も、解き放たれるような自由さに身をひたした事も、至福をかみしめた事もないんだわ。なんてかわいそうな人。それを知らなかったら愛されているとは言えないのよ。あなたは本当の愛を知らないのね。そんなふうに愛された事がないんだわ。まぁお気の毒に」

続けざまに殴られているような気分だった。体中を震わせ大声を上げて笑っていながら、珠緒の二つの目は静まり返っている。

「あなたたちの間に生涯立ちふさがるつもりでしたが、やめておきます。あなたをねたむだけの熱を持てなくなったわ。あなたたちが今後、何千回通じようと、私と彼のただ一度には及ばない。それがわかって満足です。これで思い残す事なく修道院に入れます。あなたの夫の永遠の伴侶は、私なのよ。ではこれで」

立ち去る珠緒を、立ち尽くして見送る。吐き散らす毒の強さに圧倒され、気持ちがなえてしまって動く元気が出てこなかった。

珠緒が歓びとも至福とも称したものは、それほどたいそうな事なのだろうか。それ次第で愛を判断できるほど重いものなのか。

自分で答えを出せず、火崎に聞いてみたかった。だが重篤な状態のケガ人にそんな事を聞ける訳もない。他の誰かに無暗《むやみ》に尋ねられる事でもなかった。しばし考えていて京子に聞いてみようと思いつく。その内に連絡がくるに違いなかった。

「水野さん、トラック出ますが、乗りますか」

使用人の声を聞き、待たせられないと思いながら答える。

「行ってください。すぐ追いかけます」

窓は割られており、絨緞《じゅうたん》には血が飛び散り、点々と泥が染みていた、火崎の靴の片方も転がっている。こんな所では寝られなかったが、片づける気力もなかった。今夜は火崎のそばで過ごそう。きっと大丈夫だ、悪党なんだから簡単に死にはしない。

出て行こうとし、中途半端に開いているカーテンを閉めようと窓辺に寄った。その向こうの海に、月の光を浴びながら何かが落下していくのが見えた。

一つではない。まるで流星群のように次々と大量の影が流れ落ちていき、水面に突っ込んで水を噴き上げる。直後にそこから炎が立ち上がり、一気に横に広がった。海が火で覆われていく。

警戒警報も空襲警報も聞こえなかったが、あれは焼夷弾ではないか。地上や水上に着弾すると発火し、中に入っている油に引火、火事を起こす。

心臓がいきなり動きを止めたような気がした。筏が燃えたら、いや油が染み込んだだけでも貝が危ない。大量の火や油に襲われたら全滅してしまうだろう。貝の中の真珠にも消せない汚れや傷がつくに決まっている。新しい養殖ができない今、保有する貝や真珠がそんな事になったら帝國真珠は存続できない、破綻してしまう。

止まっていた鼓動がにわかに動き出し、早くいけと急き立てた。部屋から飛び出し、階段を走り下りて細工場に駆け付ける。失いたくなかった。

息を切らして細工場の門から走り込む。とたん目の前の海に筒のような物が突き刺さるのがはっきりと見えた。頬に飛沫がかかり、油の臭いが鼻を突く。白煙が上がったかと思うと、すぐさま炎がほとばしった。海をなめるように広がり、筏に燃え移っていく。

庭には海事作業員だけでなく、細工師たちも集まってきていた。どことなく繊細な感じのする細工師たちと違い、海事作業員は夜の中に溶け込みそうなほど陽に焼けており、筋骨たくましい。その集団の真ん中に、周りより頭一つ抜き出た後藤の姿があった。

「こりゃ手の付けようがあらへんな」

「ああ、えらいこっちゃ」

闇を背景に海は火の溜まり場のように燃え盛《さか》り、筏も盛んに炎を吐いている。誰もが手をこまねき、呆然と見つめるばかりだった。

「なんともあかんな」

「こんだけ燃えとっちゃ近寄る事もでけへん」

「四、五時間もすりゃ消えるさかいに、それからやな」

「いんや筏が燃えりゃ貝は下に落ちるよってに、四、五時間もすりゃ潮に流されてバラバラや。海に出ちまうやろ」

そんな事になったら取り返しがつかなかった。あせりながら目を凝らせば、西側の一部にまだ火が届いていない所がある。思わず指差した。

「あそこから船を出して行けるとこまで行って、後は泳いだらどうでしょう。もぐって、できるだけ多くの貝を回収しないと」

海事作業員たちがいっせいにこちらを見る。ゴムの長靴の下でザリッと砂の音がした。

「おまはん、誰に向かって命令しとるんや」

「すっこんでろ。女のくせに出しゃばりやがって」

「噂は聞いとるで。火崎金融のボンをたらし込んで株を手に入れたんやってな」

「したたかもんや。あんたはんの株のために、危険な思いはようせんわ」

思ってもみなかった自分の姿を突き付けられ、言葉がなかった。海事作業員たちの隣で、細工師たちは顔を見合わせている。

「そこまで言わんでもええやないか、なぁ」

「日頃親しくないさかい、人柄がようわからんのやろ」

筏の燃える音、針金の弾ける音が響く中で、バラバラになった木枠が波に持ち上げられ、次々と立ち上がってゆっくりと沈んでいく。どうする事もできず見ているだけの自分がいら立たしかった。動こうとしない海事作業員や細工師たちにも腹が立つ。

この海は、藤堂高清の遺灰が投じられた海なのだ。それに養われた貝が真珠を育んでいるというのに、見殺しにしていいのか。

視線を上げ、高清の記念碑が建立される場所に植えられた樹を見つめる。きっと高清は言うだろう、何がなんでも貝を救え、それは儂の化身なのだと。

「誰も行かないんですか。貝を守らないんですか。それなら私が行きます。もぐって貝を拾います」

言い捨てて船に向かって歩き出す。細工師たちのざわめきが聞こえた。

「おい一人で行きよるで。どうすんのや」

「どうするゆうても、海事らが動かへんのに俺たちが先に立てんやろ」

海での作業は海事作業員たちの独壇場だった。他部署の人間に口出しはできない。目の端で作業員の方を見れば、うすら笑いを浮かべていた。

「女に海事作業ができるはずあらへん」

「ここら辺は浅くても十メートルやで。素人がそないもぐれるもんか」

後藤のあざけるような声が耳を打つ。

「まぁ好きにさせときゃええやね。どうせ拾えやせん。そのうち身の程がわかるで」

笑い声が広がった。気にさわり、そのままにしておけずに大声で言い返す。

「貝を守れと言っているのは私じゃありません、高清さんです。この海に眠り、自らの遺灰で真珠を育てている真珠王がそう命じているのです」

作業員たちの表情が、ふっと強張る。冷笑を浮かべていた目に動揺が広がった。予想もしていなかった反応に驚きながら、真珠養殖を生業《なりわい》とする家に生まれた高清が、経験と研究を武器に業界の頂点にまで上りつめていったという話を思い出す。海で働く海事作業員は皆、自分の身で日々同じ苦労を味わっているのだ。それだけに高清に心酔しているのだろう。

これは脈所だ。

生涯を真珠に捧げた高清は、寝ても覚めても真珠の事を考えていただろう。その点では冬美も劣るものではなかった。こんな時に高清がどう言うかは、手に取るようにわかる。

その面影に自分を重ねつつ海事作業員の方に向き直った。言葉を選び、全員を見回しながら身を乗り出して訴える。

「真珠王なら、筏の炎上をただ見ているような事は絶対にしません。きっとすぐ船を出し、貝を守ったでしょう。これまで幾多の困難にあいながら、それを乗り越えてこられたと聞いています。この事態にもすぐさま対処したはず。その遺志を継ぐのは、実際に貝を育てているあなた方ではないですか。自分たちが手塩にかけてきたものが、みすみす失われていくというのに黙って見ているだけですか。真珠王はあきらめを知らない人で、だからこれだけの養殖場を作る事ができた。それを今動かしているのはあなた方なのです。火から貝を守り、真珠を救ってください。ここに真珠王がいらしたら、きっと同じ事をおっしゃるでしょう。私には海事の経験はありません。でも真珠王のご遺志に沿いたい。私を使ってください。どんな事でもします」

作業員たちがその気になってくれるのを期待した。だが誰かが動き出したり、そのための話を始めたりする気配は全くなかった。皆、固まったように立ち尽くしている。

やむなく、一人でも海に出る覚悟で船だまりまで歩いた。端に停まっている船に手をかけ、結んである綱を解きにかかる。独特の結び方で、ビクともしなかった。顔にまで力を入れながら奮闘しつつ、この先どうやって船を動かせばいいのか思案していると、バサッと何かがそばに落ちた。

「手は、細工師の命や」

ゴムの手袋だった。

「それはめてやんな」

狩野《かりの》がこちらに歩いてくる。ここに来た時、最初に声をかけてくれた細工師だった。

「ありがとうございます」

心強く思いながら手袋をし、結び目を解こうと必死になる。

「ああ不器用なやっちゃな。どけ」

船に片足をかけ、難なく綱を解きながらつぶやく。

「イワシの群れは先頭のイワシに従う。人間も同じや。集団を動かそう思たら、先に立つヤツを動かすのが定石やねん。見とれよ」

不敵な感じのする笑みを浮かべ、海事作業員たちの方を振り返った。

「女に先んじられたら海事のメンツは丸つぶれやろ。そやないか、後藤はん」

名前を呼ばれた後藤が頬を引きつらせる。気色ばんだのか、それとも息を呑んだのか、はっきりとはわからなかった。

「ウダウダ言っとらんとさっさと船を出した方がええんとちゃうか。高清翁も見てなさるで。うまくいったら祝い酒と金一封や。若社長に振るまってもらうって事で手を打とうやないか。どや」

後藤は大きな息をつき、肩の力を抜いた。作業員たちに目を配る。

「しゃぁない。行くで」

皆がいっせいに動き出した。停めてあった船に相次いで乗り込み、止め綱を手際よく解き放つ。

「火をよけんといかんな」

「海中は濁っとるやろ。視界はきかへんで」

心をこめ、熱をもって訴えるだけでは人は動いてくれないのだと初めて知った。まず先頭に立つ人間を籠絡する事、かつ報酬も必要なのだ。

「水野、おまえももぐるんだったらさっさと乗れ」

狩野に言われ、揺れる船に乗り込む。

「もぐり方は、わかるんか」

女学校の体育の時間に江戸川《えどがわ》まで行き、一番深い所で素もぐりを習った。水深は七、八メートルくらいだったと記憶している。

「八メートルくらいなら多分、大丈夫です」

だが問題は深さではないという事に、その頃になってようやく気が付いた。習った時には引率の教員も含めて女性ばかり、服を脱ぐのにさして抵抗はなかったが今回はそうではない。人目を気にして服のままもぐれば余計な力を使わねばならず、作業に影響が出た。

「注意点は四つだ。耳抜きをする事、息を持たせるためにゆっくり動く事、酸欠になると意識が飛ぶから気をつける事、上がってくる時に手足を広げて急浮上を避ける事、以上」

とりあえず着たまま海に入るしかない。水中で脱いで、甲板に置こう。

「このあたりが限界やな。水野、先に行けや」

渡されたカゴを持ち、海に入る。カゴを浮かべておいて服を脱ぎ、船に上げると狩野が笑った。

「おお、いい景色や」

思い切り水をはね飛ばし、狩野をずぶ濡れにしてから逆さになってもぐる。水は濁っており、油の匂いも強かった。こんな中にいたら貝も真珠も参ってしまうだろう。早く助けねば。

汚れた幕でも広げたかのような海中に片手を伸ばしてもぐっていき、底に達すると、手さぐりしながら移動する。指に触れてくるのは泥ばかりだった。貝はその中に埋もれてしまっているのかも知れない。性急に泥を掘ると、あたり一面に真っ黒な濁りが立ち上がり、目を刺した。

しかたなく今度はネコの手のようにしなやかに、静かに泥を探りながら泳ぐ。やがて細い棒が指に引っかかった。コールタールを吹き付けた針金で、泥の中につながっている。たぐり寄せていくと焼けこげた養殖カゴが出てきた。中に貝が数個入っている。

一つのカゴで養殖する貝は七十個から八十個だと寅之助が言っていた。他の貝は投げ出されたのだろう。それを求めて周辺の泥の中を手さぐりしていく。潮の流れが急にゆるやかになっている所があり、そこにまとまって埋まっている貝を見つけた。歓喜して拾い集める。

その先に別のカゴが数個転がっていたが、息が苦しくなり、いったん船まで上がった。手持ちのカゴを甲板に上げ、引っくり返して貝を振り落とすと、再びもぐる。それを何度も繰り返した。

「おい、息が上がってるで。そろそろ休んどけ。上がるんだ」

狩野に腕をつかまれたが、休んでいる時間が惜しかった。

「私のいい景色は、そう何度も見せられません」

手を振り切ってまたも海に入る。同じ所にもぐったつもりだったが、先ほどと違う場所に降りてしまったようで、目当てにしていた貝の山は見当たらなかった。

落胆しながら、あたりの様子をどことなく懐かしく感じる。さっきもぐった場所ではなかったが、岩の形や砂底の盛り上がり、揺れる海藻に見覚えがあった。ここにいつか来た。自分はここを通り、その奥まで行ったのだ。そこは光に満ちていて誰かが待っていた。

記憶に誘われ、先へ先へと進む。水は次第に澄んでいき、海は明るくなって泳ぎ回る魚が見えてきた。間違いなくここを知っている。だがこれまで志摩の海にもぐった事は一度もなかった。もしかして生まれる前に来たのだろうか。これほど懐かしく感じるのは、ここが自分の魂の生じた場所だからかも知れない。

目の前に誰かが立つ。背後から光が当たっていて顔が見えない。こちらに差し伸べられた片方の掌には、山のように真珠が載っていた。そこから放たれる輝きが顔を照らし出す。久保だった。

何も言わず背を向けて歩き出す久保を追いかける。やがて肩越しに振り返ったが、いつの間にか火崎になっていた。近寄ってその腕をつかみ、前に回って顔を見上げる。そこにいたのは薫だった。真珠を持った片手を差し上げ、あたりに振りまき始める。

流れに乗った真珠が光を放ちながら冬美を取り巻いた。そのきらびやかさに目を奪われていて、我に返った時にはもう薫の姿はなく、ただ真珠が自分の周りで光の渦を作っているばかりだった。渦は次第に狭まり、体に触れたかと思うと肌に溶け込んでくる。数限りない真珠を吸い込みながら自分自身が一粒の大きな真珠になっていくのを感じた。恐ろしく、同時に恍惚とした気分で父母の名前を呼ぶ。

「おお、えかった」

船の上だった。

「酸欠で意識不明や。もうちょいで死ぬとこやったで」

身を起こせば、体には服がかけられており、その上から網がかぶせられていた。

「せやさかい俺が休んどけ、言うたやろが」

あれは幻覚だったのだろうか。いや確かに故郷に帰ったような気がした。真珠が溶け込んだ自分の体を抱きしめる。

「私、この海の真珠の生まれ変わりかも知れません」

狩野は呆気《あっけ》に取られたようだった。

「ま、酸欠は頭にもくるさかい、おかしゅうなっても、不思議はないわな」

冗談とも本気ともつかない口調で言いながら船を岸に向ける。軽快な発動機の音を響かせて戻っていくと、他の船はすでに着岸していた。

「遅うなったな。具合はどや」

陸から声をかけられ、狩野は貝を入れた角カゴをのぞきこむ。

「七、八割は回収できとるな」

陸からはうれしそうな笑い声が返ってきた。

「こっちもや。油もさほどかぶっとらんし、被害は最小限で収まった感じや」

「えかったわ。強気で若社長に交渉できるで」

誰の顔も自信と誇りで生き生きとしている。その勢いが風に乗って流れてきて冬美に降りかかった。力づけられたような気分で微笑む。真珠の養殖や加工を生業《なりわい》とするこの人々の中で、その一員として、一緒に生きていきたいと思った。

「お、日の出や。お陽さんが上りよる」

海を赤く染め、揺れる波に姿を映しながら水平線から新しい太陽が昇ってくる。海の上に漂うわずかな油が虹色《にじいろ》にきらめいた。今日一日がいい日になるといい。そう思いながら火崎が傷を負って病院にいる事を思い出す。今まですっかり忘れていた。

「私、病院に行かなくちゃ」

なんと悪い妻だろう。もしもの事があったらどうするつもりなのだ。自分を責めながら、それでも火崎が死ぬはずはないと確信していた。悪党なのだから簡単に死んだりはしないに決まっている。

「水野はん、いてはりますか」

女子寮の方から、叫びながら走ってくる寮長の姿が見えた。細工場の柵を回って門から駆けこんでくる。

「水野はん」

苦しげな呼吸をしながらこちらに近寄ってきた。

「今、藤堂若社長から電話があって、火崎役員が亡くならはったそうどす」

耳から流れ込んだその声が頭の中で破裂し、何もかもを吹き飛ばす。自分が突然がらんどうになり、残っているのは外形ばかりだった。

13

ゆるゆると体の表面を流れていく時間に埋もれ、空の箱のように揺られながら自分の周りで起こっている諸々の事を見つめていた。

喪主となる冬美の負担を軽くしようとの薫の配慮で、葬儀は社葬となる。

社内に社葬執行委員会が発足し、様々な取り決めと社外各所への連絡を担う手筈となった。喪主の意向を聞きながら決定していきたいと言われ、冬美もそこに参加する。司会は薫で、まず火崎の事件についての話があった。

「昨日、神戸で、東京下町を縄張りとする黒駒組の代貸とその舎弟が射殺されたそうです。ヤクザの内輪抗争とみられているようですが、彼らの着衣から火崎役員の血痕《けっこん》が発見されたとの事で、警察が関連を調べています。もし彼らが犯人だとすれば、火崎役員の事件は被疑者死亡のまま送検という事になりますね」

火崎に勧められた通り、二人は神戸から外国に出奔しようとしたのだろう。間に合わなかったらしい。

「では議題に移ります。まず葬儀は何式で執り行うのかという事ですが」

火崎はクリスチャンだった。当然、教会での告別式になるのだろうと思っていたら、薫がすでに手を回していた。

「病室で火崎役員からある程度の事は聞いています。葬儀については、すでに水野家に婿入りしたのだから水野家のやり方に従いたいとの事でした」

死の淵にいた本人にそこまで気がまわるとは思えない。おそらく薫が聞き出したのだろう。

「水野家には細かな仕来りもあるでしょうが、戦時ですから簡略化はやむをえません。仏式で通夜と葬儀を行い、近隣で都合の付く僧侶《そうりょ》に来てもらうという事でいかがでしょうか」

頷き、同意の気持ちを伝える。丸太のように荷車に積み込まれていった母に比べれば、それでも充分丁重だと思えた。

「火崎役員の希望は、明るい葬儀だそうです。父親にも参列してほしいとか」

明るさを望むのはいかにも火崎らしかったが、父親については意外だった。息子を長く支配下に置き、こんな事件を起こした親に対して怒りや憎しみはないのか。それとも死に際し、現世の感情を乗り越えたのだろうか。

「ご本人がそう望むのであれば、そうしない訳にはいかないし、またそうしてやりたいとも考えています」

薫の言う事はもっともだった。だが火崎次郎が現れたら、冬美は冷静にしている自信がない。自分の命を狙った男であり、それが結果的に火崎を死に追いやったのだ。

「火崎役員から聞いている事は以上です。次に役割分担に移ります。まず喪主の水野さん」

名前を呼ばれ、乱れる思いの中から顔を上げる。

「遺影の準備をお願いできますか。彼の写真の中でいいものを選んでください。それを引き伸ばすか、あるいはそれを基に肖像画を描いてもらうか、どちらかです」

了解すると、薫は次の役目を読み上げ、担当者を指名した。手際よく説明し、次に移っていく。冬美の名前が呼ばれる事はもうなかった。役目はそれだけらしい。

会議が終わるとすぐ館に戻り、写真を捜すために火崎の部屋に向かった。自分の隣と聞いていたが、入った事はない。一緒に暮らした時間はないも同然なほど短かった。ここでの生活が続いていたら、きっと火崎の色々な面を見る事ができただろう。それは楽しみなようにも、また不安なようにも思えた。なにしろ冬美の想像も常識も超えたところで生きていたのだから。

出入り口の扉を開けると、床には深い緑色の絨毯が敷き詰められていた。窓のカーテンも同色で、いつも付けていた香水の匂いが漂っている。森の中に似たその空間に、火崎自身が溶け込んでいるかのようだった。

マホガニーの机には、爪用のヤスリや爪紅が置かれている。その隣にいくつもの写真立てが林のように並んでいた。かしこまった記念写真から仲間との集合写真、一人で写った顔写真までたくさんある。着衣も軍服、平服、着物、乗馬服と様々だった。どれもよく似合っている。だが真っ直ぐ前を見ている顔ばかりだった。本人らしくない。電話帳をめくり、職業欄から肖像画家を見つけ出した。事情を話し、表情を変えてくれるかどうかを聞いてみる。

「ああ、ご希望にそえますよ」

片方の口角を上げて笑っている顔にしてくれるよう依頼した。いく枚かの写真を持って工房を訪ね、あくる日に受け取りに行く。墨の粉で描かれたそのでき上がりは素晴らしく、今にも唇を開いて言いそうだった。

「魅力的だろ」

思わず額縁ごと抱きしめていると、またも声が聞こえた。

「おぉ積極的じゃないか。もっと前にそうしてほしかったな」

＊

喪主の冬美のために所長が喪服を借りてきてくれ、皆が少ない物資を都合し合って帝國真珠志摩本社で葬儀が営まれた。

社員は全員参列したが、別会社を設立していた藤堂高英と佐野、その会社の事務を取り仕切るために帝國真珠から出向する事になった尾崎は、火崎金融の手配した船で上海に発つ当日で、大阪の天保山《てんぽうざん》桟橋から船に乗るとかで姿を見せなかった。

会社関係者の参列もあり、どうやって調達したのか供花や花環《はなわ》も出されていて戦時下にしては立派な式となる。

火崎は、弔問には女が押しかけると言っていたが、男性も多かった。皆、火崎のどこに惹かれていたのだろう。熱い奔放さか、時折見せる底なしの暗さか、それとも人をとろけさせるような優しさか。

門扉の裏あたりには、火崎金融代表取締役社長火崎次郎と芳名札に書かれた豪華な花環が対で置かれていた。その華麗さにそぐわない場所に追いやられているのは、会場の担当をしていた矢部が、これは目立たんとこに飾っときゃぇえで、との指示を出したからだった。

社外的には病死とされている近藤の自殺は、火崎金融が帝國真珠を乗っとるために罠《わな》をかけていた事を社員に知らしめる結果となり、皆の胸には火崎次郎への悪感情があった。

「ちょいと、あれ、政治家の吉田茂じゃなかか」

「そやで。火崎役員、ごっつぅお偉いはんと知り合いやったんやな」

確かイギリス時代に接触があったと薫が言っていた。それらの交流を花開かせ、これから本当に本人らしい人生を生きるところだったのだ。かばわれた冬美としては、いっそ自分が死んでしまった方がよかったとすら思う。

涙をこらえ視線を伏せていると、会場の空気が急にざわついた。息を呑む気配が伝わってくる。

「おい、来よったで」

「ああ、たいそうな大名行列やな」

目を上げれば、黒紋付き姿の火崎次郎が近づいてきていた。後ろに喪服を着た十人近い男性を従えており、あたりを威圧するような空気を放っている。

圧倒されながら立ち上がり、負けてなるものかと自分を奮い立たせてその前まで進み出た。恨みが胸にわき返り、息が荒くなっていく。この男さえあんな事をしなければ、火崎は今も生きていたのだ。何もかもこの男のせいだ。徹底的に罵倒《ばとう》しなければ気持ちが収まらなかった。

「喪主の水野冬美です」

名乗った後、あなたが殺そうとしてできなかった女ですと言いそうになった。それを口から出せば、社員はもちろん参列者の耳にも入り、たちまち醜聞が広がるだろう。

呑めないものを呑むようにしてこらえ、全身でにらみすえていると、火崎次郎の大きな目がゆっくりとこちらに向けられた。

「火崎金融の火崎次郎です」

恐ろしいほどの憤怒に満ちている。今にも冬美に飛びかかり、力に任せて八つ裂きにせんばかりだった。それほどの敵意を向けられる理由がわからず、面食らう。こちらがまともに憎悪をぶつけたせいで逆上したのかと最初は思った。

しかしよく考えてみれば、冬美は火崎が送り込んできた息子から株を取り上げ、その目論見《もくろみ》を破綻させた張本人だった。入り婿という形で火崎家から息子を奪った女であり、殺そうとしたにもかかわらず生き残り、代わりに息子が犠牲になったのだ。いく重にも許せないのだろう。だが正義はこちらにあるはずだった。火崎次郎の気持ちが見えた事で対抗心が芽生《めば》え、憎しみにいっそう勢いがつく。

ここで跪いて許しを請《こ》えばよし、そうでなければいくら故人の遺志でも通せない、追い返してやる。醜聞になるとわかっていたが、自分を止められなかった。背中に社員たちの賛同を感じ取りつつ、一歩も引かずねめつける。後方で声が上がった。

「わざわざのお運び、ありがとうございます」

いつの間にか薫がそばに来ていた。

「今回のご子息のご不幸、ご心痛はいかばかりかと拝察いたしております」

火崎次郎の稜々《りょうりょう》とした眼差がふっとゆるむ。

「当社にとっても大きな痛手でしたが、貴社、貴家、お父上に当たられるあなた様におかれましては殊更《ことさら》でありましょう」

火崎は目を伏せた。まぶたが震える。

「いや、まぁ」

皺深い喉からもれた声は、かすれていた。現実の重みにやっと耐えているような響きがこもっている。それを聞きながら気が付いた、火崎はこれで三人の息子を全員失った事になるのだと。すでに長男を亡くし、三男を特攻に出し、そして今、次男に先立たれ、妻も帰らぬ人となっている。この世にただ一人残されたのだった。

火崎の背負った孤独と、その中で生きていく重い未来を考えれば、それだけで充分罰せられているように思えた。ここで息子との最後の対面を拒む権利など誰にあるだろう。何もかもこの男のせいだと思っていたが、果たしてそうだったのだろうか。

事の発端は、自分が火崎に株をねだり、手に入れた事だったのではないか。火崎次郎の行動は、その報復だったのだ。自分もまたこの事件の一因を作った人間であるように思えてくる。

「さ、火崎さん、どうぞこちらに」

薫に案内され、火崎は息子の棺に近づいていった。白木の縁に手を置き、その中をのぞき込む動きはギクシャクとしている。絽《ろ》の羽織《はおり》越しに曲がった背中が浮き上がり、年齢を感じさせた。追い返さなくてよかったと思いながら、間に入ってくれた薫に感謝する。あのまま自分の思う所を口にしていたら、蜂の巣をつついたような大騒ぎになってしまっただろう。

居丈高に構えた火崎からあの声を引き出したのは、薫だった。正面切って厚意と同情を示す事で火崎の体面を打ち割り、内心の傷をむき出しにさせたのだ。

人間に様々な面がある事は冬美も学んできている。薫は、今見えている火崎次郎の顔とは別の面に光を当て、冬美にも社員たちにも見せてあの場を収めたのだった。なんと巧みであざやかなやり方だろう。

火崎のそばに立っている薫に視線を向け、尊敬の念を捧げる。その思いがふくらみ、勢いを強めて心を席巻した。薫を、自分とは違う空間で生きている秀逸な人種のように感じる。

これからも自分は、薫以上の存在には決して出会えないだろう。そう思うと同時に、その気持ちが薫をもう手の届かない場所へと押し上げていくのを感じた。

敬《うやま》う思いが大きくなり、憧れが強くなりすぎて愛から遠ざかっていく。恋情を寄せる事などとてもできないほど高く舞い上がっていく薫を止められなかった。

胸の獣は首を垂れている。その態度はかつてないほどしおらしく恭《うやうや》しかった。ひと言も発せず、それどころか身じろぎもせず萎縮している。その姿が次第に薄らぎ、陽炎のように揺らぎ始めて少しずつゆっくりと消えていった。やがてすべてが溶けるようになくなり、後には清らかな空気が残る。いつの間にか胸に住みついていた獣は、今はっきりと消失したのだった。

＊

「遺骨を分骨していただいてもいいですか。火崎家にお渡ししたいので」

薫の申し出なら、どんな事でも承諾するつもりだった。獣が消えた後、胸に生まれた空間は静謐《せいひつ》で、自分が違う人間になったような気がする。

「では、この壺にお願いします。僕が先方に届けますから」

差し出された小さな壺に遺骨を分けた。きっと火崎も、それでいいと言うだろう。

「修道院に向かう事になった妻も、何か形見がほしいと望んでいます。あなたの前であんな事を言っておきながら厚かましいお願いかと思いますが、なんでも結構ですので考えておいてください」

骨壺を抱きながら珠緒の言葉を思い出す。抱かれてみたら生まれ変わったような気分になったと言い、愛されていると公言したのだった。そんな事があり得るのだろうか。

館に戻り門をくぐる。カーテンを閉ざしたままの火崎の部屋に入ると、そこになお気配があった。火葬場の煙突から煙が立ち、火崎が空に上っていくのを見たし、今もこうして胸に遺骨を抱えている。それにもかかわらず、部屋の中には相変わらず火崎の面影があるのだった。

そこに浸っていたくてソファに腰を下ろす。この部屋で暮らしていこう。そうすれば寂しくない。火崎が広げる空間を吸い込み、その中に沈み込む。空気の通わないその部屋は、まるで古墳のようだった。自分はそこに収められた副葬品なのだ。いつまでも火崎と一緒にここに埋もれていよう。

「奥様」

階下から女中の声がした。

「お友達とおっしゃる方がお見えになっています。坂井《さかい》京子さんと宮地《みやじ》東子さんとか」

新しい空気が流れ込んできて火崎の面影をかき乱す。古墳はただの部屋に戻っていき、その急激さに狼狽えながら立ち上がった。暖炉の上に骨壺を置き、部屋から出て玄関広間を見下ろす。

二人がこちらを仰ぎ、手を振っていた。

「水野さん、ヤッホー」

「お久しぶり、お元気だったかしら」

すんなりと現実に戻り切れず、つまずきそうになりながららせん階段を下りた。

「火崎、死んだんだってね。会った時から、長生きしそうもないなとは思ってたけど。いい男ってなぜか皆、早く死んじゃうのよね」

眉根を寄せた京子に、東子が顔を突き付ける。

「それは逆。早く死ぬから欠点が見える時間が少ない。それでいい男に思えるの」

京子はうるさそうに東子の顔を押しのけ、こちらを向いた。

「私の病気も薬で収まってるから、東京作業所で働かせてもらおうと思って連絡したら、志摩の方に聞いてくれって言われたのよ。採用するって言ってた火崎役員が急に亡くなって、東京では判断がつかないって。それで東子と話してて、いっそ押しかけちゃおうかって事になったの」

「東京じゃ食料が手に入りにくくって真面に食べられないのよ。だから思い切ったのよね。でも来る時は大変だったわ。名古屋まで来て乗り換えようとしたら、一宮《いちのみや》に空襲があったとかで列車が止まっちゃってて、しかたないから歩いてきたのよ。そしたら途中の宇治山田が二度目の空襲とかで大混乱でね」

京子は以前に会った時とは打って変わったモンペ姿だった。東子と会うのは浜松以来だったが、メガネが違っているせいか、大人びて見える。

「東子ったらブーブー文句言うのよ」

「あら、あなただって不平タラタラだったじゃない」

思い出してみれば二人は、寄ると触ると対立していた。

「なんで一緒に行動する気になったの」

京子も東子も不本意そうな顔をしながら口をそろえる。

「まぁ背に腹ね」

「女一人じゃ心細いんですもの」

「でも結局二人でよかったわよ。空襲に遭った街や路上で用を足したりする時には、一人じゃどうしようもなかったもの」

「それは同感」

対立している人間でも、大きな障害に直面すれば力を合わせるようになるらしい。覚えておけば、どこかで役に立つかも知れなかった。

「それにしても、すっごいお屋敷じゃない。こんなとこに住んでるなんて、いいなぁ。どうやって手に入れたの」

「それより私たち、帝國真珠で雇ってもらえるのよね。こっちなら東京と違ってそこそこ食べられるんでしょ」

二人の役に立てる事をうれしく思いながら、女子寮があって少ないながら食事も出ると言おうとし、ふと自分の身を考える。火崎が住んでいたここで暮らしていたかったが、これほど広い館を一人で切り回す事はとてもできない。部屋の掃除や庭の手入れも自分だけでは無理だったし、人を雇う資力もなかった。火崎がいてくれてこその、ここでの暮らしだったのだ。今となっては進む道は一本しかない。

「女子寮があるから、三人で入りましょう」

二人は顔を見合わせた。

「こんな素敵な住まいがあるのに、なんでよ」

「ここに三人で住むってのは、どう」

女性が急二人も増えたら、火崎がいたらさぞ喜んだだろう。

「詳しい事は今夜、夕飯を食べながらゆっくり話すから」

二人の顔が、パッと明るくなる。

「夕食なんて真面に食べるのすっごく久しぶり」

「朝も昼も夜も、お芋かなんかをかじってるだけだったものね」

「どうしてこんな暮らしができるようになったの。教えて。私も真似したい」

「私もよ。ねぇねぇ話して」

一気に浜松時代に引き戻されたような気分だった。空襲に遭い、地震に襲われ、手榴弾を盗んで逃げてバラバラになった自分たちが、こうして顔をそろえられたのは奇跡といってもいい。

「それは長い話になるのよ。その前に私、京子さんに聞きたい事があるの」

珠緒の顔を思い出しながら言葉を選んだ。

「男性経験をして生まれ変わった気がするって言ってる女性がいるんだけど、男性経験ってそれほど重大な影響を心に与えるものなの」

東子が鼻であしらう。

「そんな影響を受ける女は精神的に未熟か、それとも頭が弱いか、どっちかなのよ。どっちにしても最低」

京子は慎重な表情だった。

「いや、そういう事ってたまにあるのよ。私も一度、そこに堕ちそうになったけどさ」

霧の中に漂う微細な水滴をかき分けるような注意深さ、髪の一筋一筋を押し分けていくような熱心さで自分の記憶の中を歩き回る。

「よっぽど体の合った男に当たると、ハマり込んじゃうのよ。男に狂うってヤツね。ヤバいって思って何とか抜け出したけど、自分自身がどうにもならなくなって亭主と子供放り出して駆け落ちしたり、遊郭から脱走したりって女、わりといるわよ」

珠緒は、その魔力にとらわれたのだろうか。火崎とは色々な話をし、お互いをわかっているつもりだったが、彼があれほど好きだった一戦については、ついに理解できないままだった。それは火崎の全部を知らなかったという事になるのだろうか。

「あら、何その顔。ははん、さてはいい男でもできたの。もうやったとか」

こちらをのぞき込んでくる京子に、しっかりと頷く。

「結婚したの」

京子が笑い出した。

「じゃ、まだなのは東子、あなただけね」

東子は口を尖らせる。

「私は清らかなのよ、汚れを知らない体なの」

遠慮のない二人のやり取りを聞いていると、浜松時代の快活さがよみがえってきた。女学生だった自分が立ち現れて、はしゃいだ笑いを胸の中に振りまく。

「夕食は何時からなの。お腹ペコペコよ」

「私も。何でもいいからとにかく食べたいわ」

その前に事務課に連れていき、火崎が採用を約束した事を話して雇ってもらわねばならなかった。

「ここでの仕事は真珠を養殖したり、選別したり、加工したり、それを売ったりする事なの。できるかしら」

二人は姿勢を正し、神妙な顔付きになる。

「なんでもやるわ。生きてかなくちゃならないもの」

「水野さんは何をやっているの」

真珠を加工していると言いかけ、言葉を呑んだ。自分が細工師の仕事に生涯を捧げる決意をしている事を、火崎に打ち明けていなかった。

火崎はそれを知らなかったのだ。そして自分は、火崎が好きだった事を全く体感できずにいる。そんな自分たちは、果たしてわかり合っていたと言えるのだろうか。

珠緒の方が真に火崎を知っていたのかも知れない。だからこそ火崎の求めに応じ、これからの人生を捧げる事に躊躇いがなかったのだ。

その夜、台所で小さな重箱を捜した。火崎の部屋で骨壷を開け、一番上にあった喉仏《のどぼとけ》の骨を重箱に移す。顎から耳にかけてきれいな線を描いていた火崎の顔を思い出しながら、彼を珠緒に渡す心の準備をした。

蓋を閉じた重箱は静まり返っている。その沈黙の深さに寄り添うように抱きしめた。冬美の胸に生涯消えない傷のような思い出を刻みつけ、火崎は、二十五年の生涯を終えたのだった。

真珠王の娘

1

チャーチルは昼寝用のアイマスクを取り、ベッドから起き上がった。カーテンを開け、外を見下ろす。瞬間、まだポツダムにいるのかと思った。目をしばたたかせながら、チャートウェルの館に戻っている事を思い出す。

眼下に広がる池やバラ園、点在する建物の佇まいが、三者会談の行われたポツダムのツェツィーリエンホーフ館の庭にそっくりだった。説明によれば、第一次世界大戦中に建てられたそれは、イギリスのマナーハウスを模《も》して設計されているとの事で、似ていても不思議はない。

ソ連が占領したベルリンの西わずか数キロの所にあるその館に滞在している間、自分の家にいるような心持ちだったが、帰ってきて今度は向こうにいるような気分になるとは思わなかった。どうやら引きずるタイプらしい。前アメリカ大統領ルーズベルトの言葉を思い出した。

「あなたの頭の中は、いまだにヴィクトリア朝だ。帝国主義を引きずっている」

即座に言い返したものだ。

「あなたが大英帝国に取って代わろうと考えている事は先刻存じ上げていますよ。そうなったらライバルはソ連だ。おそらく中国と連帯してくるでしょう。せいぜいご用心なさるんですね」

それに勝《まさ》るとも劣《おと》らない舌戦が、ポツダムでもくり広げられた。会談が行われたのは七月十七日からで、アメリカがトリニティ実験と呼んでいる核実験に成功したのは、その前日十六日の事だった。

既にポツダム入りしていたアメリカ大統領トルーマンは、この成果に興奮しており、かなり強気だった。核爆弾を使えば、ソ連の参戦がなくても日本を降伏に追い込めると踏み、ソ連に対する態度を硬化させると同時に、世界の主導権はすでにアメリカにあると言わんばかりの言動が目立った。

一方ソ連のスターリンは、ドイツが撤退する以前から東ヨーロッパにすでに触手を伸ばしており、ポーランドにおいては二万人を超える軍人や聖職者を虐殺、また二十五万人を捕虜として自国に連行し、親ソ政権を樹立していた。チャーチルの求める自由選挙にも反対し、敗戦国となるイタリアや日本の国土を少しでも多く我がものにしたい一心、多額の賠償金を取りたい一念で、全く引く気がない。

そんな見苦しい両国の間に立ってチャーチルは、イギリスこそ世界を統治するために神から選ばれた崇高な国であるという従来の信念をますます深めた。アメリカに核爆弾の使用を、ソ連に他国への侵攻をあきらめさせようと計る。ところがイギリス国内で進行していた総選挙の開票が近づき、一時的に帰国せざるを得なくなったのだった。

その当日、滞在先だったツェツィーリエンホーフ内の大理石宮殿を出ると、トルーマンが宿泊している館の前に車が何台か停まっているのが見えた。そこからスティムソンが下りてくる。ヘンリー・スティムソンは核爆弾計画を進める軍人を監督し、爆弾の投下を検討する委員会の長だった。

あらかじめ渡されていた各国代表団の名簿の中に、彼の名前は入っていない。それがここに姿を現したのは、トルーマンが呼び寄せたからだろう。核爆弾の使用について何らかの話をするために違いなかった。チャーチルは出発時間を遅らせ、トルーマンに面会を求める。

「貴国の駐日大使だったジョゼフ・グルー氏は、アメリカが主張する無条件での降伏を撤回し、天皇制の存続を認めさえすれば日本は降伏に応じるはずだと言っていましたがね」

トルーマンはあいまいな笑みを浮かべ、弁解するように答えた。

「核爆弾には多額の開発費がかかっている。これは税金ですよ。せっかく完成したというのに使わずに終戦となれば、議会や市民から批判されますからね」

ここまできているこの流れを止めるには、ケベック協定に頼るしかないと判断し、釘を刺す。

「核爆弾は、イギリスの同意がなければ使用できない事になっていますよ。お忘れなく」

選挙が終わったら即ポツダムに飛び帰り、アメリカとソ連の間で綱渡りをするつもりだったのだが、永遠に帰れない事になった。選挙に敗れ、イギリス首相の座を失ったのだった。代わりにそこに座ったのはクレメント・アトリーで、これまでの言動や信条から考えれば、日本への核爆弾投下に賛成する可能性は非常に高かった。

「あら、お目覚めなのね」

バラ園の中から妻の声が響き、いつもの高らかな笑い声が続く。

「まぁなんて顔なの。次の選挙戦で必ず首相に返り咲くって豪語していたくせに。こうも言ったわ、これは神がくれた休暇だ、回想録を書くための時間なんだ、ノーベル平和賞を取って大儲《おおもう》けするぞって」

背の高いバラの茂みの間から、その姿が現れた。

「で、私がこう言ったの、戦争続行を叫び続けていた人にノーベル平和賞なんて悪い冗談よ、せいぜいノーベル文学賞でしょって」

手袋に長袖《ながそで》のブラウスという出で立《いた》ちで、腕いっぱいにバラの花を抱えている。玄関にあるガレの大壺《おおつぼ》に飾るつもりらしく、花の下には長い茎が付いていた。最盛期を迎えて勢いのいい花や葉の香りが三階のバルコニーまで立ち上ってくる。

「気になっているのは選挙戦じゃなく本物の戦争の方だ。日本は原子爆弾の洗礼を免れそうもないよ」

妻の腕からバラが何本か、足元に落ちた。

「じゃハヤカワは、どうなるの」

久しぶりに聞いたその名前がハナグルマを思い出させた。フランスを率いるド・ゴールは、是が非でもポツダム会談に参加したいと熱望していた。日本が占領されて終戦になった際、フランスがハナグルマを確保できる保証をアメリカとソ連に取り付けておきたかったらしい。会談参加はソ連の反対を見越して拒否せざるを得なかったが、ハナグルマの件については、チャーチルが二国を説得する約束をしていた。

「今月時点で核爆弾の投下予定地は、広島、新潟、小倉《こくら》、長崎だ。この内のどこかだろう。帝國《ていこく》真珠《しんじゅ》の本社は神戸、支社は東京と聞いているから大丈夫だと思うよ。この四都市にハヤカワが近づかない事を祈るね」

妻は、落ち穂でも拾うかのように身をかがめた。

「戦争が始まってから、私たち、祈ってばかりいるわ」

嘆きながら足元に散ったバラを集める。

「なんて無力なんでしょう」

同意するよりなかった。背後でドアをノックする音が響く。

「上海からお手紙が届いています」

心当たりがなかった。考えをめぐらせていると、姿を見せた家令が手にしていた封筒に視線を落とす。

「ハヤカワ様からです」

急いで歩み寄り、封筒を受け取った。手が震えるほど緊張しながら開く。流麗でのびやかな手書きの英字が目に流れ込んだ。

「親愛なるチャーチル閣下。弊社社員に託したこの手紙が御許《おんもと》に届く事を願っています。お預かりしたハナグルマの修復は完了いたしました。素晴らしい仕上がりで、気に入っていただける事と確信しています。いつでもお渡しできますので、ご都合の良い日時をお知らせください。帝國真珠代表取締役社長　早川薫《はやかわかおる》」

まるで戦争など起こってもいないかのように悠然とした文面に苦笑する。端正なその容貌を思い出しながら顔を上げ、家令に向かって便箋を振り動かした。

「日本のハヤカワに電報を打ってくれ、広島、新潟、小倉、長崎に近づくなと」

家令は哀しげな笑顔を浮かべる。

「やってはみます」

2

薫から頼まれ、寅之助《とらのすけ》は珠緒《たまお》を見送るために住まいを訪ねた。すでに門の前には車が停まっており、珠緒と乳母の中村《なかむら》が乗っていた。寅之助の姿に気づいた中村は一人で降りてきて、ハンカチを片手に身を折らんばかりに頭を下げる。

「いくら思い余ったとはいえ不義などをしでかしてしまっては、身一つで追い出されてもしかたのないところを支度金までいただき、お礼の言葉もございません。おかげ様で修道院に個室を買う事ができました」

高清《たかきよ》から珠緒に渡った遺産と生前の贈与分は、帝國真珠の運営に使えるように税理士が手続きを取っていた。薫はその半分を珠緒に返し、残りの半分は会社の経営が落ち着いたら必ず戻すと約束したのだった。

「どうぞ薫様によろしくお伝えくださいませ。また水野冬美《みずのふゆみ》さんには、たいそうなご心痛をおかけしたにもかかわらず分骨していただき、恐縮いたしております」

事情については見聞きしていたが、分骨の話は知らなかった。

「珠緒お嬢様は、お育ちのせいもあり思い込みの激しい方ですが、お届けいただいた遺骨をごらんになって、それが喉仏の骨である事にいたく感じ入られたご様子でした。修道院の志願期が終わり、身の落ち着き方が決まりましたら水野様にお礼のお手紙をお出しするお気持ちでいらっしゃるようです」

何はともあれ、父親として息子の非を詫びなければならなかった。

「うちの息子にも看過できない点がありました。取り返しのつかないご迷惑をおかけし、面目次第もありません」

お互いに繰り返し謝り合って別れる。走り出す車を見つめ、高清の計画の崩壊を嚙みしめた。何か大きなものが二人と共に立ち去っていくのを感じながら細工場に足を向ける。

高清が考え、寅之助も加担したこの結婚は、昔なら何の問題もなく長続きしたに違いないものだった。それが破綻したのは、薫はもちろん珠緒も、辛抱という事をしなかったからだろう。そのために籍を汚し、体面を損ない、後ろ指を指される羽目に陥った。寅之助や、同世代と思われる乳母中村にとって、それは身の置き所がないほどたいそうな不祥事だった。

ところが当の二人は、自分たちの意思を押し通す事の方が大切だと考えたらしく恥じ入る様子もない。それが最近の若者というものなのだろうか。これでは個人の欲求より家や社会を優先させてきた寅之助たちの世代が死んだ後、日本はどうなってしまうのだろう。秩序が崩壊し、進歩も発展も望めないのではないか。

「寅はん」

声をかけられ、足を止める。細工場の前に浮かべた船で貝の塩水処理をしていた海事作業員たちの中から、成瀬《なるせ》が片手を上げていた。船べりを跨いで下りてくる。

「つかぬ事をおたずねしますが」

妙にかしこまった言い方だった。成瀬とは入社時期が三ヵ月違いで、寅之助は事務員、成瀬は海事作業員の採用だったが、同期の一人としてたまに酒を飲むなど気楽な付き合いをしていた。

「滅多に使わない言葉を持ち出してどうした。よっぽどの事か」

からかったつもりだったが、成瀬はまじめな顔で頷いた。

「あの水野って娘っ子は、高清翁の落としダネやろ」

いきなりの話に面食らう。どこから出た噂なのだろう。

「焼夷弾が落ちたこないだの夜、あの娘っ子が、貝を助けろゆうて仁王立《におうだ》ちになりおったんやが、その様子が高清翁にそっくりやった。前に赤潮に襲われた時、呆《ほう》けちまってただ見とった儂らに、高清翁が貝を救えって怒鳴ったんやが、その時の姿に生き写しやったんや。あんまり似とったさかい、儂ら皆、固まっちまって動けへんかった。作業部長の後藤《ごとう》なんか、ブルっとった。翁に心酔しとったからなぁ。ありゃ同じ血に間違いあらへん。真珠王の娘なんや。な、そやろ」

そんな話が流れているとは思わなかった。笑いながら成瀬の肩を叩く。

「今のところ耳に入ってきてないが、まぁ調べとくよ」

足を進め、細工場の階段を上った。最初に冬美を評価したのは、細工師の久保だった。その後、常日頃の様子を見ていた所長の松本が認め、寅之助自身も頼った事がある。恨み事も言わずに力を尽くしてくれた。今は海事作業員たちの間で高清の娘と噂されている。確実に存在感を増していく様子は、巻きを重ねて大きく育っていく真珠を思わせた。

いや最も早く評価したのは、薫かも知れない。自分に必要だと言い切ったのだ。それを無理矢理あきらめさせたのは寅之助だった。結局こうなるのならば、つらい思いをさせる事はなかったのではないか。上司であり会長であった高清の懇願を聞き入れるのは当たり前のように思っていたが、それが間違っていたのかも知れない。だが臨終に際して頼まれたものを断る事ができただろうか。

自問自答しながら階段を上っていくと、ピアノの音が聞こえてきた。社長室に置かれているそれは寅之助の自宅から運んだもので、妻の嫁入り道具の一つだった。

横浜を拠店に手広く貿易をしていた巨漢のブルガリア人との取り引きを目論んでいた高清が、彼に年頃の娘がいる事を知り、ちょうど釣り合う年齢だった寅之介に結婚を持ちかけたのだった。貿易商のワイシャツの袖口からはみ出していた渦を巻くような褐色の体毛に気圧されていた寅之助は、その娘と聞き、腰が引けていた。

だが断われず、強引に見合いの席に引き出される。娘の立派な体格には驚いたが、どことなく哀しげな青い瞳と、内気で恥ずかしがり屋の気質に心を惹かれ、まぁいいかという気になった。それまでピアノ教師をしており、結婚後も続けたいと許可を求められて承知すると、ピアノを習う生徒が家に出入りするようになった。狭い借家で教室と家庭の区別もつかない状態だったが、旋律や子供の声があふれる明るい空間が気に入っていた。思えばその頃が一番幸せだったのかも知れない。

薫も小さな頃から興味を示し、発表会などに参加していたが、母が結核にかかり、療養所に入ってからは鍵《けん》に触れる事もなくなっていた。

再びピアノの蓋を開けたのはロンドン支店から戻った時で、チャーチルの妻と連弾の機会があったものの思いの外《ほか》うまく弾けなかったらしい。ヨーロッパで宝飾品の商売をするにはピアノくらい弾きこなせないとダメだとムキになっていた。

「失礼します。ご報告があって」

薫は部屋の隅に置かれたピアノに向かい合っていた。鍵盤を叩いては、口にくわえた鉛筆を手に取り、楽譜に何やら書き込むと再び叩き始める。

「ちょっと待ってください。今、変奏数十七回目の最後の音を決めかねているんです。ドまで落とすか、ミで止めるか、あるいはソにしてフラットを付けておくか」

寅之助には皆目理解できなかった。しかたなく薫が中断するのを待っていると、いらだたしげな打音と共に椅子を回転させ、こちらを向いた。

「ダメだ。今日はもう止《や》めておきます」

なだめようとして聞いてみる。

「作曲ですか、何を」

薫は立ち上がりながらピアノの楽譜立てに乗っている五線譜を振り返った。

「変奏曲です」

変奏曲と聞いて寅之助が思い出せるのは、キラキラ星くらいだった。

「今月の十五日は冬美さんの誕生日です。戦時下で物品が手に入りにくいので、せめてと思って曲を贈る事にしました。ベートーヴェンばりに三十三くらいの変奏数があるのを創《つく》りたかったんですが、できそうもない。冬美さんが迎える歳の数十七で妥協する事にしました」

冬美について、これほど大らかな表情で話す薫を見るのは初めてだった。火崎《ひざき》が亡くなり、珠緒も立ち去った事で、心の負担が軽くなったのだろう。すべての障害が取り払われた今、よじれた糸は元に戻るのだろうか。

「一つのテーマが次々と変化していく変奏曲形式は、冬美さんに相応しい。彼女は変わっていく。変われるのは力があるからだ。僕にこう言いました。どんな事にも必ず両面がある、それを見つけ出し、それまでの考え方を捨ててそこから新しい人生を歩くと。恐ろしいほど柔軟で力強い。僕は臆病で、変われませんからね。それが僕の限界だ。だからこそ彼女にそばにいてほしかった」

自嘲《じちょう》的な笑みを浮かべた薫に、先ほど成瀬から聞いた話をしてみる。思った以上にうれしそうな表情になった。

「そうですか。実際に真珠を育てている海事作業員から真珠王の娘と評価されたのは素晴らしい。それ以上の賛辞はないでしょう」

少し考え込み、何やら言い出そうとしたものの思い留まる。

「いや、先にあなたのご報告を聞きましょう。僕も話さなければならない別件がありますし、それらを先にすませてから、私事についてご相談したい。ご意見を聞かせてください」

もしかして冬美との結婚を考えているのだろうか。両袖机の向こうに収まった薫の前に立ちながら、そうであったとしても異を唱えるまいと心を決める。今まで充分すぎるほど介入し、拘束してきた。今度こそ自由にしてやりたい。早くその話を聞きたくていく分逸《はや》りながら口を切る。

「長崎の養殖場から連絡が入りました。あっちでアコヤ貝からボタンを作っているのはご存じかと思いますが、その使用済みの貝ガラは海に投棄していたようです。先日気がついたら海面一メートル以下の貝ガラにアコヤ貝の稚貝がたくさんついていたとか。どうしましょうと聞かれたんですが、これはもったいないですよ。養殖すべきです。現在、法律で規制されていますし、資材不足で養殖のアミも高騰、とても手が出ませんが、水産局に直訴して、長崎県の協力も仰げばなんとかなるんじゃないでしょうか」

薫の涼やかな目が活気づく。

「いいですね。僕が現場に行って様子を見てきます。養殖が可能なようなら即、国と県に話を持ち込みますよ。火崎の葬儀に来ていた吉田《よしだ》茂《しげる》氏と名刺を交換してあります。ロンドン時代に多少の面識はあったんですが、今回、大磯《おおいそ》の別荘に呼ばれましたからそこで話をつけます」

抜かりのなさ、手回しの早さは相変わらずだった。

「僕の別件というのは、理研に依頼してあった品種改良の事です。陸軍が六月、ニ号研究を中止したそうで、それに割かれていた人手が戻ったので品種改良を再開できるとの事でした。ほっとしています。聞けば、海軍もＦ研究を断念したらしい。これで日本は原子爆弾開発から全面的に撤退ですね」

物資はいたるところで不足している。もう開発どころではないのだろう。だが帝國真珠にとっては吉報だった。稚貝の件といい、色々な事がいい方向に進み始めているように思えて顔がほころぶ。

「では、さっき僕が言いかけた私事ですが」

祝福の気持ちを込めて先走った。

「水野君との結婚ですか」

薫は一瞬、言葉を呑む。肯綮《こうけい》に当たったらしく黙り込んでいたが、やがて首を横に振った。

「社長と社員の結婚は、あまり聞こえのいいものではありませんよ。ましてや僕は離婚、冬美さんは犯罪に巻き込まれての死別で、様々な噂が立つ要素がそろいすぎている。帝國真珠は真珠とその加工品を扱う会社です。会社自体も美しく清らかな印象でなければなりません」

では、私事というのは一体何なのだろう。

「あなたの話を聞いていて、冬美さんの求心力を確信しました。ますます役員にしたくなった。ただの役員ではありません。帝國真珠の代表取締役にしたい」

驚きのあまり声も出なかった。女の社長など聞いた事もない。

「女性を相手に商売する我が社の社長が女性であっても、何の不思議もありません。日本ではまだ珍しい存在ですから新聞や業界誌が注目してくれ、いい宣伝になるでしょう。仕事や職分については僕が徹底的に教え、育てます。会社の業績が右肩上がりに転じた時点で役職を譲り、その後は裏方として支えたい。あなたのご助力をお願いしたいんです」

いったん言い出したら絶対に引かない性格は、嫌というほど知っている。加えて冬美は筆頭株主であり、社長となってもおかしくない立場だった。反対はできないが、それにしても唐突だった。

「一体なんだってそんな事を考えついたんですか」

半ばあきれながら尋ねると、薫はいたずらな少年のような表情になった。

「ヤケましたからね」

自分の感情から距離を取っているいつもの態度とは裏腹に、珍しく心に寄り添った言葉だった。

「多くの男が彼女に接触し、その心に影を落としていくというのに、僕だけが近寄れなかった。胸がこげるようでした。今度は僕の番です。日本を代表するような卓抜した社長に仕上げてみせる」

愛情は変容したのだった。せざるを得なかったのだろう。冬美の通る道の小石を拾いながら、あるいは火崎と住んでいる家を見上げながら、高温の窯で色を変えていく焼き物のように変わっていったのだ。以前、自分の不幸こそが愛情の証明だと言っていたが、今度は冬美を経営者として育てる事にそれを見出している。

「水野冬美は帝國真珠の後継者になる。名実ともに真珠王の娘になるんです。むろん本人の意思を確認しますけれどね」

もう好きにさせるしかない。寅之助としては、二人の結婚に楔《くさび》を打ち込んだ苦い過去を繰り返したくなかった。

「わかりました。しかし水野君は結婚を望むでしょう。女の夢ですよ。叶えてやる気はないんですか」

薫は面はゆそうな顔付きになり、視線をそらす。目元にわずかな笑みがにじんでいた。

「彼女からそう言われれば、まぁ、そのための方法を考えないでもないですが」

そこで言葉を途切れさせていて、不意に立ち上がった。

「最後の音を思いついた」

ピアノに歩み寄り、椅子を引きずり寄せる。机上で電話が鳴り出したが振り向きもせず、煩わしそうな声を上げた。

「出てください」

しかたなく受話器を取り上げる。

「はい、こちら社長室」

聞こえてきたのは、恐ろしく力のこもった声だった。

「寅はんでんな。わいや、尾崎《おざき》や」

確か高英《たかひで》たちと一緒に上海の別会社に勤務していたのではなかったか。

「わいは、こっちに出向してるだけやろ。そやったら帰ってもよろしおすな。そっちで前みたいに働きたいんや。な、いいやろ」

ひどくあせっている様子が伝ってくる。

息を呑みこむような音が聞こえた。

「どうかしたのか」

「どうもこうもあらへん。先月末あたりから街の雰囲気が変なんや。中国人が皆これまでにないような目でわいらを見よるし、関東軍が毎日、一部隊、二部隊とどっかに出かけよる。そのまま帰ってきぃへんで、ドンドン数が減ってくんや。高英はんは、抗日戦線を張っとる八路軍との戦いに出とるんやろ、ゆうてはるけどな、わいは心配でならへん。それにこっちに来てみたら、火崎金融は関東軍から横流しされたアヘンを闇市で売っとって、金が金庫にジャブジャブ状態や。この事は出入りの者から使用人まで皆知っとるさかい、何かあったらすぐ略奪やし、巻き込まれたら惨殺やで。うちの会社は壁一枚隔てた隣や。恐ろしゅうてかなわんわ。早ぅ帰りたくてたまらん。けど船はもう運航しとらんのや。そっちから回してくれへんか。なぁ頼むで」

尾崎を待たせ、送話口に手を当てて薫の背中に声をかける。連打されている鍵盤の音にかき消され、聞こえないかも知れないと思いながら事情を話した。

「どうしましょう」

振り向いた薫の目は、底光りしていた。

「中国人たちは、英米の短波放送を聞いて戦況をつかんでいるんでしょう」

緊張した頰の上で、音を立てそうなほどはっきりと顳顬《こめかみ》が動く。

「関東軍は撤退しているんですよ。日本の敗北が秒読み段階に入った証拠です」

胸をえぐられ、血の気が引いた。このところの空襲の多さと戦況から考えれば、予想がつかない事ではなかった。だが勝利だけを念じて苦難を忍んできた三年八ヵ月、その犠牲の多さを顧みれば素直に受け入れられるものではない。人間としての矜持《きょうじ》が粉砕される思いだった。

これから日本はどうなるのだろう。英米に占領され、植民地となってしまうのか。日本人男子は奴隷、女子は本国に連れ去られるのか。帝國真珠は、社員たちはどうなるのだろう。いや真珠産業自体が存続していけるのだろうか。

「すぐ火崎さんに連絡し、上海に船を出してもらいます。尾崎さんに伝えてください、高英さんと佐野《さの》さんを説得して一緒に乗るようにと。今出国しないと、永久に日本には帰れないでしょう」

声にこもった緊迫感が炎のように部屋に広がっていく。火崎金融の口車などに乗った報いだ、自業自得だろうとは思ったが、今さらそれを持ち出してもどうしようもない。別会社の人間になっているといえども、崩壊するとわかっている治安の中に放り出しておく訳にはいかなかった。

「しかし火崎金融は船を出してくれるでしょうか。燃料は手に入りにくいし、英米に攻撃される危険もあります」

薫は確信に満ちた笑みを浮かべる。

「出させますよ。簡単だ、脅せばいいだけです」

平然とうそぶく様子は、先ほど自分で言っていた美しく清らかな会社の社長とはとても思われなかった。

「関東軍との不正なつながりと闇市場でのアヘン売買。それらに口をつぐむのと交換に、船一艘ですよ。お釣りがほしいくらいです。火崎金融としても上海の金とアヘンは日本に運んでおきたいところでしょうから話に乗りますよ。さ、急いでください」

尾崎にそれを話し、電話を切る。そばで待っていた薫がすぐさま受話器を取り上げ、交換手に火崎金融の社長につなぐよう頼んだ。

「ああ火崎さんですか。帝國真珠の藤堂《とうどう》です。先日はご足労をおかけしました。少しは落ち着かれましたか」

物柔らかに話し出し、言葉を選んで巧みに脅しにかかる。堂に入った脅迫ぶりを耳にして、舌を巻くしかなかった。

「そう言ってくださると思っていました。ありがとうございます。では早急によろしくお願いいたします」

電話を切って大きな息をつく。その顔に見る見る生気が戻ってきた。

「終わりますよ、戦争がついに」

力強い足取りで窓辺に寄り、ガラス戸を開け放つと、いきなり上着を脱いだ。

「養殖規制は撤廃だ。これで息がつける」

その下に着ていたシャツも脱ぎ捨て、力を込めて次々と窓の外に投げつけた。

「自由だ、自由」

両腕を大きく広げた背中に僧帽筋が浮き上がる。翼を左右に伸ばすオオワシのような力感がほとばしり出た。そのまま空に飛び立っていきそうに見える。

「自由だ。帝國真珠は持ち直しますよ」

髪が乱れるほど強くこちらを振りかえった顔は朗らかで、一点の曇りもない。二十七歳を過ぎたばかりの青年に相応しいあざやかさだった。敗戦に屈辱感も抱かず、不安も感じずに明るい未来を思い描けるのは、若いからか、あるいは心が強靱だからか。海外赴任時代にイギリス人やアメリカ人と馴染み、その考え方を知っているからかも知れない。

「終戦の知らせと内閣総辞職は相次ぐはずです。すぐにも浜上げをしましょう。量産体制を取る必要がありますね。大量の貝がいる。人材もです。高英さんと佐野さんには我が社に戻ってもらいましょう。皆の力でもう一度世界に出て行くんです。こんな時に長崎で稚貝が発見されたのは天の加護だ。僕はすぐ長崎に行ってきます。いやその前に広島の養殖場にも立ち寄って、ハッパをかけておかないと」

未来から射し込む光に照らされ、若さがきらめき立つ。高揚する気持ちから噴き出してくるような笑みがまぶしかった。

「冬美さんの誕生日までには戻ります。楽譜を渡さなければ」

3

「若社長、離縁しはったそうやな」

噂が流れたのは、夕食を食べている最中だった。

「乳母の中村さんが迎えに来はって、奥様と車に乗って帰ってくとこを見たわ。寅之助役員に向かって何度も頭を下げとったで」

「うちが見たんは、家から荷物を運び出すとこや。洗いざらい車に積んどったさかい、引っ越しに間違いあらへん。家はもうガランとしとるもん」

薫の家庭は壊れてしまったのだった。

「そんじゃ若社長は独身に戻りはったんやな」

「絶好の機会やないか、うちがお慰めするねん」

今後の薫の身の振り方をめぐり、話が盛り上がっていく。今まで見てきた珠緒の様々な顔が思い浮かんだ。薫に嫁いできて、幸せだと思える日はあったのだろうか。それが火崎との結びつきだったとすれば、皮肉な事だった。

珠緒が味わわなければならなかった苦痛と哀しみを思い、その多くが自分のせいである事に気持ちが沈む。だが他にどうできただろう。どうするのが正解だったのか。今頃、薫はどんな思いでいるだろう。自分を責めているだろうか。

色々と考え、その夜はなかなか寝られなかった。夜中から雨が降り始めたらしく、打たれる樹々のざわめきが次第に大きくなっていく。それを聞きながらいつとはなく眠りにつき、目が覚めたのは、窓を打つ音によってだった。

まだ降っているのだろうか。そう思っていると再び、今度ははっきりと雨粒以上に大きな音がした。バルコニーから暴漢が侵入した夜が頭をよぎり、飛び起きる。

それでようやく自分が寮の一階にいる事を思い出した。恐る恐る窓辺に寄り、カーテンを開ける。とたんに小石が飛んできて窓を打つのが見えた。

「誰です」

大声を上げながら窓を開けば、雨上がりの霧がまといつく低い生け垣の外の道路に薫が立っていた。片手で小石をもてあそんでいる。

「お早う。いくつ投げれば起きてくれるのか心配になっていたところです。列車の時間があるので」

パナマ帽をかぶり、夏用の生成《きな》りの外套を着ている。足元には印度赤のトランクが置かれていた。

「先日の役員の件、もう決心していただけましたか」

片手を頭に乗せ、掌でつかみ上げるようにして帽子を取る。吹きすぎる風が柔らかな髪を舞い散らした。

「出かける前に、どうしても聞いておきたくて」

雫を宿した樹々の葉がきらめき、薫の笑みに光を投げかける。生き生きとして明るく、晴れやかな顔は少年のようだった。

こんな薫は今まで見た事がない。そう思いながら同じ笑みが記憶の底から立ち上がってくるのに気が付いた。戦争が始まるかなり前の事だった。まだ未就学児だった冬美が暇をもて余し作業所に母を訪ねると、庭の植え込みの陰に中学の制服を着た薫が身をひそめていた。しゃがみ込み、一心に空を見上げている。

不思議に思い、そばまで行って聞いてみると、唇の前に人指し指を立て、もう一方の手で樹の枝を指した。そこから何かがぶら下がっている。空ではなく、それを見ていたらしい。

「来た」

ささやくように言い、ポケットに手を突っ込みながら立ち上がる。取り出したのは真綿だった。ますます訳がわからない。一体何が来たのか、そして真綿で何をしようというのか。

見ていると、薫は真綿の端をねじりながらそっと樹の枝に近づいていった。そこにぶら下がっている何かに手を伸ばし、真綿の端を結び付けようとしている。

足音を忍ばせてそばに寄ってみて、ようやく事情がわかった。枝からぶら下がっているのは肉片だった。鶏肉《とりにく》か豚肉、あるいは魚かも知れない。そこにハチがやってきて、せっせと肉を切り取り、団子を作っているのだった。薫はその脚に真綿をくくり付けている。

やがてハチは作業を終え、白い真綿をぶら下げて飛び立った。頭上をゆっくりと旋回する真綿の後を、薫は目でたどる。

「あれを追いかければハチの巣が見つかる。そしたら煙幕を使ってハチを気絶させ、ハチノコをいただこうって作戦なんだ。ハチノコが取れたら分けてあげるから、楽しみにしてなよ」

輝くような笑みを残し、煙幕の筒の入った袋を片手にハチを追いかけていった。後で聞いたところによれば、それは男子中学生の間で人気の「地バチ追い」という遊びで、空を飛んでいくハチに障害物はないが、地上を走る狩人《かりゅうど》には車道や川や森や山が待ち受けており、成功率は非常に低いという事だった。その日、薫は、ずぶ濡れになって帰ってきたと母が言っていた。

やんちゃだった少年が今、目の前に戻ってきたかのようだった。それに引きずられ、冬美もその頃の気持ちに還《かえ》っていく。

「何を笑っているんですか」

見とがめられ、あわてて笑いを引っ込めた。だがなぜ今この笑顔なのだろう。戦争の最中《さなか》、帝國真珠も苦しい時期だというのに、それらを飛び越えたかのようなほがらかさは、どこから出てくるのか。

「もうすぐ養殖も再開できますよ」

あたりの景色が突然、濃いニカワ液でもかぶったかのように静止する。それをバリバリとはがしながらすべてが動き出し、元に戻っていった。薫の後方を新聞配達の少年が駆け抜けていく。

「ほんとですか」

薫はしっかりと頷き、凜とした光のまたたく目をこちらに向けた。

「帝國真珠は、もう一度世界に出て行くんです」

いつも未来を見ていた涼やかな眼差は、ただ一つになってもなおはるか先を見つめ、前を向き続けているのだった。薫は変わらない。不動のその威容が美しく、心を惹かれた。獣《じゅう》が消え透き通った胸の空域に収まるのに、いかにも相応しい姿だった。

「あなたにも力を貸してほしい」

もう珠緒もいない。薫を避けなければならない理由はなかった。役員になれば皆の力になれるだろう。もちろん薫を助ける事もできる。だが細工仕事と両立させられるだろうか。逆に薫の足を引っぱるような事になるのではないか。

「もう少し考えさせてください」

薫は小さく笑った。

「慎重ですね。あなたにはできると僕は考えている。だがもしできないにしても、できない事をやろうとする事自体に人間としての価値があるのです。僕があなただったら、やりますね」

薫と同じように振る舞いたい。薫のような人間になりたかった。

「僕が帰るまでに考えておいてください」

そう言いながら手にしていたパナマ帽を頭に乗せる。

「八月十五日までに戻ります、必ず」

含みのある笑みを投げかけ、身をひるがえした。精悍なその後姿を見ながら父と母に向かってつぶやく。帝國真珠と薫、そして社員の皆のために、私に力をください。私が二つの仕事を頑張れるように見守っていてください。

4

その日もいつも通りに細工場の庭で釣瓶や庭石の上げ下ろし、腕立て伏せなどをすませ、寮に戻った。大方の寮生はすでに朝食をすませたらしく食堂はがらんとしていた。スイトンと漬物だけの食事を取り、急いで出勤する。

細工場の門を入ると、そこに所長と寅之助が立ち、何やら話をしていた。いつになく深刻なその表情を見て、昨日の掲示板を思い出す。伝達事項の所に、社長名でこう書いてあった。

「明日正午より重大な放送があります。全員、時間に遅れないように社長室に集合する事」

挨拶をして脇を通り過ぎ、細工場に向かう。給湯室に顔を出すと、京子《きょうこ》と東子《とうこ》がすでに茶を入れていた。京子は組み師の机、東子は事務室を担当している。二人が来てから冬美は、細工師たちの茶を入れるだけでよくなっていた。

「真珠加工業の簿記って、ややっこしいのよね」

湯呑みにドボドボと茶を注ぎながら東子がぼやく。

「今、棚卸なんだけど、総平均法っていう方式を使うのよ。目減りとか付加価値によって数字を移動させなきゃならなくってね」

話は細部におよんでいく。冬美はついていけず、あいまいに頷きながら湯呑みを盆に並べていた。

「でも、とどのつまりが赤字なのよ。お給料出るのかなぁ」

ようやくわかりやすくなった。

「今は雨をしのげて三食食べられるだけで満足してね。そうできない人も多いんだから」

なだめていると、京子が沸騰したヤカンを持ち上げながら力のこもった声を上げた。

「そうそ、赤字なんてなんとかなるって。クヨクヨしなさんな」

東子はなお憂鬱そうな目の端で京子をにらむ。

「根拠もない事言わないで。私はあなたみたいにいい加減にできてないのよ」

京子は気色ばんだが、すぐそれをおおうような笑みを浮かべた。

「ざぁんねん。根拠はあるのよ。私ね、すっごくいい事を思い付いたの。連組みしてると、台の溝に真珠層から落ちた粉が溜まるんだけど、これが七色で見惚れるくらいきれいなのよ。これを混ぜた何か、そうねクリームとかを売り出せば、きっと世の女たちを虜にできると思うんだけど」

真珠色に輝く化粧品を想像する。そのまばゆさに、湯呑みを並べる手が止まった。

「それ、素晴らしいと思うわ、素敵よ」

東子も顔を明るくする。

「ん、京子すごい。きっと赤字解消につながるわ」

浜松時代にも京子は、手榴弾を売って旅費に当てようと言い出した事があった。誰も思いつかないような発想をする力がある。

「所長に提案してみたらどうかしら」

「私が企画書を書くわ。数字をきちんと押さえて、誰の心も動かせるようなのをね」

東子は物事を冷静に分析し、理詰めで結論を出す事ができる。皆がそれぞれいい所を持っているのだった。役員になったら、この二人だけでなく、すべての社員の力を引き出し、活かすように役員会に提案しよう。きっと帝國真珠の発展につながるはずだ。

「じゃ金一封が出たら、あなたたちにもお裾《すそ》分《わ》けするわね」

京子は悦に入りながら思い出したような声を上げる。

「あ、今日って十五日よね。水野さん、誕生日だったんじゃないの」

そう言われてみればそうだった。薫が帰ってくる約束をした日で、そちらばかりに気を取られていた。

「おめでとう、と言ってもねぇ、お祝いのご馳走もないし、贈り物もないのよね」

東子が溜め息をつく。

「誕生日なんて言ったら、それどころじゃない戦時下だぞ、って怒鳴られるのが関の山よ。そもそも大人って、誕生日自体にあまり関心がないんだもの。歳を取るのは誕生日じゃなくて越年の時だからさ。古っ」

うんざりしたように頷き合う二人に、目いっぱいの笑顔を向けた。

「ありがと。覚えてくれてただけでうれしいわ。自分でも忘れてたから」

出入り口の方で刺々《とげとげ》しい声が響く。

「高英さんに尻尾を振ってイソイソ付いてった男が、どの面下げて戻ってきよるんだか」

矢部《やべ》がいまいましそうな足取りで給湯室の前を通り過ぎ、事務室に向かっていった。

「事務にゃな、もう若い娘が入ったさかい、あんたはんは用なしやわ」

その後ろから尾崎が愛想笑いを浮かべてついていく。

「そんな事言わんといてぇな。戦時下の男は貴重品やろ。男手がいる事もあるんとちゃうか。なぁ機嫌直して優しゅうしてぇな」

上海生活を経験しても性格は変わらないらしい。冬美にとっては聞き慣れたやり取りだったが、尾崎と入れ違いで入社し、事情を知らない京子と東子はあっけに取られていた。

「あの二人、ずい分露骨な会話してるわね」

「おばさんの方は、私の上司よ。きっついけど、男にズケズケ物言うとこは恰好いいわ」

尾崎が戻ったという事は、藤堂高英や佐野も帰ってきたのだろうか。権高な高英は、組み師や細工師の間で評判がよくなかった。上海で別会社を興すという話が流れた時には、誰もがニンマリしたくらいで、それが早々に帰還ではさぞ興ざめだろう。皆のうんざりする顔が頭にちらついた。

「そう言えば、広島が新型爆弾にやられたって話、聞いたでしょ」

「ん、長崎もですって。うちの養殖場があるのよね。大丈夫かな」

「養殖は海でしてるから問題ないと思うけど、支社は市内にあるだろうから危ないかも知《し》んないね」

「若社長が視察に行ってるみたいよ。被害少ないといいけど」

お茶を配り、自分の作業机で仕事を始める。首飾りの金具の修理と、珠の点検を頼まれていた。金具の方は取り替えるだけでよさそうだが、珠は色がくすんできており、どう処理するかが問題だった。いつもは前から当てている光を後ろから当ててみて、くすみの原因と場所を特定する。真珠のつなぎには絹糸が使われていて、これも交換が必要だった。

取り替える素材や処理の方法によって費用が変わってくるため、顧客の意見を聞かなければならない。修理が必要な部分とその方法、それぞれの利点と弱点、かかる費用の概算などを書き並べ、選びやすいように表にしてみる。

気がついた時には、もうお昼近くだった。あわてて差し茶を配ろうと給湯室に向かうと、通りすがりの狩野《かりの》が首を横に振った。

「今日はいらんとちゃうか。これから社長室に集合やろ。おまえも早ぅ来いや」

昨日の伝達事項を思い出しながら作業台に広げていた道具を片づける。さっき始めたばかりのような気がしていたが、いつの間にか三時間近く経っていた。夢中になれるのは好きだからだろう。これほど心を注ぎ込める仕事に出会えた幸運を感謝しながら、人生を捧げる覚悟を新たにする。

「水野君、ちょっと来てくれ」

部屋から顔を出した所長に呼ばれ、急いで手許を片づけて立ち上がった。所長室の扉の前で声をかけ、了解を得てから中に入る。机に着いている所長の脇に寅之助が立っていた。二人とも今朝と同じように深刻な表情で、室内には沈痛な空気が広がっている。

何かあったのだろうか。気を回しながら様子を見ていると、やがて寅之助が重そうに喉を押し開いた。しわがれた声が耳に届く。

「薫は、君を役員にしたいと強く望んでいる」

いきなり社長を名前で呼んだ。意表をつかれ、返事につまる。緊張をはらんだ寅之助の目がこちらを注視していた。その奥で、深い後悔と哀しみが震えている。

「あれの望みを叶えてやってほしい」

薫が寮に立ち寄った時、冬美は返事を保留していた。その事で薫から寅之助に、確認を取ってくれるように連絡が入ったのかも知れない。

「その件なら先日、若社長から承りました。自分の力不足を懸念しています。もう少しお時間をください」

寅之助の表情が突然ゆるむ。顔中が崩れ、泣き出すかと思われるほどだった。

「どうか引き受けてくれ。あれを喜ばせてやってほしい」

扉の向こうから事務課の係員の声がする。

「もうすぐ正午です。社長室にお運びください」

冬美は出入り口から身を引き、寅之助と所長が出ていくのを見送った。寅之助のつぶやきが後に残る。

「薫は今日までに必ず帰ると私に約束した。きっと帰ってくる」

誰かに言うというよりは、自分自身を説得するような口調だった。その不自然な強さを不思議に思いながら、二人の後に続く。今朝からずっと重苦しい様子を見せているのは、この後の放送に懸念でもあるのだろうか。それとも新型爆弾が落ちたという広島や長崎の支社から被害の報告でも入ったのか。

階段を上り社長室に入ると、すでに社員が集まっており、藤堂高英と佐野の姿も見受けられた。奥に設けた演壇に木製の大きなラジオが置かれている。寅之助と所長はそのそばに立った。

事務課の係員が声を上げる。

「これから日本放送協会の放送が行われます。天皇陛下が御自ら、我々国民に向かってお話しになる玉音放送だそうです。起立したまま、謹んでご拝聴ください」

正午の時報が鳴り、雑音と共にアナウンサーの声が聞こえた。続いて国歌が演奏され、男性のやや高い声が流れ始める。共鳴する金属音や残響が交じっている上に文語体で漢語も多く、意味をくみ取りにくかった。

係員がラジオの向きを変えたり、叩いたりしてなんとか鮮明な音を確保しようとしているうちに話が終わり、再び国歌が流れて玉音放送の終了が告げられる。一体何を言っていたのかわからず、近くにいる社員と顔を見合わせた。

壁際に立っていた所長はメガネを取り、放心したように天井を仰いでいる。その隣で寅之助が強く口を引き結んでいた。二人とも話の内容がわかったらしい。見回せば、細工師や海事作業員の中でも漢語や文語体に馴染んだ年配者は皆、腕を上げ、顔を拭っていた。

やがてアナウンサーがハッキリした声で同じ文言を読み上げる。冬美にはなおぼんやりとした外形しか理解できなかった。誰かがつぶやく。

「戦争を終わらせるというご決断だ」

「そうだ、終戦の放送なんだ」

言葉が胸に散らばり、まぶしいほど輝き立った。その光が心に突き刺さり、そこかしこを痺《しび》れさせる。それが次第に喜びに変わり、体中をおののかせた。ついに終わった。待ちかねていたその日が来たのだ。薫が養殖を再開できると言っていたのはこの事だったのに違いない。

「終わるゆうても、敗戦やないけ」

不安定な響きを伴った声が次々と放たれ、部屋に満ちていく。

「日本は負けたんや」

「ほんじゃ英米に占領されよるのか。皆殺しにされるで」

「なんで神風は吹かへんのや、なんでや」

「そやそや。日本は万世一系の天皇陛下、神か、神に近い尊いお方がお治めになる神国じゃあらへんかったんか」

「けど、今の放送の声は、普通の人間やったで」

崩れるような泣き声が空気を揺すった。矢部が顔をおおい、しゃがみこんでいる。その悲しみが女性たちに伝染し、皆が次々と嗚咽をもらし、すすり泣いた。平伏し、自分の至らなさを天皇に謝る者もいる。

ひと際大きなうめき声が上がり、目をやれば、藤堂高英が膝を折り、沈み込むように床に両手を突くところだった。確固としてそびえていた古い建物が突然、崩れ落ちていく様《さま》に似ていた。

「嘘や」

敗戦を受け入れ難いらしく両腕をわななかせ、しきりに首を横に振っている。

「嘘に決もうとる」

火崎の言葉が思い出された。この戦争に意義があるとしたら、それは淘汰だ。この世を牛耳っていたすべての古いもの、それに支えられていたものが壊れ、消えていく。

多くの社員は呆然と立ち尽くしていた。勝つために戦う、勝つために耐え忍ぶ、これまでのわかりやすい目標をいきなり取り上げられ、明日から何をして生きればいいのかわからないのだった。少し離れた所にいた京子と東子の声が聞こえてくる。

「もう竹槍訓練、しなくてもいいって事よね」

「した方がいいかも。英米が上陸して来るんでしょ」

冬美だけが色めき立っていた。これで浜上げができる。全部の貝を上げて新しい宝飾品を作る事ができる。不謹慎と思えるほどにうれしかった。次から次へと泡粒のように歓喜がわき上がり、突き上げてきてじっとしていられない。あまりにも周りとへだたりがある事にあせり、目を伏せてそれを押し隠した。

「ちょっと」

近寄ってきた京子と東子に腕をつかみ寄せられる。

「何ニタついてんのよ。頭おかしいんじゃないの」

「日本は占領されて、私たち、奴隷に売られるかも知れないのよ」

大きく息を吸い込み、二人に視線を配った。

「占領軍がこの志摩に来るまでには時間があるから、その間に海から貝を上げて真珠を採りましょう。養殖規制が始まってからずっと海の中だったから、どの真珠も相当大きくなってるはずよ。それを占領軍に見せて交渉すれば身を守れるわ。食べ物も手に入るだろうし、もっとたくさん真珠を養殖するだけの技術を持っているって言えば、帝國真珠は大切にされるわよ。そしたら社員だけじゃなくて多くの人を守れるし、ひいては日本を守れるかも知れない」

二人は、思いがけない宝物を発見した子供のような顔になった。

「それ、いけるかもね。英米に真珠を売りつけるのよ。戦勝国の蓄財を吸い上げて、日本に移すんだわ」

「善は急げよ。すぐ貝を上げに行きましょう」

浜上げは海事作業部の仕事だった。冬美は、空襲の夜に学んだ事を脳裏に甦らせながら後藤に歩み寄る。人を動かすには、まず先頭に立つ人間を籠絡する事、そして報酬を保証する事。

「後藤部長、真珠を採りましょう。戦後初めての浜上げです。終わったら、きっと若社長が金一封を出してくれます」

返事はなかった。空中に放たれている後藤の視線は暗澹とした淀みを湛え、顔は死人のように強張っている。立ってはいるものの、その魂は高英同様、崩れ落ちているのだった。立て直す手立て、支える芯棒が必要で、今それを担ってくれるのは海で眠っている真珠を措いて他にはないと思えた。

「真珠が待っています」

体の脇に垂れている後藤の両手を掬い上げ、掌を重ねて包み込む。

「さぁ真珠の顔を見に行きましょう」

なお身を起せない高英の向こう側から、佐野がふざけるなと言わんばかりの声を飛ばした。

「よう呑気な事を。おまえに何がわかるねん。うちの支店や養殖場は、広島も長崎も豪《えら》い被害を受けて滅茶滅茶なんやで」

寅之助や所長の陰鬱な様子は、そのせいだったのだと初めて知った。

「もうあかん、お終いなんや」

烙印でも押すように決めつけられ、いささか怯《ひる》む。だが、ようやく戦争が終わったということで尻尾を巻けるだろうか。後藤の両手をしっかりと握り直し、揺さぶった。

「広島と長崎が被害を受けているのなら、この志摩が余計に頑張らなけりゃなりません。広島の分も長崎の分も、ここで採ればいいんです。海事の腕の見せどころですよ。戦争に勝った国々に、真珠を買ってもらいましょう」

佐野が不貞腐れるような息を吐く。

「そないうまくいくもんやあらへん。日本は負けたんや。食べるもんもなし、捕虜にされるかもしれへん。それでどうやってやってくゆうねん。おまけに我が社じゃ人手も足りん、金もカツカツや。目の前には、どない道もないで」

それはわかっていた。だが道がなくても人間は進めるはずだ。難所でも高所でも閉所でも、工夫を凝らして我武者羅に前進すればいいのだ。

「帝國真珠を支えているのは、海事作業部です」

後藤の手を温めながら、その顔を見上げる。

「細工師も組み師も加工事業部も、海事が貝を上げてくれて初めて動けるんです。真珠を採ってください。負けた私たちの前に、確かに道はありません。でも手さぐりで一歩でも半歩でもとにかく進んでいけば、道は、私たちの後ろにできます」

からかうような狩野の声が響いた。

「ほぅ、まるで社長の言い種やな」

所長が素知らぬ顔でうそぶく。

「水野君は株主だし、そのうちには社長になるかも知れんな」

室内に驚きが広がり、さっきまで泣いていた矢部が黙過できないとばかりに勢いよく立ち上がった。

「そりゃ負け戦より、なんぼか恐ろしいわ。帝國真珠は潰れよるとちゃうか」

笑いが広がる。消え入りたい気持ちでいると、合わせた掌の中で後藤の手が動いた。身じろぎして冬美から体を放し、自分の周りにいる作業員たちを見回す。

「よっしゃ、これから貝を上げにいくで」

すかさず所長が拍手を始め、寮生や細工師たちが続いた。やがては部屋中に手を打つ音が満ちる。それに送られるように後藤と海事作業員が出ていった。誰の肩にも力が入り、目には明るさが瞬いている。希望の色にも、誇りの色にも似たそれが、冬美の胸を震わせた。人心を動かす三番目の要素を見つけたと思った。

「儂も、昔は浜上げをやっとったんや」

高英のつぶやきが冬美の脇を通り過ぎ、海事作業員たちの後を追っていく。

「引き上げたカゴん中の貝をにらんだだけで、抱いとる珠の大きさを喝破したもんや。高清だって、儂には到底かなわなんだ。佐野、さっさと来い」

突然呼び付けられた佐野が走り寄る。

「浜上げにいくで」

佐野はあわててモミ手をしながら微笑んだ。

「そりゃよろしおすな。日本は負けても、わいらにゃ真珠が残っとりますよってなぁ。上げまひょ、上げまひょ、千も万も億もの珠を」

調子よく言いながら高英に付き従っていく佐野に、皆が苦笑した。

「相変わらずや」

「まぁええんやないか。あれだけのもんや。いつも通りで落ち着くわ」

「ほな、うちらも浜上げに手を貸したろか」

矢部の声で組み師たちが動く。冬美も後を追い浜辺に出た。雲一つない空の下、翡翠色の海が広がっている。たくさんの真珠が眠る豊かな海だった。

どんなに時代が移り、どれほど国が変動しても、真珠の柔らかな美しさは変わらない。人に寄り添い、心を照らし、慰め励まし立ち上がらせてくれる。皆を笑顔にし、生きる力を引き出し、幸せにするのだ。

海事作業員が次々と筏に飛び乗り、水音をさせながらカゴを引き上げ始める。皆が息を詰めて見守っている様子は、まるで一つの家族のようだった。真珠という血でつながっている。冬美もその中の一人なのだ。父母も夫も失ったが、ここに自分の血族がいると思えた。もう失いたくない、守らなければ。

「若社長も、早くお帰りくださるとええがな」

薫への返事を保留していた事を思い出す。寅之助にも曖昧な返答をしていた。今すぐ、はっきりと諾意を伝えたくてたまらなくなり、社屋に駆け戻る。社長室への階段を一気に走り上がった。戸を開ける。中にはまだ寅之助や所長の姿があった。

「おぅ水野君、血相変えてどうした」

所長に問われ、息を整えながら頭を下げる。

「役員になりたいと思います。ならせてください。新しい宝飾品を作り、この会社を守っていきたいと思います」

陽の光が差し込む窓から一瞬、強い風が吹き込んだ。机の上にあった書類が舞い上がる。寅之助が固く目をつぶった。

「ああ薫だ、戻ってきた」

いったん高く上がったそれらは、桜が散るようにヒラヒラと空中を漂い、数枚が寅之助を取り囲んで床に落ちる。一枚は冬美の胸元に舞い込んだ。「変奏曲　真珠王の娘」と書かれていた。

〈完〉

謝辞

執筆に当たり、ご指導、ご協力いただき、またお時間を割いてくださった左記の方々に、心からの感謝を捧げます。（ご苗字の五十音順にて）

真珠博物館館長　松月清郎さま
大幸産業株式会社取締役　山村惇さま

厚くお礼申し上げます。ありがとうございました。

参考文献
トータル・ウォー上・下…P・カルヴォコレッシー他、八木勇訳、河出書房新社
暗闘…長谷川毅、中央公論新社
第二次大戦回顧録 抄…ウィンストン・チャーチル、毎日新聞社編訳、中央公論新社
太平洋戦争（上・下）…児島襄、中公新書
マンハッタン計画プルトニウム人体実験…アルバカーキー・トリビューン編、広瀬隆訳、小学館
最後のリベラリスト・芦田均…宮野澄、文藝春秋
玉砕しなかった兵士の手記…横田正平、草思社

国立歴史民俗博物館研究報告第１３１集、第96～３０９号
知覧特攻平和会館紀要第1号～第4号…知覧特攻平和会館
魂魄の記録…知覧特攻慰霊顕彰会
英霊の言乃葉（1～3）…靖國神社
遊就館図録…靖國神社
佐倉連隊にみる戦争の時代…国立歴史民俗博物館、歴史民俗博物館振興会
佐倉の軍隊…国立歴史民俗博物館友の会
房総健児の記録…佐倉の郷土部隊刊行委員会、マネジメント・オオナカ
松代大本営跡を考えるⅠⅡ…山根昌子、新幹社
戦中・戦後の暮しの記録…暮しの手帖社
資料が語る戦時下の暮らし…羽島知之、麻布プロデュース
アウトサイダーたちの太平洋戦争…髙川邦子、芙蓉書房出版
武勲艦の最後…竹川真一、潮書房
本土空襲とB-29…Gakkenn 歴史群像１９９５年8月号…学習研究社
不沈戦艦「大和」出撃ス！…歴史群像１９９５年6月号
真珠産業史…真珠新聞社
真円真珠七十年…真珠新聞社
真珠の加工…武内恭一、真珠新聞社
真珠博物館…株式会社御木本真珠島
真珠の博物誌…松月清郎、研成社
図書室で真珠採り…松月清郎、月兎舎
MICHELIN Espana FRANCAISE DES PNEUMATIQUES MICHELIN
MICHELIN London FRANCAISE DES PNEUMATIQUES MICHELIN
MICHELIN Deutschland FRANCAISE DES PNEUMATIQUES MICHELIN

藤本《ふじもと》ひとみ
長野県生まれ。

西洋史への深い造詣と綿密な取材に基づく歴史小説で脚光をあびる。

フランス政府観光局親善大使を務め、現在ＡＦ（フランス観光開発機構）名誉委員。パリに本部を置くフランス・ナポレオン史研究学会の日本人初会員。

著書に、『皇妃エリザベート』『シャネル』『アンジェリク　緋色の旗』『ハプスブルクの宝剣』『皇帝ナポレオン』『幕末銃姫伝』『失楽園のイヴ』『密室を開ける手』『数学者の夏』『死にふさわしい罪』『君が残した贈りもの』など多数。


本書は書き下ろしです。
※この物語はフィクションです。実在するいかなる個人、団体、場所などとも一切関係ありません。

真《しん》珠《じゅ》王《おう》の娘《むすめ》
二〇二四年十月十五日　第一刷発行

著　者　藤本《ふじもと》ひとみ
発行者　篠木和久
発行所　株式会社講談社
〒一一二-八〇〇一　東京都文京区音羽二-一二-二一
電話　出版　〇三-五三九五-三五〇六
販売　〇三-五三九五-五八一七
業務　〇三-五三九五-三六一五
本文データ制作　講談社デジタル製作
印刷所　株式会社ＫＰＳプロダクツ
製本所　株式会社若林製本工場

定価はカバーに表示してあります。

落丁本・乱丁本は購入書店名を明記のうえ、小社業務宛にお送りください。

送料小社負担にてお取り替えいたします。

なお、この本についてのお問い合わせは、文芸第三出版部宛にお願いいたします。

 ISBN 978-4-06-537289-0 N.D.C.913 559p 22cm

KODANSHA